SABINE WEISS

Gold und Ehre

AF154256

Weitere Titel der Autorin:

Sabine Weiß

GOLD UND EHRE

Historischer Roman

lübbe

Dieser Titel ist auch als Hörbuch und E-Book erschienen.

Originalausgabe

Copyright © 2021 by Bastei Lübbe AG, Köln
Lektorat: Dr. Stefanie Heinen
Karte: Markus Weber, Guter Punkt, München
Einband-/Umschlagmotive: © shutterstock.com: Oliver Hoffmann |
Chokniti Khongchum | Marzolino | Filipchuk Maksym | leoks |
Olena Zaskochenko; © commons.wikimedia.org: Wmeinhart
Umschlaggestaltung: Johannes Wiebel | punchdesign, München
Satz: hanseatenSatz-bremen, Bremen
Gesetzt aus der Arno Pro
Druck und Verarbeitung: GGP Media GmbH, Pößneck
Printed in Germany
ISBN 978-3-404-18483-5

2   4   5   3   1

Sie finden uns im Internet unter
luebbe.de
Bitte beachten Sie auch: lesejury.de

Meinen Eltern gewidmet,
die in der Hamburger St. Michaelis Kirche getraut wurden

Zeigt der Venetier Stadt sich mitten in den Wellen/
Hamburg wird gleicher Art sich dir vor Augen stellen.
Ligt Antorff schön umbwällt/und trägt der Vestung Lob/
So ligt es Hamburg gleich/doch gleichwol niemals ob.
Vergöldt sich Amsterdam aus des Neptunus Reiche/
Hamburg hat des Neptuns und Ceres' Reich zugleiche.
O vielbeglückte Stadt! Bleib nur in Einigkeit
So nennt man dich mit Recht die Schönste dieser Zeit.

Johann Huswedel, übersetzt durch Georg Greflinger

Sankt Petri de Rieken
Sankt Nikolai desglieken
Sankt Catharinen de Sturen
Sankt Jakobi de Buren
Sankt Michaelis de Armen
Daröber mag sick Gott erbarmen

Volkstümlicher Vers über die fünf Hamburger Hauptkirchen

Personenverzeichnis

Historische Personen sind mit einem * gekennzeichnet

NIEDERLANDE
Benjamin Michielsz Aard, Architekt und Maler aus Amsterdam
Michiel Vicentsz Aard, sein Vater, Architekt und Politiker
Daan, sein Bruder, Architekt und Politiker
Samuel van Sanders, Benjamins Onkel und Entrepreneur
Mademoiselle Charlotte von Gerulfing
Theo Krisz Aard, Schiffschirurg und Benjamins Cousin
Yorick Nicklefs, Steuermann
Johan de Witt, Politiker*

Prinzessin Amalia von Solms*
Prinz Wilhelm II.*
Prinz Wilhelm III.*
Prinzessin Mary Henrietta Stuart*
Michiel de Ruyter*
Daniël Stalpaert*, Amsterdams Stadtbaumeister
Jacob van Campen*, Architekt

HAMBURG
Lucia Kaven, Tochter eines Steinhändlers
Tobias, ihr Bruder
Hinrik Broders, Handelsgärtner

Oliver Cooper, englischer Kaufmann
Abraham Senhor Teixeira*
Manoel Teixeira*

Königin Christina von Schweden*

König Charles II. von England *
Jean-Baptiste Colbert*
Kardinal Mazarin*

Prolog

Erst hatte es nur gedröppelt, dann gepieselt, und jetzt pladderte es. Dass Jürgen vom Holte sich für die pelzgefütterte Schaube entschieden hatte, erwies sich bei diesem Schmuddelwetter als Fehler, denn der Mantel hing ihm regenschwer an den Schultern. Sein Barett war so vollgesogen, dass das Wasser ihm von der Mütze in den Nacken lief. Bei jedem Tritt schmatzte der Matsch in seinen Schuhen. Vor ihm glitt einer der Ratsherren im Schlamm aus und wäre beinahe gestürzt, wenn er ihn nicht im letzten Moment noch aufgefangen hätte.

Jürgen schickte ein Stoßgebet zum Himmel, dass es zu regnen aufhören möge. Der Weg von der Hamburger Stadtmauer bis zum Friedhof hinter dem Millerntor war auch so beschwerlich genug. Eine derartig unwürdige Bestattung hatte niemand verdient, der Tote schon gar nicht. Basilus war als Schreiber für ihn und die anderen Kirch- und Leichnamsgeschworenen tätig gewesen und hatte sich in der reichen Pfarrei Sankt Nikolai verdient gemacht. Vor allem aber war er mein Freund, dachte Jürgen, und wünschte dem Toten die gnädige Hand Gottes.

Heute verlangte der Herrgott ihnen allerdings viel ab. So heftig schüttete es jetzt, dass Jürgen die Sargträger nur noch schemenhaft erkennen konnte. Die Kerzen waren schon lange verloschen. *Bald schwimmen die Heringe an uns vorbei.* Jürgen versuchte, das Kratzen in seinem Hals zu ignorieren.

Endlich hatten sie den Kirchhof zwischen dem Ziegelfeld und dem Garten des Bürgermeisters erreicht. Das Geviert war so glitschig, dass einer der Sargträger der Länge nach hinschlug. Gerade noch konnte verhindert werden, dass der schlichte Holzsarg im Dreck landete. Das schwarze Tuch, das den Sarg bedeckte, war allerdings über und über besudelt. Hastig spulte der Pastor die Gebete ab, immer wieder unterbrochen durch lautstarke Hustenanfälle. Jürgen konnte es niemandem verdenken, der sich nicht auf diesem neuen Friedhof beerdigen lassen wollte. Derart lieblos in die Grube zu fahren, auf einem öden Acker und ohne Glockengeläut, war unwürdig. Und doch war die Einrichtung dieses Friedhofs vor den Toren der Stadt nötig gewesen, das wusste er als Angehöriger einer Familie, die mit Bürgermeistern und Ratsherren die Geschicke der Stadt lenkte, sehr wohl. Pestwellen und andere Seuchen hatten in den vergangenen Jahren zahllose Opfer gefordert. Dennoch wuchs Hamburg unaufhaltsam weiter, nicht zuletzt durch die Menschen, die vor dem Krieg aus den Spanischen Niederlanden in die Freie Reichsstadt flohen. So überfüllt war die Hansestadt, dass vor den Stadtmauern zahllose Häuser und Hütten errichtet worden waren. Es war beinahe so, als entstünde eine neue Stadt, schutzlos und ohne die Annehmlichkeiten Hamburgs.

Der Pastor sprach immer schneller. Der Sarg wurde mehr ins Grab geworfen als gesenkt, und die Trauernden eilten auseinander, als könnten sie es kaum erwarten, endlich nach Hause zu kommen. Jürgen sehnte sich ebenfalls danach, am bollernden Kachelofen einen warmen Würzwein auf seinen Freund zu trinken, einfach wegzulaufen aber war ungehörig. Es musste sich etwas ändern. Er richtete sich auf. Er würde dafür sorgen, dass an diesem Kirchhof eine Kapelle errichtet wurde, damit es mit dieser Unsitte ein Ende hatte. Denn ging es im Leben nicht darum, die Würde zu wahren, auch angesichts von Widrigkeiten?

1

Amsterdam, 30. Juli 1650

Benjamins Finger drohten an der Windmühlenkappe abzurutschen. Trotzdem schob er sich weiter durch die Luke. Der Regen peitschte ihm um die Ohren, und der Wind zerrte an den Flügeln der Mühle. Durch die Bewegung des Oberkammrads auf der Flügelwelle vibrierte das wettergegerbte Holz; das dumpfe Rumpeln der Mechanik ging ihm durch Mark und Bein. Als er die Regentropfen aus den Wimpern blinzelte, zersprangen diese zu Lichtreflexen. Wie eine verlöschende Glutpfanne lag Amsterdam vor ihm. Eine Stadt zwischen Sumpf und See, zwischen Moor und Meer. Vereinzelt schimmerten Lichter in den Häusern. Aschgraue Wolken taumelten über den mondlosen Himmel, vermischten sich mit dem Rauch, der aus unzähligen Schornsteinen quoll. Die hitzige Energie dieser Stadt schien verflogen. Hätte es nicht schwarz auf weiß in seinem Almanach gestanden, hätte er bezweifelt, dass tatsächlich Hochsommer war.

Ein Blitz zuckte über das Firmament. Wie schade, dass das Gewitter so weit weg war! Es hätte seine Forschungen um einen weiteren Aspekt bereichert. Noch einmal ließ der Neunzehnjährige seinen Blick auf der hügeligen Landschaft nassglänzender Dächer und spiegelnder Flächen ruhen. Amsterdam war zweifellos eine Wasserstadt. Da war der Fluss Amstel, der sich in die Grachten ergoss. Es gab das IJ, den Meeresarm der Zuiderzee, der an den Hafen brandete. Die Sumpfadern und Seen. Und natürlich das Haarlemmermeer, das sich im Südwesten der Stadt stetig weiter ausbreitete. Ein Jammer, dass die Bürgermeister sich nicht durchgerungen hatten, den Waterwolf zu bändigen, dieses landfressende Wasserungeheuer! Dabei hatte der Ingenieur Leeghwater einen ausgefeilten Plan entwickelt, wie das Land trockengelegt werden könnte. Aber angeblich kosteten die einhundertsechzig Windmühlen mit ihren Wasserpumpen zu viel Geld. Ein kurzsichtiges Urteil, fand Benjamin. Was war diese Investition schon gegen den Ertrag des Landes, das sie gewinnen würden? Waren sie, die Holländer, nicht die Beherrscher des Wassers, die Herren der Ozeane?

Am Horizont kündigte ein schwefelgelbes Glimmen den Sonnenaufgang an. Je stärker das Licht durchbrach, desto dünner schienen die Regenschleier zu werden. Ob eine Verbindung zwischen dem Schein der Sonne und dem Abklingen des Unwetters bestand? Auch das wäre eine Frage für seine Forschungen.

Benjamin schauderte, als der Regen seine Jacke durchdrang und ihm über den Rücken perlte. Es kam ihm vor, als ob sich Nässe nicht unbedingt segensreich auf den menschlichen Körper auswirkte. In Gedanken notierte er sich, mit Theo darüber zu beraten oder den Arzt Nicolaes Tulp dazu zu befragen, dessen Vorlesungen an der Illustren Schule er gelauscht hatte und dessen öffentliche Sektionen er stets besuchte. Die Leichenöffnungen waren zwar etwas gruselig, erhellten den Geist aber ungemein.

Endlich riss Benjamin sich von dem Anblick Amsterdams los und wandte sich wieder seinem Vorhaben zu. Vorsichtig setzte er die Füße auf die Leiste. Das schmale Holz, das die Kappe der Windmühle einfasste, war glitschig. Natürlich wäre einer der Kirchtürme für seine Zwecke besser geeignet gewesen, dort aber sah man derartige Experimente nicht gerne. Jungen Männern unterstellten die Küster ohnehin, sie würden nur Unfug treiben. Nicht ganz unberechtigt, das musste Benjamin zugeben, denn auch Theo und seine Freunde machten sich einen Spaß daraus, beim nächtlichen Kolf-Spiel mit Ball und Schläger auf Fensterscheiben zu zielen.

Er schob sich vor, sah hinunter. Obgleich der Regendunst den

Abgrund harmlos erscheinen ließ, wusste er, dass ein Sturz tödlich sein konnte. Aber was tat man nicht alles im Dienste der Wissenschaft?

Stück für Stück balancierte er vor, bis seine Hände den sicheren Halt aufgeben mussten. Nur noch seine Zehenspitzen trugen ihn. Hart schlug sein Herz in seinem Brustkorb. Wie lebendig er sich fühlte! Die Mechanik des Herzschlags – noch so ein Rätsel der Natur, über das er oft mit Theo diskutierte.

Der Gedanke verflog so schnell, wie er gekommen war. Am liebsten hätte er seiner Erregung in einem Schrei Luft gemacht, doch damit hätte er die Aufmerksamkeit der Wächter auf Theo und sich gelenkt und unnötigen Ärger provoziert.

Plötzlich hörte er den gedämpften Ruf seines Cousins. Was wollte Theo ausgerechnet jetzt? Benjamin neigte sich ein wenig über die Kante. Böen brachten seine langen Haare und die Rockschöße seines Mantels zum Flattern. Theos Gesicht schien als heller Schemen im Dunst auf.

»Wo bleibst du denn? Ich bin klitschnass, und mir ist kalt. Hast du sie scho-? Bist du irre geworden?« Theo hatte Benjamin offensichtlich gerade entdeckt. »Was tust du da? Erst gestern musste ich die zerschmetterten Glieder eines Matrosen versorgen, der vom Mast gefallen war. Das war kein schöner Anblick, das sage ich dir! Die Knochen hatten sich durch das Fleisch gebohrt. Ich weiß schon, warum ich nicht zur See fahre wie mein Alter.«

Nicht das schon wieder! Und jetzt schon gar nicht! »Ruhig! Du verrätst uns noch!«, unterbrach Benjamin ihn. Er tastete sich weiter vor. Dann lehnte er sich gegen die Mühlenkappe, eine Hand an der Dachkonstruktion, und löste mit der anderen das Seil vom Haken. Vorsichtig zog er die Kette mit den Behältnissen zu sich heran. Am besten notierte er gleich hier den Wasserstand. Unten wären die Untersuchungsergebnisse möglicherweise bereits verfälscht. Und hing wissenschaftliche Erkenntnis nicht von Genauigkeit ab?

Nachdem er die Schlaufen mit dem Seilende zusammengeknotet hatte, baumelten die Gläser wie eine funkelnde Traube. Langsam balancierte er zurück. Die Seiten seines Notizbuchs flatterten neben der Luke, nur schwach vom Schein der Öllampe erhellt, die er ein Stück weiter im Inneren der Mühle abgestellt hatte.

»Ich höre Leute auf den Straßen. Komm schon, wir müssen fertig werden! Ich kann nicht noch mehr Ärger brauchen«, rief Theo.

»Gleich!«

Benjamin wollte sich gerade auf den Mühlenboden ziehen, als ein Windstoß sein Notizbuch erfasste und zu seiner Öl-Uhr trug. Die Flamme hatte lange gebrannt, und der Ölstand zeigte den Morgen an. Es war mehr Zeit vergangen, als er gedacht hatte. Das Papier flatterte heftiger im Wind. Gleich würden seine kostbaren Beobachtungen und Entwürfe Feuer fangen und verbrennen! Was tun? Das Seil konnte er nicht loslassen, dann wäre das Experiment vergebens gewesen und die teuren Gläser würden zerbrechen. Außerdem war die baufällige Mühle ab morgen in den Händen der Zimmerleute und eine Wiederholung des Versuchs unmöglich. Schon kokelte eine Ecke des Papiers. Instinktiv löste Benjamin die Finger von der Holzkante, um das Buch zu retten. Die Glastraube schwang, das Gewicht des Seils zog ihn gen Abgrund, seine Füße verloren auf der Kante den Halt, er wankte. Unter sich hörte er Glas klirren. Sein Herz überschlug sich. Endlich gelang es ihm, sich in eine Ritze zwischen den Holzsparren zu krallen.

Der Wind wehte zornig klingende Wortfetzen zu ihm: »Was machst ... denn! Willst ... erschlagen?«

Benjamin zog sich in Sicherheit. Seine Hände zitterten, als er die durchnummerierten Gläser aufstellte, eines nach dem anderen überprüfte und seine Beobachtungen notierte.

»Lass ... abhauen. Hast ... Kirchenglocken nicht ... muss zum Dienst ... Außerdem ... kalt ... Mistwetter ... kann doch kein Sommer sein«, schimpfte Theo weiter.

Um genau das herauszufinden, sind wir hier, dachte Benjamin, ganz konzentriert auf seine Aufzeichnungen. Die Ergebnisse würde er sofort analysieren und den anderen Gelehrten mitteilen.

Ehe er die Mühlenkappe schloss, sah Benjamin noch einmal über das Land. Inzwischen hatte die Nacht den Kampf gegen den Tag verloren. Die Wolken wurden vom Wind in Stücke gerissen. Vielleicht bekämen sie doch mal wieder mehr als ein paar trockene Stunden.

In der Nähe des Amstellaufs bemerkte er eine Bewegung. Kurz bedauerte er, dass er sein Fernrohr nicht dabeihatte. Waren das Reiter? Und warum hatten sie es so eilig?

»Komm jetzt endlich!«

Benjamin kniff die Augen zusammen. Tatsächlich! Zwei Reiter preschten zum Stadttor. Auf das Pferd des einen war ein großer Sack geschnallt. Es könnte einer der Postkuriere sein, die zwischen Amsterdam und anderen Handelsstädten pendelten. Aber der zweite …

Da stimmte etwas nicht. Eine Vorahnung ergriff ihn. Benjamin bugsierte das Gläserbündel und sein Notizbuch in den Sack und lief die Mühlentreppe hinunter, sprang über die maroden Bretter, stolperte, nahm das Klirren kaum wahr, kam endlich unten an. Ohne eine Erklärung abzugeben, huschte Benjamin auf dem Wall entlang Richtung Stadttor. Im Schutz einer Mauer versteckte er sich.

Theo lief ihm fluchend nach. »Bist du von allen guten Geistern verlassen? Da unten sind Stimmen zu hören. Gleich kommt die Wache!«

»Das Tagesgeschäft bricht an – niemand wird sich dann noch über uns wundern.«

Theo hockte sich neben ihn, sprang aber gleich wieder hoch. »*Godverdomme!* Jetzt habe ich mir den neuen Radmantel eingesaut!«

»Still!« Benjamin lauschte dem Wortwechsel, der leise zu ihnen drang. Die Stadtwache diskutierte offenbar mit den beiden Reitern.

»Überfall, sagt Ihr? Mijnheer Bicker schickt Euch, der Drost von Muiden? Eine Armee? Und woher wollt Ihr das wissen?«

Eine überreizte Stimme antwortete: »Das sagte ich doch gerade! Dieser Kurier kommt aus Hamburg. Im Gooi, nahe Hilversum, stieß er auf die Truppen unseres Statthalters. Kavallerie und Fußsoldaten, so weit das Auge reicht. Schwerbewaffnet und wild darauf, Amsterdam zu überfallen und auszuplündern. Mit einem Soldaten hat dieser Kurier hier geredet. Der hat Ungeheuerliches herausposaunt: Prinz Wilhelm lässt zwölftausend Mann gen Amsterdam ziehen. Er will die Stadt unterwerfen.«

»Unsinn, das würde der Oranier nie tun. Weshalb sollte er uns angreifen? Und warum sollten die Soldaten mit dem Kurier sprechen? Wenn überhaupt, wäre es doch ein geheimer Angriff!«

Ein weiterer Mann redete jetzt, das musste der Kurier sein: »Die Armee hat sich im Unwetter verlaufen und nach dem Weg gefragt!«

»Ha! Soldaten, die sich verlaufen – dass ich nicht lache!« Die Stadtwache lachte trotz seines Ausrufs schallend.

»Bei dem Wetter habe selbst ich in der Heide- und Waldlandschaft des Gooi den Pfad kaum gefunden, obgleich ich ständig dort unterwegs bin.«

Jetzt ergriff wieder der erste Mann das Wort: »Drost Bicker wird demnächst mit seiner Kutsche hier eintreffen. Wenn die Armee des Prinzen Amsterdam überrennt, weil die Stadt nicht für den Angriff gerüstet ist, seid Ihr schuld! Ich werde unserem Bürgermeister von Eurem Widerstand berichten. Cornelis Bicker wird das nicht gutheißen.«

»Nun wartet doch, Mijnheer …« Der Wachmann klang jetzt verunsichert.

Theo stieß Benjamin den Ellbogen in die Seite. Obgleich das Gesicht seines Cousins halb von dessen ausladendem Filzhut verschattet war, konnte Benjamin die Anspannung erkennen. »Glaubst du dem Kurier?«, fragte Theo.

»Warum sollte jemand sich diese Geschichte ausdenken?«

»Ein Angriff auf uns – zuzutrauen wäre es diesen kriegssüchtigen Oraniern! Wozu brauchen wir die überhaupt? Ein Adelshaus wie ihres frisst lediglich unsere Steuern. Wir sind eine Republik mündiger Bürger. Andere Länder kommen auch ohne Könige und Prinzen aus!«

Während Theo sich in Rage redete, stand Benjamin dem Thema eher gleichgültig gegenüber. Sein Urgroßvater war einst für den ersten Wilhelm von Oranien tätig gewesen und hatte diesen geschätzt. Der Oranier hatte damals den Aufstand gegen den spanischen König angeführt, zu dessen Reich Holland zu jener Zeit noch gehört hatte. »Wir sollten nicht undankbar sein. Ohne Wilhelm den Schweiger hätten wir vielleicht nie die Freiheit errungen –«

»Und uns nie von der Unterdrückung durch Papst und Katholizismus befreit, ich weiß. Außerdem verdient ihr Architekten und Künstler gut am Adel. Trotzdem –«

»... ist jetzt keine Zeit für politische Disputationen«, fiel Benjamin ihm ins Wort. »Lass uns verschwinden. Ich muss meinen Vater informieren.«

Theo sprang auf und richtete seine Kleidung so, dass sie besonders lässig aussah. Offen stehendes Hemd, wallende grüne Hosen, gelbe Schleifen – diese bunte Schlampigkeit war nicht nur bei ihm ein Protest gegen die strenge calvinistische Tracht. »Jeetje!«, schimpfte er, während er den Dreck von seinem rot unterfütterten Radmantel klopfte. »Wenn mein Vater erfährt, dass wir beide hier herumgelaufen sind, muss ich mir wieder eine Predigt anhören! Aber nicht mehr lange, dann –«

»Meinst du, ich dürfte das meinem Vater gegenüber erwähnen? Wir werden uns etwas einfallen lassen müssen. Und zwar schnell.«

Nicht nur, dass er sich des Nachts aus dem Haus geschlichen hatte, auch dass er sich mit seinem Cousin traf, war Benjamin verboten. Seit er denken konnte, waren ihre Väter zerstritten. Warum, wusste niemand – er zumindest nicht. Auf jeden Fall betrachtete sein Vater Michiel seinen Halbbruder Kris als Schande für die Familie und als Hemmschuh für seine politische Karriere. Den Kontakt zum anderen Familienzweig hatte Michiel seinen Söhnen daher streng untersagt.

Aufgeschreckt sah Benjamin sich um. Ein erster Hirte trieb sein Vieh auf den Stadtwall. Gleich würde er sie sehen. Lange würde es auch an der Amstelschleuse nicht mehr ruhig bleiben. Er trennte sich von Theo, denn er hatte ein gutes Wegstück vor sich. Hätte doch eine der Windmühlen auf der anderen Seite des Stadtwalls leer gestanden! Aber dann hätte er die Reiter nicht entdeckt.

An der Binnenamstel sprang Benjamin in sein Ruderboot. Nachdem er seinen Beutel mit den Gläsern und dem Schreibzeug verstaut hatte, legte er sich in die Riemen. Wie Scherenschnitte zeichneten sich die Giebel der Grachtenhäuser vor dem Himmel ab: einige wenige einfache Spitzgiebel uralter Holz- und Fachwerkhäuser, Lagerhäuser mit schlichten Schnabelgiebeln, traditionelle stufenförmige Treppengiebel und die modernen, mit Voluten verzierten Halsgiebel. Wie Paläste sahen manche Häuser mit ihren kolossalen Säulen aus. Von vielen kannte er den Architekten. Etliche hatte sein Großvater, andere sein Vater entworfen. Großvater Vincent hatte einst sowohl am Entwurf als auch am Bau des Grachtengürtels mitgewirkt und sich später selbst ein Grundstück sichern können. Heute wäre diese Fläche in einer der besten Lagen Amsterdams vermutlich unbezahlbar. Nur die Häuser in der Heren- und Keizersgracht waren noch teurer, weil die Grundstücke größer waren und kaum Handwerker oder Kaufleute die Wohnqualität mit ihrer Arbeit minderten. Benjamin war stolz, wie seine Familie diese Stadt, die er so sehr liebte, mitgeprägt hatte.

Beim Sinnieren war er aus dem Takt geraten, und er zog wieder heftiger an den Rudern. An der Prinsengracht war noch alles ruhig. Ein einzelnes Licht schimmerte durch die Fensterläden ihres Hauses. Säulengeschmückt und mit üppigen Dekorationen verziert warb es für den Architekturstil seines Vaters. Als Michiel Vicentszoon Aard das Haus umgebaut hatte, war es das modernste weit und breit gewesen. Bereits wenige Monate später war er allerdings übertrumpft worden. So war es in Amsterdam mit allem: Einander zu übertreffen schien die liebste Beschäftigung der wohlhabenden Poorter zu sein. Albern, wie Benjamin fand. Da war ihm die Wissenschaft lieber. Zahlen und Fakten trogen nicht.

Benjamin band das Boot fest und kletterte die Leiter an der Kanalwand hoch. In seinen Augen wirkte ihr Grachtenhaus mit seinen Verzierungen ein wenig in die Jahre gekommen. Als Architekt eiferte er dem klassischen Baustil eines Palladio oder Scamozzi nach. Dieser Stil war zeitlos, weil er auf den antiken Grundlagen der Ästhetik beruhte und keinen modischen Schwankungen unterlag. Alles war würdevoll und klar, Überflüssiges ließ man einfach weg. Ein Baustil für die Ewigkeit.

Er sah sich um. Unvorstellbar, dass diese friedliche Stadt durch ein Heer bedroht sein sollte. Ohnehin war es unglaublich, dass jemand es wagte, sich mit der Weltmacht Holland anzulegen. Sofort mussten Maßnahmen ergriffen werden. Sie mussten sich verteidigen! Vater musste umgehend den Rat zusammenrufen. Was Benjamin ihm berichten konnte, war genau die Art Information, nach der der geachtete Architekt, Kaufmann und Baudezernent Michiel Vicentszoon Aard hungerte. Unter diesen Umständen würde er seinem Sohn sogar verzeihen, dass er sich aus dem Haus gestohlen hatte.

2

Im Erdgeschoss in der Prinsengracht war alles still. Dass die Magd aber auch eine solche Schlafmütze war! Das fahle Morgenlicht fiel auf Gemälde, Landkarten und Entwürfe, die die Halle schmückten. Laut klangen Benjamins Schuhe auf dem Marmorboden aus schwarzen und weißen Fliesen. Stracks lief er die breite Treppe hoch. Aus dem Zimmer des Bruders drangen Geräusche. Daan war also schon wach. Er musste sofort erfahren, was los war.

Benjamin riss die Tür auf und machte einen Schritt in das Zimmer. In Daans Bett regte sich etwas. Aber ... Die Worte blieben ihm im Hals stecken. Unter den Decken bäumte sich jemand auf, das Laken rutschte herunter, legte einen Oberkörper frei, nackte, volle Brüste, die im Takt zweier Körper wippten. Hitze schoss Benjamin ins Gesicht. Er floh, doch es war zu spät. Er wurde das Bild des Liebespaares nicht los. Daan ... wie konnte er nur, wo er doch in der Kirchengemeinde den Saubermann spielte! Und Antje ... nie wieder würde er der Magd in die Augen sehen können!

»Benjamin? Bleib stehen!« Hinter sich hörte er ein scharfes Zischen, das Tappen bloßer Füße auf dem Boden. Doch er wollte seinen Bruder nicht sehen, nicht mit ihm reden. Er beschleunigte seinen Schritt, klopfte heftig an die Tür des Vaters. Gleich darauf stand Michiel Vicentszoon Aard vor ihm.

Sein Vater trug noch Nachtmütze und Hausschuhe. Er war Anfang fünfzig und machte mit den Hängewangen und dem Bauch, der sich unter dem Hausmantel wölbte, einen gemütlichen Eindruck. In der Hand hielt er seine Pfeife, und kurz fragte sich Benjamin, ob sein Vater diese nicht einmal im Schlaf losgelassen hatte.

Ungnädig zupfte Michiel an seinem Ohrläppchen. »Weshalb störst du mich vor meiner Morgenpfeife? Du weißt doch, dass ich den ganzen Tag Sitzungen wegen des Turms der Nieuwe Kerk und der Sandsteinlieferungen aus Bentheim und Bremen haben werde.«

»Ich dachte, es würde Euch interessieren, wenn ein Angriff auf Amsterdam bevorsteht, Vater.« Benjamin sprach ruhig, bebte innerlich aber vor Aufregung und Kälte; feucht klebte die Kleidung an seinem Körper.

»Ein Angriff auf Amsterdam, wie lächerlich! Das hat es seit Jahrzehnten nicht gegeben. Wer sollte es wagen, uns anzugreifen?«

»Der Statthalter.«

Michiel klopfte in einer unwirschen Geste die Pfeife aus, sodass die Krümel in seine hohle Hand fielen. »Der Statthalter legt sich bestimmt nicht mit uns an. Wir Amsterdamer leihen ihm schließlich Geld für seinen Hofstaat und finanzieren sein Heer.«

»Und doch hat der Kurier aus Hamburg sehr überzeugend geklungen. Wenn ich es richtig verstanden habe, hat er die Truppen selbst gesehen, ja, sogar mit einem der Soldaten gesprochen.«

»Ein Kurier aus Hamburg? Du hast wohl schlecht geträumt!«

»Im Gegenteil. Ich habe seine Worte genau gehört. Der Kurier hat am Muiderschloss haltgemacht und den dortigen Drosten gewarnt, dann ist er hierhergeprescht.«

»Mijnheer Bicker ist geritten?«, fragte sein Vater ungläubig, denn Gerard Bicker, der Stammhalter der reichen und mächtigen Regentenfamilie, war für seine Leibesfülle bekannt.

»Nein, der Bote kam in Begleitung eines Bicker'schen Dieners. Ich nehme an, dass die Stadtwache die beiden zu den regierenden Bürgermeistern bringt und diese eine Notsitzung der Vroedschap veranlassen. Der Rat wird –«

»So, das nimmst du an«, unterbrach sein Vater ihn. »Ich wusste nicht, dass du dich neben deinen diversen Forschungen jetzt auch mit politischen Geschäften beschäftigst, statt dich deiner Arbeit zu widmen. Du hast dich also wieder einmal allein des Nachts in der Stadt herumgetrieben, obgleich ich es dir untersagt habe?«

»Amsterdam wird angegriffen! Wollt Ihr denn gar nichts tun?«, brach es aus Benjamin heraus.

»Natürlich werde ich etwas tun. Was denkst du denn!« Michiel stopfte Pfeife und Tabakkrümel kurzerhand in die Tasche seines Schlafrocks. »Ich werde sofort ...« Er verstummte, als er sich die Mütze vom Schädel zog. Die wenigen schütteren Haare, die die kahle Platte einfassten, standen in alle Richtungen ab.

»Ihr müsst zu den Bürgermeistern stoßen«, insistierte Benjamin. »Die haben bestimmt auch gerade erst mit dem Kurier gesprochen. Ihr müsst den Rat zusammenrufen. Ihr müsst –«

»Selbstverständlich!«, schnitt sein Vater ihm das Wort ab. »Helft mir, mich anzukleiden. Daan, wecke Antje, sie soll mir ein schnelles Frühstück bereiten. Eil dich – glaubst du, ich wüsste nicht, dass du dich dort hinten im Gang versteckst und lauschst?«

Daan trat zu ihnen. Seine Wangen waren knallrot. Immerhin hatte er inzwischen ein Hemd übergeworfen. »Ja, Herr Vater. Ich gebe der Magd sofort Bescheid«, sagte er und warf Benjamin einen warnenden Blick zu.

»Anschließend wirst du die Vecht hochfahren und überprüfen, ob Mijnheer de Jongs Vorschläge für das Landhaus umsetzbar sind.«

Benjamin merkte auf. An der Vecht besaßen viele reiche Amsterdamer Bürger Landhäuser. In diesen grünen Oasen verbrachten sie die Sommermonate, wenn in der Stadt die Hitze unerträglich war, die Grachten zu stinken anfingen oder sich Seuchen ausbreiteten. Wenn es um Bau oder Umbau ging, ließen sie sich nicht lumpen, weshalb die Architekten aus dem Vollen schöpfen konnten. Entsprechend begehrt waren die Aufträge. Auch Benjamin hatte bereits

Landhäuser entworfen, doch sein Vater hatte ihn noch bei keinem Auftrag zum Zuge kommen lassen. Michiel vertrat die Ansicht, sein Sohn müsse sich langsam hocharbeiten, aber Benjamin fehlte dafür die Geduld. Er war doch schon beinahe mit seiner Ausbildung fertig.

»Ich werde doch nicht aufs Land fahren, wenn dort Angreifer ihr Unwesen treiben!«, protestierte Daan.

»Da werden schon keine sein. Und wenn, dann werden sie sich kaum für dich interessieren.«

Daan schien nicht überzeugt. »Es geht um den Hof und die Zufahrt zum Landhaus?«, fragte er widerstrebend.

»Ja, natürlich. Der Entwurf ist fertig. Schön, fest und nützlich, wie es sich gehört. Der Cortile ist mit seiner Säulenreihe von vollendeten Proportionen. Schlanke Säulen nach korinthischer Ordnung. So soll es sein, und doch will er gerade diesen Hof ändern lassen. So sind die Auftraggeber nun mal: wankelmütig und unwissend.« Michiel schnaubte missfällig. »Ärgerlich ist, dass de Jong bei Philips Vingboons ebenfalls einen Entwurf bestellt hat und sich aus unseren beiden den besten aussuchen will. Der hat offenbar zu viel Geld.«

»Das ist wirklich unerhört«, stimmte Daan zu. »Aber seit Vingboons dieses Buch veröffentlicht hat, rennen ihm die Auftraggeber die Türen ein.«

Benjamin nickte. Ihr ärgster Konkurrent entstammte einer vielköpfigen Malerfamilie, war geschäftstüchtig und wurde zudem von seinen Brüdern unterstützt, die Kupferstecher und Verleger waren. Vor zwei Jahren hatten diese die Entwürfe ihres Bruders in einem Prachtband herausgebracht und weithin verbreitet. Neben dem Buch *Architectura Moderna*, das vor allem die Werke des Amsterdamer Baumeisters Hendrick de Keyser feierte, war Vingboons' Werk das wichtigste, wenn es darum ging, Amsterdamer Bauten in ihrer ganzen Schönheit zu zeigen. Seither konnte sich Vingboons vor Aufträgen kaum retten. Angeblich fragten sogar ausländische Interessenten an. Benjamins Vater hatte dieser Erfolg so gewurmt, dass er seine Entwürfe ebenfalls hatte drucken lassen. Die erste Auflage der *Architectura Aard* hatten sie eigenhändig in Amsterdam unter die Leute gebracht. Einige Ausgaben waren durch befreundete Kaufleute auch in anderen Handelsstädten gelandet, was ihnen ebenfalls vereinzelte Anfragen gebracht hatte.

»Jetzt will auch noch Julius Vingboons in die Fußstapfen seines Bruders treten«, beklagte Michiel. »Als hätten wir in der Stadt nicht genügend Konkurrenten! Aber wir werden nachziehen! Ob in Amsterdam oder an der Vecht – wir werden ihm das Feld nicht überlassen!«

Benjamin folgte seinem Vater in dessen Kammer. Die Bettdecke der Mutter war aufgeschlagen, als würde sie gleich schlafen gehen. Obgleich ihr Tod bereits ein Jahr her war, spürte Benjamin einen Stich. Der Todesfall war ein Schock für sie gewesen. Sein Vater und sein Bruder trösteten sich damit, dass Lenora nun in einer besseren Welt war. Benjamin hingegen tat sich mit dem Glauben schwer, seit zwei seiner drei Geschwister binnen weniger Tage von Fiebern oder sonstigen Krankheiten dahingerafft worden waren. Damit war er nicht der Einzige. Andererseits gab es unter seinen Freunden auch Wiedertäufer, Katholiken, Muslime und Juden, die ihre ganz eigenen Vorstellungen vom Jenseits hatten. Da niemand weiß, wie es nach dem Tode weitergeht, sollte man sich vielleicht einfach die Jenseitsvision aussuchen, die einem am besten in den Kram passt, dachte er.

Kurz überlegte Benjamin, ob er seinem Vater von Daans und Antjes Stelldichein erzählten sollte, aber er hielt den Mund. Im Zweifelsfall würde sein Vater Antje hinauswerfen, und dann musste ihr Männerhaushalt ohne die Fürsorge einer Magd auskommen. Er pflückte eilig ein Hemd von der Kleiderstange, den flachen spitzenumsäumten weißen Kragen sowie den braunen Seidenanzug samt Hut und Seidenstrümpfen.

Während er sich ankleidete, dachte sein Vater laut nach: »Der Kurier hat die Truppen im Gooi getroffen, sagst du? Dann müssen die Angreifer jeden Augenblick hier sein! Und es waren wirklich so viele Soldaten? Gut, dass du mir so schnell Bescheid gegeben hast. Das ist meine Chance zu zeigen, was in mir steckt. Soweit ich weiß, ist nur einer der vier Bürgermeister in der Stadt, nämlich Cornelis Bicker. Die Regenten de Graeff und Huydecoper sind mir bereits gewogen. Bei der nächsten Ratswahl … «

Es war eines von Vaters Lieblingsthemen. Benjamin konnte beinahe mitsprechen. Ungeduldig trat er von einem Fuß auf den anderen. Michiel hatte es nicht verwunden, dass er nach Großvaters Tod nicht dessen Posten in der Vroedschap bekommen hatte. Die sechsunddreißig Plätze wurden auf Empfehlung der anderen Regenten vergeben, und Amsterdams Stadtregierung war ein einziges Geklüngel, in dem ein Familienmitglied oder Freund dem anderen gut bezahlte Posten zuschob. Schon sein Großvater hatte erfahren müssen, wie langwierig und steinig der Weg in die Vroedschap war. Es gab einfach viel zu viele reiche Anwärter, die sich ihre Unterstützung erkaufen konnten. Zudem hatte ihre Familie einflussreiche Feinde, die einem Aufstieg im Wege standen.

»Schneller, nun mach schon! Ich muss sofort zum Rathaus.« Sobald Michiel angekleidet war, lief er in den Salon, in dem die Magd immerhin eine Lampe entzündet hatte.

Benjamin folgte ihm auf dem Fuß. »Ich begleite Euch«, bot er an.

»Mitnichten. Du hast genug zu tun. Abgesehen davon warte ich immer noch auf deinen Entwurf des Kutschhauses. Die Zeit drängt.« Michiel Vicentszoon Aard stopfte seine langstielige Tonpfeife, beträufelte den Tabak mit seiner Lieblingssoße mit Dörrpflaumengeschmack und entfachte ihn mit einem Kienspan an der Lampe. Tief sog er den Rauch ein.

Das Kutschenhaus! Diese Aufgabe war so langweilig, dass Benjamin sie vor sich hergeschoben hatte. Außerdem war an Arbeiten in dieser Situation nicht zu denken. »Ich melde mich bei den Freiwilligen. Ich kann kämpfen!«

»Das Kämpfen überlässt du anderen. Nur, weil du Tibaults *Académie de l'espée* studiert hast, bist du noch kein Soldat«, sagte Michiel und paffte dicke Wolken in die Luft.

»Beim Fechtunterricht habe ich mich wacker geschlagen. Aber gut, dann werde ich anderweitig helfen. Der Stadtwall ist an einigen Stellen baufällig. Wenn es um die Verteidigung Amsterdams geht, wird jede Hand gebraucht.«

»Deine Hand sicher nicht. Du bist doch kein Arbeiter.« Irritiert musterte Michiel ihn. »Wie siehst du überhaupt aus? Diese Schlampigkeit kennt man von euch Jungspunden schon, aber auch noch der Schmutz – ist das jetzt etwa auch Mode? Was sollen die Leute denken? Richte dich gefälligst her!« Er eilte hinaus.

Konsterniert blickte Benjamin in den großen Spiegel neben dem Kamin. Die strohblonden Haare klebten ihm feucht am Kopf und auf den Schultern, seine Wangen waren fleckig, sogar seine Augen wirkten regenblau.

»Wie siehst du überhaupt aus?«, ahmte er die Worte seines Vaters nach. »Nass und zerzaust wie eine Katze, die einen Guss abbekommen hat!«, gab er sich selbst die Antwort.

Sauer über die Zurechtweisung wischte er über die Flecken auf seinem Samtwams. Ein Seidenstrumpf war heruntergerutscht, der andere zerrissen. Kein Wunder, dass sein Vater ihn nicht ernst genommen hatte! Normalerweise hätte Benjamin die Magd gebeten, seine Kleidung zu richten. Nachdem er sie aber in einer derart kompromittierenden Situation gesehen hatte, war ihm das nicht möglich. Er kämmte seine langen Haare mit gespreizten Fingern durch und rieb sich den Dreck von der Hose. Dann zog er den Strumpf hoch.

Während er die Schleife band, wanderte sein Blick über die Gemäldegalerie. Der liebevolle Blick seiner viel zu früh verstorbenen Mutter. Die toten Geschwister in ihren Bettchen, ganz grau im Gesicht. Sein Großvater Vincent, der würdevoll auf ihn herabsah. Er trug eine altmodische schulterweite Rüschenkrause – wie hatte man sich in diesem Ungetüm überhaupt bewegen können? Die Großmutter hatte sich in einem Selbstporträt verewigt, das sie an der Staffelei zeigte. Im Hintergrund des Gemäldes war die Stadtsilhouette mit dem Festungswall zu sehen. Die Aards waren stolz darauf, dass Vincent einst auch als Festungsbauer in Amsterdam tätig gewesen war – warum also durfte er seine Heimat jetzt nicht verteidigen?

Unzufrieden ergriff Benjamin seinen Beutel mit den Gläsern und marschierte an den Bildern vorbei zur Treppe. Ihr Haus war geräumig, sodass auch er sein eigenes Studier- und Schlafzimmer hatte. Das Fenster ging zur Gracht hinaus. Milchiges Tageslicht fiel durch die feuchten Scheiben; immerhin schien es nicht mehr zu regnen. Wie sein Vater und sein Bruder hatte auch Benjamin die Wände mit Gemälden, Zeichnungen und Landkarten bedeckt. Holzmodelle von Gebäuden standen auf dem Parkettboden, dazu eine Staffelei. Auf seinem Tisch lag ein bunter Papierhaufen. Entwürfe en masse, einer fantasievoller und ausgefallener als der andere. Auf einem stand verschnörkelt »Kutschhaus«, mehr nicht. Dazu eine Menge angefangener Briefe. Etliche musste er nur noch siegeln und abschicken.

Benjamin machte auf seinem Schreibtisch Platz für die Gläser. Womit sollte er anfangen? Sollte er sich seiner Korrespondenz widmen? Erst gestern waren interessante Briefe aus Paris und London eingetroffen, die er beantworten wollte. Oder sollte er seine Forschungsergebnisse analysieren? Auf den ersten Blick hatte er den Eindruck gehabt, dass er in den Gläsern am Fuße der Windmühle mehr Regen aufgefangen hatte als an der Spitze – aber konnte das wirklich sein? Er könnte auch an seiner perspektivischen Studie im Stile Pieter Jansz Saenredams weitermalen. Dieser übertrug auf eine fantastische Art und Weise die Klarheit der Kirchenarchitektur auf die Malerei. Oder sollte er doch endlich das Kutschhaus entwerfen?

Unentschlossen packte er die Gläser aus. Ein weiteres Glas war auf dem Weg zerbrochen. Und wo war die Öl-Uhr? Hatte er sie nicht in den Beutel gelegt? Sollte er sie vergessen haben? Es war ein kostbares Stück, und in den metallenen Lampenfuß war der Familienname graviert. Benjamin sprang auf, ging in Gedanken seinen überhasteten Aufbruch durch. Nein, er konnte sie nicht in der Mühle stehengelassen haben. Hatte er Theo die Lampe in die Hand gedrückt? Oder sie vielleicht am Stadttor abgestellt?

In diesem Augenblick trat sein Bruder ein. Daan hatte sich angekleidet und einen schlichten haselnussbraunen Anzug gewählt, der zu seiner Augenfarbe passte. Kein Fussel verunzierte den Samt. Die aschblonden Haare umrahmten Daans rundes Gesicht, auf dem vereinzelte Pockennarben zu sehen waren, das Kinn war säuberlich rasiert. So klar und nüchtern sah er aus, als wäre er ein calvinistischer Prediger. Benjamin seufzte. Gegen seinen fünf Jahre älteren Bruder kam er sich wie ein halbes Jongetje vor.

Missbilligend blickte Daan auf die Unordnung und das getragene Leibhemd auf dem Stuhl. Was bildete sein Bruder sich ein, sich als überlegen aufzuspielen – er sollte sich lieber für das schämen, was er getan hatte!

Als habe er Benjamins Gedanken gelesen, fauchte Daan ihn an: »Willst du mir etwa Vorwürfe machen? Was platzt du in mein Zimmer hinein!« Er näherte sich Benjamin und baute sich vor ihm auf. »Wehe, du sagst ein Wort zu Vater!«

Wollte er ihn etwa einschüchtern? Benjamin richtete sich auf. »Dass du Antje das antust!«

Ein zufriedenes Grinsen huschte über Daans Gesicht. »Antust? Sie hat Spaß gehabt, das hast du doch gesehen.«

»Wenn sie schwanger wird, ist es kein Spaß mehr. Warum gehst du nicht zu den Meisjes van plezier wie die anderen –«

»Und hole mir bei den Huren die spanischen Pocken?«, unterbrach Daan ihn. »Nein, danke. Außerdem schickt sich das nicht für einen gottesfürchtigen jungen Mann wie mich.«

Benjamin konnte nicht anders. Er lachte auf.

Daans Augen funkelten. »Im Gegensatz zu dir lese ich täglich die Staatenbibel, besuche den Tempel und helfe in der Kirchengemeinde. Du solltest dich nicht so aufspielen. Kannst froh sein, dass Vater sich nicht eingehender mit deinen Experimenten beschäftigt. Wenn er wüsste, wie viel Geld du für Gerätschaften und Bücher abzweigst! Allein die Gläser und Linsen, die du in Auftrag gegeben hast!«

Benjamins Mund wurde trocken. Sein Bruder wusste davon? Mithilfe der Linsen wollte er ein Mikroskop bauen, wie er es in den Schriften der visionären Erfinder Drebbel und Galilei gesehen hatte. Gemeinsam mit Theo wollte er erkunden, was für das bloße Auge unsichtbar war. Seinen Cousin interessierten in erster Linie die Bestandteile des Menschen. Theo versuchte zu erforschen, ob Haare und Fingernägel lebten; schließlich wuchsen sie weiter, wenn ein Mensch tot war. Andererseits verspürte man keine Schmerzen, wenn man sie schnitt – es war seltsam. Ihn hingegen faszinierten die Baupläne der Natur, Muster von vollkommener Schönheit. Benjamin riss sich aus seinen Überlegungen. Möglicherweise konnte er seinen Vater überreden, Milde walten zu lassen. Andererseits hatte Michiel ihn schon wegen seiner letzten Ausgaben ermahnt.

»Von mir erfährt Vater nichts über euer Techtelmechtel«, gab Benjamin schließlich nach. »Aber du solltest Antjes Ruf nicht gefährden. Das hat sie nicht verdient.«

»Es war nur ein Ausrutscher, lass gut sein! Ich bedaure es bereits«, beteuerte Daan halbherzig. »Mein sündiger Leib ist mit mir durchgegangen. Ich muss mich ohnehin bald nach einer Braut umsehen, damit ich meinen Platz in der Stadt einnehmen kann.« Auch er hoffte, eines Tages im Stadtrat zu sitzen oder gar Bürgermeister zu werden.

»Solltest du nicht schon unterwegs sein?«, wechselte Benjamin das Thema. Er konnte diese Heuchelei kaum ertragen.

»Ich habe es bei diesem Wetter nicht eilig mit meiner Flussfahrt.« Daan sah sich um, nahm einige Papiere auf, überflog sie und ließ sie kopfschüttelnd wieder auf den Schreibtisch fallen. »Ich begreife nicht, warum du immer wieder riskierst, Vaters Missbilligung auf dich zu ziehen. Was sollen diese albernen Experimente? Warum kümmerst du dich nicht um deine Arbeit und deine Studien, wie Vater es von dir erwartet?«

»Diese Experimente sind Teil meiner Studien. Und sie sind ganz und gar nicht albern.« Knapp berichtete Benjamin, was er in den letzten Stunden getan hatte. »Die Forschungen über Temperatur und Wetter können sich segensreich auf Lage, Bauplanung und Bau eines Hauses auswirken.«

»Pure Zeitverschwendung! Du solltest dich lieber der Lektüre der architektonischen Klassiker verschreiben. Schon den Architekten der Antike war bekannt, mit welchen Mitteln man am Bau mit aufgeweichtem Erdreich oder Frost umgeht.«

»Glaubst du, ich wüsste diese Schriften nicht längst auswendig? So einfach ist das nicht! Was meinst du, warum Physiker und Mathematiker wie die Signori Galilei und Torricelli sich diesen Fragen gewidmet haben? Wenn man im Voraus weiß, wann es regnen, stürmen oder frieren wird, kann man Bauarbeiten ganz anders planen.«

»Du bist weder Physiker noch Mathematiker, sondern Maler und Architekt.«

»Genau. Und als Architekt will ich Häuser bauen, die bestmöglich mit den Elementen harmonieren. Das Wasser soll den Menschen dienen, statt Mauern und Dächer anzugreifen. Türme sollen in den Himmel wachsen, ohne vom Sturm zerbrochen zu werden. Dächer –«

»Spinnerei!«, machte Daan seinen Ausführungen ein Ende. »Widme dich lieber deinem Auftrag oder bereite dich wenigstens auf deine Arbeit am Stadhuis vor.«

»Da gibt es nichts vorzubereiten.« Natürlich war es eine Ehre, am Bau des Stadhuis mitwirken zu dürfen, aber derzeit war man noch mit den Grundmauern des monumentalen neuen Rathauses beschäftigt, was Benjamin langweilig fand.

Daan sah ihn prüfend an. »Ich dachte, du würdest ebenfalls auf eine Große Tour gehen wollen. Die ist von Vater ja auch als Belohnung gedacht«, sagte er.

Benjamin hob die Schultern. »Ich weiß nicht. Früher mag so eine Vergnügungs- und Bildungsreise notwendig gewesen sein, um die Werke der berühmten italienischen Baumeister in natura studieren zu können. Aber heute sind wir den anderen Nationen weit voraus. Denk an die Baukunst eines de Keyser, eines van Campen oder eines Pieter Post! Was die Gemälde angeht, sind niederländische Künstler ohnehin tonangebend. Und wenn ich wirklich einen Tizian oder Raffael sehen will – dann bitte ich um Zutritt zu einer Amsterdamer Kunstsammlung. Jeder Poorter ist stolz, wenn er mit seinem Besitz glänzen kann. Hier ist der Marktplatz der Welt, auch was Kunst angeht.«

Ungeduldig war Benjamin zum Fenster gelaufen, verwundert, dass die ersten Arbeiter und Bürger, die vorbeikamen, noch vollkommene Ruhe ausstrahlten. »Außerdem ist heute kein normaler Arbeitstag. Amsterdam wird angegriffen – begreifst du das nicht? Wir dürfen nicht untätig herumsitzen!« Ratlos rieb er sein Kinn, auf dem ein paar Stoppeln sprossen. »Ich verstehe allerdings nicht, warum der Statthalter Amsterdam angreifen sollte. Ja, gut, der Rat der Stadt hat bei seinem letzten Besuch nicht nach seiner Pfeife getanzt, aber das ist doch kein Grund, zu den Waffen zu greifen!«

Sein Bruder lächelte nachsichtig. »Da siehst du es. Du solltest dich mehr mit der allgemeinen Lage und weniger mit deinen wissenschaftlichen Liebhabereien beschäftigen.« Er warf mit spitzen Fingern das Leibhemd vom Stuhl und setzte sich. Es würde also ein längerer Vortrag werden. Allein die Aussicht machte Benjamin nervös.

»Prinz Wilhelm, der zweite dieses Namens, gibt sich herrschaftlich. Dabei ist er nichts als ein hoher Beamter«, begann Daan und betrachtete seine makellos sauberen Hände und den Siegelring, den er zur Volljährigkeit erhalten hatte.

Hoffentlich betet er mir jetzt nicht das politische System der Republik vor, dachte Benjamin, denn das kannte jedes Kind. Früher hatte der Statthalter den spanischen König vertreten, dem die siebzehn niederländischen Provinzen gehörten. Nach dem Befreiungskrieg unter Wilhelm von Oranien spaltete sich das Land in die Spanischen Niederlande im Süden, die nach wie vor katholisch waren, und die Republik der sieben Provinzen im Norden, die den reformierten Glauben pflegten. In diesen Generalstaaten wurde der Statthalter von den Provinzen eingesetzt. Üblicherweise übernahmen die Nachkommen Wilhelms die Statthalterschaft in den Provinzen Holland, Zeeland, Utrecht, Overijssel und Gelderland, während die Abkömmlinge seines Bruders Jan von Nassau das Amt in den nördlichen Provinzen Groningen und Friesland erhielten. Schließlich waren die Oranier die höchsten und reichsten Adeligen des Landes. Als Generalkapitän der Truppen hatte der Statthalter zudem den höchsten militärischen Rang inne.

»Der Zwist zwischen der Provinz Holland und Prinz Wilhelm ist hauptsächlich über die Zukunft der Streitkräfte entbrannt«, dozierte Daan jetzt. »Der Statthalter will sein stehendes Heer in voller Stärke behalten, das sind immerhin etwas mehr als sechsundzwanzigtausend Mann sowie dreitausend Pferde – und Amsterdam soll sie bezahlen.«

»Nicht nur Amsterdam.«

»Natürlich nicht, Dummkopf! Die Generalstaaten zahlen das Heer gemeinsam, aber davon trägt Holland fast sechzig Prozent, wovon Amsterdam etwa die Hälfte übernimmt.«

Benjamin missfiel Daans Ton. Gleichzeitig musste er sich eingestehen, dass er mit Politik wenig am Hut hatte. »Wenn wir das Heer bezahlen, dürften sich die Soldaten erst recht nicht gegen uns wenden.«

»Die Armee hört auf den Befehlshaber, nicht auf den Geldgeber. Aber was sollen wir noch mit einem derart großen Heer? Seit dem Frieden von Münster droht der Republik keine Gefahr mehr. Niemand wagt es, sich mit uns anzulegen. Wer könnte es auch? Spanien ist nur noch ein Schatten seiner selbst und bekriegt zudem gerade Frankreich. England ist nach der Hinrichtung von König Charles im letzten Jahr eine Republik, aber durch und durch zerstritten. Und Frankreich ist mit Spanien, der Fronde und dem Bürgerkrieg beschäftigt.«

Eine Fronde war eigentlich eine französische Wurfschleuder, der Begriff hatte sich aber als Bezeichnung für Meinungsäußerungen gegen den Königshof durchgesetzt, die in den letzten Jahren in Aufstände gemündet waren, das wusste Benjamin. Vor allem Königin Anna von Österreich und der italienische Kardinal Mazarin, die für den elfjährigen König Ludwig XIV. regierten, waren umstritten.

»Portugal legt sich mit uns an«, präzisierte Benjamin, obgleich er sonst kein Besserwisser war.

Daan seufzte. »Das ist korrekt. Die Portugiesen ertragen nicht, dass wir sie in den Kolonien verdrängt haben. Ihnen geht es um Brasilien und den lukrativen Sklavenhandel. Es ist ein kostspieliger Krieg, bei dem … «

Benjamins Gedanken waren bereits weitergesprungen, außerdem wollte er den langen und ebenso langweiligen Vortrag seines Bruders abkürzen. »Möglicherweise kann Oom Samuel zu Amsterdams Gunsten vermitteln. Wir sollten ihm schreiben.«

Sofort ergriff er Tinte und Schreibfeder. Sein Onkel stand in den Diensten des Hauses Oranien und verfügte über Einfluss bei Hofe, abgesehen davon war er ein wohlhabender Geschäftsmann. Benjamin bewunderte Samuel jedoch vor allem wegen seiner umfassenden Gelehrsamkeit. Er war ein Virtuose der Künste und Wissenschaften.

Daan erhob sich. »Überlass das lieber Vater. Hier geht es um eine wichtige politische Angelegenheit, von der du nichts verstehst. Ich mache mich an die Arbeit. Und auch du solltest dich deiner Aufgaben besinnen.«

Als sein Bruder gegangen war, fühlte Benjamin sich beschämt. Wie so oft war es Daan gelungen, das Gespräch zu wenden. Eigentlich hatte sein Bruder den gravierenderen Fehltritt begangen – warum ging es ihm, Benjamin, dann jetzt schlecht? Und egal, was alle sagten: Er musste etwas tun!

Er lief hinunter in die Küche und spähte um die Ecke, um Antje nicht zu begegnen. Als er sich vergewissert hatte, dass die Luft rein war, schenkte er sich ein Glas Buttermilch ein und trank diese im Stehen.

»Soll ich Euch das Frühstück bereiten?«, hörte er eine Stimme hinter sich und verschluckte sich fast. Antje war mit zwei frischen Brotlaiben vom Bäcker eingetreten. Die braunen Locken unter der Haube, eine gestärkte Schürze. Zupackend und patent wirkte sie, wie immer. Trotzdem sah Benjamin sie vor seinem inneren Auge nackt und erregt. Sein Blut geriet in Wallung, was ihn verlegen machte. Sie schien ebenso beschämt, denn sie mied seinen Blick und begann, hektisch mit Brettern, Schalen und Messern zu hantieren.

»Nein, danke.« Er stellte das Glas ab. »Ich habe keine Zeit.«

»Aber Ihr müsst doch etwas essen, Mijnheer. Möchtet Ihr ein Broodje Kaas?«, fragte sie eilfertig.

»Nein!«, sagte Benjamin. Die Situation war ihm mehr als peinlich. Er schickte sich zum Gehen an.

Antje berührte seinen Arm. Flehend sah sie ihn an. Ihre weichen Gesichtszüge unterstrichen das Geduldige, Gutmütige in ihrem Wesen. »Bitte, sagt es nicht Eurem Vater, Mijnheer. Ich habe noch fünf Geschwister im Beemster. Meine Familie rechnet mit meinem

Lohn.« In ihren Augen glitzerten Tränen. »Ich mag Euren Bruder. Sehr sogar. Es kommt nicht wieder vor, das verspreche ich. Lasst mich Euch ein Brot schmieren, bitte.«

Als ob dann alles vergessen wäre! Dennoch gab Benjamin nach. »Aber eile dich!«

Sie schnitt krachend den Brotlaib auf, beschmierte die Scheibe mit frischer Butter und legte geschnittenen Kräutergouda darauf. Benjamin nahm das Käsebrot auf die Hand, er würde es unterwegs essen.

»Die Abdrücke Eurer Schmutzschuhe in der Halle habe ich übrigens schon aufgewischt. Vergesst nächstes Mal die Hausschuhe nicht!«, rief sie ihm noch nach, als wäre nichts geschehen.

Just als er auf die Straße trat, begannen alle Glocken Amsterdams zu läuten. Zugleich erklangen in einiger Entfernung die Schläge von Trommeln. Dieses Zusammenspiel war so selten, dass es die Bewohner der Stadt sogleich in helle Aufregung versetzte. Noch während der Alarm durch Grachten, Gassen und über Plätze hallte, flogen die Fensterläden und Türen auf. Es war, als ob die Häuser selbst die Augen aufrissen und auf den Kanal starrten. Bewohner liefen – teils noch im Nachtrock – auf die Straße.

Benjamin stopfte das Brot in seine Tasche und eilte mit den Neugierigen zur Stadtmitte, wo das Trommeln seinen Ursprung hatte. Er querte Keizersgracht und Herengracht, passierte die Stadtsteinhauerei. Normalerweise schaute er gern bei seinem Freund Quentin vorbei und betrachtete die Arbeit an den Statuen, die dessen Lehrmeister, der flämische Bildhauer Artus Quellinus für das neue Stadhuis herstellte. Heute aber hatte er dafür keine Zeit.

Je näher er dem Zentrum kam, umso aufgeladener wurde die Stimmung auf den Straßen. Die Mitglieder der Schützengilden versammelten sich, manche legten noch im Lauf ihre Schärpen um. Er sah Frauen auf die Knie fallen, die Hände gen Himmel recken und um Gnade vor dem Weltuntergang flehen; ihrem Verhalten und der schlichten Tracht nach zu urteilen, handelte es sich um Wiedertäuferinnen. Aber auch die Kaufleute hatten achtlos ihre Preislisten oder Zeitungen unter den Arm geklemmt und diskutierten. Turbanträger und chinesische Händler bestaunten verständnislos das Geschehen. Zugleich gab es auch etliche Menschen, die die Nachricht nicht zu beeindrucken schien, die ihren Fisch, ihren Käse und ihr Obst und Gemüse am Markt auslegten oder mit ihren Kutschen spazieren fuhren.

Schließlich folgte Benjamin dem Nieuwezijds Voorburgwal bis zum Dam, wo die Druckereien gerade ihre Auslagen bestückten. Erst am Hauptplatz der Stadt hielt er inne. Wie so oft beschämte Benjamin der Anblick. Der Dam war die historische Keimstätte der Stadt. Hier war der erste Damm errichtet, hier waren die ersten Häuser erbaut worden. Eigentlich sollte dieser Platz mit dem Rathaus die Macht Amsterdams verkünden. Benjamin dachte an die Bilder, die er vom Markusplatz in Venedig gesehen hatte. Dort war mit dem Markusdom, dem Dogenpalast, den Amtsgebäuden und dem Glockenturm auf beeindruckende Weise das weltliche, geistliche und kulturelle Zentrum der Stadt konzentriert. Der Dam jedoch war kaum mehr als ein Marktplatz für Waren und Neuigkeiten. Die Amsterdamer trieben weltumspannenden Handel, sie trugen die Krone der Welt – sie sollten ein repräsentatives Gebäude besitzen. Das Gegenteil war jedoch der Fall.

Derzeit herrschte auf dem Dam vor allem architektonisches Chaos. Da war zum einen das alte Rathaus an der Ecke zur Kalverstraat. Das säulengeschmückte Gebäude mit dem Walkiefer an der Fassade war so baufällig, dass die Bürgermeister, Regenten und sonstigen Honoratioren ständig damit rechnen mussten, dass es ihnen über dem Kopf zusammenbrach. Vor einigen Jahren hatte bereits die Turmspitze abgetragen werden müssen. Die Mauern waren brüchig und feucht, das Dach undicht, und aus den Ritzen sprossen Pflanzen. Auf der anderen Seite erhob sich die Nieuwe Kerk, deren

Wiederaufbau nach dem Brand vor fünf Jahren noch nicht abgeschlossen war. Eigentlich sollte die Ratskirche den höchsten Turm der gesamten Niederlande bekommen. Vor allem das katholisch geprägte Utrecht und dessen Domturm wollten die calvinistischen Kirchenherren übertreffen. Doch der Turmbau zog sich hin. Bislang waren lediglich das Fundament und ein Sockel erstellt worden. Ohne den Turm aber wirkte die Kirche klotzig. Die alte Stadtwaage war hingegen zu klein für die viele Güter, die am Amstelufer angelandet wurden. Der einzige Lichtblick war die Amsterdamer Börse, für deren Bau sich der Architekt Hendrick de Keyser in London hatte inspirieren lassen. Hier kamen die Geldströme aus den gesamten Niederlanden, aus ganz Europa, ja, der ganzen Welt zusammen.

Schließlich wanderte Benjamins Blick zur Baustelle an der Nordseite des Dams. Dort, mit der Front zum Ufer, entstand das neue Rathaus. Es würde ein Palast werden, auf den Könige stolz sein könnten – nur dass es keinem Herrscher, sondern den Bürgern dienen sollte. Mehr als sechzig Grundstücke hatte man dafür angekauft, ganze Straßenblöcke dem Erdboden gleichgemacht. Auch das Fundament war kostspielig gewesen, schließlich waren in den Niederlanden Bäume Mangelware, und die Stämme mussten aus Norwegen importiert werden. Trotzdem waren mehr als dreizehntausend Pfosten im sumpfigen Erdreich versenkt worden. Wegen des Schwemmsands, auf dem Amsterdam ruhte, hatten siebzig Arbeiter jeden einzelnen Pfosten immer wieder hochziehen und hinunterrammen müssen, bis er fest saß. Auch jetzt dröhnte irgendwo in der Stadt das dumpfe Rumsen. Manchmal dachte Benjamin, dass diese Rammen das Leben der Amsterdamer so nachhaltig prägten, dass ihnen andere Orte totenstill erscheinen mussten.

Benjamin steuerte seine Arbeitsstelle nicht an, sondern folgte dem Menschenstrom zum alten Rathaus. Er schob sich an den Wartenden vorbei, durch den Säulengang und an der Vierschaar entlang, wo normalerweise Gericht gehalten wurde. Tagten die Bürgermeister noch im ersten Geschoss des baufälligen Turms? War sein Vater bei ihnen? Immer wieder fragte er einen der Umstehenden, ob es schon Neuigkeiten gebe.

In diesem Augenblick öffneten die Ratsdiener die Saaltüren. Ehrfurchtsvoll und gespannt zugleich drängten die Wartenden vor. Die Regenten hatten sich bereits von der langen Tafel erhoben, diskutierten aber weiterhin. Bürgermeister Antonie Oetgens van Waveren war offenbar von seinem Landsitz hergeeilt. Wie Cornelis Bicker trug er als Zeichen seiner Würde den schwarzen Anzug und die weite Mühlsteinhalskrause. Das Bürgermeisterquartett war jedoch nicht komplett, da Wouter Valckenier erst vor einigen Tagen verstorben und noch nicht ersetzt und Frans Banninck Cocq auf Reisen war.

Benjamins Vater stand bei den wichtigsten Männern der Stadt, den Bicker-Brüdern Andries und Cornelis, die mit Cornelis de Graeff und dem Regenten Johan Huydecoper van Maarsseveen redeten. Ältere Herren mit großen Hüten und dunkler Kleidung, die trotz ihres würdigen Auftretens wild gestikulierten. Unauffällig trat Benjamin näher. Er musste unbedingt herausfinden, welche Maßnahmen ergriffen wurden.

»Der Prinz ist als Statthalter der Diener der Provinzen, nicht unser Herr – das muss er begreifen! Wir haben uns schon viel zu lange von den Oraniern das Geld aus der Tasche ziehen lassen! Außerdem ist dieser Prinz noch ein Jongetje – er wäre nicht einmal alt genug, um in die Vroedschap einzutreten!«, rief Andries Bicker entrüstet. Mit einem spitzengesäumten Taschentuch tupfte er sich den Schweiß ab.

»Aber was sollen wir tun? Gegen zehntausend Mann werden wir nicht ankommen! Der Prinz wird die Stadt überrennen!«, sagte Johan Huydecoper. Der großzügige Liebhaber der Künste wirkte jetzt panisch.

Michiel zupfte an seinem Ohrläppchen, dann räusperte er sich.

»Mit Verlaub, wir sollten Ruhe bewahren und uns an die Arbeit machen. Die Bewohner Amsterdams vertrauen darauf, dass wir … dass die Regenten das Richtige tun. Beschlossen habt Ihr es ja bereits.«

»Ruhe bewahren, genau darum geht es«, stimmte Cornelis de Graeff zu. »Das Haus Oranien wird schon zur Besinnung kommen. Bis dahin gilt es, viele Briefe zu verfassen und sicherheitshalber Maßnahmen zum Schutz der Stadt zu ergreifen.«

Michiel nickte heftig. Das Haus de Graeff war ihrer Familie schon lange verbunden, denn Cornelis de Graeffs Vater und Benjamins Großvater waren befreundet gewesen. Der alte de Graeff war ein gebildeter, freiheitlich denkender Mann gewesen, der sich für Architektur interessierte und sich für das neue Stadhuis starkgemacht hatte. Sein Sohn hatte zusammen mit den anderen Regentensöhnen den Grundstein legen dürfen.

Die Männer strebten auseinander. Benjamin wollte verschwinden, aber sein Vater hatte ihn bereits entdeckt. Mit erzürnt vorgereckter Pfeife kam er zu ihm. »Was willst du hier? Ich dachte, meine Anweisungen wären klar gewesen?«

Benjamin fiel eine Ausrede ein. »Ich wollte Euch vorschlagen, an Oom Samuel zu schreiben. Vielleicht kann er beim Prinzen ein gutes Wort für Amsterdam einlegen.«

»Was meinst du, was ich heute Morgen gleich als Erstes getan habe?« Michiel sah ihn durchdringend an. »Übrigens, rate mal, wen ich vorhin am Rathaus getroffen habe.« Er gab die Antwort selbst: »Kris. Mein Bruder wollte wissen, ob an den Gerüchten etwas Wahres dran ist. Woher hat er wohl so früh von dem Angriff erfahren?«

»So stimmt es also, dass wir bald angegriffen werden!«

»Offenbar lagert ein Teil des Heeres unter Graf Wilhelm Friedrich bereits vor Abcoude«, musste Michiel zugeben.

»So nah sind sie schon? Das ist ja nur sechs Meilen südöstlich von Amsterdam!«

Michiel nickte grimmig. »Wem sagst du das!« Prüfend blickte er Benjamin an. »Du hast doch nicht etwa Kontakt zur Familie meines Bruders, obgleich ich es verboten habe?«

Benjamin schluckte. Sollte er es leugnen? Er hob die Mundwinkel zu einem Lächeln. »Mijnheer de Graeff schien Eurer Meinung zu sein. Das ist doch sehr gut, oder?«, versuchte er abzulenken.

Michiels Blick wanderte zu den Regenten um Bürgermeister Oetgens, die sich am Ausgang berieten. Er wirkte beunruhigt. Oetgens hatte ihrer Familie beim Aufstieg in den Rat stets Steine in den Weg gelegt. »Ich bin gleichzeitig mit Mijnheer Bicker im Rathaus eingetroffen. Daher konnte ich helfen, alle zusammenzurufen und die Beratung vorzubereiten. Endlich kann ich beweisen, dass ich zu mehr fähig bin als dazu, Häuser zu entwerfen und die Bauvorhaben der Stadt zu prüfen.«

»Was wird jetzt passieren?«

»Der Ratsdiener verkündet auf dem Dam die Maßnahmen zum Schutze Amsterdams. Bürgermeister Bicker lässt die Stadttore verrammeln, die Brücken hochziehen, die Artillerie auffahren und acht Kriegsschiffe ausrüsten, um das IJ zu sichern. Zudem werden zweitausend Söldner ausgehoben. Wir hoffen, dass Banninck Cocq bald eintrifft, um das Kommando zu übernehmen.« Kurz zögerte er. »Es ist ein Jammer, dass Mijnheer Pauw sich aus der Politik zurückgezogen hat. Wir haben einen erfahrenen Unterhändler wie ihn dringend nötig. Einige Hitzköpfe erwägen sogar, die Deiche zu durchstechen.«

Benjamin war entsetzt. »Das würde unsere Leute ebenso gefährden wie die Angreifer. Und erst die Verheerungen, die die Fluten auf den Äckern anrichten würden!«

»Das habe ich ebenfalls eingewandt. Ich werde Meester Stalpaert dabei unterstützen, den Festungswall zu verstärken. Viel zu lange haben wir uns in Sicherheit gewiegt und die Stadtverteidigung schleifen lassen. Anschließend werde ich zu meiner Schützengilde stoßen.« Die Regenten waren verschwunden, und auf einmal hatte es auch Michiel eilig. »Kümmere dich um deine Aufgaben, und vergiss vor allem deine Arbeit am Stadhuis nicht. Du weißt, ich habe meine Beziehungen spielen lassen, um dir diesen Posten zu beschaffen.«

»Ich könnte –«

»Das neue Rathaus wird das Symbol unserer Macht, die Krönung unseres Standes«, unterbrach sein Vater ihn ungeduldig. »Größer und prächtiger als die meisten Königspaläste. Wir werden dieses Vorhaben wegen der größenwahnsinnigen Tat unseres Statthalters nicht verschleppen. Prinz Wilhelm wird unseren Alltag nicht mehr als unbedingt nötig durchkreuzen.«

3

s'Gravenhage

Mit voller Kraft schlug Samuel van Sanders den Lederball zurück. Johan hechtete los und traf den Ball erneut. Samuel musste rennen, holte aus, die Holzkante ächzte beim Treffer – gerade noch. Immerhin: ein glücklicher Schlag, der Ball war für seinen Freund kaum zu bekommen. Doch es war wie verhext: Johan parierte auch diesen. Er schien die Flugbahn vorhersehen zu können. Half mathematisches Genie etwa auch beim Tennis?

Samuel ging die Puste aus. Noch zwei Ballwechsel, dann war er geschlagen. Frustriert schleuderte er den mit Darmsaiten bespannten Holzschläger auf die Bahn. Gleich darauf überfiel ihn Scham. Was war das für ein Benehmen – und dann noch vor Johan de Witt, einem dieser ehrgeizigen Rechtsgelehrten, die man im Auge behalten musste! Da sein Vater Politiker war, könnte auch er in nächster Zeit bedeutende politische Posten gewinnen. Johan hatte wie Samuel an der Universität Leiden studiert, in Frankreich seinen Doktor gemacht und rundete nun bei einem angesehenen Anwalt seine Ausbildung ab. Dass Johan das Leben trotzdem auskostete, sich leidenschaftlich körperlich betätigte, musizierte und dichtete, machte ihn nicht zu einem schlechteren Juristen. Samuel genoss Johans Gesellschaft. Wie er hatte Johan eine Große Tour absolviert, über die er amüsant zu berichten wusste. Vor allem aber war Johan ein kluger Geist mit einem ausgesprochenen Talent für Mathematik.

Schwer atmend holte Samuel seinen Schläger zurück. »Unsere ... Wette hast du ... ja wohl eindeutig gewonnen. Der regenschwere Boden und die schwüle Luft machen mir zu schaffen.«

»Nimm es nicht so schwer. Wenn wir übermorgen im Doppel antreten, dürfte uns der Sieg sicher sein«, meinte Johan und schüttelte ihm die Hand. Mit seinen langen, beinahe schwarzen Haaren, dem schmalen Gesicht und dem Kinn, das Charakterstärke verriet, wirkte er gleichmütig wie eine antike Statue. Geschwitzt hatte er kaum.

»Das ist mein einziger Trost«, brachte Samuel hervor. Er stützte die Hände auf die Knie, um zu Atem zu kommen. In Augenblicken wie diesem spürte er, dass er dreiunddreißig und damit acht Jahre älter als sein Bekannter war. Aber was half es? Tennis, oder Kaatsen, wie sie es nannten, war nun mal ein beliebter Zeitvertreib der Haager Gesellschaft. Er konnte froh sein, dass Johan sich zu einem Doppel mit ihm bereit erklärt hatte. Da Samuel wegen seiner Geschäfte und anderer Vergnügungen kaum Zeit für das Training blieb, hatten sie sich zu dieser frühen Stunde verabredet. »Für den exzellenten Bordeaux, um den wir gespielt haben, ist es wohl zu früh. Darf ich dich nach diesem Sieg auf eine leichtere Erfrischung einladen?«, fragte er.

»Normalerweise gerne. Ich nehme aber an, dass daraus nichts wird.« Johans Blick ging über das Feld hinweg.

Samuel richtete sich auf. Vom Rande des Spielfeldes steuerte sein Sekretär auf ihn zu. Frans war ein hagerer Mann mit halb verhangenen Augen, der jedoch alles genau im Blick hatte. »Sieur Sanders, verzeiht die Störung, aber soeben ist eine Nachricht eingetroffen.«

»Geht es um die Festivität morgen Abend?«, fragte Samuel besorgt. War der Koch krank geworden oder einer der Musiker? Würden die neuen Hindernisse und Schikanen, die er für den Billardtisch bestellt hatte, nicht rechtzeitig geliefert? Brachte der Zuckerbäcker das Konfekt nicht pünktlich? Alles musste bei dem Empfang perfekt sein, denn möglicherweise würden sich der Prinz und die Fürstenwitwe mit ihrem Gefolge die Ehre geben. In s'Gravenhage war nicht viel los, da kam dem Hochadel jede opulente Festivität recht.

»Um die Festivität nicht, nein.« Sein Sekretär legte ihm einen Umhang um. »Ein Eilbrief ist eingetroffen.«

Samuel verabschiedete sich von Johan und folgte seinem Sekretär über eine Grünfläche. Als er das Tor seines Gartens durchschritten hatte, hielt er inne. Genüsslich sog er die feuchte, von Blütenduft gesättigte Luft ein. Ein Streifzug durch den Garten, bei dem er sich an den Pflanzen erfreuen und seinen Gedanken nachhängen konnte, wäre die perfekte Fortsetzung des Tages. Doch dafür war jetzt keine Zeit.

Trotzdem blieb er einige Schritte weiter erneut stehen und zupfte an den weiß getupften Blättern seines Orangenbäumchens. Die Pflanze, die er aus Italien mitgebracht hatte, bereitete ihm Sorgen. Obgleich das Bäumchen schon ein Jahr hier stand und er es von seinem Gärtner mit einem Holzverschlag vor der Winterkälte hatte schützen lassen, blühte es nicht. So würde auch die Frucht ausbleiben, und er hatte gehofft, dass ihm gelingen würde, woran andere Gartenliebhaber scheiterten. Sicher war das Grundstück zu schattig. Hier im Haag, dem Wald des Grafen, hatte man nicht viel Auswahl. Standesgemäße Grundstücke waren umkämpft. S'Gravenhage war ein Dorf voller Paläste, ohne Stadtrechte oder Festungsmauer, auch wenn hier die politischen Gremien der Generalstaaten, der Hof der Oranier, die besten Schneider und Luxuswarenhändler ansässig waren.

Einen Augenblick hing Samuel seinem Traum nach. Ein Landsitz böte ihm mehr Möglichkeiten, seinen Gartenfreuden zu frönen. Von seinen Eltern hatte er zwar ein Gut geerbt, aber das Haus darauf war renovierungsbedürftig. Ländlich zu leben war gut und schön, aber komfortabel musste es schon sein. Für einen Umbau fehlte ihm jedoch die Muße.

Sein Sekretär räusperte sich. »Sieur ... «

»Ich komme schon«, meinte Samuel, beobachtete aber gleichzeitig, wie sein Gärtner die letzten verblühten Tulpen ausgrub.

»Vorsicht! Nicht, dass du die Zwiebel beschädigst!«, rief Samuel vorsichtshalber. Es waren sehr kostbare Sorten dabei, bizarre – Rot auf gelbem Grund – oder solche mit seltsamen Flammen; schließlich hatte seine Familie einigen der Tulpensorten einen Teil ihres Vermögens zu verdanken.

»Ich gebe gut acht, Sieur«, versicherte der Gärtner ihm.

Etwas weiter stieg Samuel der Duft des Rosenbeets in die Nase. Im Vorbeigehen berührte er die samtige Knospe vorsichtig mit den Fingerspitzen. Die vielfarbigen Rosen würden zauberhafte Bouquets abgeben. Seiner Favoritin würde er die schönste Blüte verehren. Aufregung ergriff ihn. Mademoiselle Charlotte aus dem Adelshaus der Gerulfinger war eine bewunderte Schönheit und voller Unschuld, zudem stand sie gesellschaftlich weit über ihm. Aber auch er hatte einiges zu bieten, und sein Wohlstand machte ihn zu einem gefragten Junggesellen. Samuel wollte eines Tages Rentier sein: so reich, dass sein Vermögen für ihn arbeitete. Seinen – gekauften – Adelstitel würde er dann mit einer strategisch günstigen Ehe veredeln. Liebe, Lust und Aufstieg zu verbinden schien aber die Quadratur des Kreises zu sein.

Durch die Terrassentür trat er an den Frühstückstisch, der wie ein kunstvolles Stillleben wirkte: Delfter Porzellan, makellos weißes Tischleinen – beides aus Manufakturen, an denen er beteiligt war –, krosses Brot, sonnengelber Käse, Wurst. Daneben die aufgelaufene Korrespondenz, die aktuelle Zeitung, eine Flugschrift über Nieuw Nederland, die gerade im Haag für Diskussionen sorgte, seine Violine. Und der Brief.

»Ich ziehe nur eben die verschwitzte Kleidung aus«, sagte Samuel.

Die Gesichtszüge seines Sekretärs verrieten einen Hauch von Ungeduld, der Samuel belustigte; noch nie hatte er den treuen Frans aus der Haut fahren sehen.

Wenig später betrachtete Samuel sich in dem venezianischen

Spiegel, der seinen Salon größer erscheinen ließ. Er trug nun seinen Lieblingsmorgenmantel, ein besonderes Stück, das ihm wie die Quintessenz seines Lebens erschien: aus japanischer Seide in London nach französischer Mode genäht. Ein Sinnbild seiner Handelsgeschäfte mit der Vereinigten Ostindischen Kompanie, seines exquisiten Geschmacks und seiner Londoner Verwandtschaft, die als Tuchhändler zu den Hoflieferanten des englischen Königshauses gehörte. Gehört hatte, musste man leider sagen, denn die englischen Puritaner um Cromwell scheuten Luxus wie der Teufel das Weihwasser. Kurz war es Samuel, als stünde seine Familie am Abgrund. Dass er diese irrationale Furcht nicht abschütteln konnte, musste an seiner Herkunft liegen. Obgleich er keine Erinnerung an seine ersten Lebensmonate hatte, war die Zeit im Waisenhaus ein Dorn in seinem Fleisch. Weder die Liebe seiner Adoptiveltern noch ihre Fürsorge hatten daran etwas geändert. Entschlossen schob er den Gedanken fort. Irgendwann würde er diesen Makel tilgen.

Samuel nahm das winzige Stück Papier auf, das kaum größer als das erste Glied eines Fingers war. »Ob es Neuigkeiten von Charles dem Jüngeren gibt, unserem König ohne Reich?«, sagte er mehr zu sich selbst. Er dachte besorgt an das viele Geld, das er dem englischen Thronfolger geliehen hatte. Scheiterte Charles in Schottland mit dem Versuch, die englische Krone zu erringen, wäre auch sein Geld verloren.

Wieder verneinte sein Sekretär. »Der Schrift nach zu urteilen, ist Euer Agent in Paris der Verfasser.«

Euer Agent, das klang für Samuels Ohren noch immer fremd. Sein Vater hatte das weitgespannte Nachrichtennetz aufgebaut, das ihn auf dem Laufenden hielt. Nathan war Gesandter, Geschäftsmann und Diplomat gewesen, unbestechlich und im Dienst der guten Sache unterwegs. Ihm selbst erschienen die Schuhe, in die er schlüpfen sollte, nach wie vor zu groß.

Samuel nahm den Brieföffner aus einer Elfenbeindose. Was gab es so Dringendes, das nicht warten konnte? Ein dünner, mit Siegelwachs befestigter Bindfaden umschloss das Papier. Geheimbotschaften wie diese waren wahre Kunstwerke. Zu schade, dass man sie nicht herumzeigen konnte. Er faltete den winzigen Bogen auseinander und überflog die Zeilen. Sein Agent berichtete von einer Übereinkunft zwischen Kardinal Mazarin und Prinz Wilhelm II. Der regierende französische Minister unterstützte den Wunsch des Prinzen, sein Heer zu behalten. Samuels Anspannung ließ nach. Das war's? Mehr hatte sein Agent nicht zu berichten?

In den letzten Monaten war der Machtkampf zwischen den Generalstaaten und dem Prinzen über die Zukunft des Heeres eskaliert. Übereinkünfte hatte es viele gegeben, denn Mazarin war ein Strippenzieher, genau wie sein Vorgänger Richelieu. Der verstorbene Prinz Friedrich Heinrich und dessen Gattin Prinzessin Amalia hatten stets danach gestrebt, das Haus Oranien enger an die europäischen Herrscherfamilien zu binden, ob durch Hochzeiten oder Verträge. Ihr größter Coup war die Vermählung ihres Sohnes, Prinz Wilhelm II., mit der englischen Königstochter Mary Henrietta Stuart gewesen. Dass König Charles gestürzt und enthauptet worden war, hatte die ehrgeizigen Pläne der Oranier allerdings zunichtegemacht. In England herrschte nun offiziell das Volk, während der Thronfolger, König Charles der Jüngere, sich ins Exil auf den Kontinent hatte flüchten müssen. Durch Geldmangel und seinen Hang zur Verschwendung war er in s'Gravenhage auf reiche Gönner wie Samuel angewiesen gewesen. Und nun drohte diese Investition in Schottland verloren zu gehen.

Um sich den Morgen nicht durch Politik zu verderben, schob Samuel den Brief als Lesezeichen in sein Buch und widmete sich seinem Frühstück. Er wartete nicht auf seinen Diener, sondern schenkte sich selbst Tee ein. Die englischen Exilanten hatten dieses anregende Getränk aus Ostasien mit in den Haag gebracht, und Samuel hatte sich damit angefreundet, anders als die meisten anderen

Holländer. Er schnitt ein Stück Käse ab und aß es ohne Brot. Dieser französische Camembert war wirklich köstlich. Und die marinierten Granatapfelkerne dazu ... Ärgerlich bemerkte Samuel, dass sein Sekretär nach wie vor im Raum stand. »Was ist denn noch?«

Frans hob die Augenlider. »Möglicherweise steht die Nachricht in Zusammenhang mit den Ereignissen am Binnenhof. Der Prinz hat dort einige Kompanien zusammenziehen lassen.«

Samuel merkte auf. »Tatsächlich? Vermutlich eine der üblichen Militärparaden.«

»Es scheint sich um etwas Größeres zu handeln. Eine Angelegenheit von staatstragender Bedeutung möglicherweise.« Sein Sekretär sprach diese ungeheuerliche Mutmaßung gleichmütig aus.

Der Tee schmeckte jetzt bitter, die Information hatte ihm sein Frühstück vergällt. Prinz Wilhelm II. von Oranien-Nassau war ein eitler, leicht zu kränkender Mann, der nur die Jagd und den Krieg im Kopf zu haben schien. Mit seiner engstirnigen Großmannssucht war Samuel nicht warm geworden, sosehr er sich auch bemüht hatte.

Unzufrieden tupfte Samuel sich mit dem Damast die Lippen. »Lass die Kutsche anspannen, und suche mir meinen neuen Anzug heraus. Du weißt schon, den taubengrauen aus Paris«, wies er Frans an.

»Ich werde dem Diener –«

»Nein, mach es selbst, das geht schneller!«, befahl Samuel und rief hinterher: »Ich nehme doch lieber den Reitrock!« Mit diesem und den neuen Stiefeln wäre er vor den Heerführern passender gekleidet. Er musste zum Regierungssitz und herausfinden, was vor sich ging. Wieso waren ihm die Pläne des Prinzen entgangen? War er inzwischen so weit aus dem inneren Zirkel der Macht gedrängt worden? Das wäre seinem Vater nicht passiert!

Noch einmal zögerte Samuel. Prinzessin Amalia erwartete ihn am Oranjesaal. Seit dem Tod ihres Mannes widmete sich die Witwe des geschätzten Statthalters Friedrich Heinrich der Umgestaltung des Lustschlosses im Haagser Bosch zum Monument für das Haus Oranien. Vor allem der große Kuppelsaal würde ein Mausoleum zum Gedenken an ihren verstorbenen Gemahl werden. Das Bildprogramm hatte der Architekt und Maler Jacob van Campen entworfen, und Prinzessin Amalia hatte die besten Maler der Niederlande engagiert. Eigentlich betreute der fürstliche Diplomat und Sekretär Constantijn Huygens die Umsetzung. Da van Campen aber derzeit in Amsterdam war und Huygens vom Prinzen benötigt wurde, hatte Samuel angeboten, die Ausführung durch die Maler zu überwachen. Durch seine Studien in Rom, Venedig und Paris kannte er sich in der Malerei und der den Sujets zugrundeliegenden Mythologie aus. Zudem war ihm diese Möglichkeit gerade recht gekommen, um seine Verbindung zu Prinzessin Amalia zu intensivieren.

Wohin also? Zum Prinzen oder zur Prinzessin? Wenn er erst den Sohn aufsuchte, verärgerte er die Mutter. Und die Fürstenwitwe war nachtragend. Sie war eine ehrgeizige, entschlussfreudige Frau, die für ihren Stand und ihre Familie einzustehen wusste, das hatte sie in den drei Jahren seit dem Tod ihres Mannes zur Genüge bewiesen.

Wenn er jedoch noch später in den Binnenhof kam, verpasste er möglicherweise die Gelegenheit, wieder in die Gunst des Prinzen zu gelangen. Was er auch tat, es konnte falsch sein.

Dunst stieg zwischen den Bäumen empor. Die Sonne blitzte durch das Geäst des Waldes. Samuel weitete mit der Fingerspitze seinen steifen Kragen; es könnte ein warmer Tag werden. Endlich hatte die Kutsche den Wald durchquert, und das Lustschloss, das manche seiner Lage wegen Huis ten Bosch nannten, tauchte vor ihm auf. Es war kein einfaches Sommerhaus, wie Prinz Friedrich Heinrich es vor fünf Jahren im Sinn gehabt hatte, sondern eine repräsentative Residenz mit zwei Serien von Zimmerfluchten an den Seiten eines kreuzförmigen Saals, der sich vom Erdgeschoss bis zum Dachstuhl erstreckte.

Samuel wartete ungeduldig auf den Diener, der ihm die Kutsche öffnete und ihn hineinführte. Nach wenigen Schritten tat sich das Herzstück des Lustschlosses vor ihm auf. Durch die geschwungenen Holzwände wirkte der Oranjesaal einladend und imposant zugleich. Licht fiel durch die Fenster der Gartenfassade und die achteckige Dachlaterne, die das Palais bekrönte. Die Wände sollten nach und nach mit Gemälden versehen werden, noch aber waren viele Leinwände leer, vor allem die enorme Fläche an der östlichen Seite der Halle, die eines Tages Prinz Friedrich Heinrich als Triumphator verherrlichen sollte. Sich selbst ließ Amalia von Solms als Ehestifterin im Kreise ihrer Töchter und als trauernde Witwe verewigen. Allerdings waren ihre Verdienste für das Haus Oranien tatsächlich bedeutend. Bedachte man zudem, dass die heutige Prinzessin Amalia bei ihrer Ankunft in s'Gravenhage lediglich eine Hofdame im Gefolge der Winterkönigin Elizabeth Stuart gewesen war, war ihre Leistung in der Tat bewundernswert.

Etliche Maler und Lehrjungen waren schon bei der Arbeit. Es war eine Atmosphäre andächtiger Inspiration, die Samuel sofort in den Bann schlug. Beeindruckend zu sehen, wie kollegial Maler wie Gerrit van Honthorst oder Jan Lievens miteinander umgingen. Jan Lievens arbeitete an seinen fünf Musen auf dem Berg Parnassus, fülligen Grazien mit nackten Leibern, die das Schicksal Friedrich Heinrichs aus den Sternen lesen sollten. Der Maler war nach der Mode gekleidet. Sein knochiges Gesicht unter den langen braunen Haaren strahlte eine Mischung aus Arroganz und Interesse aus. Lange hatte Samuel mit Sieur Huygens über Jan Lievens und dessen Laufbahn gesprochen. Huygens war Lievens und Rembrandt van Rijn bereits vor Jahrzehnten begegnet, als diese noch unbekannte Maler gewesen waren, und hatte die Talente der beiden früh erkannt. Lievens hatte es anfangs schwer gehabt, sich aus den Schatten seiner Freunde und Lehrmeister zu befreien. In den vergangenen Jahren hatte er jedoch zu den gefragtesten Malern Amsterdams gehört, während Rembrandt wegen seiner Schulden und seiner privaten Eskapaden von Auftraggebern inzwischen gemieden wurde.

»Ah, Sieur van Sanders! Ich hörte vom Herrn van Zuilichem, dass Ihr ein Auge auf uns haben werdet«, sagte Lievens.

»Sagen wir es lieber so: Ich freue mich über die Gelegenheit, großen Malern bei ihrer Arbeit über die Schulter schauen zu können. Und wenn es dann noch um ein so wichtiges Monument geht, kenne ich kein Halten.«

»Der Oranjesaal wird sich mit dem Palais du Luxembourg messen können, wie die Prinzessin es wünscht.« Lievens gab seinem Lehrjungen einen Wink. Dieser kam mit einer Papierrolle zu ihnen, die der Maler Samuel überreichte. »Öffnet sie.«

Samuel tat wie geheißen. Es handelte sich um eine Porträtskizze von ihm. Er war ausgezeichnet getroffen. Sehr lebensecht, soweit er das selbst zu beurteilen vermochte.

Lievens nickte. »Ich habe mir erlaubt, diese Zeichnung nach unserem Zusammentreffen bei Sieur Huygens anzufertigen.«

Samuel fühlte sich geschmeichelt, dass sich ein Maler mit ihm befasst hatte, der sonst Könige und andere hochgestellte Persönlichkeiten porträtierte. »Das ist eine große Ehre für mich. Habt Dank dafür, Sieur Lievens. Was darf ich Euch dafür … «

Lievens legte die Hand auf die Brust. »Nicht doch! Es war mir ein Vergnügen.« Seine Lippen zeigten ein schmales Lächeln. »Solltet Ihr allerdings mit dem Gedanken spielen, Euch in Öl malen zu lassen, wäre ich erfreut, wenn Ihr an mich denken würdet.«

Noch einmal sah Samuel auf die Skizze. »Bei Eurem Talent seid Ihr eindeutig die erste Wahl.«

»Das freut mich. Wo wir gerade von Aufträgen sprechen: Hat die Prinzessin schon entschieden, wer den Auftrag für den Triumph Friedrich Heinrichs bekommen wird?«, fragte Lievens.

»Soweit ich weiß, hat die Prinzessin darüber noch keine Entscheidung getroffen.«

Lievens zog die Augenbraue hoch. »Nicht dass sie Jordaens oder van Honthorst erwählt«, sagte er leiser.

»Wenn ich es wüsste, würde ich es Euch sagen, das versichere ich Euch.« Samuels Augen wanderten zu der Allegorie über den Triumph der Zeit, die Jacob Jordaens Ende des letzten Jahres fertiggestellt hatte. Es war eine dramatische Szene, in der ein alter Mann die Personifikationen des Bösen niedertrampelte: Wut, Verrat, Neid und Gefühlsverwirrung. Samuel gefiel die Bewegung im Bild, die den Betrachter förmlich mitriss. Seit dem Tod von Rubens und van Dyck galt Jordaens als führender Maler der Spanischen Niederlande. Dass er vom Katholizismus zum Calvinismus übergetreten war, hatte ihn auch in s'Gravenhage geschäftsfähig gemacht, und tatsächlich tendierten sowohl Prinzessin Amalia als auch van Campen und Huygens dazu, ihn zu beauftragen. Eine derart gewaltige Fläche musste man beherrschen, und dass er dazu fähig war, hatte Jordaens hinlänglich bewiesen.

Samuel nahm Lievens' Gemälde der Musen auf dem Berg Parnassus in Augenschein. »Ihr wisst sicher, dass Sieur van Campen etwas heikel ist, was Abweichungen von seinen Vorgaben angeht.«

Lievens wirkte indigniert. »Die Entwürfe von Sieur van Campen sind wichtig für die Gesamtwirkung des Raumes, aber mir als Künstler obliegt die Ausführung, das habe ich auch mit der Prinzessin besprochen. Sie hat meine Skizzen gesehen.«

»Ihr seid Meister Eures Fachs und wisst am besten, was für dieses Gemälde richtig ist«, versicherte Samuel ihm eilig. Seine Finger, die die Papierrolle umschlossen, waren feucht geworden. Missstimmungen ertrug er nur schwer. Zum Glück wurde Lievens nach einer weiteren Schmeichelei wieder redseliger. Er erklärte seine Intention bei den Veränderungen, und Samuel konnte diese nachvollziehen. Er hätte noch ewig weiterplaudern können, mahnte sich aber zur Eile. Höchste Zeit, den Vorgängen am Prinzenhof nachzugehen!

Hell klappernde Schritte unterbrachen sie. Jemand durchschritt eilig die Vorhalle. Durch die offenen Türen sah Samuel gerade noch einen gebauschten Seidenrock. War das eine der Hofdamen? Die Stimme der Frau klang angespannt. Was ging da vor sich?

In der Halle traf er zu seiner Überraschung auf Mademoiselle Charlotte, die offenbar mit einem Diener diskutierte. Charlotte war mit den vornehmsten Adelsgeschlechtern Hollands verwandt. Warum gab sie sich mit diesem Diener ab? Samuel konnte kaum den Blick abwenden. Mit ihren weißblonden Locken, der milchweißen Haut und den großen hellblauen Augen war sie eine ätherische Erscheinung.

Die Wangen der Sechzehnjährigen waren gerötet, und in ihrer Stimme lag ein Beben: »Die Prinzessin besteht darauf, dass die Depesche sofort überbracht wird.«

»Was soll ich machen? Der Bote ist unterwegs«, meinte der Diener gleichgültig. »Ich kann den Brief aufbewahren.«

»Ich darf ihn nicht aus den Händen geben.« Mademoiselle Charlotte wirkte hilflos. Der Ton des Dieners war aber auch zu unverschämt!

»Du hörst doch, was die Prinzessin befohlen hat. Also finde einen Boten, Kerl!«, sprang Samuel ihr bei. Der Diener kam sichtlich verärgert der Anweisung nach. Erst als Charlotte den Brief endlich an einen Boten übergeben hatte, verließen sie die Halle.

Verstohlen sah sie ihn an. »Merci, Sieur Sanders. Ich wäre der Prinzessin nur ungern unter die Augen getreten, ohne ihren Wunsch erfüllt zu haben. Und der Tonfall des Briefes ist … nun ja, *très privé*«, sagte sie leise.

»Eure Sorge ist nur zu verständlich.« Amalia war öfter gewittriger Stimmung. Samuel ging ihr dann ebenfalls aus dem Weg; er hatte nichts für herrschsüchtige Damen übrig. »Ich wollte gerade mit der Prinzessin über den Fortgang der Arbeiten sprechen«, setzte er hinzu.

»Dann begleitet mich bitte.« Während sie nebeneinanderher

schritten, warf sie ihm einen scheuen Blick zu. »Ich habe mich noch gar nicht für Eure reizenden Zeilen und das Bouquet bedankt.«

»Schönheit und Grazie können gar nicht genügend geehrt werden.«

»Ihr schmeichelt mir …«

»Auch heute seid Ihr ein reizender Anblick.«

Ihre Wangen röteten sich. Seine Erregung flammte erneut auf. Ein Liebesgedicht öffnete die Herzen vieler Damen … und nicht nur die Herzen. Verschwörerisch, als wüsste er en détail davon, flüsterte er: »Die Depesche steht im Zusammenhang mit den Vorgängen am Binnenhof und den französischen Treuebekundungen, nicht wahr?«

Die Dame neigte sich ein wenig zu ihm. Kaum konnte er den Blick von ihrem Dekolleté abwenden, das der Mode gemäß die perfekten Halbmonde ihrer Brüste enthüllte. Ihre Nähe und ihr betörender Duft nahmen ihm den Atem. »*Mais oui.* Vor allem aber geht es um den Angriff auf Amsterdam. Die Prinzessin ist außer sich!«, wisperte sie.

Samuel erstarrte. *Angriff auf Amsterdam?* Keiner seiner Agenten hatte davon berichtet! War es nicht seine Aufgabe, über alle wichtigen Vorgänge des Hauses Oranien und der Republik der Vereinigten Niederlande im Bilde zu sein? Er runzelte die Stirn. Im Gegensatz zu seinem Vater war er nach seinem Studium der Jurisprudenz und seiner Tour durch Europa, bei der er viele nützliche Kontakte geknüpft hatte, urplötzlich in die Welt der Diplomatie hineingeworfen worden. Dabei lagen seine Interessen eigentlich woanders. Und nun bekam er die Quittung dafür. Wenn er nicht schnell wieder Anschluss fand, war alles gefährdet, was seine Familie erreicht hatte. Ganz abgesehen von den Folgen, die die Tat dieses adeligen Hitzkopfs für sein Vermögen und seine Amsterdamer Verwandten haben konnte. Hätte er nur nicht bei den Malern seine Zeit verplempert!

Sie betraten durch eine Geheimtür die Gemächer, in denen sich

Prinzessin Amalia derzeit lieber aufhielt als im weitläufigen Paleis Noordeinde. Die Prinzessin war von ihren Töchtern und Hofdamen umgeben. Eine Dame richtete ihr gerade die Frisur, eine andere drapierte die weißen gebauschten Seidenärmel. Wieder einmal würde die Prinzessin dem Hofmaler Gerrit van Honthorst Porträt sitzen.

Man könnte bereits eine ganze Galerie nur mit ihren Porträts bestücken, dachte Samuel. Die Fürstenwitwe hatte mit ihren knapp fünfzig Jahren ein matronenhaftes Allerweltsgesicht, von dem sie durch künstliche Löckchen, perlenbestickte Kleidung und üppigen Schmuck abzulenken versuchte. Um den Hals trug sie ihre Lieblingskette, und auch an ihren Ohren hingen große Perlen. Natürlich Perlen, denn diese waren die einzigen Edelsteine, die sich geziemten, wenn man in Trauer war.

Samuel sank auf ein Knie, eine Huldigung, die die Fürstenwitwe durchaus schätzte.

»Sieur van Sanders! Warum habt Ihr mich nicht früher informiert? Ich erreiche auch Heern van Zuilichem nicht ... «

Vermutlich ist Huygens dort, wo ich ebenfalls sein sollte – beim Prinzen, dachte Samuel frustriert. Der Gelehrte diente den Oraniern bereits seit Jahrzehnten treu als Sekretär, Diplomat und Ratgeber.

»Verzeiht die Verzögerung, Hoheit«, sagte Samuel, während er sich auf ein Zeichen der Prinzessin erhob.

»Was habt Ihr mir zu berichten?«

»Über den Angriff auf Amsterdam?«

In einer Geste der Empörung warf Prinzessin Amalia die Hände in die Luft, schmale, blasse Hände ohne jede Spur von Hornhaut, wie es sich gehörte. »Ihr wisst also auch schon davon! Nur vor mir hat Wilhelm es geheim gehalten – mein eigener Sohn! Und das bei allem, was ich für ihn getan habe! Diese Undankbarkeit macht mich krank«, brach es aus ihr heraus.

»Nicht doch, Hoheit! Prinz Wilhelm wird es nicht aus böser Absicht getan haben. Es war sicher nur die Eile, der Überschwang. Ihr wisst doch, was für ein Heißsporn er ist.« Während Samuel beruhigend auf sie einredete, überschlugen sich seine Gedanken. Sollte er zugeben, dass er es eben erst erfahren hatte? Gerade öffnete er den Mund, aber Prinzessin Amalia ließ ihn nicht zu Wort kommen.

»Unüberlegt, das ist er!«, rief sie aus. »Nicht dass ich etwas dagegen hätte, dass Wilhelm die hochmütigen Amsterdamer zurechtstutzt. Seit jeher schmähen sie unsere Verdienste. Man hat mir jedoch zugetragen, dass er auch einige Deputierte in Gewahrsam nehmen will. Darunter diesen unverschämten Jacob de Witt. Und wer weiß, was der Prinz noch alles vorhat!«

Samuel zog die Stirn kraus. Jacob de Witt war der Vater von Johan, mit dem er am Morgen Tennis gespielt hatte. Der Deputierte der Stadt Dordrecht widersetzte sich den Wünschen des Prinzen schon seit Längerem. In den Generalstaaten und gemeinsam mit dem Amsterdamer Bürgermeister Andries Bicker hatte er darauf gedrungen, das Heer zu reduzieren – und sich so den Zorn des Prinzen zugezogen.

»Aber genug damit – meine Nerven! Wo ist mein Duftwasser?« Prinzessin Amalia legte den Handrücken an die Stirn, ihre Augenlider flatterten. Mademoiselle Charlotte wollte nach dem Fläschchen greifen, doch eine andere Dame kam ihr zuvor.

Das theatralische Zwischenspiel verschaffte Samuel eine Denkpause. Auf keinen Fall durfte er sich anmerken lassen, dass er nichts von der bevorstehenden Verhaftung der Deputierten wusste. Er musste schnellstmöglich zum Binnenhof.

Amalia von Solms fächelte sich Luft zu. »Natürlich verdienen die Provinz Holland und insbesondere die Amsterdamer eine Lektion. Aber ohne mein Einverständnis zuzuschlagen, das ist skandalös!«

»Prinz Wilhelms Erbitterung über die Provinzen duldete vermutlich keinen Aufschub mehr«, sagte Samuel diplomatisch. »Ich halte es allerdings – mit Verlaub – für keinen klugen Schachzug, Deputierte zu verhaften. Das dürfte beim Volk unschöne Erinnerungen wecken.«

»Was meint Ihr?«, fragte Prinzessin Amalia verständnislos.

»Ich denke an die Verhaftung und Hinrichtung des Ratspensionärs Oldenbarnevelt durch Fürst Moritz.«

»Das ist lange her, wohl dreißig Jahre!«

»Und doch wird dieser Vorfall immer wieder durch die Verfasser von Schmähschriften in Erinnerung gerufen.«

»Schmierfinken, allesamt! Nicht wert, auch nur einen Gedanken an sie zu verschwenden!« Sie seufzte. »Ich habe Wilhelm zu mir gebeten, aber er lässt sich entschuldigen. Keine Zeit für seine Mutter, obgleich sie seine wichtigste Beraterin ist! Offenbar hatte er immerhin genügend Zeit, um seine Gattin aus der Stadt zu schaffen«, sagte sie mehr zu sich selbst. Verachtung sprach aus ihren Worten.

Tatsächlich hatte Samuel mitbekommen, dass die Princess Royal nicht in der Stadt weilte. Aber er war ja auch ein gern gesehener Gast am Hof der Stuarts in s'Gravenhage. Sein Vater hatte einst Elizabeth Stuart, eine Tochter des englischen Königs Jakobs I. und frühere Königin von Böhmen, finanziell unterstützt. Seit dem Umsturz in England war diese Hilfe willkommener denn je. Das Verhältnis Amalias zu ihrer englischen Schwiegertochter war zerrüttet und wohl einer der Gründe für die Spannungen zwischen Prinzessin Amalia und ihrem Sohn. Seit der Heirat Wilhelms mit Mary Henrietta Stuart litt der Hof unter den Rangstreitigkeiten der Frauen. Prinzessin Amalia war nicht unschuldig daran, denn sie schätzte ihren Stand weit zu hoch ein. Der Statthalter war schließlich nur der oberste Staatsbeamte der Provinzen, das Haus Oranien gemessen am englischen Königshaus niederer Adel. Ihre Schwiegertochter stand als Königstochter damit definitiv über ihr, auch wenn dieser König inzwischen gestürzt und hingerichtet worden war.

»Auch das hat Wilhelm ohne mein Wissen getan!«, empörte sich Amalia soeben. »Dabei bin ich eine Prinzessin von Geblüt, gehöre einem der edelsten Geschlechter Europas an!«

»Vermutlich hat der Prinz seine Gattin aus der Stadt gebracht, damit es nicht heißt, die Engländer hätten die Finger im Spiel, wenn Amsterdam zurechtgestutzt wird«, versuchte Samuel, sie zu beruhigen. Im Haag hatte es bereits heftige Auseinandersetzungen zwischen englischen Royalisten und Puritanern gegeben, bei denen es sogar zu einem Todesfall gekommen war. Da Princess Mary die Überlegenheit des englischen Königtums stets herausstellte, sich weigerte, auch nur ein Wort Niederländisch zu sprechen, und die Puritaner verachtete, mit denen sich die niederländischen Calvinisten verbunden fühlten, war auch sie zum Ziel von Angriffen geworden. Zudem war Prinz Wilhelms Frau schwanger – ein weiterer Grund, sie zu schützen.

Prinzessin Amalia wog ihre Antwort ab. »Geht zu meinem Sohn, findet heraus, was Wilhelm vorhat, und weist ihn darauf hin, dass ich seinen Bericht erwarte. Er hat mich zu empfangen. Es ist mein Staat ebenso wie der seine! Und dann schickt gefälligst Sieur Huygens hierher!«

Samuel nickte gewichtig, obwohl er Letzteres nicht tun würde. »Ich war ohnehin auf dem Weg«, gab er vor. Erst aber musste er einen Eilboten nach Amsterdam schicken, um seine Familie zu warnen. Hoffentlich war es noch nicht zu spät.

Seine Kutsche raste den Korte Vijverberg entlang und gleich darauf durch das Tor am Gevangenpoort mit seinen Kerkern und Folterkammern. Der Gebäudekomplex, den man Binnenhof nannte, war das politische Zentrum der Vereinigten Niederlande. Angefangen hatte es mit einem gräflichen Schloss, doch seit dem Mittelalter waren immer weitere Gebäude angebaut worden. Beherrscht wurde der rechteckige Innenhof durch den Ridderzaal, ein Backsteingebäude, das von schmalen Türmchen mit spitzen Hauben flankiert wurde.

Jetzt hing über dem Binnenhof eine angespannte Atmosphäre. Mehr Hellebardiere und bewaffnete Soldaten als üblich flankierten die Eingänge. Eine Kompanie exerzierte so zackig im Hof, als wollte sie jede Position der oranischen Heeresordnung nachstellen. Weitere Soldaten versammelten sich gerade, deren Stimmung auffällig gelöst war.

Sie müssen von den Ereignissen begeistert sein, dachte Samuel: erst von der Entlassung bedroht und plötzlich wieder von staatstragender Bedeutung. Ohnehin war der Prinz für viele ein aufsteigender Stern. Er war jung und tatkräftig, ihm stand ein langes Leben bevor. Was würden hingegen die Republikaner zum Geschehen sagen? Die Provinzen hatten sich schon über den Friedensschluss mit Spanien zerstritten. Als es um die Macht Prinz Wilhelms II. und die Verkleinerung des Heeres ging, waren die Animositäten heftiger aufgeflammt. Gerade bei wichtigen Fragen wie diesen wurde deutlich, wie verschieden die Provinzen waren. Dabei musste man nur auf den Kalender schauen, um die Unterschiede zu erkennen. Während Holland und Zeeland dem Gregorianischen Kalender folgten, hielten die anderen Provinzen am Julianischen Kalender fest und hingen daher zehn Tage hinterher. Reiste man durch die Republik, konnte das Jahr also – je nach Route – dreihundertfünfundfünfzig, dreihundertfünfundsechzig oder dreihundertfünfundsiebzig Tage haben. Dazu kamen die verschiedenen Maße und Gewichte. Inzwischen fürchteten einige wegen der vielen Differenzen sogar den Bruch der Union von Utrecht, die als Grundstock der Republik der Sieben Vereinigten Provinzen galt. Würde ein Bürgerkrieg drohen, wenn die Menschen auf der Straße von den Taten des Prinzen erführen? Oder hatte der Prinz womöglich weiterreichende Pläne und die Republik stand vor einem neuen Krieg?

Endlich entdeckte Samuel den Prinzen zwischen Beratern und Leibgardisten. Wilhelm wirkte makellos in seiner glänzenden Halsberge, mit seinen langen gescheitelten Haaren und dem schmalen Oberlippenbart. Die Insignien des Hosenbandordens verliehen seinem Auftreten weiteres Gewicht. Der aufgestellte Ellbogen und die Hand am kunstvoll verzierten Griff des Rapiers signalisierten Tatkraft.

Samuel musste bei den Leibgardisten seine ganze Überredungskunst einsetzen, um zum Prinzen vorgelassen zu werden. Dass er eine Botschaft von dessen Mutter überbrachte, machte anscheinend wenig Eindruck. Eine gefühlte Ewigkeit ließ man ihn beim Gefolge warten. Wie er es hasste, wenn jemand ihm gegenüber seinen höheren Stand herauskehrte!

Aus der Entfernung beobachtete Samuel den Prinzen, als könnte er so dessen Pläne ergründen. Wilhelm redete auf die Befehlshaber seiner Truppen ein. Das Selbstbewusstsein des Oraniers war gigantisch, weshalb er nie auf Ratgeber hörte. Er war damit aufgewachsen, dass sein Vater jedes Frühjahr zu neuen Heerzügen abgereist und erst mit Einbruch des Winters zurückgekehrt war. Von klein auf hatte Wilhelm so gelernt, dass der Krieg die beste Gelegenheit für einen Mann war, sich Ehre, Ruhm und Besitz zu verschaffen. Schon als Halbwüchsiger hatte er auf den Schlachtfeldern mitgekämpft. Dass es Prinz Wilhelm nicht gefiel, den Familienbesitz lediglich zu verwalten, wie es ihm seit dem Friedensschluss von Münster bestimmt war, konnte Samuel nachvollziehen. Was er aber jetzt tat, war gefährlich für das ganze Land.

Die Reihen öffneten sich, und der Prinz wandte sich ihm zu. Wilhelms Gesicht zeigte pures Desinteresse. Nichts, wofür Samuel stand, reizte ihn. Reines Kalkül wegen Samuels Geld und Verbindungen ließ ihn die Höflichkeit wahren. Samuel verneigte sich, als bemerke er die Ablehnung nicht.

»Sieur van Sanders, was machen die Geschäfte?«, fragte Prinz

Wilhelm. Die Männer im Gefolge grinsten, als hätten sie es nicht nötig, sich mit derartig niederen Angelegenheiten abzugeben.

Samuel stieg Schweiß auf die Stirn. »Danke der Nachfrage, Eure Hoheit. Wenn es der Republik der Sieben Vereinigten Provinzen gutgeht, geht es uns allen gut, ist es nicht so?«, antwortete er höflich. Besser kam er gleich zur Sache: »Ich hörte von Eurem Vorhaben und wollte Euch meine Unterstützung anbieten.«

Der Prinz wippte zufrieden auf den Fußspitzen. »Ich wüsste nicht, was Ihr noch tun könntet. Das Vorhaben ist bereits in vollem Gange. Vermutlich bin ich schon Meister von Amsterdam«, sagte er abweisend. Dann ließ er sich jedoch von seinem Stolz mitreißen und fuhr fort: »Unter der Führung von Graf Wilhelm Friedrich von Nassau-Dietz, dem Statthalter von Friesland, Groningen und Drenthe, wird die Macht der Regenten und insbesondere dieser unverschämten Bickers gebrochen. Mit vier Kompanien unter erfahrenen Heerführern sowie Truppen aus Arnhem und Nijmegen liegt er vermutlich bereits vor Amsterdam. Ein Erkundungstrupp unserer französischen Verbündeten wird uns Zugang zur Stadt verschaffen, ehe die Krämerseelen sich überhaupt den Schlaf aus den Augen gewischt haben.«

Mühsam bezwang Samuel seinen Schrecken. Amsterdam war auf einen Angriff von der Landseite nicht gerüstet. Zudem war die militärische Übermacht einschüchternd. Graf Wilhelm Friedrich galt als machtgierig und skrupellos, er würde sich nicht scheuen, ein Exempel zu statuieren. »In der Tat beeindruckend. Ihr macht Eurem Vater alle Ehre«, sagte er ruhig.

»Nicht wahr? Ich bin ein zweiter Städtebezwinger!«

Mit dem Unterschied, dass sich dein Angriff gegen die eigenen Leute richtet, und nicht wie bei deinem Vater gegen den Feind, dachte Samuel. »Eure verehrte Mutter, Ihre Hoheit Prinzessin Amalia, bat mich, Euch eine Nachricht zu überbringen: Ihr möchtet sie aufsuchen«, erklärte er.

Prinz Wilhelm lachte angespannt. »Ein Botendienst, wie passend! Ihr seid nicht der Erste, den meine Mutter schickt – und Ihr werdet nicht der Letzte sein. Ich werde ihr Bericht erstatten, wenn es an der Zeit ist.«

Die Erniedrigung brannte heiß in Samuel. Der Hof hallte vom Lärm der Kutschen. Immer mehr Deputierte fuhren vor und eilten ins Gebäude. Samuels Blick blieb am Obergeschoss hängen, wo sich in den Gemächern der Princess Royal das Gesicht des Deputierten von Dordrecht zeigte. Jacob de Witt wirkte blass und erschrocken.

Der Prinz wandte sich ab. Samuel versuchte, ihn aufzuhalten. »Wie Ihr vielleicht wisst, kenne ich viele der Amsterdamer Bürgermeister und Regenten und könnte Euch dort von Nutzen sein«, sagte er mühsam beherrscht.

»Ich benötige keine Hilfe – und von jemandem, der in so engen Verbindungen nach Amsterdam steht, schon gar nicht.«

Samuel hielt die Luft an. Was wollte der Prinz ihm damit unterstellen?

»Ich sagte doch: Wenn alles nach Plan gelaufen ist, wird Amsterdam heute noch in die Knie gezwungen werden. Als neuer Machthaber werde ich klügere Bürgermeister einsetzen, treue Prinzgesinnte – zuerst in Amsterdam und dann in den anderen Provinzen.«

Das wurde ja immer schlimmer! Samuel hielt die Luft an. Er musste noch einen letzten Versuch machen, das Vertrauen wiederzugewinnen. »Nun gut. Ich stehe zu Eurer Verfügung, Hoheit. Gegebenenfalls könnte ich die Armee finanziell unterstützen«, sagte er beiläufig.

Der Prinz zögerte. Doch ehe er auf das Angebot reagieren konnte, näherte sich eine der Leibgarden und meldete, dass nun alle Deputierten, derer man hatte habhaft werden können, vorerst in die Gemächer der Prinzessin gesperrt worden seien. »Neben Jacob de Witt sind es die Vertreter von Haarlem, Hoorn, Delft und Medemblik.«

»Bringt sie morgen nach Schloss Loevestein, wo sie einsitzen werden, bis unsere Forderungen unterzeichnet wurden«, befahl der Prinz.

Auch das würde üble Erinnerungen an die Willkürherrschaft der Oranier während der Regentschaft von Fürst Moritz wecken. Damals hatten sie in dem Wasserschloss politische Gefangene wie den berühmten Gelehrten Hugo Grotius eingekerkert. Für Johan ist das Schicksal seines Vaters sicher ein Schock, dachte Samuel.

Der Prinz stolzierte dem Eingang des Binnenhofs entgegen, gab Samuel aber mit einer Geste zu verstehen, dass er ihn begleiten durfte. Erleichtert strebte Samuel dem Gefolge nach. Es ging direkt in die Gemächer des Prinzen im Obergeschoss.

Gleich darauf wurde Cornelis van Bronckhorst, der den Generalstaaten derzeit vorstand, in den Saal gerufen. Äußerst zufrieden informierte der Prinz ihn, dass er die Deputierten festgenommen habe und Amsterdam angegriffen werde.

Der Politiker konnte das Ausmaß der Vorgänge kaum fassen. »Dass der Prinz es tatsächlich wagt, sich mit Waffengewalt gegen die Provinzen zu wenden – das ist ungeheuerlich!«, murmelte er beim Hinausgehen.

Als Nächstes trat Jacob Cats ein, der Ratspensionär von Holland. Cats war ein alter Mann und der beliebteste Dichter des Landes. Jedes Kind konnte etliche seiner Sinnsprüche auswendig, weshalb man ihn auch »Vater Cats« nannte. Als Staatssekretär, der den Statthalter während dessen Abwesenheit vertreten könnte, war er jedoch eher farblos. Der Prinz informierte auch ihn, und Jacob Cats wirkte einen Augenblick, als sei er vom Donner getroffen.

»Nun geht hinunter, und berichtet der Versammlung der Generalstaaten, was geschehen ist«, musste Prinz Wilhelm ihn auffordern.

Kurz darauf war im Untergeschoss ein Tumult zu hören, dann sah Samuel durch das Fenster, wie die Deputierten einer nach dem anderen in ihre Kutschen sprangen und davonfuhren. Im Binnenhof versammelte sich unterdessen immer mehr Volk. Viele riefen »God, Nederland en Oranje!«, um ihre Zustimmung kundzutun. Wer protestierte, wurde von den Garden vertrieben.

Gespannt wartete die versammelte Gesellschaft nun auf die Nachrichten der gegen Amsterdam vorrückenden Truppen. Ein enger Berater und Freund des Prinzen wirkte bedrückt. Aufmerksam lauschte Samuel, als dieser Prinz Wilhelm ins Gewissen redete. »Hoheit, Ihr könntet dem Ruin entgegengehen«, warnte er. »Eure Pläne könnten sich gegen Euch wenden. Euer Vorgehen gegen die Deputierten ist unverhältnismäßig. Ihr könntet die Macht verlieren wie die Stuarts, vielleicht sogar Euer Leben, wie es Eurem bedauernswerten Schwiegervater, dem verstorbenen König von England, widerfahren ist.«

Prinz Wilhelm jedoch wollte nicht auf ihn hören und wandte sich brüsk ab.

Als weitere Verstärkung eintraf und der Prinz persönlich die Kommandanten informierte, nutzte Samuel die Gelegenheit, um hinauszuschlüpfen. Er musste endlich eine Nachricht an Prinzessin Amalia und eine weitere an seine Familie absetzen.

Auf dem Flur sah er Johan de Witt, der mit schneidender Stimme auf die Gardisten einredete. Sein Charme war verflogen, stattdessen war Johans Gesicht eine Maske des Unglaubens. »Ihr begeht ein Unrecht. Ich fordere die Freilassung meines Vaters, des Deputierten von Dordrecht!«, sagte er entschieden. »Ich muss umgehend zum Prinzen, um meinen ausdrücklichen Protest –«

Einer der Gardisten packte ihn am Arm. »Ihr werdet nur eines umgehend tun: diesen Palast verlassen!«

»Unterlasst das!« Johan de Witt versuchte, sich loszumachen, aber der Griff des Gardisten schien fest zu sein.

Samuel fühlte sich verpflichtet, sich einzumischen, obgleich es ihm nicht behagte. »Meester de Witt, geleitet mich doch hinaus«, sprach er de Witt an, wie es diesem als Meister der Rechte gebührte.

Als wäre er bei etwas ertappt worden, ließ der Gardist los.

Sichtlich widerwillig folgte Johan de Witt Samuel. »Die Verhaftung meines Vaters ist ungeheuerlich und gegen die Statuten der Republik! Völlig grundlos ist er verhaftet worden! Ein Deputierter der ältesten Stadt Hollands!«, eiferte er sich. Er presste die Lippen so fest aufeinander, dass sie weiß wurden.

Samuel neigte sich zu ihm. »Ich habe deinen Vater in den Gemächern der Princess Royal gesehen. Er scheint wohlauf zu sein. Nun soll er mit den anderen Gefangenen ins Schloss Loevestein gebracht werden.«

»Auch das ist ungesetzlich und unmenschlich!«, sagte Johan. Als könnte er sich damit beruhigen, strich er über seinen schmalen Oberlippenbart.

Samuel sah sich nervös um. Wenn die Prinzgesinnten sahen, dass er mit dem Sohn eines Gefangenen redete, könnte es seinem Ruf schaden. Dennoch hielt er seinen Begleiter in einem Winkel am Ausgang auf, um ihm zu verraten, was er erfahren hatte. »Du wirst hier nichts ausrichten können. Reise lieber nach Dordrecht, um den Rat der Stadt zu informieren. Hier bringst du dich nur selbst in Gefahr«, schloss er.

4

Amsterdam

Am liebsten wäre Benjamin in die Illustre Schule oder zur Druckerei von Blaeu oder Elzevir gegangen, um mit seinen Freunden zu beraten, was sie tun konnten, um Amsterdam zu verteidigen, aber er wollte seinen Vater nicht noch mehr verärgern.

Auf den Dam strömten inzwischen unzählige Tagelöhner und Matrosen, um sich für die Verteidigungstrupps zu melden. Die Nachricht über den bevorstehenden Angriff hatte sich anscheinend schnell herumgesprochen. Nun kam es der Stadt zupass, dass sich in ihr ständig Tausende junger Männer einfanden, um sich von den großen Fernhandelskompanien, der Vereinigten Ostindischen Kompanie oder der Westindischen Kompanie, anheuern zu lassen.

Benjamin marschierte an der Baustelle entlang. Die Baugerüste ragten hoch neben ihm auf. Eierschalenfarben schimmerten der Bremer und Bentheimer Sandstein gegen den grauen Himmel an. Er ließ seine Fingerkuppen über einen der behauenen Sandsteinblöcke wandern. Es beruhigte ihn, die raue Oberfläche zu spüren. Diese Steine waren schon seit Anbeginn der Zeit da, und sie würden lange nach ihm weiterbestehen.

Er sah den Entwurf vor sich, den sein Vater im Wettbewerb um den Neubau eingereicht hatte. Für seinen Geschmack waren die Linienführung und die Dekorationen zu verspielt gewesen, und tatsächlich hatte Michiel den Auftrag nicht bekommen. Da Benjamin die klassische Strenge eines Palladio oder Scamozzi schätzte, war er mit der Entscheidung für Jacob van Campens Entwurf zufrieden.

Van Campen hatte vorher bereits für die wichtigsten Persönlichkeiten der Republik Entwürfe angefertigt und war auch in Amsterdam ausgezeichnet vernetzt. Zudem war er mehr als ein einfacher Ingenieur oder Architekt, nämlich Philosoph und Mathematiker. Seine Bauten in s'Gravenhage, wie die Erweiterung des Paleis Noordeinde oder das Mauritshuis, hatten van Campens Ruhm noch gemehrt. Für das Stadhuis sah sein Entwurf einen Monumentalbau nach klassischem Vorbild vor. An den Salomonischen Tempel aus der Bibel sollte der Bau erinnern. Die Dimensionen waren gewaltig und mathematisch präzise. Um sich zu sammeln, rekapitulierte Benjamin die Zahlen. Insgesamt maß das Gebäude in etwa zweihundertachtzig mal zweihundert Fuß. Die Eckpavillons waren quadratisch – vierzig mal vierzig –, der zentrale Pavillon an der Front und der Rückseite überspannte die doppelte Länge, was insgesamt zu dem harmonischen Fassadenrhythmus von vierzig – sechzig – achtzig – sechzig – vierzig führte. Auch im Inneren setzten sich die perfekten Proportionen fort. So würde die zentrale Halle, der Bürgersaal, sechzig mal hundertzwanzig Fuß messen und neunzig Fuß hoch sein. Bis zu den Schornsteinen und der kleinsten Skulptur war dieses Gebäude durchdacht.

Manchmal allerdings kollidierten die Idealvorstellungen mit den Gegebenheiten. Vor allem der viel zu schmale und niedrige Eingang gefiel Benjamin nicht. Auch über den Hintereingang gab es Diskussionen. Jacob van Campen war jedoch nicht bereit, auch nur einen Fingerbreit von seinem Entwurf abzuweichen, was ihm den Ruf einbrachte, widerborstig zu sein. Dabei konnte aus einer Notlage doch mit etwas Fantasie sogar Neues entstehen, fand Benjamin. Philips Vingboons etwa hatte bei seinen Entwürfen der Grachtenhäuser aus einer Not eine Tugend gemacht. Da die Grundstücke in Amsterdam außergewöhnlich lang und schmal waren, war es unmöglich, einen ordentlichen Ziergiebel zu gestalten. Also verpasste Vingboons seinen Häusern einen langen Hals, auf den er ein Giebeldreieck setzte.

Inzwischen war der Halsgiebel zur beliebten Zierde vieler Häuser geworden.

Von seinen Kollegen war noch keiner eingetroffen, also machte Benjamin sich an die Arbeit. Das Stadhuis war auch technisch ein komplexes Bauwerk. Begonnen hatte man mit den zwei Kellern und dem aufgehenden Fundamentwerk. Die Fassaden und Zwischenmauern des Südflügels folgten samt dem Mittelrisalit. Danach ging es in Etappen weiter. Im Bauabschnitt an der Nordmauer, für den er verantwortlich war, wurde beispielsweise zuerst der Türrahmen aus Sandstein errichtet, dann ummauert. Es folgten Gerüste für die Sandsteingesimse und weiteren Mauern; in die Baufugen kam Carraramarmor, und schließlich würde der Rauchkanal vollendet werden. Während man an manchen Stellen noch am Erdgeschoss mauerte, begannen andere schon mit den Fassaden.

Nachdem er die Arbeiten an seinem Bauabschnitt kontrolliert hatte, musste Benjamin einige Bauzeichnungen vergrößern. Diese Aufgaben waren selbstredend unter der Würde eines Architekten, für Lehrlinge, Schüler und Berufseinsteiger jedoch eine gute Übung. Unruhig wanderte sein Blick über den Platz. Zogen die Truppen des Statthalters bereits gen Amsterdam? Würden sie die Stadt demnächst angreifen? Auf dem Dam wurde schon die erste Kompanie Freiwilliger von einem Karren aus mit Waffen ausgerüstet. Auch in Benjamin brannte der Wunsch, etwas zur Verteidigung Amsterdams beizutragen.

Eine elegante Kutsche fuhr vor, aus der Jacob van Campen stieg. Mit Cape, Hut und Feder war er auffällig gekleidet. Als Adeliger brüstete er sich regelmäßig, mit der Architektur kein Geld verdienen zu müssen; zugleich ließ er sich für seine Dienste von Amsterdam fürstlich entlohnen.

Wenn ich schon hier sein muss, kann ich wenigstens versuchen, mit van Campen zu reden, dachte Benjamin. Kurz entschlossen ging er auf ihn zu. »Mijnheer van Campen«, er korrigierte sich schnell und sprach ihn noch einmal mit seinem Adelstitel an, »Heer van Randenbroek, auf ein Wort. Ich bin als angehender Architekt und Maler am Stadhuisbau beteiligt und bewundere Eure Arbeiten.«

Der Architekt schien ihn gar nicht wahrzunehmen, und Benjamin bemerkte erst jetzt, dass van Campen düsterer Stimmung war. Das Gesicht des Vierundfünfzigjährigen war gerötet, ebenso die Augenlider und die Nase, und er erinnerte sich an das Gerücht, dass van Campen dem Wein allzu eifrig zusprach. Doch nun war es zu spät für einen Rückzieher.

Obwohl Jacob van Campen seinen Schritt nicht einmal verlangsamte, ging Benjamin weiter neben ihm her. »Ich habe mich gefragt, ob man die Vierschaar nicht verlegen könnte, damit der Eingang des Gebäudes –«

»*Ça suffit!*« Jacob van Campen unterbrach ihn mit einem aggressiven Handwedeln.

Verdattert blieb Benjamin zurück. Dass van Campen auf Französisch geantwortet hatte, irritierte ihn nicht. Alles, was aus Frankreich kam, war en vogue, auch die Sprache. Es war die schroffe Geste, die ihn ärgerte – als sei er ein lästiges Insekt, dessen man sich entledigen musste.

Benjamin hatte sich gerade wieder an die Arbeit gemacht, als er aus der Bauhütte einen hitzigen Wortwechsel hörte. Neugierig ging er den Stimmen nach.

»*C'est scandaleux!* Ich bin für das Haus Oranien tätig und verfüge über hervorragende Verbindungen zu Prinz Wilhelm und der Fürstenwitwe, wie Euch bekannt sein dürfte, und ich sage Euch, Amsterdam sollte sich hüten, den Prinzen derart zu brüskieren …«

»… beruhigt Euch … habe damit nichts zu tun. Darauf müsst Ihr die Bürgermeister ansprechen. Ich soll lediglich für den Fortgang der Arbeiten sorgen.«

Benjamin schaute unauffällig in die Bauhütte hinein. Ein ungewöhnlicher Anblick bot sich ihm: hier der kräftige und elegante van Campen, dort der bodenständige und emsige Stadtarchitekt Daniël Stalpaert, ein Mann von kleiner Statur und bescheidenem Auftreten. Stalpaert hatte keine Ausbildung als Architekt genossen, sondern war angeblich über Beziehungen an die Stelle des Stadtarchitekten gekommen. Daher war er auf qualifizierte Mitarbeiter wie Benjamin angewiesen.

»Ich weigere mich, in einer derart brisanten Lage so zu tun, als ob nichts wäre!«, grollte van Campen.

»Wir müssen noch über den Eingang an der Rückseite sowie die Raumgliederung sprechen«, beharrte Stalpaert.

»Nicht heute! Und wagt es nicht, ohne mein Einverständnis Änderungen an meinen Plänen vorzunehmen!« Mit wehenden Rockschößen stolzierte van Campen auf den Bauplatz.

Meester Stalpaert raufte sich die Haare, dann blickte er Benjamin an. »*Goeie genade!* Als ob ich nicht genug zu tun hätte! Wenigstens du bist da.«

»Und ich verschwinde nicht«, versicherte Benjamin ihm, obgleich ihm genau danach war.

Nur mit Mühe konnte Benjamin sich auf seine Arbeit konzentrieren. Einige Stunden später schaffte er es, sich von der Rathaus-Baustelle zu stehlen. Er musste herausfinden, was los war und wo er helfen konnte, die Stadt zu verteidigen. Auf dem Dam gab es nichts Neues, also lief er weiter zu den Druckereien, die ihm und seinen Freunden oft als Treffpunkt dienten. Burschen priesen lautstark die neuesten Flugschriften an. In den meisten wurde der Statthalter geschmäht, nur wenige lobten sein Vorgehen.

»Sind die Angreifer schon in Sichtweite?«, fragte Benjamin einen der Ausrufer.

»Noch nicht. Aber die sollen nur kommen, dann geben wir ihnen Saures!«, rief der Junge und schwenkte angriffslustig Faust und Flugschrift, was Benjamin zum Lachen reizte.

»Was gibt es sonst für Neuigkeiten?«

»Eine Flugschrift behauptet, dass Amsterdam sich mit den englischen Königsmördern gegen den Prinzen verschworen hat. Der Kampf gegen den Adel soll jetzt bei uns auf dem Kontinent fortgesetzt werden. Das Haus Oranien soll vernichtet werden, und zwar genau so, wie es dem englischen König Charles ergangen ist.« Der Junge zog die Handkante über den Hals und verdrehte dramatisch die Augen. Er lachte. »Angeblich soll der fette Bicker der Anführer dieser Verschwörung sein. Der Rat lässt jetzt ein Flugblatt drucken, das diese Behauptung als Lüge entlarvt.«

»Gerard Bicker?«, fragte Benjamin ungläubig.

»Genau! Warum auch nicht? Ein fetter Bicker auf jedem fetten Posten! Die Bickerse Liga ist doch überall. Die hat das Rathaus in der Hand und spielt mit der Krone Amsterdams! Dabei ist der dicke Bicker heute Morgen aus dem Muiderslot abgehauen, statt Amsterdams Handelsstraße zu schützen – dieser Feigling!«

Aus dieser Perspektive hatte Benjamin das noch nicht gesehen. Tatsächlich gehörten die Bickers zu den ältesten und reichsten Familien der Stadt und waren zudem mit anderen vornehmen und einflussreichen Geschlechtern verwandt und eng verbunden. Schon seit Langem schanzten sich die de Graeffs, Hoofs und Witsens gegenseitig lukrative Ämter zu und wechselten sich auf der Position des Bürgermeisters ab. Derzeit waren, wie Benjamin überschlug, sieben Bickers auf wichtigen Posten bei der Stadt beschäftigt. Die Bickers waren für Amsterdam also in etwa das, was die Medici für Florenz waren – man legte sich besser nicht mit ihnen an.

Der Junge wandte sich den Passanten zu, die gelauscht hatten und nun die Flugschrift erstehen wollten. Benjamin ging nachdenklich weiter. Das Pamphlet über die Verschwörung war wahrscheinlich in verleumderischer Absicht lanciert worden. Im Interesse Amsterdams wäre ein Umsturz jedenfalls nicht. Die Kaufleute hatte Benjamin bereits jammern hören, eine Blockade der Stadt, und sei sie noch so kurz, schädige den Handel und koste Amsterdam Unsummen. Dem Prinzen hingegen böten derartige Umtriebe einen triftigen Grund, die Stadt zu unterwerfen.

Den über vierzig Amsterdamer Druckereien konnten diese Gerüchte jedoch nur recht sein. Sie waren bekannt dafür, Schriften jedweder Meinung unters Volk zu bringen. Moralische oder religiöse Skrupel waren ihnen fremd. Auch wurde in Amsterdam kaum Zensur ausgeübt. Der brutale Bürgerkrieg in England und die Hinrichtung von König Charles I. hatten in Amsterdam hohe Wellen geschlagen – und taten es noch. Ein Flugblattstreit war daher immer gut für das Geschäft der Drucker.

Benjamins Gedanken schweiften ab. Der Duft von Muskat, Nelken und anderen exotischen Gewürzen, der in den letzten Tagen über dem Hafengebiet gelegen hatte, war heute ungewöhnlich milde. Das war seltsam, da erst vor zwei Wochen die Ostasien-Flotte eingetroffen war und die Lagerhäuser bis zum Dach gefüllt waren. Ob das mit der aktuellen Wetterlage zusammenhing? Dämpfte der Regen den Duft? Oder verwehte der Wind ihn? Woraus bestand Duft überhaupt? Gab es darüber Erkenntnisse? Könnte man Düfte in ein Glas schließen und aufbewahren? Und wie könnte man unschöne Gerüche – beispielsweise in feuchten Kellern – ersticken?

Am Ufer des IJ umfing ihn auffrischender Wind. Dicke Wolken schleiften über den Horizont, und vereinzelte Tropfen schlugen ihm ins Gesicht. Menschen wimmelten zwischen Schiffen, Werften und Werkstätten umher. Überall wurde geklopft, gehämmert und kalfatert. In der weiten Bucht drängten sich die verschiedenartigsten Schiffe. Am imposantesten waren die Galeonen, die mit bunten geometrischen Mustern bemalt waren. Die meisten waren über den Meeresarm der Zuiderzee aus der Nordsee gekommen. So dicht stand der Wald der Masten, dass man die gegenüberliegende Halbinsel Volewijk kaum sehen konnte. Über die Hafeneinfahrt wachten Kriegsschiffe.

Benjamin stellte sich auf die Zehenspitzen. Das Lagerhaus am Hafenrand, das sein Vater für einen Kaufmann baute, nahm allmählich Formen an. Eigentlich müsste er auch dort den Fortgang der Arbeiten überprüfen, aber die Verteidigungsarbeiten erschienen ihm wichtiger.

Bei den üblichen Treffpunkten traf er keinen seiner Freunde an, also schlug er den Weg zum Athenaeum Illustre am Oudezijds Voorburgwal ein. Die Anspannung trieb ihn an. Sein schlechtes Gewissen schob er hingegen beiseite. Das hier war wichtiger als seine Arbeit.

Die höhere Schule befand sich im früheren Agnetenkloster. Benjamin erinnerte sich gerne an seine Zeit dort. Die Schule war mehr als eine reine Vorbereitung auf sein Universitätsstudium gewesen, sie war ein Hort der Wissenschaft und verfügte über angesehene Lehrer und eine große Bibliothek.

Obgleich vorlesungsfreie Zeit war, diskutierten Studenten und andere junge Leute vor dem mit zweifarbigen Steinen gestalteten Eingangstor der Hohen Schule über die Vorgänge, darunter Benjamins Freunde Quentin und Fokke. Sogar sein Bekannter Chaim, der jüdischen Glaubens war, hatte seine Arbeit bei einem Drucker verlassen und war hierhergekommen.

»Ganz abgesehen davon, ob es rechtmäßig ist, wie Prinz Wilhelm sich verhält, stellt sich die Frage nach der moralischen Angemessenheit«, meinte einer.

»Wir sollten uns das nicht bieten lassen!«, widersprach Fokke. »Wir sollten einfach die Deiche durchstechen, damit unsere Feinde jämmerlich ersaufen.«

»Und unsere Leute gleich mit?«, mischte Benjamin sich ein. Sein Freund neigte zu radikalen Lösungen, ließ sich oft aber eines Besseren belehren. »Denkt doch mal darüber nach, wie viele sterben und wie viele Ländereien in Mitleidenschaft gezogen würden.«

»Der Wall ist an vielen Stellen marode, und die Amstel ist beinahe ungeschützt. Wo waren die Festungsbauer in den letzten Jahren? Wir haben uns viel zu sehr in Sicherheit gewiegt«, sagte Chaim beunruhigt.

»Im Fluss könnte eine Schanze gebaut werden. Oder ein Baumhaus in der Fahrrinne«, überlegte Benjamin.

»Das dauert doch viel zu lange! Wir müssen ein Freiwilligenkorps bilden. Oder lasst uns zur Waffenkammer gehen und helfen, Schießpulver herzustellen. Mit etwas Kenntnis der Elemente …«, begann Fokke.

In diesem Augenblick tönte ein Alarmruf über die Gracht.

Soldaten, so weit das Auge reichte. Kavallerie. Fußvolk, schwer bewaffnet. Wagen mit Kanonen. Die unmittelbare Bedrohung ließ Benjamin erschauern. Mit seinen Freunden und vielen anderen war er zum Stadtwall gelaufen, um sich einen Überblick zu verschaffen. Jedem musste klar sein, dass dieser Wall von der Übermacht im Nu überrannt werden würde, auch wenn Arbeiter panisch versuchten, ihn zu verstärken. Gleichzeitig wurden am Amstellauf Schanzen errichtet. Es würde dennoch schwer werden, an dem breiten Fluss herannahende Söldnerboote aufzuhalten. Und wie wenig Kanonen die Amsterdamer im Vergleich zu den Angreifern hatten!

Schützenkompanien marschierten heran und bezogen Stellung. Benjamins Blick flog über die Reihen. Erleichtert stellte er fest, dass weder sein Vater noch sein Bruder zu sehen waren – wenn sie ihn hier entdeckten, gäbe es ein Donnerwetter.

Die Freiwilligen feuerten sich an, als müssten sie sich gegenseitig Mut machen. Bretter und Knüppel wurden verteilt. Benjamin bedauerte es, sein Rapier nicht dabeizuhaben, und schnappte sich ein Kantholz. Wie sollten sie gegen die Übermacht des angreifenden Heeres ankommen?

Ein rauchender Trümmerhaufen auf dem Stadtwall zog seine

Aufmerksamkeit auf sich. Heiß durchfuhr es ihn. Das war doch die Mühle, auf der sie in der Nacht das Experiment gemacht hatten!

»Was ist denn mit der Mühle passiert?«, fragte Benjamin einen der Freiwilligen.

»Das war der Feind. Brandstiftung. Die Angreifer haben anscheinend gehofft, der Festungswall würde in Rauch aufgehen. Da haben sie sich geirrt! Gott sei Dank war das Holz vom Regen getränkt. Wir konnten den Brand löschen, ehe er auf den Wall übergriff. Aber für diese Schandtat werden sie büßen!«, schimpfte der Gefragte.

»Warum sollte der Feind ausgerechnet diese alte Amstel-Mühle …« Die Erkenntnis traf Benjamin wie ein Schlag. *Die Öl-Uhr!* Hatte er sie doch in der Mühle vergessen? Könnte seine Lampe durch Funkenflug, eine Böe oder Zufall die Mühle in Brand gesetzt haben? War vielleicht ein brennendes Dochtstück heruntergefallen? Ihm wurde schlecht. Wäre der Löschtrupp nicht so schnell gewesen, hätte er die Zerstörung des Festungswalls zu verantworten gehabt. Und es traf ihn noch schlimmer: Abgesehen davon, dass er vor seinem Vater und seinem Bruder den Verlust würde verantworten müssen, war im Lampenfuß ihr Familienname eingraviert. Selbst wenn das Metall geschmolzen war, könnte herauskommen, dass er in der Mühle gewesen war … Fassungslos schüttelte er den Kopf. Hatte er die Lampe wirklich zurückgelassen? Könnte es nicht doch sein, dass er sie Theo in die Hand gedrückt hatte? Vielleicht hatte Theo die Lampe auch später am Stadttor abgestellt?

Waren bislang nur vereinzelte Tropfen vom Himmel gefallen, nahm der Regen jetzt wieder zu. Er musste mit Theo reden, dringend!

»Da – die Armee hält an!«, rief ein Mann.

Gespannt beobachteten sie, wie sich drei Reiter aus der Menge lösten. Der Anführer war prächtig gekleidet und bewaffnet. Nass geregnet und bespritzt mit Matsch wirkte er nur mäßig beeindruckend, doch wenig später wurde vom Stadttor aus eine Information von Mund zu Mund getragen: Der Unterhändler wollte den Bürgermeistern einen Brief des Prinzen überbringen.

Unterdessen machte sich die Armee des Statthalters daran, Zelte aufzubauen, Verteidigungslinien zu ziehen und Schanzen zu errichten.

Sein Freund stupste Benjamin an. »Hörst du mir zu?«, fragte Fokke.

»Entschuldige, hast du was gesagt?«

»Für den Augenblick ist wohl kein Angriff zu erwarten. Dabei hätte ich denen Saures gegeben!«, meinte Fokke kämpferisch.

Benjamin ging nicht darauf ein. Er hörte entnervtes Fluchen und sah, dass einer der Pfosten, die die Freiwilligen am Amstellauf ins morastige Ufer gehämmert hatten, umgefallen war. »So wird das nichts mit der Schanze. Aber ich habe da mal was gelesen. Lass uns mit anfassen«, sagte er.

Während sie Bretter schleppten, Pfosten einrammten und dabei halfen, die Schanzen am Amstelufer zu errichten, diskutierten sie, was jetzt wohl geschehen würde. Was würde der Unterhändler den Amsterdamern vorschlagen? Oder waren die Verhandlungen nur ein Ablenkungsmanöver, um die Stadt in Sicherheit zu wiegen? Doch so ganz war Benjamin nicht bei der Sache. Er musste mit Theo sprechen …

5

Abends kehrte Benjamin todmüde nach Hause zurück. Theo hatte er nicht angetroffen, also hatte er noch einmal Stippvisiten zu den Baustellen am Rathaus und am Packhaus gemacht. Anschließend war er wieder an den Festungswall gegangen, um dort zu helfen. Ein Angriff war bislang ausgeblieben. Die Anwesenheit des Heers lag jedoch drückend über der Stadt.

Aus der Küche drang Bratenduft. Benjamin schoss das Wasser in den Mund; er hatte ganz vergessen zu essen. In seiner Tasche steckte noch das trockene Käsebrot, das er im Gehen verschlang. Keine Stimme war zu hören, kein Geräusch. Waren sein Bruder und sein Vater noch unterwegs?

Antje kam aus der Küche. Als die Magd ihn sah, huschte Enttäuschung über ihre Züge. Ihr Blick flog hinunter; dieses Mal hatte er die Straßenschuhe ausgezogen.

»Ist mein Vater nicht im Hause?«

»Keiner der Herren ist da. Dafür sind Briefe aus s'Gravenhage angekommen, zwei kurz hintereinander. Die Boten waren ganz abgehetzt. Meine Limonade haben sie aber gerne genommen. Die Briefe sind im Kontor. Soll ich Euch etwas zu essen aufdecken?«

Benjamin antwortete nicht, sondern eilte in den Arbeitsraum seines Vaters. Beinahe wäre er über eine Bücherkiste gestolpert, die in den Eingang ragte. Offenbar hatte die Druckerei weitere Exemplare der *Architectura Aard* geliefert.

Auf dem Schreibtisch lag der Entwurf seines Vaters für das Landhaus. Daan hatte ihn mit Anmerkungen versehen. Benjamin konnte nicht anders. Er ließ sich auf den Sitz sinken und studierte die Zeichnung. Nein, ideal war das nicht. Schnell schob er das Blatt weg; nicht sein Problem. Er schnappte sich den Briefstapel und blätterte die Umschläge durch. Post von Holz- und Steinhändlern, Geschäftspartnern, aus anderen Städten. Dann endlich fand er zwei Briefe von Oom Samuel an seinen Vater. Sein Onkel musste sie kurz nacheinander aus dem Haag abgeschickt haben, und er musste in Eile gewesen sein, denn die Tinte war verwischt. Was war so wichtig, dass er gleich zwei kostspielige Eilboten, so kurz hintereinander ... Gab es etwa noch mehr Neuigkeiten?

Benjamins Finger bogen das Siegel, bis es leichte Risse zeigte. Er durfte den Brief nicht ... gleichzeitig musste er wissen ...

***

In s'Gravenhage war es Samuel gelungen, im Gefolge des Prinzen zu bleiben. Als es auf die Mahlzeit zuging, waren Prinzessin Amalia und einige ihrer Damen zu ihnen gestoßen. Kühl hatten Mutter und Sohn sich ausgetauscht. Wenig später war auch Constantijn Huygens eingetroffen, mit dem sich der Prinz ebenfalls nur kurz unterhielt. Die schöne Mademoiselle Charlotte begrüßte Prinz Wilhelm hingegen so zuvorkommend, dass man hätte glauben können, er sei ein freier Mann.

Samuel spürte einen Stich der Eifersucht; ein ungewohntes Gefühl, das er zurückdrängte, als sich Huygens näherte. Schon sein Vater war mit dem gelehrten Sekretär und Diplomaten befreundet gewesen, und sie hatten seine Familie auch auf deren Landsitz Hofwijck besucht. Mit Huygens' Söhnen Constantijn junior und Christiaan korrespondierte Samuel nach wie vor; der eine brannte für die Wissenschaft, der andere eher für die Politik. Jetzt wirkte Huygens ungewohnt konsterniert. So eng sein Verhältnis zu Prinz Friedrich Heinrich auch gewesen war, zu dessen Sohn bekam er keinen Draht.

Auch die Beziehung zu Prinzessin Amalia war seit ihren Auseinandersetzungen über den Frieden von Münster nicht mehr so vertrauensvoll.

Huygens lud Samuel an seinen Tisch ein. »Man sollte denken, dass es eine Mahnung ist, wenn sich das Volk in anderen Ländern gegen den Monarchen wendet. Der Prinz ist sich hoffentlich des Risikos bewusst, das er eingeht«, sagte er wie zu sich selbst. Er nahm mit matten Bewegungen seine Brille ab und strich sich über die leicht vorstehenden Augen. Seufzend wischte er dann über die feine Tischwäsche. »Aber vergessen wir für einen Augenblick die unerfreulichen Gefilde der Politik. Ich denke dieser Tage oft an Hofwijck. Dort zählen nur die Erhabenheit der Natur, der Kultur und des Wissens. Die Welt der Politik ist weit weg. Doch berichtet mir: Wart Ihr im Oranjesaal? Wie schreiten die Arbeiten voran?«

Samuel erzählte von seinen Beobachtungen und dem Gespräch mit Jan Lievens.

Huygens nickte. »Ich habe damals gleich erkannt, dass Lievens ein Wunderkind ist, das eine große Zukunft hat. Wie er Gesichtsausdrücke wiedergibt, ist unvergleichlich! Allerdings war sein Selbstbewusstsein schon früher so groß, dass er jeglichem Rat abgeneigt war.«

Wie ein weiterer junger Mann, der uns beiden bekannt ist, setzte Samuel in Gedanken hinzu. Auch der Rest der Hofgesellschaft hatte inzwischen Platz genommen. Das Speisen bei Hofe war eine zeremonielle Angelegenheit, bei der alles nach Rang und Stellung geordnet war. Zwei Hofjunker bedienten den Prinzen bei Tisch. Samuel hatte das Glück, ausnahmsweise nicht an der letzten Tafel sitzen zu müssen. Da bei Hofe alles ein Geben und Nehmen war, ob es nun um Informationen oder Gefälligkeiten ging, verriet er Huygens, was sein Agent über die Zusage des französischen Ministers Mazarin geschrieben hatte.

»Der Kardinal ist der Auffassung, dass es nur ein kleiner Schritt vom Kommando über die Streitkräfte eines Landes bis zur absoluten Monarchie ist. Dabei vergisst er, dass Prinz Wilhelm die Zukunft seines Hauses riskiert«, sagte Huygens besorgt. »Aber verratet mir, was macht Euer Garten?«

Samuel wunderte sich über den Themenwechsel. Kurz fragte er sich, ob Huygens ihn als Konkurrenz um das Amt des Sekretärs betrachtete. Dann aber dämmerte ihm, dass Huygens ihn nicht zu fürchten brauchte. Als kleiner Landadeliger mit erst vor wenigen Jahren gekauftem Adelstitel, der zudem ganz profan in Manufaktur, Schiffbau und Handel investierte, war er ganz sicher kein Wettbewerber.

Ausführlich berichtete er Huygens von seinen Rosen und dem kränkelnden Bäumchen. Es fiel ihm jedoch zunehmend schwer, sich auf das Gespräch zu konzentrieren. Immer wieder wanderte sein Blick zu Mademoiselle Charlotte, und er versuchte zu erlauschen, worüber sie redete. Das war schwierig, denn sie saß in der Nähe des Prinzen, und dieser schwadronierte lautstark über den Staatsstreich und seine weiteren Pläne.

»Wenn endlich alle Provinzen unser Heer unterstützen, wie es sich geziemt, werde ich meiner englischen Familie zur Rückkehr auf ihren angestammten Thron verhelfen – und sei es durch einen Krieg. Mein Schwager wird sich erst die schottische Krone aufs Haupt setzen und dann die englische. Anschließend werden wir die Spanischen Niederlande befreien. Ich werde den Spaniern nie verzeihen, dass sie meinen Großvater, den ersten Wilhelm von Oranien, ermorden ließen.«

Samuel blieb der Bissen im Halse stecken. Niemand wollte einen neuen Krieg, schon gar nicht gegen England oder erneut gegen Spanien. Frankreich hingegen würde davon profitieren, deshalb die Unterstützung durch Kardinal Mazarin.

»Haltet Ihr diese Pläne für klug, Heer van Zuilichem?«, fragte Samuel mit gedämpfter Stimme, wobei er Huygens wohlweislich mit seinem Adelstitel anredete.

Huygens putzte schweigend seine Brille. »Meines Erachtens sollte der Prinz vorsichtig sein. Wie gesagt: Es könnte ihm so ergehen wie seinem Schwager, dem rechtmäßigen König Englands.«

In diesem Augenblick wurde ein Bote gemeldet, der dem Prinzen eine Nachricht überbrachte. Prinz Wilhelm sprang auf und hielt das Papier in die Höhe. »Grandios, ein Brief des Grafen aus Amsterdam! Vermutlich will er den Vollzug seiner Mission verkünden!« Seine Gefolgsleute stimmten begeisterte Rufe an.

Wilhelm erbrach das Siegel und überflog die Nachricht. Kurz wurde er blass, dann unvermittelt tiefrot. »Hut und Mantel!«, forderte er. Sodann zögerte er, stampfte mit den Füßen, packte den Hut und schmiss ihn wutentbrannt zu Boden. »Diese unverschämten Amsterdamer waren gewarnt!«, platzte er heraus und starrte in die schweigende Menge. »Graf Wilhelm Friedrich konnte seine Mission nicht vollenden. Die Stadt ist uns verschlossen, und die Regenten drohen, unsere Soldaten zu ersäufen! Er hofft, schreibt er, wir hatten hier mehr Erfolg!«

Einen Moment spürte Samuel Stolz auf die Amsterdamer aufwallen, gleichzeitig litt er mit dem Prinzen. Hoffentlich sah man ihm nicht an, wie er zwischen der Treue zu seiner Heimatstadt und der zum Hause Oranien hin- und hergerissen war.

Der Prinz stürmte aus dem Saal. Krachend fiel die Tür hinter ihm zu. Aus dem Nachbarraum waren laute Flüche zu hören.

Die Anwesenden wirkten wegen des unbeherrschten Benehmens peinlich berührt. Schließlich erhob sich Huygens und ging dem Prinzen nach. Samuel hielt es im Saal kaum noch aus. Das militärische Gehabe war ihm auf die Nerven gegangen, und dieses Verhalten war eines Manns von Geblüt unwürdig. Wie gerne hätte er ein wenig mit Mademoiselle Charlotte geplaudert, doch diese verließ gerade mit einer Zofe den Saal; sie schien erschrocken über den Gefühlsausbruch zu sein. Also würde Samuel sich unauffällig entschuldigen und herausfinden, wie weit die Vorbereitungen für sein morgiges Fest gediehen waren. Ihnen allen würde eine Ablenkung von der unerfreulichen Lage guttun, die angenehme Musik, das exquisite Essen. Auf den Prinzen würde er vielleicht verzichten müssen, aber Prinzessin Amalia und ihre Damen würden sich bestimmt die Ehre geben, und Mademoiselle Charlotte …

In diesem Augenblick kehrte der Prinz in den Saal zurück.

* * *

Benjamin fand seinen Vater beim Verteidigungsabschnitt der Schützengarde ihres Bezirks. Fackeln erhellten den Festungswall. Michiel trug seine Schützenuniform samt Waffengehänge und dirigierte die Arbeiter, die noch immer mit der Verstärkung des Walls beschäftigt waren.

»Oom Samuel hat geschrieben. Die Post lag im Kontor«, eröffnete Benjamin seinem Vater.

»Ich hatte Antje doch angewiesen, sofort einen Boten zu schicken, wenn Post eintrifft!« Michiel riss den ersten Brief auf und überflog ihn, dann öffnete er den zweiten.

»Was schreibt er?«, fragte Benjamin ungeduldig.

Sein Vater zupfte gedankenverloren an seinem Ohr. »Das müssen die Bürgermeister erfahren, sofort!« Er beriet sich kurz mit einem Kameraden, dann stiefelte er los. Benjamin eilte hinterher. »Endlich tut sich was! Das ist gut, sehr gut. Abgeschoben haben die Regenten mich zu diesen Arbeiten. Beraten tun sie woanders. Aber jetzt –«

»Sagt doch, was schreibt Oom Samuel?«

»Im ersten Brief informiert er über den bevorstehenden Angriff und nennt Details zu den Truppen und den Plänen. Im zweiten aber … Das ist wirklich unerhört.«

Benjamin hielt die Unwissenheit kaum noch aus. »Was ist unerhört?«

»Der Prinz hat Abgesandte der Provinzen gefangengesetzt und will sie in Schloss Loevestein einkerkern lassen!«

»Auch den Ratspensionär?«

»Das nicht, nein. Das wäre ja noch schöner, einen so alten und weisen Mann wie Mijnheer Cats gefangen zu nehmen!«

Sie waren am Haus von Andries Bicker am Kloveniersburgwal weiterverwiesen worden und hatten nun die Keizersgracht erreicht, wo Michiel auf das Haus von Jan Bicker zusteuerte. Er hatte Benjamin nicht ausdrücklich weggeschickt, also folgte dieser ihm weiterhin. Ein Diener führte sie durch das opulent ausgestattete Haus. Der dritte Bicker-Bruder Jan war Händler und Reeder und so reich, dass er auf seiner eigenen künstlichen Insel – Bickerseiland genannt – über den Hafen herrschte.

Aus dem Salon drang Tabakdunst. Die Brüder Bicker saßen mit Regenten und Familienmitgliedern am Tisch, lange Tonpfeifen in den Händen. Dem benutzten Geschirr nach zu urteilen, hatten die Männer fürstlich gespeist, während die Frauen vor beinahe unangerührten Tellern saßen und in besorgtem Tonfall wisperten. Eine junge Dame mit rehgroßen Augen im blassen Gesicht tat gerade dem Sohn der Familie von der Nachspeise auf. Wenn Benjamin sich richtig erinnerte, war es Wendela Bicker, eine Nichte des Bürgermeisters. Der Kontrast zu ihrem Gegenüber war eklatant. Wie eine bunte, in Samt und Seide gewickelte Made thronte Gerard Bicker auf seinem Sessel. Er mochte Ende zwanzig sein, hatte aber noch kindliche Züge. Hinter ihm hingen Porträts, die Bartholomeus van der Helst von Vater und Sohn angefertigt hatte; offenbar war die Familie sehr stolz auf ihren properen Sprössling.

»Unerhört, meinen Sohn derart zu verleumden!«, schimpfte Andries Bicker gerade.

»Dabei hat der Kurier mir den Angriff zuerst gemeldet. Ich bin der Drost von Muiden! Ich habe die Stadt gewarnt! Ich bin kein

Feigling! *Das* sollte in den Flugschriften stehen!«, setzte Gerard Bicker empört nach.

»Das wird es, dafür werden wir sorgen! Ich habe schon einen Schreiber beauftragt.« Andries Bicker sah auf, erhob sich aber nicht, was Benjamin unhöflich fand. »Aard, was gibt es?«, fragte er wenig freundlich und in einem reservierten Tonfall.

Michiel hob in einer unsicheren Geste die Hand, stützte sie dann aber auf die Hüfte. »Ich habe Nachrichten von meinem Cousin aus s'Gravenhage erhalten. Wie Ihr vielleicht wisst, steht Samuel van Sanders auch mit dem Hause Oranien in Verbindung. Er schickte mir genaue Angaben über das Heer des Prinzen und seine Pläne. Zudem berichtete er über die Gefangennahme von Vertretern der Generalstaaten. Sie sollen ins Schloss Loevestein gebracht werden, bis die Provinzen – vor allem aber Amsterdam – sich dem Prinzen unterwerfen.«

Andries Bickers Reaktion war so entschieden, dass sich ihnen sofort die Aufmerksamkeit der anderen zuwandte. »Unerhört!«, rief er aus. »Ich denke, das ist für alle hier von Belang. Setzt Euch zu uns, Aard!«

Benjamin bemerkte den pikierten Blick der Hausherrin auf sich, einer würdigen Matrone, und stellte fest, dass seine Kleidung schmutzig war. Wie peinlich! »Verzeiht meinen Aufzug. Ich war nach meiner Arbeit am Stadhuis noch auf dem Stadtwall, um bei der Errichtung der Barrikaden zu helfen«, entschuldigte er sich.

Sein Vater sah ihn strafend an, doch Johan Huydecoper sprang Benjamin unerwartet bei. »Löblich! Ich sagte bereits: Hier in Amsterdam ist jeder Bürger – ob Kaufmann oder Baumeister – so mutig wie ein Graf! Wenn alle jungen Leute so viel Engagement für die Verteidigung unserer Stadt an den Tag legen würden, hätte der Prinz keine Chance.«

Bicker junior merkte auf: »Der Prinz hat ohnehin keine Chance. Wir drehen ihm einfach den Geldhahn zu.«

»Alle unsere Söhne setzen sich sehr für das Wohl der Stadt ein. Auch bei dem von mir betreuten Bauabschnitt war die Unterstützung der Einwohner groß«, berichtete Michiel.

»Es ist gut, dass wir gerüstet sind. Besser wäre es allerdings, wenn wir kriegerische Auseinandersetzungen meiden könnten. Die Oranier haben viel für uns getan. Wir sollten dem Prinzen entgegenkommen«, wandte Cornelis de Graeff staatsmännisch ein.

»Und weiterhin eine Armee finanzieren, die sich gegen uns richtet?«, fragte Cornelis Bicker provozierend.

»Auf keinen Fall!«, beantwortete Andries Bicker die Frage seines Bruders. »Gerade die ausländischen Söldner müssen abgedankt werden, denn sie sind skrupellos. Denkt nur an den Angriff auf den Stadtwall! Was für ein Glück, dass nur die Mühle zerstört wurde!«

Benjamin zuckte zusammen. Hoffentlich sah man ihm seinen Schrecken nicht an!

Andries Bicker wandte sich an Michiel: »Berichtet uns ausführlich, was Euer Cousin erfahren hat.«

Bevor Michiel dazu kam, ergriff Wendela Bicker das Wort. »Verzeiht, Onkel. Lasst mich den Herren erst etwas anbieten. Sie sind doch bis eben zum Wohle der Stadt tätig gewesen.« Auf die Zustimmung ihres Vaters hin ließ sie die Magd mit Wein kommen. Wendela achtete fürsorglich darauf, dass Benjamin und sein Vater anständig bewirtet wurden.

Benjamin nippte nur an dem Wein. Er brauchte einen klaren Kopf. Auch wäre ihm ein kühles Bier lieber gewesen.

Sein Vater räusperte sich und strich über die Schärpe seiner Schützenkompanie. War er etwa nervös? Doch dann fasste Michiel sich ein Herz und informierte die Herren über den Inhalt der beiden Briefe: »Offenbar sollte ein feindlicher Trupp den Regulierspoort an sich bringen und dem Heer Zugang verschaffen. Graf Wilhelm Friedrich von Nassau-Dietz sollte mit seinen Truppen direkt in die Stadt reiten, das Rathaus besetzen und die Regenten entmachten.

Dass Amsterdam durch den Kurier auf den Angriff vorbereitet war, war nichts als ein glücklicher Zufall«, schloss er.

»Oder die Hand Gottes hat zu unseren Gunsten eingegriffen«, wandte Andries Bicker ein. »Hat Gott nicht schon oft gezeigt, dass die Niederländer ein auserwähltes Volk sind, den Israeliten gleich?«

»So ist es! Die Informationen von Aard passen zum Brief des Unterhändlers. Darin stand, dass Graf Friedrich Wilhelm ›Ruhe und Frieden‹ in der Stadt bewahren solle, bis der Prinz einträfe. Als ob in Amsterdam ein Aufstand toben würde!«, setzte Huydecoper verärgert hinzu.

»Hätten wir Widerstand gegen die Absetzung geleistet, würden wir vielleicht schon im Kerker schmoren«, meinte Cornelis Bicker.

»Das wäre denkbar. Wir hätten uns längst dieser unverschämten Adeligen entledigen sollen.«

»Andries!«, fuhr Cornelis de Graeff auf.

»Ist doch wahr! Prinz Moritz war ein Schürzenjäger und Kriegstreiber. Prinz Friedrich Heinrich verpulverte Geld, als wäre er Krösus. Und sein Sohn Wilhelm scheint nun vollständig den Verstand verloren zu haben.«

De Graeff gebot ihm Einhalt. »Etwas mehr Respekt, bitte. Das Haus Oranien ist ein wichtiger Teil unserer Republik, das dürfen wir nicht vergessen. Ohne Wilhelm den Schweiger stünden wir noch immer unter der Knechtschaft des spanischen Königs.«

»Der Herr belohnt die Mutigen, und das sind die Amsterdamer Bürger«, hielt Andries Bicker dagegen.

»Darf ich fragen, ob Ihr Herren bereits auf den Brief des Prinzen reagiert habt?«, ergriff Michiel erneut das Wort.

Kurze Stille. Dann antwortete Mijnheer Huydecoper: »Mehr als das. Gemeinsam mit unserem Beigeordneten Wigbold van der Does habe ich Graf Wilhelm Friedrich in seinem Heerlager bei Ouderkerk aufgesucht. Ich habe den Grafen gewarnt, dass die Truppen nicht näher kommen dürften. Ansonsten müssten wir alle Möglichkeiten nutzen, die uns Gott und die Natur zur Verfügung stellen, um uns zu verteidigen.«

Michiel begriff sofort. »Also auch die Deiche zu öffnen.«

»Der Graf wollte die Entscheidung über Angriff oder Rückzug nicht allein treffen und schrieb an den Prinzen.« Huydecoper nickte zufrieden. »Wollen wir hoffen, dass die anderen Städte zügig ihre Deputierten nach Amsterdam schicken. Wir müssen in dieser Notlage eine Versammlung der Staaten von Holland abhalten und einen Beschluss fassen. Letztlich sind alle Provinzen betroffen, alle gefährdet.«

Jan Bicker nickte nachdenklich. »Wenn ich von meinem Turm hinuntersehe, dann weiß ich, woher Amsterdams Reichtum stammt: vom Handel. Deshalb müssen wir diese Zwangslage schnellstmöglich beenden. Es leidet ja nicht nur der Geschäftsverkehr, ein möglicher Bürgerkrieg könnte zudem das Vertrauen ausländischer Kaufleute in unseren Marktplatz schwächen. Damit meine ich auch unsere Börse und unsere Bank. Die Amsterdamer Wechselbank gilt bislang als die sicherste der Welt. Wenn nur der Hauch eines Zweifels am Finanzplatz Amsterdam besteht, kann es gravierende Folgen haben, das muss jedem klar sein.«

Noch während sie ihre Optionen gegeneinander abwogen, wurde ein weiterer Besucher gemeldet, und Bürgermeister Oetgens trat ein. »Mijnheer Cats … hat einen Brief per Kurier geschickt. Der Prinz hat nicht nur eine Armee gegen uns entsandt …« Oetgens rang nach Luft.

»Er hat zudem einige Deputierte verhaften lassen und will sie in Schloss Loevestein einsperren, um uns zu erpressen«, vervollständigte Andries Bicker den Satz.

Oetgens wirkte wie vor den Kopf geschlagen. »Ihr wisst bereits davon?«

»Mijnheer Aard hat uns diese Information übermittelt. Wir haben bereits eine Strategie entworfen, die wir mit Euch und den Regenten abstimmen wollen. Lasst uns gehen!«

Während sich alle für den Aufbruch bereit machten, wechselte Michiel noch einige Worte mit Wendela Bicker. Es klang, als hätten sie sich schon öfter unterhalten, was Benjamin wunderte. Wendela war unverheiratet und eine erstklassige Partie. Was für einen Grund könnte es für diese Gespräche geben? War sein Vater etwa auf Freiersfüßen? Nein, das konnte nicht sein. Michiel war zwar Witwer, aber mit Anfang fünfzig schon alt. Versuchte er möglicherweise, Wendela für Daan zu gewinnen? Das wäre ein ungeheurer Aufstieg für die Aards. Unwahrscheinlich allerdings, dass sich die Bickers darauf einließen – schlechte Geschäfte wie eine Heirat unter Stand machte diese Familie nicht.

Als sie auf die Straße traten, zog Michiel Benjamin zu sich. »Ich bin sehr froh, dass du mir die Briefe gebracht hast. Hast du Oetgens' Gesicht gesehen? Bald können sie gar nicht anders, als mich in die Vroedschap aufzunehmen! Vielleicht wird mir sogar gelingen, was meinem Vater versagt blieb, und ich werde eines Tages Bürgermeister!«, sagte er mit einem Beben in der Stimme. Dann schloss er sich den Bürgermeistern und Regenten auf dem Weg zum Rathaus an.

Benjamin blieb allein zurück. Mit einem Schlag überfiel ihn die Müdigkeit. Wie viele Stunden war er schon auf den Beinen? Auf dem Grachtenwasser spiegelte sich der Lichtschein aus den Häusern. Wie idyllisch diese Gracht wirkte und in welcher Gefahr sie in Wahrheit schwebten! Benjamin gab sich einen Ruck. Er musste zu Theo, auch wenn er kaum noch die Füße heben mochte. Die Sache mit der Öl-Uhr ließ ihm einfach keine Ruhe.

Wieder schickte Benjamin einen Burschen zum Nieuwmarkt, um dort nach Theo zu fragen, wieder war dieser nicht da. Vielleicht sollte er einfach in der Mühlenruine nach den Resten der Öl-Uhr suchen, dann hätte er Gewissheit. Seufzend machte er sich noch einmal auf den Weg.

Angespannte Stimmung lag über der sonst so quirligen Stadt.

Von irgendwoher waren Schreie zu hören. Vom Stadtwall aus sah er das feindliche Heerlager, in dem die Lagerfeuer im Nieselregen qualmten. Auf dem Wall patrouillierten nicht nur Wachen, sondern auch Freiwillige. Wie zufällig schlenderte Benjamin zu den verkohlten Resten der Mühle, die sich unter dem nächtlichen Himmel zu ducken schienen. Der frühere Eingang war mit Brettern vernagelt.

»He du, was treibst du da?«, hielt ein Wächter ihn auf.

»Ich wollte mich nur mal umsehen.«

»Aber nicht hier! Die Ruine soll noch untersucht werden. Wir müssen herausfinden, ob sich Spuren von Brandern finden lassen. Die Truppen des Stadthalters behaupten nämlich, sie hätten mit dem Anschlag nichts zu tun. Aber wie hätte die Mühle sonst in Brand geraten sollen? Das war ein vermaledeiter Angriff! Von wegen ›Frieden und Ruhe‹ bewahren!«, stieß er gallig hervor. Offenbar wusste jeder über den Inhalt des Verhandlungsbriefs Bescheid.

Benjamin war zugleich heiß und kalt geworden. Bei einer Untersuchung könnte man auf die Reste der Öl-Uhr stoßen. Was für eine Strafe stand auf Brandstiftung? Oder würde es schon als Verrat geahndet? Was würde sein Vater zu alldem sagen?

Er lief weiter in Richtung Stadttor, konnte aber schon von Weitem sehen, dass dort, wo er mit Theo gelauscht hatte, die Erde von den Arbeitern aufgewühlt war. Selbst wenn er die Öl-Uhr dort vergessen hätte, hätte längst jemand das kostbare Stück mitgenommen. Was sollte er nur tun?

Gesang und Gelächter rissen ihn aus seinen Gedanken. Ein Stück weiter den Festungswall entlang ließen sich ein paar Leute die Laune nicht verderben. Neugierig näherte er sich.

Im Windschatten der nächsten Mühle hatten einige Freiwillige eine Plane gespannt. Davor übten sich zwei junge Männer im Fechten. Im Schein des glimmenden Lagerfeuers saßen etwa zehn junge Leute, die einen Weinkrug und eine würzig duftende Pfeife herumgehen ließen. Das ist sicherlich kein Virginiatabak, dachte

Benjamin. Eine junge Frau spielte auf einer Laute, und Benjamin erkannte etliche Studenten der Illustren Schule, darunter auch Theo. Als er zu ihnen trat, wurde er fröhlich johlend begrüßt.

Er kniete sich neben seinem Cousin auf die Erde. »Hier steckst du also – ich habe dich schon überall gesucht!«

Theo nahm einen tiefen Zug und reichte den Krug an Benjamin weiter. »Ach ja? Warum das?«

Benjamin hielt den Krug unschlüssig in der Hand. »Hast du meine Öl-Uhr?«, fragte er leise.

»Nein – wieso? Ich dachte …« Theo schnalzte mit der Zunge und stieß dann die Luft aus; allein von seinem Atem fühlte Benjamin sich benebelt. »So ist das also! Hast du etwa die Mühle abgefackelt?«

»Ich … nein!«, sagte Benjamin schnell. »Ich habe die Öl-Uhr nur … verlegt.«

»Klar«, sagte Theo ironisch und wedelte eine Motte weg, die auf einmal unter der Plane flatterte. »Na ja, solange alle denken, es sei der Feind ge–«

»Pscht!« Benjamins Gedanken rasten.

»He, trinkst du, oder willst du warten, bis der Wein verdunstet ist?«, rief jemand. Die anderen lachten.

Schnell gab Benjamin den Krug weiter. »So betrunken werdet ihr den Wall kaum verteidigen können.«

»Wir sind nicht betrunken. Wir sind echte Kerle und können was ab«, lallte sein Nebenmann.

Die Motte taumelte über den Flammen, setzte sich dann auf Theos Knie. »Hast du die Ergebnisse unseres Experiments schon ana… ana…«, begann Theo stockend und beobachtete das Tier.

»Analysiert? Nein. Keine Zeit.« Benjamin erzählte, wie sein Tag verlaufen war, während Theo mit erstaunlich ruhiger Hand die Motte fing. Er nahm den Leib zwischen die Fingerspitzen und sah zu, wie sie hilflos mit den Flügeln schlug.

»Ist das nicht faszinierend? Wenn es stimmt, was dieser französische Philosoph sagt, dann ist dieses Tierchen ein mechanisches Gerät, genau wie wir auch.«

»Sieur Descartes, meinst du?« Benjamin zog die Schultern hoch und betrachtete seinen Cousin. Die Ideen des Gelehrten waren in Amsterdam wohlbekannt, denn er hatte lange Zeit in einem Stadthaus gegenüber der Westerkerk gelebt und mit seinen Schriften für Aufsehen gesorgt. Man solle seine Argumentationen nicht auf eine Autorität gründen, ob Aristoteles oder die Bibel, sondern auf Verstand oder Vernunft, hatte er behauptet. Inzwischen waren seine Werke vielerorts als Ketzerei verboten, und Descartes selbst war an den Hof der jungen Königin Christina von Schweden berufen worden, dort jedoch im Frühjahr gestorben.

»Descartes, genau«, bestätigte Theo. »Auch ein lebendiges Wesen ist reine Mechanik. Wie wir. Eine Maschine aus Adern, Blut, Muskeln, Knochen.« Er betrachtete die Motte, und kurz fürchtete Benjamin, sein Cousin würde dem Tier die Flügel ausreißen oder sie zerquetschen.

»Und die Seele?«, fragte er eilig.

Theo schaute auf. »Tiere haben nach Descartes keine Seele. Und bei uns Menschen ist sie vom Körper getrennt.«

»Unsere Katzen hatten immer einen ganz eigenen Charakter. Dass sie keine Seele haben sollen, kann ich nicht glauben.« Unruhig verfolgte Benjamin, wie Theo die andere Hand in Richtung der Motte bewegte. »Die Welt ist eine Uhr und Gott der allmächtige Uhrmacher. Auch Tiere sind seine Schöpfung«, sagte er hastig.

Theo hielt inne und blickte ihn abwägend an. Der Wind rüttelte an der Plane. Zischend fielen verwehte Regentropfen ins Feuer. Mit einer schnellen Bewegung ließ er die Motte fliegen. »Ich musste am Hafen helfen, habe mich aber geweigert, auch nur einen Fuß auf ein Schiff zu setzen.«

»Sehr zur Freude deines Vaters, nehme ich an.«

Theo lachte bitter. »Der Alte hasst mich dafür.«

Benjamin nickte. Kris Vincentsz Aard war ein angesehener Kapitän, der wollte, dass sein Sohn ebenfalls zur See fuhr, wenn nicht als Seemann, dann zumindest als Chirurg. Theo hingegen hielt deren Arbeit auf den Handelsschiffen für viehische Pfuscherei. Er wünschte sich, zu studieren und an Land zu praktizieren. Das Meer hasste er, ob aus reinem Protest oder tatsächlich, das wusste Benjamin nicht zu sagen. Während sie redeten, wurde Theo immer nüchterner. Aufmunternd stupste er seinen Cousin in die Seite.

Draußen prügelten sich einige Fechter mit ein paar Burschen, die sich als Prinzgesinnte zu erkennen gegeben hatten. Unter der Plane begannen die anderen unterdessen wieder zu singen. Das Mädchen mit der Laute saß jetzt auf dem Schoß des jungen Mannes, spielte jedoch nur noch wenig, weil sie durch seine Liebkosungen abgelenkt war. Immer lauter schwoll der Gesang an.

Benjamin trat vor die Mühle. Die Prügelnden waren inzwischen verschwunden. Wieder glommen die Lichter in der Ferne. Nur war es dieses Mal der Feind, der Amsterdam mit glühenden Augen zu beobachten schien.

6

Nur schwer konnte Benjamin sich aus dem wirren Traum befreien, in dem er sich an die Flügel einer sich wild drehenden Mühle klammerte, während gleichzeitig riesige Motten kanonenkugelgleich an ihm vorbeipfiffen. Schweißgebadet warf er die Decke weg. Als er klarer denken konnte, erinnerte er sich an die Schüsse, die er nachts aus Richtung des Stadtwalls gehört hatte. Er hatte gefürchtet, dass die Stadt angegriffen wurde, und überlegt, zurückzueilen. Doch so schnell er begonnen hatte, war der Schusswechsel auch beendet gewesen.

Er setzte sich auf die Bettkante und stützte die Hände auf die Knie. Hatte er gestern doch mehr Wein getrunken, als er meinte? Noch im Bett hatte er über den Brand und die Öl-Uhr gegrübelt. Sollte er seinem Vater beichten, was geschehen war? Aber warum schlafende Hunde wecken? Vielleicht war die Uhr ja vernichtet worden. Oder man konnte zumindest die Gravur nicht mehr erkennen.

Aus dem Erdgeschoss waren laute Stimmen zu hören. Er wusch sich hastig, kämmte die Haare durch und zog sich frische Kleidung an. Für den Barbier war heute keine Zeit. Aus dem Kontor seines Vaters drang bereits ein heftiger Wortwechsel.

»... bist nicht auf dem Grundstück gewesen, das sehe ich doch an dem Entwurf!«

»Aber Vater –«

»Gib es endlich zu!«

Als Benjamin eintrat, stand sein Bruder vor dem Schreibtisch, während ihr Vater auf die Konstruktionszeichnung wies. Daans

Mondgesicht war erstarrt, die Augenlider niedergeschlagen. »Ich hatte auf unserer Baustelle viel zu tun. Und da ich das Grundstück noch gut in Erinnerung hatte …«

»Nicht gut genug offenbar!« Ein beinahe fiebriges Flackern lag in den Augen ihres Vaters. »Begreifst du es denn nicht? Bei diesem Auftrag dürfen wir uns keine Fehler erlauben. Wir müssen besser sein als unsere Konkurrenz! Du wirst heute an die Vecht fahren.«

»Aber es heißt, Truppen lagern zwischen Abcoude, Amstelveen und Ouderkerk.«

»Das hat dich nicht zu kümmern. Du tust, was ich dir sage.« Michiel wandte sich Benjamin zu. »Und du? Was hast du getrieben?«

Benjamin war nicht erpicht darauf, ebenfalls gemaßregelt zu werden. »Ich war gestern noch auf dem Festungswall und habe mit anderen jungen Leuten Wache gehalten. Jetzt werde ich mich meiner Arbeit zuwenden.«

»Was ist mit dem Kutschenhaus?«

»So gut wie fertig«, log Benjamin, obgleich er noch immer nicht damit angefangen hatte.

Sein Vater erhob sich. »Gut, dann lasst uns gemeinsam den Gottesdienst besuchen. Ein Amsterdamer Ratsmann muss ein gewissenhaftes Mitglied der wahren christlich reformierten Religion sein. Anschließend werde ich den ganzen Tag unterwegs sein. Ihr wisst, was zu tun ist. Ich verlasse mich auf euch.«

***

Samuel verschob sein Gewicht von einem Fuß auf den anderen. Selbst im Stehen tat ihm der Hintern weh. Unverschämt, wie der Prinz ihn und die anderen auch heute Morgen warten ließ! Zunächst war lediglich Graf Wilhelm Friedrich von Nassau-Dietz in das Gemach gebeten worden. Lautstark hatte der Prinz über den misslungenen Angriff geschimpft. Dann waren einige Heerführer und hochrangige Adelige hinzugekommen. Er jedoch und ein paar Bürger aus dem Dunstkreis des Hauses Oranien mussten warten. So wichtig waren sie dem Oranier also. Nur zu ihrem Geld sagte er nicht Nein. Welche Strapazen er dafür auf sich genommen hatte! Um nicht abgehängt zu werden, war er nicht mit der Kutsche gereist, sondern hatte die Strecke von s'Gravenhage hierher auf dem Pferderücken zurückgelegt. Lange war er nicht mehr so weit geritten. Mit dem Prinzen und dessen Mannen hatte er kaum mithalten können, denn diese waren ein hohes Reittempo gewöhnt. Erst spät war er in Ouderkerk eingetroffen.

Samuel blinzelte. Seine Augen fühlten sich an, als wären sie mit Sandpapier bedeckt. Warum war er nicht in s'Gravenhage geblieben? Sein Blick wanderte zum Fenster, an dem die Regentropfen wie Tränen hinunterliefen. Heute hätte er bei seinem Empfang glänzen können. Stattdessen hatte er alles absagen müssen. Es war ein Jammer um das schöne Konfekt und die anderen Spezialitäten, die er bestellt hatte. Er musste sich etwas einfallen lassen, um die Gunst des Prinzen zu gewinnen. Am einfachsten ginge dies mit Schmeicheleien und Geld. Damit aber stellte er sich gegen Amsterdam und schnitte sich ins eigene Fleisch. Es war zum Verzweifeln.

Ein Soldat näherte sich den Gemächern. Kurz entschlossen behauptete Samuel, dass er dringend mit dem Prinzen über mögliche Angriffspläne sprechen müsse, und tatsächlich durfte er eintreten.

Es war ein gediegen-bäuerliches Zimmer, in dem die Waffen und die kostbare Rüstung des Prinzen martialisch wirkten. Prinz Wilhelm war noch in Kniehosen und Hemd und begrüßte ihn angespannt. Graf Wilhelm Friedrich von Nassau-Dietz hatte den Kopf eingezogen und schien vor sich hinzuschmollen. Vor ihnen auf dem Tisch lag eine Landkarte von Amsterdam und Umgebung. Gut war der charakteristische Halbkreis der Stadt zu erkennen, an dessen Ende ein Stück herausgeschnitten zu sein schien.

Samuel neigte das Knie vor dem Prinzen. »Ich wollte Euch versichern, dass ich meine Mittel und meine bescheidene Kampfkraft in Eure Dienste stelle, Hoheit.« Sobald er die Worte ausgesprochen hatte, bereute Samuel es. Kämpfen würde er auf keinen Fall – schon gar nicht gegen Amsterdamer. »Mein Vater hat Eurer Familie treu gedient, und ich tue es ebenso. Was Ihr nur wünscht –«

Prinz Wilhelm gebot ihm mit einer herrischen Geste Einhalt. »Angesichts der Misere, in der wir uns befinden, können wir jedwede Hilfe gebrauchen. Sich im Gooi zu verlaufen – beschämend!« Er blickte den Grafen finster an und erteilte dann dem Soldaten das Wort. Dieser schien sich mit seinem Bericht schwerzutun.

»Ich habe mich unter das Amsterdamer Volk gemischt. Ehrlich gesagt, würde ich Euch vorerst nicht raten, die Stadt zu betreten, Hoheit. Die Stimmung ist brenzlig. Ich fürchte, die Bewohner halten zu ihrer Regierung«, sagte der Kundschafter beinahe entschuldigend.

Prinz Wilhelm schien das nicht hinnehmen zu wollen. »Ich begreife nicht, warum das Volk sich gegen mich stellt. Aber Amsterdam war ja schon immer das Herz des Widerstandes gegen die Oranier. Wir müssen angreifen. Die Stadt verdient es nicht anders!«

Der Kundschafter wog seine Worte sichtlich ab. »Amsterdam ist gegen einen Angriff gesichert. Im Sturm könnt Ihr die Stadt nicht mehr nehmen, Hoheit.«

»Mit Verlaub: Der Stadtwall ist alt und schadhaft.« Samuel durchwühlte seine Erinnerungen an seinen letzten Aufenthalt in Amsterdam und wies auf die Karte. »An dieser Stelle zum Beispiel und dort.«

Graf Wilhelm Friedrich schien es nicht zu gefallen, als Versager dazustehen. »Machen wir also die Kanonen bereit. Wir sind in Schussweite und werden den lächerlichen Wall in Grund und Boden ballern!«, sagte er laut. »Amsterdam ist ein Sodom und Gomorrha! Ein wahres Babel! Ein Hort der Unzucht und Ketzerei, den wir mit Feuer und Schwert läutern müssen!«

Gerade du, dachte Samuel spöttisch. Graf Wilhelm Friedrich

mochte zwar sehr fromm sein, sein Sündenregister war Gerüchten zufolge jedoch lang. Vor allem die Huren und das Theater hatten es ihm angetan. »Es könnte ein verlustreicher Angriff werden«, gab er zu bedenken.

»Wir haben Männer genug, die bereit sind, für meine Ehre und meinen Ruhm zu sterben«, entschied der Prinz. »Ich will die Bickers und ihre überheblichen Konsorten am Boden sehen!«

»Verzeiht meine Impertinenz, Hoheit, aber es könnte auf eine langwierige Belagerung hinauslaufen, für die Munition und Vorräte beschafft werden müssen. Zwölftausend Mann wollen verpflegt werden«, gab Samuel zu bedenken. »Dabei kann ich Euch unterstützen.« Die Waffen würde er damit anderen überlassen, aber was spräche dagegen, für die Heeresverpflegung zu sorgen?

Prinz Wilhelm nickte zufrieden. Dann wies er auf die Landkarte. »Ich muss Würde und Respekt zurückgewinnen, daran besteht kein Zweifel. Wo ist der Festungswall besonders schwach? Wo können wir Stellung beziehen, um den Wall zu überwinden?«

Samuel wies erneut auf verschiedene Punkte der Karte. »Hier, hier und hier weist der Festungswall eklatante Mängel auf.«

Der Kundschafter bestätigte seine Angaben. »Allerdings sind die Amsterdamer dabei, diese Mängel zu beheben. Die Stadtregierung konnte viele Freiwillige mobilisieren«, ergänzte er. »Zudem droht eine Überflutung.«

»Wir werden alle nötigen Vorkehrungen treffen«, entschied Prinz Wilhelm.

»Später wird eine Verhandlungsdelegation aus Amsterdam eintreffen. Sie dürfen keinen Verdacht schöpfen«, merkte der Graf an.

»Wir werden sie in Sicherheit wiegen, so gewinnen wir Zeit. Ich werde ohnehin nicht mehr mit diesen Bickers reden. Sie gehören verhaftet, genau wie die anderen widerspenstigen Deputierten. Wer die Armee auf seiner Seite hat, herrscht – genau wie in England und Frankreich.«

Samuel war entsetzt. Der Prinz war geradezu verblendet – und niemand gebot ihm Einhalt. Der Verlust von Soldaten, der Tod von Menschen schien ihm nichts auszumachen.

***

Im Werkhaus betrachtete Benjamin das Modell des Rathauses, obgleich er eigentlich Detailzeichnungen anfertigen sollte. Van Campens Entwurf war meisterhaft. An jeder Stelle war zu erkennen, dass von Campen nicht nur ein guter Mathematiker war, sondern auch Vitruv und die darauf aufbauenden architektonischen Schriften bis ins Detail kannte. Auch die Rekonstruktion des Salomonischen Tempels durch Villalpando musste er studiert haben. Und doch stimmte etwas nicht. Noch einmal zog Benjamin mit Lineal und Zirkel die Linien nach.

Weil Jacob van Campen sich an diesem Morgen nicht hatte blicken lassen, hatte sich Stalpaert mit anderen Verantwortlichen wie Willem de Keyser beraten und eine Entscheidung getroffen. De Keysers Stimme hatte Gewicht, denn er war nicht nur der Sohn des berühmten Baumeisters Hendrick de Keyser, sondern hatte in England bei den Architekten Nicholas Stone und Inigo Jones gelernt. Da viele Arbeiter zum Stadtwall abgezogen worden waren, würden die Verbleibenden auch heute arbeiten, an einem Sonntag. Das würde den Geistlichen nicht gefallen. Aber der Rat und die Prediger stritten ohnehin darüber, welcher Großbau Vorrang haben sollte, das neue Rathaus oder der Kirchturm. Die Ratsvertreter wollten ihre weltliche Macht in einem Gebäude versinnbildlichen, die Prediger ein sichtbares Symbol für die Macht Gottes schaffen, einen Kirchturm, der über die Stadt wachte und – gleichsam als Auge des Herrgotts – die Bewohner beobachtete.

Nachdenklich ließ Benjamin seinen Blick über die Modelle, Entwürfe und Gipsfiguren wandern. Was wäre ihm wichtiger? Dort hinten stand das Modell des zukünftigen Turmes der Nieuwe Kerk. Fasziniert trat er näher, das Reißbrett noch immer in den Händen. Auch dieser Entwurf stammte von Jacob van Campen, doch andere Architekten hatten sich ebenfalls daran versucht. Eine interessante Herausforderung. Türme konnten legendär werden wie die Türme von Babel oder von Jericho. Sie gaben dem Auge Halt, dienten der Orientierung, sorgten für Sicherheit. Gleichzeitig stellte der Turmbau besondere Anforderungen, wenn es um die Höhe, die Statik, das ausgewogene Verhältnis von Notwendigem und Ästhetischem ging. Nicht ohne Grund stürzten regelmäßig bei Stürmen Türme ein oder wurden von Blitzen zerstört.

»Bist du fertig mit der Zeichnung?« Meester Stalpaert war eingetreten.

»Ja, natürlich, Meester.« Benjamin hielt ihm das Reißbrett hin.

Stalpaert nickte zufrieden. »Sehr gut. Du kannst gleich den nächsten Abschnitt vergrößern, wir kommen sonst mit der Arbeit nicht hinterher.« Er sah ihn an. »Du interessierst dich für den Turm?«

»Ja, sehr. Ich würde gern die Entwürfe von Leeghwater und Willem de Keyser sehen.«

»Nichts leichter als das.« Stalpaert zog eine Mappe hervor und blätterte sie auf. »Wie findest du sie?«

»Dieser hier …«

»Der Entwurf des Ingenieurs Leeghwater.«

»Er erscheint mir plump. Zudem erinnert er mich an die Spitze eines anderen Turms, den ich mal gesehen habe.« Benjamin überlegte. »Die Grote Kerk in Haarlem.«

»Das mag sein«, sagte Stalpaert.

Benjamin betrachtete den zweiten Entwurf. »Dann muss dieser hier von Willem de Keyser sein. Ich finde ihn …« Er zögerte. Durfte er es sagen?

»Langweilig, nicht wahr?«

Erleichtert nickte Benjamin.

Abwägend sah Stalpaert ihn an. Er senkte die Stimme. »Ehrlich gesagt halte ich die Errichtung eines derart hohen Turms an dieser Stelle für närrisch. Aber unser ehemaliger Bürgermeister hat den Bau vorangetrieben. Backer will, dass die Kirche Amsterdam dominiert, nicht die Kaufmannschaft.«

»Gott statt Gulden.«

»Genau. Und schau dir außerdem das Fundament des Kirchturms an!«

Das hatte Benjamin natürlich längst getan. »Es ist das stabilste in ganz Amsterdam. Die Pfosten wurden enger gesetzt als beim neuen Stadhuis. Das ist allerdings auch nötig, weil der Turm so nah am Wasser stehen wird.«

Stalpaert zog eine seiner buschigen Augenbrauen hoch. Er schien auf etwas zu warten.

»Genau genommen ragt das Fundament in den Nieuwezijds Voorburgwal hinein«, präzisierte Benjamin.

»Mit welchen Folgen?«

Darüber hatte sich Benjamin keine Gedanken gemacht. Er hatte die Lage des Turms als gegeben hingenommen. »Der Schiffsverkehr und die Bewegung des Wassers werden beeinträchtigt.«

»Und?«

»Das könnte zu Gestank und zur Ausbreitung schädlicher Miasmen und damit zu Seuchen führen.«

»Und?«

»Wasser und Strömung könnten auf Dauer das Fundament beschädigen und die Standfestigkeit des Turmes gefährden.«

Stalpaert nickte. »Und das bei einem Turm, der derart hoch sein soll! Hast du eine Vorstellung davon, was passieren könnte, wenn er umstürzt? Das gibt eine Katastrophe. Nein, ich habe es nicht eilig, diesen Turm bauen zu lassen.« Der Schlag der Glocke unterbrach sie. Stalpaert fuhr auf. »Ich muss los. Mach dich an die nächste Vergrößerung.«

Während er zeichnete, wanderten Benjamins Gedanken. Wie hätte er selbst diese Herausforderung gelöst? Was für einen Turm hätte er für die Nieuwe Kerk entworfen? Er zog sich ein neues Blatt Papier heran.

»Da bist du ja – ich habe dich gesucht!«

Benjamin fuhr auf. Überrascht stellte er fest, dass sein Vater vor ihm stand. Schnell schob er das Papier mit seiner Zeichnung unter die angefangene Vergrößerung für Meester Stalpaert. »Mich gesucht? Ich dachte, Ihr hättet am Festungswall so viel zu tun?«, fragte er.

»Habe ich auch! Der Bau der Amstelschanzen! In der Amstelmündung sollen zwei Blockhäuser zur Verteidigung errichtet werden. Dazu die Turmbauplanung. Material für das Rathaus. Ach!« Michiel rieb sich unwirsch die Nase. »Es hilft nichts. Du musst etwas für mich erledigen – sofort.«

Benjamins schlechtes Gewissen regte sich, als er die angefangene Vergrößerung sah. Was würde Meester Stalpaert sagen, wenn er mitbekam, dass er seine Zeit verplemperte, statt seine Aufgaben zu erledigen? Schnell warf er die fehlenden Striche auf das Papier, ärgerlich darüber, dass er pfuschen musste.

»Samuel hat mir eine weitere Nachricht geschickt«, fuhr sein Vater fort. »Er ist im Gefolge von Prinz Wilhelm nach Ouderkerk geritten, wo Prinz und Hofstaat Quartier genommen haben. Daan ist unterwegs, deshalb wirst du deinen Onkel aufsuchen.«

Mit einem Schlag waren Benjamins Skrupel Meester Stalpaert gegenüber verflogen. »Wird man mich denn zu Oom Samuel lassen?«

»Ich hoffe es. Du musst dich geschickt anstellen. Behaupte einfach, es sei eine dringende Familienangelegenheit. Wenn du da bist, halte Augen und Ohren offen.«

»Wonach soll ich Ausschau halten? Und warum ist das so wichtig für dich?«

»Alles, was Amsterdam betrifft, ist für mich wichtig. Gute Verbindungen und Informationen aus dem inneren Machtzirkel können entscheidend für meinen Aufstieg sein. Wir müssen eine Katastrophe für die Stadt abwenden. Wenn ich dazu beitragen kann, wird es unserer Familie nur nutzen.«

Benjamin ließ die Worte in sich nachklingen. Letztlich spielte der Grund keine Rolle. Er durfte die Verhandlungen hautnah erleben, wäre am Puls des Geschehens – das allein zählte.

Die Sonne blitzte durch die dicken Wolken, und sofort wurde es schwül. Benjamin lief zum Anleger und nahm die Treckschute gen Ouderkerk. Lieber hätte er ein Pferd geliehen, mit dem er schneller wäre, aber sein Vater hatte ihm das Geld dafür nicht gegeben. Als sie in gemächlichem Tempo die Stadtmauer hinter sich ließen, beobachtete Benjamin, wie weit die Arbeiten an der neuen Schanze schon gediehen waren. Die Amstel schlängelte sich durch flaches, schilfgesäumtes Land. Vieh weidete im smaragdfarbenen Gras, ein schneeweißer Reiher balancierte auf dem Rücken einer Kuh. Enten und Schwäne trieben gemächlich auf dem Wasser, unbeeindruckt von den Truppen, die in der Nähe Stellung bezogen hatten. Die Soldaten waren bedrückend nah an der Stadt. Es hieß, dass inzwischen an die siebzig Kompanien eingetroffen waren. Eine gewaltige militärische Übermacht.

Benjamins Blick wanderte über die Landschaft. Das südlich von Amsterdam gelegene Dorf Ouderkerk war ein beliebtes Ziel für Maler. Auch er hatte bereits Skizzen von den Bauernhäusern, dem Flussufer und den imposanten Marmorgrabsteinen auf dem uralten jüdischen Friedhof angefertigt. Jetzt jedoch waren Teile des Landes überschwemmt, weil die Regenten zur Warnung einen kleineren Deich hatten öffnen lassen.

Er dachte an den Brief, der sich in seiner Tasche befand. Sein Vater hatte ihn in offiziellem Ton gehalten, um ihm Zugang zum

Lager des Prinzen zu verschaffen. Genervt schlug er nach einer der Mücken, die ihn quälten, seit er den Kahn bestiegen hatte. Vielleicht ging er besser unter Deck.

»Wenn wir den Sint Anthonisdijk durchstechen, wird das Prinzengesindel weggespült!«, rief gerade eine alte Frau, die es sich auf der Bank gemütlich gemacht hatte und die Kabine mit dem Rauch aus ihrer Tonpfeife füllte.

»Unsere Leute ersaufen dann ebenfalls! Außerdem wäre die Ernte vernichtet, eine Hungersnot würde drohen – nein, das würden die Regenten nie machen«, sagte ein Kerl, der roch, als sei er Fischverkäufer.

»Auch, wenn es Euch nicht gefallen wird: Ich stehe treu zum Hause Oranien«, mischte sich ein korpulenter Händler ein und streckte die Beine weit im Fahrgastraum aus.

»Ach ja? Ihr steht auf der Seite unseres Feindes?«

»Feind? Wie redet Ihr denn von unserem Prinzen? Die Regenten sind besessen. Es dürfte doch bekannt sein: Der Teufel beherrscht die Magd, die Magd herrscht über die Herrin und die Herrin über ihren Gatten, den Regenten – also werden auch die Amsterdamer Bürgermeister vom Teufel beherrscht!« Der Händler räusperte sich und spuckte in den für die Reisenden bereitstehenden Napf.

»Finsterster Aberglaube! Wie könnt Ihr so über unsere Stadtregierung denken!«, schimpfte der Fischverkäufer.

Kurz fürchtete Benjamin, dass die Streithähne sich in der engen Kabine aufeinanderstürzen würden. Stattdessen diskutierten sie weiter – heftig, aber ohne handgreiflich zu werden.

In Ouderkerk legte die Treckschute neben einer Jacht an, die mit dem Amsterdamer Wappen geschmückt war. Die zwei Löwen und die drei Andreaskreuze auf rotem Grund verkündeten unzweifelhaft, dass die Unterhändler der Stadt bereits eingetroffen waren. Benjamin ließ sich den Weg zum Landgut weisen, in dem der Prinz sein Quartier bezogen hatte. Am Weg lagerten viele schwer bewaffnete Soldaten, was ihn einschüchterte, und tatsächlich wurde er abgefangen, sobald er sich dem Gut näherte.

Der Soldat besah misstrauisch den Brief. »Ich kann Euch nicht durchlassen.«

»Warum nicht? Es ist dringend. Ihr seht doch, was in dem Brief steht.«

»Ich habe strikte Anweisungen. Schon einmal wurde einer unserer Anführer durch einen Anschlag getötet«, erklärte der Wächter und spielte damit auf den Mord an Wilhelm I. von Oranien an.

»Ich bin harmlos! Oder sehe ich etwa aus wie ein Attentäter?«

»Man sieht keinem die Bösartigkeit an. Also verschwindet.«

Benjamin zögerte. Sein Vater hatte ihm geraten, es notfalls mit Bestechung zu versuchen. Er nestelte an seiner Tasche, um einige Münzen aus seinem Beutel zu holen.

»Unterlasst das gefälligst!«

Als Benjamin dem Befehl nicht gleich nachkam, riss der Soldat ihm die Tasche weg und schleuderte sie auf den verschlammten Weg. Im gleichen Augenblick setzte er ihm die Schwertspitze gegen die Brust.

Erschrocken hob Benjamin die Hände. »Nicht doch, ich wollte nur ... « Er schluckte. »Da ist keine Waffe drin, wirklich nicht. Ich wollte Euch lediglich einige Münzen geben, zum Dank für Euer Entgegenkommen ... «

»Ihr wollt mich bestechen?«, fragte der Soldat lauernd.

Benjamin schüttelte den Kopf. »Das Geld war nur als kleine Anerkennung für Eure Mühe gedacht. Schließlich habt Ihr den Brief ... Ich habe nicht mal eine Waffe dabei ... « Er wollte die Tasche aufheben, doch der Soldat gab ihm einen Kopfstoß, sodass er ebenfalls im Dreck landete.

»Verschwindet, aber sofort!«

Benjamin rappelte sich hoch, klopfte sein Wams ab und sah sich um. Oom Samuel hätte ihm vielleicht helfen können, aber leider war sein Onkel nicht in der Nähe. So einfach durfte er jedoch nicht aufgeben. Was könnte er tun?

Eine Zeit lang trieb Benjamin sich in der Nähe des Landguts herum und beobachtete das Kommen und Gehen. Nicht nur er, jeder wurde intensiv kontrolliert. Vielleicht gab es einen weiteren Zugang zum Quartier, der nicht so streng bewacht wurde. In einiger Entfernung marschierte er um das Grundstück herum. Da – eine Lücke in der Hecke. Er sah eine einzelne Wache vorbeimarschieren, dann sehr lange niemanden mehr. Kurz entschlossen schlich er an die Hecke, schob sich durch das Geäst. Der Hinterhof tauchte in seinem Blickfeld auf, jede Menge Pferde, Karren und Waffen. Und viele Soldaten. Er würde auffallen wie ein bunter Hund. Es sei denn …

Manchmal siegte Dreistigkeit. Ganz selbstverständlich, als gehörte er hierher, marschierte er über den Hof, nickte Soldaten grüßend zu. Benjamin hatte das Gutsgebäude beinahe erreicht, da packte jemand ihn unvermittelt und drehte ihm die Arme auf den Rücken. Benjamin stöhnte auf.

»Ihr schon wieder!«

Ausgerechnet der Soldat von eben!

»Dachte ich mir doch, dass Ihr nicht aufgebt! Jetzt werdet Ihr festgenommen!«

Nur das nicht! »Nein, bitte … begreift doch …« Der Soldat verdrehte Benjamins Arm weiter, sodass er sich zusammenkrümmte und schließlich auf die Knie sank. Andere Soldaten näherten sich. »Ich muss … mit meinem Onkel sprechen. Er hält sich … im Gefolge des Prinzen auf«, sagte Benjamin lauter.

»Was ist da los? Benjamin, bist du das?« Die Stimme kam aus Richtung des Landguts. »Lasst diesen Mann sofort los!«

Benjamin war noch nie so froh gewesen, seinen Onkel zu sehen. Wie stets war Oom Samuel exquisit gekleidet und frisiert. Seine kastanienbraunen Haare fielen in sanften Locken auf die Schultern, das Bärtchen war exakt gestutzt. Auch seine Reitstiefel und das Rapier machten Eindruck. »Nun lasst ihn schon los! Warum misshandelt Ihr meinen Neffen so?«, fragte er den Soldaten scharf.

»Euer Neffe ...«

In diesem Augenblick drang vom Landhaus ein erregter Wortwechsel zu ihnen. »... auf keinen Fall mit ihnen verhandeln ... unverschämte Geldsäcke – wagen es, mir derart zu drohen!« Ein schneidiger Adeliger im Harnisch stürmte aus dem Haus und rief einen Befehl, dann redete er auf andere Edelmänner ein. Der Prinz! Während er ungeduldig auf Antwort wartete, bemerkte er den Auflauf, der sich um Benjamin gebildet hatte.

»Der Mann ist widerrechtlich eingedrungen –«, begann der Soldat eilig Bericht zu erstatten, während sich Benjamin aufrappelte.

»Mein Neffe ist harmlos und in einer dringenden Familienangelegenheit hier«, schnitt Samuel ihm das Wort ab.

Prinz Wilhelm musterte Benjamin. »Woher kommt er?«

»Von meiner Familie aus Amsterdam, Hoheit. Ihr müsst verstehen ...«

Der Stallbursche kam mit dem Streitross, legte allerdings noch im Laufen letzte Hand an den Sattel. Mit einer eleganten Bewegung saß Prinz Wilhelm auf. »Ihr seid nicht hier, um Eure Familienangelegenheiten zu klären, sondern um mich in den Verhandlungen mit Euren unverschämten Amsterdamern zu unterstützen, Mijnheer van Sanders.«

»Es sind nicht meine ...« Samuel stockte, dann senkte er den Blick. »Selbstverständlich nicht, Hoheit. Vergebt mir. Aber Benjamin ist ein tadelloser junger Mann, ein Architekt und Maler. Er bringt mir eilige Nachricht von meinem Cousin.«

»Eine Nachricht, die mit den Verhandlungen in Zusammenhang steht? Mit der Drohung, die Deiche zu durchstechen und uns alle zu ersäufen?«

Benjamin merkte, dass er den Prinzen angestarrt hatte, und neigte das Knie. Sicher ist sicher, dachte er. Noch nie hatte er mit einer derart hochgestellten Persönlichkeit zu tun gehabt. »Verzeiht, Hoheit, dass ich das Wort an Euch richte, aber der Rat wird die Deiche mit Sicherheit nicht durchstechen lassen.«

»Nicht?«, fragte der Prinz ironisch.

»Nein. Zu viele Menschenleben stehen auf dem Spiel. Der Magistrat ist meines Wissens sehr unglücklich über das Zerwürfnis mit Eurer Hoheit und wünscht sich nichts mehr als eine Einigung.«

»Da haben die unverschämten Bickers aber etwas ganz anderes signalisiert«, beharrte der Prinz. »Amsterdam muss in die Schranken gewiesen werden.« Er wirkte ebenso gereizt wie sein tänzelndes Ross. Seine Begleiter waren unterdessen ebenfalls aufgesessen.

»Gestattet Ihr, dass ich mich in Ruhe mit meinem Neffen unterhalte, Hoheit?«

»Wenn es denn sein muss, klärt Eure Familiensache«, meinte Prinz Wilhelm, dann preschte er davon.

Endlich wandte sich der Wächter ab. Benjamin klopfte sich den Staub von der Kleidung und folgte seinem Onkel zum Hof des Herrenhauses, wo eine Tafel mit Gebäck, Obst und Weinkaraffen bereitstand, von der sich Höflinge und Militärs bedienten.

»Du hast mich in eine unangenehme Lage gebracht. Der Prinz ist angespannt«, sagte Samuel leise.

»Das hat man gemerkt.«

»Willst du mir nicht endlich sagen, was dich hierher treibt?«

»Vater hat mich entsandt. Er will alles über die Verhandlungen erfahren, um sein politisches Ansehen zu festigen.«

Samuel senkte die Stimme weiter. »Die Fronten sind verhärtet. Prinz Wilhelm hat sich geweigert, Cornelis Bicker zu empfangen, was die restlichen Delegierten der Stadt gegen ihn aufgebracht hat. Huydecoper schien es mit seinen Drohungen ernst zu sein.«

»Das mag sein. Aber soweit ich weiß, sind den Amsterdamern die gravierenden Folgen eines Deichdurchstichs bewusst.«

Sie tauschten sich anschließend über die Familie aus, und Benjamin berichtete von seinen Forschungen und seiner Arbeit. »Vater traut mir einfach nichts zu! Es ist absurd, dass ich beim Neubau des Rathauses helfen darf, aber für ihn ein simples Kutschhaus entwerfen muss. Ich kann kaum erwarten, dass ich volljährig werde und meine eigenen Aufträge gewinnen kann.«

»Mir haben die Entwürfe gefallen, die du mir vor einigen Wochen zu eurem Brief beigelegt hast.«

Benjamin freute sich. »Wirklich?«

»Besonders die Villa suburbana. Wenn sie mir auch etwas visionär erschien.«

»Ich habe mich an Palladios Entwürfen orientiert und *Palazzi di Genova* von Rubens konsultiert, diese Zeichnungen aber an die nordischen Verhältnisse angepasst und modernisiert.«

»Das ist dir gut gelungen. Du bist ein richtiger Virtuose. Das gefällt mir«, lobte Samuel mit einem Augenzwinkern.

»Nur, dass ich diese Studien nicht zum Selbstzweck betreibe. Also, nicht nur.«

»Das ist wahr. Ein echter Virtuose betreibt die wissenschaftlichen Forschungen zum reinen Vergnügen. Sie dienen allein der Verfeinerung seiner Lebensart, der gepflegten Konversation und dem Vertreiben der Langeweile, durch die die Melancholie ansonsten überhandgewinnt.«

Benjamin runzelte die Stirn. Langeweile hatte er noch nie gehabt. Und ging es bei Forschungen nicht darum, das Leben aller zu verbessern? »Ihr betreibt Eure Forschungen doch auch in Euren Manufakturen«, wandte er ein.

»Natürlich. Warum können die Chinesen feines und zugleich hartes Porzellan herstellen und wir nicht? Wieso fertigen die Venezianer die schönsten Spiegel? Forschung und Kaufmannsgeist können Hand in Hand gehen. Ohne Experimente wäre es meiner Leidener Tuchmanufaktur nie gelungen, derart feine Stoffe herzustellen.« Ein Schatten zog über Samuels Gesicht. »Der Prinz ist starrsinnig und in seiner Eitelkeit gekränkt. Mir scheint, er würde Amsterdam am liebsten überrennen, um ein Exempel zu statuieren – egal wie die Stadt sich verhält.«

Durch Benjamins Geist flackerten die Bilder möglicher Untaten. Der Krieg mit Spanien mochte beendet sein, aber die vergangenen Gräuel kannte jedes Kind. »Das muss verhindert werden!«

»Ehre, Respekt und Würde – um nichts anderes geht es dem Prinzen. Um jeden Preis will er sich durchsetzen. Er fühlt sich von den Städten verunglimpft, ins Lächerliche gezogen.«

»Eine derartige Kraftprobe ist ruinös. Kann nicht eine Einigung gefunden werden, in der der Prinz das Gesicht wahrt? Ein Kompromiss, mit dem beide Seiten leben können?«

»Was meinst du, worüber ich die ganze Zeit nachdenke? Aber da ist auch noch seine Abneigung gegen die Bickers. Prinz Wilhelm hasst sie regelrecht.«

»Woher rührt dieser Hass?«

»Der Prinz meint, sie spielen sich auf, als ob sie von Adel wären. Maßen sich einen Stand an, der ihnen nicht gebührt. Dabei kränkt ihn wohl auch, dass er sich bereits Geld von ihnen leihen musste – so wie sich der halbe Hofstaat Geld in Amsterdam leiht. Oder von mir.« Samuel lachte ungewohnt bitter.

»Von dir?«

Sein Onkel zögerte kurz. »Es gibt nicht viele Gründe, jemanden wie mich bei Hofe zu dulden. Mein Adel ist kaum von Belang. Ich mag gelehrt sein, aber ich bin nicht so gelehrt wie Sieur Huygens. Ich habe gute Verbindungen, aber nicht so gute wie Huygens, dessen Vater bereits Sekretär eines Oraniers war. Ich bin kein Maler, kein Schauspieler, kein begnadeter Musiker. Aber ich habe Geld. Und damit habe ich mir die Nähe zu den Oraniern ebenso erkauft wie zu den Stuarts.«

»Den Stuarts?«

»Natürlich. Die englische Königsfamilie leidet unter chronischem Geldmangel. Etliche Schmuckstücke haben Prinzessin Elizabeth, Prinzessin Mary und auch König Charles der Jüngere bereits in Amsterdam verpfändet. Sogar die englischen Kronjuwelen.«

»Warum leihst du ihnen Geld? Als Geflüchtete haben sie keinerlei Einfluss …«

»Wenn die Monarchie in England wiederhergestellt ist, werden die Stuarts sich daran erinnern, wer ihnen geholfen hat. Aber jetzt habe ich dem Prinzen zugesagt …« Samuel brach ab. »Wie auch immer. Die Bickers haben dem Haus Oranien in finanzieller Hinsicht lange gut gedient. Jetzt führen sie den Widerstand gegen ihn an.«

Benjamin überlegte. »Es ist also eine gegenseitige Abneigung. Die Bicker-Brüder haben anscheinend schon lange die Nase voll. Prinz Wilhelm müsse begreifen, dass er der Diener der Provinzen ist, meinen sie – und nicht umgekehrt. Aber auch in der Stadt wird Kritik an den Bickers laut.« Nachdenklich betrachtete er das Herrenhaus. »In der Architektur, wie ich sie liebe, verzichtet man zum Wohle des Ganzen auf das, was nicht unbedingt notwendig ist. Vielleicht sollte jemand anders die Verhandlungen für Amsterdam übernehmen. Oder noch besser: Die Bickers müssten, als Strafe sozusagen, ihre Posten aufgeben.« Das würde seinem Vater auch gut zupasskommen.

Erstaunt sah Samuel ihn an.

7

Zuerst versuchte Benjamin es zu Hause. Daan kam ihm aus der Küche entgegen. »Nur eine kurze Mittagspause, nicht, was du denkst«, versicherte er mit einem halben Lächeln. »Vater ist nicht da. Du solltest auch etwas essen – wie ein Hungerhaken siehst du aus.« Er klemmte sich eine Papierrolle unter den Arm, die er auf der Vitrine abgelegt hatte. »Ich muss dann los.«

Daan war so schnell weg, dass Benjamin annahm, dass sein Bruder einer erneuten Diskussion entgehen wollte. Als Antje aus der Küche trat, um ihn zu fragen, ob er auch ein Kräuteromelette wünsche, musterte er sie misstrauisch.

»Hier waren vorhin zwei junge Männer, die nach Euch gefragt haben«, sagte die Magd, während sie das Omelette bereitete. »Der eine war Mijnheer Fokke, der sagte, er sei Euer Freund. Der andere hat seinen Namen nicht gesagt. Er hatte seinen Radmantel so über die Schulter gelegt, als würde er gleich hinunterrutschen, und sein Hemd stand über der Brust auf. Er meinte, es ginge um eine Uhr.«

Benjamin war sofort alarmiert. Diese auf Lässigkeit bedachte Kleidung passte zu Theo. Warum war er hier gewesen und hatte damit riskiert, auf Michiel zu treffen?

Nachdem er das Omelette verspeist hatte, machte Benjamin im Kontor seines Vaters Halt und sah die Post durch. Wieder lag auf dem Schreibtisch der Entwurf des Landguts. Säuberlich hatte Daan seine Zeichnung korrigiert. Jetzt war der Entwurf an die Gegebenheiten angepasst, wirkte jedoch uninspiriert und plump. Ehe er darüber nachgedacht hatte, hatte Benjamin den Vorschlag auch schon überarbeitet.

Er fand seinen Vater auf dem Bauhof an der Keizersgracht, wo dieser mit dem Stadtsteinhauer Willem de Keyser redete. Benjamin nutzte die Wartezeit, um sich mit seinem Freund Quentin auszutauschen. Für ihn war der Aufenthalt auf diesem Hof, der eigens für den Bau des neuen Rathauses eingerichtet worden war, stets beeindruckend: Präzise wurden Tausende von Steinblöcken behauen. Zimmerleute bereiteten Balken und Pflöcke vor. Ein Stück weiter formten die Bildhauer unter Artus Quellinus die Statuen zum Schmuck des Rathauses – erst mit Lehm und Terracotta, dann aus den kostspieligen Werkstoffen Alabaster und Marmor. Auf den ersten Blick erkannte Benjamin die Entwürfe der Atlas-Figuren sowie die Eule, die ihre Krallen in ein Buch geschlagen hatte und die die Regenten zu weisen Entscheidungen mahnen sollte.

»Begleite mich nach Hause, und berichte mir währenddessen, was du erreicht hast«, sagte Michiel, sobald er sein Gespräch beendet hatte, und marschierte sofort los. »Ich muss nur kurz etwas holen, ehe ich zum Rathaus gehe.«

Benjamin erzählte in wenigen Sätzen, was er herausgefunden und mit Samuel besprochen hatte.

Sein Vater sah ihn prüfend an. »Die Bickers sollen ihre Ämter aufgeben? Das werden sie niemals tun!«

»Vielleicht doch, wenn sie dadurch die Stadt retten können.«

»Du meinst, die Stadt ist ihnen mehr wert als ihr Stand?«

»Vielleicht könnt Ihr ihnen etwas bieten, das sie unbedingt haben wollen. Und dann muss dieser Ämterverzicht natürlich nicht für immer sein, sondern nur, bis sich die Wogen geglättet haben.« Benjamin kam sich inzwischen beinahe wie ein Diplomat vor. »Dem Prinzen geht es anscheinend nicht nur um das Heer, sondern vor allem darum, seine Macht zu demonstrieren und das Gesicht zu wahren, davon ist Oom Samuel überzeugt.«

Sein Vater massierte nachdenklich seine Ohrmuscheln. »Vielleicht sollte ich mit de Graeff sprechen. Er hatte in letzter Zeit einige Meinungsverschiedenheiten mit den Bicker-Brüdern und böte sich als Vermittler an, da er dem Hause Oranien nahesteht.«

Ohne sich aufzuhalten, packte Michiel im Kontor einige Unterlagen in eine Mappe. Als er gerade wieder gehen wollte, fiel sein Blick auf den korrigierten Entwurf. »Daan war also tatsächlich an der Vecht. Gut gemacht. Eine ansprechende Lösung für unser Problem«, murmelte er.

Das Lob versetzte Benjamin einen Stich. Sollte er gestehen, dass er Daans Entwurf verbessert hatte? Dass er für diese Lösung verantwortlich war?

Im Hinausgehen legte Michiel die Hand zwischen Benjamins Schulterblätter. »Du hast das auch gut gemacht, Junge. Ich wusste, dass ich mich auf dich verlassen kann. Wir sehen uns heute Abend. Dann sprechen wir auch über deinen Entwurf des Kutschhauses.«

Das Kutschhaus! Benjamin hatte es ganz vergessen. Zum Glück war es kein komplizierter Bau, sondern schnell gemacht. Jetzt aber musste er dringend zu Theo.

Auf dem Weg durch die Stadt war Benjamin in Gedanken noch immer bei den Gesprächen mit seinem Onkel und seinem Vater. War es ein kluger Plan? Die Bickers waren mächtige Feinde, und wenn sie erfuhren, dass sein Vater … Andererseits gab es genügend Leute, die wussten, dass der Prinz die Bickers hasste. Die mitbekommen hatten, dass er sich weigerte, mit ihnen zu verhandeln. Und er kannte die Meinung auf der Straße. Auch da fanden viele, dass die Bickers zu viel Macht hatten.

Das Gedränge auf dem Dam war beinahe noch größer geworden. Die Atmosphäre schien brenzlig. Vor dem alten Rathaus war ein Tumult – eine Schlägerei.

»Was ist denn da los?«, fragte Benjamin eine Austernhökerin.

»Ein paar Prinzgesinnte haben ›*God, Nederland en Oranje*‹ gerufen. Die Staatsgesinnten haben sie niedergeschrien. Da hat das Gekloppe angefangen. Die meisten von uns stehen zu unseren Regenten. Amsterdam lässt sich nicht erpressen«, sagte die Hökerin fest, und Benjamin staunte einmal mehr, wie weit verbreitet der Heimatstolz auch unter den einfachen Einwohnern der Stadt war. Ausrufer feuerten den Streit noch an, indem sie lautstark Schmähschriften anpriesen, in denen der Prinz wahlweise als Tyrann oder als Opfer von Ohrenbläsern geschildert wurde. Von den Bickers hieß es hingegen, sie spielten mit Amsterdams Krone und wollten sich zu den Grafen von Holland küren.

Schon liefen Wachen herbei, um die Schlägerei aufzulösen. Gleichzeitig sah Benjamin, dass viele zur Kirche strömten, um in dieser gefährlichen Situation um himmlischen Beistand zu bitten.

Er wollte gerade weiter zum Hafen laufen, als er zwischen den auseinandergescheuchten Prügelnden seinen Cousin entdeckte. Heftig schimpfte er über die Prinzgesinnten, die gerade abgeführt wurden: »Niemand unterdrückt einen Holländer! Wir zeigen es allen!«

»Beruhige dich!«, meinte Benjamin und fasste ihn am Arm. »Du hast mich gesucht. Was ist los?«

Theo richtete seine Kleidung. »Ich war vorhin bei den Freiwilligen auf dem Wall. Die könnten deine Hilfe gut brauchen. Hat Fokke dich nicht erreicht? Na, wie auch immer. Da habe ich mitbekommen, wie die Wachen in die Mühle rein sind. Die haben allen möglichen Schutt rausgetragen. Außerdem haben sie mit dem Hirten gesprochen. Was, wenn der uns gesehen hat und verpfeift?«

Benjamins Unruhe verstärkte sich. Dennoch sagte er: »Und wenn schon! Dann hat er uns eben in der Nähe der Mühle gesehen. Aber mehr auch nicht.«

»Mein Vater vermöbelt mich, wenn ich Ärger mit den Wachen bekomme. Ich hab schon genug Probleme. Und Vater auch.«

Das wollte Benjamin gar nicht so genau wissen. Soweit er wusste, hatte sein Onkel Kris sich mit Anteilen an der Westindischen Kompanie verspekuliert. Auch im Hafen und in der Kirchengemeinde eckte er oft an, was an Theos Stiefmutter lag, die Kris aus Ostindien mitgebracht hatte. Sie war zu wenig standesgemäß und selbst für die toleranten Amsterdamer zu fremdartig. »Wir tun einfach so, als ob nichts gewesen wäre«, sagte er schnell. »Warum braucht Fokke meine Hilfe?«

»Es geht um deine Vorschläge zur Verbesserung der Amstelschanze. Die Jungs bauen daran. Es gibt Probleme, aber der Stadtbaumeister meldet sich nicht. Ich muss allerdings jetzt zur Arbeit. Habe schon genug Zeit verplempert.«

Auf einmal konnte Benjamin es gar nicht mehr erwarten, zu seinen Freunden zu kommen. Aber was war mit seinen anderen Pflichten? Er fasste einen Entschluss: Auf dem Wall Hilfe zu leisten, war jetzt wichtiger als alles andere.

Obgleich er hundemüde war, stellte Benjamin abends in seinem Zimmer noch Berechnungen für seine Arbeiten an, die am Tage liegen geblieben waren. Irgendwie musste er die Zeit, die er sich mit anderem beschäftigt hatte, wieder herausholen.

»Benjamin?« Der Ruf seines Bruders riss ihn aus seinen Überlegungen. Daan wirkte stinksauer. »Ist das deine Rache für das mit Antje? Willst du mir jetzt zeigen, wie schlecht ich bin?«, zischte er.

»Was? Ich verstehe nicht …«

Daan antwortete auf keine seiner Fragen, sondern stürmte voraus. Vater saß im Kontor an seinem Tisch, den Entwurf des Landhauses vor sich. Es drängte Benjamin zu fragen, was die Gespräche mit de Graeff und im Rat ergeben hatten. Aber seinem Vater ging es anscheinend um etwas anderes. »Du hast Daans Entwurf korrigiert? Als ich ihn darauf ansprach, wusste er nichts von den Veränderungen.«

Benjamin spürte, wie ihm die Hitze ins Gesicht schoss. »Ja, schon … Entschuldigt, ich habe es einfach gemacht, ohne groß darüber nachzudenken … «

»Du begleitest mich morgen zu den Verhandlungen mit dem Bauherrn.«

Benjamin schluckte. »Das ist doch Daans Aufgabe. Er hätte den Entwurf sicher genauso – «

Sein Vater unterbrach ihn erneut. »Hat er aber nicht. Die entscheidenden Anpassungen stammen von dir. Also wirst du mich begleiten.« Michiel starrte auf seinen Schreibtisch, was wohl bedeutete, dass sie gehen sollten.

Mit geballten Fäusten stürmte Daan an ihm vorbei. Benjamin lief ihm nach. »Daan, ich wollte nicht … «

Sein Bruder drehte sich nicht einmal um.

8

Schon wieder Regen. Dabei war heute der erste August. Es war, als ob der Sommer dieses Jahr vollends ins Wasser fiele. Benjamin notierte den Wasserstand in dem Messbecher, den er an seinem Fenster befestigt hatte. Immerhin hatte sich Daan vorhin am Abort verhalten, als wäre nichts gewesen. Die Wut seines Bruders war anscheinend so schnell verflogen, wie sie aufgewallt war. Noch einmal kontrollierte Benjamin, ob er auch korrekt gekleidet war. Im Kontor wartete sein Vater bereits. Benjamin nahm die Papierrollen und Unterlagen an sich. Wegen des Regens bestiegen sie eine Karosse zum Singel.

»Ich freue mich, dass ich Euch begleiten darf, aber eigentlich wäre es Daans Recht, mit Euch zu fahren«, sagte Benjamin.

»Daan hat diese Zurückweisung verdient. Es wird Zeit, dass er seine Lektion begreift. Er muss die Geschäfte führen, wenn ich verhindert bin. Auf ihm wird die gesamte Verantwortung ruhen. Da kann er sich keine Nachlässigkeiten, keine Lügen und keine Skandale erlauben«, sagte sein Vater.

Benjamin sah ihn von der Seite an. Wusste Michiel von Antje?

Sein Vater musterte ihn. »Denkst du, ich bekomme nicht mit, was unter meinem Dach geschieht? Daans Säfte schießen, das ist nur natürlich. Er muss verheiratet werden.«

Benjamin schluckte. Ob sein Vater auch wusste, was er so trieb? »Redet Ihr deshalb mit Wendela Bicker?«, fragte er, um von sich abzulenken.

»Juffrouw Wendela ist eine der besten Partien der Stadt. Daran wird sich auch nichts ändern, wenn sich das Blatt für die Bickers möglicherweise wendet.«

Die ganze Zeit hatte Benjamin schon mehr darüber erfahren wollen, was aus dem Plan von der Absetzung der Bickers geworden war. Deshalb fragte er weiter: »Also habt Ihr den Vorschlag vorbringen können? Mit wem habt Ihr gesprochen?«

»Wenn es um Politik geht, muss man geschickt vorgehen. Ich will niemanden brüskieren. Zumal der Schuss auch nach hinten losgehen kann.«

»Was wollt Ihr damit sagen?«

»Offenbar kritisiert auch Oetgens die Bickers jetzt verstärkt. Ihm ist schon lange daran gelegen, sie zu stürzen. Aber de Graeff hat sich für meine Anregung offen gezeigt. Wir werden sehen«, sagte Michiel knapp.

Sie hatten den Singel erreicht. Früher war dieser Kanal Teil des Stadtwalls gewesen. Als sein Urgroßvater nach Amsterdam gekommen war, hatte man die Stadt erweitert, und der Singel war nobel geworden, weshalb man ihn auch Königsgracht nannte.

»Du trägst die Unterlagen und breitest die Pläne aus. Ansonsten hörst du zu und beobachtest«, wies Michiel ihn an. Er sah ihm in die Augen, und auf einmal spürte Benjamin eine große Nähe zwischen ihnen. »Deine Anlagen sind gut. Dein Talent ist groß. Größer als bei Daan oder bei mir«, sagte Michiel uneitel und zugleich liebevoll. »Das architektonische Wissen fliegt dir zu. Und doch reicht das nicht aus. Du hast noch viel zu lernen.«

Das Haus ihres Auftraggebers entsprach mit seinen Ziergiebeln und vielen Dekorationen dem Geschmack dieser Zeit. Auch die Innenausstattung war üppig. Unter den Gemälden glaubte Benjamin mindestens einen Rembrandt zu erkennen, und es gab goldglänzende Ledertapeten. Den Salon dominierte ein großes Bett, was Benjamin merkwürdig fand. Aber da Betten sehr teure Möbelstücke waren, gab man gerne damit an.

Michiel stellte Benjamin vor und plauderte mit dem Hausherrn. Dann präsentierte er seinen Entwurf für das Landhaus.

»Und wie steht es mit der Inneneinrichtung?«, wollte der Auftraggeber wissen.

»Selbstverständlich stehen wir auch dafür bereit. Ganz nach Euren Wünschen«, sagte Michiel.

Nun wandte der Auftraggeber sich konkreten Baufragen zu: wann sie mit dem Bau beginnen könnten, ob sie Handwerker abrufbereit hätten, ob sie Marmor oder Sandstein empfehlen würden, woher sie die Steine und das weitere Material kommen lassen würden. Letzteres war in Amsterdam besonders wichtig. Da Baumaterial von weither herangeschafft wurde und umkämpft war, trafen die Architekten mit den Lieferanten ihres Vertrauens langfristige Vereinbarungen.

Als sie wieder auf die Straße traten, zeigte sich Michiel zufrieden. »Dieser Auftrag ist mir sicher. Dieses Haus wird unsere neue Visitenkarte. Weitere Aufträge werden folgen, das ist gar nicht anders –« Er brach ab. Philips Vingboons näherte sich dem Eingang, gefolgt von seinem Bruder Julius, der einen umfangreichen Haufen Papierrollen trug. Philips Vingboons mochte zehn Jahre jünger als Michiel sein, Julius war etwas älter als Daan.

»Ausgerechnet«, murmelte Michiel und setzte dann an Benjamin gerichtet hinzu: »Aber gut. Zeigen wir uns als großzügige Sieger. Vingboons hat es nicht leicht, trotz allem. Seien wir freundlich, selbst zur Konkurrenz.« Er hob die Stimme. »Mijnheer Vingboons.«

»Mijnheer Aard.« Beide deuteten ein leichtes Nicken an.

Benjamin hatte sich noch nie mit dem Architekten unterhalten, war aber durch das erfolgreiche Gespräch übermütig. Als die Vingboons-Brüder an ihnen vorbeigingen, wandte er sich daher direkt an sie: »Ich wollte Euch übrigens immer schon sagen, dass ich Eure Fassadengestaltung gelungen finde. Diese Halsgiebel, beispielsweise am Haus von Mijnheer Pauw an der Herengracht, gefallen mir sehr.«

Mit einer theatralischen Geste tat Vingboons so, als ob er den Hut zöge. »Danke schön. Ein guter Architekt kann jedes Modell an jeden Flecken auf Gottes weiter Erde anpassen – ist es nicht so?«

Als sie sich ein paar Schritte entfernt hatten, zischte Benjamins Vater entrüstet: »Warum hast du ihm Honig um den Mund geschmiert? Hast du vergessen, dass wir Konkurrenten sind?«

»Ihr sagtet doch, wir sollten großzügig sein.«

»Aber nicht so großzügig!«

»Was meintet Ihr mit ›Vingboons hat es nicht leicht‹?«

»Als Katholik ist er von öffentlichen Bauaufträgen ausgeschlossen. Beim Rathaus wollte er das nicht wahrhaben, vor allem weil er van Campens Schüler war. Drei Entwürfe hat er geliefert – dabei war klar, dass sich die calvinistische Stadtregierung gegen ihn entscheiden würde.«

* * *

Samuel ritt schräg hinter dem Prinzen. Seit seinem beherzten Auftreten beim Heeresrat zeigte der Prinz sich freundlicher und duldete ihn in der zweiten Reihe. Regen fiel, was Prinz Wilhelm bei der Inspektion der Heereslinie nicht zu stören schien. Im Schutz von Wagen und Schanzen wurden Kanonen in Stellung gebracht. Damit sie nicht im Matsch versanken, waren Holzunterlagen nötig.

Prinz Wilhelm breitete vor seinen Vertrauten einmal mehr seine Kriegspläne aus und lamentierte über das Misslingen des Angriffs auf Amsterdam.

Samuel versuchte, dem Gedankengang des Prinzen eine andere Richtung zu geben. Er schloss ein wenig auf. »Verzeiht diesen Einwurf, Hoheit, aber ich erinnere mich an die Weisheit eines berühmten Feldherrn, der gesagt haben soll, dass am Zufall die schönsten

Pläne scheitern«, sagte er, zufrieden über sein gutes Gedächtnis. Wenn ihm nur der Name einfiele …

»Richtig, das war der Franzose Turenne, der sich in der Fronde für König Ludwig XIV. verdient machte«, stimmte der Prinz erstaunlicherweise zu.

»Turenne sagte, die Kunst eines wahren Feldherrn zeige sich daran, dass er nicht auf seinen Plänen beharrt, sondern sie an die Gegebenheiten anpasst.«

Prinz Wilhelm blickte grimmig über die Stadtlandschaft aus Kirchtürmen, Dächern und Windmühlen. »Ich habe schon zu viele Weisheiten alter Männer gehört. Wir Jungen sind es, die Geschichte schreiben werden!«

Samuel ahnte, dass der Prinz damit auf seinen Vater anspielte, der ihn lange bevormundet hatte, und vielleicht auch auf Huygens. »So ist es«, stimmte er zu. »Und bei dieser ehrenvollen Aufgabe stehe ich zu Euch, Hoheit. Deshalb wage ich eine weitere Anmerkung: Der Handel ist die Achillesferse der Stadt. Je länger die Geschäfte leiden, desto eher werden die Bürgermeister Amsterdams gezwungen sein nachzugeben.«

»Den Krämerseelen geht der Handel über alles!«

War das auch eine Spitze gegen ihn? Samuel ging nicht darauf ein. »Wenn ich später mit Eurer Erlaubnis zur Wechselbank reite, um mich um weiteres Geld für die Heeresverpflegung zu kümmern, werde ich ein Stimmungsbild einfangen.«

***

Daan warf unwirsch die Papiere auf dem Schreibtisch seines Bruders durcheinander. Was für ein Schlachtfeld! Wo steckte denn nur sein guter Zirkel? Er liebte Benjamin, fand ihn aber zugleich unerträglich. Dass er ihm immer sein Werkzeug stahl, war nicht das Schlimmste. Daan wusste nicht, worüber er sich mehr ärgern sollte – dass Benjamin in seinem Entwurf herumgepfuscht hatte oder dass er selbst nicht geschmeidiger reagiert hatte. Wenn er Vaters Lob einfach hingenommen hätte, wäre es niemandem aufgefallen. Aber so …

Am liebsten hätte er die Papiere in den Ofen oder aus dem Fenster geworfen. Doch das schickte sich ja nicht. Ein mit Zahlenreihen bedecktes Papier fing seinen Blick. Unglaublich, womit sein Bruder seine Zeit vertat! Nur das, was er machen sollte, blieb liegen. Und trotzdem heimste Benjamin das Lob ihres Vaters ein. Daan wusste seit Langem, dass Michiel etwas für Benjamins verschrobene Art übrig hatte, dessen Forschergeist, dessen Neugier, das Wissen. Er selbst hingegen war nie gut genug. Und das, obgleich er ein wichtiges Mitglied ihrer Kirchengemeinde war. Er half, wo er nur konnte, und er freute sich darauf, irgendwann im Kirchenrat seine christliche Nächstenliebe noch stärker beweisen zu können.

Polternd ging der Bücherstapel zu Boden. Ah, da war ja endlich der Zirkel! Plötzlich erklangen Schritte auf dem Flur, das leise Knarzen der Tür.

»Ist alles in Ordnung, Mijnheer?«

Antjes besorgter und zugleich distanzierter Tonfall traf ihn ins Herz. Benjamin hatte ihre Liebelei als pure Triebbefriedigung abgetan, aber das war es nicht. Er wandte sich um und hob die Mundwinkel zu einem Lächeln. »Mir sind nur gerade die Bücher heruntergefallen«, sagte er entschuldigend und bückte sich, um sie aufzuheben.

»Wartet, ich helfe Euch.«

Ehe er sie wegschicken konnte, war sie schon neben ihm. Sie roch so gut. Ein Buch lag noch auf dem Boden. Ihre Hände berührten sich, als sie es gleichzeitig aufheben wollten. Er zuckte zurück. Es durfte nicht sein. Er würde bald eine Braut finden, bald heiraten. Eine junge Dame aus guter Familie. Züchtig und sittsam.

Antje packte das Buch auf den Tisch, dann legte sie einen Brief darauf.

»Was ist das?«

»Eine Nachricht von dem jungen Mann, der neulich schon da war. Von dem, der seinen Namen nicht sagen wollte.«

Vermutlich einer von Benjamins versponnenen Freunden. Aber was für einen Grund könnte es für eine dringende Nachricht und diese Geheimnistuerei geben? Daan spürte Antjes Augen auf sich. Ihr Blick war sanft und tief.

»Was bedrückt Euch, Mijnheer?«

Diese furchtbare Fremdheit in ihren Worten! »Nichts. Ich habe nur meinen Zirkel gesucht.«

Sie nahm seine Hand und strich mit dem Daumen über seinen Handrücken. Ein Schauer überlief ihn. »Du bist bedrückt, das spüre ich doch«, wisperte sie und trat einen Schritt an ihn heran.

»Nicht«, bat er leise.

»Niemand ist im Haus.« Antje war jetzt so nah, dass er ihre Wärme spürte. Ihren weichen Leib, einladend und zärtlich. Ein Körper, bei dem man sich selbst, bei dem man alles vergessen konnte.

Er räusperte sich. »Ich sollte jetzt gehen. Benjamin hat recht.« Ihre Finger strichen über den Arm, die Schulter, den Hals. »Wenn etwas passiert …«

Statt einer Antwort zog sie ihn an sich, küsste ihn ohne Scheu. Sein Verlangen wuchs. Daan erwiderte ihren Kuss, schon schmiegte sie sich an ihn. Seine Hände fanden ihre Brüste, sie atmete schwer. Ihr Atem war heiß, die Lippen voll und feucht. Sanft drängte sie ihn zum Schreibtisch. Schob alles, was darauf war, zur Seite. Antjes Hand war inzwischen unter seinem Hemd, wanderte zu seiner Hose.

»Hier?«, keuchte er mit einem leisen Lachen.

»Ja, genau hier. Keiner ist im Haus, das sagte ich doch …«

Daan hob sie auf die Tischplatte, raffte ihre Röcke. Wieder krachten die Bücher hinunter, doch davon ließen sie sich nicht stören.

* * *

Noch immer regnete es. Notdürftig versuchte Benjamin, die Papierrollen mit seinem Radmantel zu schützen. Er konnte kaum erwarten, trockene Kleidung anzuziehen. Sein Vater hatte eigentlich gleich weiter zum Rathaus gehen wollen, schien sich jetzt aber auch auf trockenen Tabak und einen Kandeel zu freuen. Da war die Prinsengracht schon, da ihr Häuserblock. Gleich wären sie zu Hause.

Ein kleiner Junge löste sich von der Hauswand, wo er vor dem Regen Schutz gesucht hatte. Geschickt sprang er über Pfützen, als er auf sie zustratzte. »Mijnheer Aard? Ich habe eine Nachricht von Mijnheer van Sanders. Er muss Euch sprechen. Ihr sollt sofort in die Börse kommen.«

»Was kann Oom Samuel wollen?«, fragte Benjamin.

»Wir werden sehen«, meinte Michiel.

Benjamin brachte die Entwürfe ins Kontor, dann brachen sie sofort wieder auf. Ihre Kleidung würde irgendwann schon trocknen. Durch das Beurspoortje, das Tor zur Börse, betraten sie wenig später den Gebäudekomplex. Vor allem zu Börsenzeiten ging es hier zu wie in einem Bienenstock. Auch jetzt drängte sich in den überbauten Galerien und vor den Geschäften eine bunte Mischung von Besuchern: Niederländer und Auswärtige, Christen, Juden und Orientalen. Börsenhändler und Makler liefen eilig hin und her, während Schiffsleute seelenruhig über tödliche Gefahren und unermesslich kostbare Güter diskutierten.

Sie fanden Samuel van Sanders am Ecktisch eines Weinausschanks, wo er mit einem würdig gekleideten Herrn verhandelte. Als er endlich Zeit für sie hatte, wirkte er nervös. »Ich darf nicht mit euch gesehen werden. Auf keinen Fall darf der Eindruck entstehen, ich würde gegen den Prinzen intrigieren. Ich bin hier, um Zahlungen in die Wege zu leiten, die der Prinz für sein Heer und eine Belagerung benötigen könnte.«

»Eine Belagerung? Ich denke, es wird verhandelt?«, fragte Michiel erstaunt.

»Der Prinz lässt verhandeln, das ist korrekt. Parallel bereitet er alles darauf vor, die Stadt anzugreifen und – wenn nötig – auszuhungern. Aus Delft soll weitere Artillerie hierhergeschafft werden.«

Michiel konnte sein Entsetzen nicht verhehlen. »Das darf doch nicht wahr sein!«

»Und doch ist es so.« Samuel nippte an seinem Rotwein und neigte sich zu ihnen. »Die Regenten dürfen nicht mehr auf Zeit spielen. Prinz Wilhelm will seine Armee behalten. Er wird nicht von seinen Forderungen abrücken. Ganz zu schweigen davon, dass jemand in diesem Machtkampf den Kürzeren ziehen muss. Und Prinz Wilhelm wird nicht der Verlierer sein.«

»Ein Sündenbock muss her. Das müssen die Bickers sein«, sagte Michiel entschlossen.

Samuel zog Papiere aus einem Umschlag – Wechselbriefe offensichtlich –, betrachtete sie kurz und schob sie dann in die Innentasche seiner Jacke. »Tja. Ein Machtwechsel wäre eine Möglichkeit. Aber viel Zeit habt ihr nicht mehr.«

***

Aus dem Fenster hatte Daan zufällig gesehen, wie sein Vater und sein Bruder auf das Haus zugesteuert, aber nach einem Gespräch mit einem Laufburschen weitergeeilt waren. Dazwischen hatte er lediglich das kurze Klappen der Tür gehört. Natürlich hatte niemand ihn informiert, was los war. Dabei schien etwas Wichtiges vorgefallen zu sein. Enttäuscht über diese Ignoranz hatte er Antje helfen wollen, Benjamins Schreibtisch aufzuräumen, dann aber erneut ihre Liebkosungen genossen. Jetzt hatte die Reue ihn überfallen, und er nahm sich vor, später in der Kirchengemeinde umso mehr Einsatz zu zeigen.

Ehe er die Kammer seines Bruders verließ, untersuchte er den Brief von Benjamins Freund. Die Schrift auf dem Umschlag kannte er nicht. Vielleicht wäre es vorteilhaft, den Verfasser zu kennen und das, was darin stand – jetzt, wo sein Vater Benjamin so bevorzugte. Kurz entschlossen öffnete er ihn.

***

Gleich nach dem Treffen in der Börse war Benjamin zum Stadhuis geeilt. Meester Stalpaert hatte ihn bestimmt bereits vermisst. Und getrocknet waren seine Kleider ohnehin, jetzt, wo plötzlich die Sonne durch die Wolken gebrochen war.

Meester Stalpaert diskutierte aufgeregt mit Willem de Keyser, der mit irgendetwas ganz und gar nicht einverstanden zu sein schien. Benjamin machte sich sofort an die Arbeit, wurde aber unterbrochen, als der Stadtbaumeister ihn herbeirief.

»Bist du mit deinen Pflichten fertig?«, fragte Stalpaert und faltete ein Papier zusammen. Offenbar hatte er gerade einen Brief verfasst.

»Ja«, sagte Benjamin. *So gut wie fertig.*

»Dann bring diesen Brief zu Jacob van Campen. Er ist im Herrenlogement am Oudezijds Voorburgwal untergebracht. Ich würde ja selbst zu ihm gehen, aber ich werde hier gebraucht. Und er wird kaum zur Baustelle kommen, nehme ich an. Warte bei ihm, bis er dir eine Antwort gegeben hat.«

»Worum geht es denn genau, Meester Stalpaert?«

»Nach wie vor um den rückwärtigen Eingang und die Raumordnung«, sagte Stalpaert abgelenkt, weil ein Arbeiter eine dringende Frage zum Fundament des Turms der Nieuwe Kerk hatte. Stalpaert lauschte so konzentriert, dass Benjamin keine Nachfrage mehr wagte. Es war sicher anspruchsvoll, parallel für die zwei wichtigsten Bauvorhaben der Stadt verantwortlich zu sein.

Benjamin machte sich sofort auf den Weg. Vielleicht war van Campen heute besserer Stimmung und er konnte ihm einige Fragen stellen. Das Herrenlogement war eines der teuersten Gasthäuser der Stadt, das wusste er, weil es sich ganz in der Nähe der Illustren Schule befand. Vielleicht sollte er später kurz bei seinen Freunden vorbeischauen und herausfinden, wie weit ihre Vorbereitungen gediehen waren ...

Eine Haushälterin nahm ihn in Empfang. Benjamin wunderte es nicht, dass Jacob van Campen anscheinend seine Haushälterin dabeihatte. Wer so lange in einer fremden Umgebung wohnte, war vermutlich froh, wenn jemand für Wäsche und Verpflegung sorgte. Doch die Frau versuchte, ihn abzuwimmeln. Erst nachdem er seinen gesamten Charme hatte spielen lassen, ließ sie ihn ein.

Jacob van Campen saß vor einigen in Kalbsleder gebundenen Büchern und ließ es sich – der aufgetragenen Mahlzeit und den Weinkaraffen nach zu urteilen – gutgehen. Als er Benjamin sah, schob er etwas in eines der Bücher. Benjamin stutzte. War das etwa ein Marienbildnis gewesen? Aber was sollte van Campen mit katholischen Devotionalien zu schaffen haben? Er musste sich geirrt haben. Allerdings gab das Verhalten des Architekten ohnehin Rätsel auf. Warum etwa war van Campen nicht zum Hoflager des Prinzen gereist, wenn ihm so viel an den Oraniern lag? Wollte er nicht mit den aufmüpfigen Amsterdamern in Verbindung gebracht werden?

»Was willst du?«, fragte van Campen auf Französisch, während er sich wieder in sein Buch vertiefte.

Benjamin antwortete ebenfalls auf Französisch, etwas langsam, aber hoffentlich korrekt. Dabei hielt er dem Architekten den Brief von Meester Stalpaert hin.

»Du kannst verschwinden. Ich habe bereits gesagt, dass ich keinen Fingerbreit von meinem Entwurf abrücken werde. Am Goldenen Schnitt und an mathematischer Präzision lässt sich nicht rütteln.«

»Wollt Ihr den Brief denn nicht wenigstens lesen, Sieur van Campen?«, fragte Benjamin und legte ihn auf den Tisch.

»Nein.«

Allmählich ärgerte Benjamin sich über die Unhöflichkeit des Architekten. »Dass Ihr Meester Stalpaerts Einwände zum rückwärtigen Eingang nicht akzeptiert, kann ich nachvollziehen, aber warum ist es so schlimm, wenn die Raumordnung ein wenig verändert wird? Das wird doch keinem auffallen«, sagte er.

Jacob van Campen sah auf. »Mir und jedem anderen kunstsinnigen Menschen wird es auffallen. Wenn in dir dieser Bruch der Harmonie keinen Abscheu erweckt, hast du den falschen Beruf gewählt.«

Plötzliche Wut überfiel Benjamin. »Tatsächlich? Und Ihr lasst Eure Baustelle im Stich, obgleich Ihr in der Stadt seid! Ihr drückt Euch um Entscheidungen!«

Van Campen fuhr auf. Seine Augen waren trüb, die Wangen rot geädert. »Ich habe entschieden! Reyntje, schaff mir den unverschämten Burschen aus den Augen!«

Van Campens Worte bedrückten Benjamin. Er wünschte, er könnte die Zeit zurückdrehen und den Wortwechsel ungeschehen machen. Mangelte es ihm an Kenntnis, an Geschmack, an Urteilsvermögen? War er wirklich ungeeignet für diesen Beruf? Der Mann war ein berühmter Architekt, der viele Schüler gehabt hatte. Es stimmte also vermutlich, was er sagte.

Auf dem Weg zurück trat ihm unvermittelt jemand in den Weg. »Warum meldest du dich denn nicht? Ich habe doch geschrieben, dass es dringend ist!«, fuhr Theo ihn an.

Auch das noch. »Geschrieben? Ich habe keinen Brief bekommen.«

»Eure Magd hat ihn aber angenommen! Heute Vormittag. Sie hat zugesagt, ihn auf deinen Schreibtisch zu legen. Ich wollte dich warnen. Außerdem müssen wir uns absprechen. Die Büttel waren bei mir und wollten wissen, ob ich an dem Morgen auf dem Stadtwall war – und mit wem. Der Hirte hat mich anscheinend erkannt, weil er sich mal bei meinem Vater als Schiffsjunge vorgestellt hat. Verdammtes Pech aber auch!«

»Und was hast du gesagt? Du hast mich doch nicht etwa verraten?«

Theo verzog zerknirscht das Gesicht. »Ich habe gesagt, wir hätten vom Wall aus die Sterne beobachtet.«

»Etwas Besseres ist dir nicht eingefallen?«

»Jetzt weißt du immerhin, was du zu Protokoll geben musst. Ich war übrigens gerade am Wall. Da gibt es Probleme. Die feindlichen Wagentrupps kommen immer näher. Viele Franzosen, ein paar Schotten. Genau die Art Söldner, die die Fliege machen sollen! Skrupellose Mörder und Plünderer. Es sieht so aus, als ob sie kampierten. Aber Fokke hat beobachtet, dass sie an irgendwas arbeiten – als ob sie einen Angriff vorbereiten.«

»Hat Fokke das dem Oberst der Stadtverteidigung gemeldet?«

»Schon. Der Schutz ist auch verstärkt worden. Aber wer weiß, ob das ausreicht.«

Sie trennten sich. Nachdenklich ging Benjamin weiter zum Dam und überbrachte van Campens Antwort. Meester Stalpaert schien über die Botschaft nicht erstaunt und veranlasste dennoch die Veränderungen am Entwurf.

Das wird Ärger geben, dachte Benjamin, aber seine Sorge sollte es nicht sein. Sobald es ihm möglich war, brach er auf zum Stadtwall. Die Lage dort war in der Tat besorgniserregend.

Am Abend kehrte Michiel erst spät nach Hause zurück. Neugierig ging Benjamin zu ihm in die Kammer, wo er sich gerade umkleidete. »Ihr geht noch einmal weg?«

»Es wird eine lange Sitzung im Rathaus geben. Ich will sehen, ob ich dabei sein darf.« Mit verkniffenem Gesicht blickte er Benjamin an. »Ich habe den Vorschlag von Samuel und dir für eine gute Idee gehalten. Aber jetzt droht sich dieser Plan gegen uns zu wenden.«

Hatte er etwa auch hier die Lage falsch eingeschätzt? »Inwiefern?«, fragte Benjamin mit trockenem Mund.

»Einer der neuen Verhandlungsführer ist Antonie Oetgens van Waveren. Ausgerechnet er soll mit dem Prinzen sprechen.« Sein Vater seufzte schwer. »Du weißt, ich traue ihm nicht über den Weg. Oetgens ist ein Feind unserer Familie. Er wird alles tun, um unseren Aufstieg zu verhindern. Gleichzeitig steht für seine Sippe das eigene Wohl an erster Stelle – was nicht unbedingt das Wohl unserer Stadt sein muss. Wir müssen etwaigen Intrigen zuvorkommen, die Amsterdam und auch uns schaden könnten. Du weißt, was das bedeutet.«

Ein wenig albern fand Benjamin diese Befürchtungen schon. Warum konnten die Männer die alten Feindschaften nicht ruhen lassen? Würde Oetgens wirklich Entscheidungen zulasten der Stadt treffen? Schädigten diese letztlich nicht auch ihn selbst?

In der Nacht schreckte Benjamin hoch, als er ein Poltern hörte. Sofort war er hellwach. Er lief auf den Flur. Sein Vater stand in der Tür zu seiner Kammer, rauchend, von einer Weinfahne umgeben und zufrieden lächelnd. Leicht schwankend kam er auf ihn zu und umfasste Benjamins Handgelenk. Seine Augen leuchteten. »Es ist gelungen. Wir haben ein wenig darauf angestoßen.« Er kicherte.

Benjamin hatte ihn seit dem Tod der Mutter nicht mehr so gelöst gesehen. »Das ist eine sehr gute Nachricht! Haben die Bickers einfach so nachgegeben?«, wollte er wissen.

Die Antwort seines Vaters kam langsam, aber klar. »Was denkst du denn? Mächtig Zoff hat es gegeben. Die Bickers haben sich aufgeregt, das hättest du mal hören sollen! Aber dann haben immer mehr Regenten die Forderung unterstützt. Es gibt anscheinend viele, die die Familie zu machtgierig finden und die froh sind, dass die Bickers nun zurechtgestutzt werden.« Michiel gestikulierte beim Sprechen derart fahrig mit der Pfeife, dass Benjamin fürchtete, Glut könnte auf das Parkett fallen. »Dass ich dabei sein konnte und das erleben durfte, obwohl ich kein Mitglied der Vroedschap bin! *Noch* keins, muss man sagen ...« Michiel lächelte hoffnungsvoll.

»Worauf habt ihr euch geeinigt?«

»Amsterdam akzeptiert den Etat für das Militär, wie vom Prinzen gewünscht, aber nur für drei oder vier Jahre. Prinz Wilhelm erhält zudem den Status seines Vaters.«

»Ein Sieg auf ganzer Linie also für den Oranier?«

»Wie man's nimmt. Wir wollen darauf bestehen, dass einige Regimenter abgedankt werden. Vor allem die fremden Söldner.«

»Und die Bickers?«

»In einem geheimen Zusatz wurde festgelegt, dass Cornelius und Andries Bicker sich von ihren Posten in der Regierung zurückziehen. Ehrenhaft natürlich. Sie stellen freiwillig das Wohl der Stadt über ihr eigenes, wird es offiziell heißen.« Abrupt wandte Michiel sich ab. »Und jetzt muss ich schlafen. Morgen wird weitergefeiert. Es gibt ein Festmahl mit dem Prinzen. Ich hoffe darauf, wieder dabei sein zu dürfen.«

Benjamin jubilierte still über den Erfolg seines Vaters und der Verhandlungsführer – zu dem er beigetragen hatte. Die Bickers waren vorerst gestürzt, die Posten würden neu besetzt werden. Endlich hatte auch sein Vater Aussicht auf einen Sitz im Rat.

9

Im Haus der Schützengilde, der Voetboogdoelen am Singel, ging es hoch her. Eigentlich war das Versammlungshaus nur für die Kompanie der Armbrustschützen gedacht, aber auch Gäste durften hier bewirtet werden, und die festlichen Bankette waren legendär. Michiel sorgte dafür, dass sie einen ruhigen Tisch bekamen. Benjamin und Daan hatten ihren Vater begleiten dürfen. Vorgeblich, um sich von ihrem Onkel zu verabschieden, aber auch weil sie die Atmosphäre wehrhafter und zugleich kameradschaftlicher Männlichkeit liebten. Gravitätisch grüßte Daan in alle Richtungen. Benjamin konnte seine Augen kaum von den großen Schützenporträts abwenden, die verschiedene Jahrgänge der Kompanie zeigten. Wie stets suchte er als Erstes seinen Großvater auf dem Gemälde des Malers Nicholaes Lastman. Dort stand Vincent Aardzoon zwischen den würdigen Herren, die in dem Trupp unter Kapitän Abraham Boom für Amsterdam gekämpft hatten.

Samuel berichtete vom Vertragsabschluss und dem feierlichen Abendessen der Unterhändler, zu dem Michiel zu seiner Enttäuschung nicht eingeladen worden war. »Trotz der Einigung war die Anspannung beim Festmahl mit dem Prinzen noch immer spürbar. Einen besonders brenzligen Moment gab es, als einer sagte, die Amsterdamer hätten, wäre es zum Kampf gekommen, die Elemente des Wassers zu ihren Gunsten genutzt. ›Dann hätte ich das Element Feuer dagegengehalten‹ hat der Prinz ihm todernst erwidert.«

»Was meinte er damit?«, fragte Benjamin.

»Prinz Wilhelm spielte auf die Artillerie an, die aus Delft hierhergeschafft werden sollte. Der Prinz hätte gerne ein Exempel an Amsterdam statuiert, das könnt ihr mir glauben. Ich weiß nicht, ob er sich beim nächsten Widerstand noch einmal kampflos zurückziehen wird. Und es wird wieder Streit geben, wenn der Prinz seine Pläne wahrmacht und sich mit Spanien und England anlegt.«

Michiel nahm einen kräftigen Schluck Burgunder. »Katholiken hin oder her – keiner hier will, dass der Prinz die südlichen Niederlande befreit. Schon aus einem Grund: Dann würde die Sperrung der Schelde aufgehoben und Antwerpen wieder erstarken. Vielen ist klar, dass Amsterdam seinen Aufstieg dem Niedergang Antwerpens zu verdanken hat. Und der begann nun mal, als der Fluss blockiert wurde.«

»Werden die Truppen jetzt abziehen?«, wollte Benjamin wissen.

»Eilig hat der Prinz es nicht damit.«

»Und die Gefangenen von Loevestein? Sie müssen sofort freigelassen werden!«

Samuel hob nur die Schulter. »Keiner weiß, ob der Prinz sie gehen lässt. Ich freue mich auf jeden Fall, wenn ich nach s'Gravenhage zurückkann. Kommt mich doch mal besuchen, dann führe ich euch durch den Oranjesaal. Wirklich beeindruckend, was die Maler dort erschaffen. Ihr könntet euch bei der Gelegenheit auch das Mauritshuis anschauen, die Architektur wird euch gefallen. Pieter Post, ihr wisst schon.«

Anschließend besprachen sein Vater und Samuel die Entwicklung ihrer gemeinsamen Handelsgeschäfte.

»Werdet Ihr das Waisenhaus aufsuchen?«, fragte Daan dazwischen. »Es muss schön sein, dort als Gönner empfangen zu werden. All die leuchtenden Kinderaugen …«

»Ich weiß nicht, ob meine Zeit das zulässt.«

Oom Samuel spendete immer großzügig für die Waisen. Achthundert Kinder wurden inzwischen in dem Waisenhaus versorgt; eine gewaltige Zahl, wie Benjamin fand.

Sie wurden unterbrochen. Samuel schien nicht traurig darüber zu sein. Benjamin nutzte die Gelegenheit, um sich mit seinem Onkel auszutauschen und ihm von seinem Besuch bei Jacob van Campen zu erzählen.

Samuel nickte mitfühlend. »Van Campen ist ein unleidlicher, griesgrämiger Mensch. Das sagt sogar Sieur Huygens – und der muss es wissen. Die beiden haben, wie du sicher weißt, nicht nur am Oranjesaal zusammengearbeitet. Zu van Campens Gemüt gesellt sich aufs Unheiligste seine Vorliebe für den Wein.«

»Ich begreife nicht, wie man diesem schwierigen Mann den Auftrag für das Amsterdamer Stadhuis geben konnte.«

»Er ist eben der Beste, was die klassische Architektur angeht. Als er für Huygens baute, haben die beiden gemeinsam die Schriften von Vitruv und dessen Nachfolgern studiert. Du solltest mal mit Huygens reden. Er hat die größte und beste Auswahl gelehrter Werke, die mir bekannt ist – nicht nur zum Thema Architektur. Bei van Campen spielen zudem sein Adelsstand und seine Verbindungen eine Rolle.« Samuel berührte in einer beinahe zärtlichen Geste Benjamins Hand. »Nimm es nicht so schwer. Ein heller Kopf wie du wird trotzdem seinen Weg machen.«

Nach dem Essen liefen sie zusammen bis zum Dam, wo sie sich von Samuel verabschiedeten. Vor dem alten Rathaus trafen sie auf Cornelis de Graeff, der mit Michiel einige Worte wechselte. Anschließend war Michiel richtiggehend euphorisch. Doch gleich verflog seine gute Laune, denn die Bicker-Brüder kamen aus dem Rathaus.

Andries Bicker sprach Michiel an: »Ich weiß, dass Ihr bei unserem Sturz Eure Finger im Spiel hattet, Aard. Ihr maßt Euch einiges an, was Eurem Stand nicht gemäß ist. Seid gewiss: Damit kommt Ihr nicht durch.«

Schweißtropfen erschienen auf Michiels Stirn. »Das muss ein Missverständnis sein. Mir geht es ausschließlich um das Wohl der

Stadt. Natürlich werde ich Euch auch öffentlich unterstützen, sobald der Prinz sich beruhigt hat.«

Nun übernahm Cornelis Bicker: »Auf Eure Unterstützung können wir verzichten. Wenn wir auch unsere Posten zeitweise aufgeben müssen, wird unsere Macht ungebrochen bleiben.«

Die Worte hingen Benjamin noch nach, als er sich längst von seinem Vater verabschiedet hatte. Sie hatten wie eine Drohung geklungen. Was hatten sie nur getan? Er hatte es doch nur gut gemeint! An der Stadhuis-Baustelle war Meester Stalpaert gerade im Gespräch mit Jacob van Campen. Der Architekt gestikulierte erregt. Als er Benjamin bemerkte, entlud sich sein Zorn. »Hast du unfähiger Bengel etwa meine Antwort nicht an Meester Stalpaert übermittelt?«, fauchte er.

»Doch, ich –«, wollte Benjamin sich rechtfertigen.

»Willst du meine Arbeit sabotieren? So einer hat auf meiner Baustelle nichts verloren! Du verdirbst dieses Werk nur!«

Benjamin durchfuhr es eiskalt. Wurde er gerade hinausgeworfen? Wie sollte er seinem Vater diese Schande gestehen? Dabei hatte er doch gar nichts getan! Hilfesuchend sah er zu Stalpaert, der kaum merklich die Schultern hob.

»Sieur van Campen, ich bitte Euch, hört mich an! Natürlich habe ich Eure Antwort übermittelt! Das versichere ich Euch!«

Jacob van Campen wandte sich ab. »Ich will dich hier nicht mehr sehen. Das ist mein letztes Wort. *Fini!*«

Verzweifelt und wütend machte sich Benjamin davon, um seine Sachen zu holen. Als er wenig später die Baustelle verließ, entdeckte er Meester Stalpaert an den Außenmauern mit einem Polier. Kurz entschlossen steuerte er auf ihn zu. »Warum habt Ihr mich nicht verteidigt? Nicht die Wahrheit gesagt?«, brach es aus ihm heraus.

»In dieser Gemütslage ist mit van Campen nicht zu reden.«

»Aber ich habe nichts Falsches getan! Was wird mein Vater sagen, wenn ich entlassen werde? Was sollen die Leute denken? Ich bin erledigt!«

Meester Stalpaert hob beruhigend die Hände. »Nicht doch, du übertreibst! Ich weiß, dass du deine Arbeit gut machst. Ich werde mich bei van Campen für dich verwenden.« Schon warteten wieder mehrere Arbeiter darauf, dass Stalpaert sich ihnen zuwandte.

Benjamin ging niedergeschlagen davon. Er wollte niemanden sehen. Nur noch in seine Kammer, zu seinen Entwürfen, seinen Briefen, seinen Leinwänden. Andererseits mochte er seinem Vater nicht unter die Augen treten. Dafür schämte er sich zu sehr. Also lief er zum Stadtwall, wo er einige seiner Freunde traf und erneut an den Amstelschanzen half. Obgleich die Gefahr zunächst gebannt war, hatten die Regenten beschlossen, die Verteidigungsanlage auszubauen. Im Fluss sollten zudem Baumhäuser zur Verteidigung errichtet werden. Benjamin hätte sich am liebsten selbst sofort an die Entwürfe gemacht. Ein Gebäude in einem Fluss zu gründen war eine interessante Herausforderung.

Plötzlich rief jemand seinen Namen. Daan kam auf ihn zu. »Hier bist du also! Ich habe dich überall gesucht. Ich fürchte, es gibt Ärger!«

Hatte sich van Campens Ausbruch so schnell herumgesprochen? Benjamin wurde übel. »Habt ihr etwa schon gehört –«

»Wir wissen alles«, fiel Daan ihm ins Wort. »Vater will dich sehen, sofort.«

Scham ließ Benjamins Knie weich werden, doch Daan schob ihn weiter. Ihm war, als wäre er ein Sklave, der sich müde über die Zuckerrohrplantage schleppte, oder ein Delinquent auf dem Weg zum Schafott. Sooft Benjamin auch nachfragte, sein Bruder verriet nicht, was sie zu wissen glaubten.

Als sie das Haus betraten, hörten sie aus dem Kontor des Vaters einen heftigen Wortwechsel. Zwei Männer schrien sich an.

»... untersage ich dir, dass dein Sohn jemals wieder Kontakt zu meinem Sohn aufnimmt ...«

»... verbiete ich deinem Sohn, dass er meinen Sohn in seine kriminellen Machenschaften mit hineinzieht ...«

Die nächsten Worte verschwammen im Gebrüll. Benjamin hatte seinen Vater noch nie so wütend gehört. Plötzlich stürmte jemand aus dem Kontor. Unwillkürlich machte Benjamin einen Schritt zurück. Der Kerl war hoch und breit wie ein Baum. Er streifte Daan mit dem Blick, starrte Benjamin finster an und rannte an ihnen vorbei hinaus. Wild hatte er gewirkt, mit sonnengegerbter Haut, ausgebleichten Haaren, einem zotteligen Bart und Ohrringen. Das war Kris gewesen, Theos Vater.

Daan schob Benjamin ins Zimmer. Michiel stand hinter seinem Schreibtisch. Er sah schlecht aus, bleich, mit Schweißtropfen auf der Stirn. Schwer stützte er sich auf die Tischplatte. Vor ihm lag ein geschwärztes, geschmolzenes Gebilde. Benjamin erkannte es sofort. Es war der Fuß der Öl-Uhr. Sein Mund wurde trocken, und das Herz schlug ihm bis zum Hals. »Vater ...«, begann er mit heiserer Stimme.

Michiel hob in einer müden Geste die Hand, und Benjamin verstummte.

»Warst du mit Theo bei der Mühle und hast diese in Brand gesteckt?«

»Nein, so war es nicht! Ja, wir waren bei der Mühle, aber nur, um ein Experiment zu machen. Und dann –«

»Und dann hast du mit unserer Öl-Uhr den Bau abgebrannt.« Michiels Stimme wurde lauter, schärfer. »Hast du dich mal gefragt, was passiert, wenn herauskommt, dass ausgerechnet ein Architekt eine Mühle abfackelt – und den Festungswall beinahe gleich mit?«

Stumm schüttelte Benjamin den Kopf.

Es schien, als würde es seinem Vater schwerfallen, die nächsten Worte auszusprechen. »Wir ... Kris und ich«, brachte er mühsam heraus, »mussten den Büttel bestechen, damit er die Nachforschungen einstellt und die Klappe hält.«

»Danke, Vater«, sagte Benjamin kleinlaut. »Wir müssen die Öl-Uhr vergessen haben.«

»Wir. So stimmt es also. Du und Theo.«

Benjamin nickte notgedrungen.

»Obgleich ich dir den Umgang mit dieser liederlichen Familie verboten habe?«

Wenn man den Sinn einer Regel nicht versteht, hat man auch keine Lust, sich daran zu halten, dachte Benjamin, sagte aber: »Theo ist kein schlechter Kerl. Ich kenne ihn von den Vorlesungen bei Doktor Tulp. Er –«

»Was war mit van Campen?«, fuhr Michiel dazwischen.

Auch das wusste sein Vater also schon. »Ich habe ihm Meester Stalpaerts Nachricht überbracht und diesem auch mitgeteilt, dass van Campen verbietet, etwas am Entwurf zu ändern. Das war ja auch keine Überraschung. Aber offenbar –«

»Und dein Entwurf für das Kutschenhaus?«

Den hatte er völlig vergessen! Aber die Zeichnung würde schnell gehen. »Ist so gut wie –«

Sein Vater warf den rudimentären Entwurf auf die Holzplatte. Auf einmal schämte Benjamin sich sehr. »Entschuldigt, Vater …«

»Der Entwurf müsste *jetzt* fertig sein. Soll ich auch diesen Auftrag verlieren, wo Vingboons sich schon bei dem Landgut gegen mich durchgesetzt hat, wieder einmal?«

Auch das noch! »Ich wusste nicht …«, begann Benjamin hilflos. »Aber warum …«

»Angeblich hat Vingboons Entwurf das herrschaftliche Innenleben des Hauses stärker berücksichtigt. Gequirlte Scheiße!«

Die drastischen Worte erschreckten Benjamin beinahe so sehr wie der Ton, in dem sie vorgebracht worden waren.

In diesem Augenblick mischte Daan sich ein. Er zog eine Papierrolle aus dem Regal und breitete sie vor ihrem Vater aus. Die Zeichnung für ein Kutschhaus war darauf zu sehen. Schlicht. Öde. Aber fertiggestellt. »Vielleicht hilft das weiter«, sagte er.

Michiel ließ sich in seinen Stuhl sinken. »Wenigstens auf dich kann ich mich verlassen, Daan«, sagte er. Die Enttäuschung im Blick seines Vaters verletzte Benjamin tief. Das hatte er nicht gewollt. Lange schwieg Michiel. Die Stille machte Benjamin ganz nervös. Schließlich sah sein Vater ihn an. »Du hast dich immer beklagt, dass ich dir nichts zutraue.«

Benjamin holte Luft, um etwas zu seiner Rechtfertigung vorzubringen, doch sein Vater bremste ihn. »Das wird sich jetzt ändern. Es ist besser, wenn du die Stadt verlässt, bis Gras über diese Angelegenheiten gewachsen ist. Bis man den Brand vergisst. Bis van Campen sich beruhigt. Den Kontakt zu Theo wirst du fortan meiden. Es hat einen Grund, dass wir mit meinem Bruder und seiner Familie nichts zu tun haben wollen.«

Die Stadt verlassen? Seine Familie verlassen, seine Freunde? »Aber ... «

»Nichts aber!«, schrie sein Vater unvermittelt, was Benjamin erschreckte, denn Michiel hob die Stimme sonst nie übermäßig. Sofort setzte er ruhiger hinzu: »Ich bin bei den Bürgermeistern und Regenten im Augenblick hochangesehen. Im Frühjahr wird die Vroedschap neu gewählt. Dieses Mal ist es so weit, das spüre ich! Diese Hoffnung werde ich mir nicht von dir kaputt machen lassen!« Michiel sammelte sich räuspernd und sprach weiter: »Ein in Hamburg ansässiger Niederländer hat ein Exemplar meiner *Architectura Aard* gekauft und möchte an einer Straße namens ... «, er konsultierte einen Brief, »Brook ein Haus nach meinem Entwurf bauen lassen. Mijnheer van Vos ist bereit, gut zu zahlen. Es mehrt meinen Ruhm, wenn ich auch in anderen Städten als Architekt bekannt bin. Ich dachte zunächst daran, einen vertrauenswürdigen Bauleiter zu entsenden. Aber jetzt wirst du diese vornehme Aufgabe ausführen.«

Sein Vater holte eine Ledermappe aus dem Schreibtisch. »Du wirst dieses Haus für Mijnheer van Vos bauen, und zwar exakt so, wie es meine Pläne vorsehen, und auch zu seiner höchsten Zufriedenheit. Wenn dir das gelungen ist, sehen wir weiter. Anderenfalls muss ich dich …« Ein gequälter Zug schlich sich auf sein Gesicht, aber Michiel rieb über die Haut, als wollte er diesen wegwischen.

Was musste er? Ihn verstoßen? Enterben?

»Ich werde Euch nicht enttäuschen!«, versicherte Benjamin seinem Vater schnell. »Aber … Ich will nicht aus Amsterdam weg. Nicht weg von meinen Freunden, meiner Arbeit.«

Sein Vater wandte den Blick ab. »Das hättest du dir früher überlegen sollen. Mach mir nicht noch mehr Schande, Junge.«

Als sie hinausgingen, flüsterte Daan: »Das Band zwischen Hamburg und der Niederlande ist stark, angeblich lässt man sogar dort nach Entwürfen von Vingboons bauen. Sei also froh über diese Chance. Und vermassle es nicht wieder.«

***

Noch einmal stach Theo mit der Nadel in die zarte Wange des Mädchens. Sowohl ihr Wimmern als auch ihre Tränen, die sich in das Blut mischten, versuchte er zu ignorieren. »Du musst ruhig bleiben, sonst halten die Wundnähte nicht«, sagte Theo und schob die Nadel ein weiteres Mal in das Fleisch. Nachdem er den Faden abgeschnitten hatte, flößte er ihr noch mehr Genever ein, wobei er darauf achtete, dass der Schnaps nicht durch die Schnittwunde wieder austrat. Ein Freier hatte ihr den Mund bis zu den Wangenknochen aufgeschlitzt; ein rotes Band schenken, nannte man das auf der Straße zynisch. Die Gründe für diese Grausamkeit konnten vielfältig sein – ein schiefer Blick, ein falsches Wort, ein Lachen beim Anblick eines bescheidenen Gemächts. Dieser Freier hatte nicht lange gefackelt. Die Gesichtswunde hatte höllisch geblutet, aber im Gegensatz zu

Verletzungen an der Schläfe war das Blut nicht stoßweise geflossen, was Theo zu denken gab. Der Lauf der Blutströme war ihm noch immer rätselhaft.

Aus dem Spielhaus drangen Gelächter und Musik zu ihnen. Heute Abend hatten viele Leute über die Stränge geschlagen. Auch Theo hatte auf dem Wall den Sieg über den Prinzen gefeiert. Denn ein Sieg war es für Amsterdam letztlich, mochten die Prinzgesinnten das auch anders sehen. Dieser adelige Bubi hatte es nicht gewagt, auch nur einen Fuß in die Stadt zu setzen. Und seine ausländischen Söldner würde er auch verlieren. Seinen Cousin Benjamin hatte Theo bei dem Umtrunk vermisst, aber vermutlich hatte der das Abkommen in feinerer Umgebung gefeiert. Er selbst hatte die Feier abbrechen müssen, als einer von Meetjes Laufburschen ihn gerufen hatte.

»Wenn wir den Kerl erwischen, der ihr das angetan hat! Mein Mädchen wird für ihr Leben entstellt sein!«, hatte die Hurenwirtin erbittert ausgestoßen.

»Immerhin wird sie weiterleben«, hatte er versucht, sie zu beruhigen.

Theo reinigte die vernähte Wunde und wusch sich dann in der Wasserschale die Hände. Im Spielhaus ging es noch hoch her, doch die Hurenwirtin wartete in ihrem Salon auf ihn. Für die Dirnen, die Wirte und die Musiker fing die Nacht erst an. Auch wenn die Nachtwächter mit ihren Rasseln durch die Straßen zogen, würden sie im Geheimen ihren Geschäften nachgehen. Viele der leichten Mädchen kannte Theo beim Namen. So war das, wenn man in diesem Viertel aufwuchs und etliche bereits medizinisch behandelt hatte, weil sie sich keinen richtigen Arzt leisten konnten. Aber irgendwann käme er zu Geld, und dann hätte er eine vornehme Praxis wie Doktor Tulp und würde der feinen Gesellschaft Unsummen für die Behandlung abknöpfen.

Meetje langte in ihren Ausschnitt und zog seinen Lohn hervor. Er streckte die Hand aus, aber Meetje trat zu ihm und steckte ihm das Geld in den Hosenbund. Schnell fanden ihre geschickten Hände noch etwas anderes. Theo stöhnte, als sie sein Glied rieb. Sie war über vierzig und von reifer Schönheit, aber sie wusste, was sie wollte – und oft genug wollte sie ihn.

»Im Spielhaus geht alles seinen Gang. Ich habe ein paar Stunden, bis abgerechnet werden muss«, sagte sie.

»So viel Zeit habe ich nicht.« Er wollte seinen Vater nicht mehr als nötig verärgern, das würde er aber natürlich nie öffentlich zugeben.

Meetje grinste. »Oh, es geht auch schneller.« Sie drückte ihn auf den Sessel, schwang den Rock und setzte sich rittlings auf ihn. Jetzt ließ Theo sich nicht mehr länger bitten.

Einige Stunden später stolperte Theo über das Pflaster. Im letzten Moment konnte er sich an der Backsteinmauer der Waag abstützen. Einen Augenblick lang drehte sich alles um ihn. Die vielen Lichter am Nieuwmarkt, das schrille Gelächter aus den Tavernen und das laute Gerede der Seeleute vermischten sich zu einer Kakophonie. Er ließ sich gegen die Wand des alten Stadttores sinken. Ihr Liebesspiel hatte länger gedauert, und zwischendurch hatten sie sich mit Genever und Austern gestärkt.

Ein saurer Geschmack stieg Theo in den Mund. Er blinzelte in die Nacht. Im Haus brannte noch Licht. Ob sein Vater noch wach war? Brütete er über Frachtkosten und stellte Berechnungen an, wie er es in letzter Zeit so oft tat?

Die Rasseln der Nachtwächter erklangen, und die Wachen vertrieben die letzten Feierwütigen. Theo stieß sich von der Mauer ab. Es half nichts, er musste ebenfalls nach Hause. Das Licht in Vaters Kammer war erloschen.

Einen Augenblick hing er seinen Gedanken nach. So oft hatte er schon darüber gegrübelt, dass ihn der Suff auch jetzt nicht davon

144

abhielt. Ein Hindernis galt es noch zu überwinden. Ärzte wie Doktor Tulp, der in Wahrheit Claes Pieterszoon hieß und seinen Namen erst geändert hatte, als er in die Keizersgracht in ein Haus mit dem Schild einer Tulpe gezogen war, hatten studiert. Auch Theo hatte zur Universität gehen sollen. Aber dann war seinem Vater das Geld ausgegangen. Gespart wurde nicht am Schiff, sondern an der Familie. Also hatte Theo nach seinem Abschluss an der Illustren Schule, wo er jede Vorlesung besucht hatte, die auch nur im Entferntesten mit Medizin zu tun hatte, bei einem Chirurgen eine Ausbildung begonnen. Sein Vater meinte, er könne das Studium ja nachholen, wenn die Familienkasse wieder gefüllt war. Er wollte ohnehin, dass er Schiffschirurg wurde, und dafür würde die Ausbildung reichen.

Nie im Leben!, dachte Theo und spie aus. Oft genug hatte er Berichte von seinem Vater oder anderen Seeleuten gehört. Diese Chirurgen hielten die Seeleute mit einfachsten Mitteln am Leben, und zwar allein, damit sie auf den Schiffen der Ostindischen oder der Westindischen Kompanie schuften konnten. Viehische Arbeit war das. Ein studierter Arzt hingegen war ein feiner Herr, der nicht operierte oder Brüche schiente, sondern eine äußere Untersuchung vornahm, die Diagnose stellte und Heilmittel verordnete. Dafür hatte sein Vater wenig übrig. Seiner Meinung nach gehörte ein Mann auf See. Kris war ein guter Kapitän, er beherrschte die Seemannskunst und die Navigation, und er kannte die Gewässer in Ost- und Westindien besser als die Vorlieben und Abneigungen seiner Kinder. Aber er war auch ein harter Hund, und auf seinem Schiff herrschten raue Sitten, vor allem seit das Geld derart knapp geworden war. Deshalb wollte Theo auch um keinen Preis mit ihm zur See fahren.

Theo hatte das Haus seiner Familie erreicht und öffnete leise die Tür. Unerwartet traf ihn eine derart heftige Ohrfeige, dass er gegen die offene Tür krachte und zu Boden ging. Vor ihm stand sein Vater, wutentbrannt. Er zerrte ihn am Kragen hoch: »Was hast du nur wieder angestellt! Aber damit ist jetzt Schluss …«

10

S'Gravenhage

Endlich war Samuel wieder in seinem Haus, endlich hatte er die Erniedrigungen und Strapazen des Angriffs auf Amsterdam hinter sich gelassen. Nach seiner Rückkehr hatte er sich gleich als Erstes ein Bad bereiten und den Barbier kommen lassen. Jetzt fühlte er sich wieder wie ein Mensch. Sogar die Erbitterung brannte nicht mehr ganz so heftig. Dem Vernehmen nach plante Prinz Wilhelm eine Feier anlässlich des Siegs über Amsterdam, bei der er offenbar schon wieder nicht eingeladen war. Trost fand Samuel in einer besonders seltenen Ausgabe der Schriften des römischen Dichters Horaz, dazu bediente er sich von einer reichhaltigen Obstplatte.

In diesem Augenblick unterbrach ein Klopfen Samuels Gedanken. Frans meldete einen Gast, es sei dringend.

»Wer ist es?«, fragte Samuel widerwillig.

»Meester de Witt.«

Samuel war erfreut über den Besuch. Er hatte dem jungen Anwalt einiges zu berichten. »Ich hoffe, ich habe dich nicht gestört«, begrüßte Johan ihn.

»Nicht im Geringsten.«

Johan wirkte übernächtigt und energiegeladen zugleich, als er weitersprach. »Noch immer versuchen mein Bruder Cornelis und ich verzweifelt, unseren Vater und die anderen Gefangenen aus Loevestein freizubekommen. Es wird uns sicher weiterhelfen, wenn wir genau wissen, was vor Amsterdam vorgefallen ist. Die Forderungen des Prinzen sind Gerüchten zufolge erfüllt worden?«

»Wie man's nimmt. Um mit Horaz zu sprechen: ›Es kreißen die

Berge, geboren wird eine lächerliche Maus.‹« Samuel bot Johan von seinem Obst an. Ausführlich berichtete er von den Ereignissen und darüber, was er über die weiteren Pläne von Prinz Wilhelm wusste.

Johan erhob sich, während er lauschte. Er ging ein paar Schritte durch den Raum, ließ seine Finger über die feinen Intarsien auf einer Kommode gleiten, betrachtete eingehend die chinesische Lackdose.

Er ist ein Mann, der schöne Dinge zu schätzen weiß, dachte Samuel. Ihm gefiel, dass sein Lebensstil seinen Gast offensichtlich beeindruckte. »Dein Bruder Cornelis und du, ihr wart vermutlich ebenfalls nicht untätig. Mich würde interessieren, welche Maßnahmen ihr ergriffen habt«, beendete er seinen Vortrag.

»Ich bin deinem Rat gefolgt und, so schnell es die Umstände erlaubten, nach Dordrecht geritten. Impulsives Handeln behagt mir eigentlich nicht. Immerhin konnte ich auf dem Ritt unsere Optionen durchspielen, um vor Ort für alle Eventualitäten gewappnet zu sein. Rechtlich ist die Verhaftung meines Vaters und der anderen Deputierten haltlos. Und doch hat unsere junge Republik schon erleben müssen, wie sich ein Oranier gewaltsam über die Rechte hinwegsetzte und einen Politiker hinrichten ließ. Die Provinzen müssen sich dem Prinzen geschlossen entgegenstellen. Und genau das ist das Problem.« Johan massierte geistesabwesend seine Handgelenke. »Ich weiß nicht, wie gut du über Dordrecht im Bilde bist.«

»Dordrecht ist die älteste Stadt Hollands und besitzt durch die Lage am Rhein-Maas-Delta eine herausragende Bedeutung für den Handel und die Landesverteidigung«, fasste Samuel zunächst das Altbekannte zusammen. »Doch Dordrecht verliert an Bedeutung. Städte wie Leiden, Haarlem und Rotterdam laufen der Stadt den Rang ab. Ehrgeizige Familien wie die Trips sind längst nach Amsterdam gezogen.«

»Das ist ohne Zweifel der Fall. Darüber hinaus gibt es seit einigen Jahren Konflikte zwischen den Bürgern und den Regenten der Stadt. Meinem Vater, meiner Familie und unseren Getreuen wird vorgeworfen, zu viel Macht anzuhäufen. Dabei ist mein Vater bescheiden – ja, er besteht nicht einmal darauf, nach seinen Ländereien als Herr von Manizee, Melissant und Cromstrijen angeredet zu werden. Dennoch haben unlängst die Hafenarbeiter versucht, unser Haus zu stürmen.« Gedankenverloren warf Johan einen Blick in den venezianischen Spiegel. »Ich erinnere mich noch gut daran, wie mir damals das Gerücht zugetragen wurde, dass mein Vater bei dem Angriff getötet worden sei. Der Schreck war unbeschreiblich! Glücklicherweise hat der Allmächtige seine Hand über meine Familie gehalten. Aber die Anfeindungen haben nicht aufgehört.«

»Dein Bruder Cornelis ist im Magistrat von Dordrecht ebenfalls angesehen?«, fragte Samuel mehr rhetorisch. Er hatte Cornelis de Witt bei einem Empfang kennengelernt. Die Brüder waren einander sehr ähnlich: das gleiche schmale Gesicht, die dunklen langen Haare. Cornelis' Antlitz war jedoch gröber geschnitten, mit einer hohen Stirn und einer größeren Nase, die Mund und Kinn klein wirken ließen. Cornelis war der Zupackendere, weniger Grüblerische – auch das verriet dieses Gesicht.

»Cornelis soll eines Tages Vaters Stellung im Magistrat übernehmen. Als ich in Dordrecht ankam, sahen er und meine Schwestern mir jedenfalls sofort an, dass etwas Gravierendes geschehen war. Cornelis hat sofort seine Hochzeitsvorbereitungen abgebrochen. Der Magistrat von Dordrecht entschied, dem Prinzen anzubieten, für dessen Vorschläge zu stimmen, wenn dieser versprechen würde, sich nicht mehr unrechtmäßig in die Angelegenheiten der Provinzen einzumischen. Die Delegation wollte gerade aufbrechen, als die Nachricht aus dem Haag eintraf, dass der Prinz losgezogen sei, um Amsterdam zu unterwerfen. Sofort wurde die Abreise der Delegierten verschoben. Die Stadtverteidigung war nun dringlicher, denn es war anzunehmen, dass der Oranier sich nach Amsterdam anderen rebellischen Städten zuwenden würde. Natürlich hat sich die Nachrichten in Dordrecht schnell herumgesprochen, und es kam zwischen Staatsgesinnten und Prinzgesinnten zu Zusammenstößen.«

»Du bist anschließend zum Schloss Loevestein geritten, nehme ich an. Das hätte ich zumindest an deiner Stelle getan.«

»So ist es. Ausgerechnet im Gasthaus ›Das Schiff Ihrer Hoheit‹ musste ich in Woudrichem Quartier nehmen. Als ob sich Prinz Wilhelm II. je besonders höflich oder gastfreundlich gezeigt hätte!« Johan lachte bitter. »Mein Onkel, der Bürgermeister und Sekretär von Woudrichem, konnte mich über den Kommandanten des Gefängnisses ins Bild setzen. Zu meinem Schrecken waren die Gefangenen jedoch nicht in Loevestein angekommen.«

Samuel merkte auf. »Wie bitte?«

»Ich machte mir furchtbare Sorgen, schließlich ist Vater im fortgeschrittenen Alter. Brief um Brief schrieb ich.« Wieder massierte Johan seine Handgelenke. »Erst nach Tagen traf der Gefangenenkonvoi ein. Aus Furcht vor Angriffen hatte er die großen Städte gemieden.«

»Die Verantwortlichen wissen also genau, dass sie im Unrecht sind.«

Ein grimmiges Nicken bestätigte die Mutmaßung. »Lange habe ich mit dem Kommandanten gesprochen, aber dieser beharrte darauf, dass die Gefangenen weder Besuch noch Briefe empfangen dürften. Natürlich gelang es mir trotzdem, einen Brief ins Gefängnis zu schmuggeln. Wenig später erhielt ich durch den Boten einen Brief meines Vaters. Er wird gut behandelt, und sein Geist und seine Gefühle seien ruhig. Er habe nichts getan, außer den Anweisungen des Magistrats von Dordrecht zu folgen. Nie habe er den Prinzen angegriffen. Er bot an, zum Wohle der Stadt seine Ämter aufzugeben, solange es ehrenhaft geschehe. Wir sollten ein starkes Herz behalten und nur tun, was angemessen und anständig sei, um seine Freilassung zu erreichen.«

»Was für ein tapferer Mann!«

Johan strich über seinen Bart. »So kennen wir meinen Vater. Pflichtbewusst, ernsthaft, voller Gottvertrauen und Bescheidenheit. Dabei stehen die Zukunft der Republik, das Wohl unserer Familie und auch sein Leben auf dem Spiel.« Kopfschüttelnd setzte er hinzu: »Ich fürchte, zu einer List greifen zu müssen, wie einst die mutige Maria van Reigersberch.«

Nur kurz musste Samuel überlegen. »Die Gattin von Hugo Grotius. Sie schmuggelte ihn in einer Bücherkiste aus Schloss Loevestein.«

»Ebendiese.«

»An der Universität haben wir seine Schrift *De jure belli ac pacis – Über das Recht des Krieges und des Friedens* eingehend studiert. Unglaublich, dass Grotius die Abhandlung unter diesen Umständen überhaupt verfassen konnte.« Samuel ließ seinen Blick über seine Bücher wandern, bis er sie gefunden hatte. Der Gelehrte Hugo Grotius war wohl der berühmteste Gefangene des Schlosses gewesen. Bei dem Prozess um den Ratspensionär Oldenbarnevelt war er zu lebenslanger Haft in Loevestein verurteilt worden. Ein Unrechtsurteil, wie jedermann wusste. Ungebrochen hatte Grotius dort an seinem Werk weitergeschrieben.

»Heute wie damals ist Loevestein ein Symbol für die Willkürherrschaft der Oranier. Ich frage mich, ob ich für meinen Vater zu einer ähnlichen Finte greifen muss.«

»So weit wird es hoffentlich nicht kommen.«

Johan blickte ihm so fest in die Augen, dass Samuel nervös wurde. »Bei unzähligen Politikern und Bürgern haben Cornelis und ich vorgesprochen. Die meisten können unsere Argumente nachvollziehen und haben ein offenes Ohr. Aber etwas tun wollen sie nicht. Kannst du dich für uns starkmachen? Mein Vater muss freikommen und rehabilitiert werden! Dieses Unrechtsregime ist unerträglich!«

Sich gegen den Prinzen stellen? Samuel schüttelte unbewusst den Kopf. Nein, dafür fehlte ihm der Mut. Aber vielleicht könnte er einen Empfang zu Ehren des Prinzen geben. Eine Siegesfeier. Natürlich würde er sich nicht lumpen lassen. Er könnte sogar einige exquisite Gesellschaftsdamen einladen. Der Prinz wäre vielleicht empfänglich für derartige Aufmerksamkeiten, gerade jetzt, wo seine Gattin schwanger war. »Ich werde sehen, was ich tun kann«, versprach er.

Johan nahm seine Hand. Die fiebrige Energie kleidete ihn ausgesprochen gut. »Das würden wir dir nie vergessen.«

11

Amsterdam

Bereits am nächsten Tag stand Benjamin am IJ und wartete auf das Ruderboot, das ihn zum Schiff nach Hamburg bringen würde. Er hatte sich unter dem Dach eines Hafenschuppens untergestellt. Wenn es so weiterregnen würde, würden die Deiche irgendwann auf ganz natürliche Art und Weise brechen, fürchtete er. Seine Laune war ohnehin düster. Sein Vater hatte sich nicht erweichen lassen, sondern darauf bestanden, dass er so früh wie möglich abreiste. Ein Schiff nach Hamburg zu finden war kein Problem gewesen; jeden Tag legten etliche dorthin ab. Es gab sogar einen regelmäßigen Schiffsverkehr in die freie Reichstadt, der alle elf Tage zu festen Tarifen angeboten wurde, aber darauf hatte Michiel nicht warten wollen. Nach Amsterdam zurückzukommen würde noch einfacher werden. Beim Hafenmeister hatte man ihm erzählt, dass die Hälfte aller Schiffe, die in Hamburg ablegten, die Niederlande zum Ziel hatten; ein Drittel Amsterdam.

Nicht einmal von seinen Freunden hatte Benjamin sich verabschieden können. Lediglich mit Theo hatte er sich ausgetauscht. Er hatte seinem Cousin über einen Boten eine Nachricht zukommen lassen, gleich darauf hatte dieser geantwortet; auch Theo war von seinem Vater bestraft worden. Was genau das bedeutete, wusste er nicht. Aber Theo meinte, irgendjemand müsste sie angeschwärzt haben, denn offenbar hatten die Büttel über detaillierte Informationen verfügt. Inzwischen bedauerte Benjamin vieles: dass er seiner Arbeit nicht mit mehr Sorgfalt nachgegangen war, dass er die Öl-Uhr vergessen hatte, am meisten aber, dass er seinen Posten beim Stadhuis verloren hatte.

Ruderboote steuerten auf sie zu und rissen Benjamin aus seinen Gedanken. Reisende gaben ihren Regenschutz auf und eilten zur Hafenkante. Unwillkürlich vergewisserte Benjamin sich seines Geldbeutels, dann wischte er die Regentropfen von seinem Reisekoffer. Nicht dass seine Bücher und die Unterlagen nass wurden!

Er dachte an den Abschied von seinem Vater und seinem Bruder. Michiels enttäuschtes Schweigen hatte er kaum ertragen. Daan hatte ihm hingegen einen Sinnspruch von Vater Cats mit auf den Weg gegeben: »Man muss ein Paar Narrenschuhe verschleißen, ehe man weise wird.« Ein Narr war er, wahrlich. Das hatte er nun davon. Immerhin hatte Daan versprochen, seine Korrespondenz zu sammeln und ihm nachzuschicken. Ja, die Ereignisse setzten ihm zu, das musste Benjamin sich eingestehen. Ob er je weise werden würde? Je ein nützliches Mitglied dieser Gesellschaft?

Der Ruderer rief die Fahrgäste der *Seuten Deern* zu sich. Was war das überhaupt für ein Name? Ein holländisches Schiff schien das nicht zu sein. Hoffentlich ging das gut …

Benjamin fasste mit an, als seine Reisekiste an Deck gehoben wurde; schließlich hatte er seine besten Anzüge und einige seiner technischen Geräte dabei. Vorsichtshalber hatte er auch seinen pelzgefütterten Mantel eingepackt. Wer wusste schon, wie weit der Hausbau gedeihen würde, ehe der Frost einsetzte. Und ob er dann schon wieder nach Hause zurückkonnte. Den kleinen Lederkoffer trug Benjamin lieber selbst.

»Wartet! Ich eile herbei! Nicht, dass der Schiffhalter ohne mich gelichtet wird!« Ein edel gekleideter junger Mann rannte auf das Boot zu, unter die Arme hatte er Bücher und Zettel geklemmt. Seine dunklen Locken flatterten im Wind, auf der Stirn klebten hingegen Haarsträhnen wie die letzten Zinken eines alten Kamms. Eine der Zettelsammlungen unter seinem Arm fiel hinunter, er bückte sich, doch der Wind hatte die Bögen bereits auseinandergetrieben. »Oh nein! Nicht in die Pfützen!« Ungeschickt und zum Amüsement der anderen Reisenden versuchte er, seine Habseligkeiten einzusammeln, doch nun segelten auch die restlichen Papiere zu Boden. Benjamin sprang kurz entschlossen vom Boot und half mit. Schließlich hatten sie alles wieder aufgesammelt.

»Nun macht schon, wir haben nicht ewig Zeit!«, rief der Bootsmann unwirsch.

»Wer wird denn gleich so grantig sein? Es hat doch nur einen Zeitblick gedauert!«, rief der junge Mann aus.

»Zeitblick? Schiffhalter?«, wunderte Benjamin sich, als sie im Ruderboot nebeneinandersaßen.

»Minute. Anker. Gute deutsche Wörter statt ausländischer Beimischungen«, sagte der junge Mann. Er hatte eine große Nase und einen scheuen Blick. Zunehmend verzweifelt versuchte er, Ordnung in den nassen Haufen Papier zu bringen, der auf seinen Knien klebte.

Benjamin störte ihn nicht mehr. Sie würden bei der Reise noch genügend Zeit haben, um sich zu unterhalten. Außerdem machte sich jetzt, wo sie sich vom Hafen entfernten, ein Kribbeln im Magen bemerkbar. Er war noch nie auf einem so großen Schiff, noch nie länger auf See gewesen. Trotz allen Ärgers, trotz seines Abschiedsschmerzes begann er sich ein wenig auf dieses Abenteuer zu freuen.

Mit einer Seilwinde wurden das Gepäck und die letzten Waren auf das hohe, dickbauchige Schiff gehievt. Benjamin bot seinem Reisegefährten an, ihm einige Papiere abzunehmen.

»Habt Dank. Ich bin eigentlich ein erfahrener Reisender und begreife nicht, warum sich mir heute diese Widrigkeiten entgegenstellen.«

Nacheinander kletterten sie das Fallreep empor. Als sie an Deck waren, machten sich die gesammelten Papiere seines Mitreisenden jedoch von Neuem selbstständig. Benjamin wandte sich ab und achtete darauf, dass seine Kiste gut verstaut wurde.

»Man kann nicht vorsichtig genug sein, nicht wahr? Schließlich könnte auch Gesindel an Bord sein.« Ein Mann um die dreißig, mit gepflegter Kleidung und kürzeren, in der Mitte gescheitelten Haaren sowie dichtem Schnauzbart hatte ihn angesprochen. Er redete mit einem seltsamen Zungenschlag. Ein Engländer vielleicht? Seine behandschuhten Hände wiesen vage auf das nördlich gelegene Ufer Volenwijk, wo die Leichen der Hingerichteten im Wind baumelten. »Kriminelle gibt es schließlich genug. Möglicherweise bekommen wir es auf der Reise nicht nur mit hohem Wellengang, sondern auch mit Kaperern zu tun. Sichert Euch besser einen Platz in der Kajüte, es könnte eine raue Überfahrt werden.«

»Meint Ihr, uns droht auch auf dieser Route Gefahr? Es geht doch eigentlich nur an der Küste entlang«, sagte Benjamin.

»Alle Schiffe, die Amsterdam verlassen, sind gefährdet. Schließlich wissen die Räuber, was gut ist. Die holländischen Schiffe sind für sie wahre Goldesel. Oft lungern die Piraten auch in der Elbmündung herum.«

Die Elbe, das war der Fluss, der nach Hamburg führte, das hatte Benjamin eben noch gesehen, als er auf dem Weg in der Druckerei Halt gemacht hatte; dort hatte es eine recht gute Stadtansicht von Peter Kaerius gegeben. Vor allem die Vielzahl an hohen Kirchtürmen und kleinen Türmchen hatte Benjamin beeindruckt. »Aber handelt es sich nicht oft um englische Kaperfahrer? Und seid Ihr nicht Engländer?«, fragte er nach.

Der Mann lachte. »Ja, genau so ist es. Aber deshalb muss ich das Verhalten meiner Landsleute ja noch lange nicht gutheißen.«

Jemand rief etwas. Die Matrosen legten hektische Betriebsamkeit an den Tag. Es schien sich um eine gemischte Besatzung zu handeln, denn Benjamin hörte verschiedene Sprachen. Da Deutsch und Niederländisch einander sehr ähnlich waren, konnte Benjamin einiges verstehen. Auch der Engländer gab seinem Gehilfen, einem jungen Mann mit fahlem Haar und hellgrauen Augen, die wie ausgewaschen wirkten, einige Anweisungen.

Plötzlich bewegte sich das Segel in Benjamins Richtung. Beinahe hätte er einen Schlag abbekommen, aber jemand zog ihn beiseite.

»Obacht! Ihr seid wohl noch nicht oft zur See gefahren?« Das war ebenfalls deutsch gewesen. Sein Retter war um die fünfzig, ein freundlich wirkender Mann mit pfeffer- und salzfarbenem Haarschopf und sonnengegerbtem Gesicht.

Benjamin lachte vor Erleichterung auf. »Nein, noch nie, ehrlich gesagt. Ich habe lieber Erde unter den Füßen. Benjamin Michielsz Aard, Architekt und Maler«, stellte er sich vor.

»Hinrik Broders, Handelsgärtner«, sagte der Mann, der Benjamin vor dem Schlag bewahrt hatte.

Der Bärtige, der neben ihnen stand, ging dazwischen. »Oliver Cooper, Unternehmer aus London, in Hamburg ansässig.«

Benjamin fand den Einwurf zwar unhöflich, aber zugleich auch interessant. »Seid Ihr ein *Merchant Adventurer*?«, fragte er, denn ihm gefiel diese Bezeichnung der Handelsgesellschaft der englischen Fernkaufleute.

»Abenteuerlich geht es in meinem Gewerbe wirklich oft zu.«

»Das habe ich schon gehört. Mein Onkel ist ebenfalls im Tuchgeschäft tätig. Er selbst besitzt eine Manufaktur in Leiden. Seine Verwandten in London handeln ebenfalls mit Tuchen.«

»Tatsächlich? Wie heißt er?«

Als Benjamin es sagte, merkte sein Gegenüber auf. Doch ehe sie weiterreden konnten, wurden sie unterbrochen. »Und ich bin Philipp Zesen. Dichter, Übersetzer und Mitglied der angesehenen Fruchtbringenden Gesellschaft«, stellte der Gelehrte sich vor. Er trug seine widerspenstigen Papiere inzwischen mit einem Band verschnürt unter dem Arm.

»Von dieser Gesellschaft habe ich noch nie gehört«, sagte Benjamin.

»Vielleicht ist Euch der Name Palmenorden eher geläufig. Wir rühmen uns der Pflege der deutschen Sprache und –«

In diesem Augenblick schien Amsterdam in Bewegung zu geraten. Benjamin wurde kurz schwindelig. Aber es war nur das Schiff, das den Anker gelichtet hatte.

»Es geht los! Ist das Reisen nicht immer eine Freude! Mein Herz, es jauchzt!«, rief Zesen mit Blick auf Amsterdam aus.

Seine Begeisterung steckte Benjamin an. Das Schiff, die vielen verschiedenen Menschen an Bord, die Kleidung von Cooper und Zesen, die auf den zweiten Blick abgetragen wirkte, die freundliche Gelassenheit im Blick des Handelsgärtners. Kurz war er versucht, sein Skizzenbuch herauszuholen, um einiges davon festzuhalten.

In stillem Einverständnis sahen Benjamin und die Männer von der Reling auf den Hafen und Amsterdam hinaus. Ihm wurde das Herz schwer, als er noch einmal die Stadtmauern, die Türme, die Handels- und Wohnhäuser und die verschiedenartigen Brücken in sich aufnahm. In Amsterdam kannte er jede Gracht und jede Straße. Er wusste, wo er den elegantesten Marmor oder die besten Ziegel bekam, kannte die kundigsten Buchhändler und jeden Treffpunkt seiner Freunde. Wie würde es ihm in Hamburg ergehen, wo ihm alles unbekannt war? Und durfte er seine Heimat in dieser Lage überhaupt alleinlassen? In der Stadt und der Republik herrschte ein fragiles Gleichgewicht, und niemand wusste, wie lange es halten würde. Andererseits war er entschlossen, das Beste aus dieser Situation zu machen. Er würde seinem Vater beweisen, dass er fähig und zuverlässig war.

Auf der Suche nach einem Konversationsthema sagte Benjamin: »Es ist schon seltsam. Seit ich klein bin, kenne ich mich mit Schiffen aus. Ich weiß, was eine Galiot ist, eine Galeere, eine Pinasse oder eine Fleute. Aber auf einer gewesen bin ich noch nie.«

»Ich schlage den Begriff Walschiff statt des fremden Wortes Galeere vor«, warf Philipp Zesen ein.

Broders ignorierte diese Spitzfindigkeit. »Dann könnt Ihr auch nicht von Euch behaupten, dass Ihr Euch mit Schiffen auskennt, Mijnheer«, erklärte der Handelsgärtner an Benjamin gewandt.

»Das mag sein«, gab Benjamin zu. »Sie sieht eigenartig aus, diese Fleute mit ihren sich verjüngenden Bordwänden. Liegt das Schiff dadurch besonders gut im Wind?«

»Das auch. Vor allem aber kommt es billiger.«

»Weil man Holz spart?«, fragte Benjamin.

Broders lachte. »Nein, das nicht. Das büschen Holz macht den Kohl nicht fett. Durch die schmaler werdenden Bordwände ist die Deckfläche gering, weshalb man im Sund weniger Zoll entrichten muss. Der Sund, das ist – «

»Ich weiß schon: die Meerenge bei Dänemark, die zur Ostsee führt.«

»Genau. Die Fleute kann mit ihrem ausladenden Rumpf trotzdem viel Ladung aufnehmen. Sie hat wenig Tiefgang, sodass sie für die flachen holländischen Gewässer gut geeignet ist. Mit Steuerrad statt Ruderpinne lässt sie sich leichter navigieren als eine Galeone und benötigt eine kleinere Mannschaft.«

Philipp Zesen stimmte zu: »Die Fleute ist ein Grund für den Erfolg der Holländer auf den Weltmeeren. Deshalb haben alle anderen Nationen diese holländische Erfindung abgekupfert. Vor allem die Deutschen.«

Der Handelsgärtner sagte empört etwas auf Deutsch, was Benjamin so schnell nicht verstand. Zesen übersetzte bereitwillig. »Er sagte, wir hätten überhaupt nichts abgekupfert.«

Nun mischte sich auch Oliver Cooper ein. »Natürlich habt Ihr das, genau wie die anderen Nationen. Ich nehme uns Engländer da nicht aus. Erfolg erkenne ich neidlos an. Wenn ich den Niederländern auch so manches übelnehme. Ich sage nur: Amboyna.«

Benjamin wusste sofort, was Cooper meinte: das Massaker auf der ostindischen Insel. Im Zuge von Handelsstreitigkeiten waren im Auftrag der Ostindischen Kompanie zwanzig Männer, die Hälfte davon Engländer, gefoltert und hingerichtet worden. »Das hat sich lange vor meiner Geburt zugetragen.«

»Und doch ist Amboyna ein Dorn im Fleische eines wahren Engländers.«

Auch das wusste Benjamin. Schließlich wurde das beschämende Massaker regelmäßig durch Flugschriften in Erinnerung gerufen. »Ihr kennt Euch gut mit Schiffen aus, Mijnheer Broders. Vermutlich reist Ihr oft nach Holland. Bei uns in Amsterdam gibt es bekanntermaßen die größte Auswahl an exotischen Pflanzen«, sagte er, um zu einem unverfänglicheren Thema zurückzukommen.

Hinrik Broders nickte. »Heuer habe ich einige interessante Tulpenzwiebeln und Kaiserkronen erstehen können. Ich verkehre aber auch mit Händlern in anderen Ländern. Aus Italien bekomme ich beispielsweise Orangenbäumchen. Dazu betreibe ich Pflanzenzucht und Samenhandel. Alle Hamburger Garten-Enthusiasten kaufen bei mir vor dem Dammtor.«

Philipp Zesen fröstelte sichtlich. Oliver Cooper schlug ebenfalls den Kragen hoch. »Lasst uns hineingehen. Dort ist es gemütlicher.«

Benjamin überlegte, ob er noch einmal nach seinem Gepäck sehen sollte. Aber das Wichtigste trug er ja ohnehin am Leib und in seinem Lederkoffer.

»Sorgt Euch nicht«, meinte Cooper, der seinen suchenden Blick offensichtlich bemerkt hatte. »Unterwegs wird kaum etwas verschwinden. Wenn wir anlegen, müsst Ihr aufpassen.«

Benjamin lud Broders ein, sich zu ihnen zu gesellen. »Begleitet uns doch, es gibt sicher viel zu erzählen.«

Die Kajüte war bereits sehr verraucht. An Fässern saßen die Reisenden und spielten Karten oder würfelten, andere hatten ihre Tabaksdosen herausgeholt oder nahmen eine Brotzeit zu sich. Viele schienen regelmäßig auf dieser Strecke unterwegs zu sein. Benjamin verspürte ein flaues Gefühl im Magen. Obgleich sie die offene See noch nicht erreicht hatten, schaukelte das Schiff schon erheblich.

Schnell nahm er auf einer schlichten Holzbank Platz. Cooper ließ sich von seinem Gehilfen, der in der Nähe wartete, einfache Holzbecher bringen, dann zog er eine Silberflasche aus der Jacke. »Einen Genever?«

Der Gelehrte und der Handelsgärtner lehnten sofort ab, aber Benjamin trank einen Schluck. Würzig rann der Wacholderschnaps durch seine Kehle. »Berichtet mir, was habt Ihr in Amsterdam getrieben? Wo reist Ihr hin?«, nahm er die Plauderei auf.

»Ich habe mich in Amsterdam mit anderen englischen Kaufleuten ausgetauscht. Bin schon lange in Hamburg ansässig«, berichtete Cooper. »Tuch- und Zuckerhandel.«

»Die Zuckerbäckerei ist auch so ein Geschäft, das die Niederländer in andere Städte exportiert haben«, meinte Zesen. »Genauer gesagt: die Flamen. In Hamburg gibt es etliche Zuckerhändler, die ursprünglich aus Brabant stammen.«

Cooper nahm noch einen Schluck. »Man könnte meinen, Ihr seid selbst ein Niederländer, so wie Ihr sie verteidigt«, sagte er zu dem Gelehrten.

»Diese große Nation benötigt meine Verteidigung nicht. Ich beschreibe nur, was ist. Aus der Nähe von Dessau stamme ich, studiert habe ich in Wittenberg. Die Amsterdamer Drucker schätzen mich als Übersetzer.«

Cooper schien dieses Thema nicht zu interessieren, denn er begann, Benjamin nach seiner Familie und seiner Arbeit auszufragen. Bereitwillig gab Benjamin Auskunft. »Großvater war Mitglied der Amsterdamer Vroedschap, und bald könnte auch mein Vater mit einem Sitz beehrt werden. Ich selbst habe am neuen Stadhuis mitgebaut. Soll ich Euch einige architektonische Entwürfe meiner Familie zeigen?«

»Mich interessiert mehr Euer Onkel, der Tuchhändler.«

»Ich würde gerne zunächst die Entwürfe sehen. Wirklich!«, beharrte Philipp Zesen. Nachdem Cooper zustimmend gebrummt hatte, holte Benjamin daher die *Architectura Aard* aus dem Lederkoffer, den er unter seinen Sitz geschoben hatte.

Zesen betrachtete die Entwürfe beeindruckt. »Und nun wollt Ihr in Hamburg bauen?«

»In der Tat«, sagte Benjamin, und schluckte trocken, um die Übelkeit zu verdrängen. »Ein Haus. Für einen niederländischen Kaufmann, der in Hamburg ansässig ist.«

»Die niederländischen Gemeinden in Hamburg und auch in Altona sind groß und einflussreich. Etliche Niederländer haben es in der Stadt weit gebracht. Wenn ich allein an die Familie Amsinck denke, die bis in den Hamburger Rat aufgestiegen ist ...«, meinte Zesen. »Auch für die Notleidenden setzten die Niederländer sich ein, dafür haben sie die niederländische Armenkasse eingerichtet.«

»Da ... davon habe ich noch nie gehört. Hamburg scheint wirklich eine interessante Stadt zu sein«, brachte Benjamin mühsam hervor. Neben ihnen hatte sich bereits ein Fahrgast übergeben. Einer der Schiffsjungen wischte die Lache auf, er wirkte so grünlich im Gesicht, als rebellierte sein Magen ebenfalls. »Mir ... war lediglich bekannt, dass ein Niederländer den ... Hamburger Festungswall gebaut hat. Ist doch so, oder?«

Der Handelsgärtner nickte. »Johan van Valckenburgh hat dazu beigetragen, dass Hamburg im Dreißigjährigen Krieg nicht überrannt und geplündert wurde, das ist wahr.«

»Dazu beigetragen?«, fragte Zesen. »Ohne van Valckenburgh ...«

Doch Benjamin konnte dem Gespräch nicht weiter folgen, denn er spürte, dass er seinen rebellierenden Magen nicht länger unter Kontrolle halten konnte, und eilte hinaus aufs Deck.

Es war eine raue Überfahrt, bei der sie ordentlich durchgeschüttelt wurden. Lange Zeit verbrachte Benjamin an der Reling, krallte sich ins Holz und übergab sich. Immer wieder kamen ihnen Schiffe entgegen, andere überholten sie in einiger Entfernung. Wäre es ihm nicht so schlecht gegangen, hätte er den Anblick wohl genießen können, denn der Himmel war aufgerissen. Eine derartige Weite hatte er noch nie erlebt. Dass sein Cousin Theo an Land bleiben wollte, war dennoch nachvollziehbar – dieses Geschaukel war ja nicht auszuhalten!

Plötzlich gellte ein Schrei über das Deck. Sofort kam Bewegung in die Schiffsmannschaft. Benjamins Übelkeit verflog prompt. »Was ist los?«

Niemand nahm sich die Zeit, ihm zu antworten. So lief er zu Kapitän und Steuermann auf die Brücke.

»Englische Kaperfahrer, verdammich – wir müssen diesen Halunken davonsegeln! Die *Seute Deern* muss zeigen, was sie kann!«, rief der Kapitän gerade.

Der Steuermann scheuchte Benjamin weg. Gebannt sah er von der anderen Seite des Schiffs zu, wie ein Wettrennen zwischen den Schiffen entbrannte. Schließlich konnte ihre Fleute den Kaperern davonfahren. Benjamin war so gefesselt, dass er gar nicht mitbekommen hatte, wie Hinrik Broders neben ihm aufgetaucht war.

»Es wird Zeit, dass etwas gegen diese Kaperer getan wird. Diese Überfälle nehmen überhand und können doch auch den Amsterdamer Kaufleuten nicht recht sein«, meinte der Handelsgärtner. Er seufzte. »Vermutlich seid Ihr jetzt froh, ins beschauliche Hamburg zu kommen. Denn gegen Amsterdam ist Hamburg in der Tat beschaulich, genau wie jede andere Stadt – London und Paris vielleicht ausgenommen.«

»So ist es wohl«, sagte Benjamin ausweichend. Beinahe hätte er dem Handelsgärtner erzählt, wie es zu dieser Reise gekommen war. Stattdessen berichtete er von seinem Auftrag.

»Seid froh über diese Gelegenheit! Früher bin ich oft und gerne im Auftrag der Hamburger Bürgermeister auf Handels- und Erkundungsreisen gewesen«, meinte Broders.

Auch Cooper und Zesen waren inzwischen zu ihnen an Deck

gekommen. Der Engländer versorgte ihn noch einmal mit Genever, was Benjamins geschundenem Magen gut zu tun schien. Als es dunkel wurde, holte er seinen Reisekoffer, knüllte seine Jacke wie ein Kissen und verbarg seine Geldbörse darunter. Das Schiff knarzte, sein Unterleib krampfte, und er lauschte den fremden Stimmen, sodass er kaum in den Schlaf kam.

Plötzlich fuhr er auf, einen ekelerregend sauren Geschmack im Mund. Nein, er wollte sich nicht hier neben seinen Kabinennachbar übergeben!

Er kam mühevoll auf die Füße und taumelte hinaus. Als sich sein Magen halbwegs beruhigt hatte, ging ihm mit Schrecken auf, dass er seine Börse und seinen Lederkoffer schon viel zu lange unbeobachtet gelassen hatte.

***

Theo stapfte missmutig seinem Vater hinterher. Auch wenn Kris ihm nicht gesagt hatte, wohin sie wollten, schwante ihm Böses. Nachdem sein Vater ihn mit einer Ohrfeige niedergestreckt hatte, hatten sie kein Wort mehr miteinander geredet. Kurz hatte Theo mit dem Gedanken gespielt abzuhauen – aber wollte er das wirklich? Es gab keinen anderen Ort, an dem er leben wollte. Wie Benjamin in eine ferne Stadt ziehen zu müssen wäre für ihn eine harte Strafe. Ohne Geld, ohne beendete Ausbildung – nein, das wäre nichts für ihn. Was hatte sein Vater vor? Er hatte ihn lediglich gebeten, ihn zu begleiten. Ging es um eine der Verhandlungen, für die Kris manchmal einen Zeugen oder Schreiber benötigte?

Theo schlang seinen Radmantel enger um sich. »Mein Lehrherr erwartet mich. Er kann meine Hilfe nicht mehr lange entbehren. Wir haben heute einen Starstich.«

»Mit dem Wundarzt habe ich schon gesprochen«, sagte Kris knapp.

Davon wusste er nichts. Das war kein gutes Zeichen. Als sie auf die Halbinsel Rapenburg zusteuerten, verstärkte sich Theos Unwohlsein noch. Rauch schwängerte die Luft. In den Duft von Gewürznelken, Muskat und Pfeffer mischte sich hier der Gestank des Teeres, mit dem die auf der Seite liegenden Schiffe kalfatert wurden. So stark roch es, dass Theo sich beinahe wie eine einbalsamierte Leiche vorkam.

Überall wurde gehämmert und gesägt, geschleppt und geschrien. Wider Willen war Theo beeindruckt. Die Mechanik des Handels, ein Uhrwerk der Betriebsamkeit. Ein imposantes Gebäude mit Ziergiebeln, vorspringenden Dächern und Säulenreihen kam in Sicht, das an zwei Seiten am Wasser lag und von kleinen und großen Booten umlagert wurde: Lastboote, die den Proviant für die Fernhandelsschiffe aufnahmen.

»Was wollen wir am Packhaus der Westindischen Kompanie? Ich denke, der Handelsgesellschaft geht es schlecht?«, fragte er nervös.

»Das wirst du gleich sehen.« Kris drängte sich an Seeleuten vorbei, die anstanden, um sich für die Arbeit auf den Schiffen zu bewerben. Einer der Direktoren kam, und sofort machten alle respektvoll Platz. In Indien saß die Vereinigte Ostindische Kompanie auf dem Thron. Die Heren XVII, also die Direktoren der Ostindischen Kompanie, waren deshalb die mächtigsten Männer der Stadt, mächtiger als die Politiker, weil sie für den Reichtum Amsterdams sorgten. Die Leiter der Westindischen Kompanie standen ihnen nur wenig im Ansehen nach, obwohl in diesem Teil der Welt wesentlich geringere Gewinne eingefahren wurden.

Sie passierten Räume, in denen sich fremdartige Muscheln bis zur Decke stapelten – Währung für die Eingeborenen – oder Pelze verpackt wurden, und einen Saal, in dem an die fünfzig Menschen Tabakblätter nach ihrer Güte sortierten.

Schließlich betraten sie ein Kontor, in dem auf einem Tisch diverse medizinische Geräte und Bücher wild durcheinanderlagen. Sein Vater begrüßte den Chirurgen, die beiden schienen sich gut zu kennen. Der Arzt schnitt gerade einem der Seeleute ein Geschwür am Fuß auf und brannte es aus; er ging dabei geschickt vor, das musste Theo zugeben.

Als der Matrose hinausgehumpelt war, geschah, was Theo befürchtet hatte: Sein Vater stellte ihn dem Arzt vor. »Das hier ist mein Sohn. Er kann dich auf die nächste Reise begleiten. Der Wundarzt, bei dem er bislang gelernt hat, ist zufrieden mit ihm. Schone ihn nicht, er hat etwas zu lernen.«

»Ich will lernen, aber nicht auf See!«, wandte Theo leise ein.

Der Chirurg musterte ihn prüfend. »Warum nicht? Bist du ein Feigling oder gar verweichlicht? Alles, was du als Schiffsarzt lernst, wird dir an Land dienlich sein.«

»So ist es.« Kris sah Theo an. »Es ist ganz einfach: Wenn du diesen Posten bei Meester Kwick nicht annimmst, verstoße ich dich. Wenn du aber nächstes Jahr zurückkehrst und dich bewährt hast, lasse ich mich vielleicht doch noch breitschlagen, was dein Studium angeht.«

Nach dem Gespräch mit dem Chirurgen war Theo noch einmal zu seinem Lehrmeister zurückgekehrt. Der Wundarzt warnte ihn, dass Schiffsärzte ihren Schülern nur wenig beibrachten, damit diese keine Konkurrenz für sie darstellten. Das solle er sich nicht gefallen lassen.

Abends duftete es im Haus nach exotischem Essen, wie sein Vater es liebte. Das Regal an der Wand wirkte dafür schon wieder kahler. Welches Erinnerungsstück hatte sein Vater dieses Mal verkaufen müssen? Die große Nautilusmuschel und der mit kunstvollen Ritzungen versehene Walzahn fehlten schon lange, auch das chinesische Porzellan war längst in fremde Hände übergegangen. Sein ganzes Vermögen und auch das große Erbe – alles hatte sein Vater in sein Schiff gesteckt. Beinahe tat Kris ihm leid. Die Wut, die er so lange gegen seinen Vater gehegt hatte, war im Moment verpufft. Zum ersten Mal seit langer Zeit konnte Theo ihn unbefangen betrachten. Einen Mann, dem die Jahrzehnte auf See die Erfahrungen wie Kerben ins Gesicht geschlagen hatten. Gleichzeitig ein Mann, der sich – das musste Theo zugeben – um die Seinen sorgte. Es war eine Mahlzeit ohne ein böses Wort, ohne Zank und Streit, worüber die ganze Familie erleichtert zu sein schien; nur seine Stiefmutter schmollte. Vermutlich war sie mit Vaters Entscheidung nicht einverstanden, denn Sorgen quälten sie jedes Mal, wenn dieser auf See war.

Nach dem Essen zogen sie sich zurück. Kris träufelte Ingwer-Soße auf seinen Tabak, steckte sich die Pfeife an und schenkte für sie beide Genever ein. Wie gleichberechtigt saßen sie da, zum ersten Mal, wie Theo erstaunt feststellte.

»Du fragst dich, warum ich dich zwinge, zur See zu fahren?«, begann Kris und schmauchte nachdenklich. »Du sollst ein echter Mann werden. Man mag von Christof Kwick halten, was man will, aber er ist einer der besten Schiffsärzte, die ich kenne. Längst könnte Kwick an Land mehr Geld verdienen, aber er entscheidet sich dafür, für die Menschen zu arbeiten, denen die Republik ihren Wohlstand verdankt – und auf die dennoch viele herabsehen. Wenn du diese Lehrzeit auf See durchgestanden hast, kannst du tun, was du willst, das sage ich dir zu. Aber vor allem habe ich einen Auftrag für dich. Du musst etwas zum Wohle der Familie erledigen. Ich kann es nicht selbst, weil ich demnächst nach Ostindien aufbrechen werde, dafür stehe ich im Wort. Und da du ja anders ohnehin nicht zu bändigen bist … «

***

Vor ihnen schälte sich eine Insel mit einem Wehrturm aus dem Dunst, dessen rotes Ziegeldach weithin leuchtete. Dazu kamen mehrere Holzgerüste, eins war gewaltig hoch; das musste ein Leuchtfeuer sein. Die Insel schien frisch eingedeicht. Benjamin sehnte sich sehr danach, wieder Land zu betreten. Nachts hatte er mit rasendem Herzen seine Geldbörse gesucht und das Geheimfach geöffnet, das sich im Boden seines Lederkoffers befand. Auch sein Wechselbrief war noch da gewesen. Glücklicherweise hatte niemand etwas von seiner Suche mitbekommen. Alle hatten fest geschlafen. Nur die Seekranken und einige Schiffsjungen waren noch unterwegs gewesen.

Die letzten Stunden waren mit angeregten Plaudereien dahingegangen. Besonders die Gespräche mit Philipp Zesen waren anregend, denn der Gelehrte interessierte sich für alles und kannte sich außerordentlich gut in der Geschichte aus. Außerdem hatte er Benjamin einige weitere nützliche Redewendungen auf Deutsch sowie etliche Begriffe beigebracht.

»Das ist Neuwerk. Das erste Stück Hamburg. Bald bin ich wieder in der Heimat«, sagte Broders.

»Dann sind wir gleich da?«, fragte Benjamin.

»Nein, so schnell geht das nicht«, wandte Zesen ein. »Neuwerk gehört zu Hamburg und soll die Elbmündung vor Seeräubern schützen. Das gelingt allerdings nicht immer.«

»Wie denn auch? Die englischen Kaperer sind dreist, und andere Seeräuber genießen den Schutz des dänischen Königs, der ja schließlich über Stade an der Elbe und Altona herrscht«, meinte der Handelsgärtner vorwurfsvoll.

»Welcher Kaperer ist nicht dreist? Es gibt keine seefahrende Nation, die nicht die eigenen Seeräuber toleriert, um die anderen zu schädigen – ist es nicht so?«, verteidigte Cooper seine Landsleute. Seine dunklen Augen wurden schmal, aber Benjamin konnte wegen des Barts nicht erkennen, ob er lächelte.

Cooper sah Benjamin von der Seite an. »Wo werdet Ihr in Hamburg unterkommen? Begebt Ihr Euch gleich zu Eurem Auftraggeber?«

Benjamin verneinte. Sein Vater hatte ihm geraten, dem Bauherrn sein Kommen zunächst mit einem Brief anzukündigen, um ihn nicht zu überrumpeln. »Ich werde mir eine Herberge suchen. Habt Ihr eine Empfehlung für mich?«

»Das müsst Ihr je nach Geldbeutel entscheiden. An der Heerstraße vom Steintor bis zum Millerntor gibt es eine Unzahl Gasthöfe. Am Speersort in der ›Goldenen Traube‹ steigen viele Kaufleute ab, auch die Holländer. Eine der besten Gasthöfe ist ›Der König von Frankreich‹ auf dem Burstah, gleich bei Nikolaikirche und Hopfenmarkt.«

»Dann werde ich es dort wohl versuchen.« Zum Glück hatte sein Vater ihm so viel Geld mitgegeben, dass er erst einmal über die Runden kommen würde.

12

Hamburg

Einige Stunden später erreichten sie die freie Reichsstadt. Benjamin staunte über die Elbe, die es tatsächlich ein wenig mit dem IJ aufnehmen konnte. Kein Wunder, dass in diesem breiten Strom die Kaperfahrer kaum aufgehalten werden konnten. Es schien zudem ein schwieriges Fahrwasser zu sein, denn immer wieder verästelte sich der Fluss, was die Strömungsverhältnisse unweigerlich veränderte. Außerdem gab es viele kleine Inseln, zwischen denen Tonnen und Baken mit dem Hamburger Wappen – einer weißen Burg auf rotem Grund – die Fahrrinne markierten. Der Kapitän und seine Mannschaft waren hochkonzentriert.

Die Landschaft war leicht hügelig, teilweise gab es in der Ferne sogar bergähnliche Erhebungen. Vermutlich erscheint es mir so, dachte Benjamin, weil unser Land noch viel flacher ist. Das Hamburger Umland wirkte mit seinen Feldern und Wäldern, dem Schwemmland und den Stränden fruchtbar. Sie passierten mehrere kleinere Hafenorte. Dann wuchs Hamburg am Ufer empor. Trutzig begrüßten die Bastionen die Reisenden. Der Festungswall war tatsächlich beeindruckend. Hätte Amsterdam so einen Stadtwall gehabt, hätten sie sich keine Sorgen machen müssen.

Benjamin wunderte sich über die Siedlung, die sich in unmittelbarer Nähe des Festungswalls befand. »Warum wurde diese Siedlung nicht in den Festungswall aufgenommen?«

»Da hätte sich der dänische König aber beschwert! Das ist Altona«, sagte Broders. Der Handelsgärtner betonte den Namen seltsam abgehakt.

»Das sagt mir nichts«, gab Benjamin zu, der sich über die Aussprache wunderte. »Was hat es mit diesem Ort auf sich?«

»Altona hätte zu Hamburg gehören können. Der dänische König hat erst in diesem Jahr angeboten, Hamburg als Freie Reichsstadt anzuerkennen und damit auf jegliche Hoheitsrechte gegenüber der Stadt zu verzichten. Er hätte sogar Ottensen, Altona, die Grafschaft Pinneberg und die Elbinseln an die Stadt verkauft. Aber der Hamburger Rat war zu geizig. Tscha, nun bleibt es Al-tho-na.«

Benjamin kam sich begriffsstutzig vor. »Was meint Ihr damit?«

»Altona liegt so nah an der Hamburger Stadtgrenze, dass der Rat es *all zu nah* findet, denn die Schauenburger Landesherren und jetzt der dänische König lassen den Bewohnern viele Freiheiten, was Handwerk und Religion angeht. Was auf der Großen und Kleinen Freiheit – den wichtigsten Straßen Altonas – passiert, gefällt den Hamburgern gar nicht. Vor allem die Bönhasen, die unzünftigen Handwerker, sind den Hamburgern ein Dorn im Auge. In Altona findet Ihr übrigens auch eine reformierte Kirche. Oder gehört Ihr den Wiedertäufern oder gar den Juden an? Auch die haben in Altona eine Heimat gefunden.«

»Wir sind Calvinisten, aber ich werde für den Kirchbesuch kaum Zeit haben, sondern mich erst einmal auf den Bau konzentrieren«, sagte Benjamin.

»Ich kann Euch einen Steinhändler empfehlen, mit dem ich öfter auf Handelsreisen war. Er hatte ein gutes Händchen für Gestein, und seine Witwe betreibt das Geschäft weiter, bis der Sohn alt genug ist. Hat sein Lager direkt am Vorsetzen. Nur gute Ware, zuverlässige Lieferung. Wenn Ihr möchtet, mache ich Euch bekannt«, bot Broders an.

Von den Werften und Trankochereien an Hamburgs Ufern stieg Rauch auf, Fischer warfen ihre Netze aus, und kleine und große Schiffe kreuzten die Elbe; zwischen den gegenüberliegenden Elbseiten schien ein reger Verkehr zu herrschen. Die Stadt selbst bot ein malerisches Bild: backsteinrote Häuser, hellrote Ziegel, weißes Fachwerk, Turm um Turm. Manche der Türme waren wie von Zuckerbäckern verziert, andere protestantisch-klar in den Formen und mit Kupfer beschlagen. Allerdings ...

»Sind etliche der Türme beschädigt, oder ist das der besondere Hamburger Baustil?«, fragte Benjamin.

»Die Stürme der letzten Jahre haben Sankt Nikolai und Sankt Katharinen zugesetzt«, erklärte Broders kühl. Er hatte die Bemerkung wohl als Kritik an seiner Heimat verstanden.

»Dafür sind sehr viele schöne Dachreiter und Turmlaternen zu sehen«, versicherte Benjamin ihm anerkennend.

»Die gehören den Hospitälern und Kapellen, von denen es in Hamburg eine große Zahl gibt.«

Benjamin untersuchte weiter das Stadtbild. Wie in Amsterdam war das Hafenbecken durch ein Baumhaus, Baumwälle und Schlagbäume geschützt. Dicke Pfosten ragten im Wasser auf, und der Kai war durch Eichenbohlen gesichert. »Der Hafen ist betriebsam, allerdings habe ich ihn mir größer vorgestellt«, sagte er.

Broders warf ihm einen bösen Blick zu.

Dieses Mal ergriff Zesen das Wort. »Ihr dürft nicht vergessen, dass Hamburg zwei Häfen hat. Der ältere Hafen befindet sich am Unterlauf des Flusses Alster am Nikolaifleet. Dort kamen die Waren aus Lübeck an. Diese Hansestadt war jahrhundertelang bedeutender, aber längst hat Hamburg ihr den Rang abgelaufen. Die Hamburger haben am Nikolaifleet einen Löschplatz samt Kran, Börse und Rathaus angelegt – zauberhaft. Dort hinten ist die Zufahrt zum Binnenhafen.«

Benjamins Blick folgte seinem ausgestreckten Arm. Während sich die Häuser an einigen Stellen dicht drängten und ungeordnet beieinanderzustehen schienen, wirkte der Westen recht luftig durch das viele Grün. Auf Wiesen leuchteten weiße Laken, die zum Trocknen auslagen.

»Diese Neue Stadt um Pesthof und Michel-Kapelle ist erst mit dem Bau des neuen Wallrings zum Stadtgebiet hinzugefügt worden«, erklärte Zesen weiter. »Ein eher ärmliches Viertel, sieht man von einigen Landhäusern und Lustgärten ab. Auch den Lauf der Elbe und der Nebenflüsse haben die Hamburger verändert – beinahe ein wenig wie in Holland. Allerdings hat Hamburg nicht einmal halb so viele Einwohner wie Amsterdam.«

»Ihr kennt Euch wirklich sehr gut aus«, sagte Benjamin.

»Ich interessiere mich eben dafür.« Zesen neigte sich zu ihm. »Dazu kommt, dass es von Vorteil ist, wenn man für mögliche Gönner ein Städtelob anstimmen möchte.«

»Deshalb seid Ihr hier?«, fragte Benjamin.

»Auch. Anfang September wird in der Stadt der Abschluss des Friedens von Münster gefeiert. Endlich haben die dreißig Jahre Krieg auch offiziell ein Ende, und wir können in eine neue Blüte der Kultur eintreten. In Hamburg wird das Fest mit besonderem Glanze gefeiert werden, denn die Stadt trägt einen wichtigen Anteil am Friedensschluss. Da sie keinem der Gegner zuneigte, sind die verfeindeten Parteien im Jahre 1641 hier zusammengekommen, um einen Vorfrieden zu schließen. Der berühmte Hamburger Kantor und Komponist Thomas Selle wird zu diesem Anlass ein beeindruckendes Werk vorstellen«, referierte Zesen. »Auch will ich mich mit den Mitgliedern der von mir in Hamburg mitbegründeten Deutschgesinnten Genossenschaft treffen. Wir rühmen uns der Pflege der deutschen Sprache.«

»Noch eine Sprachgesellschaft?«

»Kann es denn zu viele geben?«

Ihr Gespräch wurde durch das Anlegen unterbrochen. Benjamin steckte dem Schiffsjungen, der unerschüttert die Kajüte geputzt und ihm mit dem Gepäck geholfen hatte, eine Münze zu. Als er den ersten Fuß an Land setzte, fiel ihm auf, wie schmutzig alles war. Waren in Amsterdam jeder Weg und jede Straße gefegt, lagen hier Abfälle, Stroh und Tierkot – und tatsächlich sah er in einiger Entfernung

Schweine im Dreck wühlen. Vielleicht hätte er doch nicht die neuen Lederschuhe mit den eleganten Hacken anziehen sollen.

»Ja, das ist hier anders als in Eurer Heimat, nicht wahr? Mit der Sauberkeit haben es die Hamburger nicht so. Da ist es hier schon etwas … provinziell.« Oliver Cooper ignorierte Broders' finsteren Blick. »Ihr werdet sehen, dass es weitere Unterschiede gibt.«

Sie nahmen ihr Gepäck in Empfang. Kurzzeitig gab es einen Tumult, da auf der Fahrt offenbar etwas abhandengekommen war, doch der Kapitän ließ sofort nach dem Dieb suchen.

Benjamin reichte seinen Reisegefährten die Hand. Der Abschied von Philipp Zesen war etwas überhastet, da dieser bereits erwartet wurde. Das bedauerte Benjamin, denn der etwas fahrige Gelehrte war ein interessanter Gesprächspartner gewesen; er hätte ihm gerne viel Glück für seine vielfältigen Vorhaben gewünscht.

»Wenn Ihr möchtet, kann ich Euch bei Gelegenheit durch die Stadt führen, damit Ihr Hamburg von seiner besten Seite kennenlernt«, meinte Cooper.

»Sehr gerne«, nahm Benjamin das Angebot an. »Wo finde ich Euch?«

»Im English Court, dem Haus der *Merchant Adventurers* in der Gröningerstraße. Oder auf dem Bowling Green.« Benjamin hatte keine Ahnung, wo das sein sollte, aber auch Cooper schien es auf einmal eilig zu haben. »Ansonsten suche ich Euch auf. Ihr erwähntet ja, wo Ihr unterkommen wollt.«

Schließlich verabschiedete Benjamin sich auch von dem Handelsgärtner. »Ich wäre sehr daran interessiert, dass Ihr mich dem Steinhändler vorstellt«, betonte Benjamin noch einmal.

»Dann treffen wir uns morgen früh hier am Hafen und suchen den Steinhof gemeinsam auf. Ich muss ohnehin noch etwas am Hafen erledigen. Bis dahin dürften meine Pflanzen versorgt sein.«

Der Karrenfahrer wollte Benjamin auch den kleinen Lederkoffer abnehmen, aber das ließ er nicht zu. Seinen kostbarsten Besitz unter dem Arm folgte er ihm durch die Stadt. Anscheinend hatte es in Hamburg ebenfalls viel geregnet, denn das Straßenpflaster war rutschig vor Matsch. Dazu kam der Unrat, der aus den Häusern auf die Straßen gekippt wurde. Die Hamburger schien das allerdings nicht zu stören. Benjamin sah sogar Hökerinnen, die schwere Karren durch den Schlamm zogen. Auf gewaltigen Kutschen wurden hohe Stapel aus Bierfässern transportiert. Kräftige Männer trugen Balken über der Schulter, an denen Wassereimer baumelten, und riefen: »Water, frisch Water!« Höker priesen ihre Waren an, in einem nuscheligen Zungenschlag, den er beim besten Willen nicht verstehen konnte. Fachwerkhäuser wechselten sich mit Steinhäusern ab, so prächtig wie die Amsterdamer war in Benjamins Augen aber keines. Die meisten Häuser waren mehrere Stockwerke hoch und kragten weit über, sodass die Gassen und Straßen eng wirkten; vermutlich wurde auch hier die Steuer nach der Grundfläche berechnet. Bei manchen Fachwerkhäusern waren die Balken mit hübschen Schnitzereien verziert und bemalt. Auch gab es seltsame Vorsprünge an Häusern, Erkern ähnlich. Als er eine Frau, die gerade ihr Waschwasser in den Kanal entleerte, danach fragte, wunderte die sich, dass er die Utluchten nicht kannte. Benjamin machte sich in Gedanken eine Notiz. Auf der Alsterschleife glitten die Boote gen Stadtmitte. Schließlich hatten sie den Platz an der Nikolaikirche erreicht, auf dem sich unzählige Marktstände drängten.

Der Gasthof war ein hohes Steinhaus, architektonisch eine seltsame Mischung, in der er durchaus niederländische Einflüsse zu erkennen glaubte. Benjamin war so euphorisch, dass er den hohen Zimmerpreis hinnahm. Ohnehin schien der Wirt selbst ein eingebildeter Schnösel zu sein, wie viele seiner Gäste. Benjamin nahm sich vor, gleich morgen – oder besser nachher noch – nach einer neuen Unterkunft zu suchen, sonst wäre sein Geld schnell und vor allem an falscher Stelle ausgegeben.

In der dumpfen Kammer riss Benjamin das Fenster auf. Unter ihm auf dem Hopfenmarkt tobte und lockte das Leben. Er sollte seinem Vater und Daan schreiben, dass er gut angekommen war. Allerdings spürte er auch die Strapazen der Reise. Sollte er sich erst einmal aufs Ohr hauen und etwas Schlaf nachholen? Er ließ sich auf das Bett fallen und lauschte den Geräuschen der fremden Stadt. Eine Stimme zog seine Aufmerksamkeit auf sich; oder besser: das, was sie sagte.

»Diese Versteinerung hier ... ebenfalls direkt aus dem Orient importiert. Die Gelehrten sind sich einig, dass es sich dabei um einen Zeugen der Sintflut handelt ...« Man konnte gar nicht weghören, so laut war der Kerl. Außerdem sprach er sehr gewählt. Da war an Schlaf nicht zu denken, zumal seine Worte interessant klangen. »... ein Zeuge der damals ertrunkenen Menschen und Tiere und erinnert uns an Gottes Macht. Ich gebe das Fossil nicht gerne weg, aber eine Notlage zwingt mich ...«

Benjamin sprang auf und neigte sich aus dem Fenster. Unter ihm präsentierte ein dünner Kerl in einem altertümlichen dunklen Anzug, dessen grau melierte Haare strähnig unter einem Hut herauslugten, etwas auf einem Samttuch. Daneben ein Ehepaar. Die Dame war wie viele Hamburger Frauen sehr schlicht gekleidet. Zu Haube und Halskrause trug sie einen Umhang, dessen oberer Teil zusammengenäht und mit einem Quast verziert war. Ein wenig sah es aus, als ob sie ein Zelt trüge. Reiche Hamburger Damen schmückten sich anscheinend gerne mit schweren Goldketten und goldenen Ringen, auch diese hier.

»Das wäre doch eine Zierde deiner Kuriositätensammlung«, sagte die Dame gerade.

Plötzlich drängte es Benjamin, das Fossil zu sehen, auch wenn er kein Geld dafür erübrigen konnte. Kurz entschlossen schnallte er den Gürtel mit der Geldbörse um und versteckte seine Wertsachen und den Lederkoffer. Hut auf und los. Auf dem Hopfenmarkt, in der Nähe des Gasthoffensters entdeckte Benjamin den Verkäufer. Gerade ging er schnellen Schrittes davon, in der Hand seinen kleinen Samtbeutel.

Benjamin eilte ihm nach. »Verzeiht, ich kam eben nicht umhin, Eurem Gespräch zu lauschen. Um was für ein Fossil handelt es sich? Oder habt Ihr es gerade verkauft?«

Der Mann blickte ihn durch die dicken Gläser eines Nasenquetschers an; er hatte einen leichten Silberblick, der ihm etwas Sympathisches gab. »Nein, leider nicht. Allerdings mangelt es mir an Zeit. Wenn Ihr mich entschuldigen würdet.« Er ging weiter.

Benjamin folgte ihm. »Ich kenne mich ein wenig mit Versteinerungen aus. Höchst interessant, sie mithilfe eines Mikroskops zu untersuchen. Leider bin ich noch nicht dazu gekommen, meine neuen Linsen auszuprobieren, die ich in meiner Heimat Amsterdam anfertigen ließ.«

Ein wenig verlangsamte der Mann seine Schritte. Er ruckelte an der Brille, die nur schlecht auf dem schmalen Nasenrücken zu klemmen schien. »Aus Amsterdam kommt Ihr? Eine Stadt überaus großer Gelehrsamkeit.«

Sie hatten eine Seitengasse erreicht. »So zeigt mir doch bitte das Fossil, wenigstens kurz«, bat Benjamin.

Der Mann hielt inne und öffnete sichtlich widerstrebend den Samtbeutel. Trotz der sommerlichen Temperaturen trug er Handschuhe. Benjamin betrachtete das Fossil, das wie eine Schnecke wirkte. Ein schönes Stück.

»Glaubt Ihr wirklich, dieses Lebewesen bezeugt die Sintflut?«, fragte Benjamin und musterte das ovale Gesicht mit den klaren Zügen, den kräftigen Brauen und den graublauen Augen, das durch den struppigen Schnauzbart beherrscht wurde.

Hinter ihnen auf dem Platz waren laute Stimmen zu hören. Empörte Hilferufe. Der Fossilienverkäufer steckte den Finger in den Kragen, als wäre ihm heiß. »Warum sonst hätte der Herrgott es derart für die Nachwelt bewahren sollen? Wollt Ihr die Versteinerung kaufen? Ich mache Euch einen guten Preis, denn Ihr habt sicher auch gehört, dass ich in einer Notlage bin.«

Der Preis, den er nannte, war annehmbar. In Amsterdam wäre die Versteinerung ein Vielfaches wert. Es war also genau genommen ein gutes Geschäft, selbst wenn er sie wieder verkaufen würde. Benjamin klaubte die Münzen aus seiner Börse. Kaum hatten Geld und Fossil den Besitzer gewechselt, bedankte sich der Mann und eilte davon.

Benjamin brachte das Fossil in sein Zimmer und ging anschließend auf den Platz zurück. Dort hatten sich Gaffer um ein Paar versammelt; offenbar waren die Frau mit der Goldkette und ihr Gatte bestohlen worden. Jetzt trafen zwei Büttel ein.

In Städten ist es wohl überall dasselbe, dachte Benjamin, wo Geld ist, ist auch Gefahr. Er konsultierte die Auslage einer Druckerei, kam mit dem Drucker ins Gespräch und erkundigte sich danach, wo sich der Brook befände.

»Ihr meint bestimmt den Brook beim Wandrahm, gleich beim Kalkhof, da lassen viele Eurer Landsleute bauen. Ist nicht weit. Ihr müsst nur über den Grimm. Richtung Grasbrook. Geht nicht auf den Cremon.«

Benjamin musste den Drucker ratlos angestarrt haben, denn dieser lachte. »Der Wandrahm ist wie Kehrwieder eine Insel.«

»Kehrwieder?«

»Eine Sackgasse. Deshalb kehrt man immer wieder. In der Nähe, vor dem Brooktor, sind Wall und Stadtgraben samt der Bastion Ericus. Schöne Häuser werden da gebaut. Holländischer Brook und Holländische Reihe nennen wir die Straßen.«

Das könnte dann die Ecke sein, wo auch nach Philips Vingboons' Entwurf gebaut wurde. Benjamin machte sich auf den Weg. Dass auch Hamburg eine Wasserstadt war, gefiel ihm, denn die Grachten erinnerten ihn an Amsterdam. Allerdings schienen etliche dieser Kanäle nicht ordentlich durchspült zu werden, denn sie stanken gewaltig. Auch sonst gab es für tüchtige Bauleute und Architekten viel zu tun.

Ein Stück weiter roch es ebenfalls intensiv. Den Geruch kannte Benjamin gut: Mälzereien. Jetzt ein Bier und dazu eine Mahlzeit; zuletzt hatte er auf dem Schiff gegessen. Schon bei dem Gedanken lief ihm das Wasser im Mund zusammen. Er fand eine Taverne am Fleet, aß Bratfisch und trank ein kühles Bier – beides war köstlich.

Frisch gestärkt fragte er sich weiter durch. Schließlich war er da. Der Verlauf des Fleets erinnerte ihn an die Amsterdamer Grachten. Auf dem Brook standen vereinzelt schöne Steinhäuser, es gab aber auch große Freiflächen mit einem weiten Blick über die mäandernde Flusslandschaft und Weiden. Vögel jagten über die Marsch. Das Wasser schien abzulaufen, denn im Schlicksaum suchten nicht nur Möwen nach Muscheln, sondern auch Menschen mit Keschern und Schaufeln. Es war ein idyllisches Bild, beinahe wie auf einem Gemälde – wenn er die Galgen ignorierte, die sich in einiger Entfernung erhoben.

Benjamin lief zum Wall und inspizierte die Bastion Ericus. Eine derartige Befestigung hätte Amsterdam auch gut brauchen können. In sein kleines Notizbuch machte er ein paar Skizzen, vergaß auch die spitzen Holzpfähle und den breiten Wassergraben nicht, der die Stadt umgab. Wie es wohl um Amsterdam stand? Ob die Truppen des Prinzen schon vollständig abgezogen waren?

Um sich abzulenken, marschierte er den Festungswall entlang. Die Bastionen schienen unterschiedlich groß zu sein, dazu kamen trutzige Ravelins. Um auf das Gespräch mit seinem Auftraggeber bestmöglich vorbereitet zu sein, wollte er sich einen Eindruck vom Bauhandwerk in der Stadt verschaffen. Und natürlich musste er irgendwann den Wechsel eintauschen. In der Nähe der nächsten Bastion entdeckte er eine Fläche, die mit Stapeln von Holzstämmen und Baustoffen bedeckt war. Er fand heraus, dass dies der städtische

Bauhof war, den ein Niederländer namens Grönfeldt leitete. Ein Landsmann, das könnte von Vorteil sein. Weiter ging es. Er sah die Alster, diesen aufgestauten See voller kleiner Schiffe. Größere wie die Ostindienfahrer, die regelmäßig in Amsterdam ankerten, würden hier niemals anlegen können. Dahinten standen der Kran und einige hübsche Gebäude. Benjamin lief darauf zu. Das Rathaus und die Börse interessierten ihn sehr. Auf dieser Seite wurde die Alster von dem Damm begrenzt, auf dem hohe Holzstapel lagen. An dem zweigeschossigen Rathaus aus Backstein sah man, dass häufig angebaut worden war. Der Architekturstil erschien ihm wunderlich, doch immerhin schien die Fassade neu zu sein. Mit dem Säulengang erinnerte die nahe gelegene Börse entfernt an seine Heimat. Es wunderte Benjamin daher nicht, als er hörte, dass der Amsterdamer Zimmermann und Möbeltischler Jan Andresen sie entworfen hatte. Seinen Wechsel würde er jedoch an einem anderen Tag eintauschen müssen, denn die Börsenzeiten waren vorbei.

Gelächter und der heitere Gesang von Straßenmusikanten lockten Benjamin in eine Gasse. Er liebte es, sich zu amüsieren. Wenn er daran dachte, dass für die diesjährige Amsterdamer Kirmes ein gigantischer Goliath aus Holz gebaut wurde, ärgerte er sich. In einer Halle hatte er die ersten Teile der beweglichen Holzfigur gesehen. Dieser Goliath würde so riesig wie ein Haus werden – und er würde seinen Auftritt verpassen! Mit ziemlicher Sicherheit wäre er nicht rechtzeitig für die Kirmes Anfang September in Amsterdam zurück. Es sei denn, der Auftraggeber verschob die Arbeiten. Aber auch dafür würde sein Vater ganz sicher ihm die Schuld geben …

Nachdem er den Musikanten gelauscht hatte, ließ er sich weitertreiben. Inzwischen war es dunkel geworden. Das Gassengewirr überforderte ihn zusehends. Kein Mensch war zu sehen. Er sollte zurück zum Gasthof gehen. Aber wo war er?

***

Die Zimmerleute auf der Michel-Baustelle waren spät dran. Noch immer hallte ihr Hämmern über die Gemüsefelder. Auch Lucia hatte schon viel früher hier sein wollen. Eilig goss sie das Elbwasser an die Kohlköpfe und Stockrosen in ihrem kleinen Garten. Eigentlich hätte sie den Platz für weiteres Gemüse gebraucht, aber waren Blumen nicht auch eine wichtige Nahrung – für ihre Seele? Hastig pflückte sie ein paar Schnecken von den Blättern, vergewisserte sich, dass ihr Gartennachbar – ausgerechnet ihr Vermieter – nicht da war, und warf sie in diese Richtung. Er hatte es nicht anders verdient, bedrängte er sie doch wegen der ausstehenden Miete, obgleich er wusste, wie es um sie stand.

Schon stieg die Nacht über Scharmarkt und Krayenkamp auf. Grüßend lief sie an den Nachbarn vorbei Richtung Michel-Kapelle. Anfeuernde Rufe drangen vom Boßelplatz der englischen Kaufleute, die wie so oft ihre Kugeln warfen. Auf dem Platz vor dem Pfarrhaus spielten Kinder. Alte Leute klönten. Jugendliche maßen ihre Kräfte im Ringen, bewundert von gleichaltrigen Mädchen. Obgleich Lucia mit ihren sechzehn Jahren nur wenig älter war, kam ihr diese unbeschwerte Zeit ewig her vor.

Aus dem Fenster des Pfarrhauses roch es nach frischem Brot – sofort knurrte ihr der Magen. Sie rief einen Gruß und trat ein. Kinder spielten vor der Tür oder auf dem Boden. Die Mädchen halfen in der Küche und sangen dabei, die Jungen brüteten am Tisch vor Schreibaufgaben. Ihr Bruder saß dazwischen und war so versunken in ein Buch, dass er sie gar nicht wahrnahm. Es war eine Gnade, dass er hier sein durfte, denn obgleich das Ende des Krieges zwei Jahre her war, stand es noch immer schlecht um die Hamburger Schulen. Nur sehr wenige Jungen bekamen Unterricht, von den Mädchen ganz zu schweigen.

Frau Decker stillte am Fenster ihr jüngstes Kind, damit sie alles im Blick hatte. Die Frau des Organisten war die gute Seele der Gemeinde. Kein Greis, kein Kind, um das sie sich nicht kümmerte, wenn es nötig war. Eine kräftige, zupackende Frau, die auf lebensnahe Art fromm war. Gleiches galt auch für ihren Mann, weshalb er sich bereit erklärt hatte, nach dem Tod ihres Vaters die Vormundschaft über Lucias Familie zu übernehmen. Das Schicksal hatte es in den letzten Monaten nicht gut mit ihnen gemeint. Erst war Lucias Vater schwer erkrankt und gestorben, dann hatte ihre Mutter Ursula aus Trauer auch noch ihr jüngstes Kind verloren. Fünf Kinder hatte die Mutter geboren, doch nur sie und ihr Bruder hatten die gefährlichen Kinderjahre überlebt; ein Verlust, der kaum zu begreifen war, den aber viele Familien erdulden mussten. Ausgezehrt war ihre Mutter, sie war schwach und fieberte. War sie wach, dann weinte sie um ihren geliebten Mann und die verlorenen Kinder.

»Ich hoffe, Tobias hat Ihnen nicht zu viel Arbeit gemacht, Frau Decker«, sagte Lucia, und legte zum Dank einen frisch gefangenen Fisch auf den Tisch, den sie günstig bekommen hatte.

Tobias packte die Schreibfeder weg, streute Sand auf die Tinte und kam zu ihr. »Was denkst du denn von mir? Ich mache doch nicht viel Arbeit!«, sagte er beinahe empört.

Dünn war er, und zu ernst für seine zehn Jahre, fand Lucia, genau das, was sie hier einen mickerigen Spittelfink nannten. Aber wer konnte es ihm verdenken? Lucia stellte den Korb ab und wollte Tobias in die Arme schließen, doch er sträubte sich.

»Wir waren in der Kirche und haben die Choräle für das Friedensfest geprobt. Danach durfte ich am Unterricht teilnehmen. Latein und Algebra. Sehr schwierige Aufgaben, aber ich habe mich wacker geschlagen, sagt der Herr Lehrer. Anschließend durften wir spielen. Und natürlich habe ich auch geholfen, die Kirschen zu pflücken.« Auf einmal klang er beinahe erwachsen. Unverkennbar, wie er sich veränderte. Sie konnte dabei zusehen, wie er von einem Schössling zu einem jungen Baum heranwuchs. Werde wie eine Weide, dachte sie, dann kann kein Sturm dich zerbrechen. Denn auch Tobias würde es nicht leicht haben. Die wenigsten

Tage waren so unbeschwert, wie dieser für ihn gewesen zu sein schien.

Frau Decker bestätigte seine Worte. »Tobias ist ein gottesfürchtiger und wissbegieriger Junge, der eifrig in der Kirche hilft. Er ist ein vielversprechender Sänger und hilfsbereit dazu. Die eine oder andere Kirsche ist allerdings auch in seiner Schnute gelandet.« Sie war mit dem Stillen fertig und legte den Säugling an die Schulter. »Hol doch mal die Schale, die wir für euch zurückgestellt haben.« Tobias lief eilfertig los.

»Das kann ich nicht annehmen«, sagte Lucia. »Es ist schon genug, dass Tobias hier sein darf, wenn er nicht auf dem Steinhof gebraucht wird.«

»Ich habe Tobias gerne um mich. Außerdem kommt es bei uns auf ein Kind mehr oder weniger nicht an. Mein Gatte und der Pastor halten große Stücke auf ihn. Der Herr Pastor will … aber das soll er deiner Mutter lieber selbst sagen.«

»Was meint Ihr?« Allein die Andeutung machte Lucia nervös. Veränderungen hatten sich in letzter Zeit nie als gut erwiesen.

»Vergiss es. Das hat noch Zeit.« Der Säugling machte ein nasses Bäuerchen, und Frau Decker wischte einen Spuckefaden von ihrer Schulter. Sie wechselte das Thema. »Der Baum trägt viele Kirschen in diesem Jahr. Der Blumenkohl hat sehr unter dem Regen gelitten. Aber der Hopfen wuchert, wenigstens genügend Bier wird es geben.«

So viel Bier kann ich gar nicht trinken, dass ich die feuchte Kälte in unserer kellerartigen Kammer besser ertrage, dachte Lucia, schwieg jedoch.

»Wie geht es deiner Mutter?«

»Schon besser. Ich habe in der Apotheke einen Heiltrank gekauft. Der Physicus wird später ebenfalls vorbeischauen.«

»Das ist gut. Wir alle schließen Ursula in unsere Gebete ein. Vielleicht solltest du deine Mutter sonst ins Hospital bringen. Das ist keine Schande. Du kannst dich nicht gleichzeitig um sie, deinen Bruder und euren Handel kümmern.«

Unwillig versteifte Lucia sich. Es war nicht das erste Mal, dass Frau Decker ihr diesen Rat gab. Lucia spürte deutlich, wie dünnhäutig sie geworden war, wie sehr ihre Kräfte geschwunden waren. Und doch musste sie sich um ihre Familie und den Handel kümmern, denn Pavel war zwar ein guter Geselle, konnte aber nicht genügend lesen und schreiben. Außerdem könnte sie es weder ertragen, dass Vaters Vermächtnis heruntergewirtschaftet wurde, noch konnten sie es sich leisten. Was hatte Vater nicht alles für diesen Handel und seine Familie getan! Alles, was er bei seinen Reisen verdient hatte, hatte er in seinen Steinhof gesteckt. Er hatte die Mysterien des Bergbaus und der Steine geliebt – und ihr diese Begeisterungsfähigkeit mitgegeben. Durch sein Lieblingsbuch *De re metallica* hatte Lucia ein wenig Latein gelernt und sehr viel über Gesteine, Edelmetalle und das Probierwesen, mit dem man die wahre Natur der Welt ergründen konnte.

»Lucia? Du bist ja gar nicht richtig da! Siehst du – das alles ist zu viel für dich!«, riss Frau Decker sie aus ihren Gedanken.

Unwillkürlich tastete Lucia nach ihrem Glücksbringer, den sie in ihrer Tasche trug. »Mutter geht es besser. Sie will bald wieder mit in die Kirche kommen und sich um unseren Handel kümmern.«

»Das ist auch nötig. Du weißt doch, wie die Leute reden. Ein Geschäft braucht einen Meister. Mein Gatte lässt sie als Vormund gewähren, aber ewig kann er seine Augen nicht verschließen.«

Trotz stieg in Lucia auf. Sie hatte gehört, dass Frauen in anderen Städten keines Vormunds bedurften – sie waren allein verantwortlich. Hamburg war in dieser Hinsicht rückständig. Hier brauchte eine Frau ein Leben lang einen Vormund: den Vater, Ehemann, einen anderen männlichen Verwandten oder einen vom Rat eingesetzten wie bei ihnen. »Mutter darf als Witwe den Handel führen. Sie will den Steinhof für Tobias erhalten.«

»Es wird noch Jahre dauern, bis Tobias dazu in der Lage ist. Ihn jetzt schon ins Handwerk zu stecken wäre Verschwendung. Dein Bruder ist plietsch. Abgesehen davon: So lange wird Ursula es nicht allein schaffen. Es ist ein hartes Geschäft. Wenn sie wieder gesund ist, sollte sie wieder heiraten, das ist das einzig Vernünftige.«

Lucia war dankbar für die Hilfe der Kirchengemeinde, die damit verbundene Einmischung in ihre Familienangelegenheiten vertrug sie jedoch nur schlecht. Ungeduldig sah sie sich um. Wo Tobias wohl blieb? »Habt Dank, dass Ihr Euch derart um Mutter sorgt. Aber ich sagte es bereits: Die Medikamente und der Arzt werden ihr helfen.«

Die Turmbläser stimmten in der Altstadt zur Nacht ein, als die Geschwister über den abschüssigen Scharmarkt hinab zum Hafen liefen. Stolz erzählte Tobias davon, wie er beim Lateinunterricht die älteren Schüler ausgestochen und der Lehrer ihn gelobt hatte. Am Ende der schmalen Gasse tat sich der Kai vor ihnen auf, eingefasst von den Fackeln am Johannisbollwerk und denen am Baumhaus. Im Takt der Elbe wippten die Positionslampen der Schiffe und spiegelten sich verschwommen im Fluss. Das Wasser plätscherte gegen die Eichenbohlen, die dem Ufer vorgesetzt waren, um es gegen Ausspülungen zu sichern. Aus den Hafenschenken drangen Licht, Musik und Lachen. Ihren kleinen Steinhof hatte der Geselle bereits abgesperrt. Pavel würde ihr morgen Rechenschaft über die Verkäufe ablegen – wenn es denn welche gegeben hatte. Die Konkurrenz setzte ihnen sehr zu, außerdem war ihr Angebot derzeit wegen ihres Geldmangels eher bescheiden.

Ihr Bruder lief nun voraus. »Mutter, hör doch, der Herr Lehrer hat ...«, rief er durch das offen stehende Fenster, das an den Boden reichte, denn ihr Zimmer war halb ober-, halb unterirdisch.

Obgleich die Sorge Lucias Herz umschloss wie eine Klammer, musste sie lächeln. »Nun schrei doch nicht so, das kannst du Mutter doch gleich in Ruhe erzählen!«

»Na, das wollen wir auch hören. Was war mit dem Herrn Lehrer?«, meldete sich ihre Freundin Greteke zu Wort, die sich nebenan aus dem Fenster gelehnt hatte und ihr zuzwinkerte.

Lucia hob die Mundwinkel zu einem Lächeln. In Gedanken war sie jedoch schon im Keller. Während Tobias ihrer Freundin von dem Lob erzählte, stieg sie die Stufen hinunter.

Gedämpft hörte Lucia das Bett knarzen. Ihre Mutter stöhnte; jede Bewegung schien ihr wehzutun. Die klamme Kälte machte alles noch schlimmer. Wenn sie daran dachte, was der Vermieter ihnen für dieses Loch abknöpfte … aber sie konnten froh sein, überhaupt ein Dach über dem Kopf zu haben. Der Krieg hatte zu viele Flüchtlinge in die Stadt gespült, dringend mussten mehr Häuser gebaut werden. Einfache Buden, die Menschen in einer Notlage sich leisten konnten, waren Mangelware.

Sie trat ein und nahm den Heiltrank aus ihrem Korb. Auf einem Regal standen Vaters wenige Bücher und Gerätschaften, die ihnen geblieben waren. Im Licht der Tranfunzel sah ihre Mutter gräulich im Gesicht aus und viel älter als vierzig Jahre.

Lucia entzündete eine weitere Funzel und setzte sich auf den Hocker neben ihr Bett. »Ich habe dir ein Medikament mitgebracht. Außerdem hat uns Frau Decker ein paar Kirschen geschenkt«, sagte sie und strich über den Handrücken ihrer Mutter. Ursulas Finger fühlten sich so heiß und trocken an, dass sie erschrak. Ob ihre Mutter jemals wieder die Alte werden würde? Lucia holte Dünnbier und begann behutsam, es ihrer Mutter einzuflößen.

Anschließend sprach Ursula langsam und stockend. »Frau Decker … die Gute. Wie … sollen wir ihr das vergelten? Warst du … etwa bei der Apotheke? Das ist doch … zu teuer! Wir brauchen das Geld für Miete und Pacht und … Außerdem müsst ihr … Tobias und du, ihr müsst doch was Ordentliches … in den Magen bekommen!« Ursula stemmte sich auf der Bettstatt hoch, verzog das Gesicht. Trotz der Schmerzen machte sie Anstalten, die Füße aus dem

Bett zu heben. »Ich muss etwas tun … euch was kochen … was bin ich nur für eine Mutter …«

Lucia legte sanft die Hand auf Ursulas Arm. »Du bist eine gute Mutter. Mach dir keine Sorgen um das Geld. Ich kümmere mich darum.«

Mit flackerndem Blick sah Ursula sie an. »Die Männer waren wieder da.«

»Meister Lebbenz?«

»Und sein Kumpan. Er … verliert die Geduld.« Der Kranken war anzusehen, wie sehr die Begegnungen ihr zugesetzt hatten.

Lucia schauderte. Lebbenz war nicht nur einflussreich in der Zunft, sondern auch ein Konkurrent, von dem Vater sich Geld geliehen hatte. Die Abstände, in denen die Männer sie heimsuchten, wurden kürzer. Wie hatte ihr Vater nur so viel Schulden machen können? Aber es half nichts zu hadern. Er war krank gewesen und hatte auf bessere Zeiten gehofft. Sie küsste ihre Mutter auf die Stirn. »Bleib liegen, ich bitte dich. Ich werde mich um alles kümmern.«

***

Benjamin hatte sich hoffnungslos verirrt. Das Viertel war jetzt ärmer, schmutziger, die Menschen sahen elender aus. Frauen lehnten leicht bekleidet in Hauseingängen und machten ihm Avancen. So eng waren die Gassen und so hoch die Häuser, dass man kaum den Himmel sehen konnte. Er sollte besser umkehren.

Im nächsten Augenblick rief jemand etwas aus dem Fenster, dann ergoss sich eine stinkende Flüssigkeit vor seine Füße.

Ein abgerissen wirkender Kerl tauchte unvermittelt vor ihm auf. »Wie ist es mit etwas Gesellschaft? Folgt mir, ich kenne eine verführerische Dame, die Euch jeden Wunsch von den Augen ablesen wird.«

Benjamin lehnte ab. Er mochte jung sein, aber er war nicht dumm. Hier in Hamburg dürfte es nichts geben, was er nicht in Amsterdam bereits gesehen oder gehört hatte. Der Kerl folgte ihm jedoch hartnäckig und versprach ihm wahre Wunder, wenn er ihn begleiten würde. Benjamin beschleunigte den Schritt. Plötzlich packte der Mann ihn am Arm.

Benjamin hatte beinahe schon damit gerechnet. Er fuhr herum, angespannt bis in die Haarspitzen. An Stärke konnte er es nicht mit ihm aufnehmen, aber er war geschickt. Schon streckte der Kerl die Hand nach seiner Geldbörse aus. Mit einer schnellen Drehung stieß Benjamin dem Dieb einen ausgestreckten Finger ins Auge, dann befreite er sich und sprintete los. Schreie hallten durch die Gasse, empört und zugleich schmerzerfüllt. Dann das Tappen von Füßen auf dem Pflaster.

Die nächste Gasse war noch düsterer. Durchdringend stank es nach Urin. Wieder näherten sich Schatten. Benjamin bekam es nun doch mit der Angst zu tun. Da war ein niedriger Durchgang. Aber wohin mochte dieser führen? Egal. Alles war besser als dies hier! Schon hörte er Schritte hinter sich. Blindlings rannte er weiter.

Als Benjamin den Gasthof erreichte, waren die Nachtwächter bereits unterwegs. Es war ein wilder Lauf durch enge Gänge und Hinterhöfe gewesen, aber schließlich hatte er seine Verfolger abgehängt. Vermutlich war er doch etwas zu leichtsinnig gewesen. Ihm fiel ein, dass er sich gar nicht nach einer neuen Herberge umgeschaut hatte. Ausziehen würde er morgen trotzdem. Immerhin hatte er einen Laufburschen mit dem Brief zu seinem Auftraggeber geschickt.

Zu seinem Erstaunen stand die Tür zu seinem Zimmer offen, genau wie das Fenster. Er erinnerte sich, beides abgeschlossen zu haben. Das Bett war zerwühlt, seine Reisekiste umgekippt. War jemand eingebrochen? Sofort schaute er unter das Bett – der Lederkoffer war weg. Beinahe blieb ihm das Herz stehen vor Schreck.

Unter den Decken fand er ihn. Das Geheimfach war aufgerissen worden!

Er lief hinunter zu seinem Wirt, der empört die Behauptung zurückwies, dass in seinem Haus ein Dieb sein Unwesen getrieben habe. Gerade weil auf den Straßen und Plätzen Taschendiebe unterwegs waren, gebe er auf die Sicherheit der Gäste acht. Schließlich war erst am Nachmittag auf dem Hopfenmarkt ein feiner Herr beraubt worden, vermutlich von einem Trickbetrüger. Der Dieb hatte dem Paar eine Kuriosität zum Kauf angeboten und dabei Geld gestohlen.

Benjamin merkte auf. Hatte es der Fossilienverkäufer mit dem Nasenquetscher so eilig gehabt, weil er das Paar bei dem Verkaufsgespräch bestohlen hatte? Er hatte nichts Auffälliges an dem Fossil entdeckt, aber er hatte es ja auch nur kurz in Augenschein genommen.

Beim Aufräumen seines Zimmers grübelte er. Ihm kam es merkwürdig vor, dass der Dieb ausgerechnet das Geheimfach des Lederkoffers geöffnet hatte. Das Fach war gut unter einer Naht versteckt und ... nun ja ... geheim. Hatte jemand auf dem Schiff gesehen, wie er nachts nachgeschaut hatte, ob noch alles da war? Und warum hatte der Dieb den Koffer nicht mitgenommen? Vermutlich hatte er gefürchtet, dadurch leichter aufzufliegen. Benjamin war froh, dass er gleich nach seinem Einzug den Wechsel entnommen und unter eine lose Holzleiste geschoben hatte. Von nun an würde er das wertvolle Papier stets bei sich tragen. Oder er löste es rasch ein, dann musste er nur noch auf seine Geldbeutel achtgeben.

Nachdenklich nahm Benjamin das Fossil zur Hand und betrachtete es. Es sah aus wie eine Schnecke, perfekt in Stein nachgebildet. Was für ein Mysterium! War dies nur das Abbild einer Schnecke? Oder hatte sich die Schnecke in Stein verwandelt? Aber wie nur? Konnte dieses Wunder tatsächlich durch den Anblick der Sintflut ausgelöst worden sein?

Nach einem Moment spürte er etwas Klebriges. Was war das? Er schnupperte, erst an seiner Haut, dann an dem Fossil. Vorsichtig versuchte er, mit dem Fingernagel in die Unterseite zu kratzen – und hinterließ tatsächlich eine Kerbe. Eine Fälschung! Billiger Gips vermutlich, vermengt mit Sand und Öl! Warum war ihm das nicht gleich aufgefallen? Für so etwas hatte er sein knappes Geld verschwendet! Wenn der Kerl ihm noch einmal unter die Augen käme!

13

Gleich morgens machte Benjamin sich auf den Weg, um sich einen neuen Gasthof zu suchen.

Nach einiger Prüfung wählte er ein schlichteres Haus gegenüber dem Mariendom, in dem auch viele holländische Kaufleute abgestiegen waren, und veranlasste, dass sein Gepäck dorthin gebracht wurde. Dass der Dom den Katholiken gehörte, störte ihn nicht. Das altertümliche Gebäude war von zahlreichen Marktständen umgeben, und sogar im Kirchenschiff wurde Handel getrieben. Vor allem die Tischler schienen aktiv zu sein, denn etliche stellten am Dom ihre Schränke aus.

Anschließend begab er sich zum Hafen. Zu dieser Zeit waren das Gewimmel und Geschrei noch größer. Karrenfahrer und Träger liefen durcheinander, Fischverkäufer und andere Höker priesen ihre Waren an. Die Männer, die sich im Kranrad abstrampelten, um den Kran anzutreiben, sangen lautstark gegen das Klappern an. Die Elbe hatte sich weit zurückgezogen, das konnte er am Wasserstand ablesen. Erstaunlich, wie stark sich hier die Kraft des Mondes auswirkte, viel stärker als in Amsterdam!

Am Kai sah er den Handelsgärtner. Hinrik Broders redete gerade mit einem Kutscher, auf dessen Wagen lauter entwurzelte junge Bäumen lagen.

»Da seid Ihr ja schon! Allerbest! Ich kann mein Geschäft nicht lange allein lassen.« Broders eilte los. »Der Steinhof ist in der Straße Vorsetzen, wie gesagt. Mein verstorbener Freund und ich waren oft für Hamburger Kaufleute oder die Bürgerschaft auf Erkundungsreisen. Später machte er einen Stein-, Ziegel- und Kalkhandel auf. Seine Witwe führt das Geschäft vorerst weiter.«

Auf dem Abschnitt am Kai, den Broders Vorsetzen genannt hatte, reihten sich etliche abgesteckte Flächen und einfache Hütten aneinander. Hinter der Uferbebauung herrschte ein ähnliches Häusergewimmel wie das, in dem Benjamin sich gestern verirrt hatte. Insgesamt kam der Hafenbereich Benjamin eher klein vor, denn er wurde in nicht allzu weiter Ferne von einer Bastion begrenzt.

Ein schiefes Holztor bildete den Zugang zu dem abgesteckten Geviert. Steinblöcke lagen herum, Kiesel in großen Körben. Kalk in Tonnen. Hauptsächlich Sandstein, ein paar Blöcke Blaustein, ein wenig Marmor. Die Qualität war nicht schlecht, aber die Menge würde nicht einmal reichen, um die Grundmauern zu legen. Benjamin wollte schon umkehren; er verschwendete hier seine Zeit. Dann jedoch erblickte er auf dem Hof eine Frau in Kittel und Lederschürze. Sie diskutierte mit zwei gedrungenen Kerlen, die breiter als hoch schienen. Benjamin hatte sich eine ältere Matrone vorgestellt, aber die Witwe schien eher jung zu sein.

Der Handelsgärtner eilte auf die Gruppe zu. »Gibt es Probleme, Lucia?«, fragte er laut über den Hof.

Die Frau wandte sich um. Sie mochte vielleicht siebzehn sein. Eine sehr junge Witwe. Ihre Haare hatte sie mit einem Tuch hochgebunden, nur einzelne dunkle Strähnen ringelten sich um den Nacken. Kittel und Schürze waren zu groß, die Hände staubbedeckt.

»Hinrik!« Sie begrüßte den Handelsgärtner herzlich und auch ein wenig erleichtert. »Wie schön, dich zu sehen! Diese Herren wollten gerade gehen.«

Der eine Kerl neigte sich zu ihr und hob drohend den Zeigefinger. Seine huckelige Nase legte nahe, dass er Auseinandersetzungen nicht scheute. »Wir kommen wieder. Und zwar bald. Deine Mutter sollte auf mein Angebot eingehen.«

Die Frau, die Broders Lucia genannt hatte, sah den Männern nach.

Dann fiel ihr Blick auf Benjamin, und ihm schien es, als würde ihr Gesicht auch noch die letzte Farbe verlieren. Eilig wandte sie sich wieder dem Handelsgärtner zu. »Du hast uns lange nicht besucht.«

»Ich war viel unterwegs ... die Geschäfte.« In einer vertrauten Geste berührte Broders ihren Arm. Er wirkte väterlich besorgt. »Wo ist deine Mutter? Wo Pavel? Was wollten die Kerle? Nun sag schon, Deern!«

Während des Wortwechsels musterte Benjamin die Frau. Sie war hübsch, das sah man trotz der Arbeitskleidung. Schlank, etwas zu mager. Die hochgebundenen Haare ließen den Hals lang wirken. Blaue Augen, die durch die dunklen Brauen noch unterstrichen wurden, die schmale Nase ... Etwas an ihren Zügen erinnerte ihn an den trickreichen Dieb von gestern. Ob sie einen Bruder hatte? Er sah sich um. Dass dieser hier an die Materialien heran käme, um Versteinerungen zu fälschen, war zumindest wahrscheinlich. Aber nein, das musste er sich einbilden.

»Mutter ist ... « Ihre Stimme brach.

»Tot?«, fragte Broders besorgt.

»Nein, das nicht«, beruhigte sie ihn schnell. »Aber sie hat das Kind verloren. Seitdem geht es ihr gar nicht gut. Ich habe gestern fiebersenkende Mittel beschafft und den Physicus bestellt.« Lucia wischte sich über die Augen.

»Was ein Elend!« Erst jetzt schien Broders sich wieder an Benjamin zu erinnern. »Das ist übrigens Mijnheer Aard, ein Architekt aus Amsterdam. Er wird in Hamburg für einen holländischen Kaufmann ein Haus bauen.«

»Tatsächlich?« Lucia räusperte sich und drückte die Schultern durch. »Soweit ich weiß, wird am Grimm ein Haus nach dem Entwurf eines Architekten aus Amsterdam gebaut. Finkenboom oder so heißt der.«

Benjamin merkte auf. »Vingboons. Philips Vingboons.« Die Baustelle musste er unbedingt sehen.

»Das mag sein.«

»Ich habe Mijnheer Aard gesagt, dass es bei euch nur beste Qualität gibt und man sich auf pünktliche Lieferung verlassen kann.« Unruhig musterte Broders die vielen leeren Flächen auf dem Hof. »Ihr erwartet doch sicher bald eine Lieferung?« Ihr Blick verschwamm wieder. »Mönsch, Kind, hättet ihr doch längst was gesagt!«, rief Broders. Er stiefelte los. »Ich muss mit deiner Mutter sprechen.«

»Ich kann dich zu ihr begleiten, sobald Pavel zurück ist.«

Benjamin war es unangenehm, Zeuge dieser privaten Unterhaltung zu sein. Gleichzeitig war seine Anspannung gestiegen, denn er war sich inzwischen beinahe sicher, wen er da vor sich hatte. Er überlegte, wie er seine Frage am unverfänglichsten formulieren sollte. Selbst auf Holländisch wäre das nicht ganz einfach. »Sagt, Jouffrouw, habt Ihr einen Bruder?«

»Ja. Warum fragt Ihr?« Zum ersten Mal sah Lucia ihm in die Augen. Dieser leichte Silberblick …

»Ich habe ihn … gestern vielleicht gesehen … auf dem Hopfenmarkt«, brachte er irritiert heraus.

»Bestimmt nicht. Tobias, kommst du mal?«, rief sie.

Ein Junge, vielleicht zehn Jahre alt, kam aus der Hütte, den Finger in ein Buch gesteckt. Als er Broders sah, begrüßte er ihn höflich.

»Du bist ja bannig groß geworden. Bist du denn schon Lehrjunge?«, wollte der Handelsgärtner wissen.

Tobias schüttelte den Kopf, wandte sich dann aber an seine Schwester. »Ich bin mit dem Handelsbuch beinahe fertig. Pavel hat sich ein paarmal verrechnet. Darf ich jetzt wieder in die Kirchenschule?«

»Ich brauche dich noch, bis Pavel wieder hier ist.«

Der Junge schien enttäuscht zu sein. Broders wirkte zunehmend unruhig. Vermutlich saß ihm die Zeit im Nacken. »Lass uns eben mal schnacken. Ich werde auf dem Pflanzhof erwartet«, sagte er, umfasste Lucias Oberarm und nahm sie beiseite.

Benjamin lief die Steinreihen ab. Immer wieder wanderte sein Blick zu der jungen Frau. Ich muss mich irren, dachte er. Der Junge hat die Versteinerung nicht angeboten. Und sie … könnte sie …? Der Verdacht war absurd. Aber diese Ähnlichkeit … Natürlich hätte sie hier das Material, um eine derartige Fälschung herzustellen. Unmöglich konnte sie aber das nötige Wissen besitzen. Gewiss, in Amsterdam gab es gelehrte Damen. Doch hier, in dieser Stadt … Er musste sich irren.

Broders und Lucia waren in die Hütte gegangen. Tobias hatte sich draußen auf einen Stein gesetzt und rechnete weiter. Benjamin folgte ihnen. Vielleicht könnte er sich wenigstens nach Preisen und Lieferzeiten erkundigen.

Als er eintrat, saß Lucia auf einem einfachen Holzstuhl, und Broders hatte sich in ihrer Nähe an den Tisch gelehnt. Überall lagen Papiere, Schreibzeug und Gesteinsproben. In der Ecke stand ein Korb mit ein paar Kirschen, einem Buch und … Benjamin erstarrte. Ohne Zweifel war da der Samtbeutel. Eindringlich blickte Benjamin die junge Frau an. Er öffnete den Mund, blieb aber stumm. Lucias Augen weiteten sich kurz, dann senkte sie den Blick. Nein, er konnte sie nicht darauf ansprechen, zur Rechenschaft ziehen und sein Geld zurückfordern. Nicht jetzt. Nicht vor Broders.

»Wir sind sehr dankbar, wenn du uns helfen willst, das weißt du«, sagte Lucia gerade mit dünner Stimme. »Aber wir sind ohnehin im Rückstand mit Pacht und Miete –«

»Das kläre ich später mit deiner Mutter«, unterbrach Broders sie. »Du solltest dich nicht damit belasten.« Er gab ihr einige Münzen. Dann legte er die Hand auf Lucias Arm und richtete das Wort an Benjamin. »Lucia ist ein helles Köpfchen. Kennt sich mit Geologie und Steinen besser aus als mancher Kerl. Wenn Ihr in ein paar Tagen noch einmal hierherkommen würdet, wird sie Euch bestes Baumaterial anbieten können, darauf gebe ich Euch mein Wort.«

Benjamin hatte sich von Broders und der jungen Steinhändlerin verabschiedet und gleich noch erklären lassen, wo er weitere Stein- und Holzhändler finden könnte. Es wäre sicher günstig, wenn er einen Überblick hätte, ehe er mit seinem Auftraggeber spräche; unbedingt wollte er alles richtig machen. Er lief zu der elbseitigen Festung. Das Johannisbollwerk – den Namen hatte ihm Broders beim Abschied gesagt – begrenzte die Hafeneinfahrt. Am Wall ging es bergan. Oben würde man eine gute Aussicht haben. Benjamin lief den Festungswall entlang, nahm aber seine Umgebung kaum wahr. Konnte diese Lucia sich verkleidet haben und als Diebin ihr Unwesen treiben? Er wusste, dass sich Frauen bei der Ostindischen Kompanie manchmal als Männer ausgaben, um bei ihren Geliebten zu bleiben oder in Ostindien ihr Glück zu machen. Einen Grund für ihr Verbrechen hatte Lucia offenbar auch. Die Krankheit der Mutter und die Schulden schienen drückend zu sein. Dennoch war es ein Unrecht! Ein Betrug! Er musste sie darauf ansprechen, musste sie anzeigen, wollte er sein Geld zurückbekommen. Jetzt fiel ihm erst wieder ein, dass sie vermutlich sogar das feine Paar auf dem Platz bestohlen hatte. Unerhört!

Benjamin machte auf der Hacke kehrt, zögerte aber. Er war auf der Erhöhung angekommen, sah auf Fluss und Stadt hinaus. Vielleicht gab es ja eine vernünftige Erklärung für Lucias Verhalten. Oder es war doch eine verhängnisvolle Verwechslung. Beides konnte er allerdings nicht glauben.

Einige Stunden lief Benjamin den Wall und die Stadt ab. Über den Stein- und Holzhandel in Hamburg war er nun im Bilde. Manche Arbeiter hatten aufgrund seines jugendlichen Alters und der Sprachverwirrung anfänglich wenig respektvoll auf ihn reagiert, ihm dann aber doch Auskunft gegeben. Offenbar machte seine feine Kleidung Eindruck.

Nun fragte er sich zum Grimm durch. Auf dieser Insel gab es bereits einige langgezogene Steinhäuser mit schmaler Front, in denen wie in Amsterdam unter einem Dach gearbeitet und gewohnt wurde. Nach holländischer Art wurde zudem ein Giebelhaus zwischen zwei Fachwerkhäusern errichtet. Als er den Polier darauf ansprach, gewann er jedoch den Eindruck, dass dieser sich mit dem Bau schwertat; zu kompliziert waren die Pläne. Auch von Vingboons hatte der Arbeiter noch nie gehört. Offenbar war das, was für sie daheim tägliches Geschäft war, in Hamburg außergewöhnlich. Was für Möglichkeiten boten sich dadurch für ihn! Wenn er hier mitarbeitete, würde er zu den Pionieren gehören und konnte das Bild der Stadt grundlegend prägen.

Die Sonne stand tief, als er seine Erkundungstour abgeschlossen hatte. Er war hungrig und durstig, ein wenig fühlte er sich auch einsam. Zwar hatte er mit vielen Menschen geredet, aber es waren lediglich sachliche, kurze Gespräche gewesen. Seine Amsterdamer Freunde trafen sich jetzt sicher in der Taverne, am IJ-Ufer, auf dem Tennisplatz oder der Kolfbahn, sie würden sich vergnügen, tanzen oder über gelehrte Schriften diskutieren. Hatten dieser Philipp Zesen und Mister Cooper nicht erwähnt, dass es auch in Hamburg Gelehrte gab? War nicht sogar Hugo Grotius einige Jahre hier gewesen?

Kurz entschlossen fragte Benjamin nach dem Haus der *Merchant Adventurers* in der Gröningerstraße. Der English Court war nicht zu verfehlen, denn er war in einem imposanten Backsteinhaus mit Treppengiebel untergebracht, das mit Blendbögen und Friesen verziert war. Ein Durchgang führte auf einen Kirchhof am Fleet, an dem Lastschiffe festmachten. Dort fand er auch Oliver Cooper, der gerade das Löschen einer Ladung Tuchballen beaufsichtigte und seinem Gehilfen Anweisungen gab.

»Aard! Ich habe Euch vorhin in Eurem Gasthaus gesucht, aber man sagte mir, Ihr seiet ausgezogen«, begrüßte Cooper ihn leutselig.

»Jemand ist in mein Zimmer eingebrochen. Das Gasthaus erschien mir nicht sicher«, sagte Benjamin. Dass ihm die Preise zu hoch waren, musste Cooper nicht wissen.

»Wirklich? Das ist ja ein Ding! Begleitet mich ein Stück, dort hinten ist eine passable Taverne – meine Kehle ist wie ausgedörrt!«

Sie liefen hinunter zum Hafenrand und bestellten einen Krug Bier. In dieser Gegend waren viele Engländer unterwegs, auch Puritaner, die ihnen strafende Blicke zuwarfen. »Wie lange lebt Ihr schon hier?«, wollte Benjamin wissen.

»Seit mehr als zwanzig Jahren. Die Stadt weiß, was sie an uns Engländern hat, erst recht, nachdem Hamburg die *Merchant Adventurers* schon einmal verloren hatte. Wegen Streitigkeiten sind wir damals nach Emden und Stade umgezogen. Jetzt verfügen wir über den English Court, unsere Handelsfreiheiten und unterhalten sogar für unsere Gottesdienste eine kleine Kapelle in der Gröningerstraße. Das immerhin haben wir den Niederländern noch voraus.«

Benjamin fürchtete, dass das Gespräch eine unerfreuliche Wendung nehmen würde. »Jede Nation muss sehen, wo sie bleibt. Ich denke, die Welt ist groß genug für uns alle.«

Cooper hatte sein Bier hinuntergestürzt. »Wollen wir es hoffen. Ich hatte versprochen, Euch die Stadt zu zeigen. Für ein Besichtigungsprogramm ist es wohl zu spät. Nicht aber für einen lustigen Abend. Ziehen wir weiter? In Altona gibt es die besten Schenken – und das günstigste Bier.« Er zwinkerte. »Dann kann ich Euch auch die reformierte Kirche zeigen.«

»Na, dann. Das kann ja nicht allzu weit sein. Eher allzu nah.« Cooper stimmte in sein Lachen ein und Benjamin war froh, so angenehme Gesellschaft gefunden zu haben.

Sie zogen los, vom Bier beschwingt und angeregt plaudernd. »Ihr hattet doch Euren Onkel erwähnt, der mit Tuchen handelt. Was hat er denn so zu bieten? Lässt er auch selbst produzieren, veredelt er die Stoffe, oder handelt er nur damit?«

»Er hat eine Manufaktur in Leiden. Was alles Weitere betrifft, bin ich, ehrlich gesagt, überfragt. Aber ich kann es herausfinden, wenn Ihr möchtet«, setzte Benjamin hinzu, als er bemerkte, dass Cooper diese Auskunft nicht zufriedengestellt hatte.

»Das wäre reizend. Vielleicht könnten wir ins Geschäft kommen. Wie sind denn Eure ersten Eindrücke von Hamburg?«, fragte er dann. »Hamburg bietet einem aufstrebenden Kaufmann viele Vorteile. Die Möglichkeiten sind größer als in Amsterdam oder London. Ihr habt es selbst gesehen: Hamburg ist im Wachsen, im Werden.«

Sie ließen das Millerntor mit seinen Türmchen, den Wall und den Stadtgraben hinter sich und erreichten das ländlicher gelegene Altona. Der Ort selbst erschien Benjamin wild – die Häuser standen durcheinander, jeder schien zu bauen, wie er wollte. Die Straßen waren unbefestigt und unwegsam. Es gab eine Unzahl Verkaufsbuden und -stände, Schänken und Tavernen. Hier wurde alles verkauft, von Altkleidern über Vieh bis zu sexuellen Gefälligkeiten, und auf einer langen Fläche verdrillten die Reepschläger noch immer ihre Taue.

»Hier in Altona leben nur dreitausend Seelen«, brummte Cooper. »Aber die haben es in sich!« Er zeigte ihm die Ruine der Kirche der Reformierten »auf der Freiheit«, die offenbar jemand niedergebrannt hatte; immerhin stand die dazugehörige Schule noch.

Oliver Cooper war eine unterhaltsame Gesellschaft. Schon in der nächsten Taverne beschlossen sie, sich zu duzen. Sie kamen mit Matrosen, Handwerkern und anderem Volk ins Gespräch, und Benjamin schnappte viele Begriffe und Anekdoten auf. Leichte Mädchen, die zum Zeichen ihres Standes gelbe Bänder trugen, machten sich an sie heran, und Oliver schien nicht abgeneigt, ihren Werbungen nachzugeben. Weiter zogen sie von Schenke zu Schenke. Mal zahlte Oliver, mal er. Es wurde gesungen und musiziert. Als Benjamin gerade eines der Amsterdamer Lieder zum Besten gegeben hatte und an den Tisch zurückkehrte, hatten sie Gesellschaft. Zwei junge Huren hatten sich zu ihnen gesetzt; die eine saß sogar auf Olivers Schoß. Sie küssten sich heftig, und Olivers Hände gingen bereits auf Erkundungstour. Die zweite legte den Arm um Benjamins Hals und zog ihn an sich. Benjamin sah, dass sie jung war, vielleicht sechzehn, und unter ihrer Schminke durchaus hübsch. Trotzdem machte er sich los und schenkte erst einmal Bier nach. Oliver musste gleich einen neuen Krug bestellt haben. Dabei sollten sie lieber langsam machen.

»Prost!«, rief Benjamin

Oliver behielt seine Hand im Ausschnitt der Hure, grinste und stieß mit einem »Cheers!« mit Benjamin und den Frauen an.

»So viele haben eben mitgesungen! Niederländisch hört man hier allerorten«, meinte Benjamin staunend.

»In Hamburg werden sogar die Geschäftsbücher auf Holländisch geführt. Ein Unding natürlich, nicht nur für uns Engländer.«

»Es ist eben die Geschäftssprache der Handelswelt.«

»Das wagst du, einem Engländer zu sagen?«, fragte Oliver, grinste aber dabei. »Es gibt nicht wenige, die euch nicht mögen. Die sagen, ihr seid zu großspurig.«

Den Huren schien nicht zu gefallen, dass sie so viel redeten. Oliver wurde umgarnt, und auch Benjamin konnte sich der Avancen der Frau kaum noch erwehren. Eine Hand strich über seinen Oberschenkel. Benjamin spürte, wie Erregung in ihm aufstieg. Gleichzeitig fürchtete er um seinen Geldbeutel und schob die Hand weg; die Frau verzog das Gesicht.

Um abzulenken, trank Benjamin einen Schluck. »Schmeckt, das Hamburger Bier«, befand er.

Oliver kicherte, die Hand halb unter dem Rock der Hure. »Liegt an dem guten Wasser. Du hast doch bestimmt die Kanäle gesehen.«

»Die Grachten?«

»Fleete nennt man sie hier. Verschlickt, weil das Wasser oft nicht genügend durch Ebbe und Flut bewegt wird. Außerdem werden die Aborte dahinein entleert. Das gibt den würzigen Hamburger Biergeschmack.« Er lachte. »Vielleicht hält sich die feine Gesellschaft deshalb lieber an Einbecker Bier. Oder an Grog.«

»In Amsterdam lässt man das Brauwasser aus der Vecht schöpfen. Seit mehr als hundert Jahren ist es verboten, Häuser ohne Abort zu bauen.« Diese lagen meist an der Rückseite des Hauses, dicht an der Hauswand. Oft befanden sich direkt darunter die Senkgruben.

»Fortschrittlich!«, rief Oliver. »Darauf trinken wir!«

Der nächste Schluck kam Benjamin nur schwer über die Lippen. Es wäre eine Frage für seine Forschungen, ob diese Wasserqualität tatsächlich zum Brauen geeignet war. Er sollte herausfinden, ob sich einer der anderen Virtuosi bereits damit beschäftigte – schließlich gab es dieses Problem vermutlich in vielen Städten. Aber nicht mehr heute …

Oliver und die Hure schienen sich inzwischen einig zu sein. Erhitzt gingen sie zum Hintereingang.

»Und wir?«, fragte das Mädchen und schmiegte sich fordernd an Benjamin. Da gab er lieber noch ein Lied zum Besten, als im Hinterhof im Stehen eine Nummer zu schieben. Als am Tresen ein schmissiges Lied angestimmt wurde, füllte Benjamin daher seinen Becher noch einmal und erhob sich, um einzustimmen. Die Hure gab auf und suchte nach einem willigeren Opfer.

Kaum war das Lied beendet, kam Oliver auch schon zurück, sichtlich zufrieden mit sich. Natürlich ließ er sogleich den Bierkrug neu füllen. Etwas später begann er zu lallen. Auch Benjamin fiel es schwer, seine Überlegungen auszusprechen. »Wir sss… sollten sss… zurück nach Hamburg.«

»Sssei kein Schbiel…verderber! Ein Bier noch!«

Benjamin mochte nicht Nein sagen. Wie oft hatte Cooper ihn schon eingeladen? Er hatte den Überblick verloren. Der Engländer schien einiges zu vertragen. Kaum hatten sie bestellt, stand der Krug schon vor ihnen.

Ihm schwindelte. Wie hatte seine Unterkunft noch geheißen?

Er sollte wirklich besser nach Hause gehen. Andererseits war es so lustig, und die Ablenkung tat ihm so gut. Vor allem nach dem, was in Amsterdam losgewesen war, und nach all seinen Selbstvorwürfen …

Als er sich einige Zeit später kaum noch auf seinem Stuhl halten konnte und Oliver nur noch brabbelte, verließen sie die Taverne. Der Regen hatte wieder eingesetzt. Unter der Dachkante versuchten sie, ihre Umhänge zu richten. Im Dunkel neben sich hörte Benjamin ersticktes Keuchen. Da war die junge Hure, mit dem Rücken an die Wand gepresst, die Beine um die Hüfte des Seemanns geschlungen. Es sah nicht so aus, als hätte sie Spaß. Schnell sah er weg.

Oliver und er schwankten durch die Finsternis, rutschten aus, fielen in den Schlamm, bekamen darüber einen Lachanfall. Am Stadttor wurden sie gegen einen kleinen Obolus eingelassen. Cooper schlug den Weg hügelab ein. War das richtig? Wo war sein Gasthof? Und wie weit war es dorthin?

»Moment mal«, brachte Benjamin heraus, doch Oliver reagierte nicht. Auf einmal waren sie beinahe am Elbufer. Nein, das war verkehrt.

»Ich … muss mal … verschwinden … «, meinte Oliver unvermittelt und schlug sich in die Büsche.

Benjamin blieb im Dunkeln zurück. Grau strichen die Regentropfen durch die Nacht. Er sah sich nach einer Kutsche um. Nichts zu sehen. Aber da waren Schritte. Etwas huschte in der Dunkelheit. Machte Cooper sich einen Spaß mit ihm?

»Lass das! Es reicht jetzt!«, rief Benjamin.

Schatten in Schatten. Im nächsten Moment bemerkte er im Augenwinkel eine schnelle Bewegung. Dann wurde sein Bewusstsein ausgeknipst wie eine Kerzenflamme.

***

Lucias Herz schlug schnell, als sie endlich die Michel-Kapelle vor sich sah. Wie von selbst wanderte ihre Hand zu ihrem Glücksbringer. Gleich wäre sie zu Hause. Obgleich sie als Mann verkleidet war und ein Messer bei sich trug, die Angst blieb. Nur in den Gärten fühlte sie sich sicher. Der liebste Abschluss ihrer geheimen Ausflüge war, bei einem der Stadtgärten über den Zaun zu klettern. Sie genoss dann die friedvolle Atmosphäre, wenn die Blumen mit geschlossenen Blüten zu schlafen schienen. Frieden, Schönheit und Ordnung zogen sie an, und die reichen Hamburger ließen ihre Gärten nach allen Regeln der Kunst symmetrisch anlegen. Nach diesen Stippvisiten fühlte sie sich gereinigt von den Sünden, die sie begangen hatte. Heute war sie am Mönkedamm bei Professor Jungius gewesen, dessen Melonen in diesem Jahr anscheinend auch nicht gedeihen wollten; zumindest hatte er sie mit seltsamen Hütchen abgedeckt.

Lucia vernahm Männerstimmen und versteckte sich in einem Durchgang, bis die Patrouille vorbei war. Die Schlupfwächter hatten früher mit sich reden lassen; das erzählte man sich zumindest. Aber die Söldner, die heute den Nachtdienst versahen, drückten nicht so leicht ein Auge zu. Immerhin hatte sich ihr Einsatz gelohnt und sie hatte ein weiteres gefälschtes Fossil verkaufen können. Einem anderen Mann hätte sie beinahe die Börse abgenommen, es aber dann doch gelassen, als er von seiner Kinderschar erzählt hatte. Sie musste endlich aufhören, gefälschte Kuriositäten zu verkaufen und zu stehlen. Glücklicherweise hatte sie Vorsorge getroffen. Mit etwas Geschick, vor allem aber mit Feile und Haihaut zum Schmirgeln sowie Öl und Wachs, ließen sich Glasscherben derart bearbeiten, dass man sie für kostbare Edelsteine hielt. Es musste ihr nur noch gelingen, diese zu durchbohren und aufzufädeln oder sonst wie zu einem Schmuckstück zu gestalten. Sie würde wieder Vaters Kleidung anziehen, sich die Haare mit ein wenig Steinstaub pudern, mit Sirup einen Bart ankleben und behaupten, der Schmuck stamme von einer tragisch verunglückten Verwandten.

Wenn sie nur nicht so verzweifelt Geld brauchen würden! Ihre Pechsträhne riss einfach nicht ab. Als Lucia an den jungen Architekten dachte, überfiel sie Erbitterung. Wer konnte ahnen, dass so einer in der teuersten Herberge der Stadt absteigen würde! Sie hatte sich oft auf dem Hopfenmarkt herumgetrieben, seit sie vor ein paar Wochen mit ihren Betrügereien angefangen hatte. Normalerweise nahmen im »König von Frankreich« Patrizier oder Kaufleute Quartier, die den kleinen Betrug oder auch Diebstahl leicht verschmerzen konnten. Nicht auszudenken, wenn dieser Architekt sie Hinrik gegenüber beschuldigt hätte!

Lucia lief durch die schmalen, verwinkelten Gänge, in denen sie sich auch blind noch zurechtfinden würde. Todmüde war sie. Schwer waren ihre Beine, und sie hatte großen Hunger. Aber das Essen musste warten. So weit kragten die Stockwerke über das Erdgeschoss, dass sich die Nachbarn oben die Hände reichen konnten.

Endlich erreichte sie Vorsetzen, doch für die Elbe hatte sie heute keinen Blick. Vor den Tavernen stand niemand mehr. Der Regen hatte alle hineingetrieben. Eine breitschultrige Gestalt ging vor ihr. Ausgerechnet vor ihrem Hauseingang blieb der Mann stehen. Beugte sich hinunter. Versuchte, durch die Spalten zwischen ihren Fensterläden zu spähen. Das Herz schlug ihr bis zum Hals. Was sollte sie tun? Wenn sie jetzt hineinginge, könnte sie sich verraten.

»Suchst du was?«, hätte sie am liebsten gefragt und ihn vertrieben. Aber dann könnte er sich provoziert fühlen. Scheinbar ruhig lief sie weiter. Legte die Hand an die Krempe. »n' Abend«, brummte sie, als sie auf seiner Höhe war. Jetzt sah sie, wer er war, und ihr wurde eiskalt. Oh Gott, wenn er sie erkannte!

»n' Abend«, gab er gleichgültig zurück.

Sie war vorbei, eilte in den nächsten Gang, lugte um die Ecke. Was hatte er vor? Sie wartete. Wie laut ihr Atem war! Beklommen hielt sie die Luft an.

Plötzlich erklang das Ächzen altersschwacher Holzläden. Dann eine Stimme: »He, was lungerst du da herum? Verzieh dich! Die Patrouille kommt gleich! Wir wollen keinen Ärger.«

Greteke. Gut, dass sie aufpasste! Der Mann verschwand tatsächlich. Dankbar schloss Lucia die Augen. Noch einen Moment warten, dann konnte sie nach ihrer Mutter und nach Tobias sehen. Und anschließend endlich ins Bett.

14

»Was ist das denn für'n Nacktmolch?«

»Hat den die Elbe angespült?«

»Sach bloß, der is dodt.«

Nur langsam drangen die Worte in Benjamins Bewusstsein. Das Genuschel erschien ihm albern. Ein Wunder, dass er überhaupt etwas verstand. An Lachen war jedoch nicht zu denken. Schmerz durchzuckte ihn. Alles tat ihm weh. Seinen Kopf schien jemand von innen mit der Spitzhacke zu bearbeiten. Etwas stank. Dazu kam die Ratlosigkeit. Was ... aber wieso ...? Er bekam kaum Luft, lag bäuchlings, seine Nasenlöcher schienen zu eng. Wo war er? Was war aus seinem weichen Bett an der Prinsengracht geworden? Was hatte Antje ... oder wollte Daan ihm einen Streich ...

Nur langsam kam die Erinnerung zurück. Die Seereise ... Hamburg ... Oliver Cooper ... Das Bier. Er wollte sich hochstemmen. Der Schmerz ließ ihn zusammenzucken. Er keuchte.

»Der is nich dodt, das is mal klar!« Jemand stand neben ihm.

»Nee, noch nich ganz.«

Eine Hand auf seinem Rücken. Ein Finger zog grob sein Augenlid hoch. »Jemine, sieht übel aus. Los, packt an. Zum Wasser, machen wir ihn erst mal sauber. Dann sehen wir auch, was los ist.«

Benjamin wurde hochgehoben. Dieser Schmerz! Es fühlte sich an, als ob man ihm Arme und Beine ausrisse. Haltlos schrie er. Dann wurde es wieder schwarz um ihn.

Ein Flaschenhals an seinem Mund. Scharfer Geschmack, der seine Lippen zu verätzen schien. Stechender Rauchgestank. Benjamin stöhnte. Um ihn drehte sich alles. Er schluckte, versuchte, die Augen aufzumachen. Nur einen Spalt konnte er sehen. Hafenarbeiter, vier, fünf. Er blickte an sich herunter. Blässlich, mit roten Striemen, verkrustetem Blut. War das sein Körper? Was … wo … Plötzliche Panik raubte ihm den Atem. »Meine Kleidung … wo … meine Hose … Jacke … Geldbeutel.«

Bitte mach, dass das nicht wahr ist!, schickte er ein Stoßgebet gen Himmel. Es war das erste seit Jahren.

Ein graubärtiger Alter wischte ihm behutsam mit dem Zipfel seines schmutzigen Hemds über das Gesicht. »Nackt, wie der Herrgott dich schuf, bist du hier gelandet. Aber dein Leben hast du noch.«

***

Eine kleine Hand rüttelte ihre Schulter. »Du musst aufwachen. Mutter, sie ist … «

Lucia fuhr hoch, sah sich verwirrt um. Sie hatte doch tatsächlich in Vaters Hemd geschlafen!

»Was ist mit ihr?«

Tobias war käsig und erschrocken, auf einmal sah er wieder ganz klein aus. »Sie atmet so komisch.«

Jetzt hörte sie es auch. Lucia kam auf die Füße, schob den Vorhang beiseite, der notdürftig ihr Lager abtrennte, und lief zu ihrer Mutter ans Bett. Ursula krümmte sich keuchend. Tränen schossen Lucia in die Augen, aber sie blinzelte sie weg. Schnell holte sie einen Krug Dünnbier und den Rest des Heiltranks. Sie half ihrer Mutter, sich aufzusetzen, und flößte ihr beides ein. Dann strich sie ihr über den Rücken, bis sie sich endlich beruhigt hatte. So dünn war sie, dass Lucia ihre Rippen spüren konnte. Dennoch wollte sie ihre Füße aus dem Bett heben.

»Du musst liegen bleiben. Der Physicus wird nachher kommen,

das hat er mir versprochen«, versuchte Lucia, ihre Mutter zu beruhigen.

»Der Handel … ich muss … «, keuchte Ursula.

»Hinrik war gestern da. Er hat uns Geld geliehen und will seine Beziehungen spielen lassen, um uns zu helfen. Er freut sich darauf, dich bald wieder auf dem Steinhof zu treffen.«

Ihre Mutter ließ sich ins Kissen sinken. Tobias zog die Decke zurecht, als wagte er es nicht, sie zu berühren. »Hinrik … ist wirklich ein Freund … aber wie sollen wir ihm … «

»Ich werde uns heute am Hafen Steine und Material sichern.«

»Die Händler werden dir kaum – «

»Pavel wird mich begleiten. Wenn ich in deinem Namen auftrete und Geld habe, werden sie uns auch etwas verkaufen«, sagte Lucia überzeugt. Ihre Mutter tastete nach ihrer Hand. Fest umfasste Lucia ihre Finger, hätte sie am liebsten nie mehr losgelassen.

»Ich weiß noch, wie Hinrik und dein Vater … in England … Hinrik hatte eigentlich keine Zeit. Aber Gerhard hat … in den Sandsteingruben bei Dover … Das hat Gerhard so gerne erzählt.«

Ihr Vater hatte oft an diese Reisen gedacht. »Meinst du, wie er mein Fossil entdeckt hat?«, fragte Lucia lächelnd. Ihre Mutter nickte müde.

»Das weiß ich auch noch«, sagte Tobias leise.

Lucia erzählte Geschichten von ihrem Vater, bis ihre Mutter eingeschlafen war. Nie hatte ihr Vater ihr Wissen vorenthalten. Er hatte sie Rechnen und Schreiben gelehrt und sogar ein wenig Latein. Sie war der Sohn gewesen, den ihre Eltern erst so spät bekommen hatten.

Nach einer Weile atmete ihre Mutter ruhiger. Lucia befühlte ihre Stirn. Ursula war nicht mehr ganz so heiß. Vielleicht wirkte der Heiltrank endlich. Sie drückte ihr einen Kuss auf die Wange und ging los, um Tobias zu suchen, der am Anfang ihrer Erzählungen weggegangen war. Lucia fand ihn in der Küchennische, wo er die Buchweizengrütze umrührte und gleichzeitig in der Bibel las. Liebevoll nahm sie ihn in den Arm, doch er machte sich schnell wieder los.

»Du bist gestern ganz schön spät nach Hause gekommen«, sagte Tobias, ohne sie anzusehen.

Was ging es ihn an? Sie tat das nur zum Wohle ihrer Liebsten! »Ich musste noch etwas erledigen. Ich wusste ja, dass du auf Mutter achtgibst.« Tobias schaute sie in einer Mischung aus Argwohn und Sorge an. »Ist noch was?«, fragte Lucia eine Spur unwirsch.

»Die anderen haben gesagt, du treibst dich herum. Und noch … Schlimmeres«, brachte er schließlich heraus.

Wut und Scham überrollten sie. »Wer hat das gesagt?«, fragte sie scharf. Er presste die Lippen aufeinander. »Also gut, dann behalt's für dich! Damit du's weißt: Ich treibe mich nicht herum. Ist das Essen bald fertig?« Der Brei sah zwar nicht gerade appetitlich aus, aber bei ihrem Hunger spielte das keine Rolle.

»Gleich.« Tobias klang ebenso schroff.

Lucia wusch sich, zog das alte Kleid an. Am Tisch sprach ihr Bruder ein Gebet, dann aßen sie. Als sie beinahe fertig waren, klopfte es an der Tür. Es war der Physicus. Er untersuchte ihre Mutter kaum, befragte sie aber eingehend. »Es scheint, als wäre Eure Geburtswunde nur äußerlich verheilt«, sagte er schließlich. »Das Fieber und die Leibschmerzen weisen darauf hin, dass die Wunde im Inneren weiterschwärt.«

»Was könnt Ihr dagegen tun?«, wollte Lucia wissen.

Der Blick des Arztes flackerte durch das ärmliche Zimmer. »Ihr könntet Euch an einen Wundarzt wenden, es wäre aber riskant, Eurer Mutter den Leib aufzuschneiden. Ich hätte noch ein hilfreiches Mittel für sie …«

»Ich habe Geld.« Lucia zückte ihren Geldbeutel und bezahlte ihn. Viel war nicht mehr über, dafür aber ließ der Physicus das Mittel da. »Wenn es nicht besser wird, solltet Ihr die Bademutter holen«, sagte er zum Abschied.

Lucia zog die Schultern hoch. Vielleicht hätte sie sich gleich an die Hebamme wenden sollen; das wäre auch billiger gewesen. Aber dann hätte sich ihre Mutter erst recht an den Tod ihres Kindes erinnert.

Ursula schlief jetzt tief und fest. Lucia ließ sie nur ungern allein, aber sie musste auf den Steinhof. Sie würde abwechselnd mit ihrem Bruder nach ihr sehen.

Tobias wartete an der Tür auf sie. Er schien es eilig zu haben, die Kammer zu verlassen. »Gehen wir in die Michel-Kapelle? Für Mutter beten?«

Eigentlich hatte sie dafür keine Zeit. Aber wenn sie es nicht machte, würden sich die Leute noch heftiger das Maul zerreißen. Außerdem war es Tobias wichtig. Und vielleicht halfen die Gebete ja auch. »So mookt wi dat.«

»Darf ich danach zur Kirchschule? Oder brauchst du mich am Steinhof?«

»Nicht unbedingt. Pavel ist da. Ich muss am Hafen mit den Kaufleuten verhandeln.«

»Danke!« Tobias war sichtlich erleichtert.

Nach dem Gottesdienst schob Lucia den Gedanken an ihre Mutter und ihren Bruder weg. Sie musste sich auf das Geschäft konzentrieren. Pavel hatte den Steinhof bereits aufgesperrt und sortierte Steine, die in der Nähe des Kais lagen.

»Also konnte Broders für uns ein gutes Wort einlegen, wie er es versprochen hat!«, rief sie. Pavel richtete sich auf. Lucia kannte ihn schon, seit sie klein gewesen war. Er war hochgewachsen und sehnig, hatte schütteres Haar und tiefe Falten um die Mundwinkel; in ein paar Jahren würde er selbst wie verwittertes Gestein aussehen.

»Gud'n Morjen erst mal«, nuschelte er.

»Guten Morgen!« Lucia holte sich die Lederschürze und die Handschuhe aus der Hütte und band sich die Haare hoch. Als sie zu ihm trat, nahm sie den Geruch nach saurer Milch wahr, der ihn oft umgab. »Wie fällt die Lieferung aus?«

Pavel strich sich über die Stirn. »Von allem ein büschen. Bremer Sandstein. Gotländer Kalk … «

»Ich seh's schon.« Prüfend befühlte sie den Stein. »Eignet sich gut zum Auslegen der Dielen. Und etwas Tuff!«, rief sie begeistert. Tuffe kamen aus der Eifel und wurden über den Rhein verschifft. Sie wurden als Mauerstein und Ziegel verwendet, oft auch für die Fassadengestaltung. »Ich will an den Hafen und sehen, ob ich noch etwas mehr ankaufen kann. Danach zum Ziegelhof.«

»Willst du das nicht lieber mir überlassen?«

»Nein, ich schaffe das schon«, sagte sie, seine Missbilligung ignorierend.

Als sie später zurückkam, war sie guter Dinge. Sie hatte Glück gehabt und sowohl eine Ladung roten Sandstein von der Weser ergattert als auch einen einigermaßen vorteilhaften Preis aushandeln können. Dazu kam ein wenig Pirnaer Sandstein.

Pavel dirigierte die Arbeiter, die die Steine herankarrten, während Lucia ihre Einkäufe und Ausgaben im Geschäftsbuch vermerkte. Zufrieden schickte sie einen Burschen, einen Krug Bier zu holen. Den hatten sie sich verdient. »Jetzt geht es wieder bergauf«, sagte Lucia, als sie sich und Pavel wenig später einschenkte.

Pavel nahm einen Schluck. »Ich habe neulich mit dem Amt gesprochen. Als langgedienter Geselle kann ich schneller Meister werden.«

Sein Vorhaben verwunderte sie. Bislang war Pavel mit seiner Stellung zufrieden gewesen, und eine Meisterprüfung abzulegen bedeutete auch, eine erhebliche Gebühr aufbringen zu müssen. »Das ist gut«, sagte sie dennoch. »Einen Meister können wir hier brauchen.«

»Das habe ich mir auch gedacht.« Pavel ließ den Satz in der Luft hängen, sie sah ihm aber an, dass er noch etwas sagen wollte.

Plötzlich nahten Lebbenz und sein Kumpan. Bewusst drückte Lucia die Schultern durch.

»Ach, für den Einkauf habt ihr Geld, aber nicht, um eure Pacht und eure Schulden zu zahlen?«, fragte Lebbenz scharf und spuckte einen braunen Klecks Kautabak aus.

Das Herz schlug Lucia bis zum Hals. Er war ein grobschlächtiger Kerl mit einer erdrückenden Ausstrahlung. Gut, dass Hinrik ihr etwas geliehen hatte. »Selbstredend habe ich einen Teil für euch. Wartet, ich hole das Geld.«

Obgleich Lebbenz eigentlich damit hätte zufrieden sein müssen, verzog er das Gesicht.

Lucia holte das Geld aus ihrem Beutel. Er streckte die Hand aus, sie gab es ihm jedoch noch nicht. »Ihr müsst mir noch eine Quittung unterschreiben.«

»Zweifelst du etwa meine Ehre an?«

Eilig ging sie zur Hütte, um ihr Buch und eine Feder zu holen. Aus dem Augenwinkel sah sie, wie Pavel sie bekümmert beobachtete. Er würde sich nicht mit Lebbenz anlegen. Der war durch die Trankocherei reich geworden und hatte erst im letzten Jahr ein großes Grundstück am Kai gepachtet. Er hatte damals zusagen müssen, dass die bisherigen Pächter bleiben durften, allerdings hatte er hochtrabende Pläne und ihre niedrige Pachtrate war ihm von Anfang an ein Dorn im Auge gewesen.

»Du bist wohl eine ganz Schlaue, was?«, hörte sie plötzlich Lebbenz' Stimme hinter sich. Sie fuhr herum. Lebbenz kam auf sie zu. Nie mit einem Mann allein in der Hütte sein – das gibt nur Gerede, schoss es ihr durch den Kopf. Bei Hinrik war sie schon unvorsichtig gewesen, aber bei Lebbenz, der gestern versucht hatte, in ihre Kellerkammer zu spähen ...

»Wartet bitte vor der Hütte.«

»Wie redest du denn mit mir?«

Pavel sagte etwas, das Lucia nicht verstand. Mit einem Satz war

Lebbenz bei ihr und umfasste mit einer Hand ihre Kehle. Sein Griff war fest, und er schob sie rückwärts, bis sie an die Hüttenwand krachte. Das Geld fiel auf den Boden. »Denkst wohl, du kannst dir alles erlauben? Aber ich bekomme das Grundstück. Ich bekomme mein Geld. Und dich bekomme ich noch obenauf. Über dich zerreißen sich doch ohnehin alle das Maul.«

Er presste sich an sie. Seine linke Hand wanderte gierig ihren Körper hinab. Lucia konnte seinen Tabakatem riechen. Sie wand sich, versuchte sich zu befreien.

Im nächsten Augenblick war Pavel hinter ihm, die Spitzhake erhoben. »Lasst sie los!«

Lebbenz lachte. »Du weißt schon, mit wem du dich anlegst, oder?«

»Ja, leider«, meinte Pavel nur. Lucia hätte sich ein entschiedeneres Auftreten gewünscht, doch zu ihrer Überraschung löste sich Lebbenz' Griff.

»Gib mir das Geld.«

Am liebsten hätte sie sich geweigert, doch damit hätte sie ihn nur erneut gereizt. Also pickte sie die Münzen auf und reichte sie ihm. Er ignorierte das Handelsbuch.

»Unterschreiben«, forderte Pavel. Lebbenz krickelte etwas auf das Papier. Erst dann gab Pavel den Weg frei. Vor der Hütte rappelte sich gerade Lebbenz' Kumpan auf, den Pavel offenbar niedergeschlagen hatte.

Lebbenz blieb neben Pavel stehen. »Meister willst du werden, was? Das werden wir ja noch sehen«, sagte er. Dann zogen die Kerle ab.

Mit bebenden Händen fuhr Lucia sich über Kleid und Haare. Sie hatte das Gefühl, noch einmal davongekommen zu sein. »Danke«, sagte sie.

Besorgt und zugleich erzürnt sah Pavel sie an. »Ist kein Gewerbe für Frauen, sag ich doch. Jetzt haben wir die Malesche.«

15

Als Benjamin das erste Mal wieder einigermaßen klar denken konnte, fiel Sonnenlicht in das kleine Zimmer. Verwirrt sah er sich um. Wo war er? Wo waren seine … Er hob den Kopf. Prompt durchzuckte ihn ein stechender Schmerz, der sich nur langsam in ein dumpfes Pulsieren wandelte. Da standen seine Reisekiste und der Lederkoffer. Er war also in seiner neuen Kammer. Verschwommen erinnerte er sich. Er musste nachts am Hafen überfallen worden sein. Was er dabeigehabt hatte, hatte man ihm genommen.

Heiße Wut überfiel ihn. Wut auf sich selbst. Wie dumm war er eigentlich! Wie hatte er so ein Risiko eingehen können! Er war doch kein Dorftrottel, der die Gefahren der Stadt nicht kannte. Er war Amsterdamer, *godverdomme*! Aber wer hatte ihn hierher gebracht? Und wie? Nackt und verletzt, wie er war. Was musste nur der Wirt gedacht haben? Schwerfällig setzte er sich auf. Über dem Stuhl hing, ordentlich zusammengelegt, aber einen undefinierbaren Geruch ausströmend, abgetragene Kleidung.

Behutsam machte Benjamin eine Bestandsaufnahme. Zunächst befühlte er sein Gesicht. Das linke Auge war zugeschwollen, auch durch das andere konnte er nur wenig sehen. Sein rechtes Ohr schmerzte, das Ohrläppchen war verkrustet. Seine Lippen waren aufgeplatzt, und seine Zähne … Er schob die Zunge über die Zahnreihe. Alle noch da, stellte er erleichtert fest. Seine Wunden waren notdürftig verbunden worden. Wer hatte das getan? Sollte er die Lappen abziehen? Dunkel erinnerte er sich daran, wie Doktor Tulp über eitrige Wunden referiert hatte. Auf einem Tischchen standen eine Karaffe und eine Schale. Schwerfällig und unter Stöhnen schleppte er sich hin und ließ sich auf den Stuhl sinken. Seine Finger bebten, als er den Verband löste. Jedes Knöchelchen tat weh, als sei es in eine Steinmühle geraten. Es war ein Wunder, dass nichts gebrochen war. Es schien Stunden zu dauern, bis es ihm gelang, die Wunden zu reinigen. Immerhin war er nicht schwer verletzt. Seine Rippen schmerzten allerdings teuflisch.

Mit letzter Kraft wankte er zurück ins Bett. Der Zustand, in dem er sich befand, war sicherlich interessant. Wenn er denn vor lauter Schmerzen seine Beobachtungen genau wahrnehmen könnte …

Noch immer mit der Geschwindigkeit eines Greises schlurfte Benjamin zur Kiste, um sich etwas zum Anziehen herauszusuchen. Doch seine Kleidung war fort. Wie war das möglich? Und was sollte er jetzt machen? Nackt gehen? Er stöhnte auf. Am liebsten hätte er geweint. Er hatte kein Geld mehr, seine Kleidung war weg und – was beinahe am schlimmsten war – auch das Buch *Architectura Aard* sowie die Entwürfe. Nicht einmal Papier und Feder hatte er noch, um seinem Vater und seinem Bruder zu schreiben, ganz zu schweigen von Reißbrett, Zirkel und sonstigen Gerätschaften, die er brauchte, um neue Entwürfe anzufertigen. Längst hätte er seinem Vater schreiben sollen. Michiel erwartete, dass er ihn vom Stand der Gespräche mit dem Auftraggeber unterrichtete. Es war zum Verzweifeln. Was sollte er nun tun? Wie sollte er zu Geld kommen? Seinem Vater würde er diese Schmach nie und nimmer gestehen, dafür schämte er sich zu sehr.

Entschlossen schüttelte er das Selbstmitleid ab. Es half nichts. Er zog die Lumpen an, nahm seinen Lederkoffer und schleppte sich hinunter. Auf dem Gang kamen ihm Lastenträger entgegen. Der Wirt berichtete, dass er sich schon gewundert habe, dass die Koffer so leicht gewesen waren, als die Träger sie gebracht hatten. An die Männer erinnerte er sich aber nicht. Wenn er überfallen oder bestohlen worden sei, solle er die Weddeknechte aufsuchen.

Benjamin ging schweren Schrittes auf die Straße hinaus. Sein Kopf brummte, die blauen Flecke pochten, und die Vorstellung, dieses Unglück, das er auch sich selbst zuzuschreiben hatte, öffentlich machen zu müssen, hielt er kaum aus. Warum hatte er sich nicht ein Mal vernünftig verhalten können? Die Passanten starrten ihn unverhohlen an. Er musste furchtbar aussehen.

Er fragte so lange herum, bis er einen Laden fand, in dem er den Koffer verpfänden konnte. Bei einem Altkleiderhöker kaufte er einen einfachen Anzug und Schuhe, die zwar ausgelatscht, aber einigermaßen manierlich waren. Wieder in seinem Zimmer, zog er sich um. Hoffentlich hatte er sich keine Flöhe eingefangen! Doch das Jucken an seinem Rücken – ausgerechnet an einer Stelle, die er mit der Hand nicht erreichte – ließ anderes befürchten.

Immer wieder fragte Benjamin sich, ob der Überfall Pech gewesen war oder ob es jemand auf ihn abgesehen hatte. Es gab ihm zu denken, dass auch das Fossil verschwunden war. Wenn diese Lucia stahl und betrog, war sie vielleicht auch in der Lage, jemanden auf ihn anzusetzen, um ihm eine Warnung zu übermitteln, damit er den Mund hielt. Andererseits hatte sich Oliver kurz vor dem Überfall aus dem Staub gemacht. Oder war er es gewesen, der ihn in den Gasthof gebracht hatte?

Benjamin verließ erneut sein Zimmer. Vielleicht konnte der Wirt sich ja erinnern, wer ihm geholfen hatte. Auch dieses Mal konnte der Wirt ihm nichts sagen, er rief aber einen Knecht, der nachts immer Wache hielt.

»Ja, Mijnheer, gut, dass Ihr fragt«, sagte der. »Das war ein Trankocher. Älter schon. Ich soll Euch sagen, dass Ihr ihn bei den Anlegern unter dem Stintfang treffen könnt. Das ist die Elbhöhe, unter der sich in der Mündung des Wallgrabens immer viele Stinte fangen lassen. Und hier ist auch noch ein Brief für Euch.«

Benjamin bedankte sich und überflog sogleich das Schreiben. Sein Auftraggeber bat, er sollte sich umgehend bei ihm melden. *Auch das noch!* So konnte er ihm nicht unter die Augen treten. Zunächst würde er Oliver Cooper aufsuchen und dann seinen unbekannten Helfer.

Als er gehen wollte, sprach der Wirt ihn noch einmal an. »Es gibt doch keine Probleme wegen der Miete?«

Benjamin straffte sich. »Nein, natürlich nicht.« Er wandte sich ab und verließ das Haus. Wohin war Oliver Cooper gestern Abend verschwunden? Hatte er den Räuber gesehen? Oliver musste ihm helfen, musste ihm Geld leihen.

Im Englischen Hof war Oliver nicht. Benjamin hörte sich um. Angeblich gab es Probleme mit Olivers Geschäften. Der Engländer sei ohnehin knapp bei Kasse, behauptete einer der Lastenträger. Benjamin ließ die Gröningerstraße hinter sich, bekam diese Information aber nicht aus dem Kopf. Hatte Oliver ihn in der Kneipe nicht andauernd eingeladen? Was, wenn er für den Raub verantwortlich gewesen war? Was, wenn Oliver selbst ihn ausgeraubt hatte? Er könnte auf dem Schiff gesehen haben, welche Vermögenswerte Benjamin bei sich trug – und auch, wo er diese versteckt hatte. War das möglich?

Er ging weiter zum Hafen, um sich endlich bei seinen Helfern zu bedanken. Am Elbufer loderten stinkende Feuer. Gewaltige ausgeblichene Knochen lagen im Sand. Das mussten die Trankochereien der Walfänger sein. Dort angekommen, gab Benjamin seinem Helfer die geliehene Kleidung zurück. »Habt Dank. Ich würde mich gerne erkenntlich zeigen.«

»Da nich für«, meinte der Alte. »Versteht sich doch von selbst, dass man einen Hilflosen nicht einfach liegen lässt.«

Benjamin bestand darauf, ihnen etwas Geld für ein anständiges Mittagessen zu geben. »Ihr habt nicht zufällig den Dieb gesehen?«, fragte er. »Oder irgendwelche Spuren? Ich war mit einem Engländer unterwegs … «

»Ja, da in der Nähe wohnen etliche Engländer. Nicht die sicherste Gegend.«

Wieder die Engländer. Ob Oliver tatsächlich etwas mit dem Überfall zu tun hatte? Eines stand jedenfalls fest: Er brauchte Klarheit, brauchte Hilfe. Einem Gefühl folgend machte er sich auf den Weg zum Kai am Vorsetzen. Da das Tor des Steinhofs zugesperrt war, erkundigte Benjamin sich bei einem Arbeiter, wo er die Besitzer finden würde. Er wurde an ein ärmliches Haus verwiesen und klopfte wenig später an der Kellertür.

Lucia öffnete einen Spalt und starrte ihn an. Es sah aus, als sei sie gerade im Aufbruch befindlich. »Wie seht Ihr denn aus?«

»Das frage ich Euch. Seid Ihr dafür verantwortlich?«, fragte Benjamin geradeheraus.

Sie wirkte wie vor den Kopf geschlagen. »Wie könnte ich ...« Dann setzte sie hinzu: »Was bildet Ihr Euch ein?« Empört drängte sie sich an ihm vorbei. Sie trug ein schlichtes Kleid, die Haare hingen locker bis zu ihrer schmalen Taille hinab.

Benjamin humpelte ihr bis in die Gasse nach. »Wolltet Ihr mir eine Warnung übermitteln, damit ich Euch nicht auffliegen lasse?« Schon, als er es aussprach, kam es ihm lächerlich vor.

»Ihr seid doch verrückt!«

Sie eilte voraus. Benjamin konnte nicht Schritt halten. Seine Prellungen schmerzten zu sehr. Er stützte sich an die Wand. »Wartet ... bitte!«, rief er ihr nach.

Lucia wandte sich um. »Was ist überhaupt geschehen?«

In knappen Worten berichtete er ihr von dem Überfall und dem Raub. An den Fenstern der gegenüberliegenden Häuser zeigten sich die ersten neugierigen Gesichter.

»Was kann ich dafür, dass Ihr so dumm und leichtsinnig seid!«, fauchte Lucia.

»Das müsst gerade Ihr sagen, die sich als Mann verkl–«

Sie schoss auf ihn zu. »Genug! Ich muss zur Pfarrei. Wir treffen uns gleich in der Michel-Kapelle, da können wir reden.«

Was meinte sie damit? In Amsterdam war es kein Problem, sich in der Öffentlichkeit mit jungen Frauen zu unterhalten, solange gewisse Spielregeln eingehalten wurden. Warum mussten sie dafür in eine Kirche gehen?

Lucia schritt voraus. Benjamin folgte ihr langsam und war froh, wenn er ihren vor Eile bauschenden Rock und das wehende Haar gerade noch entdeckte, ehe sie in die nächste Gasse bog.

Nach einiger Zeit hörte er Hämmern und Sägen. Als die Bebauung lichter wurde, konnte Benjamin zwischen kleinen Fachwerkhäusern und umzäunten Gemüsegärten ein Baugerüst und rostrote Backsteinmauern erkennen. Am liebsten hätte er sich sofort dort umgeschaut, doch dann hätte er Lucia aus den Augen verloren, die die Kapelle ansteuerte. Sie hatten eine Art Kuppe erreicht. Es war ein grünes Fleckchen, wenig bebaut und beinahe ländlich. Zwischen Feldern, Obstbäumen und eingezäunten Gemüsebeeten standen einzelne hübsche Gartenhäuser aus Fachwerk. Bienen und sonstiges Getier umflog Obstbäume und Wildblumen, Vögel zwitscherten. Auch hier konnte er weit über die Stadt und die Elbe schauen, was ihm ein Gefühl von Freiheit vermittelte.

Benjamin betrat durch das hölzerne Drehkreuz den ummauerten Kirchhof, über dem, wie so oft im Sommer, Leichengeruch hing. So fortschrittlich sie in Amsterdam auch sein mochten, auch dort wurden noch immer Tote in den Kirchen beerdigt, auch dort lagen die Friedhöfe zum Teil mitten in der Stadt. Das ist ein Problem, dessen sich mal ein Architekt oder Stadtplaner annehmen müsste, dachte Benjamin.

Die Kapelle war deutlich größer, als er sich vorgestellt hatte; in dem Ziegelbau fanden sicherlich fünf-, vielleicht auch siebenhundert Menschen Platz. Der Turm hatte bunt bemalte Giebel und vergoldete Turmkugeln.

Benjamin folgte Lucia ins Kirchenschiff. Etliche Menschen standen hier beisammen, redeten oder trieben Handel. Auf einigen

Stühlen schlief jemand, den Hut ins Gesicht gezogen. Auch diese Kapelle war also mehr als ein einfaches Gotteshaus.

Lucia und Benjamin setzten sich in zwei aufeinanderfolgende Reihen, an denen Schilder angaben, welcher Bürger die Plätze gekauft hatte. Lucia schien zu beten. Da Benjamin noch nie in einer lutherischen Kirche gewesen war, nicht einmal in der Lutherse Kerk am Amsterdamer Singel, sah er sich aufmerksam um. Das Kirchenschiff war nicht groß, aber das hölzerne Gewölbe war schön. Man hatte es mit Hunderten vergoldeten Sternen bedeckt, dazu gab es Orgel und Predigtstuhl sowie grün oder blau angemalte Balken und Geländer. Im Gegensatz zu den kargen calvinistischen Kirchen, denen jeglicher Bilderschmuck fehlte, strahlte die Michel-Kapelle die Atmosphäre heimeliger Besinnlichkeit aus.

»Was Euch auch zugestoßen ist, ich habe nichts damit zu tun«, wisperte Lucia und sah weiter zum Altar.

»Ihr gebt zu, dass Ihr mich betrogen und bestohlen habt?« Sie reagierte nicht. »Mich mit einer derart schlechten Fälschung reinzulegen! Hätte ich mir beim Kauf etwas mehr Zeit genommen, hätte ich es bemerkt. Aber Ihr hattet es ja sooo eilig. Jetzt weiß ich auch, warum. Eine Betrügerin und Diebin! Ich will mein Geld zurück.« Er war lauter geworden.

Lucia sah ihn alarmiert an. »Das habe ich nicht mehr. Ihr habt doch von Hinrik gehört, wie es um uns steht.«

Benjamin fuhr auf: »Wie es um mich steht, interessiert Euch wohl gar nicht! Ich bin hier frohen Mutes angekommen, um in Hamburg ein ansehnliches Bürgerhaus zu bauen, und bin stattdessen betrogen, bestohlen, ausgeraubt und verprügelt worden.«

Einige Besucher der Kirche warfen ihnen ob ihres hitzigen Wortwechsels empörte Blicke zu. Lucia sprang auf. »Mäßigt Euch!«, fauchte sie und eilte hinaus.

Er hielt sie an der Pforte auf. Sollten die anderen doch denken, was sie wollten! »Bildet Ihr Euch etwa ein, mir eine Lektion erteilen zu dürfen? Ihr …« Kurz war er davor, sie zu beschimpfen, beherrschte sich dann aber doch, weil er erkannte, wie aufgewühlt sie war.

Die Sonne war durch die Wolken gebrochen. Schweigend sahen sie einen Augenblick über die Kuppe und das neue Gebäude, das einen Steinwurf entfernt langsam in den Himmel wuchs. »Es tut mir leid, dass Hamburg Euch keinen guten Empfang bereitet hat«, sagte Lucia schließlich.

»Das kann man wohl sagen!« Seine Wut zerstob. »Was ist das für eine Baustelle?«

»Das wird der neue Michel.«

Jemand unterbrach sie. »Jungfrau Lucia?«

Sie wandte sich um und neigte das Haupt. »Pastor Edzardi. Ihr wolltet mich sprechen?«

»Eigentlich wollte ich Eure Frau Mutter sprechen.«

»Meine Mutter ist noch krank. Ich wollte gerade zu Euch kommen.« Der Geistliche bemerkte Benjamin. »Das ist ein Architekt aus Amsterdam, der nach Hamburg geladen wurde. Er interessiert sich für unseren Michel«, sagte Lucia leichthin.

»Löblich. Ich hätte Euch nicht unbedingt für einen Holländer gehalten. Die meisten sind, nun ja, herausgeputzt und eitel. Ihr seid ein Reformierter? Oder gehört Ihr der lutherischen Kirche an, die, wie ich hörte, in Amsterdam auch viele Anhänger hat?«

»Ich wurde im Geiste Calvins erzogen, interessiere mich aber für das Luthertum«, sagte Benjamin, um einer Diskussion aus dem Weg zu gehen.

»Etliche Eurer Landsmänner sind zu unserem Glauben übergetreten. Und das nicht nur, weil sie so Hamburgs Bürgerrecht erhalten können. Sie haben auf den rechten Weg gefunden.« Der Pastor betrachtete ihn mit Wohlwollen. »Möchtet Ihr mich auf die Baustelle begleiten? Ich wollte ohnehin gerade mit Meister Corbinus sprechen. Anschließend können wir uns unterhalten, Lucia.«

»Sehr gerne«, sagte Benjamin, auch wenn Lucia genervt wirkte. »Ich bin erstaunt, wie groß Eure Michel-Kapelle ist«, fügte er hinzu.

Der Pastor lachte. »Ja, sie ist im Laufe der Jahrzehnte gewachsen. Zunächst gab es hier nur einen einfachen Friedhof, weil die Kirchhöfe der Altstadt überfüllt waren. Aber für die Trauernden war der weite Weg beschwerlich. Auch war es beschämend, die Toten ohne würdevolle Zeremonie und Glockengeläut in die Erde zu geben. Also ist im Jahr 1600 die erste Kapelle gebaut worden. Die war bald zu klein, weil immer mehr Menschen in die Gegend zogen. Schon vier Jahre später musste der Bau erweitert werden, ein Jahr darauf noch einmal. Aber auch jetzt platzt unsere Kapelle bei den Gottesdiensten aus allen Nähten. Sechshundert Plätze und nur hundertzwanzig Setzstühle haben wir. Dabei wächst unsere Gemeinde täglich.« Edzardi machte eine große Geste. »Hier in der neuen Stadt gibt es nicht nur Arme und den Pesthof. Auch Wohlhabende richten sich hier ihre Lustgärten ein. Es ist ein fruchtbarer Boden – Ihr seht ja die vielen Obst- und Gemüsegärten, vor allem Kohl gedeiht ausgezeichnet.«

»Die Predigten des Herrn Pastor sind so beliebt, dass die Zuhörer sogar auf dem Kirchhof stehen, um durch die Fenster dem Gottesdienst zu folgen«, warf Lucia ein, die ihnen gefolgt war.

»Deshalb habe ich vor zwei Jahren zum Bau eines neuen Gotteshauses aufgerufen. Dank der Unterstützung des Rats, der Oberalten, vieler Gönner und Helfer wird Sankt Salvator nun hier auf dem Michaelisfelde beim Krayenkamp errichtet.«

»Ich dachte, die Kirche soll Michel heißen?«, wunderte Benjamin sich.

»Mein Vorschlag war Sankt Salvator. Aber die Anwohner ziehen Sankt Michaelis vor. Genau genommen nennen sie die Kirche, wie Ihr es ja schon gehört habt, den Michel.«

»Sankt Michaelis – ein Erzengel und Heiliger. Ist das nicht eigentlich ein katholischer Kirchenname?«

»Deshalb schlug ich Salvator vor.«

»Der Erlöser, auf Latein.«

Pastor Edzardi nickte. »Die Anwohner haben diese Kirche ins Herz geschlossen, obgleich sie noch im Werden ist. Der Michel ist schon ganz ihre Kirche. Und das mit Recht, schließlich haben viele von ihnen geholfen, das Fundament auszuheben. Wohlhabende spenden Ziegel oder Fenster. Allein hätten wir den Bau niemals so schnell vorantreiben können. Unser Kirchspiel hat ja noch nicht einmal die gleichen Rechte wie die anderen. Es ist empörend. Obgleich wir in unserer Gemeinde bereits zehntausend Seelen zählen, sind wir Sankt Nikolai untergeordnet.«

Sie hatten die Baustelle erreicht. Die Arbeit ging ruhig und geordnet vonstatten. Mehrere Maurer arbeiteten mit Gesellen und Lehrjungen zusammen. Sorgfältig bereitete ein Zimmermann ein neues Gerüst vor. Neugierig sah Benjamin sich um. Das Fundament war aus großen Bausteinen verlegt, die Baugerüste wirkten stabil, aber die ersten Mauern waren sehr schlicht in Gestaltung und Aufbau. Benjamin fragte sich, ob sie dick genug waren, um das Dach einer großen Kirche zu tragen.

Der Pastor besprach sich mit einem Mann, der vorzeitig gealtert schien, denn sein Körper wirkte noch kräftig, aber seine langen Haare waren schneeweiß. Benjamin nahm einstweilen das Modell der Kirche in Augenschein, das vor der Bauhütte stand, damit jeder Arbeiter es konsultieren konnte. Bei der neuen Kirche handelte es sich um ein geschlossenes dreischiffiges Langhaus mit Dreiachtel-Chorabschluss und westlich angefügtem Turmfundament.

Nachdem der Pastor ihn vorgestellt hatte, zog er sich mit Lucia ins Pfarrhaus zurück. Wieder musste Benjamin erzählen, was ihm widerfahren war. Einen schönen Eindruck mache ich überall, dachte er. Doch Meister Corbinus bedauerte ihn eher, als dass er sich über ihn lustig machte. Er sprach ein sehr breites Plattdeutsch, das Benjamin erstaunlicherweise recht gut verstand.

»Ich bin beeindruckt, wie detailgenau das Modell gearbeitet ist«, sagte Benjamin. »Sogar die Emporen auf den Längsseiten und an der Westseite das Turmfundament habt Ihr bereits berücksichtigt.«

Corbinus nahm die Anerkennung sichtlich zufrieden hin. »Wann der Turm gebaut wird, ist noch nicht absehbar. Aber ich weiß, wie wichtig so ein Modell ist. Nicht nur als Anleitung, sondern auch als Ansporn. ›Denn wer ist unter euch, der einen Turm bauen will und setzt sich nicht zuvor hin und überschlägt die Kosten, ob er genug habe, um es zu Ende zu führen …‹« Corbinus verstummte sinnierend.

Natürlich kannte Benjamin diesen Abschnitt aus dem Lukasevangelium genau und ergänzte: »›… damit nicht, wenn er den Grund gelegt hat und kann's nicht zu Ende bringen, alle, die es sehen, anfangen, über ihn zu spotten, und sagen: Dieser Mensch hat angefangen zu bauen und kann's nicht zu Ende bringen‹?«

Corbinus nickte. »So ist es. Ich bin als Bildhauer und Tischler aus Altona hierhergekommen und empfinde es als Gottesgeschenk, dass ich diesen Bau verantworten darf.«

Bereitwillig beantwortete er Benjamins Fragen, die nur so aus diesem heraussprudelten. Nach einer Weile sagte Benjamin: »Wenn ich das anmerken darf: Die Fassade erscheint mir recht schmucklos.«

»Das liegt auch daran, dass der Bauhof uns mit Materialien kurzhält. Der Leiter hat offenbar bedeutendere Auftraggeber. Gerade Sandstein ist für uns gar nicht zu bekommen. Die Neustadt ist zu unwichtig«, sagte Corbinus bitter.

»Ihr sprecht von Meister Grönfeldt?«

Corbins lächelte, ihm fehlten etliche Zähne. »Dafür dass Ihr gerade angekommen seid, kennt Ihr Euch schon gut aus.«

»Ich weiß gerne, mit wem ich es zu tun bekommen könnte.« Vor allem will ich auf alle Eventualitäten vorbereitet sein, damit ich nicht noch mehr Fehler mache, schoss es Benjamin durch den Kopf. Er überlegte. »Das Fundament scheint sehr stabil zu sein.«

»Die Steine stammen aus dem Abriss eines alten Herrenhauses bei Itzehoe. An so etwas kommt man sonst nicht so leicht.«

Einer der Maurer, der ihnen offenbar zugehört hatte, mischte sich ein. »Glaubt Ihr etwa, wir brauchen im Kirchenbau Nachhilfe von Fremden? Und dann noch von einem Reformierten – bei denen es nicht einmal einen Altar im Kirchenschiff gibt?«

Benjamin wollte den Vorwurf nicht unbeantwortet lassen. »Für den Kirchenbau gelten dieselben architektonischen Prinzipien wie für jedes andere Gebäude – und die sind unabhängig vom Glauben und beruhen auf mathematischen und anderen naturwissenschaftlichen Grundlagen. Daneben spielen auch Fragen der Akustik eine Rolle. Ein Prediger will überall gehört werden, ohne schreien zu müssen.«

Corbinus nickte nachdenklich. »Wenn es Euch besser geht und Ihr die Zeit findet – kommt gerne vorbei. Ich bin für Vorschläge offen. Außerdem können wir jede Hilfe brauchen. Mein Geselle kann Euch herumführen.« Er sah sich um. »Hans, kommst du mal?«

Während Meister Corbinus sich dem Maurer zuwandte, legte der Zimmermann noch einmal Hand an das Gerüst, ging dann zu seinem Meister und schließlich zu Benjamin. Hans war etwa in Benjamins Alter. Ein stämmiger Kerl mit orangerotem Haar, Sommersprossen und grünen Augen, der auf den ersten Blick eine Mischung aus Kraft und tiefer Gelassenheit ausstrahlte. »Wartet bitte kurz«, sagte er und versperrte noch schnell den Aufgang zum neuen Gerüst.

»Das ist sicher besser«, sagte Benjamin. »Wer einmal erlebt hat, wie ein Baugerüst eingestürzt ist, weiß, wie wichtig diese Sorgfalt ist.«

»Genau. Die Maurer können es ohnehin kaum erwarten, auf dieser Seite weiterzumachen.«

»Dann wird es ihnen nicht gefallen, dass Ihr mir die Baustelle zeigt.«

»Ist mir egal. Wenn der Meister es für richtig hält, dann mache ich das auch. Und eines noch: Duzt mich bitte.«

»Ihr mich dann aber auch. Ich bin Benjamin.«

»Hans Hamelau, also Hans.« Hans führte ihn herum und berichtete über die frühere Nutzung des Felds, die Pläne und die Probleme bei der Ausführung. Benjamin war beeindruckt von den Zimmermannsarbeiten, die ungewöhnlich sorgfältig ausgeführt waren. »Die Beschaffung des Materials ist der größte Hemmschuh. Früher gab es hier eine große Ziegelei, aber die wurde leider geschlossen. Jeder Stein muss herangeschafft werden. Das meiste Holz natürlich ebenfalls.«

»Das kennen wir in meiner Heimatstadt auch. Zumal Amsterdam ja quasi auf einem Wald erbaut ist – einem Wald aus Pfosten. Allein für das Stadhuis wurden mehr als dreizehntausend Pfosten im Schwemmland versenkt.«

»Wenn ich das bei mir in Dithmarschen erzählen würde, würde es mir keiner glauben«, sagte Hans staunend. »Das muss ja Unsummen gekostet haben!«

»So ist es aber. In Amsterdam ist das Teuerste eines Hauses häufig das Fundament. Für den Turm der Nieuwen Kerk wurden sogar noch mehr Pfosten benötigt, der Stabilität wegen. Dicht an dicht haben die Rammen sie gesetzt.«

»Das müssen ja riesige Rammen sein!«

»Ich bin gespannt, ob ich hier ebenfalls Rammen benötigen werde.«

»Das kommt darauf an, wo du bauen sollst.«

»Am Brook.«

»Ja, da ganz bestimmt. Die Brookniederung wurde zwar eingedeicht, man merkt aber noch, dass es Sumpfland war.«

Sie hatten die Baustelle nun beinahe ganz abgeschritten. »Zurück zu eurem Michel. Wie soll das Dach ausgeführt werden? Und warum wird der Turm auf sich warten lassen?«

Ein Maurer war zu dem Gerüst getreten und nahm den Balken weg, der die Leiter versperrte. »Ich bin noch nicht fertig!«, rief Hans ihm zu, woraufhin der Maurer unzufrieden grummelte. Hans wandte sich wieder Benjamin zu. Diesem war die Aufmerksamkeit, die ihm gewidmet wurde, inzwischen unangenehm. Er hielt hier die Arbeit auf. Außerdem strengte ihn die Begehung an; auf jeden Fall schmerzten seine blauen Flecken wieder stärker.

»Gute Fragen. Entwürfe für das Dach werden demnächst angefertigt. Und für den Turm ist noch kein Geld da. Aber es wäre natürlich großartig, wenn unser Michel alle anderen Kirchen Hamburgs überragen würde.«

Benjamin bedankte sich. »Wenn du noch irgendwas über die Baukunst in Amsterdam wissen willst, frag mich ruhig. Aber wundere dich nicht, wenn ich nicht zu reden aufhöre.« Er lachte. »Bei Häusern verwenden wir beispielsweise oft vorgefertigte Rahmen aus Holz. Dann geht der Bau schneller, und die Kosten sind niedriger. Außerdem können wir dann größere Fenster einplanen.«

Die Augen des Gesellen leuchteten vor Neugier. »Interessant. Darauf komme ich gerne zurück.«

Das Rattern einer Karosse auf dem Straßenpflaster lenkte sie ab. Benjamin sah sich um. Zwei Equipagen fuhren vor ein großes Steinhaus, das sich gegenüber der Baustelle befand. »Ich habe mich schon über dieses prächtige Haus gewundert. Man sagte, es sei eine ärmliche Gegend«, sagte er zu Hans.

»Ist es auch. Dort wohnt Senhor Teixeira.« Zu Benjamins Erstaunen sagte der Name ihm etwas. Wo hatte er ihn schon mal gehört? Hans schien sein Aufmerken aufzufallen. »Ein portugiesischer Bankier und Kaufmann«, ergänzte er. »Er ist so bedeutend, dass ihm gestattet wurde hierzubleiben, während viele andere Hamburger Juden nach Altona ausgewiesen wurden.«

Während Hans sich wieder seiner Arbeit zuwandte, ging Benjamin erregt ein paar Schritte. *Teixeira, Teixeira* ... Jetzt hatte er es! Sein Onkel hatte diesen Bankier erwähnt. Hatte Oom Samuel nicht gesagt, er mache Geschäfte mit ihm? Was, wenn er seinen Onkel anschreiben und um Hilfe bitten würde? Er könnte ihn um Verschwiegenheit anflehen, und Samuel könnte veranlassen, dass Senhor Teixeira ihm einen Wechsel auszahlte. Natürlich würde er Samuel das Geld zurückzahlen, irgendwann. Dann brauchte er nur noch ein Exemplar der *Architectura Aard* oder seine Entwürfe, natürlich sein Werkzeug ...

16

Es war in der Tat ein imposantes Haus, von innen beinahe noch mehr als von außen. Ein Luxus, wie Benjamin ihn aus den Häusern reicher Amsterdamer Regenten gewohnt war, geradezu fürstlich. Eine bunte Mischung von Bittstellern und Geschäftspartnern wartete in einer Art Salon. An der Wand prangte ein Wappen, ein blaugelbes Kreuz auf blauem Grund. Ein Mann in Benjamins Alter nahm Papiere an, schrieb Briefe und plauderte mit den Wartenden. Mit seinen dunklen, freundlichen Augen, den höflichen Manieren und dem weichen Zungenschlag machte der Sekretär einen sympathischen Eindruck. Ehe Benjamin an der Reihe war, versuchte ein Kaufmann, ein Gespräch mit Senhor Teixeira zu erzwingen, wurde jedoch kühl abgewiesen. Auch für Benjamin lief es nicht gut.

»So leid es mir tut, Senhor Teixeira hat keine Zeit für Euch«, sagte der Sekretär.

Beim Anblick der Wartenden hatte Benjamin das befürchtet. »Ich muss aber mit ihm sprechen. Ich bin in einer dringenden geschäftlichen Angelegenheit hier. Mein Onkel ist Sieur Samuel van Sanders aus s'Gravenhage. Er ist dem Hofe des Hauses von Oranien verbunden und steht zudem in geschäftlichen Verbindungen mit Senhor Teixeira. Mein Vater hat einen bedeutenden Posten in Amsterdam inne. Darüber hinaus kann ich Senhor Teixeira von den jüngsten Vorfällen in Amsterdam berichten.«

Der Blick des Sekretärs huschte über die plumpen Schuhe an Benjamins Füßen und seine abgetragene Kleidung. »Der Frieden ist eine Wohltat. Die Geschäfte mit Amsterdam laufen wie üblich sehr gut …«

War das ein Test? »Das mag sein, aber friedlich war es in den letzten Wochen in Amsterdam ganz und gar nicht. Die Belagerung durch den Statthalter, die Kontroversen in der Vroedschap, Loevestein, der Rückzug der Bicker-Brüder …« Er sah seinem Gegenüber in die Augen. »Die Bickers sind Euch vermutlich auch in Hamburg ein Begriff?«

Der Sekretär zeigte ein unverbindliches Lächeln. »Natürlich. Das alles ist mir bekannt. Worum geht es Euch wirklich? Worüber wollt Ihr mit Senhor Teixeira reden?«

Benjamin ließ die Schultern hängen. Niedergeschlagen überlegte er. Seit drei Tagen war er in der Stadt. Der Angriff auf Amsterdam war für einen gut informierten Kaufmann wohl auch in Hamburg keine Neuigkeit mehr. Damit würde er also nicht punkten. Sich aufzuregen oder zu beschweren würde nicht helfen. Das war auch nicht seine Art. So berichtete Benjamin ehrlich, wer er war, was er in Hamburg vorhatte und was ihm zugestoßen war.

Nun erhob sich der junge Mann. »Ein Architekt aus Amsterdam also? Ich rede mit meinem Vater und werde sehen, was ich für Euch tun kann.«

Sein Vater, wiederholte Benjamin in Gedanken, kein einfacher Sekretär also. Gut, dass ich ruhig und höflich geblieben bin.

Einige Zeit später kam der junge Mann zurück und führte Benjamin ins Hinterhaus. Hier waren die Räume von dezenterer Pracht. Senhor Teixeira war sicherlich an die siebzig und in einen prachtvollen Seidentalar gekleidet. Benjamin entdeckte einige kostbar gebundene Bücher und erwähnte seinen Freund Chaim, der für den hebräischen Drucker Menasse ben Israel und dessen Söhne arbeitete. Eine Zeit lang plauderte Senhor Teixeira mit ihm, dann endlich kam er zur Sache. »Was erwartet Ihr von mir?«

Benjamin zögerte kurz. »Ich bitte Euch, mir etwas Geld zu leihen, bis der Wechsel meines Onkels eintrifft.« Er brachte diese Worte nur mühsam heraus, zu sehr schämte er sich. Noch nie war er in einer derartigen Notlage gewesen. Noch nie hatte er einen Fremden um so etwas bitten müssen. Genau genommen log er ja auch, denn er wusste nicht, ob sein Onkel ihm helfen würde. Aber was sollte er tun? Auf dem Bau arbeiten? Selbst dann bekäme er so schnell das nötige Geld nicht zusammen.

»Welche Sicherheit könnt Ihr mir geben?«

Benjamin überlegte verzweifelt. »Leider keine. Außer meinem Wort.«

Senhor Teixeira legte die Fingerspitzen aneinander, als formte er ein Dach. »Natürlich weiß ich, wer Mijnheer van Sanders ist. Dennoch ist es leider so, dass Ihr keinen Beweis für Eure Behauptung habt. Ihr könntet diese Namen lediglich aufgeschnappt haben und Euch als jemand anderen ausgeben.«

Benjamins Mut sank. Er könnte versuchen, seine Dienste als Architekt anzubieten. Oder als Maler. Aber ohne Farben und Leinwände? Und ehe Geld fließen würde … »Ihr wollt nicht zufällig etwas bauen? Oder kennt jemanden, der bauen will? Ich stünde sehr gerne zur Verfügung.«

»Ich werde darüber nachdenken.«

Er durfte nicht scheitern! So einfach durfte er nicht aufgeben! Benjamin machte einen letzten Versuch: »Vielleicht könntet Ihr mir eine kleine Summe leihen, damit ich über die Runden komme, bis ich Antwort von meinem Onkel habe? Ich schwöre Euch, dass ich es zurückzahlen werde – und wenn ich am Hafen Fracht schleppen muss.«

Benjamin verließ Teixeiras Haus und ließ sich ein Stück entfernt auf einen Stein sinken. Es war, als wäre auf einmal alle Kraft von ihm abgefallen. Die Gespräche und Eindrücke der letzten Stunden wirbelten durch seinen Kopf. Er war so erleichtert, dass er ein Stoßgebet gen Himmel schickte. Hier, im Dunstkreis des neuen Michels, hatte er mehr Hilfe und Zuversicht gefunden, als er hatte erwarten können. Der einundneunzigste Psalm kam ihm in den Sinn, in dem es hieß, der Herr habe seinen Engeln befohlen, »dass sie dich behüten auf allen deinen Wegen, dass sie dich auf den Händen tragen und du deinen Fuß nicht an einen Stein stoßest«. »Nicht an einen Stein«, wiederholte Benjamin erschöpft.

Manoel Teixeira hatte ihm auf Weisung seines Vaters eine Mark Banco ausgezahlt. Benjamin war froh gewesen, dass er bei Chaim eine hebräische Dankesformel aufgeschnappt hatte. Dieser Dank war von Herzen gekommen. Nach dem Geschäftlichen hatten die Teixeiras und er noch geplaudert und festgestellt, dass ihre beiden Familien mit Antwerpen verbunden waren. Sowohl Benjamins Urgroßvater als auch Teixeiras Familie hatten einst aus der Stadt in den Spanischen Niederlanden fliehen müssen.

Langsam ging Benjamin den Hügel hinunter. In ihm war ein Plan gereift. Das Geld war wichtig, aber es war nicht genug, um alle Materialien zu kaufen, die ihm für den Hausbau fehlten – wenn er sie denn überhaupt in Hamburg bekommen würde. Der Dieb würde vermutlich versuchen, die *Architectura Aard*, den Zirkel und die anderen Sachen zu Geld zu machen – und Benjamin kannte jemanden, der ihm noch etwas schuldig war und ihm helfen konnte, seinen Besitz wiederzuerlangen.

Wieder stand er am Elbufer vor der schäbigen Kellerwohnung. Als Lucia die schmale Tür am Kellerhals öffnete, stiegen ihm Essensdüfte entgegen. Sie schien über seinen Anblick entsetzt.

»Was wollt Ihr schon wieder?«, fragte sie. Ihr Kleid mochte abgewetzt sein, aber sie war hübsch, das fiel ihm jetzt auf. Der leichte Silberblick gab ihrem Aussehen etwas Intensives, Eindringliches. Wie konnte ein so apartes Wesen derart gegen seine Art handeln?

»Ihr müsst mir helfen«, sagte Benjamin entschlossen.

»Das kann ich nicht.« Sie senkte die Stimme. »Ich sagte doch, dass ich das Geld nicht mehr habe. Meine Mutter ist krank, und wir haben Schulden –«

»Ihr wisst doch sicher, wo man gelehrte Bücher verkaufen kann? Gibt es Händler, die Diebesgut ankaufen? Ich muss meine Bücher und mein Werkzeug wiederfinden.«

»Ich bin keine dahergelaufene Diebin, die sich mit Hehlerei auskennen würde!«, zischte sie.

»Vielleicht nicht. Aber Ihr könntet Euch danach erkundigen. Ihr habt mich bestohlen. Also müsst Ihr mir helfen. Das seid Ihr mir schuldig. Oder wollt Ihr, dass doch noch jemand von Euren Eskapaden erfährt?«

Ihre Züge verschlossen sich. Sie verschränkte die Arme vor der Brust. »Erpresst Ihr mich etwa? Wie schäbig. Von Euch hätte ich mehr Anstand erwartet.«

Er kam sich selbst schäbig vor. Aber welche Wahl hatte er? »Das müsst Ihr gerade sagen! Habt Ihr so schnell vergessen, was Ihr getan habt? Ich brauche meine Utensilien, damit ich meinen Auftrag erfüllen und das Bürgerhaus bauen kann!« Seine Stimme war beschwörend geworden. Sie schwieg trotzig.

»Lucia?« Die Frauenstimme drang aus dem Keller zu ihnen.

»Ihr müsst jetzt gehen«, sagte Lucia leise und wollte die Tür schließen. Benjamin umfasste ihr Handgelenk.

»Mit wem redest du, Kind?«

»Mit niemandem!« Lucia wollte sich losmachen, funkelte Benjamin böse an. Ein Geräusch ließ sie herumfahren. »Mutter?«

Die Tür öffnete sich weiter. Benjamin ließ Lucia los. Eine hagere, verhuscht wirkende Frau tauchte vor ihnen auf. Seltsamerweise trug sie zu ihrer Haube eine geschlossene Heuke, obgleich sie doch zu Hause war. »Ich habe gehört, dass es um ein Bürgerhaus ging«, sagte sie. »Also, mit wem habe ich das Vergnügen?« Ihr Lächeln wirkte gequält.

»Das ist Mijnheer Aard, ein holländischer Architekt, der hier ein Haus bauen wird«, sagte Lucia widerstrebend.

»Und Ihr benötigt Baumaterial? Kommt herein, dann reden wir über alles. Meine Tochter hat gerade eine Fischsuppe gekocht.«

Benjamin lief das Wasser im Munde zusammen. Gleichzeitig sah er, wie geschwächt die Frau war. Sah an ihr vorbei die ärmliche Kammer. Und dann war da das Entsetzen in Lucias Blick. »Ich will Euch nicht zur Last fallen«, sagte er.

»Das tut Ihr nicht. Wir sind froh, wenn wir mit Euch Geschäfte machen können. Heute ist ohnehin ein guter Tag, denn meine Tochter berichtete mir gerade, dass der Pastor meinen Sohn an die höhere Schule schicken möchte.«

***

Zornentbrannt ging Lucia an den Herd, während ihre Mutter mit dem Architekten redete. Was bildete dieser Mann sich ein? Gleichzeitig hatte Furcht sich breitgemacht. Würde er sie wirklich bei den Weddeherren anschwärzen? Würden der Pfarrer, ihre Mutter und ihr Bruder erfahren, was sie getan hatte? Dass sie betrogen und gestohlen, dass sie gegen die heiligen Gebote verstoßen hatte? Schaudernd dachte sie an Frauen, die am Kaak ausgepeitscht, oder Diebinnen, die gehängt worden waren. Andererseits war sie dieses Risiko bewusst eingegangen, damit sie ihrer Mutter helfen konnte.

Sie musste diese Nervensäge so schnell wie möglich abwimmeln. Aber jetzt half es nichts ... Schamerfüllt nahm Lucia die angestoßenen Teller und füllte die Suppe auf. Früher, als Vater noch gelebt hatte, hatte sie im Obergeschoss gewohnt. Ihre Mutter hatte oft Geschäftspartner und Gesellen verköstigt. Heute konnte jeder ihren Abstieg und ihr Elend sehen. Ihre Mutter hatte die Heuke nur übergeworfen, um das schäbige Hauskleid zu überdecken.

Auch der Architekt hatte offenbar bessere Zeiten erlebt. In seinem schlecht sitzenden Anzug und den ausgelatschten Schuhen saß er nun bei ihrer Mutter. Aufrecht, die Hände verschränkt, mit verstrubbelten Haaren und naivem Gesicht, in dem sie trotzdem noch Arroganz zu lesen glaubte. Oder war es Unsicherheit? Manchmal war sie da nicht so sicher. Auf jeden Fall saß er so steif, als sei es ihm unangenehm, hier zu sein. Gerade berichtete er von dem Überfall. Lucia drängte ihr Mitleid zurück. Es war zu typisch für diese reichen Jüngelchen, die auf Rosen gebettet aufwuchsen, dass sie sich leichtsinnig verhielten. Wer Mangel erlebt hatte, wusste, wie wichtig es war, vorsichtig zu sein.

»Sandstein bekommen wir meist aus Bremen. Mein Gatte hatte gute Verbindungen zu verschiedenen Obernkirchener und Bentheimer Steinbrüchen, die auch für Euch geeignet sein könnten.« Ursulas Blick wanderte zu dem Regal mit Vaters Habseligkeiten.

»Mit Bentheimer Sandstein kenne ich mich aus. Sehr stabil. Auch beim neuen Amsterdamer Stadhuis wird er verbaut. Die ersten Mauern strahlen bereits über den Dam.«

»Der Stein wird nachdunkeln, weshalb man ihn in Bremen auch ›Grauwerk‹ nennt. Der Festigkeit tut das aber keinen Abbruch«, versicherte Ursula ihm.

Der Architekt hatte nun das Regal entdeckt. »Darf ich?« Als ihre Mutter nickte, begutachtete er, was von den kostbaren Besitztümern ihres Vaters übrig geblieben war. Lucia hielt seine Impertinenz kaum aus. Eilig füllte sie die Fischsuppe auf und stellte die Teller ab, was ihr zutiefst widerstrebte. Sie war doch keine Dienerin!

»Die Ausgabe eines Bandes von Agricola! Einige Seiten aus … lasst sehen … Es geht um Gartengestaltung! Die sind von Hans Vredeman de Vries, nicht wahr?«

Lucia war erstaunt, dass der Architekt die Seiten sofort richtig zugeordnet hatte.

»Mein Gatte hatte ein weiteres Buch von ihm. Ihr wisst ja sicher, dass de Vries auch in Hamburg tätig war.«

»Tatsächlich? Für Architekten und Möbeltischler sind seine Werke noch heute maßgeblich.«

»De Vries gestaltete die Kanzel in der Petrikirche. Das ist doch so, Lucia? Meine Tochter kennt sich da besser aus.«

»Ja«, sagte Lucia knapp. Jetzt nahm er auch noch Vaters Notizbücher in die Hand!

»Wie viele Notizen sich Ihr Gatte gemacht hat!«, rief Benjamin aus.

Lucia nahm ihm das Notizbuch ab. »Vater war ein Gelehrter.«

»Das hat er an unsere Kinder weitergegeben«, ergänzte ihre Mutter stolz.

Nun hatte er Vaters Nasenkneifer in der Hand – und jetzt das letzte Fossil! Das, dem sie die Fälschung nachgebildet hatte. »Ist das etwa eine echte Versteinerung?«

»Mein Gatte hat diese Versteinerung aus England mitgebracht. Andere hat er an der Ostsee gefunden. Auf der Insel Rügen.« Lucia legte das Notizbuch außer Reichweite und trug den letzten Teller auf. »Meiner Tochter hat er ein besonders schönes Fossil geschenkt. Lucia, zeig es dem jungen Mann doch mal!«

Auf keinen Fall! »Später«, sagte sie.

»Dann zeige ihm wenigstens die Steinsammlung.«

»Lasst uns erst essen, die Suppe wird kalt.«

Nachdem sie gegessen und der Architekt versprochen hatte, wegen des Steinankaufs zu ihnen zu kommen, verabschiedete er sich endlich. Das wurde auch Zeit, denn ihre Mutter wirkte wieder sehr erschöpft. Lucia brachte ihn hinaus.

»Es tut mir leid, dass ich Euch vorhin gedroht habe. Überhaupt, mein ganzer Ton … eine Unverschämtheit, einer … Dame gegenüber«, sagte Benjamin geknickt; in seinem geschwollenen Gesicht geriet das Lächeln schief. »Aber ich bin verzweifelt. Ich wüsste niemanden, der mir sonst helfen könnte. Und Ihr seid findig, trickreich und … klug wohl auch.«

Unwillkürlich lächelte sie spöttisch. »Das anzuerkennen fällt Euch wohl sehr schwer.«

»Mitnichten. Ich bin in Amsterdam mit gelehrten Damen bekannt und korrespondiere mit anderen«, meinte er etwas pikiert. »Ich muss mein Architekturbuch, meine Entwürfe und meine Utensilien zurückbekommen. Der Dieb wird versuchen, alles zu Geld zu machen – was soll er sonst damit? Ihr kennt Euch hier aus. Euch wird man eher etwas anvertrauen als mir. Könnt Ihr Euch denn wirklich nicht bei Buchhändlern, Kramläden, Leihstuben oder was weiß ich wo erkundigen? Ihr könntet ja so tun, als seid Ihr ein Virtuose und an einem Ankauf interessiert.«

»Verkleidet?«

»Sonst wird man Euch ja kaum ernst nehmen.«

Als ob sie sich aus Spaß als Mann verkleidete und in Gefahr begab! Nun ja, ein wenig Spaß machte es schon, das musste sie zugeben. Aber nicht genug, um noch mehr zu riskieren. Lucia schob unwillkürlich das Kinn ein Stück vor, wie sie es schon als Kind getan hatte. Ihr Vater hatte sich dann immer liebevoll über ihren Trotz lustig gemacht.

»Gut, ich erkundige mich«, gab sie nach. »Aber mehr kann ich nicht für Euch tun. Morgen Abend, Schlag acht treffen wir uns vor dem Dom.«

***

Benjamin kaufte von dem geliehenen Geld Papier, Tinte und Feder, bezahlte sein Zimmer für die nächsten Tage und zog sich zurück. Noch ehe er ein Wort geschrieben hatte, legte er seinen Kopf auf die Tischplatte und schlief ein.

Einige Stunden später tunkte er im Schein einer Öllampe endlich die Feder ein und suchte nach den richtigen Worten.

Verehrter Herr Vater, lieber Bruder,

ich bin gesund und wohlauf in Hamburg angekommen. Die
Stadt ist klein im Vergleich zu Amsterdam, bietet aber durchaus
Potenzial. Offenbar gibt es viele reiche Kaufleute hier, die sich
standesgemäße Häuser wünschen. Ihr werdet es kaum glauben:
Tatsächlich wird auch hier nach Philips Vingboons' Entwurf
ein Haus errichtet! Unseren Auftraggeber habe ich noch nicht
kennengelernt. Er war unterwegs, Kaufleute eben. Die Zeit
habe ich genutzt, um die Stein- und Holzhändler zu prüfen.
Die Auswahl ist nicht schlecht, wenn auch nicht so gut wie in
Amsterdam. Ich brenne darauf, endlich mit der Planung und
dem Bau zu beginnen!
Aber nun berichtet mir, was macht unsere geliebte Heimatstadt?
Ich möchte alles wissen, selbst das kleinste bisschen! Was redet
man im Rat und auf den Straßen? Wie geht der Stadhuisbau
voran? Sind die Truppen des Prinzen endlich abgezogen?
Es kommt mir vor, als sei ich schon Monate auf Reisen. Wenn
man unterwegs ist, erlebt man so viel und lernt dazu, das kann
ich schon jetzt sagen.
Herzlich Euer pflichtbewusster Sohn und Bruder,
Benjamin
PS: Bitte legt dem nächsten Brief meine Korrespondenz und,
wenn möglich, meine Lupen bei.

Er verschloss den Brief hastig, als sei er etwas, wofür er sich schämen musste. Was er genau genommen auch tat, schließlich hatte er gelogen. Nun legte Benjamin den nächsten Bogen bereit und drehte die Feder zwischen den Fingern. Dieser Brief würde ihm ungleich schwererfallen, gerade weil er die Wahrheit sagen musste.

Hochverehrter, geschätzter Oom,
ich wende mich an Euch mit der Bitte um Hilfe in einer
Angelegenheit, in der ich Euch um Eure Verschwiegenheit
anflehe. Ihr seid der Einzige, der mir helfen kann, und ich
hoffe inständig auf Euer Mitgefühl. Weder mein Vater noch
mein Bruder wissen von meiner Misere. Ich versinke bei dem
Gedanken, es vor ihnen zuzugeben, vor Scham im Erdboden.
Den Grund dafür werdet Ihr gleich erfahren, habt bitte Geduld
mit mir.

Benjamin überlegte, unschlüssig, wie er fortfahren sollte. Schließlich schrieb er alles genau so nieder, wie es sich zugetragen hatte, einschließlich der Vorfälle in Amsterdam, die ja erst zu seiner Verbannung geführt hatten. Samuel musste nachvollziehen können, wie es um ihn stand. Nachdem er etliche Seiten gefüllt hatte, fuhr er fort.

Ich hoffe, Ihr verzeiht mir, dass ich bei Senhor Teixeira
vorgesprochen und Euren Namen erwähnt habe. Er führt
hier ein großes Haus, für das sich ein Fürst nicht zu schämen
bräuchte, und als ich wartete, bekam ich mit, dass der Walfang
von Hamburg aus gute Geschäfte verspricht, denn der dänische
König hat erst kürzlich die Erlaubnis dafür erteilt. Senhor
Teixeira lieh mir eine Bancomark, womit ich Schreibzeug
erstanden habe, mich standesgemäß einkleiden und mein
Zimmer zahlen muss. Als Nächstes werde ich mich auf die
Suche nach meinem Besitz begeben und natürlich bei unserem
Auftraggeber vorsprechen.
Das einzig Gute an meiner Notlage ist, dass der Dieb – oder
die Diebe – nicht stehlen konnten, was sich in meinem Kopf
befindet: mein Wissen. Zur Not werde ich eben ein neues Haus
entwerfen, möglicherweise sogar ein besseres. Zweifel an meinem
Können kann ich mir in dieser Situation nicht mehr leisten.

Bitte antwortet mir, sobald es Euch möglich ist. Ich hoffe, Ihr könnt meinen Bitten nachkommen. Auch würde ich mich über Informationen hinsichtlich der derzeitigen politischen Verhältnisse freuen, mit denen ich mich bei Senhor Teixeira erkenntlich zeigen könnte. Demütige Grüße usw. Benjamin.

17

Dieses Mal traf Benjamin seinen Freund auf dem Boßelhof an, zu dem man ihn vom Englischen Hof aus geschickt hatte. Eine Gruppe englischsprechender Kaufleute warf mit Bällen um die Wette, auf einer Decke standen Bierkrüge, Becher und ein Teller mit kleingeschnittener Wurst und Käse. Im Gegensatz zu ihm war Oliver Cooper offensichtlich nicht überfallen und verprügelt worden. Umso besser! Dann konnte Oliver ihm ja vielleicht helfen, und er wäre nicht auf Lucia angewiesen. Immerhin sah er einigermaßen manierlich aus. Bei einem Altkleiderhändler hatte er zufällig eine seiner Jacken entdeckt. Leider konnte sich die Hökerin nicht mehr an den Verkäufer erinnern. Und leider hatte Benjamin das Kleidungsstück zurückkaufen müssen.

»Was haben sie denn mit dir gemacht?«, fragte Oliver amüsiert; er schien leicht angetrunken.

»Das könnte ich dich fragen«, zischte Benjamin.

»Was meinst du damit?«

»Jemand hat mich überfallen, kurz nachdem du weg warst.«

»Das ist ja übel«, meinte Oliver, vermied aber, Benjamin anzusehen, und beobachtete stattdessen die Würfe seiner Spielpartner.

»Über dich ist anscheinend niemand hergefallen.«

»Da hatte ich wohl Glück.« Oliver machte sich bereit, seinen Ball zu werfen.

Die mangelnde Anteilnahme ärgerte Benjamin. An dem Abend hatte Oliver so getan, als wären sie beste Freunde – und nun ...

»Glück, hm?«, fragte er scharf.

Olivers Ball blieb nicht an seinem Zielpunkt liegen, sondern rollte die abschüssige Fläche bis zur Planke. Er kam näher. Seine Augen wurden schmal. »Wenn du mir irgendwas vorwerfen willst, dann spuck's aus.«

»Du hast Geldprobleme, heißt es.«

»Wer nicht?«, fragte Oliver schulterzuckend.

»Wohin bist du verschwunden?«

»Ich musste pissen. Als ich zurückkam, warst du weg.«

»Und du hast dich gar nicht gewundert?«

»Sollte ich? Ich hatte nicht damit gerechnet, von der spanischen Inquisition befragt zu werden«, sagte Oliver sarkastisch.

»Das ist nicht lustig.«

»Nein, ist es nicht.«

»Hast du jemanden gesehen? Bist du vielleicht dem Angreifer begegnet?«

»Bin ich nicht. Und wenn, dann habe ich es nicht bemerkt. War zu besoffen, wie du. Und wer weiß, vielleicht hast du dir den Überfall ja auch selbst zuzuschreiben? Ein arroganter Holländer, der seinen Wohlstand vor sich herträgt, ist ein leichtes Opfer.« Oliver musterte ihn abfällig. »Aber damit ist es ja wohl vorbei. Vielleicht kann dein reicher Tuchhändler-Onkel dir ja helfen. Oder gibt's den gar nicht?«

Benjamin schnappte nach Luft, verkniff sich aber eine weitere Bemerkung und stürmte davon. Wie hatte er sich so in Oliver irren können? Von ihm war auf jeden Fall keine Hilfe zu erwarten. Jetzt nicht mehr.

Er hatte die Elbe erreicht. Noch immer wütend und enttäuscht lief Benjamin zum Ufer und sah auf den Fluss hinaus. Für ein paar Atemzüge stellte er sich vor, in Amsterdam zu sein. Aber nein, er war hier in Hamburg, und er hatte eine Aufgabe. Eine Aufgabe, die er mit Bravour bewältigen würde.

Nachdem er tief durchgeatmet hatte, ließ er sich den Weg zum

Großen Neumarkt zeigen, um endlich mit seinem Auftraggeber zu sprechen. Es hatte keinen Sinn, länger zu warten. Wer wusste schon, wie viele Wochen es dauern würde, bis Oom Samuel ihm half – wenn er ihm überhaupt helfen würde.

Der Große Neumarkt lag in der Nähe von Michel-Kapelle und Michel-Baustelle. Er war tatsächlich sehr weitläufig und noch nicht vollständig umbaut; die Marktstände wirkten verloren auf der Fläche. Auch hier gab es Gemüsefelder. Benjamin fragte eine Frau, die gerade ein Kohlbeet von Unkraut befreite, nach dem Wohnhaus von Mijnheer van Vos. Sie wies auf eines der hohen Fachwerkhäuser, vor dem reger Betrieb herrschte. Endlich hatte er sein Ziel erreicht. Das Schild wies auf einen Zuckerbäcker und Tabakverkauf hin. Über dem Vorplatz hing der typische Geruch der Zuckersieder, eine seltsame Mischung aus übel und verlockend. Aber van Vos schien auch mit anderen Waren zu handeln.

»Ich hätte gerne mit Mijnheer van Vos gesprochen«, sagte Benjamin zu einem Mann, der in dem kleinen, vollgestellten Kabuff in der Diele saß.

»Worum geht es denn?«

»Mein Name ist Aard … «

Der Faktor sah ihn kaum an, sondern streckte die Hand aus. »Der Herr hat keine Zeit. Gebt mir die Nachricht.«

»Welche Nachricht? Ich bin … « Ein Ruf aus dem hinteren Kontor unterbrach ihn.

»Sofort, Mijnheer van Vos! Nun gebt schon den Brief«, sagte der Faktor ungeduldig.

Welchen Brief? Wieder die Stimme. Jetzt klang sie herrisch: »Was ist denn da vorne los?«

»Ich bin auf dem Weg. Hier ist ein widerspenstiger Bote … «

Jetzt reichte es aber! Benjamin drängte sich an dem Faktor vorbei zum Kontor. Vor dem Kaufmann lagen jede Menge Papiere, Beutel und kleine Fässer, eine Waage. »Das ist ein Missverständnis.

Ich bin der Amsterdamer Architekt. Benjamin Michielszoon Aard, mein Name. Mein Vater hatte mich angekündigt. Wir haben korrespondiert, Mijnheer van Vos.«

»Sagt das doch gleich!« Der Kaufmann erhob sich. Er war ein massiger Mann von vielleicht sechzig Jahren; Zähne schien er allerdings kaum noch zu haben, denn die Wangen waren eingefallen. Misstrauisch beäugte van Vos ihn. »Seid Ihr wirklich der Architekt?«

»Sehr erfreut, Mijnheer van Vos! Ja, ich bin es tatsächlich. Meines Zeichens Architekt und Maler. Ausgebildet an der Illustren Schule in Amsterdam und von meinem Vater, dem angesehenen Architekten Michiel Vicentsz Aard. Ich war zuletzt beim Bau des neuen Rathauses beschäftigt. Als Malschüler besuchte ich – «

»Schon gut! Ich glaube Euch ja!« Van Vos schüttelte seine Hand. Es war ein zupackender Händedruck, den Benjamin bestmöglich erwiderte. »Gut zu sehen, dass es Euch besser geht. Das muss ja ein übles Fieber gewesen sein, wenn es Euch derart zugesetzt hat.« Seine Augen wanderten über das noch immer geschwollene Gesicht, das vermutlich inzwischen eine violett-gelbe Tönung angenommen hatte. »Dass Ihr so jung seid, hätte ich nicht gedacht. Wenn Euer Vater mich nicht vorgewarnt hätte, hätte ich Euch hinausgeworfen.«

»Alt genug, um eine exzellente Ausbildung genossen zu haben. Meine Lehrmeister – «

»Ich weiß, ich weiß. Euer Vater war in dieser Hinsicht recht ausführlich. Habt Ihr die Entwürfe dabei?«

»Da ich nicht wusste, ob Ihr heute genügend Zeit für eine ausführliche Erörterung des Entwurfs aufbringt, habe ich darauf verzichtet.« Benjamin war froh, sich auf diese Frage vorbereitet zu haben.

»Ausgezeichnet mitgedacht. Beschnuppern wir uns zunächst. Erzählt mir von Amsterdam. Ach, wie ich die Heimat vermisse!

Aber ehrlich gesagt: Sobald ich dort bin, sehne ich mich nach Hamburg zurück. Das ist das Los des Kaufmanns! Überall zuhause – und zugleich nirgends.« Er bediente sich aus einer Konfektschale, bot aber Benjamin nichts an. »Nun berichtet mir aus erster Hand von dem Angriff auf Amsterdam, von dem mir bislang nur Gerüchte zugetragen worden sind. Ziert Euch nicht!«

Kurz hörte van Vos ihm zu, dann ging er schon wieder dazwischen: »Dabei ist jedweder Krieg für alle schädlich. Hamburg hat in den vergangenen Jahrzehnten viele richtige Entscheidungen getroffen. Die Neutralität der Stadt hat sich ausgezahlt. Mit jedem ist Hamburg auf gutem Fuße, hat sich in so wenig Auseinandersetzungen wie möglich verwickeln lassen. Aber man muss wachsam sein. Natürlich versuchen Dänemark und Schweden, Macht über die Stadt zu gewinnen. Die politische Lage ist für Amsterdam selbstredend ganz anders. Da müssen die Regenten ihr Weltreich verteidigen. Hier ist es friedlicher. Hamburg bietet mehr Freiraum, mehr Möglichkeiten als andere Städte. Insbesondere uns Holländern.«

»Weil wir so vielfältige Geschäfte betreiben?«, fragte Benjamin nach.

»Das auch. Aber vor allem, weil wir uns von den Regularien und dem Geklüngel des Hamburger Rates frei machen konnten. Wir haben neue Techniken nach Hamburg gebracht und mussten deshalb nicht in die vorhandenen Ämter – so heißen hier die Gilden – eintreten, sondern konnten unsere eigenen gründen. Landsleute wie Rudolf Amsinck, der zum lutherischen Glauben übergetreten ist und dem Hamburger Rat angehörte, haben sich für unsere Rechte eingesetzt. Jetzt müssen wir allerdings sehen, wo wir bleiben.«

»Inwiefern?«

»Rudolf Amsinck ist tot. Der Bruder Arnold hat sein Vermögen auf der Nordseeinsel Strand investiert – und durch die Sturmfluten alles verloren. Völlig vereinsamt lebt er jetzt dort.« Er bemerkte, wie Benjamins Blick auf das Konfekt fiel, und sagte: »Greift zu, hergestellt mit bestem brasilianischem Zucker, selbst importiert. Mein Vater hat schon in Antwerpen mit dem weißen Gold gehandelt. Wir mussten jedoch Anno 1585 aus der Stadt fliehen. Damals übernahm der spanische König die Macht und drohte allen Nicht-Katholiken mit der Inquisition. Meine Familie kam direkt nach Hamburg – als einer der ersten Zuckerbäcker.«

Benjamin kostete Marzipan; es war herrlich. »Was für ein Zufall! Auch meine Vorfahren stammten aus Antwerpen. Wir leben allerdings seitdem in Amsterdam.«

»Dann wird es ja mal Zeit, dass Ihr etwas anderes seht!« Van Vos stemmte sich hoch. »Ich zeige Euch die Misere in diesem Haus und berichte, wie es weitergehen soll.« Er machte eine große Geste. »Mein Kontor ist natürlich zu klein und zu dunkel. Nicht repräsentativ genug. Ich dachte an hellere, großzügigere Räume.«

»Da habt Ihr den richtigen Entwurf ausgewählt. In unseren Plänen … «

Van Vos ging weiter. Unter dem niedrigen Türsturz musste er den Kopf einziehen. »Der Eingangsbereich ist zu eng. Auch sollen die Räumlichkeiten etwas hermachen.«

»Eine breite Treppe, die zu einem Fenster führt, wäre dann das Richtige. Weit, offen, großzügig … «

»Genau so! Ich will unbedingt Marmor. Dazu eine Fassade und eine Diele, bei der man sogleich weiß, mit wem man es zu tun hat. Im hinteren Teil des Gebäudes, zum Fleet hin, soll gearbeitet werden. Abgetrennt, damit wir nicht mehr als nötig von Lärm und Gerüchen belästigt werden und ich zugleich alles im Blick habe. Ich benötige eine große Halle für die Siedepfannen und einen Speicher zum Trocknen der Zuckerhüte. Der Brook ist eine schön ruhige Gegend, das ist auch nötig für die Zuckerbäckerei.«

Van Vos führte ihn durch seine Werkstätten. In einem Raum wurden die Zuckerhüte verpackt. Eine winzige, aber propere Dame, die in ihrem Kleid ein wenig eingeschnürt wirkte, kontrollierte die

Waren und trug Zahlen in ein Buch ein. Neben ihr saß ein etwa fünfjähriges Mädchen und stippte mit der Fingerspitze Zuckerkrümel auf, um sie abzuschlecken. Van Vos küsste beide auf die Stirn. »Meine Gattin und meine Tochter.«

Mevrouw van Vos war deutlich jünger als ihr Mann, vielleicht vierzig. Benjamin begrüßte sie höflich. »Sehr erfreut.«

»Ich werde Euch sogleich eine Kammer bereiten lassen. Heute Abend müsst Ihr uns dann von Amsterdam berichten – und vor allem von der neuesten Mode«, sagte Mevrouw van Vos.

Benjamin wunderte sich. Seine Kammer?

Mijnheer van Vos ging bereits weiter. »Ihr seid hier herzlich willkommen. Wenn Ihr bei uns wohnt, können wir uns immer über den Fortgang der Arbeiten austauschen.« Das war Benjamin gar nicht so recht, denn so würde er ständig unter Kontrolle stehen. Andererseits sparte er natürlich Geld. »Aber wehe, Ihr bändelt mit meinen Mägden an!« Auf die Warnung folgte zwar ein trockenes Lachen, sie war jedoch ernst gemeint, das konnte Benjamin dem Gesichtsausdruck seines Auftraggebers ablesen.

»Ihr könnt Euch auf meine Rechtschaffenheit verlassen«, versicherte er ernsthaft und kehrte zur Bauplanung zurück. »Möglicherweise ließe sich ein zweiter Zugang einrichten, zu einem Hof vielleicht?«

»Das ist unbedingt nötig. Ich wünsche mir einen großen Salon mit viel Raum für meine Gemälde. Ich besitze einige exzellente Werke holländischer Maler sowie Hamburger Maler, die in Amsterdam gelernt haben. Aber am wichtigsten ist der imposante Gesamteindruck.«

Benjamin überlegte laut: »Ich stelle mir eine säulengegliederte Fassade vor, mit Giebeldreiecken und Schmuckfriesen, ganz nach Amsterdamer Geschmack. Dazu ein rundbogiges Portal mit einem hohen Stoop.«

Die Uhr schlug. »Das hört sich ausgezeichnet an! Ich habe noch

246

ein wenig Zeit. Lass die Kutsche anspannen!«, rief van Vos einem Knecht zu. »Wir werden an den Brook fahren, dann könnt Ihr Euch das Grundstück anschauen. Ich bin gespannt, was Ihr dazu sagen werdet.«

In diesen Worten schwang etwas mit – waren das etwa Zweifel? Die werde ich meinem Auftraggeber nehmen, dachte Benjamin. Jetzt, wo es um die Baukunst ging, kehrte sein Selbstbewusstsein zurück, das in letzter Zeit einen gehörigen Dämpfer erhalten hatte. Er würde beweisen, dass er sich auskannte!

Auf der Kutschfahrt redete van Vos ununterbrochen. »... und als ich dann hörte, dass meine Konkurrenten, die Brüder Borchers, von diesem Amsterdamer Vingboons bauen lassen, dachte ich, was ihr könnt, kann ich schon lange!«

»Eine weise Entscheidung, Euer Haus wird etwas ganz Besonderes werden. Da ich vor Ort bin, kann bei der Umsetzung des Entwurfs nichts schiefgehen. Im Gegensatz zu den Herren Borchers, die sich darauf verlassen müssen, dass die Bauarbeiter die Zeichnungen korrekt umsetzen.«

»So ist es. Das gefällt mir! Ich werde Euch in die hiesige niederländische Gesellschaft einführen. Wir bringen holländische Werte und Gepflogenheiten nach Hamburg. Pesthaus, Zuchthaus und Spinnhaus wurden bereits nach den Amsterdamer Vorbildern errichtet. Die Ausführung ließ allerdings zu wünschen übrig, weshalb sie schon erneuert werden müssten. Allein, das Geld fehlt. Wer weiß, vielleicht findet Ihr hier ja auch noch andere Aufgaben? Zudem sind wir Niederländer durch die Armenkasse eng verbunden.«

»Ich hörte bereits von dieser sinnvollen Einrichtung. Die Gottesdienste müsst Ihr und unsere Glaubensbrüder aber in Altona begehen?«

»Ihr seid ja schon gut informiert. Es ist kompliziert. Die hiesigen Kirchen stehen den Calvinisten ablehnend gegenüber. Ich persönlich engagiere mich für die lutherische Gemeinde, als Zeichen meines guten Willens. Zuletzt habe ich Fenster für den Bau des neuen Michels gespendet.«

Benjamin nickte. »Kein einfacher Bau. Ich habe gestern zufällig mit dem Baumeister Corbinus und Pastor Edzardi sprechen können.«

»Ihr seid ja ein ganz Schneller! Finde ich gut! Vielleicht könntet Ihr Euch ja dabei nützlich machen. Das würde mir gut zu Gesicht stehen und soll Euer Schaden nicht sein. Allerdings solltet Ihr darüber nicht den Bau meines Hauses vernachlässigen, der hat Priorität.«

»Natürlich nicht. Das wird sich bestimmt machen lassen.«

Die Kutsche hielt am Brook. Benjamin war froh, dass er sich bereits mit der Gegend vertraut gemacht hatte. Er ließ sich die Abmessungen des Grundstücks zeigen. »Das ist wirklich eine sehr große Fläche«, sagte er dann. »Eine derart breite Fassade bekommt Ihr in Amsterdam nur, wenn ihr zwei Grundstücke nebeneinander kauft! Da bieten sich viele Möglichkeiten für Raumaufteilung und Fassadengestaltung.«

»Wir können die Entwürfe aus dem Buch also anpassen? Das freut mich, denn ich habe viele Ideen.«

»Das ist gut«, sagte Benjamin abgelenkt. Er schritt gewissenhaft das Grundstück ab, begutachtete die Umgebung. Mit dem Spaten, den er sich wohlweislich von van Vos' Knecht geborgt hatte, grub er in der Erde, einmal an der Hauswand und einmal auf der Freifläche. Bedauerlicherweise hatte er keinen Kompass dabei, deshalb bestimmte er anhand der Sonne und der moosigen Ecken die Ausrichtung des Grundstücks. Anschließend lief er durch das baufällige Haus, klopfte Holz und Steine ab, begutachtete insbesondere den Boden. Durch die skeptischen Blicke seines Auftraggebers und dessen zunehmende Ungeduld ließ er sich nicht stören. Seine anschließende Analyse des Baugrunds schien den Kaufmann zu beeindrucken. Es war ein aufregender Moment, immerhin war es das erste Bürgerhaus, für das er allein verantwortlich zeichnen würde.

»Das Haus muss abgerissen werden, aber die Ziegelsteine und das Holz können für die Weiterverwendung oder den Verkauf sortiert werden. Das Erdreich ist feucht und schwer, das Untergeschoss des Fachwerkhauses ist durch eine minderwertige Gründung in Mitleidenschaft gezogen worden. Für ein Steinhaus sollte ein Pfahlfundament gelegt werden, wie wir es aus Amsterdam gewöhnt sind. Bislang habe ich noch keine große Ramme in der Stadt gesehen. Ich könnte aber eine für Euch anfertigen lassen. Das ist nicht ganz billig, gemessen daran, was ein derartiges Steinhaus kostet, jedoch nur ein kleiner Posten.«

»Geld spielt keine Rolle – solange es im Rahmen bleibt, natürlich. Und Ihr werdet mir ja ohnehin über jeden Pfennig Rechenschaft ablegen.«

»Das versteht sich von selbst.« Benjamin ging ein Stück. »Der Eingang könnte hier sein. Wenn Lagerräume und Speicherflächen nach hinten verlegt werden, wäre im Souterrain genügend Platz für den Eingangsbereich und eine Durchfahrt zum Hof. Dafür würde ich das Erdgeschoss höher setzen; damit habt Ihr eine bequeme Aussicht über Fleet und Felder. Der Zugang würde über einen repräsentativ wirkenden Treppenvorbau erfolgen.«

Van Vos schien zufrieden. Er reichte Benjamin die Hand und schüttelte sie ausdauernd. »So soll es sein. Nur was die Fassade angeht, zögere ich noch etwas, da fehlt mir die Vorstellungskraft. Wenn Ihr morgen vorbeikommt, können wir das anhand der Entwürfe noch einmal besprechen.«

»Selbstverständlich. Mit dem Plan vor Augen wird das alles gleich viel plastischer.«

Morgen, dachte Benjamin besorgt. Dabei waren die Entwürfe nach wie vor verschwunden. *Jeetje!*

18

Benjamin massierte seine Fingerspitzen. Er hatte sich bei dem Drucker am Hopfenmarkt große Papierbögen gekauft und gegen ein Pfand Werkzeug geliehen. Seitdem hatte er gezeichnet wie besessen. Nur gut, dass er Vitruv, Palladio und die anderen Architekturschriften aus dem Effeff kannte und auch die Entwürfe aus ihrem eigenen Buch noch genau vor Augen hatte. Jetzt schlug die Uhr achtmal. War es wirklich schon so spät? Gegessen hatte er auch noch nichts. Kurz haderte er mit sich, dass er Lucia derart in Gefahr brachte. Andererseits hatte sie dieses Rollenspiel selbst gewählt und damit zu seiner Notlage beigetragen. Außerdem war er ja auch bei ihr und könnte notfalls eingreifen.

Er warf die Jacke über und eilte auf den Platz hinunter. Unwillkürlich hielt er nach einer Frau Ausschau und erschrak beinahe, als die verkleidete Lucia ihn ansprach. Nun zierte ein Bartschatten ihr Gesicht. Vermutlich wollte sie nach ihrem letzten Raubzug auf dem Hopfenmarkt kein Risiko eingehen. Hatte sie sich mit Kohle die Wangen geschwärzt?

»Ihr habt Glück, dass Tobias da ist und es meiner Mutter besser geht, sonst hätte ich nicht kommen können.«

Benjamin hatte sich vorgenommen, freundlich und ruhig zu bleiben, aber prompt ärgerte er sich wieder über sie. »Für Eure Betrügereien habt Ihr auch Zeit gefunden«, sagte er.

»Ihr habt es nicht begriffen, nicht wahr? Ich mache das nicht aus Spaß, sondern um meine Familie über Wasser zu halten. Aber das kann sich ein reiches Bürschchen wie Ihr wohl nicht vorstellen.«

»Woher wollt Ihr wissen, dass ich ein reiches Bürschchen bin?«

»So leichtsinnig, wie Ihr seid? So naiv?«

»Naiv? Ich komme aus Amsterdam. Dagegen ist Hamburg provinziell«, platzte er heraus.

»Ja, so seid Ihr Holländer immer: eingebildet bis zum dorthinaus! Kein Wunder, dass manche einen Brass auf euch haben.« Sie stürmte voraus. »Und nun kommt, Mijnheer Klookschieter. Ich habe für Euer Gnaden einige Erkundigungen eingeholt.«

Benjamin schritt zornig hinterher. Am liebsten hätte er sie sausen lassen. Wenn er nur erst seine Habseligkeiten wiederhatte!

Die Gegend wurde enger, schmutziger und finsterer, und kurz zweifelte Benjamin an seinem Vorhaben. Einem Kampf wäre er nicht gewachsen, und dass er schnell entkommen konnte, war bei seinen hartnäckigen Rippenschmerzen fraglich.

Viele Läden hatten bereits geschlossen oder sperrten gerade zu. Lucia schien aber genau zu wissen, wo sie noch jemanden antreffen würden, und steuerte auf einen Laden zu, dessen Tür mit einem bunten Sammelsurium von Flugschriften, Tüchern, Kuriositäten und einigem, was Benjamin für Abfall hielt, umgeben war. Sie traten ein und sahen sich um. Ein schmieriger Kerl fragte nach ihrem Begehr. Lucia blätterte in einigen Pflanzenbüchern und plauderte mit ihm über Versteinerungen, seltene Steine und die billigen Landschaftsgemälde, die zum Verkauf standen.

»Mein holländischer Bekannter hier ist auf der Suche nach Architekturschriften und Werkzeugen für Zeichner«, sagte sie schließlich. »Ihr habt nicht zufällig etwas in dieser Hinsicht zu bieten? Zirkel und so etwas?«

»Bücher, nein. Aber vielleicht hilft das hier weiter. Ein schönes Stück.« Der Verkäufer holte einige Gerätschaften aus einem Schrank. Benjamin erkannte seinen Zirkel und sein restliches Werkzeug sofort. Er nahm es an sich, prüfte es sorgfältig. »Das ist es«, sagte er leise zu Lucia.

»Seid Ihr sicher?«

»Ganz sicher.«

Der Verkäufer nannte für die Utensilien eine unverschämte Summe. »Das ist ein guter Preis. Allein der Zirkel ist so viel wert. So ein Gerät ist nur schwer zu bekommen.«

Lucia übernahm erneut. »Damit habt Ihr wohl recht, denn diese Dinge wurden gestohlen. Deshalb werdet Ihr auch überhaupt nichts dafür bekommen, sondern sie freiwillig ihrem Besitzer zurückgeben«, sagte sie mit tiefer, herrischer Stimme und wies auf Benjamin.

Erwartungsgemäß war der Verkäufer empört. »Das ist eine Lüge. Ich habe dafür bezahlt!«

»Ihr habt einen Dieb für Diebesgut bezahlt. Das ist Euer Pech. Wollt Ihr es noch schlimmer machen? Wir könnten die Weddeknechte zu Hilfe holen. Mein Begleiter stammt aus Amsterdam und ist der Gast eines angesehenen Hamburger Kaufmanns mit ausgezeichneten Verbindungen. Weder die Weddeherren noch die Bürgerschaft werden es gutheißen, wenn eine derart wichtige Persönlichkeit in unserer Stadt geschädigt wird«, bluffte sie.

Ihre Drohung schien den Verkäufer zu beeindrucken. »Woher soll ich wissen, dass er nicht lügt?«

»Ich kann beweisen, dass diese Utensilien mir gehören. Seht her.« Benjamin klappte den Zirkel auseinander und wies auf die Innenseite, wo sich in der Nähe des Gelenks eine winzige Gravur befand.

»Ein Kratzer, mehr nicht.«

»Nein, das sind meine Initialen.«

»Da habt Ihr den Beweis. Also, sollen wir die Büttel holen? Ihr wisst genau, welche Strafe auf Diebstahl und dessen Unterstützung steht.«

»Verflucht seid Ihr!«, schimpfte der Verkäufer, gab aber nach. »Nehmt das Zeug, und haut bloß ab, ehe ich mich vergesse!«

Benjamin hatte es eilig, den Laden zu verlassen. Nicht dass doch noch etwas schiefging! Dennoch hielt er an der Tür inne. »Eins noch: Wie sah der Mann aus, der Euch diese Utensilien verkauft hat? Wie alt war er?«

»Ich erinnere mich nicht.«

»Das glaube ich Euch nicht. Denkt an die Büttel«, mahnte Lucia.

Nun warf der Verkäufer entnervt die Hände in die Luft. »Abgetragener schwarzer Anzug. Schlank. Blass. Ebenso blasse Augen.« Sofort hatte Benjamin ein Gesicht vor Augen. Das war Oliver Coopers Gehilfe gewesen, daran gab es keinen Zweifel. Er hatte Oliver also zu Unrecht beschuldigt. Gleich morgen musste er sich bei dem Reisegefährten entschuldigen. Benjamin gab Lucia ein Zeichen, woraufhin sie gingen.

Der Verkäufer rief ihnen Schmähungen nach: »Ihr seid selbst Diebe! Schiet in'n Wind – verschwindet, sage ich! Lasst Euch bloß nicht mehr hier blicken! Und wenn, dann gnade Euch Gott – ich habe mir Euer Aussehen eingeprägt!«

Als sie einige Ecken entfernt waren, war Benjamin euphorisch. »Das habt Ihr gut gemacht!«, sagte er und drückte seine Habseligkeiten fest an seine Brust.

Doch Lucia rieb sich zornig über ihren aufgemalten Bart, woraufhin Kohle ihre Hände schwarz färbte. »So kann ich mich nirgends mehr sehen lassen! Der Kerl wird die Diebe, die mit ihm zusammenarbeiten, auf uns ansetzen. Für Euch ist das nur ein Spiel, aber für mich kann das lebensgefährlich enden.«

»Ich habe meine Sachen wieder, was für ein Glück!«

»Hört Ihr mir denn gar nicht zu?!«

»Ihr kennt Euch erstaunlich gut mit Gestein aus. Mein Respekt«, sagte er schnell.

»Mein Vater hat mir davon erzählt, außerdem habe ich viel gelesen«, antwortete sie überrumpelt, kam aber gleich auf das Gespräch mit dem Verkäufer zurück. »Kennt Ihr den Mann, den er beschrieben hat?«

»Ja. Es handelt sich um einen Kerl, der mit mir von Amsterdam hierher gereist ist«, sagte er vage. »Ich hoffe, er hat meine anderen Sachen noch. Sonst würde ich Euch noch einmal um Eure Hi–«

»Nein!«, fiel Lucia ihm ins Wort. »Mein Einsatz ist hier und jetzt beendet. Ihr habt Eure Utensilien und das Jackett, das Ihr von einer Hökerin zurückkauftet.«

»Aber mein Buch, meine Zeichnungen, meine restliche Kleidung, meine Schuhe und mein Geld fehlen noch.«

Finster funkelte sie ihn an. Benjamin war übermütig zumute, außerdem hatte er Hunger und Durst. Durfte er es wagen? Er stieß ihr den Ellbogen in die Seite. »Was meint Ihr, wollen wir in eine Taverne einkehren und einen Imbiss zu uns nehmen? Ich lade Euch ein – ein wenig Geld habe ich noch.«

»Das ist nicht Euer Ernst!«

»Doch, natürlich. Das habt Ihr Euch verdient.«

»Ich muss nach Mutter sehen – und nach Tobias.«

»Eurer Mutter ging es schon besser.«

»Nachts durch die Stadt zu streifen ist gefährlich – das habt Ihr doch am eigenen Leibe erlebt. Und für mich erst recht.«

»Ich geleite Euch zurück«, sagte Benjamin mutig. Er sah ihr an, dass sie zögerte. »Nun kommt schon. Ihr habt sicher auch Hunger und Durst. Nutzt diese einmalige Gelegenheit. In Eurem Aufzug kann niemand etwas dagegen haben.«

Es muss für Lucia ein seltsames Gefühl sein, zwischen lauter Männern und leichten Mädchen in einer Taverne zu sitzen, dachte Benjamin wenig später. Zumal es in dieser Kneipe hoch herging. Vor allem in einer Ecke wurden lautstark Wetten abgeschlossen. Mehrere Kerle maßen ihre Kräfte im Armdrücken oder Fingerhakeln, so genau konnte Benjamin das nicht erkennen. Er lotste Lucia auf die andere Seite des Schankraums, sorgte dafür, dass sie einen guten Platz bekamen und sogleich bedient wurden. Sie sah müde aus, und sie war offensichtlich hungrig, denn bei dem Braten schlug sie sofort zu.

»Als Kind habe ich meinen Vater oft in der Taverne abgeholt«, sagte sie gedankenverloren zwischen zwei Bissen und sah sich um. »Gibt es so etwas in Amsterdam auch?«

»So ähnlich, ja. Bei uns gibt es eine Unzahl Schenken und Spielhäuser.«

»Spielhäuser?«

»So nennen wir …« Ihm ging auf, dass sie eine Dame war und er ihr gegenüber Bordelle keinesfalls erwähnen sollte. »Reden wir von etwas anderem. Gibt es in Hamburg eine passable Bibliothek? Für den Fall, dass ich einige architektonische Schriften einsehen möchte.«

Sie sah ihn ungläubig an. »Merkt Ihr eigentlich gar nicht, wie eingebildet Ihr seid?«

Verwirrt blickte Benjamin sie an. »Wenn das so klang, tut es mir leid. Amsterdam ist nun einmal der Hort der Wissenschaft und der Schriftkultur. Es ist nur natürlich, dass andere Städte dahinter zurückstehen. Fast alle tun das, Paris und London mal abgesehen. Selbst Venedigs große Zeiten sind vorbei. Also, wie steht es um eine Bibliothek?«

Sie atmete tief durch. »Seit beinahe zweihundert Jahren gibt es die Ratsbibliothek. Dazu kommen verschiedene Kirchenbibliotheken, vor allem die des Doms kann sich sehen lassen. In der Nähe des Rathauses befinden sich die Gelehrtenschule des Johanneums und das Akademische Gymnasium. Dessen Bibliothek ist gerade erst der Öffentlichkeit zugänglich gemacht worden. Der Bibliothekssaal ist sehr schön, ein Abbild des Sternenhimmels.«

»Woher wisst Ihr, wie der Saal aussieht? Ich nehme an, der Zugang ist Damen nicht gestattet. Selbst an der Universität von Utrecht wurde nur ein Mal und nur ausnahmsweise eine Dame geduldet.«

»Das muss sich ja um ein ganz besonderes Exemplar gehandelt

haben«, sagte sie und lachte ein wenig heiser, was er sehr anziehend fand.

»In der Tat. Anna Maria van Schurman heißt sie. Man sagt, sie spreche zehn Sprachen und sei besonders in Theologie bewandert. Eine talentierte Künstlerin ist sie ebenfalls. Den Vorlesungen musste sie in einem durch einen Vorhang abgetrennten Holzverschlag beiwohnen.«

»Zehn Sprachen, das ist ja unglaublich! Die Dame würde ich gerne kennenlernen«, sagte Lucia. »Ich muss zugeben, dass mich das Angebot der vielen Buchdrucker und die berühmten Kuriositätensammlungen in Amsterdam reizen würden.«

Etwas anderes beschäftigte Benjamin, deshalb ging er nicht darauf ein. »Zurück zur Bibliothek: Habt Ihr Euch ebenfalls in dieser Verkl–«

»Was is' mit Euch? Lust auf 'ne Wette? Ihr gegen mich. Um 'nen Krug Bier.« Ein Mann war an ihren Tisch getreten. Er grinste trunken. Den Krug hielt er gefährlich schief.

»Nein, danke«, sagte Benjamin und wandte sich Lucia wieder zu. Solchen Typen durfte man keine Aufmerksamkeit schenken. Eine Pranke auf seiner Schulter, Bier schwappte aus dem Krug und Benjamin über die Hose. »He, Vorsicht!«, rief er.

Der Betrunkene kicherte. »Komm schon – einmal Armdrücken.« Er hob den anderen Arm und neigte ihn, als wollte er seine Muskeln zeigen, schwankte aber erheblich. Nun wandte sich auch die Aufmerksamkeit der anderen Angetrunkenen ihnen zu.

Genervt blickte Benjamin Lucia an. »Nun gut ... «

Zu seinem Entsetzen erhob Lucia sich. »Ich mache das. Einmal Armdrücken, und dann verzieht Ihr Euch«, sagte sie. Benjamin traute seinen Ohren kaum. Das war doch aussichtslos, im Zweifelsfall sogar gefährlich! Sie könnte enttarnt werden.

Der Betrunkene prustete. »Das Bier is' mir sicher bei dem mickrigen Spittelfink!« Begierig kamen die anderen Kerle näher. Schon machten sie einen Tisch frei und umringten die Kontrahenten. Benjamin schwante nichts Gutes.

Als er Lucia wenig später in die nächtliche Neustadt geleitete, warf Benjamin ihr immer wieder verstohlene Blicke zu. Er konnte es nicht glauben. Es war erstaunlich, was in dieser schmalen Person steckte.

»Nun sagt es schon«, forderte sie ihn auf.

»Was?«

»Die naserümpfende oder spöttische Bemerkung, die Euch auf der Zunge liegt.«

Ein wenig verletzten ihre Worte ihn. Es war spät, Müdigkeit und Erschöpfung hatten seine Euphorie über die Wiederbeschaffung seiner Utensilien vertrieben. »Ich muss ja einen grauenvollen Eindruck auf Euch machen. Wenn ich Revue passieren lasse, was Ihr alles von mir denkt.« Sie schwiegen ein Wegstück lang. »Ich bin beeindruckt. Ich hätte das nicht gekonnt«, setzte er dann in einem ernsthaften Ton hinzu.

Wieder dieses leicht heisere Lachen. »Dann solltet Ihr weniger mit Feder und Zirkel hantieren und mehr mit Steinblöcken. Ich mag schmal sein, aber meine Arme haben Kraft.«

»Das habe ich gesehen.«

Und alle anderen in der Taverne ebenfalls. Es hatte keine Minute gedauert, da hatte Lucia schon den Handrücken des Kerls auf den Tisch gehauen. Nach dem gewonnenen Bier waren sie jedoch sofort gegangen, um weiteren Herausforderungen oder Streitereien auszuweichen, denn der Verlierer war wütend gewesen.

Nun hatten sie Vorsetzen erreicht. »Habt Dank. Morgen werde ich mich um den Gehilfen des englischen Kaufmanns kümmern, der mich bestohlen …« Er verstummte. Eigentlich hatte er Lucia die Identität des Mannes nicht verraten wollen.

»Der Dieb gehört zu den *Merchant Adventurers*?«, fragte Lucia ungläubig.

»Nicht direkt«, wich Benjamin aus.

»Dann solltet Ihr erst recht vorsichtig sein. Für die englischen Kaufleute gelten eigene Regeln. Außerdem sind sie empfindlich, was ihre Ehre angeht. Ehe Ihr es Euch verseht, werdet Ihr zum Duell gefordert.« Sie überlegte. »Ich könnte einen Bekannten um Hilfe bitten. Er ist Zimmermannsgeselle, ein besonnener Kopf, und er kann zupacken. Vielleicht kann Hans Euch begleiten.«

»Hans Hamelau?«

»Ja, genau. Ich kenne ihn aus der Gemeinde. Er ist mit meiner Freundin Greteke befreundet.«

Eigentlich sollte niemand erfahren, dass er sich derart leichtfertig hatte ausrauben lassen. »Ich werde es mir überlegen.«

Als ahnte Lucia, was ihm durch den Kopf ging, sagte sie: »Ihr seid das Opfer eines gemeinen Diebstahls geworden. Das ist nichts, wofür Ihr Euch zu schämen braucht.«

»Sehe ich Euch morgen auf dem Steinhof?«

»Vielleicht, wenn es sich ergibt.«

Benjamin hoffte insgeheim, sie zu sehen. Trotz ihrer ungeschliffenen Art hatte er die Zeit mit ihr genossen.

19

Als Lucia aufwachte, zupfte ein Lächeln an ihren Lippen. Sie erinnerte sich daran, wie sie den Kerl in der Kneipe gestern beim Armdrücken besiegt hatte. Natürlich hatte sie Glück gehabt, dass ihr Gegner so betrunken gewesen war, sonst hätte er sie leicht durchschaut. Aber Benjamins Gesichtsausdruck war wirklich unbezahlbar gewesen!

Da hörte sie, wie jemand in ihrer Kammer rumorte, und schoss hoch. Hatte sie verschlafen? Nur das nicht! Sie hatte doch heute Morgen so viel erledigen wollen. Als sie den Vorhang beiseiteschob, entdeckte sie ihre Mutter, die dabei war, sich anzuziehen. Sofort eilte Lucia zu ihr, um ihr zu helfen. »Geht es dir wirklich schon gut genug, um aufzustehen? Was hast du vor?«, fragte sie besorgt.

Ihre Mutter blickte sie prüfend an. »Das sollte ich dich fragen. Wo warst du gestern Abend?«

Lucia musste den Blick abwenden. Warum nur konnte sie sich unter Fremden verstellen und war bei ihrer Mutter so unsicher? Ihre Augen wanderten über die grauschwarzen Schleier, die sich an den Wänden ausbreiteten; schon wieder. Bei dieser Feuchtigkeit half alles Schrubben mit Essig nichts. »Bei Greteke. Wir haben mit ein paar Freundinnen gesungen.«

»Ich habe keinen Gesang gehört. Aber ich habe das hier gefunden.« Ursula hielt Vaters Hose, die Handschuhe und seinen Nasenkneifer hoch. Lucia durchfuhr es heiß. Hatte sie die Sachen nicht ordentlich weggepackt? Dann wischte ihre Mutter ihr über die Oberlippe. »Du bist da ja ganz schmutzig. Was treibst du nur,

Deern?« Sorge furchte ihre Züge. »Du machst doch keinen Unfug?«

»Nein, Mutter, bestimmt nicht. Ich habe gestern kontrolliert, ob die Motten an Vaters Sachen gegangen sind. Und die Brille musste auch mal wieder geputzt werden.« Dieses Mal fiel die Lüge ihr schwer. Um abzulenken, verschloss sie konzentriert das Kleid ihrer Mutter. Immerhin schienen die Medikamente angeschlagen zu haben.

»Du weißt doch, dass wir alles vermeiden müssen, woran Anstoß genommen werden könnte«, redete Ursula ihr ins Gewissen. »Die Meister haben Witwen wie mich ohnehin nicht gerne in ihrem Kreis. Wir können froh sein, dass sich unser Vormund aus unseren Angelegenheiten bislang heraushält. Außerdem sind unsere Konkurrenten begierig auf unseren Steinhof. Jeder Fehltritt könnte das Ende unseres Gewerbes sein.«

Lucia dachte an das Gespräch mit dem Pastor. Tobias sei außerordentlich wissbegierig und klug, das hatte er mehr als einmal gesagt. Der Pastor wollte sich deshalb dafür einsetzen, dass Tobias trotz seiner Herkunft eine höhere Schule besuchen könne. Wenn sie damit einverstanden seien. Allein um Tobias' Zukunft willen durfte sie sich keinen Fehltritt leisten.

»Aber wenn Tobias ohnehin auf die höhere Schule gehen soll, dann ist doch der Steinhof ... «

»Ich bin sehr stolz auf Tobias. Vater wäre es ebenfalls. Aber was ist, wenn er den Anforderungen der Schule nicht gewachsen ist und später doch zu Gerhards Handwerk zurückkehrt? Das wäre ja keine Schande. Und wovon sollen wir leben, wenn wir den Steinhof nicht mehr haben? Willst du dich als Magd verdingen? Oder jetzt schon einen der Meister heiraten? Das Amt lässt mich genau ein Jahr und einen Tag nach dem Tod deines Vaters als Witwe walten, dann muss etwas passieren. Was meinst du, warum Pavel sich ins Vernehmen mit dem Amt gesetzt hat?«

So weit hatte Lucia gar nicht gedacht. Wollte Pavel ihnen den Steinhof abnehmen? Oder ihre Mutter heiraten?

Ursula war jetzt fertig angekleidet und wandte sich um. Ihre Züge waren sehr ernst. »Mach keinen Unfug, Lucia. Es wäre unser aller Schaden. Du weißt, wie ich deinen Vater geliebt habe und wie sehr ich ihn vermisse. Aber wenn ich ihm eines vorwerfe, dann, dass er dir so viele Flausen in den Kopf gesetzt hat. Und wenn du uns Schande bereiten würdest –«

»Das mache ich nicht, ich verspreche es dir.«

»Dann wecke Tobias. Wir wollen in den Michel gehen. Ich möchte beten. Anschließend werde ich mit dem Pastor sprechen.«

Doch Tobias stand schon hinter dem Vorhang. Er sah Lucia an, als hätte er viel zu viel verstanden.

***

Am Morgen fühlte Benjamin sich zum ersten Mal seit Tagen beinahe wiederhergestellt, selbst die Rippen schmerzten nicht mehr. Obgleich er gestern auf dem Heimweg die jüngsten Begegnungen rekapituliert und kaum auf seine Umgebung geachtet hatte, war er heil in den Gasthof gekommen. Nun stemmte er sich aus dem Bett und machte sich an die Entwürfe von van Vos' Haus. Danach legte er eine Liste der dringlichsten Arbeiten an und begann, den Materialbedarf zu kalkulieren. Schließlich warf er einige Entwürfe für die Fassade des neuen Michel aufs Papier. Voller Energie zog er los. Nicht einmal eine halbe Stunde später hatte er das Haus seines Auftraggebers erreicht. Benjamin legte van Vos die Entwürfe vor und besprach mit ihm dessen Änderungswünsche sowie die Anpassungen des Bauplans an die besonderen Hamburger Verhältnisse. Auch leiteten sie alles für seinen Umzug in die Wege. Währenddessen sollte der Faktor Helfer für den Abriss des Fachwerkhauses anheuern. Um die anderen Arbeiter wollte Benjamin sich selbst kümmern; er wollte über alles die Kontrolle behalten.

Van Vos bestand darauf, mit Benjamin zum städtischen Bauhof zu fahren. »Den leitet unser Landsmann Mijnheer Grönfeldt. Dort kommen die arbeitssuchenden Handwerker zusammen. Gleichzeitig verkauft er auch Material. Ich muss Euch jedoch vorwarnen: Grönfeldt arbeitet auch auf eigene Rechnung. Zudem hat er als Baumeister keinen sonderlich guten Ruf. Dennoch werdet Ihr Euch mit ihm ins Vernehmen setzen müssen.«

»Wir werden uns schon einig werden«, sagte Benjamin, froh, dass er vorgewarnt war.

Das Gelände am Wandrahm war überfüllt. Ein großes gepflegtes Haus stand am Rande, in dem, dem Schild nach, der Bauhofzimmermeister wohnte. Ein Stück weiter rauchten neben einer Göpelmühle die Kalköfen. Während van Vos auf einen Geschäftspartner stieß und mit diesem plauderte, sah Benjamin sich um. Dabei bekam er mit, wie ein kleiner, spiddeliger Mann mit eingefallenem Gesicht auf einen Maurer einschimpfte; wie ein Giftzwerg sah er aus.

»Ich habe lediglich gesagt, dass ich es für besser halten würde, wenn die Grundierung nicht mit gebrauchten Ziegelsteinen –«

»Glaubst du etwa, du wüsstest es besser als der Bauhofzimmermeister der Stadt Hamburg?«

Das war dieser Meister Grönfeldt? Benjamin war entsetzt. Wieder versuchte sich der Maurer zu verteidigen. Er war ruhig und beharrlich, was Benjamin gefiel, und fachlich hatte er recht. So jemanden könnte er bei seinem Bau gut brauchen.

»Habt Ihr nichts zu tun?«, blaffte der Baumeister unvermittelt auch Benjamin an. Auf seiner Stirn pulsierte eine Ader.

»Entschuldigt, ich habe Eurem Gespräch lediglich interessiert gelauscht. Ich komme aus Amsterdam, und tatsächlich haben wir dort ähnliche Erfahrungen gemacht.«

»Ich komme auch aus Holland und weiß besser als Ihr, was auf Hamburger Grund nötig ist, denn ich lebe schon lange hier.«

In diesem Augenblick trat Mijnheer van Vos zu ihnen. »Ich sehe, Ihr habt Euch schon bekannt gemacht. Das ist der bekannte Architekt Mijnheer Aard aus Amsterdam, der mein neues Haus am Brook errichten wird.«

Grönfeldt wischte sich über die Stirn. »Ach, deshalb habt Ihr mein Angebot also abgelehnt. Weil Ihr auf ein Jüngelchen aus Amsterdam setzt. Na, was das wohl wird.«

»Wir benötigen natürlich Steine und weitere Baumaterialien. Mijnheer Aard wird –«

»Ich werde sehen, was ich entbehren kann.«

»Vor allem Marmor scheint bei den anderen Steinhökern schwer zu bekommen zu sein.«

»An Marmor ist immer Mangel, und teuer ist er obendrein«, sagte Grönfeldt ablehnend.

Van Vos wechselte das Thema. Es schien, als wollte er Meister Grönfeldt besänftigen. Benjamin ging über den Hof, bis er den Maurer gefunden hatte, der sich als Martin vorstellte. Schnell kamen sie über ihre Projekte und die hiesigen Baubedingungen ins Gespräch. Benjamin berichtete ihm von seinem Vorhaben und fragte, ob er bei ihm mitarbeiten würde. Nun kam auch van Vos hinzu, der angetan war, dass Benjamin bereits einen Arbeiter gefunden hatte. Sie vereinbarten, sich am Nachmittag auf der Baustelle zu treffen, um Näheres zu besprechen.

Anschließend begleitete der Zuckerbäcker Benjamin zu den Holz- und Steinhändlern, um auch dort das beste und günstigste Angebot ausfindig zu machen. Nachdem sie die Händler auf dem Steinhöft abgeklappert hatten, wandten sie sich Vorsetzen zu. Lucia schien nicht auf ihrem Hof zu sein, denn als sie sich näherten, wurden sie von einem Mann abgefangen. »Ich hörte, Ihr plant den Bau eines Hauses auf dem Brook.«

»So ist es.«

»Ich kann Euch eine gute Auswahl bieten. Bremer Sandstein. Ziegel in Hülle und Fülle. Schaut Euch mein Angebot an.« Es sah tatsächlich vielversprechend aus.

»Wie ist es mit Marmor?«, fragte van Vos, der ganz versessen darauf zu sein schien.

»Ich warte täglich auf eine Lieferung aus Carrara. Holt ruhig weitere Offerten ein. Früher oder später landet Ihr bei mir. Ich weiß, dass ich der Beste bin. Lebbenz, mein Name. Von Geschäften mit Witwe Kaven würde ich übrigens Abstand nehmen. Deren Steinhof ist kurz vor dem Bankrott. Die Frau wird Euch nur das Geld aus der Tasche ziehen und die Lieferung schuldig bleiben.«

Benjamin regte diese Unverschämtheit auf. »Ich habe bereits gestern auf dem Hof der Witwe vorbeigeschaut. Sie erschien mir durchaus zuverlässig. Ihr Hof hat zwar nur eine kleine Auswahl, aber die Qualität war gut«, wandte er ein.

»Habt Ihr Euch von den Weibern – verzeiht: *Damen* – etwa den Kopf verdrehen lassen? Ihr seid nicht von hier, oder? Interessant, dass Ihr Euch nach kurzer Zeit jetzt schon ein Urteil erlauben könnt.«

Benjamin wollte gerade etwas erwidern, als van Vos das Wort ergriff. »Ich denke, wir haben genug gesehen«, sagte er. »Lasst uns eine Kalkulation zukommen, Meister Lebbenz.«

Am Ende des Arbeitstags hatte Benjamin endlich Zeit, sich in die Gröningerstraße zu begeben, um mit Oliver Cooper zu reden und dessen Gehilfen zu suchen. Mit Hans Hamelau hatte er nicht gesprochen; er würde schon allein mit Olivers Gehilfen klarkommen. Gedankenverloren ließ Benjamin die letzten Stunden Revue passieren. Als er den Brook erreicht hatte, war Meister Martin schon dabei gewesen, den Arbeitern Anweisungen zu geben. Die ersten Balken und Steine waren säuberlich am Rande des Grundstücks gestapelt.

Der Maurer würde einen anständigen Polier abgeben, dem er guten Gewissens die Aufsicht über den Bau überlassen konnte, wenn er selbst nicht da war. Bei den Zimmerleuten war die Auswahl offenbar schwieriger, denn entweder waren sie ausgebucht oder sie hatten von seinen Aufgaben zu wenig Ahnung.

Dieses Mal traf er Oliver Cooper vor der Kapelle im Englischen Haus an, in der gerade ein Gottesdienst zu Ende gegangen war. Die Kaufleute strömten der Schankstube entgegen, wo die Ersten bereits bei einem dunklen Bier saßen. Oliver schien immer noch sauer zu sein, denn er ging einfach weiter. Benjamin folgte ihm, entschlossen, ihm den Wind aus den Segeln zu nehmen.

»Ich habe dich zu Unrecht verdächtigt. Wir haben ... Ich habe bei einem Höker einen Teil meiner Habe entdeckt. Er hat mir den Dieb beschrieben.«

Oliver bestellte einen Krug dunklen Bieres und stürzte den ersten Becher herunter, während Benjamin die Worte des Hökers wiederholte.

Hart setzte Oliver den Becher ab. »Das kann nicht sein. Du willst doch nicht etwa sagen, dass Mike ...«, begann er fuchsig, und Benjamin konnte hören, dass es vermutlich nicht das erste Bier war. Dann packte Oliver ihn am Arm und zerrte ihn ein Stück beiseite, sodass niemand ihnen zuhören konnte. »Das ist so typisch für euch Holländer! Immer müsst Ihr uns an den Karren pissen! Ich dachte, du wärest anders. Ich dachte, ich könnte mit deiner Verwandtschaft Geschäfte machen, aber –«

»Moment mal – du beschimpfst *mich*? Dein Gehilfe hat mich bestohlen!«

»Das behauptest du!«

»Dann lass uns nachsehen!«

»Mike hat sich nichts zuschulden kommen lassen!«

Oliver stürmte zu Mike, der mit anderen Gehilfen vor seinem Bier saß. Der Gehilfe blickte sie unterkühlt an. Als Oliver ihn aufforderte, mit vor die Tür zu kommen, folgte er ihnen. Bereits im Durchgang fragte Oliver: »Hast du Benjamin bestohlen?« Mike schüttelte stumm den Kopf.

»Na, siehst du«, meinte Oliver.

Benjamin lächelte bemüht. »Sehen wir in seinem Quartier nach.«

Oliver funkelte ihn an, setzte sich aber in Bewegung.

»Ihr werdet doch diesem dahergelaufenen Holländer nicht mehr glauben als mir, Eurem treuen Gehilfen?«

Mikes Proteste waren nutzlos. Wenig später hatten sie die kleine Kammer erreicht. Als sie eintraten, entdeckte Benjamin neben einer Feuerschale sein kostbares Buch. Mindestens eine Seite hing in Fetzen. Hatte dieser Banause damit das Feuer angeheizt? »Hatte ich also doch recht!«

Im selben Augenblick stieß Mike ihn beiseite und stürzte an ihm vorbei zur Tür. Benjamin rannte hinterher. Erst am Fleet vor dem Englischen Hof holte er ihn ein. Inzwischen war Nacht. Er packte Mike, um ihn aufzuhalten, doch dieser fuhr herum und schlug ihm die Faust ins Gesicht. Sterne funkelten vor Benjamins Augen. Alte Platzwunden brachen wieder auf. Er schüttelte den Schwindel ab. So leicht würde er nicht aufgeben! Er krallte sich in Mikes Arm, doch dieser warf ihn zu Boden und setzte sich auf seine Brust. Schraubstockartig umfassten Mikes Hände seinen Hals. Er stank nach Bier und fluchte heftig.

Panisch versuchte Benjamin, sich zu befreien. Schon bekam er keine Luft mehr. Da – eine plötzliche Bewegung im Dunkel. Kam Oliver ihm doch zu Hilfe? Mike wurde hochgezerrt, der Griff löste sich. Als Benjamin sich aufgerappelt hatte, sah er, dass es Hans war, der Mike die Arme auf den Rücken gedreht hatte und ihn so bändigte. Erst jetzt kam auch Oliver dazu. Mit einem säuerlichen Gesichtsausdruck reichte er Benjamin nicht nur sein Buch, sondern auch seine Zeichnungen. Benjamin drückte die Sachen an sich. »Schämst du dich denn nicht deiner Taten?«, fragte er.

Der Dieb sah ihn verschlagen an. »Ihr Holländer solltet euch schämen! Nehmt ehrlichen Leuten die Butter vom Brot! Ihr überschwemmt alle Länder mit euren Waren, sodass hart arbeitende Handwerker wie ich am Hungertuch nagen. Ich konnte lange als Postamentenmacher gut leben – bis ihr dieses Geschäft kaputt gemacht habt. Jetzt muss meine Familie mit dem Hungerlohn auskommen, den ich von Mister Cooper bekomme.«

Oliver verpasste ihm eine Ohrfeige. »Idiot!«, zischte er.

Benjamin ging dazwischen. »Und deshalb bist du in mein Zimmer eingebrochen und hast mich überfallen?«

Mike grinste selbstgefällig. »Ich habe Euch schon auf dem Schiff beobachtet – aber Ihr wart zu vorsichtig! In Eurem Zimmer waren weder Geld noch Wechsel. Ihr musstet also alles bei Euch tragen. Ich habe Euch beobachtet. Der Abend nach der Kneipentour war perfekt.«

»Du solltest die Weddeknechte holen, damit sie ihn verhaften. Die Gerichtsbarkeit muss sich seiner annehmen«, schlug Hans vor.

»Nonsens! Das ist doch eine Lappalie. Wir sollten die Gerichtsbarkeit aus dieser Angelegenheit heraushalten.« Als Oliver sich ihm zuwandte, sah Benjamin, dass seine Kiefer mahlten. »Du hast es gehört, Mike hat aus Verzweiflung gehandelt. Ich werde dir das Geld erstatten, und dann vergessen wir die Sache.« Er holte einige Münzen aus dem Geldbeutel.

»Das reicht nicht. Da war mehr Geld. Und der Wechsel.«

»Mehr habe ich nicht.«

»Das war keine Lappalie. Ich war halbtot. Damit darf Mike nicht davonkommen.«

Oliver nahm einen Schluck aus der kleinen Flasche, die er schon auf dem Schiff bei sich getragen hatte. »Das wird er auch nicht. Ich schicke ihn nach England zurück. Für die *Merchant Adventurers* wird er nie wieder arbeiten dürfen. Aber lass uns diese Angelegenheit nicht an die große Glocke hängen.« Es fiel Oliver sichtlich schwer, einen bittenden Ton anzuschlagen.

»Lass dich nicht darauf ein«, riet Hans und musste im nächsten Augenblick Mikes Fußtritten ausweichen.

Ein Handgemenge entbrannte. Oliver verpasste seinem Gehilfen einen derart heftigen Faustschlag, dass dieser betäubt zu Boden sank. Dann sah er Benjamin an. »Wenn du die Weddeherren einschaltest, fällt Mikes Untat auch auf mich zurück. Die *Adventurers* werden mich ausschließen. Ich werde alles verlieren.« Wieder hielt er ihm die Münzen hin. »Bitte, lass gut sein – um unserer Freundschaft willen. Ich zahle dir den Rest auch noch zurück.«

Benjamin starrte ihm in die Augen. Konnte er sich darauf verlassen, dass Oliver seinen Gehilfen bestrafen würde? Wäre es nicht besser, die Gerichtsbarkeit einzuschalten? Er nahm das Geld an sich und befragte Mike dazu, wohin er seine restliche Kleidung und seine Schuhe verscherbelt hatte; er würde versuchen, Stück für Stück zurückzukaufen. Schließlich ging er mit Hans davon.

»Es war ein Fehler, sich darauf einzulassen«, sagte der Zimmermann.

Insgeheim wusste Benjamin das auch. Gleichzeitig hatte er ein mitfühlendes Herz. »Ich bin froh, dass du mir zu Hilfe gekommen bist. Danke für dein beherztes Eingreifen. Das hätte übel enden können.«

»Lucia hat geahnt, dass du dich abends um diese Angelegenheit kümmern würdest. Sie hat mich gebeten, ein Auge auf dich zu haben.«

20

Konzentriert durchsuchte Lucia die Ladung Obernkirchener Sandstein, den die Fuhrleute gerade abgekippt hatten. Wenn sie Glück hatte, würde sie etwas Besonderes darin finden, echte Versteinerungen, Quarze oder andere hübsche Steine, die sie schleifen und zu Geld machen konnte. Aus Quarzen ließen sich mit dem richtigen Schliff auch Linsen herstellen. Aber das müsste sie nachlesen. Sie wollte ohnehin in die Bibliothek. Vor allem wollte sie die Notizen ihres Vaters mit Informationen aus der Bibliothek abgleichen. Ihr Vater hatte überall Steinproben gesammelt und war einigen Mysterien der Mineralkunde auf der Spur gewesen.

Währenddessen verhandelte ihre Mutter in Pavels Beisein mit dem Händler. Lucia sah Ursula an, wie viel Mühe sie sich gab, Haltung zu bewahren, und wie sehr es sie anstrengte. Die Nachfrage war groß, weshalb viele Steinlieferungen bereits vorgemerkt waren. Da halfen nur gute Beziehungen. Ihr Vater wäre möglicherweise direkt nach Bückeburg oder in die Wesermarsch gereist. Aber von ihnen würde sich keiner auf diesen Weg machen können, zumindest sie als Frauen nicht. Es sei denn …

Just in diesem Moment sah sie Benjamin herannahen. Wieder in Schale geworfen, mit Hut und Mantel. So schnell war er also wieder auf die Füße gekommen. Typisch. Ob er gestern den Dieb zur Rede gestellt hatte?

Benjamin steuerte auf den Steinhof zu, wurde jedoch von Meister Lebbenz abgefangen, der ihm die neuen Steine zeigte, die er geliefert bekommen hatte, eine Menge, die Lucia mit Neid erfüllte. Sie wollte das nicht mitansehen. Wieder wühlte sie in den Steinen. Dieser hier sah vielversprechend aus. Vorsichtig klopfte sie mit einem kleinen Steinhammer darauf. War er hohl? Verbarg sich ein Quarzkern darin?

»Jungfrau Lucia?«

Der spitze Hammer traf ihren Daumen. Lucia unterdrückte einen Schrei. Impulsiv steckte sie den schmerzenden Daumen zwischen die Lippen und wandte sich um. »Was wollt Ihr?«, nuschelte sie an Benjamin gewandt, der unvermittelt hinter ihr aufgetaucht war.

»Habt Ihr Euch verletzt?«

Was starrte er so auf ihren Mund? Sofort senkte sie die Hand. »Nein. Und selbst wenn, was geht es Euch an?«

Behutsam nahm er ihre Finger. Sie machte sich los. Es war ohnehin nichts zu sehen. Ihr Schmerz wandelte sich in ein dumpfes Pulsieren.

»Ich wollte mich bedanken, dass Ihr mir Hans hinterhergeschickt habt.«

»Gern geschehen. Ich dachte mir schon, dass Ihr zu stolz seid, einen Hamburger um Hilfe zu bitten.« Rasch wechselte sie das Thema: »Wie sieht es nun aus mit dem Steinankauf?«, fragte sie lauter, denn sie fürchtete, belauscht zu werden. »Wir haben eine Lieferung Obernkirchener Sandstein bekommen. Meine Mutter kann Euch sicher einen vernünftigen Preis machen.«

»Das habe ich eben schon gehört. Er liegt allerdings über dem, den Meister Lebbenz anbietet. Zudem hat er uns eine ausreichende Menge Marmor versprochen.«

»Wollt Ihr uns gegeneinander ausspielen?«

»Das läge mir fern. Mein Auftraggeber hat mich jedoch angewiesen, den besten Preis einzuholen.« Benjamin begutachtete die Steine. »Über das Erkennen von Quarzen finden sich Hinweise in der *Gemmarum et Lapidum Historia* von Boetius. Ich weiß nicht, ob Ihr die Möglichkeit habt, in ein Exemplar hineinzuschauen.«

Nun hatte Lucias Mutter ihr Gespräch beendet und trat zu ihnen. »Mijnheer Aard, wie schön. Wie viel werdet Ihr uns abkaufen?«

* * *

Benjamin verließ sein Quartier in van Vos' Haus. Die einfache Kammer hatte den Vorteil, dass er durch den Hinterhof kommen und gehen konnte, wie er wollte. Zugleich konnte er so Mevrouw van Vos aus dem Weg gehen, die ihn ständig auszufragen versuchte. Wie die neueste Amsterdamer Frisurenmode aussehe? Wie weit man den Spitzenkragen trüge? Ob ihr das neue Kleid stünde? Es kam ihm beinahe vor, als passe Mevrouw van Vos ihn ab.

Schließlich fand er seinen Auftraggeber. In der Zuckerbäckerei war es heiß von den Feuern, mit denen die riesigen Kupferpfannen erhitzt wurden. Van Vos stand neben dem Knecht und beobachtete, wie dieser erst Ochsenblut und dann Kalkwasser in den geschmolzenen Zucker gab, um diesen zu klären.

»Warum habt Ihr weitere Steine bei Kaven bestellt und nicht alle bei Lebbenz? Der Preis ist höher, wie ich auf den Listen gesehen habe.« Ohne ihn anzusehen, ging van Vos zur nächsten Pfanne, in der die Masse bereits Blasen schlug. Hier wurde der geklärte Zucker in eine weitere Pfanne abgelassen.

»Sicher ist der Sandstein bei Witwe Kaven etwas teurer, aber er ist auch von ausgezeichneter Qualität«, versicherte Benjamin ihm. »Natürlich habe ich keine endgültige Zusage getroffen, ohne mich mit Euch abzusprechen. Ihr dürft jedoch nicht vergessen, dass der Großteil des Hauses aus Ziegeln gebaut werden wird. Für diese haben wir einen sehr guten Preis aushandeln können. Die Elemente aus Sandstein dienen dem Schmuck. Bei schlechter Qualität verfärbt sich der Sandstein unschön oder nutzt stark ab. Euer neues Haus soll doch auch künftigen Generationen noch als Zierde dienen.«

Etwas weiter sah van Vos zu, wie der geklärte Zucker, der nun eine helle, gelbliche Farbe hatte, durch weiße Wolltücher geseiht wurde. Er schien zu überlegen. »Damit habt Ihr natürlich recht. Bei manchen Investitionen darf man weder zu knauserig sein noch kurzfristig denken. Allerdings wird der Marmor eine größere Summe erfordern. Und Marmor muss sein.«

Benjamin unterdrückte einen Seufzer. »Ich habe einen neuen Entwurf für die Fassade erstellt, den wir gemeinsam begutachten können, sobald Ihr die Zeit dafür findet, Mijnheer van Vos.«

»Gleich, ich muss noch auf den Dachboden und in die Trockenstube sehen. Habt Ihr notiert, wie viel Platz ich für die Siedekammer benötige?«

»Selbstverständlich.« Auch die anderen Räume hatte Benjamin sich bereits zeigen lassen, um zu verstehen, welchen Anforderungen sein Entwurf des Speichers genügen musste. Der abgekühlte, geklärte Zucker wurde in tönerne Zuckerhutformen gegossen. Da es zehn bis zwölf Tage dauerte, bis der Sirup abgeflossen und der Zuckerhut fest war, wurde er bis dahin auf einem Dachboden aufbewahrt. Erst nach der Lagerung in der Trockenkammer konnte er verschickt werden. Der Speicher sollte möglichst wenigen Erschütterungen ausgesetzt sein, also nicht an einer Straße liegen, an der Kutschen vorbeifuhren.

Als Benjamin wenig später im Salon den Papierbogen ausbreitete, verkündete van Vos: »Ich habe mir überlegt, dass ich eine Utlucht für das Haus haben möchte.«

Benjamin wunderte sich. Das hatte sein Auftraggeber noch nie erwähnt. »Das ist selbstverständlich möglich. Der Eindruck des Eingangsportals könnte jedoch darunter leiden.«

»Meint Ihr? Könnt Ihr eine Zeichnung anfertigen, damit ich es mir besser vorstellen kann?«

»Natürlich.« Das wäre dann der fünfte Fassadenentwurf, den er für Mijnheer van Vos anfertigte. Hauptsache, sein Auftraggeber würde sich entscheiden, bevor die Fassade hochgezogen werden musste.

***

Ihre Melone war noch sehr mickerig, sosehr Lucia sie auch hätschelte. »Hier bist du! Ich habe einen Auftrag für dich«, sagte ihre Mutter, die plötzlich an der Gartenpforte aufgetaucht war. Es war Mittag, und Lucia hatte sich in der Pause vom Steinhof weggestohlen, um nach ihrem Garten zu sehen. »Hinrik hat mir eine Nachricht zukommen lassen. Er hat gleich ein Gespräch mit einem Kunden, der seinen Garten einfassen und ein Gartenhaus bauen lassen will. Einer von uns soll hinzukommen und den Kunden beraten.«

»Sollte Pavel das nicht besser machen?«

»Der muss zum Steinhöft. Ich habe gehört, dass nachher eine Ladung Blaustein aus Gotland ankommt, die noch nicht verkauft ist. Beim letzten Mal haben die Männer die Sache unter sich ausgemacht und mich einfach ignoriert.«

Anerkennend sah Lucia ihre Mutter an. Ursula hatte früher schon viel mit den anderen Händler- und Schifferfrauen geredet und war manches Mal besser informiert gewesen als ihr Vater. »Dann mache ich mich sofort auf den Weg«, sagte sie und polsterte die Melone mit etwas Stroh.

Der Blick ihrer Mutter wanderte an ihr herunter. »Du solltest dir auf jeden Fall einen sauberen Rock anziehen, den grünen.«

Lucia zögerte. »Den habe ich verkaufen müssen, als du … «

Ihre Mutter spitzte die Lippen. »Gut. Oder besser: nicht gut. Dann bürste dich wenigstens ab.«

Wenig später war Lucia auf dem Weg gen Dammtor. Kurz vor dem Markt musste sie sich den Weg durch eine Herde schnatternder Gänse bahnen, die durch das Tor auf die nördlichen Weiden getrieben wurden. Neben dem weitflächigen Grundstück von Hans Meilan, der Lieferant für die feine Hamburger Gesellschaft war, hatte Hinrik Broders seinen Pflanzhof. Hinrik war im Gespräch mit einem reichen Bürger, nickte ihr aber freundlich zu. Sie lächelte zurück. Sie musste immer an ihren Vater denken, wenn sie Hinrik sah; das war ein gutes Gefühl. Sie blieb in der Nähe der Männer, sah sich aber um. Auf der großen Verkaufsfläche, auf der etliche Helfer unterwegs waren, bot Broders ein imposantes Angebot feil. Sogar einen Brennofen samt Töpfer gab es, der die Pflanzkübel herstellte. Es zahlte sich anscheinend aus, dass Hinrik seine Pflanzen direkt vor Ort kaufte, auch wenn er dafür viel unterwegs sein musste. Ihr Vater hatte scherzhaft gemeint, Hinrik sei ständig »auf der Flucht«. Wovor er das sein sollte, wusste Lucia nicht.

»... empfehle, wie gesagt, eine quadratische Anlage mit Laubengängen ...«

Der Kunde wandte etwas ein, das Hinrik sichtlich missfiel. »Dann müsst Ihr Euch an Meister Berns wenden«, entgegnete er. »Ich habe häufig mit seinem verstorbenen Kompagnon, Herrn Marselis, zusammengearbeitet und kann Euch eine Auswahl der Pflanzen zusammenstellen. Aber hier ist schon einmal Jungfrau Lucia. Ihre Familie betreibt einen Steinhof und kann Euch das Material für die Umwallung des Gartens und das Gartenhaus liefern.«

Der Kunde betrachtete sie abschätzig. »Eine Frau?«

»Ich arbeite schon lange im Betrieb meiner ... meines Vaters.« Sie sammelte sich kurz. »Da Gartenmauern häufig von Pflanzen verdeckt oder überrankt werden, bietet sich Backstein an. Gleiches gilt für einen Lustgarten mit Wasserkunst. Gotländer Blaustein ist besonders edel und wird die Farbenpracht Eurer Blumen noch unterstreichen.«

»Das ist ja reizend«, sagte der Kunde nun doch angetan. »Am

besten treffen wir uns auf meinem Grundstück, um alles zu vermessen.«

»Sehr gerne. Unser Geselle Pavel wird mir dabei zur Hand gehen.«

Ein wenig schien der Kunde enttäuscht. »Schaden kann es nicht. Noch ist ja nichts unterschrieben.« Die Männer reichten sich die Hände.

Als sie allein waren, strubbelte Hinrik sich durch die Haare. »Ich weiß schon, warum ich mich im Allgemeinen auf den Pflanzenhandel beschränke. Pflanzen haben auch Sonderwünsche, aber sie reden zumindest nicht.« Lucia wies auf die Blumen, die ihr Interesse geweckt hatten. »Das sind Kaiserkronen für Bürgermeister Moller«, erklärte er. »Er hat seinen Garten zwischen Petrikirche und Alster. Entzückend, sage ich dir. Und das hier sind Nelken und Obstbäume für den Garten der Familie Anckelmann.«

Lucia erwähnte natürlich nicht, dass sie diese Gärten von ihren nächtlichen Ausflügen bereits kannte, sondern verabschiedete sich schließlich. »Hab Dank für alles, was du für uns tust. Ich hoffe, dass wir dir zumindest bald das Geld zurückzahlen können.«

»Mach dir darüber mal keine Sorgen, Deern. Das kläre ich mit deiner Mutter, wenn es so weit ist.«

Eine furchteinflößende Grimasse blickte ihr durch den offenen Fensterrahmen entgegen. Lucia musste sich beherrschen, um nicht zu lachen. Die Michel-Kapelle war mal wieder heillos überfüllt, weshalb die Gläubigen dem Gottesdienst auch von draußen lauschten. Verständlicherweise konnte es für Kinder langweilig werden, die ganze Zeit vor den Fenstern auszuharren. Vor allem, wenn sie die lange Predigt ohnehin kaum verstehen konnten. Und heute predigte Pastor Edzardi wieder einmal sehr ausführlich. Sie versicherte sich kurz, dass niemand sie beobachtete. Dann wandte sie sich dem Jungen vor dem Fenster zu, verdrehte die Augen und verzog den

Mund. Lautes Gackern hallte durch das Kirchenschiff. Die Mutter hielt ihrem Kind den Mund zu.

Tobias blickte Lucia strafend an, aber diese hob mit einem unschuldigen Gesichtsausdruck die Schultern. Jetzt fing sie auch andere Blicke ein: von Pavel, der mit den anderen Gesellen beisammensaß, Lebbenz und den Amtsbrüdern, jungen Männern und Frauen ihres Alters. Ihre Freundin Greteke unterdrückte anscheinend mühsam ein Lachen. Lucia blinzelte ihr zu, aber Gretekes Blick war schon weitergewandert zu Hans. Und er sah sie an, natürlich. Ein unsichtbares Gespinst von Verbindungen war in diesem Kirchenschiff ausgebreitet, und Lucia fragte sich, was für ein Muster es wohl bilden würde – ein wildes oder doch ein gleichmäßiges? Ordnete die Natur nicht so vieles nach Mustern? Wenn sie an das spiralenförmige Gehäuse von Schnecken dachte, an eine Sonnenblume, deren Kerne perfekt angeordnet waren, oder auch an Tannenzapfen – überall Muster.

Als der Pastor geendet hatte, trat ihr Bruder mit den anderen Chorkindern nach vorne. Sie würden zum Ausklang des Gottesdienstes noch einmal singen. Mehr als die Gebete und die Predigt hob dieser Gesang Lucias Herz, wozu auch der Stolz auf ihren Bruder beitrug.

Nach dem Gottesdienst standen sie noch vor der Kirche beieinander. Jemand schlang den Arm um ihren Hals. Greteke strahlte sie an. »Heute Abend kommst du aber mal wieder mit zum Tanz, versprochen?«

Lucias Blick fiel auf ihre Mutter, die stolz Tobias im Arm hielt und mit Pavel plauderte. Ursula sah abgezehrt aus, aber es ging ihr besser, und ihre Wangen waren sogar ein wenig gerötet. Ihretwegen musste sie nicht zu Hause bleiben. Andererseits hatte sie vorgehabt, ein gefälschtes Perlenarmband unter die Leute zu bringen. Wenn sie endlich ihre Schulden bei Lebbenz bezahlt hätten, könnte dieser sie auch nicht mehr unter Druck setzen.

»Nun komm schon! Deiner Mutter geht es gut! Du musst auch mal wieder ein bisschen Spaß haben! Und wir haben so lange nicht mehr getanzt!«

»Du warst doch mit den anderen Deerns unterwegs.«

»Mit den anderen, pft! – Die sind doch Schlafmützen gegen dich!«

Der Begeisterung ihrer Freundin konnte sich Lucia nicht mehr entziehen. »Na gut«, sagte sie, woraufhin sie von Greteke stürmisch umarmt wurde. Als sie sich voneinander lösten, sah sie, dass ihre Mutter und Tobias warteten. Sie würden jetzt zu ihrem Familiengrab gehen. Das war noch immer ein schwerer Weg.

* * *

Benjamin wartete in der engen Diele auf die Familie. Mijnheer van Vos hatte ihn eingeladen, sie zum Gottesdienst der niederländischen Gemeinde zu begleiten. Nun trat Mevrouw van Vos zu ihm. Geziert bewegte sie einen Fächer vor ihrem Gesicht, obgleich es gar nicht so heiß war. Sie drehte sich ein wenig vor Benjamin und zupfte an den Ärmeln ihres Kleides.

»Diese pompösen Stoffmassen – gehört das wirklich so?«, fragte sie.

»Ich denke schon. Zumindest habe ich diesen Schnitt bei den Amsterdamer Damen gesehen.«

»Dann ist es gut. Ich möchte mich auf keinen Fall zum Gespött machen.«

So heftig wedelte sie, dass der Fächer aus ihrer Hand fiel. Benjamin bückte sich, um ihn aufzuheben. Als er ihn ihr gerade reichte, kamen Mijnheer van Vos und die Tochter des Hauses hinzu. Für einen Augenblick blickte van Vos ihn streng an.

»Danke, junger Mann. Ich bin immer so ungeschickt!«, rief seine Gattin und hängte sich bei ihrem Mann ein. Sie spazierten los.

»Die reformierte Gemeinde hat eine wechselvolle Geschichte hinter sich«, plauderte van Vos los. »Die hiesigen Lutheraner lehnen uns Reformierte ab, was zeitweise dazu führte, dass wir zehn Mark Buße für den Kirchbesuch in Altona zahlen mussten. Aber das hat sich ja derzeit erledigt.«

»Ich sah die Kirchenruine bereits und hörte von dem Brand.«

»Lobenswert, dass Ihr Euch um Euer Seelenheil sorgt.«

Benjamin zog die Nase kraus. Wenn van Vos wüsste, was er wirklich in Altona gewollt hatte …

»Ein entlassener Totengräber hat vermutlich das Feuer gelegt. Jetzt sammeln wir Spenden für den Bau eines neuen Tempels. Einstweilen halten wir unsere Gottesdienste im Haus des niederländischen Gesandten ab, ganz in der Nähe, im Pulshof in der Fuhlentwiete.«

Sie erreichten eine dumpfige Landstraße. Die anliegenden Fleete werden ganz sicher nicht genügend durchspült, dachte Benjamin, als er den üblen Geruch wahrnahm. Kutschen hielten vor einem großen Fachwerkhaus, fuhren jedoch wieder ab, sobald die Fahrgäste ausgestiegen waren. Nur kurz begrüßten sich die Familien und strebten dann zügig hinein.

»Müssen wir uns beeilen?«, fragte Benjamin.

»Nein. Wir wollen nur nicht mehr Aufsehen als nötig erwecken. Die Bürgerschaft sieht es nicht gern, dass so viele Reformierte zusammenkommen. Schon verschiedentlich wurden Versuche unternommen, uns die Gottesdienste zu verbieten.«

Ein seltsames Gefühl überkam Benjamin. So musste es den Katholiken und Mennoniten gehen, die in Amsterdam im Verborgenen ihre Gottesdienste abhielten.

Es war eine feine Gesellschaft, die zu diesem Gottesdienst zusammengekommen war, das schloss er aus der teuren Kleidung, dem selbstbewussten Auftreten und der Art und Weise, wie über Politik und Geschäfte geplaudert wurde. Im Anschluss fand ein

Empfang in einem Lustgarten in der Nähe statt, zu dem auch die Niederländer eintrafen, die sich inzwischen zum Luthertum bekannten. Der Garten war üppig, aber ungeordnet. Es gab Blumen, Gemüse und Kräuterbeete und sogar Melonen, die von Strohkegeln geschützt wurden. Mitglieder der Bürgerschaft und der Oberalten waren anwesend, und Benjamin erfuhr einiges über die Gremien der Stadt und darüber, was die Politiker derzeit besonders umtrieb. Vor allem die zunehmenden Spannungen zwischen den Niederlanden und England beobachteten sie besorgt; mehrmals waren bereits auch Hamburger Schiffe dem Kaperkrieg zum Opfer gefallen. Auch der Streit zwischen dem Hause Oranien und Amsterdam beunruhigte die Niederländer; dazu berichtete Benjamin ausführlich.

Nach einiger Zeit nahm sein Auftraggeber ihn beiseite und legte ihm gönnerhaft die Hand auf die Schulter. »Beeindruckende Gesellschaft, nicht wahr? Wir brauchen uns vor Amsterdam nicht zu verstecken. Wenn Euch mein Bauprojekt gelingt und ich zufrieden bin, steht Euch die vornehme niederländische Gemeinde in Hamburg offen.« Sein Griff wurde fester, und van Vos sah Benjamin in die Augen. »Scheitert Ihr aber, braucht Ihr Euch hier nie wieder sehen lassen – und auch bis Amsterdam wird sich diese Schmach verbreiten!«

21

Seinen Seesack umgebunden, kletterte Theo die Leiter am Rumpf der Fregatte empor. Haushoch war das Schiff, das für die nächsten Monate, ja, vielleicht sogar Jahre, sein Zuhause sein würde. Noch immer zornig dachte Theo an den Abschied von seinem Vater zurück. Dass seine Stiefmutter derart heftig geheult hatte, hatte die unbeholfene Stille zwischen ihnen nur noch unerträglicher gemacht. Theo hatte es gehasst, auf dem Schiff anheuern zu müssen. Allerdings hatte sich sein Widerwille gegen seine neue Stellung ein wenig gelegt, nachdem er erfahren hatte, dass er vor der Amsterdamer Chirurgenkammer, der Gilde der Chirurijns, eine Prüfung ablegen musste. Sein Ehrgeiz hatte nicht zugelassen, dass er bei dieser Seeprüfung schlechter abschnitt, als er eigentlich war.

In der Prüfung war es vor allem um Unfälle und Kriegswunden gegangen: Brüche, Schusswunden, Verbrennungen. Alles in allem nicht uninteressant. Vor allem aber hatten die Ärzte voller Respekt von seinem neuen Lehrmeister gesprochen. Vielleicht würde er von Meester Kwick also wenigstens etwas lernen. Und wenn er zurückkehrte, hätte er abenteuerliche Geschichten, mit denen er angeben konnte.

Merkst du gar nicht, wie du dir diesen Zwang schönredest?, fragte er sich selbst konsterniert. Nicht einmal die Heuer machte das Risiko dieser Reise wett. Während der Schiffschirurg nur etwas weniger verdiente als der wichtigste Handwerker an Bord – der Schiffszimmerer –, bekam der zweite Schiffsarzt kaum mehr als ein Trompeter. Und wie man hörte, starben auf den Fernhandelsschiffen nicht nur die Matrosen wie die Fliegen, sondern auch die Wundärzte.

Theo dachte an die Prüfung zurück. Selbst wenn er durchgefallen wäre, hätte sein Vater vermutlich dafür gesorgt, dass er mit an Bord durfte. Zu wichtig schien der mysteriöse Auftrag zu sein, den Kris für ihn hatte. Sobald er eine ruhige Minute hatte, würde er den Brief öffnen, den er überbringen sollte.

Als Theo über die Reling kletterte, blieb sein neuer Radmantel am Holz hängen, und er musste ihn vorsichtig lösen. Er hatte seine beste Kleidung dabei. Auch beim Barbier war er noch gewesen, entschlossen, trotz der widrigen Umstände nicht zu verlottern. An Deck sah er sich um. Die Matrosen und einfachen Soldaten wuselten durcheinander, während die Kaufleute und militärischen Ränge sich gemächlicher einrichteten. Meester Kwick gab den Matrosen Anweisungen, während sie etwas mit der Seilwinde an Bord hievten, dann suchte er das Gespräch mit einem höherrangigen Seemann.

Theo rekapitulierte die Informationen, die er sich beschafft hatte: Die Fregatte galt als schnelles Kriegsschiff. Sie besaß drei Masten mit unzähligen Segeln, ein Kanonendeck mit zweiundvierzig Geschützen, achtern ein zusätzliches Halbdeck, sechzig Mann Besatzung und einen Heckaufbau mit dekorativer Spiegelwand. In ihrem Konvoi würden noch zwei Pinassen und eine Fleute segeln.

»Willst du dich da in deinem feinen Zwirn noch länger zur Schau stellen wie die Huren auf dem Nieuwmarkt, oder bist du zum Arbeiten hier?«, blaffte Kwick ihn unvermittelt an.

Theo ärgerte sich über den blöden Spruch. Sollte er etwa in Sack und Asche gekleidet an Deck herumlaufen? Außerdem würde es ja auch Landgänge geben. »Habt Ihr einen Auftrag für mich?«

»Meine Kisten kommen in meine Kabine auf das Achterdeck. Die Medizinkiste, unsere Gerätschaften und die Medikamente lässt du auf das Batteriedeck bringen.« Kwick wandte sich wieder dem Seemann zu, bei dem es sich wohl um den Steuermann handelte.

»Auf das Batteriedeck zu den Kanonen?«, fragte Theo irritiert.

»Wohin denn sonst? Das ist hier kein Hospital. Der Lehrjunge soll dir alles zeigen, der weiß ja besser Bescheid als du!«

Der Steuermann strich sich den gepflegten Schnauzbart zurecht, auch ihm stieß anscheinend der Tonfall auf.

»Vielleicht sollte ich mich erst einmal vorstellen«, versuchte Theo, die Form zu wahren. »Theo Krisz Aard. Ich bin der zweite Chirurgicus bei dieser Reise.«

Der Steuermann reichte ihm die Hand. »Yorick Nicklefs, Erster Steuermann. Willkommen an Bord. Ich bin als Unter-Steuermann mal mit Eurem Vater nach Ostindien gefahren. Ein echtes Vorbild.«

»Ja, manche Männer wissen eben, wo ihr Platz ist«, sagte Meester Kwick.

Was sollte das nun wieder bedeuten?

Nicklefs setzte zu einer Erklärung an: »Die Krankenstation wird üblicherweise zwischen den Kanonen eingerichtet. Die tägliche Visite haltet ihr im Arbeitsraum auf dem Achterdeck ab, dort, wo auch die Gottesdienste stattfinden. Da ist er ja – Leif!«

Ein schlaksiger Bursche mit karamellfarbener Haut kam herbei. »Ihr seid sicher der neue Onderbarbier«, begrüßte er Theo.

»Stimmt.« Auf seinen Ruf hin kamen andere Burschen herbei und fassten mit an. »Bist du nicht ein wenig zu jung für einen Lehrjungen? Wie alt magst du sein – zwölf?«, fragte Theo, als er ihnen folgte.

»Dreizehn«, sagte Leif sichtlich gekränkt. »Alt genug, also. Ein Freund von mir hat bei einer Atlantikfahrt gerade als Oberchirurg gearbeitet.«

»Wie das?«

Leif druckste herum. Schließlich gab er zu: »Alle anderen waren gestorben. Na ja, richtig Ahnung von Anatomie und so hatte er natürlich auch nicht. Da halte ich mich lieber an Meester Kwick.«

Im Zwischendeck musste Theo den Kopf einziehen. Das Schiff

stank nach Teer, Essig und scharfen Kräutern, ganz so, als habe man es gerade ausgeräuchert. Da das Kanonendeck durch die offen stehenden Stückpforten erhellt war, sah man, wie beeindruckend langgezogen es war.

Der Waffenmeister nahm ihn in Empfang und zeigte ihm die Ecke, in der er sich einrichten konnte. »Hier ist es auch nachts hell. Unsere Lampen brennen immer, damit wir für den Verteidigungsfall gerüstet sind.«

»Und wo legen wir die Kranken hin?«

»Wir klemmen Bretter zwischen die Kanonen oder betten sie auf den Fußboden. Für heikle Untersuchungen können wir eine Ecke mit Tüchern abtrennen. Obgleich wir Seeleute im Allgemeinen nicht zimperlich sind.«

Der Lehrjunge gab Anweisungen, wo die Kisten abgestellt werden sollten.

»Ist nicht deine erste Fahrt, was?«, fragte Theo den Jungen.

»Nein, Mijnheer, meine dritte. Ein paar Jahre noch, dann ist meine Lehrzeit beendet.«

»Wenn du dich so gut auskennst, kannst du mich doch bestimmt über das Schiff führen?« Dem Burschen gegenüber schämte sich Theo dieser Bitte nicht.

»Verzeiht, aber das geht nicht. Ich muss hier alles vorbereiten. Mein Freund Lukas kann das machen.«

Einer der Schiffsjungen kam heran, offenbar jener Lukas. Er hatte mausgraue Haare und eine spitze Nase. Der Junge lief voraus und zeigte Theo alles, von den Laderäumen bis zu den Donnerbalken und Pissrinnen.

Theo war beeindruckt. Wie riesig der Bauch des Schiffes war, wie gewaltig die Menge an Vorräten und Waren! Er bemerkte, dass der Junge sich immer wieder an die Wange fasste, und musterte ihn. »Dein Kiefer ist geschwollen. Hast du Zahnschmerzen?«

»Nein.« Die Aufmerksamkeit schien dem Jungen unangenehm

zu sein. Als Theo auf einer Antwort insistierte, gestand Lukas, dass einer seiner Zähne schmerzte. »Aber das wird schon wieder.«

»Lass sehen.«

»Ich habe kein Geld.«

»Wozu brauchst du Geld? Ich bin der Zweite Schiffsarzt.«

»Wisst Ihr es denn nicht? Nur Kriegs- und Arbeitsverletzungen werden umsonst behandelt. Für alles andere müssen wir zahlen.«

Das fand Theo unerhört. Ging es nicht darum, die Matrosen arbeitsfähig zu halten? Auch ein entzündeter Zahn konnte gravierende Folgen haben. »Nun zeig schon, ich knöpfe dir kein Geld dafür ab.«

Widerwillig öffnete der Junge den Mund. Der Zahn war schwarz, das Zahnfleisch blutig. »Das sieht nicht gut aus«, meinte Theo.

Sofort schloss Lukas den Mund. »Ich will nicht zurück ins Waisenhaus. Ich muss auf dem Schiff bleiben.«

»Ich werde im Krankenquartier sehen, was ich für dich tun kann.«

Als sie wieder dort ankamen, war Kwick noch immer nicht da, also holte Theo Tücher aus der Lapdoos und eine Zange aus der Medizinkiste. Dann zog er den Zahn heraus und versorgte den Jungen sorgfältig.

»Was ist hier los?«, fragte Meester Kwick beim Betreten des Kanonendecks forschend.

Der Bursche sprang auf. Theo sagte es dem Chirurgen.

»Der Bursche muss für die Behandlung bezahlen.«

»Aber der … Meester Aard hat gesagt …«, stotterte der Bursche.

»Ich war der Auffassung, dass ein fauler Zahn behandelt werden sollte.«

»Der Schiffsjunge zahlt, oder ich ziehe dir das Geld vom Lohn ab.«

Ärger stieg in Theo auf. »Dann macht es so.«

Der Junge schlich an Kwick vorbei hinaus, als fürchte er ihn.

»Ich war davon ausgegangen, dass dein Vater dich mit den Regeln an Bord vertraut gemacht hat. Das hat er offenbar nicht, also sage ich es dir jetzt: Ohne die Beschränkung auf Arbeitsunfälle wären wir nur noch mit Verdauungsbeschwerden und Geschlechtskrankheiten beschäftigt. Halte dich also gefälligst an die Absprache.« Meester Kwick kam näher, seine Augen maßen Theo. »Ich will nicht hoffen, dass dein Vater zu viel versprochen hat. Einen Nichtskönner kann ich nicht brauchen. Spätestens wenn wir vor Afrika liegen, werden wir mehr als genug zu tun haben. Bezahlt wird nur für lebende Ware. Und jetzt mach dich an die Arbeit, ehe ich es mir anders überlege und dich zurückschicke. Jeder Eingriff wird in unserem Logbuch genauestens dokumentiert.«

Theo gehorchte. Er wusste, dass sie an der afrikanischen Goldküste Sklaven kaufen und diese dann über den Atlantik nach Westindien schaffen würden, nach Essequibo, wo die Niederländer mit dem Fort Kyk-over-al über Handelswege und Plantagen herrschten, oder nach Pernambuco, dessen Zuckerrohrplantagen legendär ertragreich waren. Der Handel verlief im Uhrzeigersinn: Chinesische Tuche aus Ostindien und niederländische Waren wurden in Afrika gegen Sklaven eingetauscht. Die Menschenfracht wurde nach Südamerika und in die Karibik auf die Tabak- und Zuckerrohrplantagen geschafft. Von Westindien aus würden sie dann nach Nieuw Amsterdam reisen, um Pelze und Holz aufzuladen, die in den Niederlanden benötigt wurden.

Die nächsten Stunden vergingen wie im Flug. Nach dem Eintrag ins Logbuch mussten Medikamente, Utensilien und Verbände vorbereitet werden. Kwick hatte sich in eine Hängematte gelegt und las, während Theo schuftete. Erst als eine Glocke geläutet wurde und ein Ruf über das Deck ging, erhob Kwick sich. »Der Käpt'n kommt an Bord. Wir werden ihm unsere Aufwartung machen.«

»Wieso kommt der Schiffer erst jetzt? Wir sind doch schon lange unterwegs«, fragte Theo, denn seit geraumer Zeit schwankte das Schiff unter seinen Füßen.

»Da hast ja wirklich gar keine Ahnung! Der Schiffer bekommt erst unmittelbar vor der Abfahrt die wichtigen Unterlagen wie die Seeversicherung ausgehändigt.«

Zu Theos Erstaunen lagen sie bereits vor Texel. Das tückische Binnenmeer hatten sie also bereits überwunden. Der eierschalenfarbene Sandstrand der Insel leuchtete einladend. Er genoss den Anblick des gesunden Weideviehs auf den kräftig grünen Wiesen, die so fruchtbar schienen, wie es holländisches Land nur sein konnte. Die sternenförmige Festung war ein imposantes Beispiel für ihre Baukunst. Und er beobachtete das Treiben an der Reede, an der die Vielfalt des niederländischen Handels vorbeizog. Das war Holland, wie er es liebte. Holland, das er nicht verlassen wollte.

Ein Ruf riss ihn aus seiner Wehmut. An Deck war die komplette Besatzung zusammengekommen, ein bunter Haufen verschiedenster Nationen, vor allem Deutsche und Schotten. Einige schienen sich bereits zu kennen, andere standen abseits. Dazu kamen die Soldaten und die Kaufleute. Der Schiffer begrüßte die Männer. Er schien ein bärbeißiger Kerl zu sein, der kein Wort zu viel verlor. Ein Geistlicher sprach ein Gebet, dann wurde die Schiffsordnung verlesen, einschließlich der Strafen für die unterschiedlichsten Vergehen – vom Entzug der Heuer über Auspeitschungen und Arrest bis zum Tode. Jeder an Bord musste einen Eid auf die Schiffsordnung leisten. Sogar auf das Fernbleiben vom Gottesdienst stand eine Strafe, zunächst die Streichung der Weinration und eine Geldbuße, dann die Auspeitschung mit dem Schiffstau.

Erst jetzt wurde Theo die Bandbreite seiner Aufgaben klar. Er war nicht nur für die alltäglichen Krankheiten und Verletzungen der Mannschaft zuständig, sondern auch für die Wunden, die ihnen zur Strafe zugefügt werden würden. Und natürlich war er verantwortlich für das Wohl ihrer menschlichen Fracht, was ihn empörte. Schnell verdrängte er den Gedanken.

Als er am Abend Meester Kwick in die Kajüte des Kapitäns begleiten durfte, wo die Offiziere, die höheren Ränge und die bedeutenden Kaufleute speisten, dümpelten sie noch immer vor Texel und warteten auf den richtigen Wind. An Bord hatte sich die Hektik in eine gemächliche Ruhe verwandelt. Die Matrosen musizierten, sangen und tanzten wild an Deck. Leif hatte erklärt, dass es manchmal Wochen dauerte, bis die Reise endlich begann.

Noch kann ich das Schiff verlassen und zurück nach Amsterdam, dachte Theo. Zu seiner Überraschung gestaltete sich die gemeinsame Mahlzeit jedoch angenehm.

»Gott ist mit uns. Wir werden große Reichtümer in unser Vaterland bringen«, sagte der Kapitän nach dem Tischgebet und prostete ihm zu.

Das Essen und der Wein waren sehr gut, der Kapitän und die gehobenen Dienstgrade belesen. Vor allem das Gespräch mit Yorick Nicklefs, dem Ersten Steuermann, war anregend. Yorick war ein gewandter Mann, begeisterte sich für Wind- und Wetterforschung und war entschlossen, das Rätsel der Längengrade zu lösen. Theo berichtete ihm von Benjamins Forschungen und auch seinen eigenen Interessen. Zum ersten Mal nahm die Atmosphäre an Bord ihn gefangen – auch, wenn er es sich nur ungern eingestand.

Wie so oft in den letzten Wochen hallte der Gesang des Schiffsjungen laut über das Deck:

Ihr Krüppel und Blinden
Kommet lasset euch verbinden
Hinter dem Mast und vor der Spille
Da sollet ihr den Meister finden
Wann der Meister kommt sein Geld zu holen

So sollt ihr ihn mit Brecheisen und Hebebäumen
Bezahlen
Heraus ihr Penner und Mauler
Der Meister hat ein Paar Hoden
Wie der Großmars Schooten.

Etliche Matrosen hatten sich vor der improvisierten Krankenstube eingefunden. Im Vorraum des Achterdecks trafen die Mannschaft und die höheren Dienstränge auch ohne Ansprachen und Gottesdienste zusammen; eine wichtige Schnittstelle auf dem Schiff. In den ersten Tagen hatte Theo noch über den frechen Gesang der Schiffsjungen lachen müssen. Als müsste Gott jenen helfen, die den Schiffsärzten in die Hände fielen! Dann hatte er sich empört, dass dem Schiffsarzt im Text Schläge angedroht wurden. Und schließlich hatte er die bittere Wahrheit erkannt, die hinter diesem Spottvers stand: Viele Matrosen konnten es sich nicht leisten, ihre Krankheiten versorgen zu lassen.

Vor Texel hatten sie das Schiff mit dem lange haltbaren Wasser aus den Wezenputten, den Texeler Wasserquellen, bevorratet. Nachdem der Wind auf Nord-Ost gedreht hatte, hatten sie endlich den Anker lichten können. Auf der Nordsee hatten sie zwischen Dünkirchen und Dover die Kaperfahrer ausgetrickst und dann Kurs auf Süd-Ost genommen. Das Wetter war täglich besser geworden, die Stimmung war gut, die Fahrt gemächlich, und tatsächlich hatte Yorick erzählt, dass es oft so war. Noch gab es genügend Vorräte, Wetter und Seegang waren mild, und sie hatten keine menschliche Fracht an Bord, die im Zaum gehalten werden musste. Schwierig würde es, wenn widriges Wetter oder Angriffe dem Schiff und der Besatzung zusetzten, wenn das Wasser faulig war und das Fleisch von Maden durchsetzt, wenn jeder Aufenthalt im Schiffsrumpf durch den Gestank der Ausscheidungen der eingepferchten Menschen unerträglich wurde. Yorick schien ihr

Auftrag nicht zu behagen, und auch Theo mochte gar nicht daran denken.

Kwick überließ Theo die Drecksarbeit, war meist in die Lektüre medizinischer Traktate vertieft. Einmal hatte Theo einen Blick in Kwicks Reisekiste werfen können, die voll von Büchern, Tabak und Hüten war. Ausgerechnet Hüte – wo auf See doch ständig Wind wehte! Die Bücher waren schon interessanter. Anspruchsvolle Fälle übernahm Kwick selbst, und dann – das musste Theo ihm zugutehalten – dozierte er auch bereitwillig darüber. So hatten sie bereits in der ersten Woche einen komplizierten Bruch operieren müssen. Dank des Geschicks von Meester Kwick arbeitete der Matrose bereits wieder.

An vieles hatte Theo sich in der ersten Zeit auf See gewöhnen müssen: an das Geschaukel unter seinen Füßen, an die Latrinen, auf denen er mit dem Hintern über der See hing und von Gischt besprüht wurde, daran, dass sein Bart trotz aller Bemühungen zusehends verwilderte und seine schicke Kleidung ausblich und mürbe vom Salzwasser wurde. Hätte er doch auf seinen Vater gehört, der ihm geraten hatte, mehr Wert auf Zweckdienlichkeit als auf Eleganz zu legen! Mit alldem konnte er sich arrangieren. Aber dass der Schiffsarzt den Matrosen, die ohnehin nur einen Hungerlohn bekamen, auch noch ihr hart verdientes Geld abknöpfte, ertrug er nicht. So kamen nur die Matrosen zu ihrer Sprechstunde, denen es wirklich schlecht ging. Natürlich oblag es Theo, sich um die stinkenden Wunden zu kümmern, während Kwick kassierte.

Der Tagesablauf war straff organisiert: Medikamente für innere Anwendungen mussten morgens zubereitet und verabreicht werden, faulende und stinkende Wunden gereinigt und neu verbunden. Einige Matrosen hatten bereits vom Scharbock versteifte Gliedmaßen, die behandelt werden mussten. Offenbar war die Erkrankung bei der Musterung übersehen worden und hatte sich an Bord rapide verschlimmert. Bei dieser Krankheit schwollen Beine und Zahnfleisch an, die Zähne fielen aus, und die Männer wurden kraftlos, oft starben sie sogar. Zur Mittagszeit musste das Essen für die Kranken vorbereitet und verteilt werden. Je nachdem, wie viele es waren, konnte das eine geraume Weile dauern. Oft musste Theo auch abends und nachts noch Leidenden beistehen. Das medizinische Logbuch führte er gewissenhaft. Parallel trug er seine Erkenntnisse in sein eigenes Notizbuch ein.

Der Matrose vor ihm fluchte, als Theo den Eiter aus der schwärenden Wunde kratzte, diese ausbrannte und verband. Dann hielt der Chirurg die Hand auf.

»Das ist 'ne Arbeitsverletzung, ehrlich«, protestierte der Matrose.

»Vergiss es. Zahl, oder wir behandeln dich nächstes Mal nicht. Dann wirst du am Wundbrand verrecken.«

Theo starrte durch die offen stehende Stückpforte aufs Meer hinaus, entschlossen, nichts zu sagen. Sehnsüchtig wartete er darauf, wieder Land zu sehen. Der Matrose zahlte notgedrungen und verzog sich.

»Habt Ihr je vom Eid des Hippokrates gehört?«, fragte Theo den Schiffsarzt nun doch.

Kwick funkelte ihn finster an. »Willst du mich beleidigen? Hier sind schon Leute für weniger kielgeholt worden. Kümmere dich lieber um unseren nächsten Patienten!«

Noch während Theo überlegte, was er sagen sollte, wanderte Kwicks Blick, und plötzlich grinste er süffisant. Theo ahnte Übles. Ein Maat stand in der Tür. Jetzt spürte selbst er, den so leicht nichts erschüttern konnte, seinen Magen zucken. Das Gemächt des Seemanns war halb von den spanischen Pocken zerfressen. Und was beinahe noch schlimmer war: Er schien es zu genießen, wenn Theo ihn versorgte.

22

Hamburg

Die nächste Woche verging wie im Flug. Benjamin war vollauf damit beschäftigt, den Entwurf für van Vos zu überarbeiten. Sein Auftraggeber hatte immer wieder neue Vorschläge, gleichzeitig musste Benjamin den Abriss des Hauses begutachten und alles für den Bau vorbereiten. Er heuerte Arbeiter an, was mühselig war, weil manche ihn nur schwer verstanden und andere ihn nicht ernst nahmen. Auch hatte Grönfeldt sich anscheinend abwertend über Benjamins Bauprojekt geäußert. Eine große Hilfe war hingegen der Maurer Martin, den Benjamin inzwischen zum Polier gemacht hatte.

Trotz der Arbeit, die ihn ganz forderte, vermisste Benjamin seine Familie und seine Freunde. Sein Vater und sein Bruder hatten ihm noch immer nicht geantwortet, obgleich er inzwischen ein weiteres Mal geschrieben hatte.

Dann endlich bekam er Post von seinem Onkel.

Gespannt riss Benjamin den Umschlag auf und überflog den Brief. Dann las er ihn ganz in Ruhe, Wort für Wort. Oom Samuel hielt sich nicht lange mit Höflichkeitsfloskeln auf.

Lieber Neffe,
die gefangenen Deputierten aus Schloss Loevestein sind
inzwischen entlassen worden – aber erst knapp drei Wochen
nach der Einigung mit den Amsterdamern. Die Provinzen haben
dem gewünschten Militärbudget zugestimmt. Allerdings musste
der Prinz tatsächlich die ausländischen Truppen abdanken. Die

verhafteten Deputierten mussten ihre Ämter aufgeben. Wer der
Gewinner dieses Kräftemessens ist, wirst Du mich fragen. Prinz
Wilhelm. Er hat seine Kühnheit unter Beweis gestellt. Seine
nächsten Taten werden nicht auf sich warten lassen. Du weißt,
ich bin ein Freund des Oranier-Hauses, aber unsere Nation
erneut in einen Krieg zu stürzen, halte ich für falsch.
Natürlich gibt es Verluste. Beispielsweise ist Jacob de Witts Sohn
Johan ein begnadeter Mathematiker, Jurist und Politiker –
und eine unterhaltsame Gesellschaft. Es ist ein Jammer, dass
seine Laufbahn durch diesen Vorfall in irgendeiner muffigen
Rechtsstube enden wird. Immerhin ist seinem Vater, Jacob de
Witt, dem Deputierten von Dordrecht, ein ehrenvoller Rückzug
ermöglicht worden.

Benjamin hielt inne. Samuel schienen diese Schicksale sehr zu beschäftigen. Ihm selbst kamen sie hingegen sehr weit entfernt vor.
Dabei waren der Angriff auf Amsterdam und die Verhaftung der Deputierten noch keinen Monat her.

Auch auf anderen Ebenen wirken die Ereignisse rund um den
Angriff auf Amsterdam nach. Etliche Pamphlete gegen die
Bicker-Brüder sind verboten worden. Zu heftig im Ton waren
sie. »Wie die Hündchen sitzen die Regenten von Holland
vor dem Prinzen und warten hechelnd darauf, dass er ihnen
Brocken zuwirft«, heißt es beispielsweise auf einem Flugblatt.
Unerfreulicherweise treibt Prinz Wilhelm seine Kriegspläne
voran. Lieber früher als später will er dem spanischen König den
Krieg erklären. Und Frankreich steht ihm natürlich zur Seite.
Anbei eine Schrift, die Dich interessieren dürfte. Frisch von
meinem Cousin aus London. Dort wird die Lage auch nicht
gerade einfacher. Cromwell scheint eine Art Diktatur des
Militärs errichten zu wollen. Auf See nehmen die Sticheleien zu.

*Nur knapp ist dieser Tage eines der Schiffe, das meine Tuche
beförderte, der Beschlagnahmung entronnen. Und dann noch
die Streitigkeiten in den Kolonien, die die Generalstaaten bis vor
Kurzem beschäftigt haben …*

*Aber genug von der lästigen Politik, kommen wir zu der Misere,
in die Du geraten bist. Anbei ein Brief an Senhor Abraham
Teixeira. Er ist ein bedeutender jüdischer Bankier und
Großkaufmann und für etliche Königshöfe tätig, das muss dir
klar sein. Behandle ihn also entsprechend! Mein Vater hatte enge
Geschäftsbeziehungen zu ihm, deshalb wird er mir wohlwollend
gesinnt sein. Ich weise Senhor Teixeira an, Dir mit etwas Geld
auszuhelfen.*

*Allerdings hoffe ich auch, dass Du Lehren aus dieser Notlage
ziehst und die Familie nicht noch mehr blamierst. Das Geld
kannst Du mir bei Gelegenheit zurückzahlen. Zinsen erwarte
ich nicht – nicht dieses Mal.*

Mit besten Grüßen usw.

Dein Onkel Samuel

Der Ton, in dem die letzten Sätze verfasst waren, trieb Benjamin
die Schamesröte ins Gesicht. Natürlich würde er seinem Onkel das
Geld zurückzahlen! Das war das Mindeste! Er war nicht wie Oliver,
der ihn noch immer hinhielt, sodass er weiterhin auf die Leihgabe
angewiesen war. Eilig stellte Benjamin seine Arbeit fertig. Es dun-
kelte bereits. Konnte er um diese Zeit noch zu Senhor Teixeira gehen? Versuchen musste er es.

Am Haus des Portugiesen erfuhr Benjamin, dass Senhor Teixeira
jeden Moment zurückerwartet wurde. Also schlenderte er über
den Krayenkamp und sah dem Treiben zu, das mit jeder Stunde des
Abends angeregter wurde. Unbedingt wollte er Teixeira den Brief
seines Onkels persönlich überbringen. Gleichzeitig hielt Benjamin

nach Lucia Ausschau. Obgleich sie ihn betrogen und bestohlen hatte, wanderten seine Gedanken immer wieder zu ihr.

Gerade wollte er zur Michel-Baustelle gehen, um zu sehen, wie weit die Arbeit gediehen war, als sich das Rumpeln einer Kutsche näherte. Kinderrufe waren zu hören. Eine Equipage bog um die Ecke, gefolgt von einem Schwarm Kinder, die mit Steinen nach ihr schmissen. Als der Kutscher öffnete und Senhor Teixeira in seinem Talar ausstieg, bewarfen sie auch den altehrwürdigen Herrn mit Grasbüscheln und Dreck. Was hatten sie gegen den Portugiesen? Schmähten sie ihn, weil er ein Jude war?

Auf einen Stock gestützt humpelte Teixeira zu seinem Haus. Der Kutscher versuchte, die Gören zu vertreiben, wurde aber ebenfalls beschimpft. Niemandem sonst schien der Angriff auch nur aufzufallen. Sofort spurtete Benjamin los und stellte sich vor den Juden. »Lasst das gefälligst! Los, verzieht euch!«, rief er. Dann musste er selbst einem Dreckklumpen ausweichen.

Senhor Teixeira hatte beinahe den Eingang erreicht und wandte sich um. »Mijnheer Aard, habt Dank, aber diese Kinder wissen es nicht besser. Wollt Ihr zu mir?« Benjamin nickte und folgte ihm.

In diesem Augenblick öffnete Manoel Teixeira die Tür und half seinem Vater herein. »Verzeiht, ich war gerade auf dem Speicher. Ist etwas geschehen?«

»Nur die üblichen Schmähungen.«

»Wie könnt Ihr so ruhig bleiben?«, wunderte Benjamin sich.

»Sich aufzuregen ändert nichts. Ich versuche, mit den Räten zu reden, mit den Oberalten und den Pastoren. Sie könnten gegen die Schmähungen von uns Juden eintreten. Da aber gerade erst alle deutschen Juden auf Wunsch der lutherischen Geistlichen aus Hamburg gewiesen wurden, ist unsere Position schwach.« Er ging schleppend. Manoel stützte ihn jetzt.

»Mein Vater ist erschöpft. Ihr müsst morgen wiederkommen«, sagte er über die Schulter zu Benjamin.

»Nein, schon gut, lass Mijnheer Aard ein. Es wird schon besser, mein Arzt hat mir helfen können. Sprecht, was ist Euer Anliegen?«

»Ich habe Post von meinem Onkel Samuel van Sanders erhalten.«

Sie setzten sich wieder in den Salon. Ruhig las Senhor Teixeira den Brief. Benjamin berichtete ihm zudem, was sein Onkel über die aktuelle politische Lage geschrieben hatte. »Ich wollte Euch noch einmal danken, dass Ihr mir vertraut habt, obgleich ich keinen Beweis für meine Herkunft beibringen konnte«, sagte er schließlich.

»Manchmal muss man sich auf seinen Instinkt verlassen. Außerdem kann es nützlich sein, einen Architekten Eures Ranges zu kennen. Mein Sohn plant, für sich und seine Familie ein Grundstück zu erwerben und dort ein Haus bauen zu lassen. Möglicherweise kommen wir auf Euch zurück.«

»Sehr gerne«, sagte Benjamin, und er meinte es so. Er hatte keine Vorurteile gegenüber den Teixeiras, weder wegen ihres Glaubens noch wegen ihres Reichtums. Vermutlich würden sie ohnehin erst einmal abwarten, wie ihm der Bau für van Vos gelang.

Als er wieder auf den Krayenkamp trat, war es vollkommen dunkel. Wie Zähne schienen die unfertigen Mauern des Michel in den Nachthimmel zu beißen. Nur aus der Bauhütte schimmerte ein Licht auf den Bauplatz. Kurz entschlossen ging Benjamin hin. Er hatte nichts vor, und auf ein steifes Gespräch mit seinem Auftraggeber oder dessen Familie hatte er keine Lust.

Meister Corbinus saß vor dem Kirchenmodell und stellte in einem Buch Berechnungen an. Wie aus einem Traum gerissen, sah er auf. Heute wirkte er so alt und müde, wie es seine weißen Haare nahelegten. »Ach, Ihr seid es.«

»Störe ich?«

»Gar nicht. Berichtet mir vom Fortgang Eurer Arbeiten für Mijnheer van Vos. Wir können froh sein, dass wir so großzügige

Gönner wie ihn haben. Ohne ihn würde unser Bau nicht so gut vorangehen.«

Benjamin erzählte Corbinus von den Planungen und verschwieg auch die vielen Änderungswünsche an der Fassade und seine Probleme mit den Arbeitern nicht.

»Was die Gestaltung angeht, kann ich Euch keinen Rat geben. Da bediene ich mich ja selbst aus Architekturtraktaten«, sagte Meister Corbinus offen. »Als Zimmermann hatte ich es bislang eher mit Altären und Predigtstühlen zu tun. Vielleicht könnt Ihr eher mir weiterhelfen, dann stehe ich vor den Maurern nicht allzu blöd da. Ich brüte über einem Problem, was die Mauerdicke und die Fassadengestaltung angeht.« Corbinus setzte ihm auseinander, was ihn beschäftigte.

Benjamin sah sich das Modell und die Maße an, berechnete etwas, warf ein paar Skizzen auf das Papier. Dann sah er Corbinus an: »Natürlich seid Ihr der Baumeister – und ein guter, wie man an dem Holzmodell sieht. Aber wenn Ihr wirklich meinen Rat wollt, dann könntet Ihr die Fassade mit toskanischen Pilastern gliedern und diese als Eckeinfassung auch um den Turmschaft führen. Das würde der klassischen Säulenordnung entsprechen und zugleich für Stabilität sorgen.« Benjamin veranschaulichte es auf der Zeichnung.

»Dafür sind nur Ziegel nötig?«

»Und Mörtel natürlich, aber kein Sandstein. Von den Kapitellen im Friesbereich könntet Ihr mit Stützvoluten zur Dachtraufe überleiten.«

Benjamin machte einige weitere Vorschläge, die sie ausgiebig diskutierten, und arbeitete auch Corbinus' Anmerkungen ein.

Als er aufbrechen wollte, dankte Corbinus ihm. »Wenn Ihr möchtet, kann ich Euch für einige Zeit meinen Gesellen Hans ausleihen. Er könnte Euch eine Hilfe sein, denn er kennt sich gut aus. Gleichzeitig könnte er von Euch Nützliches über die Amsterdamer Baukunst lernen.«

Säulenordnungen, Gesimse, Kolossalpilaster, Risaliten und Marmor. Seit Tagen ging Benjamin nichts anderes mehr durch den Kopf. Die Fassade des Hauses war breiter, als es bei Häusern in Amsterdam der Fall war, und bot daher mehr Möglichkeiten. Doch an jedem Vorschlag, den er van Vos machte, hatte dieser etwas auszusetzen.

Immerhin ging die Arbeit auf der Baustelle gut voran, seit er mit dem Maurermeister Martin und dem Zimmereigesellen Hans verlässliche Mitarbeiter hatte. Sein erster Eindruck hatte sich bestätigt. Hans arbeitete sehr kundig und sorgfältig, sodass Benjamin ihm den Bau der Ramme anvertraut hatte.

Jetzt war die Arbeit auf der Baustelle getan, und Benjamin wollte in die Bibliothek am Rathaus gehen, von der Lucia erzählt hatte. Er hoffte, dort einige Architekturtraktate zu finden. Vor allem das Problem mit dem Marmor ließ ihm keine Ruhe. Er dachte oft an Lucia. Manchmal sah er sie in der Nähe von Pfarrhaus oder Michel-Kapelle, aber sie redeten nie miteinander. Hoffentlich hatte sie ihre Betrügereien eingestellt.

Die Bibliothek war leicht zu finden. Benjamin genoss die Atmosphäre der Gelehrsamkeit, die in dem Gebäude herrschte und ihn an die Illustre Schule in Amsterdam erinnerte. Wie es Theo und seinen weiteren Freunden wohl ging?

Der Bibliothekssaal befand sich oberhalb des Auditoriums. Benjamin musste eine Wendeltreppe in einem seitwärts vorgebauten Türmchen emporsteigen, um dorthin zu gelangen. Der Saal war, wie eine Inschrift verlautete, der Gottheit und den Musen geweiht. Es handelte sich um einen nicht sehr geräumigen Lesesaal mit gewölbter Decke, an der der *Polus arcticus*, der Nordpol, mit seinen vergoldeten Sternbildern prangte. In den Regalen waren die Bücher nach Fakultäten sortiert. Der altehrwürdige Herr, der am Pult von Schülern und anderen Lesern umschwärmt war, musste der Bibliothekar sein. Er schien jedoch auch selbst zu forschen, denn auf seinem Pult lagen aufgeschlagene Bücher, Schreibzeug und eine Unmenge eng beschriebener Zettel.

Benjamin wartete geduldig und sah sich währenddessen um. Die Darstellung des Himmelsgewölbes war wirklich schön. Mit einem Ohr lauschte er den leise vorgebrachten Fragen und merkte auf. Wenn er es richtig verstanden hatte, handelte es sich bei dem Bibliothekar um Professor Jungius, einen berühmten Gelehrten, von dem er bereits gehört hatte. Schließlich war er an der Reihe, seine Frage vorzubringen, und konnte einen Blick auf das Pult werfen. Tatsächlich schien Jungius an komplexen mathematischen Problemen zu arbeiten.

»Ihr sucht Architekturschriften? Lasst uns mal sehen«, sagte der Gelehrte und ging voraus.

»Es erstaunt mich, dass Ihr hier das Amt des Bibliothekars ausübt. Ich hörte von Euren umfangreichen Forschungen und der Lehrtätigkeit.«

»Die Bibliothek ist mir sehr wichtig. Wenn sich sonst niemand darum sorgt, muss ich es tun. Glücklicherweise wird demnächst ein Bibliothekar eingestellt. Ein Mathematiker und Landvermesser, der Euch bei Fragen ebenfalls kompetent weiterhelfen wird.«

Benjamin plauderte noch ein wenig mit Jungius, vertiefte sich in die Bücher, fertigte Zeichnungen an. Wenn ich eines nach diesem Aufenthalt gelernt haben werde, dann die Fassadengestaltung, dachte Benjamin. Unwichtig war diese Kunst ja tatsächlich nicht. Selbst in Amsterdam ließ man oft das Haus stehen und erneuerte lediglich dessen Außenhaut.

Grübelnd ließ Benjamin noch einmal den Blick schweifen. Am Nebentisch blieb er auf einem schmalen Rücken in einer viel zu weiten Jacke hängen. Die dunklen Haare, die wie gepudert wirkten … Das konnte doch nicht etwa …

Wenig später erhob Benjamin sich, um die Bücher zurückzubringen. Nah ging er am nächsten Tisch vorbei. *Tatsächlich!* Es war

Lucia. Kurzerhand setzte er sich auf den freien Platz neben ihr. »Interessante Lektüre?«, fragte er leise.

Sie sah nicht einmal auf. Er beugte sich hinüber, um herauszufinden, was sie las. »Dies ist ein Ort der Stille, keine Bierhalle«, wisperte sie, ohne aufzusehen.

»Schade, ich hätte Euch gerne zum Armdrücken herausgefordert.«

Nun flog Lucias Blick auf. Um den Mund hatte sie mit etwas Bräunlichem – Sirup? – kurze Haarstoppeln geklebt, die kreuz und quer abstanden. Als sie ihn erkannte, weiteten sich ihre Augen. Benjamin lächelte. Ohne Bart gefiel sie ihm besser.

»Was wollt Ihr?«

»Ich wollte Euch nur höflich begrüßen.«

»Das habt Ihr ja nun getan.«

Eine Weile lasen sie Seite an Seite. Dann läutete eine Glocke. Zeichen dafür, dass die Bibliothek bald geschlossen werden würde. Benjamin ging hinaus, wartete aber vor der Tür auf Lucia. Sie wirkte zunächst, als wolle sie ihn stehenlassen, trat dann aber doch zu ihm. Gemeinsam schlenderten sie weiter.

»Danke, dass Ihr mich nicht verraten habt. Ihr müsst wissen: Die Bibliothek ist der eigentliche Grund, warum ich mich verkleide«, gestand sie. »Früher hatten wir selbst Bücher, Vater lieh welche aus oder kaufte sie. Heute versuche ich manchmal, bei den Buchhändlern zu lesen, aber meist bin ich auf die Bibliothek angewiesen. Ich sehne mich so sehr danach, mehr zu lernen, mehr zu erfahren. Das ist vermutlich schwer zu verstehen.«

»Das finde ich gar nicht. Neugier, lernen und Wissen sammeln, das ist doch, was uns Menschen antreibt, uns ausmacht. Ich interessiere mich sehr für die Wissenschaften und habe in Amsterdam mit Gelehrten korrespondiert. Darf ich fragen, worum es bei Euren Nachforschungen insbesondere geht?«

Sie lachte, und kurz fragte sich Benjamin, ob er sein Interesse nicht hätte zügeln sollen. »Ehrlich gesagt, fing es mit meinem Fossil an.« Sie kramte in ihrer Tasche und holte die Versteinerung heraus.

»Darf ich?« Benjamin betrachtete sie eingehend. »Wirklich faszinierend, wie genau die Kammern dieses Schneckenhauses zu erkennen sind! Ein perfektes Muster, fast wie es die Fibonacci-Folge vorsieht.«

»So ist es«, sagte sie anerkennend. »Und wonach habt Ihr in der Bibliothek gesucht?«

»Nach weiteren Anregungen zur Fassadengestaltung. Mein Auftraggeber ist sehr … anspruchsvoll. Außerdem habe ich mich gefragt, ob ich in den Werken etwas über künstlichen Marmor finde. Aber anscheinend werde ich mir die Bücher aus Amsterdam kommen lassen müssen.«

»Künstlicher Marmor?«

»Marmor ist teuer und nicht immer in ausreichender Menge und Qualität erhältlich. Einige niederländische Architekten und Ingenieure wie der berühmte Hendrick de Keyser entwickelten daher eine Methode, Marmor künstlich herzustellen, und erhielten darauf ein Patent.«

»Aber Ihr kennt das Rezept nicht?«, fragte Lucia interessiert.

»Nur vage. Ich meine auch in einem italienischen Traktat davon gelesen zu haben. Man benötigt dafür, glaube ich, Kalk, Buttermilch und Pigmente. Zum Polieren werden Bimssteine oder Fischleim verwendet. Das Wunderbare an diesem künstlichen Marmor ist, dass man ihn in Farben herstellen kann, die echter Marmor nicht bietet, und dass man ihn als Stuck direkt auf die Wände auftragen kann.«

Er redete mit ihr, wie er es mit einem Freund gemacht hätte. Wenn sie wie ein Mann behandelt werden wollte, würde er das tun.

Ab diesem Tag fand er immer wieder Gründe, um die Bibliothek aufzusuchen und anschließend mit ihr zu fachsimpeln. Lucia war ein kluger Kopf, und es war ein Jammer, dass sie zu derartigen Finten greifen musste, um ihren Wissensdurst zu stillen.

23

Als Lucia aufwachte, hörte sie Tobias' helle Stimme, was ihr sofort ein Lächeln auf die Lippen zauberte. Auch der Herd war schon angefeuert, das roch sie. Es tat so gut, dass wieder ein wenig Alltag eingekehrt war! Sie sprang aus dem Bett. Wie alle anderen Menschen in der Stadt freute auch sie sich auf das Friedensfest mit seinen Konzerten, den Chorälen und dem großen Feuerwerk auf der Alster. Sie würde die Feier mit ihrer Freundin Greteke und ein paar Freunden verbringen.

»Hast du denn gar nicht geschlafen?«, fragte Lucia ihren Bruder und drückte ihm einen Kuss auf die Wange, obgleich er sich zierte.

»Tobias ist viel zu aufgeregt!«, meinte ihre Mutter, nachdem Lucia auch sie umarmt hatte. »Immerhin hatte der Herrgott ein Einsehen: Es hat aufgehört zu regnen.«

Lucia wendete die Melonensamen, die auf dem Brett über dem Herd trockneten, wusch sich schnell und kleidete sich an. Ende August hatte es einige schöne Tage gegeben, in denen sich Hamburg in ein buntes Spätsommerkleid gehüllt hatte, aber Anfang September hatte der Regen überwogen. Ihre Melone war durch die viele Feuchtigkeit verdorben; nicht einmal das Strohbett hatte sie retten können. Vielleicht würde es ihr nächstes Jahr mithilfe der Samen gelingen, Melonen zu ernten.

Als sie gemeinsam frühstückten, sprach Lucia das Tischgebet voller Dankbarkeit. Es waren gute Tage. Dank der Hilfe von Hinrik, lukrativen Verkäufen an Mijnheer van Vos und ihren geheimen Einsätzen waren ihre Geldsorgen nicht mehr ganz so drückend. Sie hatte sogar eine weitere Rate an Lebbenz zahlen können. Ihrer Mutter ging es gut genug, dass sie die meisten Tage auf dem Steinhof mitarbeiten konnte. Lucia hatte daher sogar Zeit gefunden, an der Herstellung künstlichen Marmors zu tüfteln. Seit sie mit Benjamin darüber gesprochen hatte, hatte ihr der Gedanke daran keine Ruhe mehr gelassen. Es war herrlich gewesen, ohne erdrückende Sorgen werkeln zu können, auch wenn ihre Kalk-Buttermilch-Mischungen bisher nie fest geworden waren. Eigentlich war alles so friedlich, dass es ihr schon fast wieder unheimlich war.

***

Benjamin schwankte zwischen Heimweh und dem Gefühl, auch in Hamburg ein wenig heimisch geworden zu sein. Das Fachwerkhaus war abgerissen, und nun wurde das Fundament bereitet. Wenn alles gutging, würden sie vor den Winterfrösten die ersten Mauern hochziehen können. Vielleicht wäre er schneller wieder zu Hause als gedacht. Zumindest tat er alles dafür. Nach einer kurzen Besprechung mit einem Auftraggeber war er den ganzen Tag auf der Baustelle oder beschäftigte sich mit der Beschaffung des Materials. Seine Zusammenarbeit mit Hans und Martin war sehr eng. Wenn er Mijnheer van Vos nicht zu Empfängen begleiten musste, wo dieser ihn präsentierte wie eine neue Karosse, traf er am Nachmittag in der Bibliothek auf Lucia und schaute abends bei der Michel-Baustelle vorbei. Und doch vermisste er seine Freunde und seine Familie, gerade an einem Tag wie diesem, an dem alle um ihn herum in Feststimmung waren. Auch in van Vos' Haus herrschte Vorfreude. Benjamin durfte die Familie zu den Festlichkeiten in die Kirche begleiten. Die van Vos waren eingeladen, obgleich sie keine Glaubensbrüder waren, vermutlich um die Rolle der Niederlande beim Friedensschluss von Münster zu würdigen, vielleicht aber auch, um sie zum lutherischen Glauben zu verführen.

»Was haltet Ihr von meinem Kleid, Mijnheer Aard?« Mevrouw van Vos war es wieder einmal gelungen, ihn allein abzupassen.

»Es ist sehr schön«, sagte Benjamin, der sich keinesfalls in eine peinliche Situation bringen lassen wollte. »Ihr entschuldigt mich?« Er wies auf den Tintenfleck an seinem Finger, den er eben noch entdeckt hatte.

Er hatte am Morgen bereits seine Korrespondenz erledigt. Sein Vater und sein Bruder hatten endlich geantwortet, hielten sich in ihren Briefen jedoch kurz. Dieses Mal war es vor allem um den Eklat gegangen, den es beim Stadhuisbau gegeben hatte. Meester Stalpaert hatte auf Wunsch der Bürgermeister eine Sammlung von Stichen des zukünftigen Baus veröffentlicht und dabei seine Versionen statt der ursprünglichen Entwürfe ausgewählt, was Jacob van Campen wohl zur Weißglut getrieben hatte. Vor allem der rückwärtige Eingang hatte nun einen offeneren und monumentaleren Charakter. Seinem Vater machte es zu schaffen, dass die Bicker-Brüder an ihrer Rückkehr an die Macht arbeiteten und er nicht wusste, welche Auswirkungen dies auf die Wahl haben würde. Zudem hatte Benjamins Familie ihm etliche Schreiben seiner Brieffreunde weitergeleitet, die er nun nach Kräften beantwortete. Leider musste er einigen eine Antwort schuldig bleiben, da seine eigenen Forschungen größtenteils brachlagen.

Ein Ruf ging durchs Haus. Offenbar war die Karosse zur Abfahrt bereit. Benjamin setzte seinen Hut auf und machte sich auf den Weg. Draußen wurden die Geräusche der Stadt schon seit Stunden von Glockengeläut übermalt. Einige Zeit später reihten sie sich in die Kutschen ein, die vor der Sankt-Petri-Kirche warteten.

»Auch für uns als Niederländer ist dies ein besonderer Moment«, sagte van Vos sichtlich stolz. »Der Friedensschluss von Münster besiegelt das Ende unserer jahrelangen Abhängigkeit und der Unterdrückung durch Spanien. Wir haben diesen Frieden aus eigener Kraft errungen. Bürger haben Könige besiegt!«

Als Benjamin seinem Auftraggeber ins Kirchenschiff folgte, entdeckte er zwischen den *Merchant Adventurers* Oliver Cooper, der ihm einen finsteren Blick zuwarf. Seit er dessen Gehilfen Mike des Diebstahls überführt hatte, war ihm der Mann, den er einmal seinen Freund genannt hatte, aus dem Weg gegangen. Er bedauerte das, denn er hatte mit Oliver lustige Stunden erlebt.

Für Benjamin war der Gottesdienst ermüdend, das Konzert sowie der siebenstimmige Trompetenchor waren allerdings beeindruckend. Zwischen den Sängerknaben erkannte er auch Lucias Bruder Tobias, der ganz beseelt zu sein schien. Auf dem anschließenden Empfang kam Benjamin durch seinen Auftraggeber auch mit den Bürgermeistern Barthold Moller und Nicolaus Jarre sowie etlichen Mitgliedern der Bürgerschaft und der Oberalten ins Gespräch. Benjamin hatte eine gewisse Ähnlichkeit der Stadtregierungen von Amsterdam und Hamburg festgestellt. Beide Städte wurden bestens durch die Bürger selbst regiert – sie brauchten keinen König oder Prinzen. Zu seiner Freude entdeckte Benjamin den Gelehrten Philipp Zesen, der trotz des fröhlichen Anlasses erzürnt wirkte. Sie unterhielten sich, und es stellte sich heraus, dass Zesen in einige Streitigkeiten verwickelt war, unter anderem mit einem Pastor aus dem Örtchen Wedel, der häufig als Lieddichter mit dem Komponisten Thomas Selle zusammenarbeitete. Zesen regte sich so sehr über Johannes Rist auf, dass Benjamin ihn beiseitenehmen und ablenken musste.

»Immerhin bin ich in fruchtbaren Gesprächen mit mehreren Druckern, die einige meiner Werke herausgeben wollen. In Hamburg weiß man, was gut ist!«, sagte Zesen mit einem stechenden Blick zu seinem Konkurrenten.

Benjamin suchte nach Mijnheer van Vos und dessen Familie, entdeckte sie aber nicht mehr. Die Menge hatte sich zerstreut und war den Trompetern gefolgt, die den Frieden nun von den anderen Kirchtürmen herab verkünden würden. Benjamin mischte sich unter die Leute und entdeckte Lucia und ihren Bruder sowie andere Bekannte aus dem Viertel, darunter Hans. Alle hatten sich herausgeputzt. Lucia trug eine Blüte im geflochtenen und hochgesteckten Haar. Als Hans winkte, ging Benjamin kurz entschlossen zu ihm.

In diesem Augenblick kam Tobias angelaufen. Lucia reichte ihrem Bruder eine Scheibe Brot, die er hungrig verschlang. »Der Herr Kantor war sehr zufrieden mit uns. Er sagt, wir hätten zur Freude Gottes und der hohen Herren gesungen«, erzählte der Junge mit vollem Mund.

»Das freut mich«, sagte Lucia. »Von dem, was ich von außen gehört habe, war euer Gesang wirklich wunderschön.«

Benjamin lächelte. »Das kann ich nur bestätigen. Ich saß im Kirchenschiff und hatte den Eindruck, dass alle die musikalische Darbietung sehr genossen haben.«

Tobias freute sich sichtlich. »Gleich geht es weiter nach Sankt Nikolai!«

»Ihr werdet das Konzert noch einmal wiederholen?«, fragte Benjamin.

»Ja, möglichst viele Menschen sollen es hören.« Noch ehe er aufgegessen hatte, machte Tobias sich schon wieder auf den Weg. Auch Lucia und die anderen wandten sich ab.

Benjamin hielt Hans auf. »Wo wollt ihr denn hin?«

»Wir wollen uns die Trompetenstöße auch noch an den anderen Türmen anhören und zum zweiten Konzert. Später werden Salutschüsse vom Wall abgefeuert. Und dann gibt es ja auch noch das Feuerwerk auf der Alster. Begleite uns doch.«

Obwohl Lucia von dieser Idee nicht gerade begeistert zu sein schien und sich abwandte, schloss Benjamin sich ihnen an. Es würde mehr Spaß machen, unter Gleichaltrigen zu sein, und van Vos würde ihn nicht vermissen.

Tatsächlich verbrachten sie einen sehr schönen Tag. Schließlich ging die Sonne unter, und sie fanden sich – wie anscheinend alle Bewohner der Stadt – am Alsterufer ein. Nachdem sie mit einem Bootsverleiher verhandelt und ein paar Münzen zusammengeworfen hatten, bestiegen sie ein Ruderboot und näherten sich der künstlichen Insel in der Mitte des Sees, die hell von Fackeln erleuchtet war. Auf dem Ponton standen fünf überlebensgroße Figuren, die Benjamin an den Goliath erinnerten, den er auf der Amsterdamer Kirmes verpasst hatte.

»Die zwei, die sich küssen, sind Pax und Concordia, also Friede und Eintracht. Die kleineren Figuren sind Uneinigkeit und Aufruhr«, wusste Lucia.

»Und der in der Mitte?«

»Keine Ahnung. Martin Luther vielleicht oder ein Symbol für Hamburgs Regierung.«

»Auf jeden Fall gibt es ein *Neues Friedens- und Freudenlied* von Herrn Rist«, mischte Hans sich ein. Er kramte einen zusammengefalteten Zettel aus dem Hosenbund. »Auf der Michel-Baustelle sind Handzettel verteilt worden. Wer es noch auswendig lernen möchte, muss sich aber ranhalten. Es sind zweiunddreißig Strophen.«

Sie lachten und machten sich lieber daran, über die Alster zu paddeln, sich gegenseitig mit Wasser zu bespritzen und mit anderen Ruderern zu plaudern. Hans und Greteke versanken immer wieder in tiefe Küsse, was Benjamin und Lucia zwang, die Gesprächspausen zu überbrücken. Die Verlegenheit machte sie geschwätzig, und sie erzählten einander aus ihrem Leben. Dazwischen genoss Benjamin die Aussicht. Die unzähligen von Fackeln oder Öllampen erleuchteten Boote, die freudig-gespannte Atmosphäre, Lucias Gesellschaft ...

Die Musik von Zinken und Posaunen erklang. Auf dem Ponton machten sich mehrere Männer zu schaffen. Mit jeder Minute stieg die Aufregung.

»Mein Großvater kannte sich mit Feuerwerken aus. Ich erinnere mich, dass ich als Kind sehr beeindruckt war, wenn er bei Familienfesten den Himmel in bunte Farben tauchte«, sagte Benjamin.

Lucia nickte. »Es ist schon aufregend, wie die Elemente zusammenwirken können und etwas Neues daraus entsteht. Es muss wunderbar sein, so eine Entdeckung zu machen.«

Dann endlich kündigte eine Fanfare das Feuerwerk an. Unter großem Jubel wurden die ersten Raketen in die Höhe gejagt. Alle hatten den Blick gen Himmel gerichtet. Ein Lächeln lag auf Lucias Gesicht. Einem Impuls folgend legte Benjamin den Arm um sie. Zu seinem Erstaunen ließ Lucia sich an ihn sinken. Ruhig saßen sie da, als könnte jede Bewegung zerstören, was zwischen ihnen war. Sie sagte etwas, aber er verstand sie nicht. Als er sich zu ihr hinunterneigte, waren sich ihre Gesichter auf einmal ganz nah. Einen Atemzug später spürte er ihre Lippen auf seinen und versank mit ihr in einem tiefen Kuss. Nur mühsam lösten sie sich voneinander, als die Explosionen und der Jubel verklangen.

Benjamin wollte nicht, dass ihre Innigkeit endete, und ergriff Lucias Hand. Gleichzeitig fürchtete er, gerade einen großen Fehler gemacht zu haben. Mit der unmündigen Tochter einer verwitweten Handelspartnerin anzubandeln, warf kein gutes Licht auf ihn. Zum Glück waren auch Hans und Greteke mit dem Austausch von Zärtlichkeiten beschäftigt und hatten vermutlich nichts von ihrem Kuss mitbekommen. Dennoch bedauerte er es sehr, als Lucia sich ganz von ihm löste.

Nach einer Pause wurden weitere Raketen entzündet. Schließlich war es vorbei. Die Boote trieben den Ufern entgegen. Greteke klagte darüber, dass die Kälte aus dem Wasser ihr bereits durch Mark und Bein gegangen sei, also ruderten auch sie zurück.

Auf den Straßen spielten jetzt Musikanten, die Menschen kamen zum Tanzen und Singen zusammen, bildeten Reigen, an die sich auch Benjamin und die anderen anschlossen. Benjamin war glücklich. Jetzt erst wusste er, was er in der letzten Zeit so vermisst hatte:

Freundschaft. Echte Begegnungen. Nähe. Immer wieder kam er mit Lucia zusammen, suchte ihre Gesellschaft – oder war es umgekehrt? Es fühlte sich gut an, mit ihr zu tanzen, sie anzufassen, ihr so nah zu sein. Gleichzeitig fragte er sich immer wieder, was er hier tat.

Als sie nachts nach Hause liefen, hielt Hans seine Greteke im Arm. Benjamin ging zwischen Hans und Lucia, allein ihre Nähe machte ihn nervös. Zuletzt hatte sie immer eine gewisse Distanz gewahrt. War der Kuss auch für sie ein Ausrutscher gewesen?

»Ich kann es kaum erwarten, dass ich endlich den Meisterbrief in der Tasche habe und das Bürgerrecht kaufen darf. Dann kann ich mir hoffentlich als Kunstmeister einen Namen machen«, sagte Hans.

»Davon bin ich überzeugt. Jeder Hamburger wird früher oder später Meister Hamelau kennen«, sagte Benjamin. Hans sah ihn an, als ob er damit rechnete, dass er scherzte. »Das meine ich ernst – bei deinen Fertigkeiten!«, setzte Benjamin hinzu.

»Dein Wort in Gottes Gehörgang. Schließlich wird es Zeit, eine Familie zu gründen – ich bin ja schon dreißig. Aber der Krieg hat meine Ausbildung immer wieder verzögert.«

»Mein Bruder ist gerade volljährig geworden und wird sich ebenfalls nach einer Braut umsehen«, sagte Benjamin.

»Hoffentlich findet er eine, in die er wirklich verliebt ist.« Hans zog Greteke enger an sich.

»Ich glaube, die Liebe wird bei Daans Entscheidung keine große Rolle spielen. Bei Eheschließungen geht es meist um das Fortkommen der Familie. Die Liebe folgt dann nach, sagen wir.«

»Habe ich ein Glück, dass ich in Hamburg lebe!«, sagte Hans lachend.

Als sie die Neustadt erreicht hatten, herrschte dort noch immer Feststimmung. Wer hier lebte, mochte arm sein, aber die Menschen wussten zu feiern. Sie setzten sich auf einen Kai und sahen still auf die Elbe hinaus, über der Mond und Sterne glitzerten.

Schließlich erhob Hans sich. »Ich bringe Greteke noch zur Tür.

Lucia hat es ja nicht mehr weit. Und du findest den Weg, ohne dich überfallen zu lassen?«

Es war ein gutmütiger Spott, das wusste Benjamin. Zu seiner Überraschung machte Lucia keine Anstalten zu gehen. Eine angespannte Stille kehrte zwischen ihnen ein, in der Benjamin die Tampen und Seile ächzen zu hören meinte. Er fühlte sich in jeglicher Hinsicht von Lucia angezogen, doch gleichzeitig hatte er Skrupel. Sie kamen aus so unterschiedlichen Welten, und doch waren seine Gefühle stark.

»Das war ein sehr schöner Abend«, sagte er.

Als sie ihn ansah, glitzerten die Reflektionen der Positionslichter wie Sterne in ihren Augen. »Ja, das fand ich auch. Und jetzt küss mich noch einmal zum Abschied, bevor wir morgen so tun, als wäre nichts geschehen.«

Schon im Aufwachen war Benjamin in Gedanken wieder beim letzten Abend. Van Vos wunderte sich beim Frühstück laut, wo er denn gewesen sei, woraufhin Benjamin sein Zusammentreffen mit Hans erwähnte.

»Ihr solltet auf Eure Gesellschaft achtgeben«, brummte van Vos. »Trotz Eurer Kenntnis und Eures Talents seid Ihr noch jung. Hamburg ist eine große Stadt, die durchaus gefährlich sein kann. Und wenn Ihr nach Höherem strebt, solltet Ihr Euch nicht mit einfachen Zimmerleuten oder Mägden abgeben.«

»Ich versichere Euch, dass ich nichts getan habe oder tun werde, was Euch oder meinem eigenen Stand zur Schande gereicht«, sagte Benjamin ernst. Es war eine Dummheit gewesen, mit Lucia anzubändeln. Er hätte es nie so weit kommen lassen dürfen. In Amsterdam hatte er erlebt, dass bisweilen Heiratsverhandlungen auf flüchtige Küsse gefolgt waren. Was würde sein Vater sagen, wenn er mit der Tochter eines einfachen Hamburger Steinhändlers ... ganz abgesehen davon, dass es wenig professionell gewesen war ...

Und doch ging er am Abend zum Vorsetzen, um Lucia zu sehen. Das Herz schlug ihm bis zum Hals, als er den Steinhof absuchte. Das Tor war jedoch abgesperrt, und auch die Kellerwohnung schien verschlossen zu sein. Also marschierte er weiter zum Michel. Bei einem der kleinen Gärten entdeckte er sie. Lucia war gerade dabei, aus Steinresten einen schmalen Weg anzulegen.

Gefühle gewitterten über ihr Gesicht. Erst glaubte er, Freude zu sehen, dann Abwehr. »Es war ein schöner Abend gestern ...«, begann er.

»Ja, das fand ich auch. Aber das Fest ist vorbei. Nun ist wieder Alltag. Wolltest du etwas Bestimmtes? Gibt es Fragen wegen der Bestellung? Brauchst du Sandstein? Ziegel?«

Benjamin war froh, dass sie keine Ansprüche aus ihren Küssen ableitete, gleichzeitig schmerzten ihre Worte ihn. So ein Verhalten kannte er sonst nur von seinen Freunden, die eiskalt ihre Liebchen abservierten. »Du klingst so kühl«, sagte er.

Lucia richtete sich auf, ihre Hände waren schwarz vor Erde. »Ich mag dich, Benjamin. Ich plaudere gerne mit dir. Und ich bin froh, dass wir Geschäfte miteinander machen. Aber Sentimentalitäten oder gar Gefühlsduselei kann ich mir nicht leisten. Das ist etwas für reiche Leute.«

* * *

Lucia konzentrierte sich darauf, den letzten Stein in die Erde zu setzen. Dann erhob sie sich und drückte den Rücken durch. Benjamin strebte so schnell den Scharmarkt hoch, als liefe er vor etwas weg. Es war ihr schwergefallen, die harten Worte auszusprechen, aber sie musste für klare Verhältnisse sorgen. Dabei waren ihre Gefühle stark, waren es immer gewesen. Hätte sie sich nicht zusammengerissen, wäre sie gestern mit Benjamin weiter gegangen, viel weiter. Sie mochte seine leichte, unbedarfte Art. Seinen Überschwang, seine

Leidenschaft und seine Neigung, sich in Dinge hineinzusteigern, sich in ihnen zu verlieren. Gleichzeitig musste sie ihre Gefühle kontrollieren. Kein Zweifel durfte an ihrer Ehre und ihrer Sittsamkeit aufkommen. Anderenfalls wäre es ihr Unglück, und das ihrer Familie gleich mit. Bei einem Fehltritt würde ihre Mutter den Steinhof verlieren, ihr Bruder nicht mehr von der Kirchengemeinde gefördert. Und sie selbst säße vielleicht mit einem Kind da, in Schande. Nein, da riss sie sich lieber jedwedes Sentiment für diesen Holländer aus dem Herzen! Er würde ohnehin in ein paar Monaten die Stadt verlassen und vermutlich anschließend keinen Gedanken mehr an sie verschwenden.

24

Auf dem Atlantik

Etwas ungelenk wedelte sich der Fisch mit dem breiten Kopf durch die Wasseroberfläche, doch dann breitete er seine fledermausähnlichen Flügel aus und flog durch die Luft. Etliche weitere folgte ihm – ein ganzer Schwarm. »Ich hätte nicht gedacht, dass es tatsächlich fliegende Fische gibt«, sagte Theo, der gerade an Deck einen der Soldaten versorgte.

Der Soldat wollte darauf eingehen, aber in diesem Moment drang ein Ruf vom Mastkorb hinunter. Ein Schiff zeichnete sich am Horizont ab. Sofort ging die Besatzung in Alarmbereitschaft. Sie näherten sich der nordafrikanischen Küste, einem gefährlichen Gewässer, denn hier trieben die Barbaresken ihr Unwesen. So viele Seeleute waren bereits von den Piraten gefangengenommen und als Galeerensklaven verkauft worden, dass nicht nur in Amsterdam eine Sklavenkasse eingerichtet worden war, um diese freikaufen zu können. Doch nun kam die Entwarnung von der Mastspitze: Die Fregatte war gen Norden unterwegs und trug ebenfalls die orange-weiß-blaue Flagge der Generalstaaten.

Die beiden Schiffe näherten sich einander. Theo trat auf die Steuerbrücke. Sobald sie nahe genug waren, wurden durch ein Sprachrohr Grüße und Neuigkeiten ausgetauscht. Als sie von dem Angriff auf Amsterdam berichteten, war das Interesse groß, obgleich die Vorgänge schon mehr als einen Monat her waren.

»Darüber können sie sich in den nächsten Tagen erst mal die Köpfe heißreden«, meinte Yorick. »Jede Neuigkeit ist willkommen, um die Langeweile einer langen Seereise zu unterbrechen.«

Doch auch ihr Gegenüber hatte etwas zu berichten. Eine Warnung. »Haltet verschärft Wacht, eine ganze Kaperflotte ist unterwegs!«

Kapitän und Steuermann berieten sich und korrigierten den Kurs. Sie würden nun einen weiteren Bogen um die Küste schlagen. Wenige Stunden später wussten sie, dass die Entscheidung falsch gewesen war. Sie waren den Barbaresken direkt in die Arme gefahren.

Eine Seeschlacht begann. Die Barbaresken-Korsaren umzingelten sie mit ihren flachen Galeeren, deren Besatzung bis an die Zähne bewaffnet war. Das Donnern und Krachen war unbeschreiblich. Holz sprühte in den Himmel, als eine Kanonenkugel die Reling zerfetzte. Wie Schneeflocken hingen die Splitter für einen Augenblick in der Luft. Wäre der Schaden nicht so groß gewesen, hätte Theo dieses Bild genießen können – wären nicht zusätzlich zum Gefechtslärm auch noch Schmerzensschreie über das Deck gellt. Für Theo, der noch keinen Krieg direkt erlebt hatte, war es ein Schock. Wie erstarrt stand er zwischen den Kämpfenden. Obwohl er viel über die Wundversorgung von Kampfverletzungen gelesen hatte, wusste er nicht, wo er anfangen sollte. Doch da hörte er schon Meester Kwicks Befehle – und ohne darüber nachzudenken, tat er, was von ihm verlangt wurde.

Nachdem sie den Angriff endlich abgewehrt hatten, reihten sie die Toten an Deck auf. Noch immer wirbelten die Bilder durch Theos Kopf. Sie hatten den Männern Kugeln aus dem Fleisch geschält, Pfeile aus Schädelknochen entfernt, Gliedmaßen abgebunden und sogar amputiert. Er hatte wie rasend gearbeitet, angespannt bis in die Haarspitzen. Eine Scheißangst hatte er gehabt. Gleichzeitig hatte er sich noch nie so lebendig gefühlt. Einmal wäre er selbst beinahe von einem Kugelhagel getroffen worden, doch ein Matrose hatte sich auf ihn geworfen und ihn im letzten Augenblick gerettet. Es war beeindruckend gewesen, wie die Männer füreinander eingestanden waren.

Der Siechenmeister sprach ein Gebet. Dann wurden die Toten dem Meer übergeben. Obwohl sie nicht alle hatten retten können, war Theos Hochachtung vor Kwick gewachsen. Ja, sein Vater hatte recht gehabt: Kwick war wirklich ein ausgezeichneter Chirurg. Auch auf sich war Theo stolz. Er hatte etlichen Männern helfen können und viel gelernt.

Der Orkan warf die Fregatte herum, riss an Segeln und Tauen. Wellen überspülten das Deck mit solcher Kraft, dass Theo dem Vorbild der Matrosen gefolgt war und sich am Schiff festgebunden hatte. Der Kapitän und seine Mannen schrien gegen den Sturm und den Sprühnebel aus Gischt an. Furchtlos kamen die Seeleute ihrer Arbeit nach, versuchten das Schiff und ihre Fracht heil durch den Sturm zu bringen. Etliche Matrosen und Schiffsjungen hatten bereits Unfälle erlitten und mussten versorgt werden. Andere mochten über Bord gegangen sein; niemand wusste es genau.

Theo schluckte aufsteigende Galle hinunter. Lange war die Fahrt ruhig verlaufen. Die portugiesische Küste hatten sie sicherheitshalber weit umfahren, die Insel Madeira und die Canarien ohne besondere Vorkommnisse passiert. Zum Tag der Amsterdamer Kirmes hatte der Koch ein Festessen spendiert. Doch jetzt, nach etwa sechs Wochen, hatte das Wetter sich rapide verschlechtert, und sie waren in gefährliche See geraten.

Gerade half er Kwick, eine Schulter einzurenken. Da krachte es hinter ihnen so laut, dass es selbst das Geheul des Orkans übertönte. Ein beinahe tierischer Schrei drang zu ihnen. »Wir sollten sehen, dass wir hier fertig werden!«, knurrte Kwick und riss so fest am Arm des Bootsmanns, dass dieser aufschrie.

Gleich darauf schleppten die Schiffsjungen einen Verletzten heran; es war einer der ihren. Theo hielt einiges aus, aber dieser Anblick nahm ihm den Atem. Hätte ihn sein Vater doch nie in diese

Lage gebracht! Ein Holzsplitter hatte sich tief in den Oberschenkel des Schiffsjungen gebohrt. Lukas war so bleich, als wäre alles Blut in das Bein gesackt.

Kwick gab präzise Anweisungen, und Theo handelte; Leif hingegen stand geschockt neben seinem Freund. Nachdem Theo eine Kompresse auf das Bein gelegt hatte, steckte er Lukas ein Beißholz zwischen die Zähne. Dann zog Kwick den Splitter heraus. Sogleich schoss Blut aus der Wunde. Theo machte sich hektisch daran, den Blutfluss zu stillen, während Kwick darauf wies, als dozierte er an der Illustren Schule. »Ein schönes Beispiel für eine arterielle Blutung, wie Harvey sie beschrieben hat. In einem Kreislauf wird das Blut vom Herzen durch den Körper gepumpt. Hier ist der Kreislauf, wie man sieht, nicht mehr geschlossen.«

Schon wandte Kwick sich dem nächsten Verletzten zu, der hereingebracht wurde.

»Wir sind noch nicht fertig mit Lukas!«, rief Theo.

»Der ist so gut wie tot. Jeder Versuch, den Blutfluss zu stillen, ist in diesem Fall aussichtslos.«

Theo gab nicht auf, aber das Blut sprudelte viel zu schnell aus der Wunde, sodass er selbst bald über und über besudelt war. Der Schiffsjunge hatte bereits das Bewusstsein verloren.

Kwick riss Theo weg und verpasste ihm eine Ohrfeige. »Für den können wir nichts mehr tun. Für diesen hier schon.« Er wies auf einen Matrosen, der sich den Oberarm aufgerissen hatte; weit klaffte die Wunde im Fleisch. Weitere Verletzte wurden hereingetragen. Konzentriert reinigte Theo Wunde um Wunde und nähte sie zu. Stunde um Stunde arbeiteten sie Seite an Seite, bis er sich kaum noch auf den Beinen halten konnte.

Dann endlich ebbte der Orkan ab, wurden keine weiteren Verletzten mehr gebracht. Kwick hieß den Lehrjungen, die Toten aus dem Krankenquartier zu schaffen, die sie nur notdürftig mit einem Tuch bedeckt hatten. Leif und den Schiffsburschen standen die

Tränen in den Augen, als sie die Leiche ihres Freundes Lukas hinaustrugen.

Theo versuchte, Leif zu trösten. »Wir konnten ihn nicht retten, die Verletzung war zu schwer. Das Blut ist schneller abgeflossen, als die Leber es bilden kon–«, begann er.

»Kompletter Unfug! Galen ist in dieser Hinsicht längst widerlegt«, fiel Kwick ihm ins Wort.

Theo wollte das nicht unwidersprochen lassen. »An der Illustren Schule –«

»William Harvey wird dir ja wohl ein Begriff sein?«, unterbrach Kwick ihn erneut.

»Doktor Tulp sagt –«

»Doktor Tulp ist ein Feind William Harveys, deshalb ignoriert er, was woanders anerkannte Wissenschaft ist. An der Illustren Schule werden Weisheiten von vorgestern gelehrt. Deshalb lässt man Franciscus Sylvius, der ein Vertreter der Harvey'schen Kenntnisse ist, dort auch nicht unterrichten. Dabei hat Harvey bereits vor über zwanzig Jahren den Blutkreislauf und die Rolle des Herzens darin nachgewiesen. Wie Columbus den Weg in die Neue Welt fand, hat Harvey im Ozean des Mikrokosmos – in Herz, Venen und Arterien – Wege in die neuen Gebiete der reichen, unermesslichen Wissenschaften gewiesen. Das ist übrigens nicht von mir, sondern von dem Anatomen Rolfincius aus Deutschland, wo Harvey sein bahnbrechendes Werk zuerst veröffentlichte.«

Während Kwick die Erkenntnisse des Engländers im Detail darlegte, lauschte Theo fasziniert und fragte immer wieder nach. Das alles klang schlüssig.

Sein offenkundiges Interesse gefiel dem Chirurgicus. »Ich kann dir mein Exemplar von Harveys Schrift leihen, damit du dich auf den neuesten Stand bringen kannst. Zeit wird's«, sagte er.

Als Theo viel später das Krankenquartier verließ, um herauszufinden, ob es irgendwo noch etwas zu essen für ihn gab, behoben die

Männer an Bord bereits die Schäden. Spanten wurden ausgebessert, Segel und Taue geflickt, nach Schiffbrüchigen Ausschau gehalten. Im Vorraum des Achterdecks stieß er auf Yorick, der wie besessen in sein Journal schrieb und Zeichnungen anfertigte. Offenbar hatte er eine Platzwunde an der Stirn erlitten, die mit verschmiertem Blut bedeckt war, was ihn aber nicht zu stören schien. Neben ihm auf dem Tisch lag ein zerbrochenes Messinstrument. »Es ist doch erschreckend, dass wir uns bei der Erforschung der Winde und des Wetters noch immer auf antike Schriften beziehen«, sagte er. »Hätte man anhand des Wetters erkennen können, dass ein Orkan droht? Hätte man Vorkehrungen treffen können? Fünf Besatzungsmitglieder könnten noch leben!«

»So viele sind über Bord gegangen?«

»Anscheinend. Gott sei ihrer Seele gnädig.« Yorick wirkte erschüttert. Er rieb sich übers Gesicht, woraufhin seine Platzwunde wieder zu bluten begann.

»Begleite mich ins Krankenquartier. Auch du musst versorgt werden«, sagte Theo.

Yorick schien diese Aussicht nervös zu machen, denn er redete auf dem Weg zur Krankenstation in einem fort. »Überhaupt, die vielen Unsicherheiten der Seefahrt müssen gelöst werden! Die geografische Breite kann jeder Seemann anhand von Tageszeit, Sonnenstand oder durch die Ermittlung bekannter Sterne über dem Horizont festlegen. Aber um den Längengrad zu bestimmen, braucht man eine verlässliche Zeitmessung, weil die Drehung der Erde einberechnet werden muss.«

Kwick war nicht zu sehen, aber zwischen den Kanonen dämmerten die Verletzten vor sich hin. Theo hieß Yorick, sich auf einen Schemel zu setzen, und machte sich an die Arbeit. »Uns bleibt nur das Gissen.«

Theo nickte. Das hatte er bereits beobachtet. Dabei warf man eine Logge über Bord und beobachtete, wie schnell sich das Schiff von dieser Marke entfernte. Diese grobe Geschwindigkeitsmessung wurde notiert. »Dabei die Meeresströmungen und Winde einzurechnen, kommt einem Glücksspiel gleich.«

Als Theo die Wunde gereinigt hatte, sah er, dass die Augenbraue gespalten war. »Ich werde nähen müssen. Mit dem gefälligen Aussehen ist es dann jetzt vorbei«, scherzte er.

»Die Augenbraue ist mir egal. Hauptsache, das Auge ist nicht verletzt«, sagte Yorick gleichgültig, in Gedanken offenbar woanders. Er zuckte zusammen, als Theo die Nadel einstach. »Mit einer genauen Methode zur Positionsbestimmung wären die Seereisen auch kürzer. Das wäre auch für euch gut, weil dann weniger Seeleute an Scharbock erkranken.«

Einen Stich mit der Nadel noch, dann wäre die Wunde verschlossen. »Hat nicht Galilei eine Himmelsuhr erfunden?«

Yorick lachte. »Einen Navigationshelm, mit dem man die Länge anhand der Jupitermonde bestimmt! Nicht sehr praktikabel, wenn du mich fragst – vor allem nicht auf See. Allerdings sollen die Länder jetzt damit neu vermessen werden.« Als Theo fertig war, erhob Yorick sich. Anscheinend konnte er es kaum erwarten, wieder an Deck zu kommen. »Ich setze meine Hoffnungen auf die Pendeluhr. Aber auch die ist noch nicht funktionstüchtig, schon gar nicht auf See.« Er legte Theo die Hand auf die Schulter. »Wir dürfen nicht nur auf andere vertrauen. Im Zweifelsfall werden Männer wie du und ich die Seefahrt verbessern müssen.«

Von draußen drang das Lachen und Grölen der Matrosen zu ihnen; die Kerle klangen kindlich, unbeschwert. Theo tupfte sich den Schweiß von der Stirn, während er einen Matrosen zur Ader ließ. Am Tisch rührte Leif gerade eine Salbe an, kritisch beäugt von Meester Kwick. Der Lehrjunge hatte sich nach dem Tod seines Freundes enger an seinen Lehrmeister und Theo angeschlossen. Drückende Hitze stand im Bauch des Schiffs, die Luft war zum Schneiden. Alle stanken, selbst sein eigener Schweißgeruch war Theo unerträglich, obgleich er sich wesentlich öfter wusch als die anderen Männer. Flaute, bereits seit zehn Tagen. Kein Lüftchen wehte. Nur klarblauer Himmel, plätscherndes Meer und gleißende Sonne.

Endlich war der Aderlass beendet. Theo lugte aus dem Fenster. Es musste herrlich sein, sich wie die anderen im Meer zu erfrischen.

»Geh ruhig hinaus. Bis auf Weiteres sind wir hier fertig«, sagte Kwick.

»Soll ich nicht Leif beaufsichtigen?«

»Nein, das mache ich schon.«

Während Leif wirkte, als fürchte er Kwicks Strenge, ließ sich Theo das nicht zweimal sagen. An den ersten Tagen der Flaute war ein besonders gründliches Großreinemachen angesagt gewesen. Heute aber hatte selbst der Schiffer beide Augen zugedrückt und den Männern freigegeben. Auf dem Deck lümmelten halbnackte Kerle herum und ließen das Salzwasser auf ihrer Haut von der Sonne trocknen. Andere hockten im Schatten eines Segels und würfelten. In der Nähe des Schiffs dümpelten die Beiboote auf dem Meer, umringt von Badenden. Andere versuchten, vom Boot aus mit einer Harpune einen der großen Fische zu fangen, die sich immer wieder kurz an der Wasseroberfläche zeigten. So klar war das Wasser, dass man sogar noch die nackten Beine der Schwimmenden sehen konnte. Es war wirklich verlockend.

»Na, auch ein Bad?«, meinte Yorick, der unvermittelt neben ihm aufgetaucht war. »Oder fürchtest du die Weite des Meeres? Nein, lass mich raten – du kannst gar nicht schwimmen.« Er lachte gutmütig.

Theo zog sich das Hemd über die Brust. »Natürlich kann ich schwimmen!«

»Na, dann … «

Gleich darauf hatte sich auch Yorick bis auf die Hosen entkleidet.

Einen Augenblick später waren sie im Wasser. Im Gegensatz zu vielen anderen Seeleuten schwamm Yorick geschickt. Er sah sich aber auch immer wieder um, als hielte er Ausschau nach etwas. Theo genoss die schmeichelnde Kühle des Meeres, den Salzgeschmack auf seinen Lippen. Dann plötzlich rief Yorick: »Ein Hai! Los, verlasst das Wasser!«

Die Warnung erschien Theo übertrieben, doch als er sah, wie schnell die Matrosen sich auf das Ruderboot zogen, folgte er Yorick hastig hinauf aufs Schiff. An Deck schüttelte er sich das Wasser aus den Haaren und sah auf das Wasser. Wie er beobachteten alle gespannt den gewaltigen Körper, der sich unter der Oberfläche des Meeres bewegte. Die Matrosen auf den Ruderbooten hatten Äxte aus dem Rumpf geholt.

Yorick lief zum Steuerruder und kam mit seinem Fernglas zurück. Er reichte es Theo. »Damit du das Schauspiel besser verfolgen kannst!«

»Ich wäre lieber selbst da unten. So einen großen Fisch zu fangen dürfte ein Erlebnis sein.«

»Auf diesem kleinen Boot? Ein Stoß dieses Teufels, und alle sind des Todes!«

»Was hat es mit diesen Haien auf sich?«

»Sie sind große Meeresräuber, durchaus schmackhaft, aber brandgefährlich. Nichts für einen Genussangler wie mich.«

»Genussangler?«

Yorick grinste. »Mir ist das Angeln wichtiger als der Fang.«

Mit einem Stück eines bereits erlegten Fisches lockten die Matrosen den Hai an. Kaum hatte er sich dem Boot genähert, warfen sie Harpunen, an denen Seile befestigt waren, und hieben mit den Äxten auf den großen Körper ein. Schließlich hatten sie das Tier gefangen, das sich jedoch so heftig wehrte, dass das Ruderboot ins Wanken geriet. Die Brutalität des Kampfes und das Ringen der Männer mit dieser furchterregenden Kreatur wühlten Theo auf. Obgleich er am liebsten die ganze Zeit durch das Fernrohr zugesehen hätte, wechselte er sich mit Yorick ab.

Schließlich war der Hai erlegt. Die Matrosen banden das Tier an der Schwanzflosse fest und hievten es mit einer Seilwinde an Bord. Theo lief unter Deck, um sein Notizbuch aus seiner Seekiste zu holen. Als er gerade in der Kiste wühlte, kam Leif hinter dem Vorhang hervor. Der Junge wirkte erschöpft.

»Hat er dich noch so hart beim Unterricht rangenommen?«, fragte Theo gut gelaunt.

Leif nickte matt. »Ist der Hai gefangen? Dann gibt es heute Braten!« Der Gedanke schien ihn aufzuheitern.

Mit seinem Notizbuch und der Zeichenkohle rannte Theo wieder an Deck. Er wollte eine Skizze des Hais anfertigen, ehe der Smutje ihn zerlegte. Noch allerdings baumelte das Tier wie eine Trophäe am Mast. Der Kapitän belobigte die Matrosen und versprach, für dieses Festmahl ein Fass Bier zu spendieren, was die Laune der Männer hob. Nun kamen auch die Kaufleute und Offiziere, um spielerisch ihren Kopf ins Maul des Ungeheuers zu legen. Auch Yorick und Theo untersuchten den Hai und fertigten ausgiebig Skizzen an.

Abends saß Theo neben Yorick auf der Reling. Gesättigt und leicht beschwipst sahen sie zu, wie die Sonne ins spiegelglatte Meer eintauchte. Jetzt, wo die Hitze nachließ, war die Flaute gar nicht mehr so schlimm. An Deck wurde gefeiert. Wild tanzten die Matrosen, hüpften, rempelten sich übermütig an. Jeder schien bester Laune zu sein. Überrascht stellte Theo fest, dass er glücklich war. »Ich wollte nie zur See fahren«, sagte er in eine Gesprächspause hinein.

Erstaunt sah Yorick ihn an, und Theo erzählte ihm von den Streitereien mit seinem Vater.

»Vielleicht wolltest du auch nur gegen deinen Vater rebellieren«, vermutete Yorick.

»Das mag sein.«

»Dabei erlebst du nirgends eine derartige Freundschaft und Treue wie auf See.«

»Aber man hört auch immer wieder von Meutereien.«

»Nicht jeder Kapitän ist gerecht.«

»Auch auf unserem Schiff gibt es Zank und Streit.«

Yorick lachte. »Wie in jeder Ehe. Du wirst sehen: Kommt es hart auf hart, steht einer für den anderen ein. Auf einem Schiff sind wir Brüder. Dieser Zusammenhalt treibt dich doch auch an, wenn du Matrosen behandelst, die dich nicht bezahlen können.«

Theo bemühte sich, sich sein Erstaunen nicht anmerken zu lassen. Er war diskret gewesen, um nicht den Zorn von Meester Kwick auf sich zu ziehen.

»Ich werde dich nicht verraten, weil ich dich dafür respektiere, was du tust«, sagte Yorick. »Genauso wie die anderen Männer dich dafür achten.«

25

Wie ein weißes Schneegebirge zeichnete sich der Leib der Dirne unter der Decke ab. Die fülligen Hüften, die üppigen Brüste, der runde Bauch. Das erste Morgengrau schwappte durch die Fensterläden. Samuel sollte aufstehen, es gab viel zu tun. Dennoch wanderten seine Finger die Innenseite ihrer Oberschenkel hoch. Yvette stieß ein leises Seufzen aus und öffnete ihre Schenkel etwas weiter. Ihr schlafwarmer Leib erhöhte seine Erregung noch. Er umfasste ihre Hüfte, zog sie näher an sich heran und öffnete sie weiter. Ihr verblüfftes Aufstöhnen gefiel ihm. Fest umfasste er ihre Brüste und ließ seiner Lust freien Lauf.

Als er fertig war, erhob er sich, um sich zu waschen. Das schien ihm der beste Schutz vor den grassierenden Lustseuchen zu sein. Yvette lag noch im Bett, die Brüste nackt, die Scham nur notdürftig mit dem Laken bedeckt.

»Was erzählt man sich so im Spielhaus?«, wollte Samuel wissen. Kein Mann konnte sich in weiblicher Gesellschaft das Angeben verkneifen; in einem derart exklusiven Etablissement schon gar nicht.

»Wir hatten gestern französischen Besuch. Botschafter d'Estrades hatte etwas zu feiern«, berichtete Yvette.

Samuel wandte sich um. »Und was?«

»Offenbar sind die Franzosen kurz davor, mit Prinz Wilhelm ein Abkommen über einen gemeinsamen Angriff auf Spanien abzuschließen. Frankreich und die Niederlande werden die spanischen Provinzen überfallen und an sich bringen. Anschließend soll Prinz Wilhelm Marquis von Antwerpen werden.«

Samuel pfiff leise. Hatte er es doch gewusst, dass der Prinz nicht so leicht aufgeben würde! Er verdoppelte die Summe, die er für Yvette auf den Tisch legte, und schickte sie fort. Es gab einiges zu überdenken.

Es war ein Männerabend, wie Samuel ihn liebte. Die Luft war geschwängert vom Rauch der Pfeifen. Wein, Genever und Bier flossen in Strömen. Bis zum Morgengrauen würden sie Billard oder Karten spielen, singen und musizieren, diskutieren und philosophieren. Damen hatte er nicht eingeladen; sie würden die männliche Gemeinschaft nur stören. Später könnte er immer noch ins Spielhaus gehen und sich verwöhnen lassen. Während ihre Freunde sich in einer Partie Billard maßen, hatten er und Johan de Witt es sich auf dem Canapé bequem gemacht, das er gerade erst aus Paris importiert hatte. Johan und er hatten sich in den vergangenen Monaten eng befreundet. Er war eine anregende Gesellschaft, die Samuel nicht missen mochte.

Geistesabwesend strich Samuel über den Samtbezug des Canapés. Sündhaft teuer war es gewesen, aber das trostlose Regenwetter und die ernüchternde politische Lage hatten den Kauf zu dem Trostpflaster gemacht, das er so dringend benötigte. Allerdings liefen seine Geschäfte nicht gerade rund. Vor allem seine Anteile an der Westindischen Kompanie hatten deutlich an Wert verloren. Mit dem Friedensschluss war auch der Kaperkrieg in Westindien eingestellt worden. Dennoch herrschte in den Kolonien eine derartige Konkurrenz, dass diese bisweilen in Kleinkriege mündete. Eine ganze Fracht Zucker war ihm erst kürzlich geraubt worden. Vermutlich würde die Seeversicherung einen Teil ersetzen, aber dieser Prozess war stets ebenso langwierig wie aufwändig. Sowohl die Engländer als auch die Spanier, Portugiesen, Franzosen und Schweden setzten ihnen in Westindien zu. Der Reichtum der Republik weckte Begehrlichkeiten bei den anderen Nationen. Aber sie machten sich auch selbst das Leben schwer: Die Kolonie Nieuw Amsterdam war hoffnungslos zerstritten und ebenfalls von Feinden bedroht, weshalb sich der Hof von Holland tiefgehend damit beschäftigen musste. Das alles war derzeit wahrlich nicht sehr erfreulich. Wenn er dann noch an die Kriegspläne dachte …

»Mein Vater, mein Bruder und ich haben darüber beraten, wie es mit dem politischen Engagement unserer Familie weitergehen soll«, sinnierte Johan und strich, den Kopf bequem angelehnt, mit dem Finger über den Goldrand seines Glases. »Es wird unter der Führung von Prinz Wilhelm für uns schwierig werden, Einfluss zurückzuerlangen.«

»Die Republik braucht kluge und engagierte Politiker wie euch.«

»Das mag sein. Wir müssen geschickt vorgehen.«

»Wem sagst du das.« Samuel spülte ein paar gezuckerte Mandeln mit einem schweren Rotwein herunter. Es tat gut, einen Leidensgenossen an seiner Seite zu haben. In den letzten Wochen hatte er sich eingestehen müssen, dass Prinz Wilhelm ihn trotz seiner Bemühungen während des Angriffs auf Amsterdam verachtete. Das würde sich vermutlich auch niemals ändern. Er war raus aus diesem Spiel, genau wie Johan. Ihre Haltung dazu war allerdings unterschiedlich. Johan konzentrierte sich auf seine anwaltliche Karriere und hegte zugleich die Hoffnung, dass sein Vater Jacob de Witt rehabilitiert werden würde und er sich dann auch wieder Hoffnung auf ein politisches Amt machen könnte. Samuel hatte sich hingegen entschieden, keine großen Erwartungen mehr in den Prinzen zu setzen. Da Prinz Wilhelm noch eine lange Regentschaft beschieden sein würde, blieb ihm nichts übrig, als sich an Prinzessin Amalia zu halten. Immerhin sah er dann auch Mademoiselle Charlotte häufiger. Zwischen ihnen hatten sich zarte Bande entwickelt, die ihn auf mehr hoffen ließen – obwohl ihm Feldmarschall van Götterswyk, das Haupt ihrer Familie, bei jeder Begegnung ihren Standesunterschied schmerzhaft bewusst machte. Ein junger Emporkömmling wie er hatte beim alten Adel nichts zu suchen.

Samuel wusste, dass die Zeit gegen ihn spielte. Mit jedem Jahr würde der Prinz unabhängiger werden, während Prinzessin Amalia an Macht verlieren würde – und er mit ihr. Das bewiesen die Kriegspläne, die Prinz Wilhelm nach wie vor mit seinen französischen Verbündeten vorantrieb, von denen seine Mutter jedoch nichts zu wissen schien. Der Angriff auf Amsterdam hatte die Autorität des Prinzen wiederhergestellt. So zumindest schien der Oranier es zu sehen. Die Pamphletschreiber hingegen liefen Sturm gegen den Prinzen. Wie würden sie wohl reagieren, wenn die neuesten Pläne bekannt wurden?

Samuel schenkte sich Wein nach. Diese fruchtlosen Grübeleien durften ihm nicht den Abend verderben.

Als ihre Freunde ihre Billardpartie beendet hatten, waren Johan und er an der Reihe. Sie stellten die Hindernisse und Schikanen auf dem Billardtisch auf. Samuel reichte seinem Freund einen der etwa unterarmlangen Holzschläger.

Johan justierte die Schlagrichtung. Natürlich gelang bereits der erste Schlag perfekt. »Der Kampf um die Macht der Republik wird in den Kolonien ausgetragen. Unsere Widersacher wagen es nicht, uns in Europa anzugreifen. Oder hast du gegenteilige Informationen? Ich muss gestehen, dass ich dich ein wenig um das Netzwerk beneide, das dein Vater dir hinterlassen hat. Immer über alles im Bilde zu sein … «

Samuel strich nachdenklich über das verdickte Ende seines Schlägers. Sollte er verraten, was ihm zugetragen worden war? Lieber nicht. Gleichzeitig brach sich ein gewisser Stolz Bahn. »Es heißt, Prinz Wilhelm habe einen geheimen Vertrag mit Frankreich geschlossen«, sagte er leise. »Frankreich und die Niederlande wollen Spanien angreifen, also die spanischen Provinzen überfallen und an sich bringen. Anschließend soll Prinz Wilhelm Marquis von Antwerpen werden.«

Johan pfiff durch die Zähne, doch sogleich wandelte sich sein

Erstaunen in Entrüstung: »Dann würde die Sperrung der Schelde aufgehoben und Antwerpen könnte wieder frei Handel treiben. Die Leidtragenden wären die nördlichen Provinzen, vor allem Amsterdam.« Erst durch die Blockade Antwerpens war Amsterdam im Jahr 1585 von einer mittelgroßen Handelsstadt zum Zentrum des Welthandels geworden, das war allgemein bekannt. »Derart die Generalstaaten zu missachten und in Gefahr zu bringen würde zu dem Prinzen passen. Was für ein Skandal! Wenn man diesen Brief als Beweisstück in die Finger bekäme ...«

»Ja, das wäre tatsächlich ein Coup. Aber selbst, wenn: D'Estrades ist für seine Chiffrierkünste bekannt.«

»Der Botschafter scheint nicht nur auf dem Schlachtfeld ein Fuchs zu sein. Aber jeder Code lässt sich knacken, das ist pure Mathematik.«

Statt zu spielen, diskutierten sie nun. Ihre Freunde hatten gehört, dass es um die Machenschaften des Prinzen ging, und hatten sich inzwischen zu ihnen gesellt. Das Thema erhitzte nach wie vor die Gemüter im Haag, und das zu Recht. Dennoch hatte Samuel oft das Gefühl, zwischen den Fronten zu stehen: hier seine republikanisch gesinnten Freunde, dort der Adel, zu dem er strebte und der ihn doch insgeheim verachtete. Er hätte seine Informationen vielleicht doch nicht preisgeben sollen, dann hätten sie sich in Ruhe weiter vergnügen können.

Hauptsache, Johan fing nicht auch noch wegen des Konflikts mit England an. Sein Freund wusste nicht, dass Samuel König Charles dem Jüngeren derart viel Geld geliehen hatte, und er sollte es auch nicht wissen. Zumal es derzeit schlecht um die Mission des Königs stand. Charles hatte sich zwar mit den Schotten verbündet und war zuversichtlich, schon bald von ihnen zum König von Schottland gekrönt zu werden, wenn er den schottischen Reformierten Glaubensfreiheit zusicherte. Allerdings hatten die Truppen Cromwells die schottische Armee in der Schlacht bei Dunbar buchstäblich vernichtet. Angeblich waren Tausende von Charles' Soldaten gestorben, aber nur ein paar Dutzend von Cromwells Männern. Vielleicht würde es also niemals einen englischen König Charles II. geben.

»Diesen Machtkampf werden wir hier nicht entscheiden. Unser Kräftemessen hingegen schon«, versuchte Samuel, die Aufmerksamkeit wieder auf den Billardtisch zu lenken.

Einige Stunden sangen sie trunken und lautstark, bis ihre Freunde sich verabschiedeten. Johan und Samuel spielten noch Karten, und immer wieder gab Johan einen seiner Kartentricks zum Besten. Samuel genoss den Moment vollauf.

»Erlaube mir die indiskrete Frage, warum du nicht verheiratet bist«, unterbrach Johan schließlich. »Du hast ein schönes Haus, ein anständiges Auskommen. Wäre es nicht an der Zeit, in den Bund der Ehe zu treten?«

»Ich mache mir Hoffnung auf eine gewisse Dame bei Hofe«, gab Samuel zu.

»Mademoiselle Charlotte.«

»Ist das so offensichtlich? Nun, in meiner derzeitigen Lage kann ich kaum auf Unterstützung hoffen.« Samuel musste sich sammeln, um auszusprechen, was ihm durch den Kopf ging, und tat es doch mit schwerer Zunge. »Horaz war Junggeselle, wusstest du das? Keine nörgelnden Frauen, keine kreischenden Kinder. Niemand, dem gegenüber man Rechenschaft ablegen muss. Ich liebe die Frauen, aber das ist verlockend.«

Johan blickte ihn nachdenklich an. »Familie und Freundschaften bilden unser wichtigstes Netz. Wir sollten stetig weiter daran knüpfen.« Er sprach klarer, schien weniger betrunken zu sein als Samuel. »Vermutlich ist es deine Herkunft, die dich so denken lässt.«

Samuel stutzte. Konnte Johan von seiner wahren Herkunft wissen? »Mein Vater … «, begann er.

»Ich habe mich umgehört.« Johan lächelte entschuldigend. »Ich weiß gerne, mit wem ich Umgang habe. Als Säugling zur Waise zu werden ist ein hartes Schicksal. Doch Gott hat Höheres mit dir vorgehabt und dich gerettet. Er hat dir Eltern geschenkt, bessere Eltern.«

Samuel fühlte sich ertappt. Auf einmal bereute er, auf das Thema eingegangen zu sein. In diesem Augenblick trat sein Sekretär ein; Frans wirkte schlaftrunken und zugleich ernst.

»Was ist denn?«

»Eine wichtige Nachricht aus dem Binnenhof«, sagte Frans, hielt aber Abstand, als erwarte er, dass Samuel ihn beiseitenehmen würde.

»Sprich, wir sind unter uns.«

Frans zögerte. »Prinz Wilhelm hat das Jagdschloss Hof te Dieren verlassen. Er ist soeben mit dem Boot aus Gelderland hierhergebracht worden. Es heißt, er sei schwer erkrankt.«

»Wie schwer?«

»Offenbar besorgniserregend schwer.«

Die Botschaft versetzte Samuel unversehens in Spannung. »Ausgerechnet jetzt, wo der Prinz sich derartig Feinde in der Republik gemacht hat und auch Spanien erneut in die Quere kommt?«, dachte er laut.

»Was für ein seltsamer Zufall. Wenn es denn einer ist.« Johans Augen ruhten auf Samuel. »Kannst du mehr herausfinden?«

Samuel stemmte sich hoch; kurz schwindelte ihm. »Stell mir eine große Kanne Wasser bereit, eiskalt. Ich muss einen klaren Kopf bekommen«, befahl er Frans. Wenig später machte er sich frisch und kleidete sich um. Johan wartete auf ihn.

Als sie auseinandergingen, klang Johan ob seiner eigenen Machtlosigkeit ein wenig frustriert: »Ich werde ebenfalls sehen, was ich in Erfahrung bringen kann. Mal sehen, ob es sich um einen belanglosen Schnupfen oder eine Angelegenheit von staatstragender Bedeutung handelt.«

Einige Stunden später betrat Samuel das Haus des Anwalts Meester van Andel in der Nieuwstraat, wo Johan logierte. Sein Freund saß am Schreibtisch und hatte offenbar bereits etliche Briefe geschrieben, denn ein ganzer Packen lag gesiegelt zur Abholung bereit. Jetzt war er in eine Plauderei mit der Tochter des Hauses vertieft. So schnell es die Höflichkeit zuließ, beendete Johan das Gespräch. Die Neugier stand ihm ins Gesicht geschrieben.

»Also, berichte!« Johan lehnte sich zurück und massierte sich die Schläfen. Dann sprang er auf. »Nein, warte! Lass uns einen Augenblick frische Luft schnappen. Diese rauchigen Öfen verursachen mir Kopfschmerzen.«

Oder der Rotwein, dachte Samuel, der sich von der durchwachten Nacht ebenfalls wie betäubt fühlte. Die Luft am Hofvijver war feucht und kalt. Nebel stieg, geisterhaften Schwaden gleich, über dem See auf.

Als sie das Haus des Gesandten von Dordrecht passierten, begann Johan: »Natürlich habe ich die Nachricht sofort übermittelt. Meine Heimatstadt weiß Bescheid. Und nun sag – wie steht es um den Prinzen? Was hast du in Erfahrung gebracht?«

»Prinz Wilhelm fiebert heftig und klagt über Atemnot. Prinzessin Amalia sorgt sich sehr. Aller Zwist zwischen Mutter und Sohn ist für den Moment vergessen – und das will was heißen.«

»Weiß man, woran der Prinz leidet? Was sagt der Leibarzt? Könnte er vergiftet worden sein?«

»Wer würde so etwas tun? Glaubst du, die Spanier haben einen Anschlag auf den Prinzen verübt, weil er sich mit Frankreich verbünden und ihnen die südlichen Niederlande abnehmen will?«

»Vielleicht hat auch einer der Staatsgesinnten zu Gift gegriffen. Oder die eigene Mutter. Prinzessin Amalia hasst die Franzosen und den Einfluss, den sie auf ihren Sohn haben. Gleichzeitig ist sie den Spaniern gewogen. Das war abzusehen, bei den Geschenken, die diese ihr gemacht haben.«

Samuel war entrüstet. »Wie kannst du nur so etwas denken? Die Fürstenwitwe war außer sich vor Sorge!«

»Man weiß nie, was in den Menschen vorgeht. Viele verfolgen ihre eigenen Interessen, statt an das Gemeinwohl zu denken.«

Samuel erinnerte sich an die Diagnose der Leibärzte. »Offenbar hat der Prinz am ganzen Körper kleine Pusteln. Möglicherweise sind es die Kinderpocken. Vorsorglich wurden alle weggeschickt, die diese Krankheit noch nicht hatten. Ein Hellebardier hält Wache an der Verbindungstür zu seinen Gemächern.«

»Wie verhält sich Prinzessin Mary?«

»Die Princess Royal wird aus Furcht vor Ansteckung von ihrem Gatten ferngehalten. Hochschwanger, wie sie ist, ist sie besonders gefährdet«, berichtete Samuel. Der Heer van Heenvliet und Lady Stanhope, die dem Haushalt der Prinzessin vorstanden, kümmerten sich um sie. In erster Linie musste Prinzessin Mary beruhigt werden, denn dürr, wie sie war, drohten ihr und dem Kind bei einer verfrühten Geburt Lebensgefahr. »Prinzessin Amalia ist bei ihrem Sohn, denn sie hat die Krankheit bereits durchgemacht. Sie hat weitere Ärzte kommen lassen. Jetzt hofft man, dass das Fieber zurückgeht und sich die Pocken öffnen.«

Am Sonntagabend drängten sich vor den prinzlichen Gemächern im Binnenhof die Höflinge, Botschafter und Politiker. Eigentlich war der Prinz auf dem Wege der Besserung gewesen, doch nun schien er mit dem Tode zu ringen. Der Hof war durch den Schock wie erstarrt.

Samuel wurde bei Prinzessin Amalia vorstellig, um ihr seinen Beistand anzubieten, aber die Höflinge schirmten sie ab. Mademoiselle Charlotte hingegen suchte seinen Blick. Sobald sich die Gelegenheit bot, nahm er sie beiseite. Ihr feines Gesicht war geschwollen vom Weinen.

»Ein plötzlicher Rückfall. Die Ärzte tun, was sie können, aber die Kräfte des Prinzen lassen nach. Ich habe gehört, wie der Chirurg sagte, der Prinz sei so gut wie tot.« Sie presste sich ein besticktes Taschentuch auf den Mund, um ein Schluchzen zu ersticken. »Dabei war Wilhelm doch so jung und so stark!«

Samuel ergriff ihre Finger und drückte sie tröstend. Sie hielt sich fest, als drohte sie zusammenzubrechen. »Und nebenan liegt seine Gattin und darf nicht zu ihm, weil man sich um ihre Gesundheit und die ihres Kindes sorgt. Was für eine Wendung des Schicksals, was für eine Tragik!«

Eine Szene wie diese könnte ein Theaterautor wie Vondel nicht dramatischer schreiben, sinnierte Samuel, sagte es aber nicht.

Erneut brach Charlotte in Tränen aus. Samuel legte den Arm um sie. Sie ließ sich an seine Brust sinken, doch dann trat ihr Vormund, Feldmarschall van Götterswyk ein, und sie eilte davon und ließ ihn zurück. Van Götterswyk warf Samuel einen abschätzigen Blick zu. Die anderen Höflinge ignorierten ihn. Dass die anwesenden Politiker sich dafür bereitwillig mit ihm austauschten, glich diese Missachtung in Samuels Augen bei Weitem nicht aus.

Lange wachten und beteten sie. Auf einmal flogen die Türen auf. Männer traten aus den Gemächern des Prinzen, darunter der Leibarzt, der französische Botschafter d'Estrades und Geistliche. Prinzessin Amalia musste gestützt werden. Mit zitternder Stimme verkündete sie, was jeder in diesem Raum längst befürchtet hatte: »Der Vater unseres Vaterlandes, der Schrecken unserer Feinde, der Verteidiger unserer Einheit und unseres Glaubens ist nicht mehr. Die einzige Hoffnung, die wir hatten, hat uns verlassen.« Dann brach sie zusammen, sofort umringt von ihren Hofdamen.

Auch Samuel riss die Nachricht den Boden unter den Füßen weg. Mit dieser Wendung der Ereignisse hätte er nie gerechnet. Der Tod des Prinzen war tragisch. Er war gerade einmal vierundzwanzig Jahre alt, hatte nur drei Jahre regiert. Aber tat es ihm um Wilhelm leid? War es angesichts der Kriege, die der junge Oranier angezettelt hätte, nicht besser so?

Prinzessin Amalia ließ sich zum Gemach der Prinzessin geleiten, aus dem wenig später ein Aufschrei zu hören war. Anschließend wurde sie zu seinem Sessel geführt und musste selbst vom Leibarzt versorgt werden. Mademoiselle Charlotte näherte sich Samuel trostsuchend, aber ihm kam der Graf von Limburg-Styrum zuvor, der sich ihrer annahm.

Es dauerte, bis Prinzessin Amalia sich wieder ein wenig gefasst hatte. Sie richtete sich auf und wandte sich den versammelten Adeligen und Politikern zu. »Wir müssen die Generalstaaten zusammenrufen, damit sie die Armee unter Kontrolle bringen. Die Grenzen müssen gesichert werden. Wir stehen ohne Herrscher da.«

Samuel runzelte die Stirn. Es war genauso dramatisch, wie sie gesagt hatte: Dem Haus Oranien fehlte tatsächlich ein Anführer. Infrage käme lediglich Graf Wilhelm Friedrich von Nassau-Dietz. Würden ihre Feinde diese Notlage ausnutzen und über sie herfallen? Und was bedeutete der Tod des Prinzen für ihn selbst? Bis eben war er lediglich davon ausgegangen, dass er am Hof keine Zukunft hatte. Jetzt war die Republik ohne Heerführer, ohne Statthalter, und Samuel würde auch das Geld, mit dem er den Feldzug des Prinzen unterstützt hatte, abschreiben müssen. Was noch schlimmer war: Vielleicht würde es bald keinen Hof mehr geben, an dem er Karriere machen könnte.

Er wartete lange und wurde dann endlich zu Prinzessin Amalia vorgelassen, um ihr sein Beileid auszusprechen. Die Fürstenwitwe wirkte am Boden zerstört, als er kondolierte, und danach warf sich Mademoiselle Charlotte so überraschend an seine Brust, dass die Erregung seine Trauer überrollte.

Wenig später verließ Samuel noch immer wie betäubt den Binnenhof. Wie gerne hätte er jetzt mit jemandem gesprochen, der die Lage klarer beurteilen konnte, der all die hinderlichen Gefühle beiseiteschob! Er ging zu Johan, um ihm die Neuigkeit mitzuteilen, und dieser begann sofort fieberhaft zu schreiben.

»So ist das Gerücht, das im Haag die Runde macht, also doch wahr!« Johan sah kaum auf, während er Samuel befragte und zugleich weitere Worte auf das Papier warf. »Mein Vater wird alles daransetzen, seinen Stand zurückzuerlangen. Die Bicker-Brüder werden es in Amsterdam nicht anders machen.«

»Wie werden wohl die niederländischen Gremien und die Provinzen reagieren?«

Johan hob kurz den Kopf. »In Holland werden viele jubilieren, wenn auch hinter verschlossenen Türen. Einige werden den Tod des Prinzen auch als gerechte Strafe für seine Anmaßung betrachten.«

»Vermutlich wird Graf Wilhelm Friedrich versuchen, in weiteren Provinzen zum Statthalter gewählt zu werden. Das wollte er doch schon immer.«

»Vielleicht war er sogar derjenige, der Prinz Wilhelm ans Leben wollte«, meinte Johan und siegelte einen Brief.

»Nein, das kann ich nicht glauben«, widersprach Samuel. »Holland wird Wilhelm Friedrich niemals als Statthalter dulden – schon gar nicht nach dem Angriff auf Amsterdam!«

»Unfähig, wie der Graf ist, würde er einen Krieg anzetteln und die Nation in den Ruin treiben. Wir brauchen einen besonnenen, republikanisch gesinnten Anführer. Wolfert van Brederode vielleicht.« Johan klang auf einmal sehr staatsmännisch. »Ist nicht Unsicherheit das, was die Menschen am meisten fürchten? Was auch immer für Maßnahmen ergriffen werden, sie müssen dem Wohlstand und der Sicherheit unseres Staates dienen. Unsere Feinde werden ohnehin frohlocken.« Er schüttelte die Hände aus. »Weißt du, ob der Prinz ein Testament hinterlassen hat?«

Samuel überlegte. »Es gibt wohl eine Truhe mit seinen Besitztümern – Geld, Schmuck und Schriftstücken, die bereits versiegelt wurde. Jetzt kommt es erst mal darauf an, die Princess Royal zu beruhigen, damit sie keine Fehlgeburt erleidet.«

Jedes Seufzen, jedes Rascheln von Taschentüchern und jedes Quietschen von Ledersohlen auf dem Parkett war zu hören. Bange Erwartung lag über den Gemächern der Princess Royal. Acht Tage war der Prinz jetzt tot. Acht Tage, in denen die Republik wie erstarrt gewesen war. Acht Tage, in denen die Generalstaaten versucht hatten, die Lage zu retten. In denen sich immer mehr Aufmerksamkeit den Frauen bei Hofe zugewandt hatte: der schwangeren achtzehnjährigen Prinzessin Mary, die den Thronfolger gebären sollte, und der ehrgeizigen Fürstenwitwe Amalia. Beide wollten dem Prinzen nachfolgen. Beide wollten für den ungeborenen Stammhalter sprechen. Wer würde über die Republik herrschen? Die gestürzten Regenten – unter ihnen die de Witts und die Bickers – hatten tatsächlich sofort alles in die Wege geleitet, um rehabilitiert zu werden und wieder an die Macht zu gelangen. Vor allem in der Provinz Holland diskutierte man die Frage, die viele Staatsgesinnte umtrieb: Brauchten sie überhaupt einen Statthalter?

Während insbesondere die Amsterdamer die Freude über den Tod des Prinzen kaum unterdrücken konnten, stand das Ausland unter Schock. Für die französischen Pläne war Wilhelms Dahinscheiden ein Rückschlag. Samuel war von seinem Agenten zugetragen worden, dass auch Kardinal Mazarin annahm, dass der Tod des Prinzen eine unnatürliche Ursache habe, weil er zu vorteilhaft für dessen Feinde war. Aber könnte ihn wirklich jemand ermordet haben? Wenn ja, wer? Er war doch im Kreise seiner Vertrauten gewesen. Könnten die Spanier ihn vergiftet haben, wie man munkelte? Die Stuarts beklagten ihren Verlust ebenfalls lautstark. Nun gab es keine Hoffnung mehr, dass sich die Niederlande gegen Cromwells Regime stellen würden.

Einige Türen von dem Zimmer entfernt, in dem Wilhelm gestorben war, lag nun seine Witwe in den Wehen, ausgerechnet an ihrem neunzehnten Geburtstag. Tod und neues Leben lagen selten so eng beieinander. Samuel dachte daran, wie er ihr kondoliert hatte. Dürr war die Princess Royal gewesen, von ihrem aufgewölbten Leib abgesehen. Das Zimmer schwarz verhangen, die Hofdamen in Trauerkleidung. Was für ein Ort, um ein neues Leben zu beginnen!

Samuel sah aus dem Fenster. Im Binnenhof drängten sich die Menschen, begierig darauf zu erfahren, wie es nun mit ihrer jungen Nation weitergehen würde. Wer würde die Vormundschaft über das Kind übernehmen – wenn es denn lebendig und gesund zur Welt kommen würde, wofür hier jeder betete?

Wenig später eilte Samuel erneut in die Nieuwstraat. Johan diskutierte gerade mit seinem Bruder Cornelis und Freunden die Lage, unterbrach das Gespräch aber, sobald er Samuels ansichtig wurde. »Die Glocken läuten, also ist der Oranierspross auf der Welt. Berichte uns, was es Neues gibt!«, forderte Johan ihn auf.

Samuel lächelte versonnen. Noch einmal stand ihm das Bild vor Augen, wie der neugeborene Prinz dem Hofstaat präsentiert worden war. Eigentlich waren ihm sentimentale Gedanken fremd, aber in diesem Moment hatte ihn ein Beschützerinstinkt erfasst. Ein so kleines Wesen, das, kaum auf der Welt, eine so große Verantwortung trug!

»Prinzessin Mary hat einen Jungen zur Welt gebracht«, verkündete er. »Mutter und Kind sind wohlauf. Die Anhänger des englischen Königshauses feierten die Geburt eines neuen Prinzen aus dem Hause Stuart. Prinzessin Amalia und ihr Gefolge begrüßen einen Stammhalter des Hauses Oranien. Und das Volk feiert die Geburt eines neuen Prinzen. Herrscher über Breda, Geertruidenberg, Turnhout, Meurs, Lingen und das Fürstentum Orange ist er ja schon jetzt.«

Obgleich Prinz Wilhelm für den Sturz seines Vaters verantwortlich war, stimmte Johan einen Toast an. Doch gleich darauf fragte er, wie es nun wohl weitergehen würde.

»Es heißt, die Prinzessinnen streiten über den Namen. Soll er ein Charles oder ein Wilhelm werden«, fasste Samuel die Lage zusammen.

»Das ist die entscheidende Frage«, meinte Johan. »Ist der Junge ein Stuart oder ein Oranier? Immerhin war sein Großvater englischer König.«

»Und wollen wir, bis der Knabe groß genug ist, Amalia van Solms oder Prinzessin Mary über uns bestimmen lassen? Sollen zwei adelige Damen, die einander spinnefeind sind, über uns herrschen, wo wir uns mit Entschlusskraft und Handelsgeist an die Spitze der Nationen gebracht haben? Undenkbar!«, warf Cornelis de Witt ein.

»So zerstritten, wie die beiden Damen sind, wird es ohnehin ein Gezerre um die Macht geben«, sprach Samuel aus, was ihn beschäftigte. »Die Frage ist doch, wer zum Vormund über das Kind ernannt werden soll.«

Vor den Gemächern der Princess Royal drängten sich die Besucher, um ihre Aufwartung zu machen. Zu seinem Erstaunen musste Samuel sich nicht lange gedulden. Prinzessin Mary hielt vom Wochenbett aus Hof. Es wirkte, als hielten nur die edle Kleidung und der Schmuck ihre schwache Gestalt zusammen. Man durfte nicht vergessen, dass sie in diesem Jahr nicht nur ihren Ehemann, sondern auch ihre Schwester verloren hatte. Auch das Neugeborene, das sie im Arm hielt, wirkte so blass, dass Samuel Mitleid überfiel. Er begrüßte die Prinzessin, wie es sich gehörte, übergab sein Geschenk und überbrachte noch einmal förmlich seine Glückwünsche zur Geburt. »Ich möchte Euch versichern, dass ich treu im Dienste Eurer Familie stehe und auch Euren Sohn nach Kräften unterstützen werde, Hoheit.«

»Habt Dank für Eure Treue. Wir sind in einer dramatischen Situation, ungeschützt, und man droht uns, uns in unserer Ehre zu beschneiden. Nicht einmal mein Bruder ist an meiner Seite. Habt Ihr etwas von ihm gehört?«

Es war typisch, dass Mary Henrietta zuerst an ihren Bruder dachte; die beiden hatten ein sehr enges Verhältnis zueinander. »Zuletzt, dass er in Schottland ist und darauf hofft, bald gekrönt zu werden«, sagte Samuel.

Sie nickte traurig. »Ich wünschte, er würde seinen rechtmäßigen Thron erringen und könnte mich und meinen Sohn zu sich nach England holen. Hier bin ich von Feinden umgeben.«

»Das ist nicht wahr, Hoheit«, widersprach Samuel. »Es gibt viele Menschen in s'Gravenhage, die treu zu Euch stehen.«

Zart strich Princess Mary über das Gesicht ihres Neugeborenen. »Wenigstens habe ich dich.« Sie legte den Kopf ins Kissen und schloss die Augen. »Lasst mich einen Augenblick allein. Wir brauchen Ruhe, ehe wir den nächsten Gratulanten empfangen können.«

Prinzessin Amalia war aufgedreht, als Samuel ihr wenig später im Paleis Noordeinde zur Geburt ihres Enkels gratulierte. »Prinzessin Mary ist der Situation nicht gewachsen! Natürlich nicht, wie könnte sie auch? In einem fremden Land, und noch dazu mit gerade einmal neunzehn Jahren!«, rief sie. »Die Princess Royal sollte mir die Sorge für meinen Enkel überlassen. Ich habe bewiesen, dass ich ausgezeichnet für das Haus Oranien sorgen kann! Darauf kann sich auch eine Stuart verlassen! Wir müssen jetzt unsere Getreuen um uns versammeln, denn Amsterdam wird das Prinzchen seiner Rechte berauben wollen.« Sie wandte sich Samuel zu, als dieser gerade einen intensiven Blick mit Mademoiselle Charlotte tauschte. »Ihr steht doch an unserer Seite, van Sanders?«

Ertappt straffte er sich. »Natürlich, Hoheit.«

26

Die Metallbeschläge des Schiffs waren heiß, sodass er sie am besten gar nicht berührte. Das Kanonendeck war mit Siechen so dicht belegt, dass Theo froh war, dass sie nicht angegriffen wurden. Wen nicht der Scharbock krank machte, den erledigten die brennende Sonne oder das faulige Wasser. Als sie nach knapp drei Monaten auf See endlich die Goldküste Afrikas ansteuerten, jubilierten daher selbst diejenigen, die sich kaum noch rühren konnten. Nach den Spannungen der letzten Wochen war dieser Freudenausbruch eine Erleichterung, fand Theo. Der Abend, an dem sie gemeinsam Haibraten und Bier genossen hatten, erschien ihm unendlich weit entfernt. Schon in den letzten Tagen der langen Flaute war es zu Prügeleien gekommen. Innerhalb der Mannschaft, aber auch zwischen Matrosen und Soldaten eskalierten Auseinandersetzungen. Vor allem der Branntwein sorgte für Streit, auch wenn die Ausgabe streng reglementiert war. Aus der Kapitänskajüte waren ganze Fässer verschwunden, und der für medizinische Zwecke gedachte Vorrat in Kwicks Kabine nahm ebenfalls rapide ab. Der Kapitän hatte mit harter Hand auf die Gewaltausbrüche reagiert und verschiedenste Strafen verhängt.

Mit Grauen erinnerte sich Theo an das Kielholen, bei dem der Verurteilte in eine Art Metallharnisch gekleidet und zusätzlich mit Steinen beschwert an einem Tau unter dem Kiel des Schiffes entlanggezogen wurde. Wenn das, wie üblich, dreimal gemacht worden war, waren die Matrosen mehr tot als lebendig. Jetzt lehnte am Mast ein Matrose, dessen Hand man mit dem Dolch dort festgenagelt hatte, nachdem er eine Messerstecherei angezettelt hatte. Der Mann war sonnenverbrannt und ausgedörrt, weshalb Theo ihm Wasser reichte. Er selbst hatte sich aus allen Streitereien herausgehalten und stattdessen das Werk von William Harvey studiert und Kwick dazu befragt. Doch je länger die Reise dauerte, desto unleidlicher war auch der Wundarzt geworden. Theo ging ihm deshalb aus dem Weg, hielt sich an Deck auf, unterhielt sich mit dem Steuermann, den Matrosen oder den Schiffsjungen. Yoricks Forschungseifer spornte ihn an. Sein Journal war inzwischen gut gefüllt, und er schrieb so fein es ging, damit mehr Notizen hineinpassten.

Sie ankerten vor einem Ort namens Shama, an einer Flussmündung westlich von Elmina. Theo und Kwick nahmen mit dem Kapitän, dem Oberkaufmann und etlichen Soldaten das erste Boot, das Fort Elmina anfuhr. Die weiße Festung mit den rostroten Dächern wachte direkt über den Strand, das Meer und die Flussmündung. Die Portugiesen hatten es einst erbaut und Fort Sao Jorge Mina getauft – bis die Niederländer es ihnen vor über zehn Jahren abgenommen und umbenannt hatten. Wer das Fort besaß, herrschte über Westafrika und damit über den hiesigen Gold-, Elfenbein- und Sklavenhandel.

»Wie wird es jetzt weitergehen?«, fragte Theo an Kwick gerichtet.

»Die Weisungen der Westindischen Kompanie sind eindeutig. Wir müssen vierhundert Sklaven aufnehmen. Erst dann können wir weiterreisen«, gab sein Meester ihm Antwort.

»Und die bekommen wir hier? Die Sklaven … warten schon auf uns?«, fragte Theo, der sich damit noch nicht näher beschäftigt hatte.

»Wir werden sehen. Die Sklavenhöhle im Fort kann vierhundert Menschen aufnehmen. Aber es kann auch sein, dass sie noch gejagt werden müssen. Das übernehmen die hiesigen Herrscher für uns«, erklärte der Oberkaufmann.

»Warum schicken die Häuptlinge ihre eigenen Leute in die Versklavung?«

»Die Völker sind einander spinnefeind und schwächen sich gegenseitig, indem sie Gefangene machen. Gut für uns. Wir müssen sie uns lediglich mit Geschenken und Waren gewogen halten. Wenn es in Elmina trotz allem nicht genügend Sklaven gibt, müssen wir die anderen Orte ansteuern.«

Sie landeten an, sprangen ins knietiefe Wasser und liefen durch den puderweichen Sand zum Strand. In der Nähe sahen sie die Einwohner, von schwarzer Hautfarbe, die meisten nackt. Zwei Männer harpunierten von einem schmalen Nachen aus Fische. Frauen trugen Schellenschmuck um die Knöchel.

Plötzlich Gewehrschüsse, dann Hundekläffen. Die Soldaten legten sofort ihre Musketen an. Doch als sie sich dem Fort näherten, hörten sie grölendes Gelächter. Anscheinend zielten drei Soldaten auf die Spitze einer Palme.

»Diese Kerle schießen die Kokosnüsse aus den Bäumen«, sagte Theo ungläubig.

»Ja, hier gibt es nicht nur Menschenfresser, sondern auch wir bringen ein wildes Volk an die Küste.« Der Kapitän wog missbilligend das Haupt. »Von ein paar Aufrechten abgesehen, halten es hier nur Betrüger, Diebe und Mörder aus. Oft genug müssen die Kompanien den letzten Abschaum anheuern, um überhaupt genügend Männer zusammenzubekommen. Die Verluste in diesen Breitengraden sind hoch. Und gerade in Friedenszeiten haben die Kerle viel Langeweile.«

Der Kommandant des Forts nahm sie in Empfang. Theo war froh, in die Kühle des Gemäuers zu kommen, und nahm den Palmwein, den man ihnen reichte, freudig entgegen. Schließlich wurden Kwick und er aufgefordert, die ersten Sklaven in Augenschein zu nehmen, die in einer Art Keller eingesperrt waren.

»Das sind alle?«, fragte der Kapitän enttäuscht, als er nur etwa drei Dutzend Sklaven in der Höhle entdeckte.

»Die anderen werden noch zusammengetrieben. Ihr müsst dem Häuptling Beine machen.«

Der Kommandant gab Befehl, dass die Sklaven sich aufstellen sollten. Meester Kwick schritt mit Theo die Reihen ab. »Wir müssen bei denen gut aufpassen. Hat einer die Pocken oder Durchfall, kann bald das ganze Schiff mit dem Tode ringen – einschließlich uns. Denk außerdem daran, dass du dem Negro nicht trauen kannst. Lass nichts herumliegen, was gestohlen werden könnte oder zur Waffe taugt. Drehe ihnen nicht den Rücken zu. Begutachte sie gründlich. Die Verkäufer bedienen sich vieler Tricks, um uns kranke Sklaven unterzujubeln«, erklärte er.

Kwick suchte sich eine wohlgeformte Frau mit schönen, hochstehenden Brüsten heraus, um Theo zu demonstrieren, worauf er zu achten hatte. Die Sklavin sollte auf- und ablaufen, damit sie beobachten konnten, ob sie lahmte. Dann wurde sie aufgefordert, zu schreien und zu lauschen, damit Kwick prüfen konnte, ob ihre Stimme und ihr Gehör in Ordnung waren. Als handelte es sich um eine lebensgroße Puppe, riss er ihr die Augen und den Mund auf, schaute in Ohren und andere Körperöffnungen, kontrollierte die Geschlechtsteile auf Krankheiten. Ausführlich befühlte er die Brüste der Frau. »Diese nehmen wir«, sagte Kwick schließlich. »Bei den Nächsten bist du an der Reihe.«

Er wies auf eine junge Frau, die ein Kleinkind an sich gedrückt hielt. Die beiden klammerten sich so fest aneinander, dass der Kommandant befehlen musste, sie zu trennen. Frau und Kind weinten, bis einer der Wächter ihnen Hiebe mit einer Peitsche verpasste. Die Frau hatte ein tiefschwarzes, ausdrucksstarkes Gesicht mit Narben auf den Wangen und blickte Theo so verzweifelt und sogleich so stolz an, dass er sich für das schämte, was er tun musste. Vor allem musste er an seine Stiefmutter denken, die Mulattin war. Nie hatte er mit ihr über ihre Herkunft gesprochen. War auch sie Sklavin gewesen? Hatte sein Vater sie freigekauft?

Als Theo die Frau so behutsam untersuchte, wie es ihm möglich war, machten sich Kwick und die Männer lustig. »Wenn du so weitermachst, brauchst du Jahre, bis du vierhundert Sklaven überprüft hast!« Also beeilte Theo sich.

Am Schluss hatten sie fünfundzwanzig Sklaven ausgesondert, die sie kaufen würden. Theo war völlig nassgeschwitzt und ausgelaugt.

»Das Behandeln mit dem Brandeisen müssen wir ebenfalls überwachen«, sagte Kwick. während ein Feuer geschürt wurde. »Die Haut muss vorher mit Fett eingerieben werden. Zudem darf das Eisen nicht zu heiß sein. Dann leiden die Sklaven auch nicht so sehr unter dem Brandmarken und bleiben gesund.«

Obgleich Theo nicht zart besaitet war, war der Vorgang für ihn eine Tortur. Der Hof roch nach verbranntem Fleisch, und die Schmerzensschreie gellten weithin. Als sich die Möglichkeit bot, das Fort zu verlassen, sagte Theo daher sofort zu. Er würde die Sklaven auf die Fregatte begleiten. Der Kapitän, Kwick und die anderen blieben hingegen für ein Festmahl im Fort. Auf der Überfahrt weinten die Frau und das Kind stumm. Die Haut unter den Brandzeichen war geschwollen; er würde aufpassen müssen, dass sie sich nicht entzündete. Bei der Ankunft wurde die Frau, die Kwick als Erste ausgesucht hatte, sofort von den anderen ausgesondert und zum Achterdeck geführt.

Theo wandte sich an Yorick, um herauszufinden, was es damit auf sich hatte. Der Steuermann verbesserte gerade anhand der Skizzen und Notizen, die er von der Küstenlinie gemacht hatte, die Seekarten. »Den Schiffern ist im Gegensatz zu allen anderen ein Eigenhandel erlaubt«, erklärte er. »Sie holen sich regelmäßig Sklavinnen für die Überfahrt in ihr Bett.«

»Aber ich denke, der geschlechtliche Verkehr mit den Sklavinnen ist verboten?«, wandte Theo ein.

»Das ist er auch. Aber was meinst du, warum auf den meisten Schiffen das Quartier der Sklavinnen ›Hurenhöhle‹ genannt wird? Dagegen geht es den vom Kapitän ausgewählten Frauen gut.«

Theos Finger bebten, als er die Feder führte. Der Brief an Benjamin hatte ihn so sehr ergriffen, dass er nicht wusste, ob er ihn jemals abschicken würde. Dennoch tat es gut, seinem Freund seine Gedanken zu gestehen. »Bei der Abendandacht auf dem Achterdeck handelte die Predigt von der Verfluchung Kanaans«, hatte er berichtet:

Ham, der erste schwarze Mensch habe seinen Sohn Kanaan wegen dessen Sünden als »Knecht aller Völker« verflucht.
Die Sklaverei sei also selbstverschuldet, hieß es. Indem wir den Sklaven den Glauben an Christus lehrten, rissen wir sie aus der Unwissenheit.
Die Besatzung scheint diese Rechtfertigung von oberster Stelle beruhigt zu haben. Mich jedoch nicht. Wie kann ein freies Volk wie unseres, das so lange um die eigene Unabhängigkeit gekämpft hat, andere Völker versklaven? Der Oberkaufmann und der Schiffer sehen nur den Gewinn, den sie mit diesem Handel erzielen. Es heißt, ein Sklave kostet hier an der Goldküste etwa vierzig Gulden, für acht Sklaven zahlt man zwischen fünfzig und einhundertdreiundzwanzig Gulden, weil Frauen und Kinder weniger wert sind. Der Verkaufspreis in Westindien beträgt zwischen zweihundert und zweihundertfünfzig Gulden. Du kannst dir also ausrechnen, wie hoch die Gewinnspanne ist. Du weißt, auch ich habe davon geträumt, reich zu werden. Aber doch nicht so! Niemals so! Ich verfluche meinen Vater, der mich dazu gebracht hat, dieses Unrecht zu unterstützen! Gleichzeitig ist mir bewusst, dass ich diesen Menschen helfen kann …
Jeden Tag müssen wir weitere Sklaven untersuchen. Parallel werden Wasser, frisches Gemüse und Kleinvieh an Bord gebracht. Die Zimmerleute ziehen Zwischenböden ins Unterdeck. So niedrig sind sie, dass die Sklaven auf der Überfahrt kaum werden sitzen können. Alles geht so langsam

bei dieser unerträglichen Hitze! Manchmal kann nur ein
einziges Wasserfass am Tag vom Festland auf das Schiff
gebracht werden – wahrlich ein Tropfen auf den heißen Stein.
Einzig die Aussicht auf eine Erkundungsreise heitert mich
auf, die ich mit Yorick, unserem verdienten Steuermann,
unternehmen werde. Sobald wir einen Führer haben, wollen wir
die Dörfer der Einheimischen aufsuchen und zur Jagd gehen ...

Später ergänzte er:

Dezember. Die Einheimischen haben unter einem Baum eine
Erdhöhle gegraben und sie mit Palmblättern bedeckt. Als ein
Elefant sich dort zur Ruhe legen wollte, stürzte er durch die
Blätter in die Tiefe. Unsere Männer halfen eifrig mit, dieses
gewaltige Tier zu töten und es seiner Stoßzähne zu berauben.
Mir erschien dieser Tod zu billig. Mit Yorick war ich auf die
herkömmliche Art jagen. Das erscheint mir einem echten Mann
angemessener. Wir haben auch einige der hiesigen Dörfer
aufgesucht. Einfache Holz- und Palmhütten, kaum besser als
Schweineställe bei uns. Einer der wenigen gelehrten Männer aus
dem Fort übersetzte für uns. Ich habe viel über die Krankheiten
und Heilkräuter dieses Volkes erfahren. Besonders grässlich sind
die Würmer, die sich ihnen ins Fleisch bohren und furchtbare
Schmerzen verursachen. Man fängt sie, indem man die Wunde
beobachtet. Wenn sich der Kopf des Wurmes zeigt, packt man
ihn und zieht ihn vorsichtig ein Stückchen heraus. Alsdann
windet man den Wurm um ein Stöckchen, wie die Schlange um
den Äskulapstab. Von nun an zieht man jeden Tag den Wurm
ein wenig weiter aus dem Körper. Man muss allerdings vorsichtig
vorgehen, damit er nicht abreißt ...

Ende Dezember. Offenbar hatte Meester Kwick den Eindruck,
dass ich mich nicht genügend der Arbeit und der Gelehrsamkeit
widme, denn gestern bat er mich, ihm bei einem Experiment
beizustehen. Du musst wissen, dass Kwick die lange Dauer
unseres Vorhabens und die Hitze sehr zusetzen. Wenn ich etwas
zu einer Entschuldigung sagen kann, dann das …
Im Fort hatte er einen der Wachhunde – ein besonders bösartiges
Exemplar – betäubt. Er forderte mich auf, einen Tisch in die
Stallungen zu bringen und das Tier daran zu fesseln. Alsdann
machte er sich daran, dem Hund den Leib aufzuschneiden,
um das Experiment des William Harvey zu wiederholen.
Ich musste das genaue Vorgehen und die Reaktionen des
Tieres protokollieren. Es war ein grausiges Erlebnis und
zugleich ein erleuchtendes, denn tatsächlich schlug das Herz
der geschundenen, leidenden Kreatur weiter. Sehr gut war
erkennbar, wie die Herzklappe das Blut durch den Körper
bewegte.
Entsinnst du dich unseres Gesprächs auf dem Festungswall?
Ich muss dir nachträglich recht geben: Der Körper mag ein
mechanisches Instrument sein, aber jedes Lebewesen hat eine
Seele, selbst dieser bösartige Wachhund. Nur Meester Kwick
scheint keine mitfühlende Seele zu besitzen. Gott verzeih mir,
welche Qualen wir dem Tier angetan haben! Denn auch, wenn
dieses Experiment die Wissenschaft befördern mag, so ist es doch
unrecht. Wenn überhaupt, dann reicht es, es ein einziges Mal
durchzuführen und genauestens zu protokollieren – und das hat
Harvey getan …

27

Samuel ließ seinen Blick durch den ehrwürdigen Riddersaal des Binnenhofs schweifen. Wer hier stand, kam nicht umhin zu sehen, mit welchem Leid die Unabhängigkeit der Republik erkauft worden war. Von der Decke hingen die Heeresfahnen, die die Generalstaaten ihren Feinden im Krieg gegen Spanien abgenommen hatten. Sie waren zerfetzt und fleckig, und doch symbolisierte Flagge um Flagge einen Sieg für die Freiheit. Sie bewiesen, was sie, die Niederlande, diese an Einwohnern und Fläche kleine Nation, zu leisten imstande waren. Die eisige Kälte, die jetzt, im Januar 1651 in dem altertümlichen Gemäuer herrschte, bemerkte auch Samuel kaum. Denn es war ein erhebender Moment. Ab heute würde der Hohe Rat von Holland, Zeeland und Westfriesland, das oberste Gericht der Provinzen, tagen, um über die Zukunft der Republik der Sieben Vereinigten Provinzen zu entscheiden. Die Provinzialstände hatten die außerordentliche Große Versammlung einberufen. Es ging um die Armee, um die Religion, um das Verhältnis zu anderen Mächten, zuallererst aber um die Entscheidung, wer nun die Position des Statthalters einnehmen sollte.

Samuel war bei dieser feierlichen Eröffnung nur ein Zaungast, aber er genoss das würdige Spektakel vollauf. Sein Blick wanderte zu Johan de Witt, der die Zeit bis zur offiziellen Eröffnung für Gespräche nutzte. Es war erstaunlich, wie schnell er Fremde für sich einzunehmen wusste, wie genau er Seilschaften durchschaute und wie weit er politische Entwicklungen durchspielen konnte. Der Tod des Prinzen und – wenig später des Sekretärs der Generalstaaten – hatten eine politische Kettenreaktion in Gang gesetzt, durch die Johan im Dezember zum Ratspensionär von Dordrecht aufgestiegen war. Die Dordrechter Residenz am Vijverberg hatte er bereits bezogen. Er hatte, um sich angemessen einrichten zu können, nicht nur seinen Vater anpumpen müssen. Dennoch gelang es Johan, mit seinem kühlen Kopf zwischen den politischen Parteien zu vermitteln.

Samuel war froh darum. Die Oranier waren zerstrittener denn je, seit sich Graf Wilhelm Friedrich von Nassau-Dietz nicht einmal einen Monat nach dem Tod Prinz Wilhelms zum Statthalter von Groningen hatte wählen lassen. Vor allem Prinzessin Amalia hielt ihn für ungeeignet, die Regierungsgeschäfte zu führen. Auch fürchtete sie, dass er ihren Enkel seiner Rechte berauben würde. Der Konkurrenzkampf zwischen der alten und der neuen Prinzessin war voll entbrannt: Prinzessin Amalia wiegelte ihre Anhänger auf, Princess Mary hingegen befeuerte die englischen Royalisten, von denen etliche im Haag Zuflucht gesucht hatten. Es ging nicht mehr nur um die Rangfolge bei Hof. Vor allem stritt man um die Frage, wer die Vormundschaft über den neugeborenen Prinzen übernehmen würde. Princess Mary bezog sich auf das Testament ihres Mannes. Unerlaubterweise hatte sie Prinz Wilhelms Truhe erbrochen und dessen Testament bekannt gemacht. Danach sollte sie, unterstützt durch zwei Mitglieder der Generalstaaten, die Vormundschaft übernehmen. Auch sei sie von ihrem Gatten dazu bestimmt worden, den nächsten Gouverneur seines Fürstentums Orange, einer Grafschaft in Südfrankreich, auszuwählen, verkündete sie. Mit dem eigenmächtigen Aufbruch der Truhe hatte sie sich jedoch auch Ärger eingehandelt. Es hieß, sie habe sich über die Rechte der Republik hinweggesetzt und Geld und Schmuck aus der Truhe gestohlen. Zudem sei das Testament nicht unterzeichnet gewesen.

Samuel seufzte. Wenn die Princess Royal die Vormundschaft bekäme, wäre Prinzessin Amalia von jeglicher Einflussnahme ausgeschlossen – was diese natürlich nicht dulden würde. Sie wollte selbst die Vormundschaft übernehmen, gemeinsam mit ihrem Schwiegersohn Friedrich Wilhelm, dem Kurfürsten von Brandenburg. Sollte der neugeborene Oranier sterben, wäre ohnehin Amalias Tochter, Prinzessin Louise Henriette, die Gattin des Kurfürsten, die Erbin des Hauses Oranien. Unterstützung bekam die Princess Royal hingegen von ihrem Bruder Charles. Der war immerhin inzwischen zum König von Schottland gekrönt worden. In dieser Konstellation ließ die Taufe des jungen Oraniers, die für den 15. Januar anberaumt war, erneute Zwistigkeiten erwarten.

Nach der feierlichen Eröffnung der Großen Versammlung wurde Samuel zu einem Empfang in den prinzlichen Gemächern gebeten. Obgleich sowohl die Prinzessin als auch Mademoiselle Charlotte mit ihm zu reden geruhten, fühlte er sich ausgeschlossen. Peinlich war vor allem, dass der Graf von Limburg-Styrum ihn wieder einmal abfällig behandelte – und zudem ungeniert mit Charlotte flirtete. *Wo ist mein Platz an diesem Hof?* Das fragte Samuel sich in letzter Zeit immer wieder. Dass er je einen festen Posten als Berater am Oranierhof einnehmen würde, war unwahrscheinlich. Nicht einmal zum offiziellen Diplomaten würde er es bringen, denn Constantijn Huygens bereitete bereits den Boden für seine Söhne.

Samuel stahl sich in einem günstigen Moment davon und wechselte zum Empfang der Staatsgesinnten. Dort begrüßte Johan ihn erfreut und befragte ihn sogleich zu den Gesprächen am Hofe der Oranier. Wieder einmal schienen Samuels enge Beziehungen nützlich zu sein. Sobald sie alles besprochen hatten, ließ Johan ihn jedoch stehen, um sich einem Gespräch mit den Herren Cats und Pauw zu widmen. Samuel hingegen wurde von Cornelis de Witt in ein Gespräch über Schiffbau verwickelt; dabei hatte er dieses Geschäftsfeld schon länger vernachlässigt.

Während er noch mit de Witt sprach, betrachtete Samuel seinen Freund nachdenklich. Johan schien durch seinen neuen Posten aufzublühen. Ob ein politisches Amt auch etwas für ihn wäre? Unwillkürlich schüttelte Samuel den Kopf. Nein, das langwierige Klinkenputzen wäre ihm zu langweilig. Als Ratsdeputierter käme er ohnehin nicht infrage. Er sah ja bei seinem Cousin Michiel, wie steinig dieser Weg war. Und wo sollte er auch antreten? Wo war sein Platz in dieser Zerreißprobe, vor die die noch junge Republik gestellt war?

Wenige Tage später fanden sie sich bereits zum nächsten staatstragenden Moment zusammen.

Diese Wochen und Monate werden in die Geschichte eingehen, dachte Samuel. Obgleich der Tod Prinz Wilhelms auch die Taufe seines Sohnes überschattete, war es eine erhebende Zeremonie. Samuel genoss an der Seite von Johan und dessen Bruder Cornelis das Spektakel. Die Wände der Groote Kerk in s'Gravenhage waren mit schwarzen Tüchern verhangen, als Zeichen der Trauer über den Tod des Prinzen. Es wirkte wie ein Omen, dass auch das Leben des jungen Prinzen von diesem Schicksalsschlag geprägt werden würde. Der Andrang war groß, denn das Volk hatte den Halbwaisen sofort ins Herz geschlossen und feierte sein geliebtes »Prinzchen«. Die Sitzbänke in der Kirche waren sogar so überfüllt, dass einige durchbrachen. Schaulustige versuchten, die Orgel zu erklettern, um bessere Sicht zu haben, und während des Gottesdienstes sangen sie so laut und so schief, dass sie den Chor übertönten. Immer wieder musste der Prediger die Menge zur Ordnung rufen. Schließlich gab er auf und wandte sich der Taufe zu. Wilhelm Heinrich sollte der Junge heißen – oder William Henry, je nach Nationalität. Ihren und seinen Anspruch hatte die Mutter schon in seinem Auftritt deutlich gemacht: Die Kutsche des Säuglings war von Hellebardieren begleitet worden, als sei er Statthalter. Zudem war das Kind in Hermelin gehüllt wie ein König. Dabei würde es vermutlich noch lange dauern, bis die Große Versammlung über den Status des Prinzen entscheiden würde.

»Noch nie hat ein Oranier Hermelin getragen!«, hatte ein

Staatsgesinnter entsetzt ausgerufen, sobald er seiner ansichtig wurde.

Die Prinzgesinnten hatten ihn niedergeschrien und sogleich den *Wilhelmus* angestimmt, ihr Nationallied, das zu Ehren Wilhelms I. von Oranien komponiert worden war.

Nun traten als Taufpaten des Prinzen seine Großtante, die Königin von Böhmen, die Fürstenwitwe und Vertreter der Generalstaaten, der Staaten von Holland und Zeeland und der Städte Delft, Leiden und Amsterdam auf.

In gewisser Weise ist dieser Täufling ein Kind des Staates, dachte Samuel und wusste nicht, ob er den Jungen beneiden oder bedauern sollte; der kleine Wilhelm Heinrich würde zwischen allen Stühlen sitzen.

Im Anschluss an die Taufzeremonie war es an der Zeit, die Geschenke zu überreichen. Natürlich hatten der hohe Adel und die Regenten Vorrang. Die Provinzen zeigten sich großzügig und überbrachten reiche Pensionen und Geschenke für den Prinzen sowie kleinere Summen für die Wöchnerin. Samuel hatte lange überlegt, was ihm derzeit mehr nützen würde, und machte es umgekehrt: Er hatte einige Verkäufe vorgenommen, um eine kostbare Goldkette für die Princess Royal erstehen zu können, und für ihren Sohn einige Goldmünzen beigelegt. Insgesamt ein kleines Vermögen, das er als Investition in die Zukunft betrachtete. Wenn sich die Lage etwas beruhigt hatte, würde er sich ausführlich seinen Geschäften widmen müssen, um seine Finanzen zu sichern.

»Ich möchte Euch, Hoheit, und Euren Sohn Prinz Wilhelm, den dritten dieses Namens, meiner unverbrüchlichen Treue versichern«, sagte er, als nach langer Wartezeit endlich auch er seine Segenswünsche und das Geschenk überbringen durfte.

Die Princess Royal hatte die Huldigungen bisher kühl hingenommen. Der Tod ihres Mannes und die Geburt hatten ihre Unnahbarkeit rissig werden lassen, heute aber wirkte sie trotz aller körperlichen Schwäche wieder überlegen und unangreifbar. Zu Samuels Überraschung bedachte sie ihn mit einigen freundlichen Worten. »Überall wird meine Familie ihrer Rechte beschnitten oder gar verfolgt. Einsam bin ich hier, verlassen von meiner Mutter und meinem geliebten Bruder, der selbst um seine Krone kämpfen muss. Umso mehr wissen wir diejenigen zu schätzen, die sich auf unsere Seite stellen«, sagte sie, und warf einen besorgten Blick auf ihren Sohn, den eine Amme bei Laune hielt. »Eure Hilfe ist nötiger denn je.«

28

Hamburg, Februar 1651

Der Sturm riss und zerrte am Haus von Mijnheer van Vos. Glockengeläut wurde zu Benjamin getragen. Im Inneren erklangen Rufe und das Trappeln von Füßen. Schlaftrunken klangen sie und zugleich erschrocken. Es war der Petritag, und keiner von ihnen war darauf vorbereitet, an diesem Feiertag so früh aufzustehen. Irgendetwas musste also geschehen sein. Benjamin zog sich hastig etwas über und lief ins Vorderhaus. Erschrocken sah er durch das Fenster, dass Dachpfannen durch die Luft segelten, als wären sie leicht wie Laub.

»Eine Sturmflut! Sie hat Hamburg bald erreicht, das kann man am Warnläuten der Glocken hören! Der ganze Hafen und die anliegenden Straßen werden überschwemmt werden. Wir müssen nach der Baustelle und den Lagerhallen sehen!«, rief van Vos beunruhigt.

Benjamin reagierte sofort: »Ich kümmere mich um die Baustelle!«

Glücklicherweise hatte er gestern, als der Wind aufgefrischt war, bereits dafür gesorgt, dass die Materialien gesichert wurden. Benjamin hüllte sich in seinen Umhang und rannte hinaus. Kaum war er auf die Straße getreten, musste er auch schon einem Fensterladen ausweichen, der aus der Verankerung gerissen war. Der Sturm heulte und schrie, und Benjamin meinte, das Gerüst der Michaelis-Kirche im Sturm wanken zu sehen. Menschen rannten durcheinander. Da erkannte er eine Silhouette zwischen den anderen – Hans, tropfnass vom Regen. Der Wind trug seine Worte fort, aber Benjamin verstand ihn trotzdem.

»Der Hafenrand! Ich … vorher nach Greteke … dann zur Baustelle! Eigentlich … alles gesichert, aber …«

Benjamins Gedanken gingen durcheinander. *Lucia!* Wenn der
Hafen und die anliegenden Straßen überschwemmt wurden …
»Ich komme mit!«

Sie sprinteten hügelab, zur Elbe. In den Gassen des Gängevier-
tels war es gespenstisch dunkel. Immer wieder zersplitterten auf
dem Weg vor ihnen tönerne Dachpfannen. Je näher sie dem Fluss
kamen, desto mehr Menschen strömten ihnen entgegen. Mütter
und Väter, die panisch ihre Kinder in höhergelegenes Gelände
zerrten. Benjamins Brust wurde eng, als er an Lucia und ihre Familie dachte. Kaum nahm er wahr, wie das Wasser seine Knöchel
umspülte und seine Schuhe in schwere Klumpen verwandelte.
Der Kai am Vorsetzen war unter den Wassermassen bereits verschwunden. Neben ihm glitt ein Ewer krachend gegen eine Hauswand. Bewohner schleppten ihr Hab und Gut aus den Häusern,
retteten sich und ihre Angehörigen. Alte Leute und Kinder wurden auf Schultern oder Rücken getragen, wo sie sich mühsam
festklammerten. Aber Benjamin sah auch Jungen und Mädchen,
die sich mit Wasser bespritzten, die auf Fässern durch die Wogen
ritten oder Ruderboote kaperten, die sich losgerissen hatten. Wie
tollkühn diese Hamburger waren! Schon die Kinder schreckte das
Wasser nicht!

Tobias stand vor dem Haus, eine Kiste auf der Schulter, bis zu
den Knien im Wasser. Er zitterte wie Espenlaub und bewegte seine
Lippen in einem stummen Gebet. Auf Benjamins fragenden Blick
antwortete er mit einer angsterfüllten Geste. Benjamin stürzte die
Kellertreppe hinunter. Die Elbe schwappte hoch durch die Tür; er
musste den Kopf einziehen, um hindurchzuschwimmen.

Im Inneren trieben die einfachen Holzbetten, Stühle und der
Tisch auf dem Nass, wurden mit jeder Welle gegen die Decke geworfen. Von Lucia und ihrer Mutter waren nur noch die Köpfe und

Hände zu sehen, paddelnd kämpften sie gegen die Fluten an. Lucias Augen waren schreckgeweitet, ihre Zähne schlugen aufeinander.

»Mutter, komm, du wirst es nicht finden. Nicht jetzt!« Lucias Stimme war schrill vor Angst.

»Aber Vaters Andenken, wir können nicht ...«

Immer schneller strömte das Wasser nach. Bald wäre der Kellerraum voll und sie würden hier eingeschlossen. Auch Benjamin spürte die Kälte bis ins Mark.

»Vaters ... Notizbuch und sein ... Nasenkneifer«, stammelte Lucia zitternd. »Mutter findet sie nicht.«

Mit den Händen das Wasser durchpflügend, arbeitete Benjamin sich vorwärts, bis er Ursula erreicht hatte. Totenblass war sie, die tief liegenden Augen schienen vor Tränen und Elbwasser zu schwimmen, und die Lippen wirkten schwarz. »Lasst mich Euch hier herausbringen. Wenn wir uns nicht beeilen, könnte die Flut nicht nur Euer Leben kosten, sondern auch noch das Eurer Kinder. Wenn die Andenken Eures Mannes noch nicht aus dem Keller gespült wurden, werdet Ihr sie wiederfinden, wenn die Sturmflut vorbei ist.«

Ursula nickte kraftlos. Benjamin umfasste den schmalen Körper und zog sie hinaus, obgleich er selbst seine Gliedmaßen vor Kälte kaum noch spürte. Am niedrigen Durchgang mussten sie tauchen, um hindurchzukommen. Die Gegenströmung des Wassers war stark. Lucia schwamm voraus, kämpfte sich die Treppe hoch. Oben trieb bäuchlings ein Körper an ihnen vorbei, klein wie der eines Kindes. Lucia packte ihn, riss ihn hoch – die Augen waren tot und leer. Sie stöhnte erstickt auf.

Benjamin vermochte nicht, sie zu trösten. Ein derartiger Tod war so ungerecht und grausam, dass ihm die Worte fehlten. Er brachte die Familie in die nächste Gasse und weiter hügelan, bis sie sicheren Stand hatten. Dann schob er Ursula zu ihrer Tochter hinüber. Lucia blickte ihn dankbar an.

»Lasst uns zur Kirche laufen, dort sind wir sicher. Pastor Edzardi wird uns sicher helfen«, meinte Tobias mit zitternder Stimme. Benjamin war froh über die plötzliche Tatkraft des Jungen. Er wandte sich ab.

»Wohin willst du?« Lucias Stimme klang ungewohnt unsicher.

»Zur Baustelle!«

»Das ist zu gefährlich!«, rief sie ihm noch nach. Doch Benjamin ließ sich nicht aufhalten.

Erst am nächsten Morgen sog das Meer die Fluten zurück. Die Sturmflut war vorüber. Benjamin und Hans hatten die Baustelle gesichert und anschließend geholfen, wo es noch möglich war. Für viele war jedoch jede Hilfe zu spät gekommen. Unzählige Tote hatten sie aus dem Wasser geborgen. Wie viele Existenzen waren in dieser einen Nacht zerstört worden? Ausgelaugt schleppten sie sich in die Neustadt zurück, zur Michel-Kapelle. Sie war von Menschen umlagert, und aus den umliegenden Pfarrhäusern traten weitere, die ihre Hände an dampfenden Suppenschalen wärmten. Hans suchte die Reihen ab.

Benjamin wollte schnell zum Haus seines Auftraggebers, um Mijnheer van Vos Bericht zu erstatten; sicherheitshalber hatte er einen Arbeiter zur Aufsicht bei der Baustelle gelassen.

»Benjamin!« Plötzlich fiel Lucia ihm in die Arme. Ihr Überschwang überraschte ihn, und er spürte, wie eine Hitzewelle die Kälte in seinem Leib zurückdrängte. Viel zu schnell ließ sie wieder von ihm ab. »Ich bin so froh, dass dir nichts zugestoßen ist!«

»Wie geht es deiner Mutter und Tobias?«

»Die beiden helfen im Pfarrhaus, ich fasse hier draußen mit an. Alle halten zusammen, das ist wirklich tröstlich. Mutter kann es kaum erwarten, dass wir endlich in unsere Kammer zurückkönnen.«

»Das Wasser zieht sich zurück. Es kann nicht mehr lange dauern. Aber ihr werdet so schnell nicht wieder in den Keller ziehen können – bei der Feuchtigkeit.«

»Wir werden es müssen.«

* * *

»Das kann nicht sein, du musst noch einmal messen«, befahl Daan und ignorierte das Murren seines Helfers, als dieser mit dem Schnurlot abzog. Er legte den Richtscheit an und notierte die Zahlen in seinem Büchlein. Die Baulücke im schmalen Spinhuissteeg war so schief, wie er es noch nie erlebt hatte. Bei dem Entwurf des neuen Hauses würde er tüfteln müssen, um die Fläche bestmöglich auszunutzen, aber das machte ihm nichts aus. Ehe die Front vermessen werden konnte, gab er den Weg frei, da einige Herrschaften passieren wollten. Der altehrwürdige Bürger nickte ihm dankend zu und verschwand mit einer jungen Frau im Spinnhaus. In diesem Augenblick trat jemand neben ihn.

»Ich habe eine Nachricht für Euch, Mijnheer.« Antje zwinkerte schelmisch. Sie trug einen Korb an ihrem Arm, als wollte sie gerade einkaufen gehen. »Euer Vater hat gerade das Haus verlassen und angekündigt, dass er den ganzen Tag unterwegs sein wird. Ihr werdet auf dem Dachboden erwartet.«

Daan spürte, wie er rot wurde. Seit Benjamin fort und sein Vater mit Bauprojekten und politischem Strippenziehen beschäftigt war, mussten er und Antje nicht mehr hastig und geheim ihre Zeit stehlen, sondern konnten das Beisammensein genießen. Auf dem Speicher ihres Hauses an der Prinsengracht richtete Antje ihnen so oft wie möglich ein Liebesnest ein. Wie gerne würde er mit ihr gehen! Verlegen sah er sich um. »Vielleicht später. Ich muss diese Vermessung fertigstellen. Ich bin noch nicht zufrieden mit meiner Arbeit«, sagte er.

Antje lächelte ihn aufmunternd an. »Du musst nicht immer so an dir zweifeln! Ich bin gestern am Kloveniersburgwal vorbeigekommen und habe mir das letzte Haus angeschaut, das du gebaut hast. Es ist wirklich schön geworden. Du bist ein großartiger Architekt.«

Ihre Worte taten ihm gut. »Ich bin froh, dass der Bauherr zufrieden ist. Allerdings ist der schwimmende Keller noch nicht ganz dicht, und auch am Dachstuhl gibt es noch einige Probleme mit der Statik.«

Sie neigte sich zu ihm, sodass sie sich wie beiläufig berührten. Hitze stieg ihm zu Kopf. »Nicht doch. Das sind Kleinigkeiten. Du kannst stolz auf dich sein. Du solltest deine eigenen Entwürfe unter die Leute bringen und in deinem eigenen Namen arbeiten. Aus dem Schatten deines Vaters treten.«

»Meinst du?«

Sie nickte. »Du würdest schnell zu einem begehrten Architekten werden. Einem Architekten mit einer eigenen, angesehenen Familie.«

Daans Brust weitete sich. Wie gut sie ihm tat! »Ja, das wäre schön.«

»Lass uns in die Prinsengracht gehen. Ich möchte mit dir die Zeit genießen«, wisperte Antje. »Und mit dir sprechen.«

Erneut kamen Passanten vorbei, Stimmen hallten durch die Gasse. Sein Blick fiel auf das kunstvolle Portal des Spinnhauses. »Erschrick nicht! Ich räche nicht Böses, sondern zwinge zum Guten. Hart ist meine Hand, doch liebreich mein Gemüt«, hatte Pieter Cornelisz Hooft für die gefallenen Frauen gedichtet, die hier untergebracht waren.

Daan brachte ein wenig Abstand zwischen sich und Antje, was ihm schwerfiel. »Vater hat mir auch noch Aufgaben aufgetragen, für den Fall, dass er morgen in die Vroedschap gewählt wird. Ist etwas Wichtiges?«

Mit dem nachsichtigen Lächeln, das er so an ihr liebte, schüttelte Antje den Kopf. »Das hat Zeit.«

***

Nervös eilte Michiel über Bickerseiland. Auf jedem Lagerhaus, an jedem Boot und auf jedem Karren war das Wappen der Bickers zu sehen. Er kam sich vor, als beträte er ein eigenes Königreich, was es in gewisser Weise auch war. Er war hier ein Eindringling, und doch musste er sein Glück versuchen. Morgen war der große Tag, morgen würden die neuen Mitglieder der Amsterdamer Vroedschap bestimmt werden. Noch immer war er nicht sicher, ob er unter den Auserwählten sein würde. Die Voraussetzungen dafür, ein Vroedman zu werden, erfüllte er natürlich längst. Er gehörte der reformierten Kirche an und besaß ein Haus. Zudem hätte er eigentlich auch schon früher auf den Sitz seines Vaters nachrücken können, denn die Plätze wurden zwar durch Hinzuwahl vergeben, oft genug aber auch vererbt.

Seit Monaten versuchte er, die Mitglieder des Magistrats für sich einzunehmen. Dabei vertraute er auf Argumente und kleine Gefälligkeiten. Bei einigen Familien hatte er allerdings auf Granit gebissen. Ohnehin war es aufreibend, seine politische Karriere voranzutreiben und gleichzeitig seinen Aufgaben als Architekt nachzukommen. Daan war ihm zwar eine Hilfe, aber Michiel fehlte der kreative Geist seines Sohnes Benjamin. Ohnehin vermisste er den Jungen sehr. Es war närrisch gewesen, Benjamin so lange wegzuschicken. Hoffentlich hatte er bei seiner Rückkehr seine Lektion gelernt. Michiel wusste nur zu gut, wie wichtig es war, verlässlich zu sein und das Wohl der Familie an die erste Stelle zu setzen. Sein leiblicher Vater hatte sich nie um ihn gekümmert, und hätten Vincent und Sandrine ihn nicht an Kindesstatt angenommen, wäre er vielleicht in der Gosse gelandet. Benjamin hatte bestraft werden müssen, so schwer es ihm auch gefallen war, ihn wegzuschicken. Und war es nicht die härteste Strafe überhaupt, Amsterdam verlassen zu müssen?

Vor dem gewaltigen Packhaus, über dessen Dach sich mittig der Turm erhob, hielt Michiel inne und massierte unsicher sein Ohrläppchen. Musste es wirklich sein? Konnte er es nicht einfach darauf ankommen lassen?

In diesem Augenblick öffnete sich die Tür, und drei junge Frauen kamen ihm plaudernd entgegen. Freundlich begrüßte er Wendela Bicker und ihre Schwestern, die ihrem Vater offenbar gerade einen Besuch abgestattet hatten. Die Heiterkeit der Damen verblasste bei seinem Anblick sichtlich, ihre Begrüßung war kaum mehr als höflich. Das schmerzte Michiel. Eine Zeit lang hatte er gehofft, Jouffrouw Wendela für sich oder einen seiner Söhne gewinnen zu können, aber er hatte ihre Liebenswürdigkeit wohl falsch gedeutet. Seit dem Angriff auf Amsterdam konnte er froh sein, wenn die Bicker-Brüder ihn überhaupt wahrnahmen, vor allem seit sie wieder in Amt und Würden waren.

Ein Diener führte Michiel durch das Haus zur Wendeltreppe. Als Michiel den Turm erklommen hatte, war er außer Atem. In seinem Hals kratzte ein Hustenreiz, den er zu unterdrücken versuchte.

Jan Bicker wandte ihm den Rücken zu und sah auf den Hafen hinaus. Michiel hüstelte. Noch immer wandte Bicker sich nicht um. »Eine erhebende Aussicht, nicht wahr? Ich sehe als Erster, wenn meine Schiffe aus Ost- oder Westindien oder von der Sundfahrt zurückkehren, voll beladen mit Waren, die den Reichtum meiner Familie mehren.«

Auf Bickers Wink hin wagte Michiel es, sich zu ihm zu gesellen. Ihm war unbehaglich zumute. Beinahe sein ganzes Leben hatte er sich im Schatten seines Ziehvaters wohlgefühlt. Dass er im letzten Jahr derart ins Kreuzfeuer geraten war, bereitete ihm oft schlaflose Nächte.

Jan Bicker blickte ihn von der Seite an. »Ich habe Euren Vorschlag geprüft, Aard. Es ist ein gutes Geschäft, das Ihr und Euer Cousin mir anbietet.«

»Samuel und ich haben lange überlegt, wer für einen derartigen Handel infrage käme. Natürlich steht Ihr und Eure Brüder – «

»Ihr braucht mir keinen Honig ums Maul zu schmieren.«

Pikiert sah Michiel über den geschäftigen Hafen Amsterdams und die Spitze des Haarlemmerpoort.

»Meine Brüder und ich wissen genau, was Ihr wollt«, fuhr Bicker fort. »Falls wir Euch unterstützen – ich sage: falls –, müssen wir sicher sein, dass Ihr auf unserer Seite seid. Dass Ihr uns das nächste Mal nicht verratet. Ihr wisst, welches Ziel wir bei der Großen Versammlung im Haag anstreben?«

Natürlich wusste Michiel es. Und es bereitete ihm Bauchschmerzen, weil Samuel genau das verhindern wollte. Er würde also einmal mehr zwischen den Fronten stehen. »Ihr möchtet keinen neuen Statthalter.«

»So ist es. Wenn Holland entscheidet, keinen Nachfolger des verstorbenen Prinzen zu benennen, werden andere Provinzen folgen. Und wer hat dann die Macht in den Generalstaaten?«

Beinahe wären Michiel vor Stolz und Freude die Tränen gekommen, als er am nächsten Tag die Hand auf die Staatenbibel legte und den Eid sprach. Wie sehr er bedauerte, dass sein Vater diesen Moment nicht erleben konnte! Und auch Benjamin war nicht da, um mit ihm zu feiern. Dennoch würde er den Empfang genießen. Von nun an würde er die Politik an die erste Stelle stellen, damit er seinen Söhnen den Weg ebnen konnte. Anders als er sollten sie nicht um ein politisches Amt kämpfen müssen. Er würde sich allerdings überlegen müssen, wie er Samuel schmackhaft machen konnte, was er versprochen hatte. Oder sollte er verschweigen, dass er dem neugeborenen Prinzchen die ererbten Rechte nehmen wollte?

Erfreulicher war die Aussicht, sich als Mitglied des angesehenen Amsterdamer Magistrats nach passenden potenziellen Schwiegertöchtern umsehen zu können, mit deren Hilfe er ihr Familiennetzwerk vergrößern könnte. Daan musste dringend unter die Haube, und auch Benjamin sollte schnellstmöglich zurückkehren …

***

Durch das Gaubenfenster des Dachbodens war ein Stück Amsterdamer Himmel zu sehen. Zwei Kristallgläser und eine Karaffe funkelten im Kerzenschein. Ihr Versteck auf dem Speicher wirkte beinahe edel. Antje trug das Kleid, das Daan ihr geschenkt hatte, das sie jedoch in der Öffentlichkeit nicht zu tragen wagte.

»Ich dachte, wo wir doch etwas zu feiern haben ...«, sagte sie lächelnd.

Daan schloss sie in die Arme und küsste sie leidenschaftlich. Nichts wünschte er sich mehr, als bei ihr die Last zu vergessen, die sich in den letzten Stunden auf seine Schultern gesenkt hatte. Sicher, es war ein aufregender Tag mit erhebenden Zeremonien gewesen. Aber dann hatte sein Vater von seinen Plänen für ihn und Benjamin berichtet. Von Benjamin, der schon bald nach Amsterdam zurückkehren sollte. Benjamin, den sein Vater so sehr vermisste. Benjamin mit seinem enormen Talent ...

Antje entkleidete ihn, während sie ihn weiter liebkoste. »Hast du mit deinem Vater gesprochen?«

»Über uns?«

»Ja, natürlich – du Dummerjan«, schalt sie ihn sanft und drückte ihn auf das Lager, das sie ihnen so liebevoll bereitet hatte.

Daan wollte nicht darüber reden. Zumal sie ihn weiterhin mit Küssen bedeckte und er kaum einen klaren Gedanken fassen konnte. »Noch nicht ... aber ich werde es –«

»Du hast versprochen, bald mit ihm zu reden.«

Antje hatte seinen Bauchnabel erreicht. Daan stöhnte auf. *Nur nicht daran denken!* Sein Vater würde niemals zulassen, dass er Antje heiratete – sosehr er sie auch liebte. Zu weit unter seinem Stand war sie; eine Ehe wäre blamabel, eine Schande für seine Familie. Spätestens jetzt, wo Michiel in die Vroedschap aufgenommen worden war, war dieser Traum ausgeträumt. Und, ehrlich gesagt, war er vermutlich zu feige, um für seine Liebe zu kämpfen.

Antje lüpfte den Rock und ließ sich mit einer geschmeidigen

Bewegung auf ihn gleiten. Schwer atmend strich Daan über ihre Brüste, ihre vollen Hüften.

Lächelnd sagte sie: »Sprich mit deinem Vater. Es wird Zeit.«

***

Im Keller am Vorsetzen unterdrückte Ursula ihren Husten, aber Lucia hörte ihn dennoch. Drei Wochen nach der Sturmflut waren in Hamburg noch immer nicht alle Schäden beseitigt. Sie hatten ihre Betten wiedergefunden, aber ihr Tisch und ein Stuhl blieben verschwunden. Die Wände waren feucht, genau wie der Boden; es schien, als schwitzten sie Elbwasser aus. Jetzt, im März, war es noch kalt, und Feuerholz war beinahe unerschwinglich. Das einzig Gute war, dass Tobias oft im Pfarrhaus unterschlüpfen konnte. Dass Häuser ausgebessert werden mussten und sie daher trotz der Witterung Steine verkauften. Und dass Benjamin ihnen half. Er hatte ihnen mehrmals Feuerholz oder etwas zu essen vorbeigebracht, beiläufig, als hätte er es irgendwo gefunden und wüsste nicht, wohin damit. Als würden sie ihm einen Gefallen tun, wenn sie es ihm abnahmen. Dennoch beschämte seine Geste sie. Ab und zu hatten sie sich im Geheimen getroffen, hatten geredet und nicht gewagt, einander zu berühren.

Lucia war hin- und hergerissen. Ihr Herz schlug wie verrückt, wenn sie ihn sah, und sie wünschte sich nichts mehr, als dass er sie in die Arme schließen möge. Gleichzeitig wusste sie um ihre Verletzlichkeit. Benjamin mochte sie mögen, ja, er mochte sogar in sie verliebt sein. Aber irgendwann würde er nach Amsterdam zurückkehren und ein anständiges Mädchen aus gutem Hause heiraten. Und sie? Säße im Zweifelsfall mit gebrochenem Herzen und einem Kind im Leib da. Nein, darauf würde sie sich nie und nimmer einlassen.

Leise zog Lucia sich an. Ihre Kleider waren klamm und stanken nach Muff; sie konnte es nicht ändern. Als ihre Mutter eingeschlafen war, nahm sie den Korb und schlich hinaus.

Lucia hörte Schritte, sah aber nicht auf. Endlich war der kleine Würfel auf ihrem Arbeitstisch fest. Sie hatte Kalk und Gips in unterschiedlichen Zusammensetzungen ausprobiert, hatte Buttermilch in verschiedenen Zuständen verwendet, nichts hatte funktioniert. Zuletzt hatte sie Knochenleim genommen, und siehe da …

»Jungfer Lucia?«

Sie riss sich los. Pavel stand bereits neben ihr. Sein Geruch nach geronnener Milch stieg ihr in die Nase, und sie rückte ab. Was wollte er? Unwillkürlich verschränkte sie die Arme vor der Brust. So nah kam er ihr doch sonst nie. »Was gibt's?«

»Ich wollte mit dir reden, wegen …« Pavel drehte seine Mütze zwischen den Händen. »Du und deine Mutter, ihr wisst ja, dass es nicht mehr lange dauert, bis das Amt mich als Meister aufnimmt.«

Darüber hatten Lucia und Ursula oft gesprochen. »Wir werden dir natürlich etwas mehr bezahlen. Aber wenn du ein viel besseres Angebot bekommst, verstehen wir natürlich –«

»Das ist es nicht. Ich wollte fragen, ob du mich heiraten willst«, unterbrach er sie.

Lucia war wie vor den Kopf geschlagen. Sie sprang auf, stieß gegen den Tisch. Dann starrte sie zu Boden – ihr Kalkwürfel war heruntergefallen und zerbröselt. Ärgerlich schritt sie darüber hinweg und zur Tür. Hielt inne. Sie konnte Pavel nicht so zurücklassen, ohne ein Wort. Sie wollte sich umwenden, aber da war er schon hinter ihr. Lucia spürte seinen Atem in ihrem Nacken.

»Ich kenne eure Geschäftspartner, eure Kunden. Ich war deinem Vater immer treu ergeben. Und dich kenne ich, seit du ein kleines Mädchen warst.«

Eben!, schrie es in Lucia. »Du bist ein guter und treuer Geselle«, sagte sie fest. »Aber ich kann dich nicht heiraten.«

Pavels Hand war plötzlich auf ihrer Hüfte. Seine Stimme klang rau. »Es wäre das Beste, für uns alle. Überleg es dir.«

Schon machte sie einen weiteren Schritt, drehte sich um. Fest sah sie ihm in die Augen. »Das brauche ich mir nicht zu überlegen. Ich werde dich nicht heiraten.«

Abends traf sie Benjamin am Elbufer. Da sie es wegen der knappen Öffnungszeiten und der vielen Arbeit nicht in die Bibliothek schafften, hatten sie sich stillschweigend einen neuen Treffpunkt gesucht. Lucia trug Hosen, um nicht unnötig aufzufallen. Ihren Rock hatte sie zusammengerollt unter ihren Arm geklemmt. Der kalte Wind schnitt ihnen ins Gesicht, sorgte aber gleichzeitig auch dafür, dass der Strand menschenleer war. Nur in der Ferne glühten die Feuer der Trankocher. Sie wollte Benjamin von Pavels Antrag berichten, aber dieser redete aufgeregt über einen Brief, den er aus seiner Heimat bekommen hatte.

»Und stell dir vor, Amsterdam ist ebenfalls von einer Sturmflut heimgesucht worden«, berichtete er. »So heftig war sie, dass zwei Deiche gebrochen sind und ein großer Teil der Stadt überschwemmt wurde! Glücklicherweise ist meiner Familie nichts passiert.«

Lucia fragte nach, ließ sich alles genau beschreiben. Das tat sie nicht nur, um Benjamin zu gefallen; es interessierte sie wirklich. In Hamburg und Umgebung beseitigten Bauarbeiter noch immer die Schäden jener Nacht. Der Hamburger Stadtbaumeister Grönfeldt hatte sogar in das Hamburger Amt Ritzebüttel reisen müssen, um dort Schäden zu beheben. Ein Drittel des Anlegers von Cuxhaven war durch die Flut zerstört worden. Jetzt würde der Deich verlegt werden müssen.

»Leider hat mein Bruder mir noch immer keine Informationen über die Herstellung von künstlichem Marmor geschickt. Was machen deine Experimente?«, riss Benjamin sie aus ihren Gedanken.

»Heute sah der Kalkwürfel gut aus. Aber dann zerbrach er. Ich vermute, dass eine Zutat fehlt. Oder man muss die Masse im Brennofen härten …«

»Das muss doch herauszufinden sein! Wenn Daan mir nicht behilflich sein will, werde ich eben jemand anderen anschreiben. Spätestens wenn ich zurück in Amsterdam bin, werde ich es herausfinden«, sagte Benjamin entschlossen. »Für Mijnheer van Vos muss ich aus dem wenigen Gestein, das wir kaufen konnten, das Beste machen. Da wäre künstlicher Marmor perfekt.«

»Andernfalls ist deine Geschicklichkeit als Architekt gefragt. Dann musst du den wenigen Marmor bestmöglich einsetzen.«

Da Lucia vor Kälte zitterte, machten sie sich auf den Rückweg. Nun fasste sie sich doch ein Herz und berichtete Benjamin von dem Gespräch mit Pavel. Insgeheim hoffte sie, dass er ihr ebenfalls einen Antrag machen würde.

Benjamin schwieg lange und sah auf die Elbe hinaus, wo die letzten Schiffe in den Hafen einliefen. »Pavel ist ein guter Geselle. Und wenn du ihn willst ...«, begann er schließlich.

»Ich will ihn nicht! Um Gottes willen – wie kannst du das nur denken? Ich will ...« Sie stockte. Keinesfalls wollte sie um seine Liebe betteln.

Benjamin sah sie an. Er öffnete den Mund, sagte aber nichts. Dann nahm er ihr Gesicht in seine Hände. Nur zart berührten seine Fingerspitzen sie.

Lucia hielt sein Schweigen kaum aus. Sprich!, schrie es in ihr. Doch dann küsste er sie, und dieser Kuss war so schön, dass sie ihre Gefühle nicht zerstören mochte, indem sie ihn bedrängte. Eine lange Zeit standen sie ineinander verschlungen da. Seine Wärme tat ihr gut, und sie wünschte sich, mehr davon zu spüren. Vielleicht gab es ja trotz aller Hindernisse Hoffnung.

Mit einem Satz holte Benjamin sie auf den Boden der Tatsachen zurück. »Vater hat mich nach Amsterdam zurückberufen. Er ist in die Vroedschap gewählt worden und wird sich nun mit voller Kraft seiner politischen Laufbahn widmen. Sobald das Haus am Brook fertiggestellt ist, soll ich zurückkehren. Mein Bruder wird heiraten.

Sie haben eine gute Frau für ihn gefunden, eine angemessene Verbindung, die uns nützlich sein wird, schreibt er.«

Lucia schwieg. Wollte er ihr damit sagen, dass sie keine gute Verbindung war? Dann erst begriff sie das Gehörte, und das Herz wurde ihr schwer. »Wirst du irgendwann nach Hamburg zurückkehren?«

Benjamin lächelte sie aufmunternd an. »Auf jeden Fall! Ich habe viele Anfragen von Hamburgern, die sich ein Haus im Amsterdamer Stil wünschen. Dennoch muss ich der Aufforderung meines Vaters nachkommen.«

29

S'Gravenhage, April 1651

Samuel hatte seinen Sekretär für heute entlassen. Niemand sollte sehen, wie sehr ihm seine derzeitige Lage Sorge bereitete. Immer wieder durchpflügte er seine Geschäftsbücher und seine Korrespondenz. Wie so viele Standespersonen ließ auch er sich beim Begleichen der Rechnungen Zeit; schließlich war er kreditwürdig. Doch jetzt waren hohe Rechnungen für die Kutsche, bei Schneidern, für Bücher und sein neues Teleskop aufgelaufen. Viel Geld hatte er für Möbel, Porzellan und Gemälde ausgegeben. Vor allem aber hatten die Leihgaben an König Charles den Jüngeren und die Investition bei Prinz Wilhelms Angriff auf Amsterdam große Löcher in seinen Geldbeutel gerissen – und es war fraglich, ob er das Geld je wiedererhalten würde. Ja, er hatte in den vergangenen Jahren deutlich mehr ausgegeben, als er eingenommen hatte.

Sein Vater hatte ihm einen weit gestreuten Besitz vermacht. Der Grundbesitz brachte wenig Geld ein, die beweglichen Güter hingegen schon, und die Investitionen in die Handelsreisen der Ostindischen Kompanie sorgten regelmäßig für hohe Gewinne. Die Anteile an der Westindischen Kompanie waren allerdings kaum der Rede wert, lediglich der Tabak- und Zuckerhandel warfen Geld ab. Und der Schiffbau – sein Vater hatte gemeinsam mit seinem Onkel Vincent eine Firma besessen – war mit dem Friedensschluss zum Erliegen gekommen, da die meisten Kriegsschiffe verkauft oder in die Handelsflotte eingegliedert worden waren. Grundlage des Familienvermögens waren seit jeher die Produktion und der Handel mit Tuchen gewesen. In keinem europäischen Land konnten Tuche in einer derartig hohen Qualität wie in den Niederlanden hergestellt werden. Seine Manufaktur in Leiden und die Lieferungen seiner Verwandten in London sorgten gar für Tuche, die an Königshöfen begehrt waren und in Ost- und Westindien gegen kostbare Waren eingetauscht wurden. Doch seit das Land im Streit mit England lag, waren Verluste durch Kaperer und Beschlagnahmungen häufiger geworden. In der Leidener Manufaktur gab es offenbar technische Probleme. Und jetzt hatte er auch noch diesen ärgerlichen Brief von seinem Londoner Cousin erhalten ...

Missmutig blickte Samuel durch das Fenster auf die kargen Äste seiner Gartenpflanzen. Er hätte sich längst seinen Finanzen widmen müssen, aber in den letzten Monaten hatte so viel anderes seine Aufmerksamkeit gefordert: Beratungen über Politik, Festivitäten mit seinen Freunden, Schlittenfahrten mit Mademoiselle Charlotte und anderen Angehörigen des Hofes. Jetzt allerdings konnte er dieses Thema nicht länger aufschieben. Das Geld war knapp, die Kreditoren bedrängten ihn.

Er würde seine Porträtsitzung mit Jan Lievens absagen müssen, auch hatte er vorgehabt, sich ein Wappen erstellen zu lassen. Kurzfristig Besitz zu verkaufen, kam nicht infrage; zu viel würde er verlieren. Viel sinnvoller wäre es, noch Land hinzuzukaufen, um so seine Titel zu mehren. Nein, es blieb ihm nichts anderes übrig. Er würde sich um seine Finanzen kümmern müssen, sonst wäre er schnell aus seinem illustren Haagener Kreis verbannt, und alles, was er an gesellschaftlicher Anerkennung errungen hatte, wäre verflogen.

Als Samuel die vielen englischen Schiffe im Kanal zwischen Calais und Dover sah, war er froh, in einem niederländischen Konvoi zu reisen. Im Schutz von Begleitschiffen musste er wenigstens nicht fürchten, bei einem Piratenüberfall angegriffen und vielleicht getötet zu werden. Ob auch die Ankündigung seines Cousins, dass die nächste Tuchlieferung ausbleiben würde, mit diesen Handelshindernissen zu tun hatte?

Er hatte sich vorgenommen, seine Tuchmanufaktur auszubauen. Auch hatte er zwischenzeitlich Benjamins Informationen genutzt und sich über Senhor Teixeira an einem Hamburger Walfangschiff beteiligt und seine Anteile am Kupferhandel erhöht. Daneben war zu überlegen, ob er nicht doch noch in Nieuw Nederland investierte, das ein gewisser Adriaen van der Donck derzeit im Haag als gelobtes Land pries …

Beim gemeinsamen Mahl in der Kapitänskajüte hörte Samuel sich um, welche Geschäftsfelder seine Mitreisenden für besonders lukrativ hielten. Immer wieder wurden Sklavenhandel und Waffengeschäfte genannt, wofür Samuel sich jedoch nicht erwärmen konnte.

»Wenn Ihr mich fragt, wird es zum Krieg zwischen England und den Generalstaaten kommen«, sagte gerade einer seiner Mitreisenden. »Die Engländer ertragen es nicht, dass wir erfolgreicher sind als sie. Dabei wäre ein Krieg zwischen zwei republikanischen Staaten eine Schande.«

»Zumal diese durch Blutsbande verbunden sind«, bemerkte Samuel. »Schließlich ist unser Prinzchen mit dem rechtmäßigen englischen König verwandt.«

»Richtig. Und doch kann es zum Seekrieg kommen. Da geht es weder um die Religion noch um die republikanische Haltung. Da geht es nur ums Geld. Und dann gnade uns Gott!«

»Ich denke, unsere Flotte ist die Beste der Welt. Habt Ihr Zweifel, dass wir die Engländer besiegen könnten?«, fragte Samuel.

Der Kapitän lachte bitter. »Ich glaube kaum, dass wir eine anständige Kriegsflotte zusammenbekommen. Zu viele unserer Schiffe wurden verkauft. Die Engländer hingegen haben im letzten Jahr den Handelsschiffen eine Steuer auferlegt, um die Konvoischiffe zu finanzieren. Diese Schiffe würden auch eine treffliche Kriegsflotte abgeben.«

Samuel fragte noch einmal nach, wechselte dann aber das Gesprächsthema. Der Handel zwischen England und den Niederlanden war einfach zu wichtig, als dass man ihn gefährden würde. Kein klar denkender Mensch würde einen Krieg riskieren. Außerdem wusste er, wie eingehend Johan de Witt derzeit mit dem englischen Botschafter über ein Abkommen verhandelte. Diese Verhandlungen waren von Unruhen überschattet gewesen, denn die englische Delegation war von Royalisten begleitet worden, die immer wieder mit niederländischen Republikanern aneinandergeraten waren. Man hatte die Fenster der Gesandtenwohnung mit Steinen eingeschmissen und die Gesandten mit Kot beworfen. Selbst für den Herzog von York, den Bruder von König Charles II. und Princess Mary, war es brenzlig geworden. Schließlich hatte der Herzog s'Gravenhage verlassen müssen. Vor allem in einer Frage hatten die Unterhändler sich nicht einigen können: Cromwell verlangte, dass die Niederlande die Stuarts von der englischen Thronfolge ausschlossen, das aber lehnten die Niederlande ab.

Samuels letzter Besuch in London war Jahre her, und er war schockiert über den Zustand der Stadt, dessen er bei seiner Ankunft ansichtig wurde. Wenig erstaunlich, dass die Engländer die Holländer beneideten! London war ein Moloch. Die meisten Häuser bestanden aus Holz oder Fachwerk, die Gassen waren eng und schmutzig. Überall drängten sich Menschen, die meisten wirkten elend. Natürlich war London nach wie vor ein Mekka des Handels, doch niederländische Waren dominierten überall.

Zunächst suchte Samuel den niederländischen Botschafter auf, um ihm einen Brief von Johan zu überbringen. Die offizielle Gesandtschaft würde noch etwas auf sich warten lassen, und noch war nicht verlautbart worden, dass Jacob Cats, einer der Emissäre, seinen Rückzug angekündigt hatte.

Danach begab sich Samuel zur Tuchhandlung seines Cousins. Doch das Gespräch verlief unerfreulich. Offener denn je sprach ihm der Cousin das Recht ab, überhaupt Anspruch auf das Erbe seiner Eltern zu haben; als ehemaligem Waisenkind stünde es ihm nicht zu, behauptete er. Tief beschämt und ohnmächtig vor Wut brach Samuel den Besuch ab. Erreicht hatte er nichts. Würde er über kurz oder lang auch auf diesen Teil seines Geschäfts verzichten müssen? Was war mit den Anteilen, die er am Tuchhandel des Cousins besaß?

Nicht einmal die Aussicht, sich in der Stadt umsehen und mit einigen Gelehrten zusammentreffen zu können, heiterte ihn auf. Schließlich lief er doch noch durch die Einkaufsstraßen, kehrte in Kuriositätenläden und Buchhandlungen ein. Er fand allerdings wenig Erbauliches. Überall fielen ihm Schmähschriften gegen die Niederländer ins Auge, vor allem das Amboyna-Massaker wurde ausgiebig ausgeschlachtet. Dass die Engländer nun diese alte Geschichte wieder herauskramten …

Angesichts dieser Feindseligkeit erschien ihm der Gedanke an einen Seekrieg auf einmal nicht mehr so weit hergeholt. Wenn es so weit ist, sind Schiffe gefragt, sinnierte er. Vielleicht sollte er doch Ländereien verkaufen und vermehrt in Schiffbau und Holz investieren …

30

Der Bombaas und seine Helfer trieben die Sklaven aus dem Rumpf des Schiffes ans Tageslicht. Sie schleppten sich hoch, erschöpft, mit entzündeter Haut, schlaffen Gliedern und zusammengekniffenen Augen. Die meisten waren abgemagert, denn sie hatten die Rationen streng begrenzen müssen. Manche Sklaven hatten das Essen auch verweigert. Sie hatten anscheinend Angst, dass sie gemästet und an Menschenfresser verkauft würden. Ihnen musste man mit einer Zange den Mund aufsperren und den Brei hineinzwängen; zu kostbar war ihr Leben. Dennoch konnte Theo ihnen den Widerwillen kaum verdenken. Für die Sklaven gab es zweimal täglich Gerstenbrei und getrocknete Erbsen oder Bohnen, dreimal in der Woche bekamen sie Schiffszwieback, ab und zu Brandy oder Tabak, aber nur aus gesundheitlichen Gründen. Inzwischen waren die Vorräte erschöpft, und wenn nicht bald Land in Sicht käme, würden sie alle zusammen verhungern und verdursten. Nicht einmal das Regenwasser konnte getrunken werden, weil es zu sehr nach Teer schmeckte und Durchfall verursachte. Das war allerdings nichts im Vergleich zu dem Bilgenwasser, das so gefährlich roch, als könne man damit den Teufel vergiften.

Nur wenige Stunden täglich bekamen die Sklaven die Sonne zu sehen. Theo zog sich den Hut weiter ins Gesicht, als könnte er sich so vor dem Elend schützen, das ihm jeden Tag und zu jeder Stunde begegnete. Nachdem sie Fort Elmina verlassen hatten, waren sie wochenlang die Goldküste entlanggesegelt, bis sie ihre Ladung beisammen hatten. Viele der Festungen waren nicht mehr als einfache

Holzsiedlungen mit Wall und Palisaden, aber immerhin mit Kanonen bestückt. Hier hätte auch ein Architekt wie Benjamin genug zu tun, war es Theo durch den Kopf gegangen. Allerdings hätte er seinen Cousin nie in diese Hölle geschickt. Zu dieser Zeit hatten starke Regenfälle eingesetzt, und das Schiff und die Segel waren von der ständigen Nässe spakig geworden. So rostig wurde jedes Metallteil am Schiff, dass die Matrosen gar nicht mit dem Polieren nachkamen.

Aber die Abreise von der Goldküste war auch schon wieder hunderteinundzwanzig Tage her. Seitdem waren sie auf See, und mit jedem Tag hatten sich die Zustände verschlechtert. Dicht an dicht lagen die Menschen unter Deck. Täglich starben einige von ihnen an Krankheiten oder siechten dahin. Auch die Mannschaft hatte Verluste erlitten. Als der Rotlauf grassierte und etliche aus dem Leben riss, hatte es auch Kwick erwischt. Am liebsten hätte Theo den Wundarzt nicht versorgt, sosehr verabscheute er ihn inzwischen für seine kalte Grausamkeit. Gemeinsam mit Leif hatte er ihn dennoch am Leben gehalten. Dann war er selbst erkrankt. Tagelang war er dahingedämmert, hatte nur Leifs und Yoricks Gesicht in seinen Fieberträumen aufblitzen sehen. Seither war er nicht derselbe. Abgemagert, mit wucherndem Bart und verdreckt. Vor allem aber war es, als sei seine innere Schutzmauer eingestürzt, als beschmutzte das Elend seine eigene unsterbliche Seele.

Während die ersten Sklaven mit Meerwasser abgespritzt oder geschoren wurden, kamen die Frauen und Kinder an die Reihe. Der Bombaas befahl einem Sklaven, die Trommeln zu schlagen, die sie aus Elmina mitgebracht hatten. Sie sollten tanzen, um ihre Laune zu heben und sie in Bewegung zu halten. Doch es war ein grausiges Spektakel, ein wahrer Totentanz, angefeuert durch das Knallen der Peitsche.

Theo kontrollierte gewissenhaft den Zustand der Sklaven, trennte die Kranken von den Gesunden und versorgte die Wunden. Es war nicht die Gefangenschaft allein, die ihnen zusetzte. Obgleich die Männer in Ketten lagen, gerieten sie wegen der Enge und der Verzweiflung in Streit und fielen sich gegenseitig an. Manche erdrosselten sich selbst mit den eigenen Ketten. Theo tat, was er konnte, um ihr Leid zu erleichtern. Viel war es indes nicht.

Auf einmal ertönten verzweifelte Schreie, und jemand rief nach einem Arzt. Kwick gab Theo einen Wink, und dieser eilte sofort die Stiege hinab. Unter Deck war es heiß und stinkig. Es war kaum mehr Raum, als ein Mann in einem Sarg haben würde, und oft lagen tote Sklaven zwischen den Lebenden. Wo es bereits leer war, fingen die Matrosen an, die Decks mit Essig zu reinigen und gegen die üblen Gerüche Schießpulver zu verbrennen.

In einer Ecke beugte sich eine Frau verzweifelt weinend über ein Kind. Theo erkannte sie sofort. Es war die erste Sklavin, die er hatte untersuchen müssen. Tag für Tag hatte er zusehen müssen, wie ihr Stolz und ihre Entschlossenheit vergangen waren. Wie so viele Sklavinnen hatte auch sie wohl den Matrosen und Soldaten zu Willen sein müssen. Jetzt sah er in ihrem Gesicht nur noch unsagbares Leid.

Als sie ihn erkannte, rückte sie ein Stück beiseite, als hoffte sie, dass er helfen könnte. Doch es war zu spät. Das Kind war tot, seine Augen trüb, das Herz schlug nicht mehr. Theo sah sie an und sagte in den Brocken ihrer Sprache, die er aufgeschnappt hatte, dass es keine Hoffnung mehr gab. Die Frau heulte auf und schrie, packte ihr Kind und presste es an sich. Widerstandslos ließ sie sich an Deck führen. Als ihr dort das Kind abgenommen werden sollte, um es der See zu übergeben, wehrte sie sich erbittert. Ein Helfer schlug sie schließlich mit der Peitsche, um ihr das Kind aus den Armen zerren zu können.

Theo konnte vor Entsetzen nicht an sich halten. »Hör auf damit! Hast du denn kein Herz!«, ging er dazwischen.

Zu seiner Überraschung gehorchte der Kerl. Und so nahm

Theo den kleinen Körper an sich, sprach ein Gebet, das den toten Sklaven sonst verwehrt blieb, und ließ ihn über die Reling ins Wasser gleiten. Die Haie würden sich seiner annehmen. Schon seit Langem umkreisten sie das Schiff, im Wissen, dass hier oft etwas zu holen war.

Plötzlich hörte Theo hinter sich einen erstickten Aufschrei, dann nahm er im Augenwinkel eine Bewegung wahr. Mit erstaunlicher Schnelligkeit war die Sklavin an die Reling gelaufen und kletterte hinüber. Ehe er oder ein anderer sie aufhalten konnte, hatte sie sich in die Tiefe gestürzt.

»Hinterher! Holt sie da raus!«, brüllte der Bombaas. Sofort machten sich die Matrosen auf den Weg zu den Beibooten.

Schockiert beugte Theo sich über die Reling. Kurz sah er das dunkle Haupt der Frau über den Wellen. Doch schon waren die Flossen und die gewaltigen Leiber der Haie im durchscheinenden Wasser zu erkennen. Die Sklavin starb, ohne noch einen Laut von sich zu geben, zerfetzt in den Weiten des Ozeans. Es war nicht der erste Selbstmord, aber für Theo änderte er alles.

»Wir haben zu tun! Nicht trödeln!«, rief Meester Kwick ihn zur Ordnung.

Den Rest des Tages kam Theo wie betäubt seiner Arbeit nach. Viele waren auf dieser Reise bereits gestorben. Jetzt aber konnte er die Gewissheit nicht mehr zurückdrängen: Er stand im Dienst einer falschen Sache.

Bis abends ging er allen aus dem Weg, so gut es auf diesem Schiff möglich war. Plötzlich spürte er jemanden neben sich.

»Ich fürchte, ich bin heute keine gute Gesellschaft«, sagte er abweisend.

Yorick schwieg einen Augenblick. »Freundschaft besteht nicht nur darin, gemeinsam Spaß zu haben, sondern bedeutet ebenso, einander in schwierigen Zeiten beizustehen. Schwülstig, nicht wahr?« Er lachte so glucksend, dass es Theo ein wenig aufheiterte.

»Nein, gar nicht.«

In diesem Augenblick zogen Jubelschreie ihre Aufmerksamkeit auf sich. In der Ferne waren die versprengten Lichter und Leuchtfeuer einer Insel zu sehen. Endlich!

31

Zur Einweihung des Hauses lud Mijnheer van Vos zu einem großen Fest. Für die Lieferanten und Arbeiter gab es draußen Speis und Trank, für die hohen Gäste im Inneren.

»Die Gliederung der Fassade mit Kolossalpilastern folgt der ionischen und korinthischen Ordnung«, erklärte Benjamin, als er die Gäste herumführte. Alle schienen von dem Bau beeindruckt, und auch Benjamin war zufrieden. Allerdings hatte er auf Wunsch seines Auftraggebers im Hinterhaus eine große Kaufmannsdiele anlegen müssen; das sei in Hamburg so üblich, hatte Mijnheer van Vos gesagt. Auf Benjamin wirkte diese Aufteilung altmodisch, aber er hatte das Beste daraus gemacht. Van Vos hatte versucht, ihn bei der Abschlusszahlung zu drücken. Als Benjamin allerdings auf der vereinbarten Abschlusssumme beharrt hatte, hatte der Kaufmann gelacht und ihm leutselig auf die Schulter geklopft; man könne es ja mal versuchen.

Nach Ende der Hausführung entdeckte Benjamin im Hof Lucia. Sie stand abseits der anderen Handwerker und wirkte ein wenig verloren, auch wenn sie vorhin kurz mit dem Verwalter des Kalkhofs geredet hatte. Benjamin hingegen hatte schon lange nicht mehr mit ihr gesprochen, zu sehr hatte die Baustelle ihn zuletzt gefordert. Und wenn er es doch einmal zu ihrem Treffpunkt ans Elbufer oder in die Bibliothek geschafft hatte, war sie nicht da gewesen. Er sehnte sich danach, mit ihr zu sprechen, konnte aber auch seine Geschäftspartner nicht brüskieren. Schon vor einiger Zeit hatte er vorgehabt, zu ihr zu gehen, doch immer wieder war er von Gästen angesprochen worden. Und war es nicht wichtig, seine Arbeit bestmöglich anzupreisen? Immerhin hatten schon mehrere Kaufleute ihr Interesse an seinen Entwürfen bekundet.

Gerade war zwischen Mijnheer van Vos und seinen Gästen eine hitzige Diskussion entbrannt. Die Feindseligkeiten der Engländer und Cromwells Drohungen gegen die Generalstaaten waren das beherrschende Thema. Eine Unverschämtheit, aber ernst zu nehmen. Was bedeuteten sie für Amsterdam, was für die Geschäfte seiner Familie, seines Onkels? Benjamin konnte es kaum erwarten, mit ihnen darüber zu sprechen.

»Was sagt Ihr zu dem Grundstück auf dem Reesendamm? Habt Ihr Euch die Fläche angeschaut?«, fragte Manoel Teixeira, mit dem van Vos ebenfalls in geschäftlicher Verbindung stand.

»Eine ausgezeichnete Lage. Es ist abzusehen, dass die Bürgerschaft der Stadt Hamburg bald weitere Flächen zur Bebauung erschließen muss. Damit würde der Reesendamm mit seiner exzellenten Lage an der Alster einen besonderen Reiz bekommen«, urteilte Benjamin und war selbst ein wenig erstaunt, wie gut er sich inzwischen in Hamburger Angelegenheiten auskannte.

»Ich werde mich an Euch wenden, wenn es so weit ist«, sagte Teixeira.

»Was wird dann aus Eurem Haus am Krayenkamp?«

»Wir werden es als Gästehaus nutzen, denke ich.«

Ein weiterer Kaufmann gesellte sich zu ihnen. »Als Holländer versteht Ihr Euch sicher auch auf die Trockenlegung? In meinem Besitz befinden sich einige Grundstücke am Stadtrand – aber Ihr wisst ja, diese Feuchtigkeit! Nicht umsonst heißt es, dass in und um Hamburg über einhundert Flüsse und Bäche fließen.«

»Ja, das Umland ist in einigen Landstrichen beinahe so feucht wie in den Niederlanden. Selbstverständlich kenne ich mich mit Einpolderung aus. Sobald ich zurück in Hamburg bin, können wir die Fläche gemeinsam begehen und die Bebaubarkeit prüfen.«

In diesem Augenblick sah Benjamin, wie Lucias Blick suchend

über die Fenster wanderte, dann wandte sie sich ab und eilte davon. Er entschuldigte sich bei seinen Gesprächspartnern und lief ihr hinterher. Als er auf die Straße trat, war Lucia bereits verschwunden. Sie wollte sicher zurück nach Hause. Zwei Ecken später holte er sie ein. »Lucia, warte!«

»Was willst du? Hast du nicht noch wichtige Verhandlungen zu führen?«, rief sie ihm über die Schulter zu.

»Es ging um einen weiteren Hausbau in Hamburg ... Ich dachte, du freust dich, wenn ich bald zurückkehre.«

Zornig stürmte sie weiter. »Das tue ich auch, aber –«

Er machte einen Satz, umfasste ihr Handgelenk und hielt sie auf. Sie fuhr herum. In ihren Augen schwammen Tränen.

»Ich werde nach Hamburg zurückkehren. Zu dir. Das verspreche ich«, sagte Benjamin.

Hart wischte sie sich über die Lider. »Das werden wir ja sehen. Mir bleibt ohnehin nichts anderes übrig, als hierzubleiben.«

Zum Feierabend hieß Benjamin den Karrenfahrer, das Bierfass direkt auf dem Michel-Bauplatz abzustellen. Voller Vorfreude kamen die Arbeiter näher, und auch Meister Corbinus trat aus der Bauhütte. »Womit haben wir das verdient?«, fragte er überrascht.

»Zum Dank dafür, dass Ihr mir Eure Freundschaft geschenkt und Euren Gesellen ausgeliehen habt. Ohne Hans wäre der Bau nicht so reibungslos verlaufen. Er wird ein ausgezeichneter Meister werden.« Benjamin sah, dass sein Freund rot wurde, und legte ihm ein wenig wehmütig die Hand auf die Schulter. Hans war in den letzten Wochen zwischen dem Haus- und dem Michel-Bau gependelt, da für einen Zimmermann gegen Ende der Bauarbeiten weniger zu tun gewesen war.

»Dann lasst uns das Fass anstechen!«, schlug Corbinus zur Freude seiner Arbeiter vor. Als sie getrunken hatten, fragte er: »So geht es also nach Amsterdam zurück?«

»Morgen ist es so weit. Ich habe jedoch verschiedene Anfragen von Hamburger Bauherren, sodass ich schon bald zurückkehren werde. Dürfte ich die letzten Baufortschritte sehen, ehe ich abreise? Ohne den Michel und …«, Benjamin stockte, »… ohne Euch wäre mein Hamburg-Aufenthalt nicht so erfreulich verlaufen.«

Nur zu gerne führten Corbinus und Hans ihn die neuen Außenmauern des Michel entlang, an denen sich Pilaster im toskanischen Stil in die Höhe schraubten. Benjamin war stolz, seine architektonische Handschrift wiederzuerkennen. Die Fenster waren jedoch unterschiedlich groß, was ihn störte. Als er das aussprach, lachte Corbinus gutmütig. »Das liegt an den Spendern, nach denen wir uns richten mussten. Manche haben eben gleich ganze Fenster gespendet.«

»Wie geht es mit dem Kirchdach weiter?«

»Die Kommission will Vorschläge sammeln. Ein zugezogener Baumeister aus Plauen macht sich gerade sehr wichtig. Aber ich habe ebenfalls meinen Entwurf eingereicht. Wenn Ihr wiederkommt, wissen wir sicher mehr.«

»Und der Turm? Ich habe da mal was gezeichnet …« Er übergab Corbinus seinen Entwurf. Benjamins Turm war schlank, mit drei übereinandergestellten Hauben und Kugeln zwischen Laternen und Haubenspitze.

Der Baumeister betrachtete ihn gründlich. »Sehr schön«, meinte er.

Benjamin dachte daran, wie er zum ersten Mal diese Baustelle betreten hatte, geschunden und verzweifelt, und Dankbarkeit überfiel ihn. Hier hatte sich sein Schicksal gewendet, und als in diesem Augenblick die Glocken der Michel-Kapelle zu läuten begannen, überzog eine Gänsehaut seinen Rücken.

Überall hatte Benjamin sich verabschiedet. Nur bei einer nicht, und so führte ihn sein letzter Gang vor der Abreise zum Vorsetzen. Er wollte gerne noch einmal allein und in Ruhe mit Lucia sprechen, obgleich er ein wenig trunken war. Schon vor dem Haus hörte er den keuchenden Husten ihrer Mutter. Ursula ging es schlecht, das wusste Benjamin von Hans, der ihm auch verraten hatte, dass Lucia viel Geld für den Arzt und Heilmittel ausgab. Noch ehe Benjamin die Treppe hinuntersteigen konnte, trat jemand aus dem Dunkel des Treppenaufgangs. Lucia, verkleidet, die Haare unter der Mütze versteckt, einen Bartschatten im Gesicht.

»Du? Das ist ja eine Überraschung.«

»Ich wollte dich vor meiner Abreise noch einmal sehen.«

»Ich habe nicht viel Zeit. Meine Mutter –«

»Hans hat es mir erzählt.«

Lucia schritt voraus. Benjamin folgte ihr, zunächst einigen Abstand lassend. Erst nachdem sie außer Sicht waren, schloss er zu ihr auf. »Wohin wollen wir?«

»Dorthin, wo wir unsere Ruhe haben. Und eine gute Sicht über die Stadt.«

Zu seiner Überraschung steuerte sie Sankt Nikolai an. Lucia näherte sich unauffällig dem Turmportal und fummelte daran herum. Ehe Benjamin in seinem angetrunkenen Zustand reagieren konnte, öffnete sich die Tür. Eilig zog sie ihn durch den Spalt. Dunkelheit und Kühle umfingen sie.

»Was tun wir hier?«, wisperte Benjamin, und spürte ihren Atem auf seinem Gesicht. Am liebsten hätte er sie geküsst, wagte es aber nicht. Dann bestünde die Gefahr, dass sie diesen Ausflug beenden, ihn sofort stehenlassen würde. Und das wollte er um jeden Preis verhindern.

»Dir an deinem letzten Abend eine besondere Aussicht bieten. Der Nachtwächter ist schon lange krank.«

»Aber der Turm ist eingestürzt.«

»Fürchtest du dich etwa?« Lucia lachte leise. Sie lief voraus zum Turmaufgang und die Wendeltreppe hoch. Als er ihre Hand ergriff, ließ sie es geschehen. Immer weiter stiegen sie empor. In das Ächzen der Holzstufen mischte sich bald das Rauschen des Windes. Schließlich erreichten sie das Geschoss, über dem der Sturm den Turm abgebrochen hatte. Benjamin blieb stehen und legte den Kopf in den Nacken. Jemand hatte das Dach notdürftig verschlossen, und doch konnte er durch eine große Lücke den Nachthimmel sehen. An der Wetterseite des Turms war das Holz morsch; vermutlich musste man diese noch stärker bauen und abdichten, um den Turm haltbarer zu machen. Ein weiterer Spalt in der Seitenwand gab den Blick über Stadt und Hafen frei.

Lucia setzte sich auf die Holzbohlen vor dem Spalt. Leicht streichelte der Wind die Haarsträhnen, die sich aus der Mütze befreit hatten. Sie sah wunderschön aus, fand Benjamin. Er kniete sich neben sie, hielt aber sorgfältig Abstand. Allein, ihre Wärme zu spüren, verwirrte ihn.

»Ich komme oft hierher. Vor allem, wenn ich traurig bin«, sagte sie rau. »Wenn ich dann auf die Stadt hinaussehe, ordnen sich meine Gedanken. Seltsam, oder?«

»Nein, gar nicht. Manchmal hilft es, die Perspektive zu verändern. Von oben auf etwas herabzublicken, statt mittendrin zu stecken, eingezwängt wie eine Ameise.«

Schweigend sahen sie auf den Hafen und die Elbe hinaus. Es war ein zauberhafter Anblick. Benjamin erinnerte sich, wann er zuletzt in großer Höhe gewesen war. Er erzählte Lucia, wie er in Amsterdam auf der Windmühle gewesen war und die Nachricht vom Angriff der Truppen mitbekommen hatte. Wie viel war seitdem geschehen ...

»Pavel hat meiner Mutter einen Heiratsantrag gemacht«, sagte Lucia unvermittelt. »Auf einmal hat er es eilig. Jetzt, als Meister, käme es ihm gut zupass, unseren Steinhof zu übernehmen.«

»Wie hat deine Mutter reagiert?«

»Sie will seinen Antrag annehmen. Ihre Kräfte haben stark nachgelassen.«

»Und du?«

»Mir graut davor, mit Pavel in einer Kammer zu wohnen. Vor seinen gierigen Blicken ...« Sie brach ab. »Solange es Mutter schlecht geht, wird ohnehin nicht geheiratet.«

Benjamin streichelte ihre Hand. Er wollte sie trösten. »Soll ich hierbleiben?«

»Und dann? Du kannst mir nicht helfen.«

»Ich könnte ...« Sie heiraten? Er war noch nicht einmal volljährig. In Holland konnten Eltern bei Mesalliancen rabiat vorgehen und ihre eigenen Kinder vor Gericht zerren. Und was sollte er dann tun? Würden seine potenziellen Auftraggeber ihm treu bleiben, wenn er von seinem Vater angeklagt, ja, sogar verstoßen wurde? Im Zweifelsfall würden sie beide in Armut leben.

»Nicht einmal mit dem Stuckmarmor komme ich weiter. Falls du in Amsterdam auf das Rezept stößt, lass es mich wissen. Aber das ist bestimmt ein gut gehütetes Geheimnis.«

»Ich werde dir schreiben, versprochen.«

Sie nickte nur. Benjamin hatte das Gefühl, als verschweige sie ihm etwas oder als wollte sie etwas Bestimmtes von ihm hören. Nur was? Statt seinen Satz zu beenden, strich er sacht über den Bartschatten, den sie sich gemalt hatte. »Du solltest das mit dem Verkleiden lassen. Je öfter du das tust, umso eher könnte dir jemand auf die Schliche kommen.«

»Das lass mal meine Sorge sein.« Als wollte sie ihn vom Reden abhalten, neigte Lucia sich zu ihm. Die Mütze rutschte vollends von ihrem Kopf, und ihre Haare ergossen sich über ihre Schultern.

Benjamin löste sich von ihr und betrachtete sie. Er wollte etwas sagen, doch sie verschloss seinen Mund mit ihren Lippen. Als sie sich küssten, spürte er, wie sich ihr Gesicht von Tränen nässte, und der tiefe Wunsch erfüllte ihn, sie glücklich zu sehen. Doch was konnte er schon tun?

32

Benjamin war ruhelos, als er das Schiff betrat. Ihre gemeinsamen Stunden auf dem Kirchturm waren so intensiv gewesen. Lucia brachte etwas in ihm zum Schwingen. Es kam ihm wie ein Fehler vor, die Stadt zu verlassen. Würde er sie je wiedersehen? Gleichzeitig brannte er darauf, seinem Vater und Daan zu beweisen, wie sehr er sich bewährt hatte. Es war ein Jammer, dass sie das von ihm gebaute Haus nicht sehen, nicht betreten konnten.

Die Überfahrt verlief problemlos, und einige Tage später war er wieder in Amsterdam. Die erzwungene Wartezeit hatte er genutzt, um erste Entwürfe des Hauses für Manoel Teixeira zu erstellen. Auch hatte er an Lucia geschrieben. Benjamin spielte mit dem Gedanken, den Brief einem Matrosen für die Rückfahrt mitzugeben. Aber was wollte er ihr mit diesem Brief schon sagen – außer dass er an sie dachte? Versprechungen würde sie nicht hören wollen; er musste sie mit Taten überzeugen. Und dazu gehörte, dass er baldmöglichst nach Hamburg zurückkehrte.

Amsterdam lag im gleißenden Sonnenschein. So hell reflektierte die Zuiderzee das Licht, dass Benjamin die Augen zukneifen musste. Kaum an Land, steuerte er das Rathaus an. Er freute sich darauf, seinen Vater zu sehen und diesem zu seiner Wahl zu gratulieren. Die Stadhuis-Baustelle war ein gutes Stück vorangekommen, während sich bei dem Turm der Nieuwe Kerk nichts getan hatte. Aufkeimenden Groll über den Rausschmiss durch Jacob van Campen drängte er zurück. Auch er hatte Fehler gemacht. Gerne hätte er Hans die Großartigkeit dieses Bauwerks gezeigt – und auch Lucia.

Benjamin traf seinen Vater vor dem Saal im alten Rathaus an. Michiel schloss ihn voller Überschwang in die Arme. »Ich freue mich so, dich wiederzusehen! Viel zu lange bist du fort gewesen! Erzähl mir, wie ist es dir ergangen?«

»Sehr gut! Ich habe unserem Namen in Hamburg alle Ehre gemacht. Dieser Brief hier von Mijnheer van Vos … «

In diesem Augenblick näherten sich einige Mitglieder der Vroedschap. Michiel nahm den Brief an sich, hielt Benjamin aber vom Weiterreden ab. »Wir sprechen uns nachher! Die Politik macht uns ganz schön zu schaffen – vor allem die Engländer, das sage ich dir! Am Abend musst du alles haarklein erzählen! Sag Trintje, dass sie ein Festmahl bereiten soll!«

»Antje meinst du?«

»Nein, Trintje. Antje ist in den Beemster zurückgekehrt. Die Luft ist gesünder, hat sie behauptet. Daan triffst du bei der Westerkerk. Er hat den Auftrag der Kirchengemeinde an Land gezogen.«

Der Beemster war ein Polder nördlich von Amsterdam. Erst vor etwas über dreißig Jahren war der See unter der Aufsicht des Ingenieurs Leeghwater leergepumpt und in fruchtbares Weideland verwandelt worden. Dennoch kamen viele Milchmädchen oder Käsehökerinnen nach Amsterdam, um hier ihr Glück zu machen.

Benjamin schlenderte durch die Stadt. Zu dieser Jahreszeit war es besonders schön in Amsterdam, weil die Bäume in frischem Laub standen und viele Einwohner ihre Blumen ins Fenster gestellt hatten. Er machte am Nieuwmarkt an Theos Haus halt und fragte nach seinem Cousin, musste jedoch erfahren, dass der alte und der junge Mijnheer auf See waren. Anschließend steuerte Benjamin das Gemeindehaus an und fand Daan bei der Baustelle.

»Der verlorene Sohn!« Daan umfasste Benjamins Oberarme und drückte diese unbeholfen, bis Benjamin ihn in die Arme schloss. Wenig später führte er ihn über die Baustelle. »Was sagst du dazu? Nicht schlecht, oder?«

»Ich habe in Hamburg ebenfalls –«

»Ah, da kommt sie ja!« Ohne ein weiteres Wort ließ Daan ihn stehen und eilte einer jungen Frau entgegen, die einen älteren Herrn am Arm führte. Daan nahm ihre Hand und küsste sie zärtlich. »Meine Verlobte Claesje und mein zukünftiger Schwiegervater.« Ausgesucht höflich stellte er Benjamin vor.

Benjamin wunderte sich. Das sollte Daans Verlobte sein? Sehr schlicht, sehr streng, genau wie ihr Vater. War sie der Grund, dass Antje weggegangen war?

»Wir werden dem Herrn danken, dass er meinen zukünftigen Schwager sicher wieder nach Hause geleitet hat«, sagte die junge Frau freundlich. »Nun müsst Ihr uns allerdings entschuldigen. Die Sitzung des Ältestenrats beginnt gleich. Wir haben es mit einem Fall von Unzucht zu tun.«

»Wir dürfen nie vergessen, wie wichtig die Kirchengemeinde ist, um Zucht und Ordnung aufrechtzuerhalten. Ich verabschiede meinen Bruder kurz und komme gleich nach!«, sagte Daan.

Benjamin vermied es, seinen Bruder anzusehen. Als sie außer Hörweite waren, sagte er mit gedämpfter Stimme: »Ist Claesje der Grund, dass Antje uns verlassen hat?«

»Unsinn. Antje wollte in ihre Heimat zurück«, sagte Daan kühl. »Claesjes Familie ist sehr fromm. Ihr Vater ist mir ein Vorbild, was meinen Einsatz in der Kirche angeht. Er hat mir die Augen über wahre Mildtätigkeit geöffnet. Zudem betreibt er einen Holzhandel.«

»Wie praktisch.«

Daan schien die Ironie in Benjamins Stimme nicht wahrzunehmen. »Nicht wahr?«, sagte er begeistert. »Vater ist sehr stolz auf meine Entwicklung. Manchmal fügt sich alles zum Besten. So wird es dir, mit Gottes Segen und einem frommen Leben, auch noch ergehen. Möchtest du, dass ich dich in die Kirche begleite, um ein Dankgebet für deine Rückkehr zu sprechen?«

»Später vielleicht«, sagte Benjamin ausweichend. Daan schien erleichtert zu sein und eilte seiner Verlobten nach. Würde sein Bruder diesen neuen Ton nun immer anschlagen?

In der Prinsengracht stellte Benjamin sich der neuen Magd vor, die gefährlich tatenlustig aussah und genauestens beobachtete, wie er seine Schuhe abputzte; dafür roch es aus der Küche köstlich. Natürlich war sie so alt, dass sie keinen jungen Mann mehr in Versuchung führen würde, darauf hatte sein Vater vermutlich geachtet.

»Ich soll dir von meinem Vater bestellen, dass es heute Abend ein Festmahl geben soll«, sagte Benjamin, bevor er sich zur Treppe wandte.

»Was wird dann aus dem Kräuteromelette, das ich vorbereitet habe?«

»Das hört sich ja köstlich an! Ich nehme es gern! Nach der langen Reise passen Kräuteromelette und Festmahl hier hinein«, sagte Benjamin und strich sich über den Magen.

Sie lachte. »Das gefällt mir! Mijnheer Daan beschwert sich immer über meine zu reichhaltigen Mahlzeiten. Ihr seid in der Ferne gewesen? Erzählt mir: Wie war es in Hamburg? In unserer Gemeinde sind einige frühere Hamburger. Ihr müsst wissen, ich gehe in die Luthersche Kirche am Singel.«

Benjamin wunderte sich nicht darüber. In vielen Familien gehörten einzelne Mitglieder unterschiedlichen Religionsgemeinschaften an; warum sollte ihre Magd unbedingt Calvinistin sein.

»Tatsächlich? Ich habe auch bei einem Kirchenbau für die Lutheraner geholfen.«

Er setzte sich zu Trintje in die Küche, berichtete und schmauste. Sie schien eine gute Köchin zu sein, obgleich er auch Antjes Fürsorglichkeit vermissen würde.

In seinem Zimmer setzte Benjamin sogleich einen Brief an seinen Onkel Samuel auf und versprach ihm, ihn baldmöglichst zu besuchen, um seine Schulden zu bezahlen, auch wenn er noch nicht wusste, wie er das anstellen sollte. Nachdenklich ließ er den Blick schweifen. Welch schöne Schätze er hier aufbewahrte: die Linsen, die kostbaren Ölfarben, die Gerätschaften ... Er fing an, die ersten der vielen Briefe zu lesen, die aus aller Welt für ihn eingetroffen waren und die Daan nicht mehr weitergeleitet hatte. So lange hatten seine Forschungen brachgelegen: die Regenmessung, Wasserleitungen, Schleusen, Pumpen, Baumaterialien, der Abwassertransport ...

Der Ruf, dass er im Salon erwartet werde, riss ihn aus seiner Konzentration. Benjamin rieb sich die Augen. Draußen war es dunkel geworden. Hatte er so lange gelesen?

Im Haus duftete es köstlich, und der Tisch war fein eingedeckt. Sein Vater und Daan waren gerade im Gespräch, aber als Benjamin eintrat, brach sein Vater mitten im Satz ab und drückte ihn noch einmal strahlend an sich. »Unserem Namen Ehre gemacht, wie? Mijnheer van Vos ist voll des Lobes für dich! Sein Brief ist eine einzige Lobeshymne! Das habe ich natürlich sofort in der Vroedschap herumerzählt!«

»Lasst uns anstoßen!«, ging Daan dazwischen. »Vater hat eigens für deine Rückkehr den guten Rheinwein öffnen lassen.«

Michiel sprach einen Toast und forderte Benjamin dann zu einem ausführlichen Bericht auf. Benjamin redete beinahe die ganze Zeit und bekam kaum mit, wie Trintje die verschiedenen Gänge auftrug. »Kurz: Ich habe bereits weitere Aufträge in Hamburg in Aussicht und möchte demnächst zurück nach Norden reisen, um diese endgültig auszuhandeln«, endete er schließlich.

Sein Vater drehte seinen Römer in den Händen, sodass der Wein im Glas funkelte »Es ist löblich, dass du so gut gearbeitet hast. Aus einer erneuten Reise wird aber so schnell nichts werden. Ich brauche dich hier. Seit ich in der Vroedschap bin, habe ich für das Tagesgeschäft kaum Zeit. Die politische Lage ist brisant, da muss viel beraten werden. Gleichzeitig haben wir viele Anfragen, denn die Kunden versprechen sich von meinen guten Verbindungen anscheinend einen reibungslosen Ablauf. Wir haben mehr Aufträge, als Daan bewältigen kann. Deshalb kannst du sofort voll einsteigen. Nach deinem Erfolg in Hamburg wird sich niemand mehr an die unschönen Ereignisse des letzten Jahres erinnern. Dazu kommen die Hochzeitsfeierlichkeiten.«

»Du bist ohnehin spät dran. Ich hätte bei den Vorbereitungen deine Hilfe gut brauchen können«, mischte Daan sich ein. Begeistert berichtete er von der bevorstehenden Heirat und den Bauvorhaben. »Du kannst die Umbauten und Entwässerungen übernehmen«, sagte er gönnerhaft.

Benjamin stieß diese Herablassung sauer auf. »Ich soll für Senhor Teixeira, einen ebenso einflussreichen wie wohlhabenden Sepharden, der mit dem Kaiserhof und Königshäusern in Verbindung steht und auch mit Oom Samuel Handel treibt, ein Stadtpalais bauen. In Hamburg habe ich bewiesen, dass ich derartige Gebäude entwerfen und den Bau verantworten kann –«

Daan ließ ihn nicht ausreden. »Aufträge dieser Größenordnung stehen mir zu, schließlich bin ich Vaters Vertreter. Wenn du volljährig bist, sehen wir weiter.«

Volljährig? Das würde ja noch ewig dauern! Nein, so lange würde er bestimmt nicht mit seinen eigenen Entwürfen warten. »Ich habe aus Hamburg auch mit Oom Samuel korrespondiert. Ich möchte ihn demnächst im Haag besuchen«, entgegnete Benjamin.

»Tatsächlich? Euren Schriftwechsel hat Samuel gar nicht erwähnt«, meinte Michiel.

Darüber war Benjamin erleichtert. »Es erschien Oom Samuel wohl nicht wichtig genug. Wir haben uns lediglich ein wenig über die allgemeinen Geschehnisse und Forschungen ausgetauscht. Trotzdem möchte ich ihn gerne besuchen, um mich ihm dafür erkenntlich zu zeigen, dass er in der Fremde zu mir gestanden hat.«

»Löblich. Samuel und ich haben verschiedene geschäftliche Planungen. Du wirst ihn vermutlich bei der Hochzeit sehen. Sollte das nicht der Fall sein, wird sich über den Sommer kaum Zeit für einen Besuch ergeben.«

Spätabends suchte Benjamin noch seine Freunde auf und ließ sich für seine Rückkehr feiern. Chaim lauschte interessiert, als Benjamin von Senhor Teixeira berichtete, denn er hatte bereits von ihm gehört. Quentin erzählte ausführlich von dem Bildschmuck, den er in Quellinus' Werkstatt für das Stadhuis anzufertigen geholfen hatte. Auch gab er Benjamin einige Hinweise, was die Herstellung von Stuckmarmor anging. Und Fokke war entschlossen, sich freiwillig zu melden, sobald der Krieg erklärt wurde.

Als Benjamin schließlich todmüde und zugleich aufgedreht im Bett lag, beschlich ihn trotz aller Freude über seine Rückkehr auch Wehmut. Viel zu schnell war alles wieder so, als wäre er nie fort gewesen. Für ihn waren die zehn Monate in der Ferne wie ein halbes Leben gewesen, aber für seine Familie und seine Freunde war es nur ein Wimpernschlag. Außerdem vermisste er Theo. Er vermisste seinen Hamburger Freund Hans. Und Lucia, natürlich. Morgen würde er ihr schreiben.

Benjamins Blick wanderte noch einmal durch sein Zimmer, ehe er das Licht löschte. Das alles hier war tausendmal besser als die kleine Kammer bei Mijnheer van Vos. Und doch war ihm durch die Rückkehr nach Amsterdam ein Stück Freiheit verloren gegangen. Hier war er nicht Benjamin, der Architekt, sondern Benjamin, der unmündige Sohn und Bruder.

An Daans Hochzeit zeigte sich, wie sich ihr gesellschaftlicher Stand verändert hatte. Zu den Feierlichkeiten waren einige der besten Familien Amsterdams gekommen. Sogar die Bickers schickten Glückwünsche. Nur Oom Samuel war nicht aus s'Gravenhage angereist, weil seine Geschäfte ihn derart in Anspruch nahmen. Es war eine prächtige Hochzeit, und zugleich war es die langweiligste Eheschließung, der Benjamin je beigewohnt hatte. Die Braut und ihre Familie waren freudlos in ihrer Strenggläubigkeit, und er selbst hatte niemanden einladen dürfen, weil man sich sorgte, dass seine Freunde sich danebenbenehmen würden.

Benjamin stand mit Daans Freunden Spalier, als das Brautpaar aus der Kirche kam. Da fing zwischen den Neugierigen, die angehalten hatten, um einen Augenblick bei der Hochzeit zuzuschauen, ein Gesicht seinen Blick. Das war doch ... War das nicht ... Antje! Sie trug einen Säugling auf dem Arm. Und sie sah betrübt aus. Benjamin behielt sie im Blick. Sobald das Brautpaar vorüber war und sie sich dem Brautzug anschließen konnten, lief er in die Menge. Antje fand er jedoch nicht. Hatte er sich geirrt?

Später am Abend, als die Reden vorbei waren und endlich ein wenig in lockerer Runde gesungen werden durfte – tanzen galt als unsittlich –, passte er seinen Bruder ab. »Ich habe Antje vor der Kirche gesehen«, berichtete Benjamin. »Sie sah traurig aus. Und sie hatte ein kleines Kind auf dem Arm, höchstens ein paar Monate alt. Ich dachte, sie lebt bei ihrer Familie im Beemster.«

»Vielleicht ist sie hier zu Besuch«, meinte Daan nüchtern. »Was geht es uns an? Oder willst du mich ausgerechnet heute an meine Verfehlungen erinnern?«

Benjamin legte seinem Bruder den Arm um die Schulter. »Natürlich nicht! Das ist doch dein Ehrentag!«

* * *

Mein Ehrentag, genau das war es, dachte Daan, als er in der Nacht im Ehebett lag und an die Decke starrte. Es war nicht nur die ungewohnte Umgebung, die ihn wach hielt, denn sie waren zunächst in das Haus von Claesjes hinfälligem Vater gezogen. Neben ihm schlief seine Frau tief und fest. Natürlich hatte er seine eheliche Pflicht getan. Er war dabei sehr behutsam gewesen und hoffte, dass es seiner Frau den Akt erleichtert hatte. Angemerkt hatte er ihr nichts, denn sie hatte steif dagelegen, was die Sache nicht gerade einfacher gemacht hatte. Er hatte sich abgewiesen gefühlt und gleichzeitig gewusst, dass er Geduld mit ihr haben musste. Es war nur natürlich, dass sie zurückhaltend war. Ihre Ehe war etwas Besonderes, etwas Heiliges. Und doch ...

Sehnsuchtsvoll dachte er an Antje. Mit ihr war immer alles leicht gewesen. Dass Benjamin sie gesehen hatte, bereitete ihm Sorgen. Sein Bruder hatte ein wenig misstrauisch geklungen. Allerdings war Benjamin sprunghaft und neigte dazu, sich zu verzetteln, sodass sein Misstrauen sicher bald wieder verfliegen würde. Aber was, wenn nicht?

Benjamin hatte sich in den vergangenen Monaten verändert. Richtiggehend erwachsen war er geworden. Und er hatte sich bewährt. Es war keine Überraschung, dass Vater vor Stolz beinahe platzte.

Aber ich ... Er verdrängte seinen Groll. Seltsam, dass Benjamin unbedingt nach Hamburg zurückwollte. Ganz so, als ob ihn etwas dorthin zöge. Vielleicht sollte er seinen Bruder im Blick behalten. Es durfte nicht sein, dass Benjamin ihm wieder den Rang ablief. »Das darfst du dir nicht gefallen lassen. Du bist ein ebenso guter Architekt wie dein Bruder und ein besserer Sohn«, hatte Antje ihm immer versichert. Bei ihr hatte er sich geliebt gefühlt, angenommen, so wie er war. Er liebte ihren weichen, nachgiebigen Körper. Als Daan spürte, dass sich seine Lust regte, schämte er sich. Andererseits hatte er seine Pflicht ja bereits getan ...

***

Im Kontor des Vaters sichtete Benjamin die Bauvorhaben. Amsterdam war dicht bebaut, Baulücken gab es nur selten, und wenn, dann waren diese umkämpft. Es gab also einige wenige Aufträge für Neubauten. Dazu kam die Umgestaltung vorhandener Häuser, denen beispielsweise eine moderne Fassade verpasst wurde. Etliche Häuser sollten um ein oder mehrere Geschosse aufgestockt werden. Zudem wurden Anbauten im Hinterhof, wie Kutschhäuser, gewünscht. Und natürlich Packhäuser und Landhäuser. Die Aufträge zu Letzteren würde sich vermutlich Daan unter den Nagel reißen.

Tatsächlich ist die Auftragslage so gut, dass ich meine Hamburger Anfragen hinauszögern muss und Lucia so schnell nicht wiedersehen kann, dachte Benjamin wehmütig. Wie es ihr und ihrer Familie wohl ging? Ob sie es schaffte, sich ihren Experimenten zu widmen und in die Bibliothek zu gehen? Er nahm sich vor, ein passendes Buch für sie zu suchen und ihr dieses mit einem Brief zu schicken.

»Du hast dich also schon einmal eingelesen«, sagte sein Vater, als er eintrat.

»Wir haben interessante Aufträge. Wenn Ihr gestattet, würde ich einige Vorschläge machen. Ich habe mir in Hamburg viele Gedanken gemacht und viel gelernt.«

Sie tauschten sich eine Weile aus. Sein Vater war aufrichtig interessiert an Benjamins Vorschlägen. Leider hatte auch er von künstlichem Marmor keine Ahnung. »Ich bin froh, euch wieder beide um mich zu haben«, sagte Michiel.

Eine Woche später betrat Benjamin nervös die Stadhuis-Baustelle. Gleich nach seiner Rückkehr hatte er Jacob van Campen einen Brief geschrieben und sich förmlich bei ihm entschuldigt. Selbst wenn er mit seiner Kritik recht gehabt hatte, so hatte es ihm nicht zugestanden, diese zu äußern. Darüber hinaus war sein Ton mehr als unangemessen gewesen. Eine Antwort hatte er tagelang nicht bekommen. Benjamin hatte genau das befürchtet. So wie er sich benommen hatte, konnte er van Campen sein Schweigen nicht verdenken. So hatte er folgsam die Aufträge bearbeitet, die Daan ihm überlassen hatte, und parallel Entwürfe angefertigt; als Nächstes würde er sich eigene Auftraggeber an Land ziehen. Irgendwie musste er ja zu einer erfüllenden Arbeit und etwas Geld kommen, mit dem er seine Schulden bei seinem Onkel zurückzahlen konnte. Noch immer hatte er die Summe nicht ganz beisammen. Mit Oliver Cooper war er zwar quitt, aber das Geld für den Hamburger Bau war beinahe komplett in die Familienkasse gegangen, und da er bei seinem Aufenthalt mehr ausgegeben hatte als erwartet, klaffte eine Lücke.

Gestern endlich hatte ihn dann der kurze Hinweis erreicht, dass Jacob van Campen ihn auf der Baustelle erwartete. Auf dem Weg zur Bauhütte kam Benjamin an Meester Stalpaert vorbei. Der Stadtbaumeister musterte ihn irritiert, aber Benjamin begrüßte ihn aufgeräumt und berichtete sogleich von seinem Termin bei Jacob van Campen.

»Man hört, du hast in Hamburg gute Arbeit geleistet«, meinte Daniël Stalpaert. Auch das wunderte Benjamin nicht. Natürlich wurde in der Gilde geredet, und sicher hatte sein Vater sich auch dort nicht mit Lobeshymnen zurückhalten können.

Als Benjamin die Bauhütte betrat, begutachtete Jacob van Campen gerade Pläne. Der Architekt schien in der kurzen Zeit merklich gealtert, und seine Hände bebten.

Benjamin begrüßte ihn ehrerbietig. »Ich muss mich entschuldigen. Mein Ton war unangemessen. Ihr seid ein großer Architekt, und ich bin noch jung. In meinem jugendlichen Überschwang habe ich Fehler gemacht. Stattdessen hätte ich rühmen sollen, wie Ihr die architektonischen Prinzipien von Palladio, Scamozzi, Vitruv und – «

»Willst du allen Ernstes noch einmal alles wiederholen, was du mir bereits geschrieben hast?«, unterbrach van Campen ihn schroff.

Benjamin unterdrückte ein Lächeln. »Nur wenn es erforderlich sein sollte, damit Ihr meine Entschuldigung annehmt.«

Jacob van Campen schob ihm einige Bögen hin. »Von diesen Bauabschnitten werden Zeichnungen benötigt. Sobald du fertig bist, kannst du sie mir bringen, dann sehen wir weiter«, sagte er und verließ schweren Schrittes die Bauhütte.

Benjamin machte sich sofort an die Arbeit. Eigentlich hatte er keine Zeit dafür, aber die Gelegenheit, seinen Fehler wiedergutzumachen und zu beweisen, dass er doch ein guter Architekt war, wollte er sich nicht entgehen lassen.

Wenig später begutachtete van Campen die Zeichnungen. Er schien nicht unzufrieden, sondern gab Benjamin weitere Aufgaben. Benjamin würde sich anstrengen müssen, damit er die Arbeit am Stadhuis zusätzlich zu seinen Aufträgen erledigen konnte, aber das würde er gerne tun. Je erfolgreicher er war, desto eher würde sein Vater ihm erlauben, seine Bauvorhaben in Hamburg in Angriff zu nehmen.

Nach dem abendlichen Kirchgang berichtete Benjamin seinem Vater und seinem Bruder von der Begegnung mit Jacob van Campen. Sein Vater war begeistert. »Das ist gut, sehr gut! Van Campen wird erkennen, was in dir steckt – das kann uns nur nützen!«, rief er aus.

Daan jedoch schien eifersüchtig zu sein. »Nicht, dass du deine Aufgaben vernachlässigst. Du hast auch so schon genug zu tun.«

Ihr Vater lächelte und senkte das Haupt. Dann sagte er zu Daans sichtlichem Entsetzen: »Im Zweifel wirst du Benjamin noch etwas abnehmen.«

33

Hamburg

Im Schein der Tranfunzel schliff und polierte Lucia die Steinkugeln, die sie mit Pigmenten eingefärbt hatte. Sie musste dieses Armband so schnell wie möglich fertig bekommen. Musste Medikamente kaufen. Musste den Arzt bezahlen. Ihre Mutter atmete schwer. Die Krankheit und das Fieber waren zurück, schlimmer als zuvor. Tobias war oft in der Kapelle und betete für Ursula, aber Lucia glaubte, dass er in Wahrheit den Zustand der Mutter nicht ertrug. Wie auch? Sie hielt es ja selbst kaum aus. Sie pustete den Schleifstaub ab. Einen Monat war Benjamin schon fort. Nicht ein Mal hatte er ihr geschrieben. Sie hatte gewusst, dass Benjamin sie vergessen würde, sobald er wieder in Amsterdam war. Dort gab es so viel Besseres als sie. Doch sie machte sich Sorgen: Pavel verhielt sich merkwürdig, seit ihre Mutter bettlägerig war. Er führte etwas im Schilde. Aber sie wollte ihn nicht. Nie würde sie ihn heiraten.

Eine kalte Hand umschloss ihre Finger. Die Stimme war nur ein Hauch. »Lucia?« Die Augenlider ihrer Mutter flatterten.

»Ja, Mutter? Ich bin hier, gleich bei dir.« Lucia umschloss die Hand, um sie zu wärmen. Wenn sie nur Geld hätten, dieses Kellerloch zu verlassen! Wenn sie nur einen angemessenen Lohn verdienen könnte wie ein Mann!

»Du musst mir eines versprechen, Lucia. ... Wenn ich nicht mehr bin –«

»Ich hole nachher Medikamente, den Physicus –«

»Nichts kann mir mehr helfen.«

Tiefer Kummer umschloss Lucias Herz. »Sag das nicht.«

Ursulas Griff wurde so fest, dass es wehtat. Ihr Blick war flehend. »Der Körper ist nur … ein Madensack … aber die Seele ist unsterblich … lehrt Luther. Wir müssen vor dem Tod … unsere Angelegenheiten … Wenn ich nicht mehr bin, sorge dafür … dass Tobias seiner Bestimmung folgen kann. Ich habe es ihm … versprochen.« Wann hatten ihr Bruder und ihre Mutter darüber geredet? »Und ich möchte … dass auch du mir etwas versprichst …«

Lucia eilte im Schatten der Häuser durch die nächtliche Stadt. Der Schock über das, was ihre Mutter von ihr verlangte, saß tief. Es sei zu ihrem Besten – dass sie nicht lachte! Trotzdem hatte sie es ihr versprochen. Sie hatte der Todkranken diesen Wunsch nicht abschlagen können. Bei ihr ausgehalten hatte Lucia es aber auch nicht mehr. Sie hatte etwas tun müssen, um Mutters Leid zu lindern, ihren Zustand zu verbessern. Und dazu brauchte sie nun einmal Geld.

Lange musste sie nach einem Gasthaus suchen, in dessen Nähe sie noch nicht gewesen war. Es dauerte ewig, bis sie das Perlenarmband verkauft hatte. Vermutlich waren ihr die Lügen heute nicht so überzeugend über die Lippen gekommen.

Als sich die Wacht näherte, drückte Lucia sich in einen Durchgang. Hinter ihr waren unheimliche Geräusche. *Weg hier!* Sie wollte gerade loslaufen, da hörte sie giftiges Fauchen. Ihre Anspannung ließ nach – nur Katzen. Auch die Wächter bogen ab. Lucia wartete noch einen Moment, dann lief sie weiter. Sie beeilte sich. Es kam ihr vor, als wäre jemand hinter ihr her, säße ihr im Nacken. Gleich wäre sie zu Hause.

Auf dem Vorsetzen war niemand mehr zu sehen, nur die einsamen Lichter der Schiffe. Wie oft hatte sie sich gewünscht, selbst einmal ein Schiff zu besteigen und einfach loszusegeln, alles hinter sich zu lassen!

Unvermittelt packte jemand ihren Arm, riss sie herum. »Wusste ich doch, dass du es bist!«

»Lass mich los!«, blaffte sie mit tiefer Stimme und schlug dem Angreifer mit der Faust vor die Brust. Im nächsten Augenblick zerrte er ihr die Mütze vom Kopf und rieb ihr grob den Flaum von der Lippe, den sie mit Sirup befestigt hatte.

Pavel schob sie an die Hauswand. »Stimmt es also doch, dass du dich herumtreibst! Dass du lügst und betrügst! Hast du ein gutes Geschäft gemacht?« Seine Hand fuhr in ihre Tasche. Sie versuchte, ihn daran zu hindern, doch er war stärker. »Verkaufst du eigentlich nur gefälschten Schmuck oder mehr? Nur bei mir spielst du die Prüde, was? Eine Allmannshoor bist du!«

Seine Hand in ihrem Schritt. Der Schock nahm ihr den Atem. Sie wollte schreien, aber dann hätten alle Nachbarn mitbekommen, dass sie sich verkleidet herumtrieb. Da hatte er schon die Handfläche auf ihren Mund gepresst. Mit der anderen Hand zerrte er an ihrer Kleidung, riss das Band beiseite, mit dem sie ihre Brüste geschnürt hatte. Gierig umfasste seine Hand ihre Brust. Panik schnürte Lucia die Kehle zu. Was konnte sie nur tun, um ihn aufzuhalten?

In diesem Augenblick war eine dünne Stimme zu hören. Ein schwacher Lichtkegel fiel auf den Weg. »Lucia? Bist du das?«

Tobias! Erleichterung und Schrecken wechselten sich ab. Sie biss dem Angreifer in die Hand, rief den Namen ihres Bruders. Pavel ließ von ihr ab, zog sich in die Schatten zurück.

»Ja, ich bin's!« Lucia lief zu Tobias, ihre Gedanken rasten. Sie musste eine glaubhafte Erklärung für ihren Aufzug finden. Tobias war die Treppe hochgelaufen, leuchtete ihr entgegen. »Warum schläfst du denn nicht?«, fragte sie und wollte ihn in die Arme schließen.

Tobias entzog sich ihr, mehr noch: Er wich zurück. »Wie siehst du aus? Alles ist wahr ... alles, was sie gesagt haben ...«, stammelte er. »Und das jetzt, wo Mutter ...« Er sank zu Boden, zog die Knie an die Brust und umklammerte sie. Wie ein Häufchen Elend hockte er da.

Lucia verschwendete keinen Gedanken mehr an Pavel und das, was er ihr beinahe angetan hätte. Sie hockte sich neben ihren Bruder. »Warum bist du nicht in deinem Bett ...« Ihre Stimme verklang, als sie sein tränennasses Gesicht sah.

»Ich habe es nicht ausgehalten da drin. Es ...« Tobias schluchzte auf. »Es ging nicht! Mutter ... Sie ... Sie ist nicht mehr da! Und du ...«

Nicht mehr da? Lucia stolperte die Treppen hinunter. Auf den ersten Blick sah sie, dass ihre Mutter gestorben war. Beißende Reue überfiel Lucia: Sie hatte ihrer Mutter in ihrer letzten Stunde nicht beigestanden. Tobias hatte der Toten die Hände gefaltet. Ganz friedlich sah Ursula aus. Und gleichzeitig wusste Lucia, was ihr Bruder meinte: Ursulas Seele war verschwunden.

Lucia drückte ihrer Mutter einen Kuss auf die kalte Stirn. Kraftlos sank sie auf den Boden und legte den Kopf auf Mutters Bett. Auf einmal kam sie sich selbst wieder wie ein kleines Kind vor. Wie konnte ihre Mutter es nur wagen, sie alleinzulassen? Sie spürte Tobias neben sich und legte den Arm um ihn. Dieses Mal wehrte er sich nicht.

Bereits am Tag nach Mutters Tod kam jemand vom Amt und teilte ihnen mit, dass sie ihren Steinhof an Pavel verlieren würden. Er würde ihre Schulden bei Lebbenz übernehmen und sie damit auslösen. Als Lucia protestierte, erwiderte er kalt, dass sie froh sein könnten, keine Geschäftsschulden mehr zu haben. Mit den Mietschulden hätten sie ohnehin genug Last.

In Anwesenheit einiger Nachbarn und Freunde wurde ihre Mutter beigesetzt. Es war kein Vergleich zur Beerdigung des Vaters, bei der die Zunft für eine feierliche Atmosphäre gesorgt hatte. Auch Greteke und Hans waren gekommen, was Lucia ihnen hoch anrechnete. Anschließend bat der Pastor die Geschwister in sein Haus. Ihr Vormund, Kantor Decker, begleitete sie. Zu Lucias Irritation wurden sie ins Kontor geführt, in dem eine fremde Frau wartete. Auch einer der Kirchherren von Sankt Nikolai war anwesend. Was wollten diese Fremden? Lucias Gedanken rasten. Ins Waisenhaus konnten sie sie nicht stecken – dorthin kamen nur Kinder, die höchstens zehn Jahre alt waren, alle anderen mussten für ihren Lebensunterhalt arbeiten.

»Setz dich bitte. Wir müssen darüber sprechen, wie es mit euch weitergehen soll«, sagte der Pastor in einem salbungsvollen Ton. »Die Gemeinde möchte euch helfen, auch wenn die Armenkasse leer ist. Ich habe es eurer Mutter vor ihrem Tod versprochen. Und ich weiß, dass auch ihr die Wünsche von Frau Ursula kennt.«

»Ich bin bald volljährig und kann für Tobias und mich sorgen. Da sie uns den Steinhof weggenommen haben, werde ich mir eine Arbeit suchen«, sagte Lucia, noch immer erbittert über die Entscheidung des Amtes, ihnen ihre Lebensgrundlage zu entziehen.

Der Pastor sah sie an. Sein Blick war strenger geworden. »Deinetwegen sind wir von unserer Muttergemeinde gerügt worden. Jemand hat sich dort umfassend beschwert.«

Nun ergriff der fremde Kirchherr das Wort: »Wir werden Tobias nicht bei dir lassen, Lucia. Du bist unreif und drohst auf die falsche Bahn zu geraten. Wir haben in letzter Zeit gesehen, wohin das führt. Viel zu oft sind Findelkinder an der Pforte des Waisenhauses abgelegt worden.«

Lucia wollte protestieren. Wie konnte er andeuten, sie hätte sich unzüchtig verhalten? Aber der Kirchherr verbot ihr den Mund. »Zu lange seid ihr ohne Zucht, ohne strenge Hand gewesen. Nimm dir den Spruch aus dem Buch Deuteronomium zu Herzen: ›Eine Frau soll nicht die Ausrüstung eines Mannes tragen, und ein Mann soll kein Frauenkleid anziehen; denn jeder, der das tut, ist dem Herrn, deinem Gott, ein Gräuel.‹«

Lucias Blick flackerte zu ihrem Bruder, doch Tobias starrte auf seine Fußspitzen. »Ich habe es dem Herrn Pfarrer nicht gesagt«, sagte er leise. »Es war Pavel, der dich verraten hat. Es ist nicht recht, was du tust.«

»Ich habe mich nur verkleidet, um in die Biblio–« Lucia brach ab. Die Männer würden auch das nicht gutheißen.

Der Pastor ergriff wieder das Wort. »Kantor Decker und seine Gattin werden Tobias in ihrer Familie aufnehmen und wie ihren Sohn aufziehen. Bei ihnen wird er eine anständige Bildung erhalten. Du wirst bis zu deiner Heirat im Werk- und Zuchthaus als Magd dienen. Dort sind viele Familien und Kinder, die du im Lesen und Schreiben unterrichten kannst. Es ist eine Übung in Demut, die dir gut zu Gesicht steht.«

Seine Entscheidung traf Lucia wie ein Schlag. »Das geht nicht. Wir bleiben zusammen. Ich werde für Tobias sorgen.«

»Du bist noch unmündig«, wandte der Kantor ein.

»Ich bin siebzehn. Nicht mehr lange, und –«

Ein wenig schien der Pastor doch Mitleid zu haben, das war ihm anzusehen. »Sei doch vernünftig, Kind. Selbst, wenn wir es zulassen würden, könntest du nicht für euch beide sorgen.«

»Aber Mutter wollte, dass ich –«

»Deine Mutter ist nicht mehr da.«

Ihre Verzweiflung drohte übermächtig zu werden. »Pavel wollte mich heiraten«, brachte Lucia schließlich heraus, obgleich eine Ehe mit Pavel das Letzte war, was sie sich wünschte.

»Pavel will dich nicht mehr. Er wird sich die Tochter eines Meisters mit Mitgift oder eine wohlhabende Witwe suchen, das hat er mir vorhin gesagt.«

»Was wird aus unseren Habseligkeiten in der Kellerkammer?«

»Alles muss verkauft werden, um die Mietschulden zu decken.«

Sie konnte es nicht fassen. »Auch die letzten Besitztümer meines Vaters?«

Der Pastor nickte. Resignation legte sich schwer auf Lucias Schultern. Gut, dass sie wenigstens ihren Glücksstein bei sich trug.

Aber sie durfte nicht aufgeben. »Bitte, Herr Pfarrer, Ihr dürft uns nicht trennen. Habt Mitleid. Wir haben nur noch einander. Tobias und ich müssen zusammen –«

»Ich will nicht bei dir bleiben.« Tobias' Stimme war klar und deutlich. Er wandte sich Lucia zu. »Du weißt, was ich mir wünsche. Was Mutter sich für mich gewünscht hat.«

»Ich kann für dich sorgen ... «

»Ich will lernen. Ich will ein gottgefälliges Leben führen und Gott in unserem Kirchenchor preisen. Ich will nicht so werden wie du!«

Lucia konnte ihr Entsetzen kaum verhehlen. »Wie ich?«, wiederholte sie tonlos.

»Kantor Decker und seine Frau werden mich aufnehmen. Ich werde sein wie die anderen Kinder.«

Und ich?, wollte Lucia schreien. *Was ist mit mir? Soll ich dich denn auch noch verlieren?*

34

Das Werk- und Zuchthaus befand sich in der Nähe der Alsterschleuse. Den Fußmarsch legten Lucia und ihre Begleiterin schweigend zurück. Die Wärterin, die sich mit dem Namen Wiese vorgestellt hatte, schritt energisch aus; ihren Stock schien sie kaum zu benötigen. Lucia war verzweifelt. Wie hatte ihr Bruder sie derart verraten können? Sie hatte doch nur das Beste für ihre Familie gewollt! Der Gedanke an ihre toten Eltern nahm ihr für einen Augenblick den Atem. Sie hatte nun niemanden mehr. Dabei war sie doch vor einigen Monaten noch so glücklich gewesen. Ihre aufwallenden Erinnerungen an Benjamin verbannte sie entschlossen. Auch er hatte sie im Stich gelassen, hatte ihr nicht geschrieben. Nicht einmal von ihren Freunden hatte sie sich verabschieden können. Wer würde Greteke Bescheid geben? Was würde mit ihren Habseligkeiten und dem verbliebenen Besitz ihres Vaters geschehen? Würde wirklich alles verkauft werden?

Sie hatten den Stadtwall zwischen Alstertor und Stadtmauer erreicht. Hier war es bereits sehr ländlich. Lucia sah sich um. Wenn sie hier lossprinten würde, wäre sie schnell im Dickicht verschwunden. Die Wärterin hätte sie sicher bald abgehängt. Lucia spannte jeden Muskel in ihrem Körper an.

»Falls es dir in den Sinn kommen sollte abzuhauen, kann ich davon nur abraten«, sagte die Wärterin gelassen. »Ich würde es sofort dem Pfarrer mitteilen. Im Zweifelsfall würde dein Bruder darunter leiden. Ich hatte den Eindruck, Tobias bedeutet dir viel.« Ihr Blick war ruhig, als wüsste sie schon, dass Lucia ihren Plan bereits verwarf. »Es ist nicht mehr weit. Das Werk- und Zuchthaus liegt etwas abseits vom Weg. Es ist keine Schande, ins Werkhaus zu gehen. Viele unbescholtene Arme leben dort. Wir versorgen Familien mit Kindern, verwahrloste Jugendliche und andere Unmündige wie dich.«

Lucia wollte protestieren, hielt sich aber zurück. Sie war nicht verwahrlost!

»Es gibt aber auch faule, freche, geile Trunkenbolde und Bierbalge, sowohl Männer als auch Frauen. Das arbeitsscheue Gesindel und diejenigen mit liederlichem Lebenswandel sind im Zuchthaus untergebracht. Dass sich beides unter einem Dach befindet, soll euch eine Warnung sein: *Labore nutrior – Labore plector ...*«

Lucia durchforstete ihre Lateinkenntnisse. »›Durch Arbeit werde ich ernährt – durch Arbeit werde ich gezüchtigt.‹«

Frau Wiese fuhr herum und hob ihren Stock. Unwillkürlich zuckte Lucia zurück, doch die Wärterin lächelte nur kühl. »Ich habe es nicht nötig, dich zu schlagen. Deine Zukunft liegt in unseren Händen, das sollte dir Mahnung genug sein, dich mir gegenüber angemessener zu benehmen. Du wirst mich nicht unterbrechen.« Sie strebte auf das Gebäude zu, das nun zwischen den Bäumen auftauchte. »Dein Stolz wird dir dort schon ausgetrieben werden. Du wirst lernen, wie sich ein anständiges Frauenzimmer zur Ehre Gottes zu verhalten hat.«

Lucia war müde und niedergeschlagen, als sie durch das Gebäude geführt wurde. Das Werk- und Zuchthaus umfasste vier Flügel, die sich um einen geräumigen Hof gruppierten. Man sah dieser mildtätigen Stiftung der Stadt an, dass sich der Rat nicht sonderlich für die Insassen interessierte. Alles war armselig und karg. Über und über mit Staub bedeckte Kinder kratzten Wolle, klopften Kuhhaare oder raspelten Hirschhorn. Obgleich Lucia den Raum nur durchquerte, musste sie schon husten. Die Werkmeister nahmen die Kinder hart heran, ohne dass jemand einschritt.

Frau Wiese hielt in einem Arbeitssaal, in dem Frauen Spinnräder bewegten oder Strümpfe strickten. Es war ein stickiger Raum, der die Geräusche zu vervielfachen schien. Das Gewisper der Frauen war mit ihrem Eintreten abgebrochen.

Die Wärterin hob die Stimme: »Dies ist die leichteste Arbeit. Nur unbescholtene Frauen dürfen sie ausführen. Als Zeichen unseres guten Willens wirst du hier anfangen. Zusätzlich wirst du den Katechismusunterricht der Kinder unterstützen. Du wirst sehen: Gott und harte Arbeit bessern den Menschen.«

Anschließend wurde Lucia in eine karge Kammer geführt, in der sie sich ausziehen und mit dem Wasser aus bereitstehenden Eimern abwaschen musste. Lucia schämte sich, nahm sich jedoch vor, sich keine Blöße zu geben. Dann wurde sie auf Läuse und Flöhe untersucht und bekam Anstaltskleidung aus grobem grauen Stoff. Durch das Fenster sah sie, dass einige Insassen auf Gemüsefeldern ackerten. Bedrückt dachte sie an ihren Garten, den sicher nun auch ein anderer übernehmen würde. Ihre Verbitterung drängte sie zurück. Rebellion würde alles noch schlimmer machen. Immerhin wäre sie auf dem Acker an der frischen Luft – und könnte vielleicht doch noch abhauen …

»Ich kenne mich mit Gemüse aus. Im Garten wäre ich eine gute Hilfe.«

»Intelligent genug für die Gartenarbeit bist du wohl. Wir werden sehen.«

Zurück im Saal bekam Lucia ein Spinnrad zugewiesen. »Elsa, zeig der Neuen, was sie zu tun hat«, sagte Frau Wiese zu einer mageren Frau, deren Alter schwer zu schätzen war, weil ihr Gesicht von Schwären und Narben gezeichnet war.

»Ja, Frau Wächterin.« Elsa erhob sich. Endlich entfernte die Wärterin sich. »Das ist ein ganz normales Spinnrad.«

»Ich habe … nur selten gesponnen«, gab Lucia zu.

Elsa neigte sich zu ihr. »Bist wohl eine Liederliche, so wie du aussiehst. Deine Haut ist noch ganz rein und unverbraucht.« Sie lächelte. »Musst dich nicht schämen. War ich auch früher. Bis mir ein Freier zu meinem Hurenlohn auch noch diesen Schmuck vermacht hat, mit dem mich niemand mehr sehen wollte.« Sie wies auf ihr Gesicht.

»Ich komme aus gutem Haus. Meine Eltern hatten einen Steinhof am Vorsetzen. Jetzt sind beide tot«, korrigierte Lucia sie. Sie bemerkte, dass die anderen Frauen ihre Arbeit verlangsamten, um besser zuhören zu können.

»Damit allein wärst du wohl kaum hier gelandet. Du verschweigst uns doch etwas! Heraus damit!«, forderte Elsa. Die Frauen freuten sich sichtlich über die Abwechslung. Also erzählte Lucia ihnen, dass sie sich als Mann verkleidet hatte, um in die Bibliothek gehen zu können. Die Betrügereien hingegen verheimlichte sie.

Ihr Bericht stieß auf eine Mischung aus Belustigung und Unverständnis. Misstrauisch ergriff Elsa Lucias Hände, erkannte aber wohl, dass diese kräftig und von Arbeit gezeichnet waren. »Recht so! Man darf sich nicht unterkriegen lassen!«, urteilte sie nun. Während eine junge Frau murmelte, dann habe man Lucia ja zu Recht hierhergebracht, fuhr sie fort: »Gelehrt bist du also? Das ist gut. Viele von uns brauchen Hilfe, um Briefe an die Familie zu schreiben oder ihre Rechte einzufordern.« Ihr Gesicht verschattete sich. »Ich auch. Meine Tochter und ich müssen hier raus. Der Staub reißt Dierkjes Haut auf und legt sich auf ihre Lunge, ganz schwächlich ist das Kind schon.«

Abends wurde aus einem großen Kessel Hafergrütze mit Milch verteilt. Die Frauen waren so müde, dass sie beinahe im Stehen einschliefen. Elsa musste ihre Tochter immer wieder anstupsen, damit diese ihre Grütze aufaß. Dierkje war tatsächlich sehr zart, ihre Haare waren verklebt, die Haut stumpf und ihre Brust ganz eingefallen. Wie die anderen Kinder hüstelte sie oft.

»Wie lange seid ihr schon hier?«

»Beinahe zwei Jahre. Ich habe einen Onkel bei Schleswig und hoffe, dass er uns aufnimmt. Aber als ich gerade das Geld beisammenhatte, um mit Dierkje zu ihm zu wandern, wurde ich krank. Natürlich waren die paar Kröten schnell verbraucht. Ich habe ihm geschrieben, aber er reagiert nicht. Vielleicht will er uns nicht bei sich haben. Vielleicht ist er aber auch schon tot.« Dierkje war eingeschlafen, und Elsa hob sie hoch, wankte aber erheblich unter dem Gewicht.

Lucia kratzte die Schale aus und eilte ihr nach, um ihr Dierkje abzunehmen. Sie mochte die Frau, die sich von ihrem Schicksal anscheinend nicht unterkriegen ließ. Das Mädchen hing schlaff in ihrem Arm; es war leicht wie eine Feder.

Ein schrilles, panisches Pfeifen ließ Lucia hochfahren. Für einen Augenblick wusste sie nicht, wo sie war. Dann erinnerte sie sich daran, dass Elsa am Abend noch ihre ganze Überredungskunst aufgebracht hatte, damit Lucia einen Schlafplatz neben ihr und ihrer Tochter bekam.

Jetzt kniete Elsa neben ihr auf dem Bett und umklammerte ihre Tochter. Dierkje war es, die diese furchtbaren Laute ausstieß. Das Gesicht der Kleinen war vom Weinen verzerrt und tränennass.

»Ruhig, Lütte, ruhig!«, wiederholte Elsa immer wieder.

»Was hat sie? Kann ich etwas tun? Ihr helfen?« Lucia konnte die Töne kaum ertragen, aus denen die Todesangst sprach.

»Nein, nichts. Es muss bald wieder besser werden. Normalerweise halten diese Anfälle nicht lange an.«

»Normalerweise? Das kommt öfter vor?«

Elsa nickte. Von den Nebenbetten schimpften nun einige, weil sie schlafen wollten. Lucia lief trotzdem los und holte einen Becher Wasser. Nur mühsam brachten sie das Mädchen zum Trinken, dann endlich schien Dierkje wieder leichter Luft zu bekommen. Zitternd rollte sie sich zwischen ihrer Mutter und Lucia ein.

»Kann man denn da gar nichts machen? Kommt kein Physicus hierher?«

»Doch, schon, aber nur einmal die Woche. Die Medikamente werden im Kontor weggeschlossen.« Elsa wischte sich über das Gesicht. Lucia sah, wie sehr sie dieser Anfall mitgenommen hatte. »Diese Atemnot haben einige der Kinder. Aber so richtig kümmert es keinen. Deshalb sterben hier ja so viele von den Kleinen.« Sie schlang die Arme um ihre Tochter. »Aber Dierkje darf das nicht passieren. Sie muss wieder gesund werden.«

Drei Wochen später saß Lucia im Schreibzimmer und sah sich um. Kein Wächter in Sicht. Sie gab Elsa einen Wink. Dierkje hatte den Kopf auf die Tischplatte gelegt und schlief, fiebernd und erschöpft. Ihre Anfälle waren von Nacht zu Nacht länger und heftiger geworden.

Elsa hockte sich neben sie und strich ihr über die struppigen Haare. »Noch immer nichts?«

Lucia schüttelte den Kopf. »Wir sollten noch einmal schreiben. Morgen ist Besuchstag. Meine Freundin Greteke kann den Brief vielleicht mitnehmen.« Als Elsa nickte, zeigte Lucia ihren anderen Schülerinnen den Abschnitt des Katechismus, den sie abschreiben sollten, und machte sich an die Arbeit. In den Wochen, die sie bereits im Werk- und Zuchthaus zugebracht hatte, hatte sie es immerhin geschafft, Dierkje für ein paar Stunden aus der Staubhölle des Arbeitssaals zu holen, indem sie sie unterrichtete. Auch für sie selbst waren diese Stunden eine Ablenkung, denn sie hasste das Spinnen abgrundtief. Immerhin hatte Greteke sie hier gefunden und besuchte sie regelmäßig. Alle zwei Wochen kam zudem ein Brief von Tobias – voller geistlicher Ermahnungen und mit nur wenigen persönlichen Worten, die den Fortschritt ihres Bruders im Lernen und im Gesang betrafen. Stolz berichtete er, dass er nun auch noch das Orgelspielen lernen durfte.

Schritte näherten sich, in die sich das Klacken eines Stocks auf dem Steinboden und das Rasseln von Schlüsseln mischte. Elsa küsste Dierkje wach und lief hinaus, Lucia versteckte den Brief im Ärmel; die anderen Mädchen würden sie nicht verraten.

»Seid ihr fertig? Dann macht euch an die Arbeit. Ihr müsst euer Pensum schaffen, ehe die Besuchszeit anbricht!«, rief Frau Wiese.

Es war später Nachmittag, als sie endlich im Innenhof auf Greteke traf. Die Freundin berichtete ihr Neuigkeiten aus dem Viertel und der Gemeinde. »Dein Bruder macht sich gut an der Schule, alle Lehrer sollen sehr zufrieden mit ihm sein. Und stell dir vor: Hans hat bei meinen Eltern um meine Hand angehalten. Wir werden heiraten!« Sie strahlte vor Glück.

»Ich freue mich für dich!« Lucia schloss sie in die Arme. Nachdem ihre Freundin mehr über die Hochzeitspläne berichtet hatte, forschte sie nach: »Ist denn keine Post für mich gekommen? Hat niemand nach mir gefragt?« Es war albern, sich danach zu erkundigen.

»Leider, weder noch.« Greteke nahm ihre Hand, und im nächsten Augenblick bemerkte Lucia etwas Hartes und Kaltes in der Handfläche. »Ich weiß ja nicht, was du damit willst, aber sei bitte vorsichtig«, wisperte Greteke.

Trudelnd stürzte Frau Wiese um. »Du ungeschicktes Ding!«, schimpfte sie und versuchte, sich hochzurappeln, was ihr wegen des steifen Beins jedoch schwerfiel.

»Verzeiht!« Lucia wollte die Wollballen aufsammeln, die sich auf dem Boden rund um sie verteilt hatten. »Ich habe Euch nicht gesehen! Hoffentlich habt Ihr Euch nicht wehgetan! Oh, Euer Rock – er ist ganz schmutzig geworden!« Hastig klopfte sie den Stoff ab, wischte Staubflecken und Flusen weg, half der Wächterin hoch, die noch immer auf sie einschimpfte.

Sicher macht sie mir Ärger deswegen, dachte Lucia reumütig.

Als sie die Wolle eingesammelt hatte und wieder ihres Wegs ging, huschte jedoch ein Lächeln über ihre Lippen.

Nachts, als seit Stunden nur die Schlafgeräusche der anderen Frauen zu hören waren, schälte Lucia sich vorsichtig aus dem Bett. Zwischen Balken und Strohsack pulte sie etwas hervor. Dann schlich sie durch die leeren kalten Gänge des Werkhauses zum Kontor, in dem die Wertsachen und die Medizin gelagert wurden. Hoffentlich war es ihr gelungen, den Schlüssel von Frau Wieses Bund richtig abzuformen. Sie befühlte noch einmal die Form, die sie aus dem Bleirest, den Greteke ihr mitgebracht hatte, hergestellt hatte. Jetzt galt es!

Als Dierkje in dieser Nacht voller Todesangst um Atem rang, konnte ihre Mutter ihren Anfall mit dem gestohlenen Teil einer Latwerge, die sie in eine Walnussschale gefüllt hatte, wenigstens ein bisschen lindern.

Doch das Hochgefühl währte nur kurz. Am nächsten Morgen steuerte Frau Wiese direkt auf ihren Schlafplatz zu. Gleich darauf durchwühlte die Wächterin den Strohsack und fand nicht nur die Walnussschale mit dem gestohlenen Medikament, sondern auch den Bleischlüssel. Beides wog sie in den Händen.

»Ich habe keine Ahnung, wie das da hingekommen ist«, sagte Lucia.

»Ich aber. Ein Vögelchen hat es mir gezwitschert.«

Lucia sah sich um. Welche der Frauen mochte sie verraten haben?

»Eine, die sich damit brüstet, in Männerkleider zu steigen, treibt auch andere Schandtaten. Aber du wirst schon sehen, was wir hier mit Diebinnen machen.«

35

Essequibo

Theo stürzte den vierten Rum herunter, erleichtert, dass jetzt endlich die betäubende Wirkung des berauschenden Getränks einsetzte. Von seinem Platz vor der Schenke blickte er über den Ort. Obgleich er es nicht wollte, dachte er wieder einmal an die letzten Monate. Er nahm seine Schreibfeder auf und setzte den Brief an Benjamin fort, an dem er gerade schrieb.

Als die grünen Inseln in Sicht gekommen waren, tanzten die Sklaven an Deck, als hätten sie die Hölle überlebt. Was sie in gewisser Weise ja auch hatten. Wir kauften von Händlern auf Ruderbooten frisches Obst, Gemüse und Wasser, das an Mannschaft und Sklaven verteilt wurde, schließlich sollten sie für den Verkauf wieder kräftig und gesund aussehen. Doch ihr Martyrium war noch nicht zu Ende. Für die Auktion mussten sie noch einmal untersucht werden. Nachdem sie den Auktionsblock verlassen hatten, wurden sie von ihren neuen Besitzern zum zweiten Mal gebrandmarkt. Ich bin froh, dass wir es jetzt nicht mehr mit menschlicher Fracht zu tun haben. Wir werden einige Zeit hierbleiben, um Ladung aufzunehmen.

Theo blickte über den Ort. Die Zuckerrohr- und Baumwollfelder waren beeindruckend. Dennoch konnte er die Einblicke in diese neue Welt kaum genießen, zu tief saß in ihm der Horror der Überfahrt.

Jetzt erst bemerkte er, dass seine Hand bebte und ihm Tränen in den Augen standen. Hatte sein Vater recht, und er war ein Schwächling? Schroff wischte er sich über das Gesicht und kippte den Rest des Rums, dann bestellte er einen weiteren Becher.

»Niederländer?«, sprach ihn der ältere Mann an, der im Schatten der Schenke saß und ebenso stoisch seinem Rum zugesprochen hatte. Er sah wie ein Seemann aus, ein höherer Rang, Schiffer vielleicht. Seine gepflegte Kleidung und der kostbare Degen passten kaum zu seiner ausgelaugten Ausstrahlung.

Theo nickte.

»Wo kommst du her, Junge?«

»Amsterdam.«

»Dein erstes Mal in der Karibik?«

»Mein erstes und mein letztes Mal.« Theo trank erneut.

»Meines auch. Ich setze mich zur Ruhe. Habe meinen Teil getan und genug Geld beisammen. Aber du bist noch jung.«

Es war etwas Vertrauenerweckendes an dem Schiffer, das Theo dazu trieb, ihm seine Geschichte zu erzählen. Sein Gegenüber hörte ruhig zu, stellte einige Fragen zu seinem Werdegang und nickte dann wissend. »Ich bin beinahe mein ganzes Leben zur See gefahren und kann nur sagen: Das wäre verschwendetes Talent. Du wirst auf See gebraucht.«

Theo schnaubte. »Gebraucht? Um Grausamkeiten zu unterstützen?«

»Wenn du das nicht willst, solltest du dein Talent in den Dienst eines anderen Ziels stellen. Auch die Admiralität braucht gute Wundärzte. Zu viele Pfuscher sind mit der Flotte unterwegs. Wenn ich an die unzähligen Matrosen denke, die für unser Land ihr Leben riskieren, nur um von einem Nichtskönner im Dienste der Medizin dahingemetzelt zu werden ...« Der Schiffer trank aus und erhob sich. »Ich bin fertig. Aber du kannst noch etwas bewirken.«

Die Worte des alten Kapitäns, den er nicht einmal nach seinem Namen gefragt hatte, machten Theo nachdenklich. Sein Ehrgeiz kehrte zurück, und mehr denn je versuchte er, an Kwick vorbei die kranken Besatzungsmitglieder zu behandeln. Diese dankten es ihm, indem sie ihn mit ihrem Leben schützten, als sie einige Wochen später in der Karibik von englischen Schiffen angegriffen und beschossen wurden. Ihr Mut beeindruckte Theo sehr. Zum Glück ging ihm die Versorgung der Hieb- und Schussverletzungen inzwischen leichter von den Händen; er hatte viel gelernt. Doch Kwick reagierte argwöhnisch, beinahe eifersüchtig. Er wiegelte sogar Leif auf und verbat diesem, Theo zu helfen. Als sie das südliche Amerika hinter sich ließen, wurde ihr Verhältnis zueinander immer schwieriger.

Eines Abends, als Theo gerade mit Yorick die Sterne beobachtete, wurden sie durch einen Tumult an Deck unterbrochen. Sie waren auf halbem Wege zwischen den niederländischen Besitzungen in Brasilien und Nieuw Nederland. Demnächst wollten sie auf der Salzinsel Sint Maarten Halt machen, die sich die Niederländer seit knapp drei Jahren mit den Franzosen teilten.

Als Theo und Yorick hinzukamen, waren bereits zwei Gestalten in Gewahrsam genommen. Die Wachen hatten ihnen die Hände auf den Rücken gedreht und hielten sie fest. Auch der Kapitän war anwesend. Theo trat näher. Im Schein des Mondes und der Fackeln erkannte er die Gesichter der Gefangenen. Es handelte sich um Meester Kwick und Leif, dessen Gesicht maskenhaft erstarrt war.

»Was ist passiert?«, fragte Yorick den Zweiten Steuermann.

»Sodomiten. Ein Matrose hat die beiden in flagranti erwischt.«

Theo versteifte sich. Seit Beginn der Seereise gab es Gerüchte über sündhafte Handlungen, zu denen man sich nachts an der Pissrinne traf. Auch hatte er eine gewisse Nähe zwischen manchen Matrosen beobachtet. Ja, er hatte sogar am eigenen Leib Regungen beobachtet, wenn er bestimmten Reisegefährten nahe kam, diese aber als natürlich betrachtet; schließlich waren sie seit Monaten unterwegs, ohne sich Erleichterung verschaffen zu können. Dass Meester Kwick und Leif allerdings …

»Ich hatte dich gewarnt«, hörte Theo den Kapitän jetzt sagen.

Kwick reagierte kühl. »Das kannst du nicht machen. Du brauchst einen Schiffsarzt.«

Der Kapitän wies auf Theo. »Ich habe einen. Theo wird ein würdiger Ersatz für dich sein. Mehr als würdig.« Er wandte sich ab. »Fesselt die beiden Sodomiten aneinander.«

Der Schiffsjunge begann zu weinen.

»Reiß dich zusammen!« Kwick riss sich los und verpasste ihm eine Ohrfeige, doch schon im nächsten Augenblick zog er ihn an sich und umarmte ihn fest. Soldaten zerrten die beiden auseinander, banden sie Rücken an Rücken. Dann kamen Matrosen mit einem groben Leinensack.

Theo überlegte, ob er für Kwick ein gutes Wort einlegen sollte. Würde es etwas nützen? Letztlich wussten alle, welche Strafe sie für Sodomie erwartete, seit die Schiffsregeln verlesen worden waren. »Kapitän, wollt Ihr nicht in diesem Fall Gnade walten und die Vollstreckung des Urteils verschie–«, begann er dennoch.

Mit einer entschiedenen Geste machte der Kapitän seiner Rede ein Ende.

Kwick warf Theo einen Blick zu. »Ich fürchte mich nicht. Denk dran: Der Körper ist nur Mechanik. Keine Seele. Kein Gott, nirgends. Kein –«

Der letzte Satz erstickte, als ihnen der Sack über den Kopf gezerrt wurde. Nun schrie der Junge schrill. Ohne Erfolg versuchte der Prediger, ihn mit seinem Gebet zu übertönen.

Im Sack zuckte und bebte es, dennoch gelang es den Soldaten problemlos, ihn zur Reling zu schaffen. Dann wurde der Sack hochgerissen, schwankte und fiel über die Holzkante, fiel, bis das Platschen den Schrei erstickte und nur noch das Säuseln des Windes und der Wellen sowie die letzten Worte des Gebets zu hören waren.

Theo stand neben dem Steuermann, als endlich Nieuw Amsterdam vor ihnen auftauchte. Endlose bewaldete Hügel und Wälder erstreckten sich vor ihnen. Obgleich Theo auf dieser Reise schon vieles gesehen hatte, konnte er sich vorstellen, dass diese weite, wilde Landschaft für jemanden, der plattes Land gewöhnt war, überwältigend sein musste. Sie umrundeten die Landspitze. Nun erhoben sich Klippen zu einem geschützten Hafenrund. Drei Flüsse schienen in die Bucht zu münden, und an den schilfbewachsenen Ufern gab es viele Ankerplätze.

»Die hakenförmige Bucht, der windgeschützte weite Hafen – alles ist so, wie man es mir beschrieben hat«, sagte Theo ein wenig erstaunt.

Yorick nickte. »Nieuw Amsterdam hat einen sehr guten Hafen für alle Winde. Angeblich hat der Seefahrer Peter Minuit aus Wesel Manhattan-Island für sechzig Gulden von den ansässigen Indianern gekauft und hier die erste Kolonie aufgebaut, ehe er sich mit der Westindischen Kompanie zerstritt und zu den Schweden überlief. Heute laufen hier die Handelsströme zusammen.« Er starrte auf die See vor ihnen. »Manche sagen, die Stadt sei die Tabak- und Pelzhauptstadt Europas. Allerdings machen die Strömungen und der Tidenhub das Manövrieren auch gefährlich.«

Theo verstand und zog sich zurück. An der Spitze der Insel erblickte er ein Fort und eine Siedlung. Einige Kanonenrohre ragten über die Brüstung hinaus und zielten auf das Hafenbecken. Das musste Fort Oranje sein. Er entdeckte Häuser mit steilen Treppengiebeln, Fachwerkhäuser und Holzhütten. Oft sah er gelbe Ziegel, wie sie typisch für Amsterdam waren. Der Brief seines Vaters kam ihm in den Sinn, der auf dem Grund seiner Seekiste lag und den er seit seiner Abreise aus Amsterdam vollkommen vergessen hatte. Immerhin hatten die letzten Wochen, in denen er als alleiniger Schiffschirurg verantwortlich war, seine Seele ein wenig zur Ruhe kommen lassen.

Gemeinsam mit dem Kapitän und dem Oberkaufmann setzte Theo zum Fort über, um dem Gouverneur seine Aufwartung zu machen. Schnell sah er, dass Nieuw Amsterdam anders als jeder Ort war, den er auf dieser Reise gesehen hatte. Geschäftig, was die Vielfalt der Waren anging, beeindruckend mit seinem Völker- und Sprachengemisch, das noch unglaublicher als in Amsterdam war. Puritaner schienen mit Piraten zu verhandeln, geschäftstüchtige Frauen mit ebenholzfarbenen Afrikanern, die jedoch keine Sklaven zu sein schienen, und eine Gruppe Ureinwohner diskutierte mit Pelzhändlern über Ketten aus Meeresschnecken.

Der niederländische Gouverneur Petrus Stuyvesant war ein bärbeißiger Kerl mit Stiernacken und Murmel-Augen, der sich über die Unordnung und Unzucht in seiner Stadt aufregte. Sein rechtes Bein war durch eine Steinkugel zerschmettert worden, weshalb er auf einem Holzbein durch sein Kontor marschierte. Vor allem schimpfte er erbittert, weil ein Rechtsanwalt und Grundbesitzer namens van der Donck nach s'Gravenhage gereist war und dort gegen sein Regime rebellierte. »Dabei mache ich hier die Gesetze!«, rief Stuyvesant.

Als Theo sich später um die Versorgung der Kranken gekümmert und die Aufgaben auf der Krankenstation erledigt hatte, holte er aus dem untersten Winkel seiner Seekiste den Brief und die Anweisungen, die sein Vater ihm bei seiner Abreise mitgegeben hatte. Beinahe ein Jahr war es jetzt her, dass er Amsterdam verlassen hatte, und es würde noch einmal etwa zwei Monate dauern, bis er wieder zu Hause sein würde. Es war keine kurze Reise, aber auch keine besonders lange, wie er inzwischen wusste.

In den Tavernen der Stadt, in denen es hoch herging, erkundigte er sich nach dem Mann, dessen Name auf dem Umschlag stand. Als er erfuhr, dass dieser verstorben war, sank ihm der Mut. Hatte sein Vater ihn ganz umsonst auf diese weite Reise geschickt? Dann aber erfuhr er, dass sich nun die Witwe um die Geschäfte kümmerte. Er müsse nur die Fähre zum anderen Ufer nehmen. Ein Junge von vielleicht zwölf Jahren half dem Fährmann, der Theo über seine Reisen und seine Herkunft ausfragte. Dabei schienen die Strömungsverhältnisse sehr gefährlich und der Pegelunterschied gewaltig zu sein.

»Das stimmt, Mijnheer«, bestätigte der Junge Theos Vermutung. »Deshalb nennen wir diesen Teil der Bucht ja auch Spuyten Duyvil, also des Teufels Abfluss.«

An Land folgte Theo, wie man es ihm beschrieben hatte, einem Flusslauf, bis er ein Tal erreicht hatte. Dort befanden sich eine kleine Hütte und die Baustelle eines größeren Farmhauses, das aus ganzen, angespitzten Baumstämmen errichtet wurde. Einen Steinwurf weiter klaffte in der Graslandschaft eine schwarze Fläche mit verkohlten Holzstumpen; wie es aussah, hatte dort ein Haus gestanden. Bei dem Neubau wurde gerade aus schmalen gelben Ziegelsteinen der Schornstein gemauert. Vor der Hütte verhandelten eine Frau und mehrere Männer über Pelze. Hinter ihnen lagen zwei eingezäunte Flächen mit Pferden und zwei Kühen. Eine weitere Farm befand sich etwa einen Musketenschuss entfernt am Flusslauf.

Sobald er sich näherte, kam ihm ein alter Mann entgegen, der wie beiläufig eine Flinte in den Händen hielt. Nachdem Theo gesagt hatte, was er wollte, rief der Alte einen Namen. Die Frau wandte sich zu ihnen um. Sie schien zu erstarren, als sie ihn sah, kam langsam näher. Sie war etwa fünfzig und hatte ein ledriges Gesicht wie eine Bäuerin, trug aber anständige Kleidung. So lange musterte sie Theo, dass er nervös wurde. »Eigentlich wollte ich zu Eurem Gatten. Mein Beileid übrigens. Ich soll hier einen Brief abgeben«, sagte er.

Sie wischte sich die Hände an ihrem Kleid ab. Kräftige Hände, die von bunten Farbspritzern getupft waren, was ihn irritierte. »Und wer seid Ihr?«, fragte sie.

»Theo Krisz Aard ist mein Name, Mevrouw«, sagte er und fühlte sich unter ihren Blicken wie ein kleines Kind, das Rede und Antwort stehen muss.

Ihr Gesicht hellte sich sogleich auf. »Daher also«, sagte sie und nickte wissend. »Dann sei mir willkommen, Neffe.«

Theo begriff es nicht. Hatte er sie richtig verstanden? »Neffe?«, wiederholte er ein wenig dümmlich.

Sie lächelte, und auf einmal verschwand das Strenge in ihrem Gesicht. »Ich bin Wilhelmtje, die Schwester deines Vaters.«

»Aber ich dachte, Ihr seid … «

»Tot? Das denken alle. Aber ich bin nicht tot. Ganz und gar nicht. Und nun komm herein, du hast sicher Durst. Es gibt frische Ingwerlimonade. Es sei denn, du redest mich weiter so förmlich an.« Sie lachte.

Wilhelmtje rief etwas und besprach sich mit einer jungen Frau, die dunklere Haut, schwarze Haare und Augen hatte. Dann ging sie Theo voraus über die Veranda; ihre Stiefel klangen schwer auf dem Holzboden, und sie zog sie vor der Tür aus. Theo tat es ihr nach. Ein wenig ist das wie in Amsterdam, dachte er irritiert. Die Hütte war vollgestellt mit Möbeln, manche waren beschädigt oder wurden gerade repariert. An einer Wand lehnten Holztafeln neben einer Staffelei, die die Flusslandschaft zeigte.

»Hast du das gemalt?«, fragte er, weil es ihm leichter erschien, als sie über das Geheimnis ihrer Familien auszufragen.

»Manchmal komme ich noch zum Malen. Aber seit unsere Farm überfallen und abgebrannt wurde und … « Sie stockte, und Theo fürchtete schon, dass sie nicht weitersprechen würde. Verstohlen suchte er ihr bekümmertes Gesicht nach einer Ähnlichkeit zu seinem Vater ab. »Bei dem Überfall auf unsere Farm wurde mein Mann getötet. Ich selbst wurde schwer verletzt«, sagte sie schließlich.

»Das tut mir leid.«

Wilhelmtje nickte nur. Als müsse sie sich ablenken, öffnete sie den Brief. Dann sah sie auf. Ihr Blick war müde. »Auch dein Vater hat bei diesem Überfall eine Menge verloren. Eine ganze Ladung

Biberfelle wurde gestohlen, ebenso viele wurden ein Raub der Flammen.« Sie stellte ihm einen Teller mit Keksen und einen Becher Limonade hin. »Wir hatten viele Pläne. Die Qualität unserer Hüte sprach sich bereits herum. Ich wollte deinen Vater bitten, für uns einen Vertrag mit einem Amsterdamer Händler auszuhandeln. Mit einem Vorschuss hätten wir das Geschäft auf sichere Füße stellen können. Aber jetzt ist alles in Gefahr. Ich weiß nicht, ob ich ihm diesen Verlust jemals ausgleichen kann.«

Von draußen rief jemand. Wilhelmtje erhob sich. War ihr Gespräch schon zu Ende? Theo hatte noch so viele Fragen an sie!

Seine Tante steuerte eine Herdstelle hinter dem Haus an und winkte Theo, ihr zu folgen. Ein Mann legte jede Menge Fischfilets, Jakobsmuscheln, Austern, Fleisch und Maiskolben auf den Rost. Dazu gab es Brot und Gebäck, das aussah, als stammte es direkt aus einer Amsterdamer Bäckerei. Theos Magen knurrte vernehmlich.

»Das ist mein Neffe Theo«, stellte Wilhelmtje ihn den anderen vor und machte ihn mit den Menschen am Feuer bekannt. Der alte Mann war ihr Schwiegervater, es gab drei kleine Kinder – seine Cousins, wie Theo klar wurde – und ihre Magd, die einem der hiesigen Indianerstämme angehörte. Als sie gerade essen wollten, kam der Junge von der Fähre hinzu. »Das ist Joris, mein Ältester. Er hilft an der Fähre aus.«

»Wir haben uns schon kennengelernt.«

Sie aßen gemeinsam, redeten über Amsterdam, über Theos Reise und das Leben hier. Die Kinder fütterten das Vieh und wurden dann ins Bett geschickt, während der Alte die Maultrommel zu zupfen begann. Theo wurde nervös. Er musste zurück aufs Schiff. Der Kapitän hatte ihnen eingeschärft, dass niemand an Land bleiben durfte.

Wilhelmtje und Joris brachten ihn schließlich zum Fähranleger zurück. »Darf ich dich fragen, wie es kam, dass du aus Amsterdam verschwunden bist? Dass niemand wusste, dass du noch lebst, außer meinem Vater?«, fragte Theo auf dem Weg.

Eine Weile waren nur die seltsamen Tierstimmen dieses Landstrichs zu hören. Schließlich ergriff Wilhelmtje das Wort. »Meine Mutter hatte mich zur Malerin ausgebildet. Ich war talentiert, mir gelang es sogar, in die Amsterdamer Malergilde aufgenommen zu werden. Mein Vater hatte mehrere angesehene Junggesellen für eine Verheiratung ins Auge gefasst. Ich aber verliebte mich in Kees, einen einfachen Kürschner. Wir konnten nicht voneinander lassen. Meine Eltern verboten mir jeglichen Umgang, was unsere Liebe jedoch nur noch stärker machte. Schließlich wurde ich schwanger. Nachdem …« Wilhelmtjes Stimme brach. »Wie auch immer, wir flohen. Das Schiff, das wir ursprünglich nehmen wollten, ging unter. Durch eine Fügung des Schicksals waren wir nicht an Bord. Alle hielten uns für tot. Und wir ließen es dabei. Nur einem vertrauten wir uns an. Einem, von dem ich wusste, dass er uns niemals verraten würde: deinem Vater. Kris brachte uns hierher. Unter einem anderen Namen fingen wir neu an. Dein Vater unterstützte uns mit Geld und guten Verbindungen. Seinen Mut und seine Güte – und auch seine Leihgaben – zahlten wir ihm mit Freundschaft und Waren zurück. Wir hatten ein schönes Leben. Bis zu den schrecklichen Ereignissen des letzten Jahres.«

Sie hatten den Fähranleger erreicht. Theo war kribbelig. Von alldem hatte er nichts geahnt. Wilhelmtje hatte ihm eine völlig neue Seite seines Vaters eröffnet. »Und was ist mit Oom Michiel? Warum weiß er nicht, dass du noch lebst?«, fragte er.

»Michiel hat unsere Verbindung nie gutgeheißen. Er stand auf der Seite unseres Vaters. Niemals hätte er sich gegen ihn gestellt. Unser Zerwürfnis hat mich geschmerzt, sehr sogar.« Wilhelmtje nahm Theos Hand. »Als ich dem Tode nahe war, haderte ich damit, dass ich meine Familie betrogen habe. Dass du nun hier bist, ist ein Zeichen Gottes für mich. Wenn du wiederkommst, werden wir besprechen, wie wir Gottes Wink nutzen können.«

Theo lehnte den Rücken an eine der Eichen, die so dick waren, dass er sie nicht mit den Armen umfassen konnte, und sah zu, wie Yorick und Joris im Fluss nach Lachsen fischten. So oft es ging, war er bei seiner neuen Familie und erkundete mit seinem Cousin und seinem Freund das Land. Viel hatten sie hier schon erlebt, und er hoffte, dass ihre Abreise noch etwas auf sich warten lassen würde. Er hatte alle Krankheiten, Verletzungen und Wehwehchen der Farmbewohner behandelt, und bisweilen waren sogar Leute von entfernteren Farmen gekommen, damit er ihnen half. Inzwischen hatte er Wilhelmtje und ihrer Nachbarin Mary Tipps für die Wundversorgung gegeben, damit sie sich beim nächsten Notfall selbst helfen konnten.

Nun setzte er die Graphitmine auf das Papier.

Lieber Benjamin,
so viel ist geschehen, was ich dir berichten möchte, was ich mir
aber doch für unser nächstes Treffen aufsparen werde. Deshalb
will ich dir jetzt von diesem Land erzählen, das ich gemeinsam
mit meinen Freunden erkunde, während unsere Ladung von
Biberfellen, Holz und Tabak zusammengestellt wird.
Dieses Nieuw Nederland ist wahrlich ein gelobtes Land. Es ist
so weitläufig, dass hier jeder sein Glück machen und in Freiheit
leben kann. Unzählige Vögel gibt es, Muscheln und Austern,
Flüsse, Quellen und Niederungen, Erdbeeren, Beeren, Walnüsse,
Weintrauben. Wälder voller Eicheln, in denen die Schweine
sich fett fressen können. Die Erde ist schwarz, krümelig und
fruchtbar, sodass das Getreide mannshoch wächst.
Die Indianer sind friedlich, solange sie Handel treiben können
und man sie in Ruhe lässt. Mit meinen neuen Freunden besuchte
ich ihre Dörfer, sah, wie ihre Medizinmänner ihre Kranken
heilten. Ihre Häuptlinge tragen Pumafelle über den Schultern
und Schlangenhaut um die Stirn, ein seltsames Bild.
In Fort Oranje lebt ein Vielvölkergemisch. Sogar freigelassene

Sklaven gibt es hier, denn in Nieuw Amsterdam ist jedermann
frei, wie es sich für einen Bürger der Niederlande gehört.
Niemand darf wegen seiner Religion verfolgt oder belangt
werden. Deshalb siedeln sich sogar puritanische Engländer
hier an, denen die eigenen Landsleute zu streng sind. Das neue
Jerusalem, das die Pilgerväter in New England aufbauen wollen,
ist ihnen ein Gefängnis. Du findest in Nieuw Amsterdam Araber,
Italiener, Polen, Dänen. Ehrliche Handwerker und Händler,
aber auch Schmuggler, Huren und Piraten. Dieser Staat ist
größer als die siebzehn niederländischen Provinzen zusammen.
Es sollen etwa eintausendvierhundert Menschen hier leben – und
Joris, unser Cousin, hat mindestens achtzehn Sprachen gezählt.
Hier wird mit Florins, Dublonen, Pennys, Pesos, Shilling,
Reals, Daelders, Carolus-Gulden und sogar dem Muschelgeld
Wampum gezahlt. Und das Unglaubliche ist: Alle leben mehr
oder weniger friedlich zusammen. Das ist der niederländische
Geist.

Doch ein derartiger Schatz ist umkämpft. Erst kürzlich wollten
uns die Schweden dieses Land abnehmen, und wie man hört,
stehen ständig Kerle vor dem Gouverneur, die behaupten, ihr
König hätte ihnen das Land geschenkt oder sie besäßen ältere
Rechte. Auch die Kolonie Rensselaerwyck, die von einem reichen
Amsterdamer gegründet wurde, sorgt für Auseinandersetzungen.
Die Schweden zumindest hatten Pech. Sie haben ihr Fort an
einem derart mückenverseuchten Ort errichtet, dass man es nur
Fort Myggenborgh nennt.

Der Gouverneur Nieuw Amsterdams, ein Einbeiniger namens
Petrus Stuyvesant, der sich nur »der General« nennen
lässt, versucht durchzugreifen. Die Einwohner lassen sich in
ihrem Lebenswandel aber nicht beirren. Sie leben fröhlich
mit ihren heimlichen Schnapsbuden weiter. Allerdings ist die
Stadtregierung zerstritten. Einer der Führenden ist wohl derzeit

in s'Gravenhage, um dort eine Beschwerde vorzubringen. Vielleicht weiß Oom Samuel ja etwas über ihn? Wenn nicht, dann sollte er sich informieren. Van der Donck, heißt er. Nieuw Nederland gehört die Zukunft. Auch unsere Zukunft. Aber dazu mehr, wenn wir uns sehen.

Dein Cousin Theo

36

Benjamin saß an Deck der Treckschute nach s'Gravenhage und ließ Gespräche und Landschaft an sich vorbeiziehen.

»Die Große Versammlung kann doch unserem Prinzchen nicht alles wegnehmen!«, empörte sich gerade eine Frau.

»Warum nicht? Wollt Ihr etwa einen Säugling an die Spitze unseres Heeres setzen? Mit Spielzeugdegen und Mini-Harnisch? Das geht doch nicht!«, widersprach eine andere.

Seit über einem halben Jahr tagten die Abgeordneten nun schon in s'Gravenhage, und je länger die Beratungen andauerten, desto mehr Raum nahm dieses Thema ein. Vor allem in Landstrichen, in denen die Prinzgesinnten stark vertreten waren, wurde heftig und manchmal auch handgreiflich diskutiert. In s'Gravenhage hatte es sogar regelrechte Tumulte gegeben. Benjamin war gespannt, was sein Onkel darüber berichten würde. Gleichzeitig war er nervös, denn er würde Samuel erst einmal nur einen Teil des geliehenen Geldes zurückzahlen können. Hoffentlich strapazierte er die Geduld seines Onkels nicht allzu sehr.

Seit Benjamin vor knapp drei Monaten nach Amsterdam zurückgekehrt war, hatten ihre Aufträge ihn auf Trab gehalten. Erfreulicherweise hatte er sogar einen seiner eigenen Hausentwürfe an den Mann bringen können. Michiel und seinem Bruder hatte er davon erst erzählt, als alles in trockenen Tüchern war. Sein Vater war erst irritiert, dann aber sehr stolz auf ihn gewesen. Auch aus Hamburg hatte er nun einen Auftrag erhalten. Aber die Reise hatte sein Vater ihm bisher nicht gestattet. Dabei wollte Benjamin dringend zurück an die Elbe. Noch immer hatte er Lucia nicht vergessen können. Dass sie auf keinen seiner Briefe geantwortet und sich nicht einmal für das Büchlein bedankt hatte, das er ihr geschickt hatte, erschien ihm merkwürdig. Stattdessen hatte Michiel ihn nun nach s'Gravenhage gesandt. »Du wolltest doch ohnehin deinen Onkel besuchen. Dann kannst du dich gleich ein wenig umhören. Wie es scheint, wird die Große Versammlung bald eine Einigung darüber erzielen, wie es nach dem Tod Prinz Wilhelms II. mit der Regierung weitergehen soll. Zeit wird's ja. Ich will über alles genauestens im Bilde sein, wenn wir in Amsterdam darüber beraten.«

Zuletzt war Benjamin als kleiner Junge in s'Gravenhage gewesen, und er staunte darüber, wie sehr sich dieser Ort von Amsterdam unterschied. S'Gravenhage mochte nicht groß sein, aber die Fülle von Kutschen, edel gekleideten Herrschaften und Lakaien war beeindruckend. Es war wahrlich ein Dorf der Paläste. Das Haus seines Onkels fand er sofort.

Als ein Diener ihn hineinführte, saß sein Onkel gerade mit einem Herrn zusammen und blätterte in einem Buch mit verschiedenen Wappen. »Da bist du ja schon! Wie schön, dich zu sehen!« Samuel verabschiedete den Mann und wandte sich ihm dann sofort wieder zu. »Wie ist es – wollen wir bei diesem herrlichen Wetter ans Meer fahren? Ich kann ein Picknick vorbereiten lassen.«

Benjamin hätte sich gerne im Haus seines Onkels umgesehen, das voll interessanter Dinge und Bücher zu sein schien. Andererseits mussten sie den Sonnenschein nutzen, denn in letzter Zeit hatte gutes Wetter nie lange angehalten. So nickte er.

»Ich lasse mir gerade ein Wappen entwerfen. Auf den neuartigen Karossen macht es sich sehr gut«, erklärte Samuel, während sie darauf warteten, dass die Kutsche angespannt wurde.

»Kann man sich denn einfach so ein Wappen entwerfen lassen?«

»Natürlich – das machen hier alle so. Man muss nur aufpassen, dass man niemandem sein Wappen stiehlt, aber dafür gibt es Experten.«

Sie stiegen in die Kutsche. Benjamin strich bewundernd über die lederbezogenen Sitze und das polierte Holz. »Wollt Ihr eine dieser neuen Karossen anschaffen?« Er stockte. »Ich fürchte, ich kann Euch Euer Geld heute nur zum Teil zurückzahlen.«

Samuel lachte auf. »Nein, ich muss erst abwarten, was die Große Versammlung beschließt. Was ich dir geliehen habe, würde für eine Karosse ohnehin nicht reichen.«

»Es wird noch etwas dauern, bis ich genug verdient habe. Ich bearbeite fast nur die Aufträge der Familie.«

»Dann werde ich einen Strafzins einführen.« Als Benjamin ihn entsetzt anstarrte, lachte Samuel erneut. »Keine Angst. So schlimm steht es noch nicht um mein Vermögen, dass ich das tun müsste.«

Sie hatten den Haag hinter sich gelassen, der von Äckern und Viehweiden eingerahmt war, und fuhren nun durch die Dünenlandschaft. Vor und hinter ihnen waren Wagen mit fröhlichen Ausflüglern.

»Danke, dass Ihr Vater nichts von meinen Problemen in Hamburg verraten habt«, sagte Benjamin.

»Wir machen alle Fehler. Wie ich hörte, hast du dich ansonsten wacker geschlagen. Senhor Teixeira schrieb mir, dass sein Sohn sich mit dem Gedanken trägt, ein Haus von dir entwerfen zu lassen.«

»Ich möchte unbedingt zurück nach Hamburg, wenn möglich bald. Dort gibt es viel für mich zu tun.«

»Und hier nicht?«

»Doch, schon. Aber in Hamburg kann ich meine eigenen Entwürfe umsetzen. Dort bin ich mein eigener Herr und ein angesehener holländischer Architekt. Hier bin ich nur ein kleiner Fisch.«

»Ehrgeiz hast du also, das finde ich gut.«

Sie durchquerten den Dünengürtel. Benjamin schmeckte das Salz auf den Lippen und genoss die leichte Brise. Weiß und fein war der Strand, tiefblau das Meer. Er fand es zauberhaft. Während der Kutscher im Schutz der Dünen eine Decke ausbreitete und das Picknick auspackte, gingen sie ein Stück.

»Ihr seid nicht zufrieden mit Euren Geschäften?«, riet Benjamin, der einen besorgten Unterton aus den Bemerkungen seines Onkels herausgehört zu haben glaubte.

Samuel sah aufs Meer hinaus. »Die Auseinandersetzungen mit England nehmen an Schärfe zu, das müsstest du in Amsterdam auch mitbekommen haben. Von den Kaperern müssen wir nicht reden, aber jetzt heißt es auch noch, dass Cromwell den Handel weiter behindern will.« Er seufzte. »Berichte mir lieber, was in Amsterdam los ist. Wie geht es meinem Cousin und Daan?«

Benjamin erzählte, worüber man im Magistrat der Stadt verhandelte, was auf den Straßen geredet wurde und was bei ihnen in der Familie los war. »Vater ist sehr daran interessiert zu erfahren, wie die Große Versammlung entscheidet.«

»Nur zu verständlich. Die Zukunft unseres Landes hängt davon ab.«

Als die Sonne die Dünen küsste, gab Samuel das Zeichen zum Aufbruch. Benjamin hätte gerne den Sonnenuntergang am Strand erlebt, aber offenbar hatte sein Onkel gesellschaftliche Verpflichtungen. Zudem wollte er ihm wohl etwas zeigen, denn sie fuhren einen anderen Weg zurück und hielten in einem weiten Landstrich in Sichtweite der Dünen vor einer alten Hütte.

»Ich benötige deine Expertise«, sagte Samuel geheimnisvoll, während er ausstieg. »Ich habe mir ein Vorkaufsrecht für dieses Grundstück einräumen lassen. S'Gravenhage ist ganz in der Nähe, und doch kann man die Freuden des Landlebens genießen. Mir schwebt ein Buitenplaats zum Lustwandeln vor, samt Garten und Aussichtsturm. Was hältst du davon?«

Benjamin begutachtete den Boden und die umliegenden Wasserläufe, dann die Hütte. »Ich würde Euch raten, dieses Haus abzureißen«, sagte er ehrlich. »Die Bausubstanz ist schlecht.«

Samuel lachte. »Natürlich! Glaubst du etwa, ich ziehe in eine derartige Bruchbude? Ich dachte, du kannst dein Geld bei mir abarbeiten. Genau genommen schuldest du mir nicht mehr viel, weshalb ich dich später auch entlohnen werde. Du hattest doch recht innovative Entwürfe für Landhäuser, wenn ich mich richtig erinnere.«

Die Hitze schoss Benjamin in die Wangen. »Ich mache mich gleich nachher an die Arbeit. Habt Ihr schon eine genaue Vorstellung, wie das Haus aussehen soll?«

»Ganz genau nicht. Aber ich weiß, wessen Bibliothek wir zur Inspiration nutzen können.«

Am nächsten Tag beschäftigen sie sich ausführlich mit Architektur. Nachdem Samuel seine Korrespondenz erledigt hatte, fuhren sie zum Haus von Sieur Huygens. Samuel stellte Benjamin dem Gelehrten vor. Benjamin erzählte von seiner Zusammenarbeit mit Jacob van Campen, und Huygens erlaubte ihnen, seine gut sortierte Bibliothek aufzusuchen. Nachdem Benjamin und sein Onkel Villen aus verschiedenen Architekturtraktaten herausgesucht hatten, gingen sie in den Binnenhof, der gerade durch Pieter Post ausgebaut wurde.

Abends fuhren sie zu Johan de Witt, von dem Benjamin schon viel gehört hatte. Er war erstaunt, wie jung der Politiker noch war. »Wir sind zu einer Einigung gekommen«, berichtete de Witt sichtlich stolz. »Als Paten des Prinzen werden die Princess Royal, die Fürstenwitwe und der Kurfürst von Brandenburg ausgewählt. Sie müssen die Vormundschaft gemeinsam übernehmen. Prinzessin Mary hat als Mutter so viel Macht wie die beiden anderen Vormünder zusammen. Darüber hinaus wurde entschieden, dass die Provinzen vorerst keinen neuen Statthalter einsetzen werden.«

Samuel wirkte schockiert. »Das kommt der Abschaffung der Statthalterschaft gleich!«, sagte er fassungslos.

»Nicht zwingend. Wenn der Prinz alt genug ist, werden wir die

Entscheidung erneut diskutieren. Denn was wäre die Alternative? Graf Wilhelm Friedrich von Nassau-Dietz ist indiskutabel.«

»Das versteht sich von selbst. Dennoch … Was sagen die Prinzessinnen dazu?«

»Huygens informiert gerade die Fürstenwitwe. Heer van Heenvliet und Lady Stanhope, die dem Haushalt der Prinzessin vorstehen, sprechen mit der Princess Royal.«

Samuel schüttelte den Kopf. »Was für ein Schlag für die Princess Royal, sich mit ihrer Schwiegermutter einigen zu müssen!«

»Das wird ihr nicht leichtfallen«, gab de Witt zu. »Aber Prinzessin Mary ist gerade neunzehn, während die Fürstenwitwe eine politisch erfahrene Frau ist, die gemeinsam mit ihrem Schwiegersohn für die Interessen ihres Enkels eintreten kann. Sieh es positiv: Jetzt haben wir diese leidige Angelegenheit abgehakt und können uns den wichtigen außenpolitischen Fragen widmen.«

Benjamin versuchte, sich alles zu merken; das würde seinen Vater sicher interessieren.

De Witt beachtete ihn kaum, sondern sah Samuel ins Gesicht. »Hast du dir überlegt, ob du dich nicht doch in einem der Regierungsgremien engagieren willst? In nächster Zeit werden mit Sicherheit wichtige Posten vergeben.«

»Noch nicht.« Es klang ausweichend. Samuel schien nicht mehr richtig bei der Sache zu sein. Als weitere Besucher kamen, verabschiedeten sie sich. De Witt war heute offenbar sehr gefragt.

Spätabends standen sie mit Samuels neuem, sehr kostspieligem Teleskop im Garten und beobachteten die Sterne. Während Benjamin kaum den Blick lösen konnte, hing sein Onkel seinen Gedanken nach.

»Die Lage der Witwen ist dramatisch«, sagte Samuel nachdenklich, während er einen Schluck Portwein nahm. »Das Volk liebt den kleinen Prinzen, aber die Verbindung zum Hause Stuart hat die Oranier schwer geschädigt. Die Stuarts sorgen für Streit und hohe Kosten. Durch den Bürgerkrieg in England ist die Mitgift der Prinzessin nie gezahlt worden, musst du wissen. Auch hat König Charles I. nie irgendwelche Schulden beglichen, die er, sein Sohn oder seine Tochter gemacht haben. Nun, wo der Statthalterposten wegfällt, wird das Einkommen der Prinzessinnen reduziert. Wenn man umsichtig vorginge, könnte man klarkommen, aber die Princess Royal und Prinzessin Amalia gönnen einander das Schwarze unter den Fingernägeln nicht. Als Princess Mary die Truhe ihres verstorbenen Mannes unerlaubterweise aufgebrochen hat, hat sie auch noch den Rest an Respekt und Sympathie verspielt. Sicher, sie suchte nach einem gültigen Testament. Dieses Dokument hat sie aber nicht gefunden. Sollte ihr Sohn sterben, was durchaus möglich wäre, fiele das gesamte Oranier-Erbe an Louise Henriette von Brandenburg. Und was es noch ärger macht: Im Volk geht das Gerücht, die Prinzessin habe aus der Truhe Geld und Schmuck gestohlen. Sie halten sie für eine gewöhnliche Diebin.« Samuel lachte trunken. »Albern natürlich, aber schädlich.«

Benjamin riss sich vom Anblick der Sterne los, die er noch nie so klar gesehen hatte. »Warum ist Euch das Schicksal dieser Damen so wichtig?«

»Weil ich es mir leisten kann, nach verfeinerter Lebensart und hohem Stand zu streben«, sagte Samuel, als sei es das Natürlichste auf der Welt.

Benjamin verstand ihn trotzdem nicht.

Als am nächsten Tag die Entscheidung über die Vormundschaft im Binnenhof verkündet und die Große Versammlung aufgehoben wurde, waren Benjamin und Samuel unter den Zuschauern. Die Stimmung war aufgeladen. Vor dem Binnenhof demonstrierten die Menschen. Die Prinzgesinnten waren außer sich. Samuel wirkte angesichts der Tumulte ängstlich, und auch Benjamin drängte es abzureisen.

»Willst du wirklich heute noch aufbrechen?«, fragte Samuel besorgt.

»Vater erwartet meinen Bericht. Er wird begeistert über die Entscheidung sein. Ich verstehe zwar nicht viel von Politik, aber das begreife sogar ich: Wenn die Provinzregierungen allein herrschen, dann heißt das, dass Amsterdam in Zukunft den Takt der Generalstaaten angibt.«

»Amsterdam, Holland und damit auch Johan haben mehr Macht denn je. Wer hätte das noch vor einem knappen Jahr gedacht! Vielleicht sollte ich doch eine politische Karriere in Erwägung ziehen«, sagte Samuel mehr zu sich selbst als zu seinem Neffen.

»Den Entwurf für Euer Haus schicke ich Euch so bald wie möglich.«

Samuel winkte ab. »Es eilt nicht. Hauptsache, es wird etwas Besonderes.«

Ein Gedanke war in Benjamin gekeimt. »Es kann sein, dass ich demnächst nach Hamburg reisen werde. Falls Ihr etwas für Senhor Teixeira habt, das Ihr den Boten nicht überlassen möchtet …«

»Dann werde ich an dich denken.«

37

Samuel schlief ungern in der Kutsche, aber nun musste es sein. Er war in Leiden in seiner Tuchmanufaktur gewesen. Seit Langem gab es dort Lieferprobleme, was dramatisch war, da er einen erheblichen Teil seiner Einnahmen mit den Tuchen verdiente. Aus diesem Grund hatte er auch seinen Sekretär Frans dort gelassen und diesem befohlen, die Geschäftsbücher zu überprüfen. Das Geld ging ihm aus. Seinem Neffen gegenüber hatte er es nicht zugeben wollen, aber die Lage war ernst. Auch jetzt, in der Kutsche, ging er noch seine Handelsbücher durch. Vielleicht sollte er seine Anteile an der Druckerei verkaufen, die nicht genug einbrachten. Und er müsste seine Ausgaben senken. Sinnierend sah er aus dem Kutschfenster.

Am Tag, nach dem die Große Versammlung gewissermaßen die Abschaffung der Statthalterschaft beschlossen hatte, war Samuel bei Prinzessin Mary gewesen. Die Princess Royal hatte ihn gebeten, für die Rechte ihres Sohnes einzustehen. Samuel erinnerte sich noch gut an die Begegnung mit Prinzessin Mary. Ihr Sohn Wilhelm Heinrich mochte klein und schwächlich sein, was ihn jedoch nicht davon abhielt, auf einem ausgebreiteten Pelz auf dem Bauch zu robben und seine Welt zu erkunden. Auch Samuel hatte er neugierig gemustert. Samuel war unsicher gewesen, was die Hofetikette im Umgang mit einem Säugling von Geblüt erforderte, aber als dieser in einem unbeobachteten Moment auf sein verstohlenes Winken mit einem Lachen geantwortet hatte, war er hingerissen gewesen. Er fühlte mit der Halbwaise, der ihr Platz in der Welt genommen zu werden drohte. Gleichzeitig war auch seine eigene Zukunft ungewisser denn je. Zu vielfältig war er finanziell mit den Adelshäusern verbunden, als dass ihm deren Abstieg einerlei sein könnte. Sicher, Johan versuchte ihn immer wieder für ein offizielles Amt zu gewinnen. Aber ins Geklüngel der Städte wollte er sich nicht einmischen, und für das Militär oder die Admiralität fehlte ihm der Mut. Er bewunderte Johan für sein Redetalent, ihm selbst jedoch ging, ehrlich gesagt, der Ehrgeiz dafür ab. Es würde ohnehin Jahre dauern, sein Vermögen umzuschichten, um es in den Dienst der Republik stellen zu können. Wenn bis dahin überhaupt noch genügend übrig blieb, denn seine diversen Leihgaben konnte er wohl abschreiben.

Beide Prinzessinnen hatten ihre jeweiligen Verbündeten um Hilfe und Treue gebeten. Beide hatten, unabhängig voneinander, gestanden, dass sie niemandem trauen konnten. Dass sie auch ihn einbezogen hatten, bewies, wie verzweifelt ihre Lage war. Und es war ein Zeichen für den weiteren Machtverlust des Oranierhofs. Doch es war zugleich auch Samuels Chance, sich auszuzeichnen, zu dem Ruhm zu gelangen, den er sich so wünschte. Wenn er erst Mademoiselle Charlottes Hand – oder die einer ebenbürtigen Dame – errungen hätte, könnte er es weit bringen. Die Witwen und der kleine Prinz brauchten Verbündete, auch außerhalb der Republik. Neue Allianzen waren nötig, alte mussten neu belebt werden. Auch deshalb war er nun auf dem Weg nach Brühl.

Die Brühler Wasserburg lag in der Kölner Bucht am Rande des Vorgebirges. Der Waldreichtum der Umgebung beeindruckte ihn. Samuel war nie in Brühl gewesen, sondern immer direkt nach Köln gereist, das etwa fünfzehn Kilometer entfernt lag. Brühl war, das wusste Samuel, eng mit dem Erzbischof von Köln verbunden, doch seit den Wirren des Dreißigjährigen Krieges und der Verlegung der kurfürstlichen Regierung nach Bonn war es kaum mehr als eine Ackerbürgerstadt mit einer Burg. Und in ebendieser Burg hatte der bis vor Kurzem mächtigste Mann Frankreichs Schutz gesucht. Die geschäftlichen Verbindungen zum französischen Hof hatte Samuel wie so vieles von seinem Vater geerbt. Allerdings hatte er diese Verbindungen schleifen lassen – seit der Bürgerkrieg auch in Paris wütete, hatte er sich nicht mehr dorthin gewagt. Immerhin hatte er Kardinal Mazarin einmal getroffen, und er wusste durch die Aufzeichnungen seines Vaters recht gut über ihn Bescheid. Vor allem wusste er, dass Mazarin seinen Reichtum, seine Gemäldesammlung, seine Bibliothek und seine Diamanten liebte.

So hatte Samuel seinen besten Anzug, den feinsten Spitzenkragen und den Diamantring, den sein Vater vom französischen König zum Dank für seine Dienste erhalten hatte, eingepackt. Da er finanziell gesehen selbst nicht gerade flüssig war, würde er sich von einem seiner liebsten Stücke trennen, um den Kardinal mit einem Geschenk gewogen zu machen: einem kostbaren venezianischen Spiegel. Natürlich war es unpraktisch, einen derart filigranen Gegenstand zu transportieren. Aber eben deshalb konnte Samuel auch sicher sein, dass Mazarin bei seiner Flucht keinen Spiegel mit sich geführt hatte. Und da der Kardinal eitel war, würde er das Geschenk zu würdigen wissen.

Nach Tagen, die er fast ausschließlich in der Kutsche verbracht hatte, war Samuel froh, im Ort ein Gasthaus beziehen zu können. Während er sich ein Bad bereiten und rasieren ließ, schickte er einen Boten mit einem Brief zum Kardinal. Jetzt hieß es warten – und die Zeit nutzen, um weitere Erkundigungen einzuholen. Natürlich hatten seine Agenten ihm berichtet, wie es in Paris zum Aufstand gegen Kardinal Mazarin gekommen war und warum dieser die Stadt hatte verlassen müssen. Fest stand auch: Mazarin hatte mit seinem Gefolge beim Fürsterzbischof von Köln in Brühl Zuflucht gefunden. Alles Weitere waren Gerüchte: Generalstaatsanwalt Fouquet arbeitete in der französischen Hauptstadt vermeintlich gegen den Kardinal, bereitete in Wahrheit aber dessen Rückkehr vor. Und Königin Anna von Österreich säte zwischen Mazarins Widersachern angeblich Zwietracht, weil sie ihm verfallen war.

Was man so munkelt, dachte Samuel. Tatsächlich schienen täglich Boten aus Frankreich einzutreffen, die chiffrierte Briefe von Königin Anna oder Mazarins Mündel König Ludwig XIV. brachten.

Wenige Tage später wurde Samuel in die altertümliche Burg gebeten. Es wimmelte von Lakaien und Soldaten, der Kardinal schien sein gesamtes Gefolge mitgebracht zu haben. Die Musketiere des Kardinals kontrollierten Samuel sorgfältig und öffneten auch sein Geschenk. Anschließend führte ein Lakai ihn in einen Seitentrakt, wo ihn in einem kleinen Saal, der mit seinen vielen Papieren und Büchern die Anmutung einer Schreibstube hatte, ein junger Mann in Empfang nahm. Enttäuschung und auch ein leichter Groll machten sich in Samuel breit. Sicher, der Schreiber trug einen Anzug aus feinstem Tuch, das sah Samuel sofort, aber er war nicht der Kardinal.

»Monsieur van Sanders nehme ich an? Wir haben bereits korrespondiert, hatten aber persönlich noch nicht das Vergnügen. Jean-Baptiste Colbert.«

»Sehr erfreut, Sieur Colbert«, sagte Samuel höflich. Das also war der neue Vermögensverwalter des Kardinals, von dem er bereits aus anderer Quelle gehört hatte. Offenbar war es dem jungen Mann in kürzester Zeit gelungen, Übersicht über die wuchernden Finanzgeschäfte des Kardinals zu erlangen. Vielleicht war es also doch nicht so verkehrt, zunächst mit ihm zu sprechen.

»Der Kardinal ist gerade in einem wichtigen Gespräch über die Anwerbung von Truppen mit den Bischöfen von Köln und Münster.«

»Er will seine Rückkehr nach Paris absichern?«

»So ist es. Aber auch hier fürchten wir ein Attentat. Unser früherer Musketier d'Artagnan ist angewiesen, jeden Besucher genau zu überprüfen, weshalb Euer ...« Colbert ließ den Satz halb fragend ausklingen.

»Ein Geschenk für den Kardinal. Nicht, dass ich ihm Eitelkeit unterstellen möchte, aber im Exil muss man auf manche Annehmlichkeit verzichten.«

»Wie wahr.« Colbert hieß einen Lakaien, sie zu bewirten, und musterte Samuel beiläufig. »Aus welch exquisitem Stoff Euer Anzug geschneidert ist! Eine derartige Qualität ist in Paris dieser Tage nur schwer zu bekommen, vor allem seit der Bürgerkrieg den Handel beeinträchtigt.«

»Ihr kennt Euch aus. Ihr stammt aus einer Tuchhändlerfamilie, nicht wahr?«

Colbert gab es, ein wenig pikiert, zu.

»Ich lasse Euch gerne einen Ballen zukommen, wenn Ihr möchtet. Der Stoff stammt aus einer Manufaktur in Leiden, die ich mein Eigen nenne«, bot Samuel an.

»Das abzulehnen wäre eine Sünde. Darf ich fragen, wenn das nicht zu indiskret ist, was der Grund für Euren Wunsch nach einer Unterredung mit dem Kardinal ist?«

Samuel überlegte kurz, berichtete sodann aber von seinen Gesprächen mit den Prinzessinnen und ihren Nöten. Im folgenden Gespräch umkreisten er und Colbert sich, beide schienen sie herausfinden zu wollen, was der andere wusste und preiszugeben bereit war. Prinzessin Amalia hatte sich offenbar bereits im September an den Kardinal gewandt.

Colbert erhob sich und blätterte in seinen Papieren, die umfangreich und anscheinend äußerst korrekt geführt waren. »Ihr handelt nicht zufällig mit Kupfer?«, fragte er dann unvermittelt.

Samuel wunderte sich über die direkte Frage. »Zufällig schon. Warum fragt Ihr?«

»Im Besitz des Kardinals befindet sich eine größere Menge Kupfer, genauer gesagt sechshundertfünfzehn Doppelzentner.«

»Eine gewaltige Menge. Woher stammt es?«

»Es befindet sich derzeit in den Händen eines Mittelsmanns.

Dass wir über so viel Kupfer verfügen, hängt mit der Funktion des Kardinals als Oberintendant der Meere zusammen.«

»Ich verstehe.« Das tat Samuel tatsächlich. Vermutlich war das Kupfer Teil einer Prisenbeute, denn sowohl das französische Königshaus als auch die Anführer des Heeres waren an Kaperfahrten beteiligt. Er dachte an Senhor Teixeira und ihren Handel mit schwedischem Kupfer. »Ich werde mich umhören. Soweit ich weiß, steht der Kupferpreis derzeit bei fünfzehn Livres pro Unze.«

»Was lächerlich niedrig ist.«

»Da stimme ich Euch zu.«

Die Glocken der Burgkapelle läuteten, und Colbert forderte Samuel auf, ihn zu begleiten. Kardinal Mazarin wandelte mit den zwei Bischöfen über den Schlosshof. Hinter ihnen wachte seine Leibgarde. Unter einem Baldachin entdeckte Samuel einige fein gekleidete Damen, die der Musik einer Harfenspielerin lauschten. Der Kardinal wusste offenbar, wie man es sich gutgehen ließ.

»Zwei Nichten des Kardinals. Sie heitern in dieser schweren Stunde sein Gemüt auf«, sagte Colbert beinahe entschuldigend.

Nachdem die Bischöfe gegangen waren, sprach Colbert kurz mit dem Kardinal. Mit einer eleganten Geste bat Mazarin Samuel daraufhin zu sich. Dieser begrüßte ihn ehrerbietig und küsste ihm den Ring. Mazarin war ein attraktiver Mann italienischer Anmutung, mit einem markanten Bart und perfekten Manieren, amüsant und gefällig, das hatte schon Samuels Vater berichtet. Als Samuel auf seine Bitte hin von den jüngsten politischen Entwicklungen in s'Gravenhage berichtet hatte, wirkte er jedoch verbittert.

»Es ist eine Schande, dass die Wohltäter des Staates derart ihres Standes beraubt werden. Dass der Pöbel den gottgegebenen Adelsstand bedrängt, ist unerträglich«, schimpfte Mazarin. »Noch immer steht mir vor Augen, wie mein Mündel, unser geliebter König Ludwig XIV., im Louvre bedrängt wurde. So ein Bild vergisst man nicht. Auch er wird es nie vergessen, fürchte ich. Jetzt von ihm getrennt zu sein, wo ich ihn bei der Taufe hielt, und von der Königin, die mich als wichtigsten Berater einsetzte, ist eine Qual.«

»Es ist schon eine dramatische Wendung«, sagte Samuel diplomatisch. Noch vor einem Jahr hatte er kurz davor gestanden, mit Prinz Wilhelm II. einen Angriffspakt gegen Spanien zu schmieden. Jetzt war der Prinz tot, und der Kardinal war im Exil.

»Wir sind entschlossen, unsere angestammten Rechte zurückzuerlangen. Gleiches wünschen wir uns auch für Prinzessin Amalia und die unglückliche Princess Royal, deren Mutter am französischen Hof Zuflucht gefunden hat. Die Königinwitwe ist eine Glaubensschwester.«

Samuel nickte. Wer wüsste das nicht? Er hatte bei einem ihrer Besuche im Haag selbst beobachtet, dass Henrietta Maria von Frankreich, die Witwe König Charles' I., eine fanatische Katholikin war.

Mazarin seufzte theatralisch. »Nur gemeinsam können wir uns gegen Spanien und England zur Wehr setzen. Doch derzeit können wir nichts für die Häuser Oranien und Stuart tun.«

38

Hamburg

Hinrik Broders war in Brass, als er endlich vor dem Provisor des Werk- und Zuchthauses stand. In den letzten Monaten war viel schiefgegangen. Mehrmals hatte der Handelsgärtner bereits überlegt, ob er inzwischen zu alt für die See war, für Kaperer, meuternde Matrosen und mürrische Kaufleute. Auf der Suche nach besonderen Pflanzen und während der Verhandlungen mit anderen Gärtnern musste er zahlreiche Entbehrungen auf sich nehmen. Gerade hatte er langwierige Verhandlungen bei Schloss Gottorf hinter sich gebracht. Doch dies hier schlug dem Fass den Boden aus. Als Greteke ihm davon erzählt hatte, hatte er es nicht glauben können. Nicht genug, dass die Kinder Waisen waren …

»Das hätte Lucia nie getan!«, verteidigte er die junge Frau vor dem Provisor.

»Jemand hat sie beobachtet. Sie hat einen Schlüssel gefälscht und ist in das Kontor eingebrochen, um dort etwas zu stehlen.«

»Was?«

»Wie bitte?«

»Was hat sie gestohlen?«

»Eine … äh … Latwerge.«

»Ein Medikament also. Für wen? War sie krank?«

»Nein, soweit ich weiß, nicht. Sie behauptet, es ginge um eines der Kinder.« Der Provisor machte eine wegwerfende Geste. »Einerlei! Die medizinische Versorgung obliegt in jedem Fall den Provisoren und dem Physicus. Es ist ohnehin nicht das Einzige, was sie verbrochen hat. Immer wieder mussten wir sie in den Karzer stecken, weil sie sich unseren Anweisungen widersetzt hat. Diese Lucia – «

»Bringt mich zu ihr, aber sofort«, unterbrach Broders ihn schroff. »Das Mädchen ist hier, um zu arbeiten und den Kindern lesen und schreiben beizubringen. Um sich zu bessern, das hat der Pastor ausdrücklich gesagt. Und nicht, um wie eine Verbrecherin behandelt zu werden! Ihr werdet sie jetzt sofort aus diesem Gefängnis holen!«

»Das ist kein Gefängnis, es ist – «

»Holt sie da raus!«

Der Provisor starrte Broders an, dann nickte er und schritt voraus bis in den Keller des Gebäudes. Mehrfach war die Tür durch Riegel gesichert.

Erst war nichts zu sehen. Dann bewegte sich etwas. Blass und verwahrlost blinzelte Lucia ins Licht, Stroh im Haar, die Haut zerbissen von Flöhen und anderem Getier. Als sie ihn erkannte, fiel sie ihm in die Arme.

Broders genoss die Berührung, nach der er sich schon so lange gesehnt hatte. »Wir werden jetzt gehen. Beide. Und Ihr werdet uns nicht aufhalten«, sagte er zu dem Provisor.

»Ihr seid nicht ihr Vormund, nicht verheiratet … «

»Wir werden es bald sein.«

Lucia löste sich von ihm, starrte ihn an. Fast fürchtete er schon, sie würde protestieren. Würde lieber hierbleiben, als mit ihm zu gehen. Doch dann wandte sie sich an den Provisor: »Was ist mit Elsa und ihrer Tochter Dierkje – geht es ihnen gut?«

* * *

Dieser Moment hatte Lucias Leben verändert. Völlig entkräftet und verlaust hatte sie im Karzer gesessen, hatte alles noch schlimmer gemacht, indem sie sich aus Wut immer wieder mit den Wärtern angelegt hatte. Bis eines Tages Hinrik Broders in der Tür gestanden hatte wie ein rettender Engel. Wütend über ihre Behandlung hatte er sie befreit. Sie war so erleichtert gewesen, dem Werk- und Zuchthaus zu entkommen! Nie wieder würde sie dorthin zurückgehen, sich nie wieder in eine derartige Lage bringen.

Der Handelsgärtner hatte sie ins Spital bringen lassen und dafür bezahlt, dass sie dort aufgepäppelt wurde. Erst als es ihr besser ging, hatte er sie um die Ehe gebeten. Und sie hatte eingewilligt. Was hätte sie auch sonst tun sollen? Sie hatte es ihrer Mutter kurz vor deren Tod ja versprochen. Hinrik war ein guter Mann. Er würde gut für sie sorgen und, was noch wichtiger war, er würde sie gut behandeln.

In der Michel-Kapelle waren sie vor den Augen der Gemeinde getraut worden. Gefeiert hatten sie in Anbetracht der Umstände kaum. Hinrik hatte mit ihr neue Kleider gekauft, hatte ihr Bücher beschafft. Sein Fachwerkhaus, das sich hinter dem Pflanzhof befand und einen großen Garten hatte, war alt, aber schön, und Hinrik war umsichtig, zärtlich. Bedrängt hatte er sie nicht, auch nicht in der Hochzeitsnacht. Aber irgendwann würde es so weit sein, das wusste Lucia. Sie hatte Hinrik gebeten, Tobias zu sich zu holen und Elsa und Dierkje aus dem Werk- und Zuchthaus, doch er hatte sie vertröstet. Erst einmal würde sie allein klarkommen müssen.

Bereits am Tag nach ihrer Trauung war Hinrik wieder abgereist. Die Sommermonate waren die geschäftigste Zeit für einen Handelsgärtner wie ihn. Vorher hatte er sie seinen Mitarbeitern vorgestellt, dem Verkäufer und Gärtner Herrn Hinkel sowie dem verkrüppelten, aber erfahrenen Töpfer und Helfer Olrich. Beide hatten sie freundlich aufgenommen.

Insgeheim war Lucia froh, allein zu sein. Zumal sie ohnehin unter Beobachtung stand. Viele ehrsame Frauen aus der Kirchengemeinde beäugten sie misstrauisch, und Frau Decker schaute zu allen möglichen und unmöglichen Zeiten bei ihr vorbei. Lucia wusste, dass sie sich nichts zuschulden kommen lassen durfte. Nur

eines hatte sie gewagt: Sie hatte ein paar Münzen von ihrem Kost-
geld abgezweigt, um Material zu kaufen und weiter an dem künstlichen Marmor zu tüfteln. Wenn es ihr gelänge, ein funktionierendes
Rezept zu finden und dieses zu verkaufen, könnte sie ihren Bruder
unterstützen. Glücklicherweise hatte sie einen guten Draht zu Olrich, der für sie nach Feierabend den Brennofen bediente. Ein paar
neue Pigmente hatte sie auch erstanden. Damit waren ihr einige
blau und gelb geäderte Blöcke gelungen, wie sie in der Natur, soweit sie wusste, nicht vorkamen. Statt Buttermilch hatte sie Leim
und Tierhaare verwendet, was das Ergebnis verbessert hatte. Was
Benjamin wohl dazu sagen würde? Energisch schüttelte Lucia den
Kopf. Er hatte sich nie wieder gemeldet, und das schmerzte sie
noch immer.

Lucia zog sich ihr neues Kleid an, in dem sie höchst respektabel
aussah. Besonders achtete sie darauf, dass ihre Haube, das Zeichen
der verheirateten Frau, gut saß. Welche Ironie des Schicksals, dass
sie jetzt so viel besaß und doch ihre Familie verloren hatte! Immer
noch war sie meistens allein, denn Tobias weigerte sich strikt, zu ihr
zu ziehen. Und wenn sie ihn so sah, in seiner neuen Familie, dann
konnte sie das auch ein wenig nachvollziehen. Er war glücklich, unbeschwert.

Lucia dachte an die Fehler, die sie gemacht hatte. Ab jetzt durfte
sie sich nichts mehr zuschulden kommen lassen. Nicht nur sie
hätte mit gravierenden Folgen zu rechnen, das hatte der Kirchenrat
ihr klargemacht. Auch Hinriks Ruf würde leiden. Zudem könnte
sie sich dann nicht die leiseste Hoffnung mehr machen, Tobias je
zurückzugewinnen. Da Hinrik ihr gestattet hatte, im Dienste der
christlichen Nächstenliebe tätig zu sein, hatte sie im Werk- und
Zuchthaus eine Spende abgeben und bei der Gelegenheit Elsa ein
Medikament für ihre Tochter bringen können. Er erlaubte ihr sogar,
Bücher zu kaufen. Seit sie ein Werk über Gartengestaltung erstan-

den und Hinriks Pflanzbücher studiert hatte, konnte sie die Kunden des Pflanzhofs auch besser beraten.

Beinahe täglich erwartete sie Hinrik zurück. Einerseits fürchtete sie seine Heimkehr, andererseits sehnte sie sie auch herbei. Immerhin hatte sie ein Versprechen gegeben …

Lucia pflückte in ihrem Garten rasch ein paar Blumen für die Gräber und trat auf den Markt hinaus. Sie mochte dieses ländliche Fleckchen am Dammtor. Auf dem Weg zur Michel-Kapelle holte sie ihre Freundin Greteke ab, die von Hans begleitet wurde.

»Arbeitest du gar nicht?«, fragte Lucia verwundert.

»Die Materialien sind uns ausgegangen, mal wieder. Es gibt finanzielle Streitigkeiten mit den Kirchherren von Sankt Nikolai, und Corbinus kann derzeit nicht für uns eintreten. Er ist noch immer krank. Immerhin hat der Kirchenrat Meister Marquards Entwurf des Daches angenommen.« Hans stahl Greteke einen Kuss. »Es wird Zeit, dass wir endlich heiraten.«

Lucia wandte sich ab. Sie freute sich für ihre Freundin, gleichzeitig tat es ihr weh, ein so inniges Paar zu sehen.

Die Glocken riefen zum Gottesdienst. Wie immer fühlte Lucia sich begutachtet, als sie an das Gotteshaus herannahte. Vor allem Frau Lebbenz und ihre Freundinnen – darunter auch Pavels frisch Angetraute – tuschelten. Es war, als warteten die Frauen nur darauf, dass Lucia einen Fehler machte. Erhobenen Hauptes ging sie an ihnen vorbei.

»Vielleicht solltest du mit diesen Tratschtanten reden oder sie wenigstens grüßen, das würde dir das Leben leichter machen«, meinte Greteke.

»Ich denke nicht daran.«

Lucia legte die Blumen auf die Gräber ihrer Eltern und ging anschließend doch zu dem Frauengrüppchen, das prompt verstummte. Gleich nach ihrer Hochzeit hatte sie versucht, sich in der Gemeinde einzubringen, aber nirgends hatte sich eine Aufgabe für sie gefunden. Hinrik hatte gemeint, die eingebildeten Schnepfen würden schon noch erkennen, was sie an ihr hatten, aber bisher sah es nicht so aus. Ein wenig verstimmt hielt sie nach Tobias Ausschau. Sie durfte ihn zwar bei seiner neuen Familie besuchen, aber ihre Gespräche waren eher kurz, was an Tobias' einsilbigen Antworten lag.

Der Pastor, der Organist und die Jungen des Kirchenchors näherten sich. Lucia reckte sich. War Tobias etwa schon wieder ein Stück größer geworden? Das war ja, als könne man ihm beim Wachsen zusehen! Sie nahm in der Kapelle den Platz ein, den Hinrik gekauft hatte.

Als der Gottesdienst begann, öffnete sich die Kirchenpforte noch einmal. Hinrik trat ein und setzte sich neben sie. »Wenn man die Glocken des Michel hört, dann weiß man, dass der Herrgott einen mal wieder sicher nach Hause geleitet hat. Höchste Zeit, Danke zu sagen«, murmelte er mit einem scheuen Blick auf sie. Dann legte er seine Hand auf ihre. Es war eine zarte Berührung, und doch hätte Lucia sich ihr am liebsten entzogen. Früher hatte sie nichts dagegen gehabt, wenn er sie berührte, und sie hatte ihn ebenfalls in die Arme geschlossen. Sie hatte ihm vertraut, wie ihr Vater ihm vertraut hatte. Jetzt war die Unschuld zwischen ihnen verschwunden, und etwas anderes war an ihre Stelle getreten, etwas, das sie noch nicht einschätzen konnte und fürchtete.

Kurz kam ihr die Frage in den Sinn, ob sie genügend Essen im Haus hatte. Noch immer fiel es ihr schwer, den Erwartungen, die andere an sie richteten, und auch denjenigen, die sie selbst an sich hatte, gerecht zu werden. Als gesungen wurde, stimmte sie kräftig ein. Der Gesang half ihr, die Gedanken zu übertönen, die in ihr tobten.

Schließlich war der Gottesdienst zu Ende, und sie verließen die Michel-Kapelle. Lucia hätte gerne mit ihren Freunden geplaudert, aber ihr Platz war nun an Hinriks Seite. Verstohlen musterte sie ihn, als er mit den Gemeindeoberen redete. Natürlich war Hinrik deutlich älter als sie, aber er war auf eine standfeste Art männlich und wusste, was er tat. Sie suchte Tobias' Blick, doch er nickte ihr nur einmal grüßend zu und ging dann mit den anderen Jungen fort. Dass sie einander so fremd waren, hätte ihre Mutter ganz sicher nicht gewollt. Kinder spielten an der Kapellenmauer mit Murmeln. Ein Vierjähriger schleppte sein Geschwisterchen durch die Gegend.

Als das Gespräch beendet war, hakte sie sich bei Hinrik ein. Sie wusste nicht, was sie sagen sollte, also fragte sie, ob die Reise gut verlaufen war. Hinrik berichtete begeistert: »Sehr gut! Ich werde viel für den neuen Garten bei Schloss Gottorf liefern dürfen. Jetzt habe ich aber erst einmal großen Hunger. Was gibt es zu essen?«

»Ich fürchte, ich habe nur Suppe vorbereitet. Ich konnte ja nicht ahnen, dass du heute zurück bist. Aber ich kann auf dem Weg noch etwas einkaufen.«

»Nein, nicht nötig. Das wird schon gehen. Ich möchte dich keinen Moment mehr missen.« Hinrik legte den Arm um ihre Taille. Lucia versteifte unwillkürlich. Er fragte sie aus, was auf dem Pflanzhof und in der Gemeinde los gewesen sei. Sie antwortete knapp, ausweichend. Sie erlebte ja nur noch wenig. Seit sie sich nicht mehr verkleidete, war ihre Welt kleiner geworden. Die Welt der Frauen war eben klein.

Sie hatten das Haus erreicht. Lucia räumte schnell die Materialien, den Leim und die Pigmente weg.

»Was tust du da?«, fragte Hinrik verwundert.

Während sie die Suppe aufwärmte und zusätzlich Speck hineinschnitt, erzählte sie ihm von dem künstlichen Marmor.

»Du hast doch auf meinem Pflanzhof genug zu tun. Das sieht ja so aus, als könnte ich dich nicht versorgen. Dich – und irgendwann unsere Kinder«, sagte er und strich ihr über den Rücken.

Darüber wollte Lucia nicht reden. »Hast du über meine Bitte nachgedacht? Wenn die Geschäfte gut gelaufen sind, dann könnten wir ja vielleicht Elsa und –«

Broders schlang die Arme um sie und versenkte sein Gesicht an ihrer Halsbeuge. Ein Schauer überlief sie. Auch wenn ihr Geist sich noch immer gegen diese Zärtlichkeit wehrte, schien ihr Körper sie doch willkommen zu heißen.

»Ich habe dich vermisst.« Er küsste ihren Nacken und ihren Hals. »Weißt du, dass wir heute schon zwei Monate verheiratet sind? Ich habe dir ein Geschenk mitgebracht.«

Sie löste sich von ihm und lächelte ihn bemüht an. »Ein Geschenk? Das ist ja eine Überraschung! Wo ist es?«

Hinrik holte einen kleinen Beutel aus seiner Tasche. Eine in Silber gefasste Lupe reflektierte das Licht des Herdfeuers. »Damit du deine Steine besser untersuchen kannst – und auch alles andere.«

Lucia strahlte. »Ich danke dir sehr! Das ist eine wunderbare Überraschung.«

Ehe sie sichs versah, umarmte und küsste er sie erneut. Es war ein stacheliger, rauer Kuss. Wieder versteifte sie. Unwillkürlich dachte sie an den Mann, den sie so gerne geküsst hatte, und Trauer überfiel sie. Sie durfte nicht mehr an Benjamin denken. Hinrik war ihr Ehemann, er hatte das Recht, sie zu küssen und noch mehr mit ihr zu tun. Und er war nicht einmal grob. Leicht öffnete sie die Lippen. Sein Kuss wurde fordernder, und seine Handflächen wanderten zu ihrer Hüfte. Als er sie an sich drückte, konnte sie seine Erregung spüren.

»Die Suppe ... wir können ...«, brachte sie stockend hervor.

»Die Suppe kann warten.« Hinrik legte die Hand um ihren Nacken und küsste sie von Neuem. Jetzt fühlte Lucia sich bedrängt, und sie machte sich los. Er schien ein wenig enttäuscht.

»Du musst hungrig sein«, sagte sie entschieden. »Wer hart arbeitet, muss auch gut essen.« Gleich darauf saßen sie einander gegenüber und aßen.

Hinrik betrachtete sie immer wieder verstohlen. Er war lange Witwer gewesen. Warum hatte er eigentlich nicht früher wieder geheiratet? Als sie ihn einmal darauf angesprochen hatte, hatte er nur erzählt, dass seine erste Frau jung gestorben war. Lucia hatte ihn nicht weiter bedrängt. Sie dachte an Elsa und Dierkje, die noch immer eingesperrt waren. »Hast du über meine Bitte nachgedacht? Ich habe ihnen versprochen –«

»Bist du sicher, dass du die beiden im Haus haben willst? Wenn das Kind wirklich krank ist … und diese Elsa scheint mir auch nicht ganz koscher zu sein. Sicher könntest du eine Hilfe im Haushalt gebrauchen. Irgendwann. Spätestens wenn du –«

»Sie hat das Herz am rechten Fleck, und Dierkje wird es auch besser gehen, wenn sie erst diese elendige Arbeit nicht mehr erledigen muss. Die Kammer zum Hof würde für die beiden reichen«, sagte Lucia schnell.

»Ich habe im Werk- und Zuchthaus einiges aufgeschnappt. Diese Elsa könnte deinen Ruf … « Er verstummte.

Lucia sah auf. »Könnte meinen Ruf weiter beschädigen? Und deinen gleich mit? Glaub mir, ich weiß, was ich zu verlieren habe. Und was du zu verlieren hast«, ergänzte sie heftiger, als sie es vorgehabt hatte.

Hinrik ergriff ihre Hand. »Lass uns später darüber entscheiden«, sagte er. Dann zog er sie zu ihrem Bett. »Das kann warten. Aber ich kann es nicht mehr.«

Lucia wurde nervös. Langsam, aber entschieden, begann er sie zu entkleiden. Ihre Brüste betrachtete er, als wären sie seltene Blumen. Er strich über ihre Brustwarzen, die hart wurden. Sie wollte das nicht! Und doch … ihr verräterischer Körper!

Hinrik küsste sie erneut, ungestüm und etwas ungeschickt. Er zog ihr das Kleid herunter, betrachtete sie voller Begehren. Lucia schlüpfte ins Bett, bedeckte ihren bloßen Leib, von plötzlicher Scham erfüllt. »Nicht«, sagte er heiser und zog die Decke weg. »Du bist so schön. Wie lange habe ich mich danach gesehnt … «

Als er sich entkleidete, sah sie zum ersten Mal seinen kräftigen Körper mit dem kleinen Bäuchlein und seiner aufgerichteten Männlichkeit, die ihr eine Heidenangst einjagte. Mit einem Mal lag Hinrik auf ihr, schob seine Hände unter ihren Po, drang in sie ein, stöhnte auf. Lucia biss die Lippen zusammen, als es schmerzte, und regte sich nicht.

»Komm … Fass mich an … «, forderte er.

Lucia schmeckte Blut in ihrem Mund, so fest hatte sie die Lippen aufeinander gepresst. Er schien es nicht zu bemerken, als er sie fordernd küsste. Gehorsam legte sie die Hände auf seine Schultern, während seine Bewegungen schneller wurden. Dann krallte er sich in sie und stöhnte erstickt, als habe er Schmerzen. Zuckend spürte sie sein Glied in sich. Ihre Gedanken überschlugen sich. Würde sie jetzt schwanger werden? Dasselbe erleiden, was ihre Mutter erlitten hatte? Das Kind verlieren, ihre Kraft …

»Verzeih, verzeih, so schnell … « Sein Atem ging noch immer schwer. Gleich darauf war er eingeschlafen.

Lucia hatte sich sorgfältig gewaschen und dann neues Wasser geholt. Als sie wieder zurückkam, war auch Hinrik wach. Er nahm ihr den Eimer ab und küsste sie so leidenschaftlich, dass sie schon fürchtete, er würde sie gleich wieder zum Bett ziehen. Doch stattdessen forderte er sie auf, mit auf den Pflanzhof zu kommen. Genauestens kontrollierte er die Geschäftsbücher und den Zustand seiner Pflanzen. Dann kamen auch die Gewächse an, die er von seiner Reise mitgebracht hatte.

»Ich werde nach Holland reisen, um dort Tulpen und andere Blumenzwiebeln einzukaufen«, erklärte er und sah ihr in die Augen. »Wenn es weiter so gut läuft, können wir uns bald eine weitere Magd leisten. Du musst mir aber versprechen, dass es mit Elsa keine Schwierigkeiten geben wird.«

39

Hinrik begleitete Lucia zum Arbeitshaus, obgleich er schon am nächsten Tag wieder ablegen würde. Wenn niemand sie sah, hielt er ihre Hand. Nachdem sie ihm nach ihrem ersten ehelichen Beilager zu verstehen gegeben hatte, dass sie noch nicht wieder bereit war, beließ er es dabei, sie zu küssen und zu streicheln. Dabei hatte sie ihn angelogen. Sie war nicht wund, aber sie wollte es so schnell nicht noch einmal tun. Und sie wollte nicht schwanger werden, noch nicht.

Wärterin Wiese ignorierte Lucia geflissentlich, holte aber auf Anweisung des Provisors Elsa und Dierkje aus dem Werk- und Zuchthaus. »Passt auf, dass Ihr Euch mit denen keinen Ärger einhandelt«, warnte sie Hinrik.

Elsa und ihre Tochter waren überglücklich, Lucia zu sehen. Sie konnten kaum fassen, dass sie das Werk- und Zuchthaus verlassen durften. Das Mädchen machte einen sehr kranken Eindruck. Elsa hingegen fasste sofort mit an, nachdem sie im Haus alles gezeigt bekommen hatte.

Abends im Bett drängte Hinrik sich wieder an Lucia. »Ich meine es nur gut«, brummte er. »Je schneller du schwanger bist, umso besser. Dann bin ich nicht so ein alter Vater, und du hast jemanden, um den du dich kümmern kannst, wenn ich nicht da bin.«

In Lucias Ohren klang es wie: »Dann kommst du nicht auf dumme Gedanken.«

»Ich habe Elsa und Dierkje«, sagte sie schnell.

»Wer weiß, wie lange die beiden bei uns bleiben. Und jetzt lass uns die Zeit nutzen!«

In der Nacht fuhr Lucia hoch. Dierkje hatte wieder einen ihrer Anfälle. Gemeinsam mit Elsa versuchte sie, das Leid des Mädchens zu lindern. Doch irgendwann rief Hinrik sie zu sich; ihr Platz sei an seiner Seite. »Ich hoffe, dass die beiden uns nicht den Tod ins Haus bringen.«

Tatsächlich ging es Dierkje schon nach wenigen Tagen besser, und auch ihre Fröhlichkeit kehrte zurück. »Darf ich heute wieder bei den Pflanzen helfen?«, fragte sie beim Frühstück.

Lucia notierte sich etwas aus dem Buch, das sie gerade las, und sah auf. Sie war immer früh wach und genoss es, in Ruhe zu lesen. »Ja, natürlich. Wenn es dir gutgeht.«

Elsa lächelte. »Olrich hat uns gestern alles gezeigt. Er mag seltsam aussehen, aber er hat ein gutes Herz.«

»Und seine Hunde sind süß!« Dierkje quietschte vergnügt. »Was liest du da?«, wollte sie wissen.

»Ein Buch über Gesteine. Wir können heute auch mit deinem Unterricht beginnen.«

»Oh ja!« Die Freude des Mädchens gefiel ihr, aber noch mehr freute Lucia sich, als auch Elsa sich zu ihnen setzte.

»Ich habe nie richtig lesen und schreiben gelernt«, gab sie zu. »Der Krieg ... «

»Ja, das geht vielen so«, antwortete Lucia. »Vor allem Frauen. Aber du kannst es noch lernen.«

Nachdem sie sich eine Stunde auf ihre Bücher konzentriert hatten, arbeiteten sie auf dem Pflanzhof. Anschließend gingen sie gemeinsam auf den Großen Neumarkt. Auf dem Heimweg trafen sie auf Meister Lebbenz und Pavel, es schien beinahe, als hätten die beiden auf sie gewartet, denn Pavel steuerte sofort auf Elsa zu und sprach sie an: »Ich hab mich gestern mit einem unterhalten, der dich früher so richtig rangenommen hat. Das passt dann ja. Gleich und gleich gesellt sich gern, was?«, meinte er und grinste Lucia an.

Lucia spürte, wie alles Blut aus ihrem Gesicht wich. »Dass du dich nicht schämst, so etwas zu behaupten, und dann noch vor einem Kind«, sagte sie fest.

»Nicht mehr lange, dann hat die Kleine es ebenfalls faustdick hinter den Ohren. Ein richtiges Hurenhaus wird das. Dann bist du dir auch nicht mehr zu fein für mich.«

Am liebsten hätte Lucia ihm eine Ohrfeige verpasst, aber Hinrik war nicht da, um sie zu schützen, und Lebbenz würde sie gleich wieder ins Werk- und Zuchthaus verfrachten lassen. Womit hatte sie nur Pavels Hass verdient? »Dafür wird Hinrik dich zur Rechenschaft ziehen«, brachte sie mühsam beherrscht hervor.

Er lachte. »Das werden wir ja sehen. So mancher wird auf Reisen dahingerafft, erst recht in Hinriks Alter. Oder hast du es etwa genau darauf abgesehen? Auf sein Erbe?«

»Wer wagt, das zu behaupten?«

Doch Pavel grinste nur.

Nachdem sie gekocht hatten und im Pflanzhof gewesen waren, war Dierkjes Husten wieder schlimmer geworden, und sie hatte sich hinlegen müssen. Lucia war noch immer wütend wegen des Gesprächs. Wie ohnmächtig sie sich fühlte!

In den letzten Tagen hatte Tobias keine Zeit für sie gehabt, aber vielleicht würde er sich freuen, wenn sie ihn an der Schule abholte. So lief sie zum ehemaligen Johanniskloster beim Rathaus. Tobias kam mit zwei Freunden aus dem Gebäude, aber als Lucia seinen Gesichtsausdruck sah, ahnte sie, dass es keine gute Idee gewesen war herzukommen. Nur kurz hob Tobias die Hand, dann ging er ohne ein weiteres Wort mit seinen Freunden davon.

Niedergeschlagen lief Lucia zurück in die Neustadt. Sie wollte für sich sein, suchte Trost und fand sich schließlich vor Sankt Michel wieder. Als sie die Kapelle betrat, schmückte Frau Decker gerade mit einigen Frauen der Gemeinde den Altar.

»Kann ich Euch helfen?«, fragte Lucia die Frau des Organisten.

»Nein, schon gut. Es ist alles erledigt«, sagte Lebbenz' Frau.

Da Frau Decker nichts entgegnete, setzte Lucia sich auf Hinriks Kirchenplatz und betete stumm.

Erst als die anderen Frauen fertig waren und sich verabschiedet hatten, setzte sich Frau Decker zu ihr. »Wie geht es dir?«, fragte sie.

Lucias Stolz ließ es nicht zu, dass sie jammerte. Das schien Frau Decker zu ahnen, denn sie fügte hinzu: »Du musst ihnen Zeit lassen, sich an die neue Lucia zu gewöhnen. Vielleicht musst du auch erst einmal beweisen, dass du ihr Vertrauen verdienst.«

»Diese eingebildeten … « Lucia biss sich auf die Lippen. »Die Nachbarinnen sind mir egal. Aber Tobias … Er meidet mich.«

Frau Decker sah sie tröstend an. »Das meint er sicher nicht böse. Die Schule ist schwierig für ihn, auch wenn er es nicht zugeben würde. Er steht unter Beobachtung, muss sich beweisen. Du darfst nicht vergessen, in was für einer Gesellschaft er sich bewegt. Alle anderen Schüler gehören Bürgerschaft oder Kaufmannschaft an. Da darf er sich nicht zum Gespött machen.«

40

Letztlich hatte Benjamin es seinem Onkel zu verdanken, dass er endlich nach Hamburg reisen durfte. Samuel hatte ihn gebeten, persönlich mit Senhor Teixeira über einen großen Kupferkauf zu verhandeln, und da es ein Geschäft war, an dem sich auch sein Vater beteiligen könnte, konnte dieser ihm die Reise nicht verweigern.

Ein Gewirr von Gefühlen bewegte Benjamin, als er in Hamburg an Land ging. Er war stolz, einmal wieder beweisen zu können, was in ihm steckte. Inzwischen wusste er, was ihn in Hamburg erwartete, und kannte sich ein wenig aus. Gleichzeitig war da der Gedanke an Lucia. Lucia, die er unbedingt wiedersehen wollte.

Vom Hafen aus lief er direkt zum Vorsetzen. Pavel arbeitete im Steinhof, und Benjamin hoffte, dass Lucia gleich aus der Hütte treten würde. Er betrat das Geviert.

»Kann ich etwas für Euch tun, Herr … «, begann Pavel, um dann etwas reservierter hinzuzusetzen: »Ach, Ihr seid es, Mijnheer.«

»Ich bin gerade angekommen. Ein weiterer Auftrag für einen Hamburger Kaufmann.«

»Wir können Euch sicher weiterhelfen. Wir haben unser Angebot erweitert.«

»Das ist gut.« Benjamin bemerkte, dass der Zaun eingerissen und die Fläche nun doppelt so groß war; in einiger Entfernung verhandelte Meister Lebbenz mit einem Kunden. Dann flog sein Blick zurück zur Hütte.

»Jungfer Lucia ist nicht mehr hier. Der Steinhof gehört jetzt Lebbenz. Ich bin sein erster Meister«, kam Pavel seiner Frage zuvor.

Benjamin fühlte sich ertappt und spürte, wie er rot wurde. »Lucia ist im Werk- und Zuchthaus, wo sie hingehört.«

Benjamin durchfuhr es heiß. Er wollte sich aber vor Pavel keine Blöße geben. »Ich werde mich bei Euch melden, wenn ich mit meinem Auftraggeber gesprochen habe«, sagte er unverbindlich und verließ den Hof.

Vor der Kellerwohnung am Vorsetzen standen fremde Menschen. Waren die Kavens ausgezogen? Sollte er zu Greteke gehen? Sie würde ihm sicher über das Schicksal ihrer Freundin Auskunft geben können. Oder zur Michel-Baustelle, wo er hoffentlich Hans antreffen würde? Er entschied sich für Letzteres.

Das Herz schlug hart in seiner Brust, als er den Hügel hinauflief. Benjamin ertappte sich dabei, wie er Ausschau nach Lucia hielt, obwohl er es doch besser wusste. Wieso war sie im Werk- und Zuchthaus?

Auf der Baustelle war eigentümlich wenig los. Nur die Zimmerleute waren beschäftigt. Hans begrüßte ihn herzlich. Sofort berichtete er, was in der Zwischenzeit vorgefallen war.

Benjamin war schockiert, als er vom Tod der Mutter und dem Schicksal Lucias und ihres Bruders hörte. »Ich kann nicht fassen, dass Lucia ins Werk- und Zuchthaus gesteckt wurde. Wie konnte man ihr das nur antun!«

»Wenn du mich fragst, haben Lebbenz und Pavel beim Kirchenrat von Sankt Nikolai gegen sie gestänkert. Wir konnten ihr nicht helfen. Dass sie auch Tobias verloren hat, hat sie sehr getroffen.«

»Wo ist sie jetzt? Immer noch dort?«

»Hinrik Broders hat sie da rausgeholt, der Handelsgärtner. Sie haben geheiratet. Ist wohl am besten so.«

»Pavel sagte, Lucia sei noch eingesperrt.«

»Das hätte er wohl gerne.« Grimmig kniff Hans die Augen zusammen. »Du willst bestimmt die Baufortschritte sehen.«

Benjamin folgte ihm, war aber in Gedanken woanders. Entweder wusste Hans nicht, was diese Nachricht für ihn bedeutete, oder er wollte es nicht wahrhaben.

»Hier geht es wegen des Baustoffmangels nur langsam voran, vor allem da Meister Corbinus erkrankt ist«, sagte Hans.

Diese Nachricht drang zu Benjamin durch. »Das ist bitter.«

»Viele Gemeindemitglieder sammeln Geld für den Bau, allen voran Lucia und Hinrik. Aber etliche Arbeiter sind schon weitergezogen. Ich arbeite nebenbei auch an meinem Meisterstück. Wenn ich endlich Meister bin, werde ich heiraten. Und du? Wie ist es dir ergangen?«

Benjamin versuchte, sich zu sammeln. Hatte Lucia deshalb nicht auf seine Briefe reagiert? Warum hatte sie ihn nicht um Hilfe gebeten? Aber was hätte er tun können? »Ich habe in Amsterdam mit meinem Vater und meinem Bruder unsere Bauvorhaben vorangetrieben«, sagte er abwesend. »Auch beim Amsterdamer Stadhuis habe ich wieder mitgeholfen. Jetzt werde ich hier ein Kaufmannshaus bauen und eine Entwässerung prüfen, aber zwischendurch nach Holland zurückreisen.« Er unterdrückte ein Seufzen. Immerhin würde es ihm jetzt, wo er wusste, wie es um Lucia stand, leichterfallen, Hamburg wieder zu verlassen. »Wenn du Zeit hast, für mich zu arbeiten … «

Hans freute sich sichtlich über dieses Angebot. »Das wäre wunderbar!«

Benjamin würde erst einmal mit einem Auftraggeber sprechen müssen. Als er sich verabschiedete, fragte er noch: »Du weißt doch sicher, wo Lucia wohnt? Ich habe ihr etwas mitgebracht.«

Hans zögerte. »Lucia lebt mit Hinrik auf dem Pflanzhof. Ich weiß aber nicht, ob es eine gute Idee ist, wenn du sie siehst, geschweige denn, ihr ein Geschenk gibst. Lucia hat viel durchgemacht, und es gibt etliche in der Gemeinde, die sie für ein loses Mädchen halten. Sie hat Glück gehabt, dass Hinrik sich ihrer erbarmt hat.«

***

Sie wuschen im Fleet die Wäsche und plauderten dabei. Lucia war am glücklichsten, wenn sie mit Greteke zusammen war, mit Elsa und Dierkje. »Es ist ein Unding, dass der Michel-Bau stockt. Wenn das Wetter gut ist, geht es noch, aber sonst steht mehr als die Hälfte der Gemeinde vor der Tür – das darf nicht sein!«, sagte sie.

»Die Mutterkirche hat eigene Probleme, heißt es, und deshalb kein Geld für den Bau«, meinte Greteke.

»Hinrik und ich wollen auf dem Pflanzhof eine Spendenbüchse aufstellen.«

»Es ist großartig, wie sehr ihr euch für den neuen Michel einsetzt.«

Lucia überlegte. »Jeder sollte zum Kirchbau beitragen. Der Michel ist unser aller Gotteshaus. Außerdem«, setzte sie hinzu, »kommt es mir vor, als könnte ich so meine Fehler wiedergutmachen.«

»Auf jeden Fall werdet Hinrik und du im Ansehen der Leute steigen.«

»Wie geht es denn Meister Corbinus?«, fragte Lucia. »Hat Hans etwas gehört? Ich habe ihn in den letzten Tagen gar nicht auf der Baustelle gesehen.«

»Hans ist ja auch mit Benjamin unter–« Greteke brach ab.

Lucia starrte sie an. Ihr Herz war bei der bloßen Erwähnung des Namens gestolpert. Ihre Freundin senkte den Blick. »Benjamin ist in Hamburg?«, fragte Lucia.

Greteke seufzte. »Er baut ein Haus am Wandrahm.«

»Warum habt ihr mir das nicht erzählt?«

»Weil du … Wir wollen nicht, dass er dich in Schwierigkeiten bringt!«

»In Schwierigkeiten! Was denkst du denn von mir? Glaubst du etwa auch … Ihr seid ja wie alle anderen!« Lucia stieß einen halb enttäuschten, halb wütenden Laut aus, dann rannte sie davon.

***

»Tragwerke sind das A und O, ob wir jetzt über Dächer oder über Türme reden. Egal ob Ihr in den Niederlanden, in Hamburg oder in Plauen schöne Türme baut – bestehen müssen sie, auch wenn ein Sturm herannaht.« Peter Marquard war ein kleiner Mann, der gerne große Gesten machte und Benjamin ein wenig an eine Windmühle erinnerte. Leutselig war er, um die fünfzig und darüber hinaus ein sehr guter Statiker.

Benjamin schätzte ihn sehr. Einziges Hindernis war die Sprache, denn Marquard verschluckte viele Buchstaben – und auch noch ganz andere, als Benjamin es von den Hamburgern gewohnt war. Dazu kam die näselnde Aussprache.

Marquard würde den Bau des Michels übernehmen, solange Corbinus krank war – wenn er denn je wieder gesund werden würde. Gerade diskutierten sie verschiedene Turmentwürfe, die sie nach Feierabend aufs Papier geworfen hatten. Benjamin war mit seinem früheren Entwurf sehr zufrieden. Manchmal schadete es nicht, wenn man nicht lange überlegte, sondern seinem Instinkt folgte. »Der Kupferbeschlag bringt zusätzlich Stabilität, genau wie die Formen«, sagte er.

»Bei der Höhe wäre das auch dringend nötig.« Marquard warf die Arme in die Luft. »Aber ach, es fehlt das Geld, selbst für das Dach, vom Kupfer ganz zu schweigen.«

Ja, es waren aufregende, visionäre Türme, wie Benjamin fand. Aber ohne Geld oder ohne politischen Willen war ein Turm ein Hirngespinst, das wusste er aus Amsterdam. Dort war der Bau des Turms der Nieuwe Kerk nach dem Tod seines größten Befürworters, Willem Backer, vorerst ad acta gelegt worden. In Hamburg fanden für den Michel-Bau Sammlungen statt, aber bis er fertiggestellt werden konnte, würde es dauern.

Als die Glocken der Michel-Kapelle läuteten, machten sich auch Marquard und Hans auf den Weg zum Gottesdienst.

In diesem Augenblick sah er Lucia. Benjamin fühlte sich kurz, als würde er von einem Blitz getroffen. Lucia stand auf dem Friedhof, einen Blumenstrauß in den Händen. Sie sah anders aus, erwachsener. Zugleich war ihr Kleid feiner. Dann wandte sie sich der Kirchpforte zu, wo eine Frau und ein Mädchen auf sie warteten. Wer waren die zwei?

Lucia sah zum Pfarrhaus hinüber, aus dem Menschen traten, auch Tobias. Sie winkte dem Jungen zu, doch dieser lächelte nur einmal kurz, dann konzentrierte er sich wieder auf seine Freunde. Die Enttäuschung ließ Lucias Gesichtszüge zusammenfallen. Benjamin litt mit ihr. Im nächsten Moment bemerkte sie ihn. Ihre Augen trafen sich, und es durchfuhr ihn erneut heiß. Auch Lucia schien rot zu werden, drehte sich aber abrupt um.

Benjamin tat so, als würde er das Viertel verlassen. Als der Gottesdienst vorbei war, passte er Lucia ab, denn er wusste ja, wo sie jetzt wohnte. So zufällig, als würde er gar nicht mit ihr rechnen, trat er ihr in den Weg. Sie zuckte zurück.

Die fremde Frau schob sich halb vor sie; ihr Gesicht war vernarbt. »Was wollt Ihr?«, fragte sie scharf.

»Schon gut, ich kenne ihn«, sagte Lucia.

»Jungfrau Lucia, schön Euch zu sehen –«

»Frau Broders, bitte«, sagte Lucia streng und ging weiter.

Benjamin war irritiert. »Ich wollte Euch mein Beileid aussprechen ... Frau Broders.«

»Danke.«

»Und gratulieren wollte ich auch, zu Eurer Vermählung.«

»Ebenfalls danke schön.« Sie hatten ein kleines Fachwerkhaus erreicht. »Auf Wiedersehen, Mijnheer«, sagte Lucia und schickte sich an, ins Haus zu gehen. Die Frau und das Kind waren bereits an der Tür.

»Auf ein Wort noch, Frau Broders. Wie hat Euch die Abhandlung gefallen, die ich Euch zukommen ließ?«

Überrascht wandte Lucia sich um. »Abhandlung?« Die Frau

und das Kind näherten sich wieder, und er sah neugierige Gesichter am Fenster der Nachbarn.

»Die *Dissertatio*. Anna Maria van Schurman, der Stern von Utrecht, verteidigt darin die Frauenbildung. Sie vertritt die Ansicht, dass einer christlichen Frau ein Studium der Wissenschaften zusteht. Nicht nur in Amsterdam und Utrecht, sondern auch in Paris und London wurde diese Schrift nachgedruckt. Ich habe sie einem meiner Briefe beigelegt, in denen ich mich bei Euch nach ... einer Baustofflieferung erkundigte.«

Sie zögerte. »Hier ist keine Abhandlung angekommen. Wo sollte der Brief abgegeben werden?«

»Bei Eurer alten Wohnung.«

Lucia schien ärgerlich zu sein. »Ich werde mich danach erkundigen. Und jetzt entschuldigt uns bitte.«

* * *

Bei der nächsten Gelegenheit suchte Lucia ihren früheren Vermieter am Vorsetzen auf. Dieser berichtete ihr, dass er die Briefe im Pastorat abgegeben habe. Lucia ging also zu Pastor Edzardi. Der holte eine Handvoll Briefe aus einer Schachtel. »Ich war davon ausgegangen, dass es Geschäftspost ist, die nach der Aufgabe des Steinhofs keine Rolle mehr spielt.« Er zögerte. »Ich würde sie lieber deinem Mann geben.«

Lucia zwang sich zur Ruhe. »Es ist eine Druckschrift darin, die ausdrücklich für mich gedacht ist.«

»Was für eine Druckschrift?«

»Eine *Dissertatio* der Gelehrten Anna Maria van Schurman.«

»Ich hörte von dieser Dame.« Der Pastor rang sichtlich mit sich. Dann reichte er ihr die Briefe und ein kleines Messer.

Ihr Puls ging schnell. Benjamin hatte nicht gelogen. Brief um Brief hatte er an sie geschrieben. Obgleich Lucia ihre Neugier kaum bezwingen konnte, sah sie nur kurz hinein. Auf einem beigelegten Zettel entdeckte sie die Worte »Kalk«, »Molke« und »Pigment« – es musste sich um das Rezept für künstlichen Marmor handeln. Sie ließ den Zettel in der hohlen Hand verschwinden. »Hier ist die Abhandlung«, sagte sie, nachdem sie die Bögen aus dem Umschlag befreit hatte.

Der Pastor steckte die Briefe wieder ein. Hoffentlich würde er sie nicht Hinrik oder Tobias geben. Und hoffentlich stand nichts darin, wofür Lucia sich schämen müsste. Die Abhandlung drückte sie an ihre Brust. Sie war ein besonderes Geschenk. Sie würde sie lesen und mit Benjamin darüber sprechen.

***

Als Benjamin einige Tage später zur Michel-Baustelle ging, hörte er erregte Stimmen. In der Nähe des mit Planken begrenzten Boßelplatzes waren offenbar einige Kaufleute aneinandergeraten. Englisch und niederländisch schimpften sie durcheinander; ihrer angespannten Haltung nach zu urteilen, würden sie gleich aufeinander losgehen. Benjamin wollte einen Umweg machen, als einer der Engländer in seine Richtung wies und rief: »Da ist noch einer von diesen Holländern, die unsere Nation schädigen! Das dürfen wir nicht zulassen. Wir dürfen Amboyna nicht vergessen!«

Benjamin stutzte. War das etwa Mike, Oliver Coopers verbrecherischer Gehilfe? Tatsächlich! Die anderen streitlustigen Engländer wandten sich nun auch ihm zu.

»Genug! Lasst uns weiterspielen. Und Ihr geht Eurer Wege!«, versuchte Oliver Cooper zu schlichten. Er war aus der Gruppe der Engländer hervorgetreten und wirkte hagerer als früher.

Doch vergebens. »Amboyna? Dafür seid ihr selbst verantwortlich! Was ist mit den Untaten, die ihr Engländer uns angetan habt?«, brüllte einer der niederländischen Kaufleute.

Mit einem Aufschrei stürzten sich die Kontrahenten aufeinander. Benjamin wollte nicht in den Streit hineingezogen werden, doch Mike und ein paar andere folgten ihm. Zu seinem Glück ging Oliver dazwischen und hielt sie auf.

»Du verziehst dich jetzt besser!«, rief er Benjamin zu.

Das ließ Benjamin sich nicht zweimal sagen. Abends am Gasthof bemerkte er überrascht, dass er erwartet wurde. Oliver Cooper kam auf ihn zu. In seinem Gesicht waren die Spuren des Kampfes zu sehen. Aus seinem Mundwinkel ragte das Ende einer Süßholzstange.

»Was macht Mike hier? Du hattest versprochen, ihn wegzuschicken«, kam Benjamin direkt zur Sache.

»Das habe ich auch. Mike kam vor ein paar Tagen zurück. Er hat sich einen neuen Posten beschafft.« Als wollte er Benjamins Einwand zuvorkommen, ergänzte er: »Wir können nichts tun. Der Überfall auf dich ist zu lange her, und Wort würde gegen Wort stehen.« Unruhig ließ Oliver die Süßholzstange in den anderen Mundwinkel wandern. »Ich muss mich bei dir bedanken.«

»Ach ja?«

»Die Sache mit Mike war in gewisser Weise mein Tiefpunkt. Ich habe zu viel laufen lassen. Zu viel gesoffen. Das ist jetzt vorbei. Ich sehe wieder klarer.«

Benjamin zog die Augenbrauen hoch. Es kam nicht oft vor, dass ein Kerl wie Oliver einen Fehler eingestand. »Das gilt anscheinend nicht für deine Landsleute.«

»Die Zeichen stehen auf Krieg, Benjamin. Siehst du das nicht? Und ein derartiger Krieg würde auch nicht vor Hamburg Halt machen.«

Benjamin war auf der Baustelle und besprach mit Hans den Bau des Fundaments. Sein Auftraggeber war das Gegenteil von van Vos. Seit er den Entwurf abgenickt hatte, hielt er sich aus der Planung heraus.

»Ich verstehe nicht, wie sich Tobias seiner Schwester gegenüber so verhalten kann«, sagte Benjamin nachdenklich.

»Er ist noch ein Kind. Diese Schicksalsschläge waren sehr schlimm für ihn. Erst den Vater zu verlieren, dann die Mutter. Singen, der Unterricht und das Musizieren sind alles für ihn. Er hat eine Gelegenheit, die sich anderen niemals bieten wird. Er darf auf eine gute Schule gehen. Soll er das alles wegschmeißen, weil Lucia sich gerne verkleidet?«

»Sie hat das zum Wohle ihrer Familie getan!«

Hans fasste ihn fest ins Auge. »Der Grund, aus dem sie das getan hat, spielt für die meisten Menschen keine Rolle. Du musst sie vergessen, das ist besser für dich – und auch für sie.«

Als der Rohbau geschafft war, wurde Benjamin wieder in Amsterdam gebraucht. Zumindest für eine Weile würde er Hamburg also wieder den Rücken kehren, doch vor seiner Abreise wollte er noch etwas erledigen. Nachdem er mit Senhor Teixeira letzte Absprachen für den Bau eines Stadtpalais getroffen hatte, trieb er sich auf der Michel-Baustelle herum, bis endlich Tobias mit seinen Freunden zum Bolzen auf den Platz kam.

Benjamin rief ihn zu sich. »Heh, Tobias! Erinnerst du dich an mich?«

»Ihr habt von unserem Steinhof gekauft.«

»Deine Schwester muss stolz auf dich sein. Sie hat viel dafür getan, dass es dir und deiner Mutter gutgeht, das weißt du, oder?«

»Sie hat das Falsche getan.«

»Wenn man in großer Sorge ist, ist es manchmal besser, eine verzweifelte Wahl zu treffen als gar keine. Lucia hat Medikamente beschafft, um deine Mutter zu retten. Du solltest sie nicht dafür bestrafen.«

Trotzig blickte der Junge ihn an. »Ich bestrafe sie nicht.«

»Ich habe gesehen, wie abweisend du dich ihr gegenüber verhältst. Tu das nicht. Ihr seid Geschwister und solltet zueinanderstehen.« Benjamin dachte mit Bitterkeit im Herzen an Daan. *Ich kann schlau reden.* Auch Michiel und Kris kamen ihm in den Sinn. »Das Leben kann so schnell vorbei sein, das solltest du gelernt haben. Lucia bereut, was sie getan hat. Wer bist du, dass du ihr nicht verzeihen könntest? Lehrt Gott nicht Vergebung?«

Tobias biss sich auf die Lippe. »Ich will nicht zu ihr ziehen. Vielleicht darf ich dann nicht auf der Schule bleiben. Und alle sagen, ich sei ein guter Schüler. Meine Eltern wären stolz auf mich.«

»Du bist ja auch ein ausgezeichneter Schüler.«

»Woher wollt Ihr das wissen?«

»Sonst würde man dich nicht auf diesem angesehenen Gymnasium dulden.« Benjamin sah dem Jungen fest in die Augen. »Es geht nicht darum, zu Lucia zu ziehen. Sie wird deine Beweggründe verstehen. Sie würde alles dafür geben, so viel lernen zu dürfen wie du. Es geht darum, sie nicht unnötig zu quälen.«

Nach seinem letzten Umtrunk mit seinen Hamburger Freunden löste sich eine Gestalt aus dem Schatten seines Gasthofs.

»Danke für das Buch«, sagte sie.

Benjamin fuhr herum. Lucia war wieder verkleidet und so nah, dass er sich nur mühsam beherrschen konnte, sie zu berühren. »Du solltest nicht hier sein. Nicht um diese Zeit, nicht so.«

»Ich musste dich noch einmal sehen, mit dir reden.« Ihr Blick wurde weich. »Tobias hat mir erzählt, dass ihr gesprochen habt.«

»Ich hatte ihn gebeten, dir nichts davon zu sagen!«

Sie lächelte amüsiert. »Er ist zwölf. Da ist es schwer, vor seiner großen Schwester etwas geheim zu halten. Ich freue mich, dass er wieder mit mir redet. Und ich möchte dir für die Abhandlung danken.«

»Gefällt sie dir?«

»Anna Maria van Schurman ist eine interessante Frau.«

»Das ist sie wohl.« Zaghaft nahm er Lucias Hand. Sie schwiegen lange.

Lucia schien mit sich zu ringen. »Hinrik ist ein freundlicher Mann«, brach es schließlich aus ihr heraus. »Er war für mich da, als niemand sonst mir geholfen hat.«

»Das tut mir leid«, sagte Benjamin leise. So vieles tat ihm leid, dass er keine besseren Worte dafür fand.

Wieder schwiegen sie. »Ja, mir auch«, meinte Lucia schließlich.

41

S'Gravenhage

Samuel war gerade von einer Schlittenfahrt mit Mademoiselle Charlotte und anderen Höflingen zurückgekehrt, als er eine Botschaft erhielt, die ihn euphorisierte. Es war die erste gute Nachricht seit Langem. Die Geschäfte liefen besorgniserregend schlecht, und die Aussichten waren noch schlechter, seit die Engländer Anfang des Monats eine Navigationsakte beschlossen hatten. Der zufolge durfte die Einfuhr von Waren aus Übersee nach England nur noch auf englischen Schiffen, die Einfuhr aus Europa nur auf englischen oder Schiffen des Ursprungslands erfolgen. Darüber hinaus mussten alle Schiffe der Engländer innerhalb des Hoheitsgebietes durch Dippen der Flagge gegrüßt werden, und die heimischen Fischgründe standen nur noch englischen Fischern offen. All das hatte den niederländischen Handel stark erschwert. Jetzt aber gab es endlich Hoffnung.

Sogleich ließ Samuel alles stehen und liegen und eilte zum Binnenhof. Die Princess Royal wohnte mit ihrem Sohn nach wie vor in ihren Gemächern, obgleich der Binnenhof derzeit durch den Architekten Pieter Post erheblich erweitert wurde und ständig Baulärm herrschte. Samuel konnte der Dienerin die Dringlichkeit der Lage deutlich machen und wurde eingelassen. Als er in den Saal trat, diskutierte Prinzessin Mary mit ihrem Hofstaat offenbar gerade die Frage, wer als Erzieher für ihren Sohn berufen werden sollte.

»Ich habe eine wichtige Nachricht für Eure Hoheit.«

Die Prinzessin nickte und bat dann ihre Vertrauten, sich zurückzuziehen, was Samuel schmeichelte.

»Euer Bruder ist anscheinend in Frankreich eingetroffen. Einer meiner … Vertrauten hat ihn gesehen.« Samuel zögerte kurz. Es wäre nicht gut, seine Geschäfte zu erwähnen. »König Charles ist also doch nicht auf See geblieben. Er ist auf dem Weg nach Paris zu seiner Mutter, zum französischen Hof.«

Tränen schossen Prinzessin Mary in die Augen. »Ist das wirklich wahr? Ist er den Mördern um Cromwell entkommen? Dem Himmel sei gedankt! Kommt näher, und berichtet mir, was Ihr wisst.«

Das war eine besondere Gunst, und Samuel schmückte die dürre Nachricht seines Agenten gehörig aus, um sie ein wenig länger genießen zu können. Charles der Jüngere hatte ihn bei seinem Aufenthalt im Haag beeindruckt. Der englische König war ein großer, imposanter Mann, etwas schüchtern, mit Charme und einem weitaus höflicheren Charakter gesegnet als seine Schwester – auch deshalb hatte Samuel ihn derart großzügig unterstützt. Ihm gefiel auch, mit welcher Treue die Prinzessin zu ihrem Bruder hielt. Noch besser war jedoch, wie er selbst auf einmal in ihrer Achtung zu steigen schien. Vielleicht würden sich die vielen Geschenke und Leihgaben an das Haus Stuart eines Tages doch noch auszahlen.

»Warum kommt Charles nicht hierher, zu mir? Ich würde mich um ihn kümmern! Die Niederlande müssen für unsere Sache eintreten!«, rief Prinzessin Mary nach seinem Bericht zornig. Auf einmal sprach sie mit Samuel wie mit ihresgleichen. »Ach, es ist sicher meine Mutter, die ihn nach Paris zwingt. Aber wird der französische König meinem Bruder wirklich helfen? Ich sorge mich so um Charles!«

»Wie es der Zufall will, werde ich ohnehin nach Paris reisen«, behauptete Samuel.

»Was für ein günstiges Geschick! Werdet Ihr meinen Bruder in meinem Auftrag aufsuchen, ihm einen Brief übergeben, ihm helfen? Wie muss es Charles gehen! Elend und mittellos, seines Standes beraubt? Noch dazu kommt er vom Regen in die Traufe. Die Fronde, der elendige Bürgerkrieg in Frankreich! Dieser Pöbel überall, der sich ermächtigt. Ich weiß nicht, ob ich meinen Boten vertrauen kann. Meine Schwiegermutter lässt den Hof unterwandern und meine Briefe öffnen … «

Samuel neigte das Haupt. »Wenn ich Euch so zu Diensten sein kann, Hoheit.«

»Wir würden es Euch nicht vergessen«, sagte die Princess Royal gravitätisch.

Genau darauf hatte Samuel gehofft.

Eigentlich wollte Samuel direkt nach Hause, um seinem Sekretär Anweisungen für die Reise zu geben, aber dann machte er doch noch bei Johan de Witt halt. Sein Freund würde es ihm übelnehmen, wenn er die Neuigkeit nicht ebenso schnell erführe. Außerdem gefiel Samuel der Gedanke, dass er ausnahmsweise besser informiert war als Johan.

Trotz der späten Stunde war Johan noch mit seiner Korrespondenz beschäftigt. Er war wirklich ein unermüdlicher Arbeiter, sogar ihre Vergnügungen ließ er zu kurz kommen.

Johan nickte anerkennend, nachdem Samuel berichtet hatte. »Du bist wie immer ausgezeichnet im Bilde. Erstaunlich, dass ein so auffälliger Mann wie Charles Cromwells Häschern entgehen konnte. Aber was bedeutet das für die politische Lage? Was hat er für Pläne? Was bedeutet es, wenn er in den Händen Frankreichs ist? Welchen Profit wird Kardinal Mazarin daraus schlagen, jetzt, wo König Ludwig volljährig ist? Ich frage mich, ob ich unseren Gesandten vertrauen kann. Dazu kommen die Unruhen in Dordrecht, die mich derzeit in Anspruch nehmen.«

»Ich hätte da einen Vorschlag … « Samuel lächelte in sich hinein. Nur selten fügte sich alles so gut zusammen.

Noch in derselben Nacht machte er sich auf den Weg. Das schlechte Gewissen trieb ihn an. Eigentlich hätte er auch Prinzessin Amalia informieren müssen. Die Fürstenwitwe aber hätte ihren Mund nicht halten können. Sie hätte mit spitzen Bemerkungen einen Streit mit der Princess Royal provoziert, und dann wäre aufgeflogen, dass er bereits mit dieser gesprochen hatte. So hätte er binnen Stunden aus einem Erfolg eine Niederlage gemacht. Um das zu verhindern, hatte Samuel sich dafür entschieden, Prinzessin Amalia einen kurzen Brief zu schreiben. Darin hatte er ihr versichert, dass er sie ganz im Vertrauen auf dem Laufenden halten würde.

Die Fahrt wurde ihm nicht lang, denn er hatte eine junge Dirne zu seiner Begleitung eingeladen, Yvette, die er wegen ihrer Fähigkeit, wichtige Informationen aus ihren Kunden herauszukitzeln, schätzte. Er wollte sie als Spionin in König Charles' Gefolge einschleusen – was nicht allzu schwierig werden sollte, denn der König hatte ein Faible für junge Damen.

Die Stimmung in Paris war wegen des Bürgerkriegs deprimierend. Trotzdem nahm Samuel sich ein ordentliches Quartier und ließ es sich gutgehen. Wie er sich erhofft hatte, wurde ihm, schon kurz nachdem er sich per Brief angekündigt hatte, eine Audienz bei König Charles und dessen Mutter im Louvre gewährt. Offenbar hatten sie sich gerade gestritten, denn die Spannung zwischen ihnen war greifbar. Charles war höflich, aber kaum wiederzuerkennen, so niedergeschlagen wirkte er. Nun war er zwar zum schottischen König gekrönt worden, hatte aber aus dem Reich fliehen müssen. Vom englischen Thron war er so weiter entfernt denn je. Schließlich sprang er auf. »Ich muss hier raus! Begleitet mich.«

Natürlich hatte Samuel sich auf das Gespräch vorbereitet. Er wusste, dass Charles ein fanatischer Sportler war, der sogar bei Frost im Fluss schwamm. »Diese überhitzten Räume machen einen schwerfällig«, bemerkte er verständnisvoll. »Ich freue mich dann umso mehr auf ein Tennismatch. Gerade habe ich neue Schläger anfertigen lassen.«

König Charles sah ihn erfreut an. »Lust auf ein Match? Meine Getreuen habe ich bereits alle geschlagen.«

Nachdem sie ein paar Spiele ausgefochten hatten – nur gerade eben hatte Samuel mit dem König mithalten können –, lud er Charles und dessen Getreue zu einem Festessen zu dessen Ehren ein. Wie bereitwillig der König das Angebot annahm, zeigte Samuel, wie schlecht es um ihn stand. Offenbar lebten er und seine Mutter im Louvre in ungewohnter Kargheit, da König Ludwig XIV. und Mazarin sie kurzhielten.

Während des Mahls schilderte König Charles seine Schlachten in England und Schottland, sein Faible für die Seefahrt und die dramatische Flucht. Sein Flottenkommandeur Prinz Rupert habe mit Kaperfahrten für eine Aufbesserung der finanziellen Lage gesorgt, sei aber jetzt von Cromwells Armada vertrieben worden, beklagte er.

»Schädigt das Cromwell-Regime doch weiterhin auf See. Aber nicht hier, sondern dort, wo der Reichtum herkommt – in Westindien«, schlug Samuel vor.

Der König merkte kurz auf, war dann aber abgelenkt, als mit den Musikern auch die Prostituierten eintraten, die Samuel bestellt hatte. »Am liebsten würde ich selbst auf Kaperfahrt gehen. Ich hasse diese Untätigkeit. Aber meine Berater sind überzeugt, dass es nützlicher ist, hier für meine Wiedereinsetzung zu kämpfen.«

»Dabei könnt Ihr auf mich zählen, Majestät.« Samuel musste sich beeilen, denn König Charles und Yvette hatten bereits Blickkontakt aufgenommen. »Eine Bitte hätte ich allerdings … «

Wenige Tage später hatte er eine Audienz bei König Ludwig XIV. und Kardinal Mazarin.

42

Benjamin zeigte den Arbeitern, wo die Ramme aufgestellt werden sollte. Wenig später erklangen der Gesang der Männer und das dumpfe Auftreffen des Holzstamms auf dem Erdreich. Es war ein besonderer Moment, wenn der erste Pfosten gesetzt wurde, und Benjamin freute sich auf den Beginn von etwas Neuem.

»Ich muss mich beschweren«, sprach ihn da jemand an.

Benjamin wandte sich um. Hinter ihm stand der Kaufmann, für den sie ein nobles Landhaus an der Weesp errichteten. Daan hatte sich diesen Auftrag unter den Nagel gerissen. »Worum geht es denn, Mijnheer?«

»Die Bauarbeiten an meinem Buitenplaats gehen nicht voran.«

»Seid Ihr sicher? Soweit ich weiß, ist mein Bruder auch heute wieder vor Ort, um –«

»Eben nicht! Seit Tagen hat er sich nicht um die Abmessungen gekümmert. Die Arbeiter warten auf seine Anweisungen – und kosten jeden Tag Lohn!«

»Das muss ein Versehen sein«, versuchte Benjamin, den Kunden zu beruhigen. »Ich werde mich sofort darum kümmern. Verlasst Euch darauf.«

Sicherheitshalber ging Benjamin noch einmal ins Kontor, um auf die Tagespläne zu schauen. Tatsächlich hatte Daan vorgehabt, heute zu diesem Buitenplaats zu fahren. Er prägte sich die Pläne noch einmal ein und machte sich sogleich auf den Weg. Wenig später bestätigten die Arbeiter ihm, dass Daan seit Tagen nicht auf dem Bauplatz gewesen war. Wo steckte sein Bruder nur?

Am Abend saß Benjamin mit Daan und dessen Ehefrau am Esstisch. Benjamin fühlte sich in Claesjes Gegenwart immer etwas unwohl, und ganz sicher konnte er Daan jetzt nicht auf den Auftrag ansprechen. Er wusste nicht, ob die beiden glücklich miteinander waren, Kinder hatten sich zumindest bislang nicht eingestellt. Daan ging in seiner Arbeit für die Kirchengemeinde auf. Claesje litt hingegen immer noch unter dem Tod ihres Vaters, nach dem sie in das Haus in der Prinsengracht gezogen waren.

Michiel kam wie immer in letzter Zeit zu spät. Er wirkte abgehetzt und hüstelte. »Wir versuchen nach wie vor, den Krieg mit England abzuwenden, aber Cromwell scheint fest entschlossen zu sein. Die Stimmung in England ist gegen uns, die Engländer hassen uns regelrecht. Hatte Samuel also doch recht, als er mich überredete, in den Schiffbau zu investieren! Wisst ihr, über wie viele seetüchtige Schiffe die niederländische Kriegsflotte verfügt?«

»Genügend. Wir sind doch eine große Seemacht«, meinte Daan.

»Denkste! Achtunddreißig! Auf uns kommen harte Zeiten zu!«, rief sein Vater gereizt aus. »Immerhin haben wir genügend zu tun.« Michiel rieb sich erschöpft über das Gesicht, dann sah er Daan an. »Die Anweisungen, die du heute am Buitenplaats an der Weesp gegeben hast, sind sehr sinnvoll.«

Daan verschluckte sich beinahe. »Gut.«

»Eine geschickte Lösung für das Problem.«

Benjamin und sein Bruder tauschten Blicke. Benjamin konnte nicht glauben, dass Daan das Lob seines Vaters einfach stehenließ. Dieses Mal würde er damit nicht durchkommen! »Ich war dafür verantwortlich, Vater. Daan war anderweitig beschäftigt.«

Daan räusperte sich. »Wer ist eigentlich deine ominöse Briefpartnerin in Hamburg? Dein Liebchen? Möchtest du deshalb wieder dorthin?«

Diese Dreistigkeit verschlug Benjamin kurz die Sprache. »Sie heißt Lucia Broders und ist die Tochter eines früheren Steinhändlers, mit dem ich zu tun hatte.«

»*Früheren.*«

»Jetzt ist sie die Gattin eines Handelsgärtners.«

»Unverheiratete Männer sollten keinen Umgang mit fremden Damen pflegen. Damit lädt man den Teufel ins Haus«, mischte sich jetzt auch noch seine Schwägerin ein. »Im Kirchenrat haben wir gerade den Fall eines Malers, der mit seiner Haushälterin ein Kind hat. Unzucht lauert überall.«

Michiel setzte hart sein Glas ab. »Nicht in meinem Haus!«

Wütend lief Benjamin durch die Prinsengracht. Er hatte nichts falsch gemacht und keine Verfehlung begangen. Stattdessen ordnete er sich seit Jahren seinem Vater und seinem Bruder unter und bearbeitete die langweiligsten Aufträge. Und nun das! Er würde sich jetzt einfach mit seinen Freunden in der Taverne treffen und sich einen ansaufen – dann hatte sein Vater wenigstens einen Grund, sich zu beschweren.

Als er um die Ecke bog, entdeckte er ein Gesicht, das ihm vage bekannt vorkam. War das etwa Theo? Tatsächlich. Sein Cousin hatte sich allerdings so verändert, dass er ihn beinahe nicht erkannt hätte. »He, Theo! Ich denke, du gehst in Sack und Asche, weil dein Vater dich zur Seefahrt gezwungen hat, und jetzt sehe ich hier einen richtigen Seebären!«, rief er.

Theo strahlte ihn an. Sie drückten sich kurz und heftig. »Ich war gerade auf dem Weg zu euch. Es gibt etwas zu besprechen.«

»Ja? Und was? Wie lange bist du schon wieder hier? Wie ist es dir ergangen?«

»Langsam, langsam!«, sagte Theo lachend. »Lass uns das bei einem Bier bereden.« Sie gingen in die Gaststätte »Blauw Jan«, eine Art Kuriositätenkabinett mit lebendigen exotischen Tieren wie Äffchen oder Schlangen, und tauschten sich darüber aus, wie es ihnen ergangen war.

»Nie wieder fahre ich auf einem Sklavenschiff, das sage ich dir!«, verkündete Theo, nachdem er seinen Bericht beendet hatte.

»Aber zur See fahren willst du schon?«

»Mit meiner Erfahrung dürfte ich auch in Amsterdam genügend Patienten finden. Ich habe so viel gelernt! Außerdem will ich mit meinem Vater über mein Studium verhandeln. Ich habe mich allerdings erst einmal neu eingekleidet, als Belohnung für die harte Zeit.« Theo lüpfte die Jackenschöße, die bunt gefüttert waren.

»Exzellent. Was wolltest du denn nun mit mir besprechen?«

Sein Cousin grinste. »Ich habe unsere Tante Wilhelmtje kennengelernt.«

Benjamin stutzte. »Wilhelmtje ist tot.«

»Eben nicht. Sie lebt mit ihrer Familie in Nieuw Amsterdam.« Theo erzählte ihm, was er erfahren und gesehen hatte. »Ihre Pläne für eine Hutmanufaktur sind wirklich vielversprechend. Ein lukratives Geschäft. Jetzt braucht sie dringend Hilfe und Geld, sonst ist alles verloren. Mein Vater ist entschlossen, sie allein zu unterstützen, aber ich bin nicht sicher, ob das was wird. Im Moment hat er mal wieder mächtig Schulden.«

Benjamins Gedanken gingen durcheinander. Sein Vater hatte seine Schwester sehr geliebt. Noch heute schwang Trauer in Michiels Worten, wenn er von Wilhelmtje sprach. »Mein Vater muss erfahren, dass seine Schwester lebt«, sagte er.

»Das denke ich auch. Wilhelmtje ist sehr bekümmert, dass sie ihren Bruder derart belogen hat.« Theo zögerte. »Aber ich fürchte, das könnte neuen Ärger geben. Nicht zwischen uns, sondern zwischen unseren Vätern.«

Benjamins Mundwinkel hoben sich zu einem Lächeln. »Wann hat uns die Aussicht auf Ärger je abgeschreckt?«

Hätte Benjamin geahnt, wie sehr diese Nachricht seinen Vater aufwühlen würde, hätte er sich für ein anderes Vorgehen entschieden. Als Theo in ihrer guten Stube an der Prinsengracht seinen Bericht wiederholte, wurde Michiel blass und dann knallrot. Sein Atem ging schnell und so keuchend, dass Benjamin um seine Gesundheit bangte.

»Das gefällt mir gar nicht. Soll ich Euch zur Ader lassen, Oom Michiel?«, fragte Theo besorgt.

»Lass bloß die Finger von ihm! Ihr habt schon genug angerichtet mit euren Geschichten!«, blaffte Daan ihn an.

»Wir?«, fragte Benjamin empört.

In diesem Augenblick rannte Michiel, ohne auch nur an seinen Umhang oder seinen Hut zu denken, aus dem Haus. Die jungen Männer eilten hinterher.

Benjamin konnte kaum mit seinem Vater Schritt halten. »Wo wollt Ihr denn hin?«, fragte er, fürchtete aber, das Ziel zu kennen.

Nachdem sie Kris am Nieuwmarkt nicht antrafen, stürmte Michiel zum Hafen, wo Kris offenbar gerade dafür sorgte, dass sein Schiff befrachtet wurde. Michiel stürzte sich auf seinen Bruder, packte den wesentlich größeren Mann am Kragen und schüttelte ihn. »Wie konntet ihr mir das antun! Mich so zu belügen! Wie habe ich um Wilhelmtje getrauert! Und du lügst mir einfach ins Gesicht!«

Benjamin bemerkte, wie die Arbeiter sie anstarrten. Kris würde sich das vermutlich nicht lange gefallen lassen.

»Lass mich sofort los, oder es setzt was!«, zischte Kris.

Michiel stieß seinen Bruder noch einmal vor die Brust, dann taumelte er zurück. »Lügner!«

»Du hast Wilhelmtje doch aus der Stadt getrieben! Du und Vater – ihr mit eurem Ehrgefühl!«

»Wir sind eben keine Seeleute, die einfach abhauen, wenn es ihnen in den Kram passt. Die sich keinen Deut um ihre Familie scheren!«

»Ach! Mit der Begründung hast du schon einen Teil des Erbes abgezockt, der dir gar nicht zusteht!«

»In Vaters Testament –«

»Vater?« Benjamin verstand die Welt nicht mehr. Offenbar ging es gar nicht mehr um Wilhelmtje. Wovon sprachen die beiden? Schon stürzten sie sich aufeinander und rangen, als wären sie keine gestandenen Männer, sondern kleine Jungen.

Sofort versuchten Benjamin, Theo und Daan, ihre Väter auseinanderzubringen und zu beruhigen. Während Theo seinen Vater zurückdrängte, hielten Daan und Benjamin Michiel fest, der keuchend hustete. Sein Kopf war blaurot, die Stirnadern angeschwollen. Benjamin redete beruhigend auf ihn ein. »Atmet durch! Dann könnt ihr in Ruhe über alles –« Plötzlich wurde Michiel schlaff unter ihren Händen.

»Wa ... Ben ... « Michiel brabbelte wie ein kleines Kind, das die ersten Worte lernte. Dann klappte er zusammen, als habe er einen Schlag bekommen.

»Daran bist du schuld. Hättest du Theo doch nie bei uns angeschleppt!«, schimpfte Daan, nachdem sie ihren Vater zu Hause zur Ader gelassen und zur Ruhe gebettet hatten.

Benjamin musste sich beherrschen, sich nicht auf seinen Bruder zu stürzen. »Wäre Theo nicht da gewesen, um Vater zu helfen, wäre er vielleicht gestorben!«

»Noch ist er nicht über den Berg. Das geht auf eure Kappe!«

In den nächsten Tagen wachten Benjamin, Daan und Claesje abwechselnd an Vaters Krankenlager. Auch Theo half, Michiel zu versorgen. Kris hatte ebenfalls nach seinem Bruder sehen wollen, aber Daan hatte ihn nicht eingelassen, sosehr Benjamin auch dafür gekämpft hatte. Immerhin hatten sie sich nach langem Hin und Her darauf geeinigt, Wilhelmtje Geld zu schicken.

Nach einer knappen Woche meinte Theo, dass Michiel vorerst außer Lebensgefahr sei. Doch Michiel schlief viel, seine linke Körperhälfte war gelähmt, und wenn er sprechen wollte, kam nur verständnisloses Gebrabbel heraus. Schließlich brach Kris zu seiner nächsten Seereise auf, Benjamin und Daan nahmen die Arbeit wieder auf, und nun war Benjamin froh, dass seine Schwägerin und ihre Magd für Vater sorgten. Daan allerdings behandelte ihn wie einen Dienstboten und machte ihm ständig Vorwürfe. Nach einer besonders giftigen Auseinandersetzung erinnerte Benjamin sich an den Streit, den er mit Daan gehabt hatte, ehe sie erfahren hatten, dass Wilhelmtje noch lebte.

Was trieb Daan wirklich, wenn er seine Arbeit vernachlässigte?

Ein paar Tage später nahm Benjamin die Fähre nach Volewijk. Auf der Überfahrt zu der Halbinsel nördlich von Amsterdam dachte er daran, was die Käsehändler aus dem Beemster ihm erzählt hatten, als er nach Antje gefragt hatte. Nein, zu ihrer Familie sei sie nicht zurückgekehrt.

Benjamin marschierte am Zollhaus vorbei und ließ auch das Galgenfeld links liegen. Einen Ziegenhirten fragte er, ob dieser Antje kenne, und er beschrieb sie ihm. Tatsächlich konnte der Junge ihm den Weg zu ihrer Hütte weisen. Sie war mehr ein Blockhaus, stabil und vermutlich gemütlich, mit einem kleinen Garten und einer Wiese. Als Benjamin sich ihr näherte, war Antje gerade dabei, in einem Fass Butter zu stampfen. Vor ihr spielte auf einer Decke ein Kind mit einem auffällig runden Mondgesicht.

Antje begrüßte Benjamin freundlich, wirkte aber auch ein wenig irritiert. »Wie kommt es, dass Ihr Euch hierher verirrt?«

»Ich habe dich gesucht.«

Sie wandte den Blick ab. »Ich kann nicht wieder für Euch arbeiten. Meine Butter ist sehr gefragt.«

»Das glaube ich gern. Ist dein Mann auch da?«

»Er fährt zur See«, sagte sie, jetzt merklich kühler. Dass Frauen zeitweise allein lebten, war in Amsterdam nicht ungewöhnlich. In der Stadt war das Verhältnis zwischen den Geschlechtern ohnehin ungleich verteilt – auf einen Mann kamen etwa zwei Frauen, das hatte eine Zählung ergeben.

»Darf ich?« Benjamin wartete die Antwort nicht ab, sondern setzte sich auf die kleine Bank, die vor dem Blockhaus stand. Da das Land zum IJ hin abfiel, hatte man eine weite Sicht über Stadt und Hafen, die ihm gefiel. Wäre das Galgenfeld in der Nähe nicht, wäre es ein idyllisches Fleckchen Erde. Lange überlegte er, wie er anfangen sollte. Antje schwieg ebenfalls, anscheinend in ihre Arbeit vertieft. Nur das Kind gab lustige Laute von sich und musterte ihn neugierig.

»Antje, du bist uns allen in den vielen Jahren ans Herz gewachsen. Deshalb nimm mir nicht krumm, was ich gleich sagen werde«, begann Benjamin. Als sie den Mund öffnete, hob er die Hand und bat sie zu schweigen. »Lass mich ausreden. Dann werde ich gehen und dich in Ruhe lassen. Weißt du, ich schreibe niemandem gerne vor, wie er zu leben hat. Ich wünsche mir nur, dass es dir gutgeht. Und ich wünsche mir, dass Daan mich freundlich behandelt und mich anständige Arbeiten machen lässt.« Noch einmal holte er tief Luft, um seine eigene Nervosität unter Kontrolle zu bringen. »Also …«

Am Abend setzte Daan in seinem Ruderboot nach Volewijk über. Seiner Gattin hatte er gesagt, er sei auf einer Besprechung des Baurats. Seine Brust weitete sich bei dem Gedanken daran, was ihn gleich erwarten würde. Das schlechte Gewissen schob er weg, so gut es ging. Er schätzte Claesje, und er bewunderte sie für ihren selbstlosen Einsatz für die Gemeinde und im Spinnhaus. Sie machte aus christlicher Nächstenliebe das Leben vieler Menschen besser. Lange hatte er versucht, sich um ihretwillen seine Gefühle für Antje aus dem Herzen zu reißen. Und doch konnte er es nicht.

Als er auf das Blockhaus zuging, erwartete Antje ihn schon. »Benjamin war da«, sagte sie.

43

Ärmelkanal, Mai 1652

Endlich hatte der Sturm nachgelassen. Eigentlich machte ihm schweres Wetter nicht mehr viel aus, aber gefährlich war es schon. Konzentriert versorgte Theo die Patienten im Krankenquartier der *Brederode*. Der erste Schiffschirurg war bereits an Deck gegangen.

Theo war zufrieden. Nach seiner Rückkehr nach Amsterdam hatte er versucht, in der Stadt als Wundarzt Fuß zu fassen. Aber schon als er dem dritten fetten Kaufmann die Darmfisteln hatte aufschneiden müssen, hatte er gewusst, dass er als Schiffsarzt nützlicher war als an Land. Nachdem Yorick unter Leutnant-Admiral Maarten Tromp einen Posten auf dem Admiralsschiff ergattert hatte, hatte er Theo dort empfohlen. So tat er nun Dienst auf dem größten und wichtigsten Schiff der niederländischen Flotte. Die holländischen Schiffe vor den Engländern zu schützen war eine besondere Mission, und Theo war froh, dass er nicht wieder nach Übersee musste wie sein Vater.

Während er seinen Arbeitsplatz in Ordnung brachte und sich die Hände wusch, dachte Theo an das, was in Amsterdam geschehen war. Benjamin tat ihm leid, weil er durch die Krankheit des Vaters nun vollends unter der Fuchtel seines Bruders stand. Theo schüttelte den Kopf. Da Kris und Michiel sich geweigert hatten, miteinander zu sprechen, hatte es gedauert, bis sie Wilhelmtje Geld schicken konnten. Da Kris zu diesem Zeitpunkt bereits wieder nach Ostindien aufgebrochen war, hatten sie den Wechsel einem verlässlichen Kaufmann mitgegeben.

Theo kletterte an Deck. Er erkannte sogleich, dass sie inzwischen vor England lagen, denn die weißen Klippen schimmerten durch den Dunst. Offenbar hatten alle vierzig Schiffe ihres Geschwaders den Sturm überstanden. Allerdings war in der Nähe ein Haufen anderer Schiffe zu sehen, und wenn er es richtig erkannte, waren sie englisch beflaggt. Er ging zu Yorick ans Steuerrad. Der Leutnant-Admiral beriet sich dort gerade mit dem Kapitän und dem Befehlshaber der Soldaten.

Wir haben es gut getroffen, dachte Theo. Großvater Tromp, wie sie den Admiral respektvoll nannten, war ein hochgelobter Befehlshaber. Einzig seine geradezu fanatische Treue zum Hause Oranien störte ihn. Davon abgesehen aber war Tromp ein kundiger, gerechter Anführer, von dem Yorick und er viel lernen konnten.

»Es wird den Engländern gar nicht gefallen, dass wir so nah an ihre Küste gekommen sind«, meinte Theo.

»Uns blieb nichts anderes übrig, als hierher zu segeln. Der Sturm hätte uns den Garaus gemacht. Wir wären aufgelaufen und leck geschlagen. Die Sandbänke vor der flämischen Küste sind zu tückisch«, informierte Yorick ihn. »Admiral Tromp schickt die *Wappen van Hoorn* und *Dat witte Lam* los, um die englische Flotte mit Ehrenschüssen zu begrüßen.«

Theo nickte. Die Lage auf See war in diesem Jahr brenzlig geworden. Dazu hatten die Engländer mit der Navigationsakte und den Kaperfahrten in der Karibik einiges beigetragen. Die Navigationsakte war ohnehin ein Skandal! Dass sie die Engländer grüßen mussten, war ein Unding, eine Erniedrigung, eine Kränkung für jeden stolzen holländischen Seemann.

Seltsamerweise feuerten die niederländischen Schiffe keinen einzigen Ehrenschuss ab. Auch wurden die Flaggen nicht gesenkt. Langsam verstummten auf der *Brederode* die Gespräche. Offenbar dachten alle dasselbe: Sie waren in der Übermacht. Warum also sollten sie grüßen?

Jetzt war eines der englischen Schiffe in Kanonenschussweite.

»Das Flaggschiff *James* von Admiral Blake«, sagte Yorick angespannt.

Dann löste sich aus der hintersten Kanone der Engländer ein
Schuss.

* * *

Lucia ließ ihre linke Hand auf dem Bauch ruhen, während sie die
Schreibfeder zwischen den Fingerspitzen drehte. Sie wollte Benjamin nichts von der Schwangerschaft erzählen, war sich ja selbst über
ihre Gefühle nicht im Klaren. »Lieber Benjamin«, dachte sie, als sie
die Feder eintunkte und auf das Papier setzte, schrieb aber:

> Verehrter Freund,
> habt Dank für die Schriften, die Ihr mir zukommen ließet. Die
> Versuche mit dem neuen Rezept lassen sich gut an. Der künstliche
> Marmor ist jetzt haltbar, aber nicht wasserfest. Für Innenräume
> ist er sehr gut brauchbar. Als Stuckmarmor lässt er sich
> geschmeidig auf Wände aufbringen und formen. Allerdings tüftele
> ich noch mit verschiedenen Ölen, damit er auch schön glänzt.

Nachdenklich strich sie über die kleine bunt geäderte Kugel, die neben ihr auf dem Tisch lag. Hinrik hielt ihre Beschäftigung mit dem
künstlichen Marmor für Unsinn, duldete sie aber, solange sie ihren
Pflichten nachkam. Sie aber war stolz auf das, was sie erreicht hatte.
Bald würde sie versuchen, auch größere Stücke herzustellen. Versonnen schrieb sie weiter.

> Die Michel-Baustelle geht derzeit nicht voran, da die
> Muttergemeinde selbst unter Geldmangel leidet. Der
> andauernde Krieg zwischen den Niederlanden und England, der
> wegen eines albernen Flaggenstreits ausgebrochen ist, bereitet

uns allen große Sorgen. Immerhin macht sich Tobias im Chor
und in der Schule ausgezeichnet. Mutter wäre stolz auf ihn.
Gehabet Euch wohl.
Lucia Broders

Wie so oft, wenn Hinrik von einer Reise zurückgekommen war, luden sie ihre Mitarbeiter und Freunde zu einem Essen ein. Heute gab es Snuten und Poten, ein herzhaftes Gericht, das die Männer besonders schätzten.

Hinrik nahm Lucia das Tablett mit den in Salzlauge eingelegten Schweinepfoten und dem Sauerkraut ab. Seit sie schwanger war, behandelte er sie wie ein rohes Ei. Auch Elsa und Dierkje halfen noch mehr als sonst, damit Lucia nicht so viel tragen musste, um die vielen Gäste zu versorgen. In diesem Augenblick spürte sie ein Stechen im Unterleib. Schnell ließ sie sich auf einen Stuhl sinken und legte die Hand in den Rücken. Vielleicht hatte sie tatsächlich ein wenig übertrieben.

»Alles in Ordnung?« Hinriks Augen waren vor Schreck weit aufgerissen.

Lucia fühlte in sich hinein, nickte dann. Alles wird gutgehen, dachte sie. Dieses Mal wird alles gutgehen. Sie musste die Tränen zurückdrängen. Ein Jahr war es her, seit sie ihr erstes Kind verloren hatte. Unbändig hatte Hinrik sich über die Schwangerschaft gefreut, aber dann hatte sie eine Fehlgeburt erlitten, bevor sich ihr Leib richtig gewölbt hatte. Hinrik war am Boden zerstört gewesen und hatte ihr berichtet, dass seine erste Frau, seine große Liebe, bei der Niederkunft gestorben war.

Seitdem fragte Lucia sich, ob es ihr Widerwille gewesen war, der das Kind geschädigt hatte. Sie schätzte Hinrik, auch wenn seine Berührungen ihr noch immer zuwider waren. Nach dem Tod des Ungeborenen hatte sie jedoch ebenso gelitten wie er. Früher als geplant war er damals wieder aufgebrochen; es war wie eine Flucht gewesen. Angefasst hatte er sie in den folgenden Monaten nicht. Bis seine Lust wieder überhandgenommen hatte.

Den Rest des Festes ließ sie sich ausnahmsweise bedienen. Und doch erwachte sie in der Nacht mit Krämpfen.

***

Schneeregen schlug Theo ins Gesicht, als er durch Amsterdams Hafenbezirk strebte. Das Wetter war genauso unerfreulich wie der Kriegsverlauf. Die Engländer hatten es in den letzten Monaten verstärkt auf die niederländischen Handelsschiffe abgesehen. Kein Wunder – leichter konnten sie nicht zu Gold kommen. Immer wieder war Theo auf Konvoifahrten im Einsatz gewesen, aber die Lage ihrer Flotte war erbarmungswürdig. An allem mangelte es. Kleidung fehlte, Verpflegung. Auch waren die Schiffe schlecht in Schuss. Es hieß, allein vom Steuerruder der *Brederode* habe man ein halbes Fass Seemuscheln kratzen müssen. Die Besatzungen protestierten, meuterten sogar. Natürlich hätte Theo auch auf ein Handelsschiff wechseln können, aber das wollte er nicht. Er wollte sein Land nicht im Stich lassen.

Da die Flotte jetzt, mitten im Winter, im Hafen lag und bereit gemacht wurde, hatte er sich kurzen Landaufenthalt erbeten. Er wollte bei der Admiralität oder zur Not bei der Westindischen Kompanie Medikamente und medizinische Ausrüstung herausleiern.

Im medizinischen Quartier der Admiralität versuchte der Verwalter zunächst, ihn abzuwimmeln. Theo argumentierte, er diskutierte, er forderte. Nichts half. Schließlich schimpfte er: »Das ist ja wohl das Mindeste, was Ihr für die Männer springen lassen müsst, die bei Winterstürmen für unser Land in den Seekrieg ziehen!«

In diesem Augenblick ging jemand an der offen stehenden Tür vorbei, kehrte gleich darauf zurück und sah hinein. Die gedrungene Gestalt, die hohe Stirn, der dunkle Schnauzbart. Waffenrock und

Degen. Theo glaubte seinen Augen nicht zu trauen. War das nicht der Kapitän, der ihm in der Karibik gut zugeredet hatte?

»Ich dachte, Ihr wolltet Euch zur Ruhe setzen«, sagte er, ohne nachzudenken.

»Und ich dachte, Ihr wolltet nicht mehr zur See fahren.«

Theo musste trotz des Ärgers lächeln. »Ich habe mir Euren Rat zu Herzen genommen.«

»Gut so.« Der Kapitän wandte sich an den Verwalter. »Gebt dem Mann, was er verlangt!«

Der Verwalter nickte eilfertig.

Dann wandte sich der Kapitän wieder an Theo. »Verantwortungsbewusste Männer wie Euch kann ich brauchen. Dieser Krieg ist kein Kinderspiel. Wenn Ihr also einen Posten sucht – kommt in meine Mannschaft.«

Während der Verwalter die medizinische Ausrüstung zusammenpackte, überlegte Theo, wie er am besten herausfinden konnte, mit wem er es denn eigentlich da zu tun gehabt hatte. Der Kapitän war offenbar sehr bekannt, ja, geachtet. Da er sich nicht blamieren wollte, wagte er jedoch nicht zu fragen. Da sah der Verwalter ihn an: »Ihr hättet gleich sagen sollen, dass Ihr mit Vize-Commodore de Ruyter so gut bekannt seid. Er ist der beste Geschwaderkommandeur, den wir haben.«

Theo fühlte, wie Stolz ihn erfüllte. Natürlich war Michiel de Ruyter ihm ein Begriff. Er würde Yorick vorschlagen, bei nächster Gelegenheit das Kommando zu wechseln. Sie beide in de Ruyters Diensten – das wäre doch was!

Seine Hochstimmung währte jedoch nur kurz. Als er an der Zahlstelle vorbeikam, hielt ihn ein Bootsmann an, der einmal mit seinem Vater unterwegs gewesen war. Seine sonnengegerbte Haut verriet, dass er gerade erst nach Amsterdam zurückgekehrt war. Der Bootsmann zog die Mütze vom Kopf. »Ich wollte Euch mein Beileid aussprechen. Euer Vater war ein guter Mann.«

Obgleich sie die Todesnachricht schon vor Wochen erreicht hatte, waren im Haus noch immer alle Spiegel mit schwarzen Tüchern abgehängt. »Wir wussten ja nicht, wo du bist«, sagte Theos Stiefmutter bekümmert.

»Was ist Vater zugestoßen?«

»Von der Kompanie kam nur die Nachricht, dass er vor Banda gestorben sei. Aber einer seiner Männer hat uns aufgesucht. Er sagte, Kris habe plötzlich hohes Fieber bekommen. Am nächsten Tag war er tot.«

Dass Seemänner so schnell starben, hatte auch Theo schon oft erlebt. Dennoch brannten seine Augen. Die Trauer in ihm war stark, und doch konnte er nicht weinen. So viel hätte er gerne noch mit seinem Vater besprochen. Jetzt war es zu spät. »Und Vaters Schiffsanteile?«, fragte er mit einem Kloß im Hals.

»Sind für die Schulden draufgegangen.« Seine Stiefmutter wischte sich eine Träne ab. »Er war ja immer viel unterwegs, aber jetzt weiß ich, dass er niemals zurückkommen wird. Das ist etwas anderes.« Sie legte ihre Hand auf seine. »Kannst du nicht hierbleiben?«

Stumm schüttelte Theo den Kopf.

»Dann sag wenigstens bei Kris' Bruder Bescheid. Michiel Aard hat schon mehrfach Nachrichten hier hinterlassen; er will mit seinem Bruder sprechen. Ich habe es noch nicht über mich gebracht, mit ihm zu reden.«

Eine Stunde später stand Theo in der Prinsengracht. Benjamin bemerkte sofort, dass etwas nicht stimmte. Kurz sprachen sie, dann führte sein Cousin ihn in Michiels Zimmer. Seinem Onkel ging es besser, auch wenn er noch nicht wieder der Alte war – es vielleicht nie wieder werden würde.

»Ich muss euch mitteilen, dass mein Vater gestorben ist. Vor Banda hat ihn das Fieber dahingerafft.«

Michiel wurde blass, und kurz fürchtete Theo, er würde erneut Hilfe leisten müssen. »Das kann nicht sein! Ich wollte mit Kris reden! Mich mit ihm aussprechen! Deshalb habe ich doch die vielen Nachrichten bei euch hinterlassen.« Flehend sah er Theo an. »Sag mir, dass das nicht wahr ist!«

44

Im dunstigen Morgenlicht wurde das Schiff zu Wasser gelassen. Es war ein beeindruckender Anblick, wie es auf dem Kanal schaukelte, vor allem für Samuel, der keine Seebeine hatte, wie sein Schiffsbaumeister scherzhaft zu sagen pflegte. Die Werftarbeiter klatschten und johlten, stolz auf das Ergebnis von zwei Jahren Arbeit.

Samuel war froh, dass er seine Verbindungen zum Schiffbau so früh belebt hatte. Der Krieg zwischen England und den Niederlanden war ausschließlich auf See ausgetragen worden. Ihre Flotte hatte von Anfang an schlecht dagestanden und viele Verluste erlitten. Die Niederlagen waren teilweise verheerend gewesen. Schaudernd dachte Samuel an die Schlacht vor Scheveningen. Bis zum Binnenhof hatte man das Donnern der Kanonen gehört. Überall auf den Dünen hatten Menschen gestanden und mit ihrer Flotte gefiebert. Letztlich war es eine katastrophale Niederlage gewesen, bei der auch noch Admiral Tromp getötet worden war. Nach mehr als zwei Jahren Seekrieg waren beide Nationen jetzt ausgelaugt. Die Niederländer waren durch die Seeblockade vor der eigenen Küste geschwächt. Ihrerseits hatten sie den englischen Schiffen mit Hilfe ihres Verbündeten Dänemark den Zugang zur baltischen See versperrt und diese auch im Mittelmeer angegriffen. Immer wieder hatte die niederländische Flotte dabei jedoch mit feindlichen Winden und Stürmen zu kämpfen gehabt. Dazu kamen sowohl in England als auch in den Niederlanden innenpolitische Probleme. In der Heimat hatten Orangisten immer wieder für Aufstände gesorgt, bei ihrem Kontrahenten jenseits des Kanals hatte Cromwell eine Militärdiktatur eingerichtet.

Für Samuel war es eine arbeitsreiche Zeit gewesen, in der er darum hatte kämpfen müssen, seinen Besitz zu erhalten. Inzwischen hatte er es zu einer gewissen Meisterschaft darin gebracht, sich seine finanziellen Probleme nicht anmerken zu lassen. Der Krieg hatte den Handel schwer geschädigt, und so wurde er dafür bestraft, dass er sich keinen lukrativen Posten bei der Regierung verschafft hatte.

»Die Engländer können uns mal! Wir geben noch lange nicht auf!«, befeuerte der Schiffszimmermeister noch einmal die Freude seiner Arbeiter. Dann wandte er sich an Samuel: »Ist doch so, oder? Trotz aller Niederlagen und Verluste stehen wir besser da als zu Beginn des Krieges.«

»Das ist wahr«, bestätigte Samuel. »Wie ich hörte, sind die in Deutschland bestellten sechshundert metallenen und zweitausend eisernen Kanonen auch schon auf dem Weg.«

Der Meister buffte ihm unangenehm vertraulich in die Seite. »Die Friedensverhandlungen sind nur ein Ablenkungsmanöver, oder? Um die Engländer in Sicherheit zu wiegen.«

»Das müsstet Ihr unseren Ratspensionär fragen«, sagte Samuel.

»Ihr seid es doch, der die guten Beziehungen zu Johan de Witt hat.«

Samuel lächelte wissend, verabschiedete sich jedoch wenig später. Tatsächlich wusste er es trotz seiner guten Beziehung zu Johan nicht genau. Sein Freund wollte das Beste für die Republik, wollte es zugleich aber auch allen recht machen. Meist strebte er in seinen Verhandlungen nach Harmonie.

Samuel ging zu seiner Kutsche. Das Beste für die Republik wäre, wenn der Handel möglichst bald wieder ungehindert vonstattengehen könnte. Was die Niederlande zu leisten im Stande waren, sah man hier im Zaandam sehr gut. An die fünfzig Schiffswerften reihten sich aneinander, dazu kamen die unzähligen Windmühlen und die Trankochereien der ansässigen Walfangflotte. Zu welchem Preis würde Johan ihnen den Frieden erkaufen?

***

Wie an jedem Morgen umfasste Benjamin den Oberarm seines Vaters und führte ihn zum Prinzenhof. Dort tagte der Magistrat, seit vor knapp zwei Jahren das alte Rathaus abgebrannt war. Sein Vater hatte ein halbes Jahr nach seinem Zusammenbruch seine Arbeit in der Vroedschap wieder aufgenommen. Er werde seinen Sitz so lange ausfüllen, bis einer seiner Söhne ihn übernehmen könne, hatte Michiel verkündet. Allerdings hatte er nur sehr langsam Fortschritte gemacht. Vor allem das Reden hatte ihm noch lange Schwierigkeiten bereitet. Doch sie sollten nicht undankbar sein, immerhin hatte der Tod sie verschont – das sagte Daan salbungsvoll, wann immer sie über seinen Gesundheitszustand sprachen, und ausnahmsweise musste Benjamin ihm recht geben.

Quälend langsam schritten sie durch die Stadt. Sie hätten eine Kutsche nehmen können, aber Michiel bestand darauf, das Gehen wieder zu lernen. Das gemächliche Tempo ließ Benjamin Zeit nachzudenken. Sein Verhältnis zu Daan war noch immer gespannt, wenngleich Waffenstillstand herrschte. Er erinnerte sich noch gut an das unangenehme Gespräch mit Antje. Sie hatte nicht zugegeben, dass Daan der Vater ihres Kindes war, aber wenig später hatte sein Bruder die Sticheleien eingestellt und ihm seither sogar ab und zu einen interessanten Bauauftrag überlassen – wenn es denn welche gab. Allerdings redeten sie nach wie vor nur das Nötigste miteinander.

Sie hatten den Prinzenhof erreicht. Ab hier würde sein Vater es allein schaffen. »Grüße Samuel von mir. Ein Jammer, dass er keine Zeit für ein Gespräch hat«, sagte Michiel in der schleppenden Sprechweise, die ihm derzeit zu eigen war.

»Das mache ich. Er schrieb ja, dass er nur kurz in der Werft sei und anschließend in Amsterdam etwas erledigen müsse, ehe er im Haag zurückerwartet werde.«

Nachdem er sich von seinem Vater verabschiedet hatte, eilte Benjamin zum Dam. Wie gut es war, noch jung und mit einem kräftigen und beweglichen Körper gesegnet zu sein! Gleichzeitig spürte er die Unruhe, die sich seines Körpers und seines Geistes bemächtigt hatte. Der Krieg hatte nicht nur sein Leben unfassbar verlangsamt. Fast alle Bauvorhaben waren zum Erliegen gekommen. Beim Bau des Amsterdamer Stadhuis hatte man entschieden, es vorerst bei zwei Stockwerken zu belassen. Wenig später waren die Bauarbeiten ganz eingestellt worden. Scharenweise waren die Architekten und Handwerker abgewandert; bis ins ferne Brandenburg hatte es sie gezogen, wo eine Tochter Prinzessin Amalias das Schloss Oranienburg bauen ließ.

Dennoch kamen sie über die Runden. Seine eigenen Entwürfe, seine Forschungen und seine Freunde bereiteten Benjamin Freude. Seit er den Liebeskummer überwunden hatte, stürzte er sich gelegentlich auch in Liebschaften, aber Benjamin hatte es mit dem Heiraten nicht eilig. Er sah ja, wie trist Daans Ehe war. Und wenn er an Lucia dachte, mit der er nach wie vor Briefe austauschte … Bei seinen kurzen Aufenthalten in Hamburg hatte er erfahren, dass sie schwanger gewesen war, das Kind aber verloren hatte. Danach hatte er versucht, ihr aus dem Weg zu gehen. Mit ihr zu korrespondieren, tat nicht so weh, wie sie in den Händen eines anderen zu sehen.

Die Brandruine am Rande des Dams war abgesperrt. Gerade noch hatte man einen Teil der Akten aus dem alten Rathaus retten können, ehe es vollends ein Opfer der Flammen geworden war. Das neue Rathaus war noch nicht fertig, und solange Krieg herrschte, war auch nicht absehbar, wann wieder Geld dafür übrig sein würde.

Benjamin sollte seinen Onkel in einer Weinstube bei der Börse treffen, doch schon vor dem Beurspoortje fing Samuel ihn ab. Mit ein paar Druckschriften unter dem Arm schritt er unruhig auf und ab. Sein Onkel, sonst ein Abbild eleganter Contenance, wirkte aufgewühlt und reichte Benjamin sofort einen dicken Briefumschlag. »Hier sind die derzeitigen Abrechnungen der Geschäfte mit deinem Vater. Ich habe keine Zeit für weitere Erläuterungen, denn ich habe gerade etwas Ungeheuerliches erfahren.«

Benjamin verstaute den Brief sicher in seiner Brusttasche. »Worum geht es?«, fragte er. Doch sein Onkel eilte schon davon.

***

Samuel trieb sein Pferd zur Eile an. Er hatte sich in Amsterdam ein Ross geliehen, die langsamere Kutsche würde ihm folgen müssen. Nach seinem Aufenthalt in der Schiffswerft hatte er die Druckerei aufgesucht, an der er beteiligt war und in der seine Agenten oft Nachrichten hinterließen. Tatsächlich hatte er eine Botschaft eines englischen Informanten vorgefunden. Was er berichtete, würde nicht nur seine eigene Existenz bedrohen.

Als er endlich im Haag ankam, war es stockfinster. Samuel fühlte sich völlig zerzaust und zerschunden, kaum konnte er noch auf dem Pferderücken sitzen. Die Fensterläden des Oranjesaals waren noch nicht geschlossen. Licht fiel in den Park mit seinen verwilderten Rabatten, die ahnen ließen, dass der Hof nur wenig Geld für so etwas Unwichtiges wie Gärtner erübrigen konnte. Aber war es nicht gerade die Schönheit, die einen aus dem Alltag erhob? Sollte ein Hof nicht Glanz ausstrahlen?

Als Samuel eingelassen wurde, hopste der dreieinhalbjährige Prinz Wilhelm gerade etwas ungelenk auf seinem Steckenpferd durch den Saal. Er gackerte, weil seine Amme ihn verfolgte und anscheinend ins Bett zu bringen versuchte. Samuel ignorierte die abschätzigen Blicke des Lakaien und folgte diesem in den Saal.

Die Hofdame, die bis eben aus einem Buch vorgelesen hatte, verstummte.

»Sieur van Sanders, was treibt Euch zu dieser Stunde und in diesem Aufzug hierher?«

»Verzeiht, Hoheit, die Störung.« Samuel verneigte sich ehrerbietig. Prinzessin Amalia schaffte es stets, dass er sich wie ein kleiner Junge fühlte. »Ich habe in Amsterdam etwas erfahren, das für Euer Haus von höchster Bedeutung ist, und bin im gestreckten Galopp hierher geeilt.«

Prinzessin Amalia gab ihren Hofdamen mit ihrem Fächer einen Wink. Dann hieß sie ihn näher zu treten. »Ich höre.«

»Ich habe erfahren, dass es im Friedensvertrag, der zwischen England und den Niederlanden abgeschlossen werden soll, eine Geheimklausel gibt. Mit ihr werden die Oranierprinzen für alle Zeiten von der Macht in den Niederlanden ausgeschlossen.«

Die Fürstenwitwe versteifte. »Mein Enkel, Prinz Wilhelm III., soll niemals Statthalter werden?«

»Es heißt, Cromwell habe auf diesem Seklusionsakt bestanden, um das Haus Stuart zu schädigen.«

Sie sprang erstaunlich schnell auf. »Da stecken doch die Loevesteiner dahinter! Dieser de Witt mag charmant sein, aber er will uns heimzahlen, dass mein Sohn damals seinen Vater verhaften ließ. Bildet sich ein, dass er gut genug wäre, eine gewisse Dame des Hochadels zu umschwärmen, dieser Emporkömmling!« Die Verachtung in ihrer Stimme tat Samuel weh, schließlich könnte sie dasselbe über ihn sagen. »Sein Bruder ist ohnehin ein ungehobelter Mensch, der unter der Knute seiner Frau steht. Was maßen diese Kerle sich an!«, schimpfte sie weiter.

»Diese Klausel ist unerhört. Das Volk wird diese Herabsetzung niemals dulden«, stimmte Samuel ihr zu. Oft hatte er mit Johan und dessen Bruder Cornelis, der inzwischen für die Admiralität verantwortlich war, über die Bedingungen eines Friedensvertrags gesprochen. Von einer derartigen Klausel war nie die Rede gewesen.

Prinzessin Amalia schlug ihren Fächer ungestüm in die offene Handfläche. »Und auch wir werden sie nicht kampflos hinnehmen!« Sie hielt inne, als die Kinderfrau mit Prinz Wilhelm eintrat, der seiner Großmutter eine gute Nacht wünschen sollte. Es war niedlich anzusehen, wie der Junge bereits versuchte, Haltung einzunehmen. Auch ihm wünschte Prinz Wilhelm eine gute Nacht, was Samuel rührte. Vielleicht war es aber auch die Erschöpfung, die ihn empfänglich für derartige Gesten machte.

Als ihr Enkel hinausgetragen worden war, wandte sich die Fürstenwitwe wieder Samuel zu: »Ihr habt stets treu zu unserer Familie gestanden. Zu meinem Sohn, zu mir, zu meinem Enkel. Bislang war es uns unmöglich, Euch für Eure treuen Dienste zu belohnen. Und doch müsst Ihr uns auch jetzt als einer unserer Getreuen unterstützen.«

Samuel senkte das Knie in einer demütigen Geste »Selbstverständlich, Hoheit. Alles, was Ihr wollt. Ich habe in Amsterdam bereits neue Flugschriften in Auftrag gegeben. Flugschriften, die das Haus Oranien und vor allem das Prinzchen feiern. Was kann ich noch für Euch tun?«

Samuel wusste genau, wo er seinen Freund am nächsten Morgen treffen konnte, denn auf Johans Tagesablauf war Verlass. Wiederholt hatte Johan ihm einen Posten angeboten. Seit er zum Ratspensionär aufgestiegen war, hielt er die Fäden der Republik in der Hand und vergab ab und an auch Posten an Verwandte und Vertraute. »In dieser schwierigen Situation brauchen wir ein Netzwerk, das uns verlässlich trägt«, hatte Johan zuletzt gesagt und diesen Satz mit einem Beispiel aus der Mathematik unterstrichen. Doch Samuel hatte sich nicht entschließen können, sich diesem Netzwerk fest anzuschließen, so lukrativ es auch war. Er wollte wegen seiner Verbindung zu den Häusern Oranien und Stuart nicht in einen Interessenskonflikt geraten.

Einige Delegierte redeten erregt auf Johan de Witt ein, und dieser versuchte, sie zu beruhigen, während mehrere Schreiber seine ausufernde Korrespondenz bearbeiteten. Samuels Eintreten nahm er zum Anlass, das Gespräch zu beenden, und er ging gerne auf dessen Vorschlag ein, einen kurzen Spaziergang zu machen. Obgleich Johan regelmäßig von Prinzgesinnten bedroht wurde und auch sein Vater angegriffen worden war, bewegte er sich unbefangen im Haag. Samuel sprach ihn ohne Umschweife auf die Zusatzklausel des Friedensvertrags an.

Johan massierte seine Schläfen. »Du bist wie immer auf dem neuesten Stand. Glaub mir, diese Klausel sagt mir ebenfalls nicht zu. Uns blieb aber nur, auf Cromwells Bedingung einzugehen – oder diesen zehrenden Krieg weiterzuführen.«

»Unsere Flotte ist stärker als je zuvor«, wandte Samuel ein. »Der Krieg ist nicht verloren! Außerdem wird diese Klausel das Volk nur noch weiter gegen die Regierung aufbringen. Hast du den Angriff auf deinen Vater und die Drohbriefe an dich etwa schon vergessen?«

»Wie könnte ich? Aber wir haben keine Wahl.«

»Wir haben immer eine Wahl, mein Freund.«

Johan lächelte ihn an. »In diesem Fall nicht, glaub mir.«

»Erwartest du wirklich, dass dieser Zusatzartikel geheim bleibt?«, fragte Samuel.

»Wahrscheinlich nicht. Schließlich sind zu viele beteiligt, die daraus Kapital schlagen können. Wir müssen versuchen, die Wellen der Erregung zu glätten. Die Entscheidung muss ja nicht für immer sein.«

»Du willst sie also zurücknehmen?«

»Sobald es möglich ist. Der Prinz ist noch klein, wir haben Zeit.«

Diese Information beruhigte Samuel etwas. Seine Anspannung ließ nach.

»Versteh mich nicht falsch, ich habe nichts gegen das Haus Oranien«, versicherte Johan. »Und ich habe auch nichts gegen den Adel –«

»Das kann man wohl sagen!«, platzte Samuel heraus.

Sie mussten beide lachen. In den vergangenen Monaten waren sie regelmäßig zu den Vergnügungen des Ordre de l'Union de la Joye geladen worden und hatten um die reizenden Damen Sophie-Marguerite von Nassau und Mademoiselle Charlotte konkurriert. Der Orden feierte die Liebe zum Lachen, Tanzen, Spiel und Vergnügungen – ein angenehmer Ausgleich zum Kanonendonner des Seekriegs, der zeitweise bis s'Gravenhage zu hören gewesen war. Zuletzt hatte Johan im Rennen um die Gunst der Sophie-Marguerite die Nase vorn gehabt. »Allerdings hat sich jetzt mein Vater eingemischt und gemahnt, ich solle mich an Damen meiner eigenen Klasse halten, die meiner Aufmerksamkeit wert sind«, sagte er nun.

»An wen denkt dein alter Herr dabei?«

»Beispielsweise an Margaretha Tulp.«

»Ein junge Erbin also. Eine hervorragende Partie.«

»Und du weißt, dass mir diese Aussicht bei Gott nicht schaden kann. Das Leben im Haag ist kostspielig, und der Krieg hat sein Übriges dazu getan. Aber die entzückende Sophie-Marguerite …«

Samuel buffte ihn scherzhaft. »Geht das schon wieder los?«

Johan sah ihn an, seine Heiterkeit verblasste. »Die Plauderei tut mir gut, aber sag: Wolltest du etwas Bestimmtes von mir?«

Genau deshalb war Samuel gekommen. »Ich plane eine Reise nach Frankreich, muss mit Monsieur Colbert über meine Geschäfte mit Kardinal Mazarin reden.«

Johan überlegte nur kurz. »Perfekt. Es heißt, dass der französische König nach seiner bevorstehenden Krönung einige weitreichende Entscheidungen treffen wird, die die Sicherheit der Republik berühren. Zugleich ist anzunehmen, dass die Stuarts ihre Verbindungen zum französischen Hof spielen lassen werden, um ihren Stand in der Republik wiederherzustellen. Sie könnten Ludwig XIV. gegen uns aufhetzen. Wenn wir den Krieg mit England endlich beendet haben, können wir keinen Krieg mit Frankreich gebrauchen. Du weißt, dass unsere Botschafter –«

Samuel nickte. Die meisten Botschafter spielten ihr eigenes Spiel. Und er selbst letztlich auch. Nur schien Johan davon nichts zu wissen. Oder nichts wissen zu wollen. Ein plötzliches Gefühl der Vertrautheit trieb ihn dazu, die Hand auf den Unterarm seines Freundes zu legen. Johan war ein attraktiver Mann, dem die Macht famos stand. Hoffentlich dauerte es noch ein wenig, bis er in den Stand der Ehe treten würde, damit sie ihre Junggesellenzeit weiter genießen konnten. »Du kannst dich auf mich verlassen!«

***

Theo sah durch die Stückpforte, dass ein Jagdschiff mit geblähten Segeln auf sie zusteuerte, der Beflaggung nach ein Botenschiff. Kurz nachdem der Bote mit einem Ruderboot zu ihnen übergesetzt war, hörte er empörte Ausrufe. Was war da los? Schnell befestigte er den Verband bei seinem Patienten und eilte an Deck. Die Besatzung und die Soldaten hatten sich bereits um das Achterdeck versammelt, und Theo fing den Blick seines Freundes Yorick auf. Auch er wirkte beunruhigt. Immerhin bewahrte Vizeadmiral de Ruyter die Ruhe. Theo dankte Gott jeden Tag dafür, das Kommando des Hitzkopfes Cornelis Tromp verlassen zu haben, der unbedingt den Tod seines Vaters rächen wollte. Als sie bei de Ruyter vorgesprochen hatten, hatte dieser sie beide sofort angeheuert. Seitdem schlugen sie mit ihm Schlacht um Schlacht.

Gerade verkündete der Vizeadmiral, dass Friede zwischen England und den Niederlanden geschlossen worden war. Jubel, aber auch empörte Rufe wurden laut.

Theo konnte die Wut nachvollziehen. Der Krieg war hart gewesen, und unzählige gute Männer waren ihm unter den Händen weggestorben. Er liebte sein Land, war stolz auf dessen Errungenschaften. Die Engländer hatten den Krieg begonnen, weil sie neidisch waren, dass die Niederlande reicher, erfolgreicher und freiheitsliebender als sie waren. Und jetzt sollten sie sich von denen einen Frieden diktieren lassen?

De Ruyter gelang es jedoch, die Mannschaft zu beruhigen. »Wichtig ist, dass wir erst einmal zu unseren Familien zurückkehren und der Handel wieder florieren kann! Die Republik wird sich nicht unterkriegen lassen!«, rief er.

Später saß Theo neben Yorick auf ihrem angestammten Platz an der Reling. »Was wirst du tun, wenn Frieden herrscht und die Kriegsflotte verkleinert wird?«, fragte Theo.

Yorick überlegte. »Ich würde gerne noch einmal nach Nieuw Nederland. Weißt du noch? Die fetten Lachse und die weiten Wälder?«

Theo nickte. »Dann könnte ich mir anschauen, was meine Tante mit dem Geld, das wir ihr geliehen haben, auf die Beine gestellt hat. Sie hat bislang nur von den Anfängen ihrer Hutproduktion geschrieben.«

Yorick sah ihn an. »Letztlich ist es egal, wohin man segelt, solange man einen Freund an der Seite hat.«

»Willst du denn eigentlich gar kein Kapitän werden?«, sprach Theo aus, was er sich schon oft gefragt hatte.

»Nein, ich bin glücklich als Steuermann. Da kann ich mich nebenbei meinen Wetterforschungen widmen.« Yorick sah ihm in die Augen. »Ist dir klar, dass die Engländer viele Seeschlachten nur gewonnen haben, weil der Wind günstig für sie stand? In diesem Krieg haben die Ostwinde überwogen. Ich habe schon mit de Ruyter gesprochen. Wir müssen eine neue Strategie für Seeschlachten entwickeln, mit der ein derartiger Nachteil ausgeglichen werden kann.«

Auf der *Huis de Cruiningen* herrschte trotz des beschämenden Friedensvertrags eine beinahe feierliche Erleichterung. Als sie jedoch vor Texel anlegten, hörten sie von einem benachbarten Schiff, wie Cornelis Tromp zu seiner Besatzung sprach. »Die Regierung im Haag hat sich dem Cromwell-Regime unterworfen!«, schimpfte er lautstark. »All unsere Kämpfe, unsere Verluste waren vergebens. Auch mein Vater, der allseits verehrte Seeheld Admiral Maarten Tromp, ist umsonst gestorben. Aber was das Schlimmste ist ...«, Tromp legte die Hand auf die Brust, »de Witt und seine Konsorten haben unser Prinzchen verraten. Sie haben das Haus Oranien verraten, dem unsere glorreiche Nation die Freiheit verdankt!«

Tromps Männer applaudierten wütend.

In diesem Augenblick ahnte Theo, dass der Krieg im Inneren ihrer Nation noch lange nicht vorbei war.

***

Die verzierten Türme der Kathedrale von Reims schoben sich in den klarblauen Himmel, und die Junisonne war angenehm warm.

Der Katholizismus hat schon etwas für sich, dachte Samuel, allein für die feierlichen Rituale und die üppige Kunst muss man ihn schätzen. Als er erfahren hatte, dass er Sieur Colbert in Paris nicht mehr antreffen würde, hatte er nicht gezögert, sondern war weitergereist. Natürlich fiel dadurch die Gelegenheit weg, in Paris durch die Geschäfte zu schlendern und seinen Lieblingsschneider aufzusuchen, aber wenn er ehrlich war, konnte er dafür derzeit ohnehin kein Geld erübrigen. Stattdessen einer Krönung beizuwohnen war natürlich umso besser. Ausführlich würde er im Haag darüber berichten können. Nachdem die geheime Klausel des Friedensvertrags nach einigen Bemerkungen an der richtigen Stelle durchgesickert war, hatte es im ganzen Land Proteste zugunsten des kleinen Prinzen gegeben – wiederum befeuert durch seine Flugblätter. Dennoch war der Vertrag abgeschlossen worden. Sofort war der niederländische Handel wieder mit voller Kraft angelaufen. Das war auch gut so, denn sie mussten hohe Entschädigungen leisten, unter anderem an die Hinterbliebenen der Opfer des Amboyna-Massakers. Samuels eigene Geschäfte liefen so gut, dass er bald das Grundstück für seinen Landsitz würde kaufen können. Auch seiner geliebten Charlotte und den Hofgesellschaften konnte er nun wieder mehr Zeit widmen.

Obgleich seine Informanten bei Hofe behaupteten, es solle eine bescheidene Krönung werden, kam sie Samuel doch sehr prächtig vor. Die Gesellschaft war ohnehin exquisit. Für die Zeremonie hatten sich der zahlreich vertretene Hochadel und die ausländischen Botschafter aufs Kostbarste ausstaffiert. Besonders beeindruckten ihn aber die machtvollen Rituale: die Segnung der königlichen Insignien, die Eide, die Salbung mit geweihtem Öl aus der heiligen Ampulle und die heilende Kraft des Handauflegens, mit der Ludwig sogleich dreitausend Menschen ehrte.

Am Tage nach der Krönung hatte Samuel eine Audienz bei Kardinal Mazarin, der längst wieder in Amt und Würden war. Anschließend traf er Colbert, den Finanzverwalter des Kardinals, den er sich nach ihrem ersten Zusammentreffen in Brühl mit Handelsgeschäften, Geschenken und hohen Provisionen gewogen gemacht hatte. Colbert war ein durchtriebener Fuchs, der nur das Wohl des französischen Staates – und sein eigenes – im Blick hatte. Doch nach ihrem Gespräch war Samuel über die Vorgänge am französischen Hofe bestens im Bilde. Eine unmittelbare Gefahr für die Niederlande bestand nicht, da Frankreich sich auf seinen Erzfeind Spanien konzentrierte.

»Wie es aussieht, hat sich ausgerechnet König Charles II. mit den Spaniern verbündet. Und das, wo unser großmütiger König

Ludwig ihn so großzügig unterstützt hat!«, ereiferte sich Colbert. »Wenn das wahr ist, stehen sich die Truppen der Bourbonen und der Stuarts bald auf dem Schlachtfeld gegenüber.«

»König Ludwig will also den Krieg gegen Spanien weiter vorantreiben?«

»›Endlich zu einem Ende bringen‹, träfe es besser. Er dauert ja nun schon beinahe zwanzig Jahre. Jetzt, wo der Bürgerkrieg unter Kontrolle ist, kann der König sich den äußeren Feinden mit aller Entschiedenheit zuwenden.«

Anschließend suchte Samuel auch noch König Charles II. in Spa auf. Nachdem die Dirne, die er bei Charles eingeschleust hatte, sich von einem Adeligen hatte schwängern lassen und verschwunden war, hatte er den englischen Thronfolger in den vergangenen Jahren immer wieder selbst getroffen. König Charles' Zustand hatte ihm Sorgen bereitet. Es war eine Schande, dass ein derart stattlicher Mann zu Trübsinn und Nichtstun verdammt war.

Jetzt allerdings war die Atmosphäre um König Charles beinahe gelöst. Nachdem der französische Hof ihm eine Pension ausgezahlt hatte – unter der Bedingung, dass er Frankreich verließ, wie Samuel von Colbert wusste –, genoss Charles jetzt die Zeit im Kurbad. Der König begrüßte ihn leutselig und lud ihn bereits am folgenden Tag ein, ihn in die Bäder zu begleiten. Umgeben von seinen Freunden, seinen Geliebten und seinen Hunden schien er am glücklichsten zu sein.

Samuel war froh, dass er in den vergangenen Jahren sein Tennistraining nicht vernachlässigt hatte, denn der Tennisplatz war noch immer der beste Ort, um Charles näherzukommen. Eine weitere Möglichkeit war frühmorgendliches Schwimmen im eiskalten Wasser, auf das Charles zur Körperertüchtigung schwor – das für Samuel aber indiskutabel war.

Nach einem ihrer Tennismatches berichtete König Charles ihm

schließlich von Aufstandsplänen, die gerade in England geschmiedet wurden. »Meine Getreuen sind dabei, Cromwell zu stürzen und seine Militärherrschaft zu beenden. Dann hole ich mir, was mir zusteht: meinen Thron.«

»Und wie werdet Ihr es mit dem Hause Oranien halten, Majestät?«, fragte Samuel.

»Der Stand meines Neffen muss selbstredend wiederhergestellt werden.«

»Dann werde ich Euch auch weiterhin gerne behilflich sein, Hoheit.«

45

Hamburg, Juni 1654

Mit Hilfe seines Poliers Martin steckte Benjamin das Geviert am Reesendamm ab. Sein Freund Hans, der mittlerweile verheiratet war und einen Sohn hatte, arbeitete inzwischen als Kunstmeister für den Bauhof und war dort leider unabkömmlich. Als sie fertig waren, ließ Benjamin den Blick schweifen. Von hier aus hatte man eine wunderbare Aussicht über die Alster, die Windmühlen und sogar auf Rathaus, Kran, Stadtwaage und Börse. Er war froh, dass Manoel Teixeira sich auf einen Entwurf eingelassen hatte, der das ehrwürdige und zugleich idyllische Umfeld miteinbezog.

Als sich die Arbeiter an die Ausschachtung des Grundstücks machten, näherten sich zwei Frauen der Baustelle. Sofort erkannte Benjamin Lucias hohe Gestalt. Er hatte sie seit Jahren nicht gesehen, sondern nur mit ihr Briefe gewechselt und dabei ihre Stimme in seinem Kopf gehört. Sie mochte reifer geworden sein, aber vor allem war sie schöner denn je. Er beneidete den Mann an ihrer Seite, auch wenn er es sich nicht anmerken lassen würde.

»Frau Broders, was gibt mir die Ehre?«, begrüßte er sie.

»Mijnheer Aard, ich hörte, dass Ihr in der Stadt seid, und wollte mich persönlich für die Schriften bedanken, die Ihr mir freundlicherweise zukommen ließet.« Ihre Sprache war förmlich, und um ihren Mund lag ein wehmütiger Zug.

»Darf ich zu den Schwänen gehen?«, fragte das Mädchen und wies auf das Alsterufer.

»Natürlich, Dierkje. Aber gib gut acht!«

503

Als sie allein waren, sagte Lucia: »Dierkje ist die Tochter meiner Magd und Freundin Elsa – du hast sie schon einmal gesehen.«

Benjamin freute sich, dass Lucia einen vertraulicheren Tonfall anschlug. »Jetzt erinnere ich mich. Sie ist groß geworden.«

»Es ist ja auch einige Zeit vergangen. Genug Zeit, um das Rätsel zu lösen.« Ihre Augen blitzten vor Vergnügen.

»Du hast wirklich ein funktionierendes Rezept für künstlichen Marmor gefunden? Das ist ja großartig!«

»Wenn du möchtest, kann ich dir das Ergebnis auf dem Pflanzhof zeigen.«

»Gerne! Aber ... Was sagt dein Mann dazu?«

»Hinrik ist unterwegs.«

Wenig später besuchte Benjamin Lucia auf dem Pflanzhof ihres Mannes. Er befand sich ganz in der Nähe des Dammtores, wo die Gänse auf einer Wiese schnatterten. Während der Töpfer damit beschäftigt war, Elsa einen Pflanzkübel hinzustellen, führte Lucia ihn in die Hütte. Dort öffnete sie einen großen Schrank.

Benjamin gingen die Augen über. Auf den Einlegebögen lagen helle Brocken, Würfel und sogar tellergroße Platten. Eine davon reichte Lucia ihm, und Benjamin trat sofort mit ihr ans Fenster. Der Grundton entsprach dem des Carrara-Marmors, doch die Äderung bestand aus allen Farben des Regenbogens. Benjamin wog die Platte in der Hand und strich behutsam mit den Fingerkuppen darüber. »Perfekt«, sagte er beeindruckt.

Lucias Wangen röteten sich. »Findest du wirklich?« Als er nickte, sprudelte sie los und zählte auf, welche Versuche sie mit welchem Ergebnis gemacht hatte.

Benjamin fragte nach, und bald waren sie in eine lebhafte Diskussion verstrickt. Benjamin genoss jeden Moment. Er kannte keine Frau, mit der er so unbefangen reden konnte. Schließlich senkte er die Stimme. »Ist deine Erfindung hier sicher?«

»Auf jeden Fall. Ich kann Olrich vertrauen. Außerdem wird die Hütte abgeschlossen und bewacht.« Sie kraulte einen der kleinen Hunde, die über den Hof tollten, hinter dem Ohr.

»Du weißt, dass du damit gutes Geld verdienen kannst.«

»Als Frau? Ich denke nicht, dass Hinrik und das Amt das zulassen würden. Außerdem bin ich an der Herstellung größerer Platten bislang immer gescheitert. Irgendwann brechen sie einfach auseinander. Und in den Häusern den Stuckmarmor selbst auftragen kann ich als Frau wohl kaum.«

Benjamin reichte ihr die Platte, eilig und als hielte er ein rohes Ei in den Händen. Lucia lachte, was ihn sofort wieder verzauberte. »Ich kann ja vielleicht mitgrübeln«, bot er verlegen an.

In diesem Moment schlurfte der Töpfer herein. »Ihr solltet vorsichtiger sein, Frau Lucia. Die Leute gucken schon komisch. Kommt lieber wieder hinaus.«

Die Mahlzeit bei den Teixeiras war vorzüglich. Benjamin blickte aus dem Fenster auf die Michel-Baustelle. Noch immer ragten die bloßen Mauern der Kirche in die Höhe. Lucia hatte ihm erzählt, dass weiterhin Geld für das Holz für den Dachstuhl fehlte, sosehr sie auch sammelten. *Lucia* … Benjamin schüttelte den Gedanken ab und wandte sich wieder seinen Gastgebern zu. Er saß mit dem jungen und dem alten Senhor Teixeira am Esstisch ihres Hauses am Krayenkamp. Erst hatte er Vorbehalte gehabt, während der Arbeiten im Haus seiner jüdischen Auftraggeber zu wohnen, aber sie hatten oft christliche Gäste, und da er ihre Sitten und Gebräuche respektierte, kamen sie gut miteinander aus. Ausführlich hatten sie schon darüber diskutiert, wie selbst Hamburg durch den Krieg zwischen England und den Niederlanden in Mitleidenschaft gezogen worden war.

»Noch kurz vor Friedensschluss haben Schiffe im Auftrag der niederländischen Admiralität in der Elbmündung und vor Helgoland gelauert«, berichtete Manoel Teixeira gerade. »Sie hatten den

Auftrag, Waffen- und Munitionslieferungen an England abzufangen. Natürlich haben die Kaperungen für Unfrieden bei den hiesigen *Merchant Adventurers* gesorgt.«

»Das kann ich mir vorstellen.«

»Mehr Sorge bereiten uns allerdings die grassierende Pest und die Entwicklung bei unseren mächtigen Nachbarn Dänemark und Schweden«, setzte sein Vater hinzu.

In diesem Augenblick kündigte sich ein Bote an und reichte Teixeira senior einen Brief. Dieser las ihn stirnrunzelnd und gab ihn an seinen Sohn weiter.

Manoel Teixeira tupfte sich die Lippen mit der Serviette ab, dann erhob er sich. »Ich fürchte, wir werden Euch ausquartieren müssen, Mijnheer Aard. Wir erwarten hohen Besuch.«

Benjamin hatte gerade seine Sachen zusammengepackt, als erst Hufgeklapper und dann aus der Diele Stimmen zu hören waren. Er war neugierig, um wen es sich bei diesem Besuch handelte. Es musste jemand Besonderes sein, denn das Haus der Teixeiras wäre eigentlich groß genug für mehrere Gäste. Kurz entschlossen nahm er seinen Lederkoffer und ging die Treppen hinunter. Die Gruppe in der Diele sah nach reisenden Adeligen aus. Sie umringten einen klein gewachsenen Herrn. Vor diesem hatten sich die Teixeiras gerade ehrerbietig verbeugt – doch nun flog der Blick des Gastes zu Benjamin. Sofort sah er, dass es sich um eine Frau handelte, die in Männerkleidung steckte.

»Unser Architekt, Benjamin Aard aus Amsterdam. Er war gerade im Begriff zu gehen«, sagte Manoel Teixeira schnell.

»Ich hoffe, Ihr seht mir nach, dass ich Euch vertreibe. Ich musste aus meinem Königreich fliehen«, sagte die Dame erstaunlich offen, was Benjamin verwunderte. Wofür diente dann die Maskerade? Überhaupt … Königreich? Sicherheitshalber ließ er sich auf die Knie sinken, schwieg aber, um nichts Falsches zu sagen.

»Ihre Hoheit Königin Christina von Schweden«, stellte Teixeira senior die Dame jetzt vor.

»Nicht mehr«, wandte sie mit einem Lachen ein. »Außerdem reise ich als Graf Christopher von Dohna. Mein Aufzug dient meiner Sicherheit und Bequemlichkeit.«

Benjamin dachte an Lucia. »Das kann ich nachvollziehen. Ich kenne eine Dame, die sich verkleidete, um die Bibliothek aufsuchen zu können«, wagte er zu sagen und ignorierte geflissentlich die entsetzten Blicke seiner Gastgeber.

Doch die Königin antwortete freundlich. »Verständlich. Es ist ungeheuerlich, dass Frauen dieses Wissen meist verschlossen bleibt. Dabei stehen etliche von uns den Männern in Gelehrsamkeit in nichts nach.«

»Das sehe ich auch so. Ebendiese Frau kennt sich bestens mit Versteinerungen aus und hat soeben ein Rezept für künstlichen Marmor entdeckt«, sagte Benjamin spontan und schalt sich gleich dafür. Wie konnte er nur so vorlaut sein!

Sie lachte nur. Dann wandte sie sich an Senhor Teixeira.

Benjamin verstand sofort, verabschiedete sich und ging hinaus. Von dieser Begegnung musste er sofort Lucia erzählen!

Skeptisch betrachtete Benjamin die Stelzen in der Elbe. Sie staken in der Nähe der Bastion Hölzernes Wams, die sich vor der Kehrwiederspitze befand, und dem Niederbaum aus dem Wasser. Ein Lächeln huschte über sein Gesicht, als er daran dachte, wie selbstverständlich er diese seltsamen Ortsnamen der Stadt dachte und aussprach. *Kehrwieder, Grimm, Kattrepel, Vorsetzen.* Natürlich war er gestern Abend nicht sofort zu Lucia gegangen, das hätte sie nur in Schwierigkeiten gebracht. Aber vielleicht würde er sie ja heute noch sehen.

»Was hältst du davon?«, riss Hans ihn aus seinen Gedanken. Aus dem jungenhaften Zimmermannsgesellen war in den vier Jahren, die sie sich kannten, ein gestandener Meister geworden. Benjamin freute sich, endlich wieder mit ihm zusammen sein zu können. Selbst zur Hochzeit seines Freundes hatte er lediglich ein Geschenk schicken können.

»Das ist auf Dauer nicht tragfähig. Die Dicke der Stämme, der Abstand – das ist alles nicht optimal.«

Hans seufzte schwer. »Genau das habe ich Grönfeldt auch gesagt. Aber er lässt nicht mit sich reden. So viel Aufwand – das muss doch halten!«

»Ich will ja nicht als besserwisserischer Holländer dastehen«, Benjamin grinste, »aber die Technik hättet ihr euch bei uns abschauen können.« Hans knuffte ihn, eine vertraute Geste, die Benjamin gefiel. »Dazu kommt, dass der Tidenhub bei euch in Hamburg viel stärker ist. Die Kräfte, die an diesem Blockhaus zerren werden, sind groß.«

»>Neptunus< will Grönfeldt dieses Blockhaus nennen.«

»Wie passend! Der Meeresgott wird es sich ziemlich schnell holen.« Benjamin sah Hans von der Seite an. »Ich kann dich wirklich nicht für den Bau am Reesendamm abwerben?«

»Nein, lieber nicht. Jetzt, wo ich eine Familie habe, ist ein fester Posten am Bauhof das Beste, was mir passieren kann.«

Benjamin machte sich zum Aufbruch bereit. »Das ist schade.«

»Vergiss unsere Einladung heute Abend nicht. Lucia wird auch kommen, natürlich mit Elsa und Dierkje.«

Da der Abend mild war, hatten Hans und Greteke ein Picknick vorbereitet, das sie in einer ruhigen Bucht am Elbstrand genossen. Etwas Bier und Wein, frisches Brot, Käse, Wurst und Obst – mehr braucht es nicht, um glücklich zu sein, dachte Benjamin. Zumal alle sehr fröhlich waren. Sie sangen viel, und Hans hatte sogar eine Mundorgel dabei. Später plauderten Greteke und Elsa, während Dierkje mit dem Kind des Zimmermanns spielte.

Lucia und Benjamin saßen in sittsamem Abstand zueinander im

Sand und sahen auf den Fluss, der gemächlich ans Ufer plätscherte. Sie hatte ihm erzählt, welche Bücher sie gelesen hatte und dass Hinrik ihr regelmäßig neue Fossilien und besondere Steine von seinen Reisen mitbrachte. Jetzt berichtete er ihr von seiner Begegnung mit Christina von Schweden. Er hatte seinen Auftraggeber inzwischen auf die Dame angesprochen. Teixeira war zwar diskret gewesen, hatte aber das ein oder andere doch erwähnt.

»Königin Christina hatte in ihrem Land wohl große Schwierigkeiten, seit sie bekundet hat, dass sie mit dem Katholizismus sympathisiert«, erzählte Benjamin nun. »Vielleicht verständlich, wenn man bedenkt, dass ihr Vater im Dreißigjährigen Krieg das Leben unzähliger Untertanen riskierte, um dem Protestantismus zum Sieg zu verhelfen. Dazu kommt ihr verschwenderischer, unkonventioneller Lebensstil.«

»Diese Dame würde ich wirklich gerne mal kennenlernen! Wenn eine Königin in Männerkleidung reisen darf, frage ich mich, warum man mich dafür ins Werk- und Zuchthaus wirft. Das Leben ist ungerecht.« Sie lachte, obgleich ihre Bemerkung einen ernsten Kern hatte.

Eine Gesprächspause kehrte ein. Dann fragte Benjamin: »Wo ist er jetzt?«

Lucia wusste sofort, wen er meinte. »In Gottorf, wie so oft. Das Schloss wird aufwändig umgestaltet.« Sie ließ den Sand durch ihre Finger rinnen. Offensichtlich wollte sie nicht über ihren Mann sprechen.

»Und wie geht es deinem Bruder?«

»Tobias macht sich wunderbar. Wir treffen uns mindestens einmal wöchentlich, um Spenden für den Michel-Bau zu sammeln. Nach wie vor singt er im Chor, wenn seine Stimme jetzt auch deutlich männlicher geworden ist. Er hat aber auch Talent an der Orgel.«

»Vielleicht habe ich ja die Gelegenheit, ihn einmal singen zu hören.«

»Bestimmt. Der Chor begleitet regelmäßig die Gottesdienste.«

Hans ließ sich zu ihnen in den Sand fallen. »Apropos Kirche: Du solltest dir mal die Nikolai-Kirche anschauen«, sagte er zu Benjamin.

»Wegen des kaputten Turms?«

»Den wird Peter Marquard neu bauen. Aber das Portal des Turms ist beschädigt und soll erneuert werden. Da ist ein Baumeister von deinem Format gefragt.«

Sie wurden still, als die Sonne hinter dem anderen Elbufer unterging. Benjamin spürte, wie glücklich er in diesem Augenblick war. Er tastete im Sand nach Lucias Fingern, und als er sie fand, entzog sie sich ihm nicht.

* * *

Der Abend am Strand ließ Lucia nicht los. Sie hätte der Einladung ihrer Freunde nicht folgen dürfen, gleichzeitig hatte sie die heiteren Stunden genossen. Wie sehr ihr Körper sich nach Berührungen sehnte, nach Zärtlichkeit! Wie sehr sie Benjamin vermisste! Es war nicht so, dass Hinrik sie quälte, das nicht. Aber sie liebte ihn nicht genug, um seine Annäherungen zu ertragen. Seit sie bei der zweiten Fehlgeburt beinahe verblutet war, beschlief Hinrik sie nicht mehr. Seine Lust war jedoch groß, und so musste sie andere Möglichkeiten finden, ihn zu befriedigen. War es nicht ihre Aufgabe, ihrem Mann zu Willen zu sein?

Lucia schüttelte den Kopf. Sie musste sich von Benjamin fernhalten, sonst könnte sie für nichts garantieren. Tagelang war sie ihm aus dem Weg gegangen.

»Ob das diese seltsame Königin ist, die man ein Mannweib nennt?«, riss Dierkje sie aus ihren Grübeleien.

Verwundert sah Lucia auf. Sie hatte mit Dierkje zur Michel-Kapelle gewollt, war aber am Reesendamm gelandet. Wo hatte sie nur ihre Gedanken?

Auf Benjamins Baustelle standen mehrere Leute, die von den Passanten neugierig beäugt wurden, darunter eine kleine Person mit kinnlangen Haaren und feinem Anzug. Das musste sie sein. Über Christina von Schweden kursierten die seltsamsten Gerüchte. Gleich nach ihrer Ankunft war sie wegen ihres burschikosen Auftretens – sie fluchte angeblich wie ein Mann – zum Stadtgespräch geworden. Und offensichtlich war ihr tatsächlich erlaubt, was Lucia verboten gewesen war: Sie durfte Hosen tragen.

Kurz entschlossen ging Lucia auf die Baustelle zu. Was sollte sie sagen, wenn es ihr tatsächlich gelänge, sich der Königin zu nähern?

Als Benjamin sie entdeckte, hellte sich sein Gesicht auf. »Das ist übrigens die gelehrte Fossilienexpertin, die ich Euch gegenüber erwähnt habe«, sagte er, ehe Lucia ihn aufhalten konnte.

Die Königin wandte sich zu ihr um. Sie hatte ein feingeschnittenes Gesicht mit wachen Augen. Lucia neigte das Haupt. Senhor Teixeira und sein Sohn wirkten zunächst entsetzt, aber dann bemerkten sie, dass die Königin bereitwillig auf das Gespräch einging. »Ich nenne eine Sammlung von Kristallen und Versteinerungen mein Eigen. Auch die Gestaltung mit Stuckmarmor war am Hofe beliebt. Ich hörte, dass Ihr Euch verkleiden musstet, um in die Bibliothek gehen zu können. Dabei sollte auch Frauen das Wissen offenstehen.«

»Heißt es nicht: ›Denn wenn Weisheit tatsächlich eine so große Zierde für das Menschengeschlecht ist, dann kann ich nicht einsehen, warum man einem Mädchen gerade diesen bei Weitem schönsten Schmuck nicht zugestehen sollte‹?«, stimmte Lucia zu.

»Ihr kennt die Schriften Anna Maria van Schurmans?«, fragte Königin Christina verwundert. »Ich plane, die Gelehrte in Utrecht aufzusuchen.«

»Dann wünsche ich Euch eine gesegnete Reise, Majestät«, sagte Lucia und verneigte sich erneut. Sie wollte die Geduld der Königin und ihrer Begleiter nicht überstrapazieren.

Eine Stunde später traf Benjamin Lucia an der Michel-Kapelle. »Ich hoffe, es war dir recht, dass ich dich vorgestellt habe. Ich hatte das Gefühl, ihr seid zwei so seltene Exemplare, ihr solltet euch kennenlernen.«

Lucia spürte, dass sie rot bis unter die Haarspitzen wurde. »Ich glaube, den Senhores Teixeira war es nicht recht.«

»Solange ihr Gast zufrieden ist, sind die Herren es auch.«

Benjamin geleitete sie und Dierkje an den großen Fachwerkhäusern vorbei, in denen die Webstühle der Caffa- und Sammetmacher bereits zu klappern aufgehört hatten. Gerade wurden die geblümten Samtstoffe aus den Läden abgeräumt und diese zugesperrt. Kurz vor dem Pflanzhof verlangsamte Lucia auf einmal ihre Schritte. Benjamin folgte ihrem Blick. Vor ihrem Haus lehnte eine Gestalt an der Beischlagwange. Hinrik.

Lucia eilte auf ihn zu. »Hinrik, ist alles in Ordn–« Die Ohrfeige machte ihrer Frage ein Ende.

»Herr Broders …«, begann Benjamin.

Doch Hinrik Broders verschwand wortlos im Haus. Lucia und Dierkje folgten ihm.

* * *

Ihre Wange pochte schmerzhaft, und Lucia schmeckte Blut. Noch nie hatte Hinrik sie geschlagen. Sie machte eine schnelle Geste zu Elsa und Dierkje, damit diese sich entfernten. Die beiden sollten ihren Streit nicht miterleben. Peinlich genug, dass Benjamin …

»Ihr bleibt hier!«, befahl Hinrik, funkelte aber Lucia an. Noch nie hatte sie ihn so wütend gesehen. Und noch nie so enttäuscht. »Das machst du also, wenn ich unterwegs bin? Wenn die Kutsche einen Radbruch hat und ich umkehren muss? Treibst dich herum? Machst irgendwelchen Kerlen schöne Augen?«

»Du kennst den Baumeister Benjamin Aard doch …«

»Du weißt genau, was ich meine. Und Dierkje ziehst du auch noch mit hinein. Oder ist es der Einfluss dieser Elsa ... «

»Wie kannst du das sagen?«, protestierte Lucia. »Elsa und Dierkje sind wie eine Familie für –« Wieder verpasste er ihr eine Ohrfeige, dieses Mal auf die andere Seite. Er hatte weniger fest zugeschlagen als vorhin. Ob seine Wut verrauchte?

»Unsere *Familie* ... « Jetzt scheuchte er die beiden mit einer schroffen Geste hinaus. Dann warf er Lucia aufs Bett und fiel über sie her.

***

Benjamin hatte es kaum ausgehalten, zusehen zu müssen, wie Hinrik Lucia geschlagen hatte. Er hatte es nicht ertragen, dass sie mit ihm gehen musste. Wer wusste schon, was er ihr noch antun würde! Am liebsten hätte er ihm Einhalt geboten, und doch ging er, denn er wollte Lucia nicht noch mehr in Schwierigkeiten bringen.

Am darauffolgenden Tag suchte Elsa ihn auf der Baustelle am Reesendamm auf. »Lucia hat mich gebeten, Euch mitzuteilen, dass sie Euch nie wiedersehen will«, richtete sie ihm aus.

Sorge und Kummer schnürten ihm den Hals zu. »Wie geht es ihr?«, fragte er.

Elsa sah hinaus auf die Alster. Ihre vernarbten Züge waren starr. »Lucia ist im Karzer gelandet, weil sie ein großes Herz hat und anderen helfen wollte. Sie war tief gesunken. Mijnheer Broders hat sie zu einer ehrbaren Frau gemacht. So eine Schande hinter sich zu lassen gelingt nicht vielen.« Sie suchte seinen Blick. »Ihr solltet sie nicht in Gefahr bringen, nur weil Ihr Euch die Zeit vertreiben wollt, ehe Ihr wieder nach Amsterdam verschwindet. Das ist kein Spiel. Für Frauen ist die Liebe kein Spiel.«

46

Nieuw Amsterdam

Endlich fuhren sie in den geschützten Hafen von Nieuw Amsterdam ein. Es war eine unruhige Überfahrt gewesen, auch weil sie den Juden Jacob Barsimson an Bord hatten. Die niederländischen Matrosen hatten den Fahrgast gleichmütig behandelt, aber manche aus anderen Nationen hatten sich an seinem Aussehen, seinen religiösen Gewohnheiten und sogar seinem Wohlstand gestört. Barsimson war von der jüdischen Gemeinde in Amsterdam ausgesandt worden, um herauszufinden, ob sich hier jüdische Familien ansiedeln konnten. Seit die Portugiesen den Niederländern Neu-Holland entrissen hatten, suchten viele Juden, die dort Glaubensfreiheit genossen hatten, ein neues Zuhause. Niemand wusste schließlich, ob es den Generalstaaten gelingen würde, die reichen brasilianischen Landstriche und Inseln wieder an sich zu bringen.

Wie Yorick genoss es auch Theo, sich mit dem gebildeten Mann zu unterhalten. »Es heißt, Petrus Stuyvesant, der Gouverneur von Nieuw Amsterdam, sei kein Freund der Juden«, sagte er, als sich Barsimson zu ihm an die Reling gesellte. »Aber das wisst Ihr sicher …«

Barsimson seufzte. »Es ist ja nicht so, dass wir viel Auswahl hätten. Außerdem gilt in Nieuw Amsterdam dieselbe Glaubensfreiheit, die auch in der Republik allen Menschen zugebilligt wird, also wird Stuyvesant uns dulden müssen – ob er will oder nicht.«

»Ich wünsche Euch viel Glück. Solltet Ihr irgendwann Hilfe benötigen: Meine Tante lebt in der Nähe des Spuyten Duyvil.« Theo sah in Richtung der deutlich gewachsenen Siedlung. Wilhelmtje kam mit den Einheimischen und den freien Sklaven klar, also würde sie bestimmt keine Vorbehalte gegen Juden haben – wenn sie denn überhaupt noch lebte. Auch das konnte man nicht so genau wissen. Wenn er eines gelernt hatte auf See, dann dass das Leben in einem Wimpernschlag vorbei sein konnte. Deshalb lebten die Seeleute ja auch, als gäbe es kein Morgen.

Mit dem Schiffer vereinbarten Yorick und er, dass sie erst kurz vor der Abfahrt wieder eintreffen würden. Dann verließen sie das Schiff, streiften durch die Stadt und vergnügten sich einen Abend in den Tavernen, bevor sie sich am nächsten Morgen mit der Fähre übersetzen ließen. Schon von Weitem sahen sie, dass Wilhelmtje und ihre Familie nicht untätig gewesen waren. Neben der kleinen Hütte und dem Holzhaus stand nun ein schlichtes Steinhaus, vor dem mehrere Pferde angebunden waren. Ein Jugendlicher nahm sie in Empfang, Theos Cousin Joris. Er rief sofort nach seiner Mutter und ließ Yorick und Theo eintreten.

Im Vorraum stapelten sich Pelze, die sortiert und nach hinten gebracht werden sollten. Wilhelmtje kaufte offenbar gerade Biberpelze an, denn sie verhandelte mit zwei Trappern und trug etwas in ein Buch ein. Aus dem Hinterhaus drangen Arbeitsgeräusche und Gesang zu ihnen. Wilhelmtje war älter geworden, wirkte aber zupackend, als sie Theo in die Arme schloss. Nachdem sie die ersten Neuigkeiten ausgetauscht hatten, führte Wilhelmtje sie durch die Werkstatt, in der von einem Grüppchen Menschen jeglicher Hautfarbe Felle sortiert, gefilzt und Hüte hergestellt wurden.

»Für unsere Kastorhüte verwenden wir den Haarfilz geschorener Biberfelle. Es gibt keinen Hut, der schöner und haltbarer ist«, erklärte Wilhelmtje. Sie reichte Theo einen Hut, der ihn befühlte und Yorick auf den Kopf setzte. »Meinst du, das könnte den Amsterdamern gefallen?«

»Auf jeden Fall! Und was den Amsterdamern gefällt, trägt bald die ganze Republik. Es gibt ja auch schon einige Länder, wo sie verkauft werden, aber den feinen Leuten vorbehalten sind.«

»Ich kann euch bald eine große Ladung liefern. Das habe ich allein eurer Hilfe zu verdanken.« Ihr Gesicht verdüsterte sich, dann berührte sie Theos Arm. »Ich habe dir noch gar nicht gesagt, wie leid es mir tut, dass dein Vater gestorben ist. Ich habe Kris viel zu verdanken. Aber was rede ich – ihr seid sicher hungrig.«

Yorick grinste. »Das kann man wohl sagen!«

Wie bei ihrem letzten Besuch wurden auch heute Fisch und Fleisch, Kürbis, Maiskolben und Brot auf den Grillrost gelegt. Bis es so weit war, stärkten sie sich mit Keksen und frischer Milch.

Wilhelmtje befragte Theo ausführlich zu Michiels Gesundheitszustand. »Ich wünschte, ich könnte Michiel noch einmal sehen und mich mit ihm versöhnen«, sagte sie. Dann schüttelte sie den Kopf. »Die Lage hier ist schwierig. Stuyvesant spielt sich unmöglich auf. Es gibt Ärger mit den Nachbarn, und die Indianer werden auch immer wieder aufgestachelt. Sogar einen Sklavenmarkt hat es kürzlich gegeben – eine Schande in diesem freien Land! Wie lange werdet ihr bleiben?«

»Bis abgeladen und das Schiff neu befrachtet ist. Lange genug, um ein paar Lachse zu angeln«, sagte Yorick voller Vorfreude.

»Das ist gut, denn ich habe etwas mit euch zu besprechen.«

Ihre Abreise verzögerte sich, und ihr Abschied einige Wochen später war tränenreich, denn Wilhelmtje hatte beschlossen, dass ihr erstgeborener Sohn Joris in Amsterdam eine Ausbildung machen sollte. »Passt gut auf ihn auf«, bat sie Theo zum Abschied. »Joris ist das Kostbarste, was ich besitze.«

***

Benjamin hauchte in seine Hände, die in fingerlosen Handschuhen steckten. Dieses Jahr war der Dezember besonders kalt, und auf den Grachten fuhren die Menschen Schlittschuh und spielten Golf. Für derartige Vergnügungen hatte er jedoch selten Zeit, denn die Wirtschaft hatte sich schon wieder so weit erholt, dass der Magistrat entschieden hatte, das Stadhuis in ganzer Pracht zu Ende bauen zu lassen. Schon im nächsten Jahr sollte es fertiggestellt werden. Dummerweise hatte Jacob van Campen sich mit den Bürgermeistern überworfen und die Stadt verlassen. Man munkelte, er habe sich zum Katholizismus bekannt, was man natürlich nicht gutheißen konnte. Meester Stalpaert war wiederum mit dem Bau des Seemagazins für die Admiralität vollauf beschäftigt, das auf der künstlichen Insel Kattenburg entstand, weshalb er die Architekten der Stadt stärker eingespannt hatte. Da es im Winter im Bauhandwerk gemächlicher zuging, hatte sich auch Benjamin bereit erklärt, sich dieser verdienstvollen Aufgabe zu widmen. Der Magistrat war entschlossen, das neue Stadhuis baldmöglichst zu beziehen, dabei würde es noch lange nicht fertig sein, obwohl mit voller Kraft an allen Ecken und Enden gewerkelt wurde. Auch der Figurenschmuck wurde ergänzt und der kostbare Marmorfußboden im Bürgersaal poliert, der eine Weltkarte zeigen würde.

Die Frage eines Arbeiters riss ihn aus seinen Gedanken.

»Ja, ich weiß, dass die Bausteine ein kleineres Format als jene haben, die wir bislang verwendet haben.« Das hing mit Veränderungen nach der Bauunterbrechung zusammen. Was dachte der Maurer denn von ihm? »Vermaure sie bei den Kreuzgratgewölben mit den größten Spannungen – dort sind sie bestmöglich eingesetzt.«

Nachdem sie die Details besprochen hatten, grübelte er weiter. Es war ein arbeitsames Jahr gewesen. Nachdem er das Haus für Manoel Teixeira fertiggestellt hatte – in Rekordzeit, da es keinen Mangel an Baustoffen gab –, hatte Benjamin Hamburg verlassen, ohne Lucia noch einmal wiedergesehen zu haben. Seitdem hatte er sich gezwungen, nicht mehr an sie zu denken.

»Benjamin!« Der Ruf übertönte den Baulärm. Benjamin fuhr

herum. Theo kam ihm entgegen, braungebrannt und wildbärtig, ein wenig wie sein Vater einst. Neben ihm ging ein Jüngling, der viel zu große Hände und Füße für den hochgeschossenen Körper zu haben schien und sich mit großen Augen umsah.

Benjamin eilte den beiden entgegen. »Ich habe dich vermisst, Theo! Bist du etwa jetzt erst wieder angekommen?«

»Das war eine Überfahrt, sage ich dir! Widrige Winde hielten uns zurück.« Theo legte den Arm um die Schulter des Jungen. »Aber unser Cousin hat sich wacker geschlagen. Das ist Joris, Wilhelmtjes Sohn.«

Benjamin überlegte kurz, wie er den Jüngling begrüßen sollte, reichte ihm dann aber die Hand. »Willkommen in Amsterdam.«

»Habt Dank. Habt Ihr das alles hier verantwortet?«

Benjamin lachte. »Schön wär's! Nein, ich helfe nur mit. Sag einfach Benjamin zu mir. Aber lasst uns lieber vor die Tür gehen, hier drinnen kann es manchmal gefährlich werden.«

Während sie gingen, berichtete Theo: »Wilhelmtje möchte, dass Joris etwas Anständiges lernt. Buchführung, Baukunst und so. Ich habe gedacht, dass ihr euch seiner annehmen könnt.«

»Natürlich.« Benjamin gab Meester Stalpaert Bescheid, dass er eine Pause einlegen würde. Dann forderte er die beiden auf, mit in die Prinsengracht zu kommen. Theo zögerte. »Lieber nicht. Ich habe keine Lust, Probleme mit Daan zu bekommen.«

»Dann sehen wir uns später.« Während Benjamin mit Joris durch die Stadt lief, fragte er ihn nach Nieuw Amsterdam und der Reise aus.

Der Jüngling antwortete nur einsilbig, da er viel zu sehr damit beschäftigt war, die Stadt zu bestaunen, stellte seinerseits aber eine Frage nach der anderen: »Und diese vielen großen Steinhäuser ruhen wirklich alle auf Pfählen? Was sind das für Säulen? Warum gibt es diese merkwürdigen Giebel? Und wieso – «

Benjamin lachte. »Das wirst du alles bald erfahren.«

Michiel und Daan waren überrascht, aber auch erfreut über den unerwarteten Besuch.

»Wilhelmtje scheint sich zu einer erstaunlichen Frau entwickelt zu haben«, sagte Michiel, nachdem Joris ihm ausführlich über dessen Mutter und ihre Geschäfte berichtet hatte.

»Davon müsst Ihr Euch selbst überzeugen! Eines Tages müsst Ihr uns besuchen!«

Michiel nickte nachdenklich, wechselte aber das Thema. »Architekt willst du also werden? Es gibt verschiedene Wege zu diesem Beruf. Du könntest erst eine Maurer- und dann eine Steinmetzlehre machen. Wir können dich auch zu einem Maler in die Lehre geben. Nach vier Jahren –«

»Verzeiht, Onkel. Das dauert zu lange. Ich möchte zu meiner Familie zurück. Meine Mutter braucht meine Hilfe. Es gibt in Nieuw Amsterdam so viel zu tun.« Sofort begann Joris aufzuzählen, welche Aufgaben dort warteten und welche Pläne seine Mutter hatte. »Hast du eine Ausbildung bei einem Maler gemacht?«, fragte er Benjamin schließlich. Als dieser nickte, meinte Joris: »Dann bilde du mich doch einfach aus.«

»Das darf ich nicht. Die Gilde wäre dagegen.«

»Wenn er in Nieuw Amsterdam arbeitet, geht es vielleicht schon. Da gelten die Regeln unserer Gilde nicht«, meinte Michiel.

Es wäre eine ungewohnte, vielfältige Aufgabe. Aber ehe Benjamin die Entscheidung für sich ausreichend abwägen konnte, hatte sein Vater ihm die Sorge für den Jungen schon übertragen.

***

Die neuen Luxusgesetze, mit denen Amsterdam Hochzeitsfeierlichkeiten beschränkte, reizten Johan de Witt und seine Braut Wendela Bicker bis zu ihren Grenzen aus. Samuel bemerkte es voller Anerkennung. Die Hochzeit war so üppig, dass sein Freund sich dafür vermutlich verschulden musste. Aber das war es wohl wert. Die reiche Erbin war ein unkompliziertes, hübsches Mädchen von neunzehn Jahren, und Johan war derart vernarrt in sie, dass Samuel beinahe ein wenig eifersüchtig war. Unter den einundsiebzig Gästen war die gesamte bessere Haager und Amsterdamer Gesellschaft. Poeten wie Joost van den Vondel steuerten Gedichte anlässlich der Eheschließung bei. Kostbare Geschenke wie Juwelen, Schmuck und Möbel wurden dem Paar verehrt. Samuel hatte sich ebenfalls nicht lumpen lassen. Neben einem venezianischen Spiegel für die Gattin hatte er Johan einen von Wilhelmtjes exzellenten Biberhüten im Werte von sechsundfünfzig Gulden übergeben.

Mit seiner Hochzeit war Johan endgültig in der obersten Regentenschicht angekommen, war nun wohl der mächtigste Mann der Republik. Er hatte nicht nur in eine reiche Familie eingeheiratet, sondern würde auch deren familiäre Verbindungen nutzen können. Die Bickers waren mit den de Graeffs verwandt, aber auch mit der Bankiersfamilie Deutz und vielen anderen einflussreichen Sippen. Samuel hingegen hatte seine Verbindungen zu Prinzessin Amalia und der Princess Royal nur durch stetige Dienste festigen können. Seine Geschäfte liefen vortrefflich, vor allem der Zucker- und Sklavenhandel, den er jedoch nicht an die große Glocke hängte. Spätestens, wenn er seinen repräsentativen Landsitz ausgebaut hatte – und das würde hoffentlich noch in diesem Jahr der Fall sein –, würde er um die Hand von Mademoiselle Charlotte anhalten.

Es wurde gesungen und getanzt, und einige Stunden später stand Samuel erhitzt am offenen Fenster und sah auf Amsterdam hinaus. Die Stadt war jetzt, im Februar, wie mit Puderzucker bestäubt. Johan gesellte sich zu ihm, während seine Angetraute sich um ihre Mutter kümmerte.

»Ist Wendela nicht wunderbar?«, fragte er.

»Das ist sie. Ich freue mich für dich.«

»Du solltest endlich auch heiraten. Du weißt schon: die vollkommene Vereinigung von Seelen und Körpern«, sagte Johan ungewohnt schwärmerisch. »Oder hoffst du etwa noch immer auf die reizende Mademoiselle Charlotte?« Als Samuel versonnen schwieg, setzte er hinzu: »Weißt du denn nicht, dass sie längst einem Grafen zu Bentheim versprochen ist? Es heißt, die Fürstenwitwe hätte diese Ehe eingefädelt, damit nicht am Ende jemand zum Zuge kommt, der Charlottes nicht würdig ist.«

Samuel war am Boden zerstört. Nicht nur liebte und bewunderte er Charlotte, von allen adeligen Damen, die ihm gefielen, hatte er sich bei ihr auch die größten Hoffnungen gemacht. Und nun? Wie würde er seine Aufstiegspläne nun verwirklichen? Finanziell ging es wieder aufwärts, aber alle Adelshäuser, auf die er gesetzt hatte, waren derzeit mehr oder weniger machtlos. Prinz Wilhelm II. war tot, der Sohn ein Knirps von vier Jahren und entmachtet. Prinzessin Amalia kämpfte darum, die Reste des Hauses Oranien zusammenzuhalten, das Fürstentum vor der Einverleibung durch Frankreich zu retten und den Hochadel als Verbündete zu gewinnen. Und das Haus Stuart? Princess Mary war ganz auf ihren Bruder fixiert. Gemeinsam hatten sie und König Charles sich in Aachen und Köln vergnügt und dabei einen gewaltigen Schuldenberg aufgehäuft. Charles II. hoffte nach wie vor darauf, dass seine Verbündeten in England bald einen Aufstand gegen Cromwell und dessen Regime anzettelten, das hatte er Samuel bei dessen letztem Besuch erzählt. Aber im Moment sah es nicht danach aus, als würde bald etwas geschehen.

Kurz gab Samuel sich seinen Tagträumen hin. Wenn Cromwell tot wäre, würde das Volk sich wieder seines Königs entsinnen. Und König Charles II. würde sich sicher an alle erinnern, die ihm geholfen hatten. Nur wie konnte er, Samuel van Sanders, dem englischen König den Weg bereiten?

47

Hamburg, Juli 1655

Der Rauch der Pechtonne waberte durch die Gassen, schwarz und dick wie ein Leichentuch. Lucia hielt den Zipfel ihrer Heuke vor den Mund und lief eilig weiter. Sie hatte aus der Apotheke Räucherpulver und Aqua Vitae geholt. Seit Monaten grassierte die Pest in der Stadt. Oft hatte man schon gedacht, die Seuche sei versiegt, doch dann raffte sie in kürzester Zeit ganze Familien hinweg. Gerade im engen Gängeviertel prangte allzu oft ein »P« an der Tür, und es gab viele Tote. Jetzt fieberten auch Elsa und Dierkje.

Lucia hatte ihr Haus erreicht. Ein wenig graute es ihr hineinzugehen, denn beim ersten Anzeichen, dass Elsa und Dierkje an der Pest litten, würde sie sie in den Pesthof westlich des Heiligengeistfeldes bringen müssen. Wenigstens war Hinrik nicht da, um die beiden aus dem Haus zu treiben. Wenn er auf Reisen war, konnte er sie zudem nicht bedrängen – mit seiner Zurückhaltung war es seit dem Eklat um Benjamin vorbei. War er in Hamburg, nahm er sich jeden Abend, was ihm zustand.

Lucia entzündete die Kräuter und fühlte Elsas und Dierkjes Stirn. Beide waren glühend heiß. Als sie sie wusch, entdeckte sie zu ihrer Erleichterung jedoch keine schwarzen Flecken oder Beulen. Vielleicht hatten sie sich also doch nur verkühlt. Nachdem sie sie versorgt hatte, ging Lucia in die Michel-Kapelle, um für die Kranken zu beten. Als sie zurückkam, stand ein Fremder vor der Tür. Er brachte schlechte Nachrichten.

Ihr Bruder legte den Arm um Lucias Schulter. Mit seinen fünfzehn Jahren war er inzwischen ein gutes Stück größer als sie. »Der Herr ist nahe denen, die zerbrochenen Herzens sind, und hilft denen, die ein zerschlagenes Gemüt haben. Der Gerechte muss viel erleiden, aber aus alledem hilft ihm der Herr«, zitierte Tobias aus der Bibel. Dann sprach er ihr Trost zu, wie es nur ein kundiger Seelsorger konnte.

Sie schniefte. »An dir ist ein Pastor verloren gegangen.«

Tobias zögerte. »Das möchte ich auch werden.«

Aus tränenverhangenen Augen sah sie ihn an. »Geht das denn?«

»Der Herr Pastor sagt, dass er mir helfen wird, damit ich studieren kann. Ich soll nach Wittenberg.«

Lucia hörte zwar, was ihr Bruder sagte, konnte seine Worte aber nicht verstehen. Würde Tobias sie jetzt auch verlassen? Sie ließ sich auf die frisch aufgeworfene Erde des Grabes sinken. Hinrik hatte noch vor der Elbmündung das Schicksal in Gestalt der Pest ereilt. Trotz der schwierigen Zeiten war ihm ein würdevolles Begräbnis zuteilgeworden, und viele Hamburger hatten ihm die letzte Ehre erwiesen. Professor Jungius, der oft bei ihnen Pflanzen kaufte, hatte ihn sogar in einer langen Rede gewürdigt.

Noch einmal stiegen Tränen in Lucia auf. Hinrik war ein guter Mann gewesen, auch wenn sie ihm nicht hatte schenken können, was er sich so sehnlich gewünscht hatte. Einen anderen Gedanken wagte sie sich kaum einzugestehen: Sie war erleichtert, nun frei zu sein, zumindest für Jahr und Tag. Selbst mit einem Vormund – vermutlich wieder jemand aus der Kirchengemeinde, denn ihr Mann hatte keine Verwandten – würde man sie in dieser Zeit schalten und walten lassen.

Und danach? Würde sie einen neuen Ehemann finden müssen.

***

Hätte es je einen Zweifel daran gegeben, dass Amsterdam die Krone der Welt trug, dann wäre jener an diesem Tag ausgeräumt worden. Die Einweihung des neuen Rathauses war das bis dato glanzvollste Ereignis in der Geschichte der Stadt und prächtiger als alles, was Benjamin je erlebt hatte. Er führte seinen Vater durch die Säle und besprach mit ihm die Gestaltung und das Bildprogramm, während Daan und Joris folgten. Der Junge hatte sich als gelehriger Schüler erwiesen, der binnen kürzester Zeit alles Wissen aufsog, ob es sich nun um doppelte Buchführung oder die antike Säulenordnung handelte.

Michiel war so stolz auf dieses Gebäude, als hätte er es eigenhändig errichtet. »Hier werdet auch ihr eines Tages über die Geschicke der Stadt entscheiden, dafür werde ich sorgen«, sagte er zu seinen Söhnen.

Sie lauschten den Reden und der Musik. Später strich Benjamin noch einmal allein durch die Räume. Eingehend betrachtete er die Gemälde. Wie erhebend die Räumlichkeiten waren, wie groß der Stolz der Amsterdamer! Vor allem im Bürgersaal, wo die niederländischen Besitzungen in Übersee auf einer Marmorkarte markiert waren, hörte er Begeisterungsrufe. Er bekam aber auch mit, wie sich einige der ausländischen Gesandten das Maul zerrissen. Einfachen Kaufleuten und Bürgern stünde ein derartiger Palast nicht zu, lästerten sie. Unverhohlener Neid!

»Mijnheer?« Eine junge Frau sprach ihn an, während ihre Freundin albern kicherte. »Ihr wart doch an diesem Bauwerk beteiligt. Ist es nicht so, dass der Bürgersaal das ganze Universum nachbildet?« Sie machte eine Geste über Fußboden und Gewölbe.

»So ist es.«

»Und steht der Sturz des Phaeton, den wir im Süden sehen, wirklich für den Fall des verstorbenen Prinzen Wilhelm II., der Amsterdam angegriffen hat?«

»Sagen wir es so: Die antike Gestalt des Phaeton warnt jeden vor Überheblichkeit und Selbstüberschätzung«, erklärte er und beantwortete noch einige andere Fragen.

»Habt Dank für Eure interessanten Ausführungen«, sagte sie schließlich, als ihre Freundin unruhig wurde. Ihre Wangen wurden rosarot, was reizend aussah.

Als Benjamin zu seiner Familie zurückkehrte, grinste Michiel unverhohlen. Daan hatte sich hingegen mit verschränkten Armen abgewandt. Hatten sie über ihn geredet?

»Die solltest du dir warmhalten, mein Sohn. Das Mädchen ist eine reiche Erbtochter aus dem Hause Deutz. Wenn du sie heiratetest, wärest du auf einen Schlag mit den Bickers und den de Witts verwandt. Besser geht's nicht.«

Benjamin sah, dass der Brief von Lucia war, und öffnete ihn sofort; es war ihm einerlei, dass sein Bruder gerade neben ihm stand, um mit ihm die Pläne für ein Bürgerhaus zu diskutieren. Zu lange hatte er schon nichts mehr von ihr gehört.

Lieber Benjamin, verehrter Freund,
die Entwicklung des künstlichen Marmors ist gut voran-
geschritten. Die neuen Ergebnisse sind vielversprechend. Und
doch fehlt noch etwas. Die Wechselfälle des Schicksals haben es
mir möglich gemacht, dass ich mich bei anderen Produzenten
umsehen kann. Gerade bin ich in Amsterdam eingetroffen …

Amsterdam! Benjamin las nicht weiter, sondern lief sofort los.

»Wo willst du denn hin? Wir haben doch noch gar nicht entschieden …« Daan klang erzürnt.

»Nimm ein Mansarddach! Damit hat der Kunde die nötigen Räumlichkeiten und zahlt dennoch eine niedrigere Steuer!«, rief Benjamin im Hinauslaufen. Gleichzeitig suchte er den Brief nach einem Hinweis darauf ab, wo Lucia abgestiegen war. Da stand es!

Sein Herz schlug schnell, als er den Grimburgwal erreichte. Lucia hatte eine ehrenwerte Herberge gewählt. Die Wirtin schickte eine Magd, um sie zu benachrichtigen, und beäugte Benjamin argwöhnisch, bis dieser sich als Amsterdamer aus gutem Hause zu erkennen gab, der nichts Unschickliches im Schilde führte. Als Lucia in die Diele trat, war er bereits mit der Wirtin in eine angeregte Plauderei verwickelt. Lucia sah schön aus, gelöster als früher. Dann erst fragte er sich, ob Hinrik ebenfalls hier war und was ihr Mann davon hielt, dass sie ihn traf. Welche Wechselfälle des Schicksals hatte Lucia gemeint?

Höflich begrüßte er sie. »Mevrouw Lucia, wie schön, Euch zu sehen!«

»Da bist du ja endlich! Ich konnte es kaum erwarten, die Stadt zu erkunden«, wisperte sie.

»Die Stadt zu erkunden? Du hättest sicher auch allein … Die Frauen hier in Amsterdam können sich relativ frei bewegen … Solange du dich vom Hafenviertel fernhältst …« Er wurde rot. »Nicht, dass ich mich nicht freuen würde, dir Amsterdam zu zeigen … also ich freue mich natürlich.« Himmelherrgott, was redete er da! »Aber ich dachte, du wolltest zuerst die Steinhöfe …«

Lucia lachte. »Das eilt nicht so sehr. Wenn ich schon mal hier bin, will ich Amsterdam auch kennenlernen. Also, wo fangen wir an?«

Benjamin dachte an die Aufgaben, die er heute eigentlich hatte erledigen wollen. Er würde sich einfach für den Tag freinehmen – das musste möglich sein. »Lass uns zum Dam gehen«, schlug er vor. »Den Platz hast du sicher schon gesehen, als du angekommen bist. Ich muss nur schnell Bescheid geben, dass ich meine Arbeit erst morgen wieder aufnehmen werde.«

»Ich will dich nicht in Schwierigkeiten bringen.«

»Das tust du nicht«, versicherte Benjamin ihr. Dann fragte er, was ihm die ganze Zeit schon auf der Seele brannte. »Wo ist dein Gatte? Was sagt Hinrik dazu, dass du hier bist?«

Trauer flog über ihr Gesicht, in die sich ein Hauch eines anderen Gefühls – Nervosität? – mischte. »Hinrik ist tot. Er starb an der Pest.«

Benjamin wurde von Gefühlen überrollt. »Mein Beileid zu deinem Verlust. Ich … Ich wünsche seiner Seele Frieden«, brachte er gerade noch heraus.

»Mir tut es auch leid. Gleichzeitig bin ich … erleichtert.« Lucia sah ihn an. »Ich schäme mich, das zuzugeben.«

»Du hast ihn dir weder ausgesucht, noch hast du ihn geliebt – vermute ich zumindest.«

»Du hast recht. Ich habe immer einen anderen geliebt.« Ihr Blick war so intensiv, dass ihn Hitze durchflutete.

Meinte sie ihn? »Hier in Amsterdam gab es auch viele Pesttote. Im Augenblick scheint es aber, als sei die Seuche vorbei«, sagte Benjamin, weil er die richtigen Worte nicht fand, um seinen Gefühlen Ausdruck zu verleihen.

»Elsa und Dierkje waren auch krank, aber es war nicht die Pest. Sie hüten mein Haus. In Hamburg sagt man, die Pest sei aus Amsterdam gekommen.«

»Und in Amsterdam sagt man, die Engländer hätten sie mitgebracht.« Benjamin zuckte mit den Schultern. »So ist das mit dem Handelsverkehr – da gibt es auch unerwünschte Mitbringsel.« Er bemerkte, dass Lucia abgelenkt war, weil sie die Häuser, die Grachten und die Vielfalt der Geschäfte und ihrer Waren bestaunte. Schnell begann er, von der Umgebung und der Stadt zu erzählen. Eigentlich aber waren auch seine Gedanken woanders.

Lucia war frei – frei für ihn.

Sie bestaunten das neue Rathaus, aßen frische Waffeln, paddelten über die Kanäle, besuchten das neue Labyrinth und stöberten in Kuriositätenhandlungen. Nachdem sie einen ereignisreichen Tag gemeinsam verbracht hatten, geleitete er Lucia wieder zu ihrer

Herberge. Dort endlich gab Benjamin sich einen Ruck. Wenn er es nicht wenigstens versuchte, würde er sich sein Leben lang Vorwürfe machen. Er würde unglücklich sein, wie Daan. Wie es weitergehen würde, konnte er später immer noch überlegen.

»Ich weiß, ich sollte die Form wahren, dir Gedichte und Blumen schicken. Aber ich fürchte, die Zeit haben wir nicht. Und ich will nicht, dass ich diese Gelegenheit noch einmal verpasse«, brach es aus Benjamin heraus, als sie die Brücke vor der Herberge erreicht hatten. Er sank vor ihr auf die Knie, nahm ihre Finger und küsste sie. Ein wenig kam er sich aus der Zeit gefallen vor, wie in einem alten Ritterepos, und doch schien es ihm richtig. »Wir haben schon zu viel Zeit verschwendet. Ich liebe dich, Lucia. Willst du meine Frau werden?«

Lucia wollte ihn umarmen, was nur unbeholfen gelang, dann ließ sie sich ebenfalls auf die Erde sinken, lachend und weinend zugleich. »Steh auf, steh auf«, sagte sie lächelnd und sah sich beschämt nach allen Seiten um; die ersten Passanten beobachteten sie neugierig.

Benjamin war das egal. »Heirate mich!«

»Ich nehme deinen Antrag ja an, aber bitte steh auf!«

Benjamin sprang auf die Füße und umarmte sie stürmisch. Sie lachten jetzt beide vor Glück. Er hätte sie am liebsten geküsst, ließ sie jedoch schweren Herzens wieder los; er durfte ihren Ruf nicht gefährden.

»Aber was wird deine Familie sagen? Wird dein Vater denn einverstanden sein?«

»Ganz bestimmt!«, versicherte Benjamin ihr. Insgeheim war er sich jedoch nicht so sicher.

Michiel und Daan waren entsetzt. »Du kannst diese Hamburgerin nicht heiraten. Eine einfache Witwe!«

»Das ist Lucia nicht. Sie hat von ihrem Mann einen Handelsgarten geerbt. Und sie hat ein Rezept für künstlichen Marmor entwickelt.«

»Allein die Vorstellung, eine wie sie zu heiraten, ist lächerlich!«, rief Daan.

»Ich liebe sie!«

»Du kennst sie doch gar nicht«, meinte sein Vater.

»Ich kenne sie, seit ich das erste Mal in Hamburg gewesen bin. Wir –

»Also doch!«, fiel Daan ihm ins Wort.

»Es ist nicht so, wie du denkst. Es ist nicht so wie bei dir und Antje!«

»Antje?«

Daan ging nicht darauf ein, sondern fuhr Benjamin an: »Wenn dir auch nur ein Fitzelchen an unserer Familie liegt und du auch nur einen Funken Anstand besitzt, dann wirst du dir dieses Hirngespinst aus dem Kopf schlagen. Sie ist vermutlich nicht einmal Calvinistin.«

»Sie ist Lutheranerin.«

»Oh *jeetje* – auch das noch!«

Ohne weiter auf seinen Bruder zu achten, hockte sich Benjamin neben Michiel und nahm seine Hand. »Vater, ich liebe Lucia. Ich wünsche mir nichts mehr, als dass sie meine Frau wird. Wenn Ihr sie kennenlernt … «

Sein Vater entzog ihm die Hand. »Ich werde sie nicht kennenlernen. Du wirst sie nicht heiraten.«

»Vater, ich habe Euch immer gehorcht. Also … meistens. Sagen wir: Ich habe Euch immer zu gehorchen versucht. Ich liebe Euch, Vater, und ich ehre Euch. Aber ich bin entschlossen, Lucia zu heiraten. Ich würde mir wünschen, dass ich sie mit Eurem Segen zur Frau nehmen kann. Sollte das nicht der Fall sein, dann heirate ich sie auch so.«

»Wie kannst du nur!«, platzte Daan heraus.

»Sei du lieber ruhig. Du solltest doch am besten wissen, was in mir vorgeht!«

»Was meinst du damit?«, fragte Michiel scharf.

»Gar nichts meint er!«, schaltete sich Daan ein. »Benjamin will nur von sich ablenken. Denkt an das Wohl der Familie!«

»Ich tue es zum Wohl der Familie. Zum Wohl meiner eigenen Familie, die ich bald haben werde. Bitte, Vater!«

»Nein! Das ist mein letztes Wort.«

»In dieser Angelegenheit kann ich Euch nicht gehorchen.«

»Dann bist du nicht mehr mein Sohn.«

Benjamin war schockiert, wie brüsk sein Vater seine Bitte abgelehnt hatte. Er erhob sich. »Dann werdet Ihr mich verlieren«, sagte er rau.

Als Benjamin hinausging, standen Tränen in seinen Augen und in denen seines Vaters. Daan jedoch schien ein Lächeln unterdrücken zu müssen.

48

Nach einer schlaflosen Nacht sprach Benjamin noch einmal mit seinem Vater, doch Michiel blieb bei seiner Entscheidung. Anschließend ging Benjamin zu Lucia, mit der er verschiedene Steinhändler aufsuchen wollte. Obgleich es ihm schwerfiel, erzählte er ihr von dem Gespräch.

Kummer verschattete ihre Züge. »In diesem Fall werde ich deinen Antrag nicht annehmen. Ich möchte keinen Keil zwischen dich und deine Familie treiben. Dazu sind Familienbande zu wertvoll.«

Benjamin ergriff ihre Finger und küsste ihren Handrücken. »Ich bin alt genug, um eigene Entscheidungen zu treffen. Mein Vater wird sich schon beruhigen.« Der Gedanke an den Bruch zwischen Michiel und seinen Geschwistern ließ ihn jedoch Übles ahnen.

Sie sah ihn an. »Wo sollten wir heiraten? Du bist Calvinist, und ich gehöre der lutherischen Kirche an. Und wo sollen wir leben? Wenn dein Vater und dein Bruder unsere Ehe verurteilen, kann es in Amsterdam schwer für uns werden.«

»Heiraten können wir im Rathaus. Was meinst du, wie viele Paare verschiedener Glaubensrichtungen es in Amsterdam gibt, die diesen Weg gewählt haben!« Benjamin überlegte. »Wir könnten erst einmal nach Hamburg ziehen. Dort gibt es genügend für mich zu tun, um eine Familie zu ernähren.« Er strahlte sie an, doch urplötzlich schwammen Tränen in ihren Augen.

»Ich weiß nicht, ob ich dir Kinder schenken kann.« Knapp erzählte Lucia ihm von den Fehlgeburten.

Doch auch dieses Geständnis brachte Benjamin nicht von seinem Entschluss ab. »Ich liebe dich, und ich wünsche mir nichts mehr, als dass du meine Frau wirst. Gemeinsam werden wir Probleme und Gefahren überwinden.«

***

Lucia kam sich vor wie in einem Traum. Die letzten Wochen waren ein Wechselbad der Gefühle gewesen. Wie hilflos, wie ausgeliefert war sie sich zuletzt in ihrer Ehe mit Hinrik vorgekommen! Und jetzt war sie in Amsterdam, einer Stadt, die sie schier überwältigte, und würde Benjamin heiraten. Wie sehr sie ihn liebte, war ihr erst klargeworden, als sie ihre Gefühle vorbehaltlos zugelassen hatte. Dass seine Familie sie ablehnte, machte sie traurig, aber sie spürte zugleich, dass sie beide füreinander bestimmt waren und glücklich werden würden. Hatte sie nach all dem Kummer und dem Elend, das sie erlebt hatte, nicht auch ein Stück vom Glück verdient? Sie hatte sich früher nie von Widerständen abhalten lassen, und sie würde es auch jetzt nicht tun.

Bereits am nächsten Tag wurden sie im neuen Amsterdamer Rathaus getraut. Es war eine bürokratische Zeremonie, und weder Benjamins Vater noch sein Bruder waren anwesend, was Lucia wehtat und auch Benjamin zu verletzen schien, aber er meinte tapfer, die beiden würden schon zur Besinnung kommen. Bei der anschließenden Feier in einem Gasthof nahmen seine Freunde sie sofort in ihren Kreis auf und ließen das Paar hochleben. Sogar Benjamins Cousin Theo, den dieser sehr schätzte, und dessen Freund Yorick waren zufällig in der Stadt und feierten mit ihnen.

Für die Nacht zogen sie sich in die Herberge zurück. Lucias Kopf schwirrte vor Eindrücken, zugleich freute sie sich darauf, mit Benjamin allein zu sein. Sie hatten bei der Feier jede Gelegenheit genutzt, einander zu berühren oder verstohlen Zärtlichkeiten auszutauschen. Kaum dass sie die Tür ihres Zimmers hinter sich geschlossen hatten, küssten sie sich leidenschaftlich. Lucia spürte die Hitze, die sich einer Welle gleich in ihrem Leib ausbreitete. Gleichzeitig wallte ein heftiges Verlangen in ihrem Herzen auf. Es war ein wenig wie bei ihrem Stelldichein im Turm der Nikolai-Kirche – und zugleich so viel intensiver, dass es ihr den Atem nahm. Benjamin schien es ähnlich zu gehen, doch er drängte sie nicht. Sie aber wünschte sich, ihn zu spüren. Lucia nahm seine Hand und zog ihn mit sich auf das Bett. Nachdem sie sich geküsst hatten, zog sie sich langsam aus. Sie war ein wenig nervös, doch seine liebevollen Blicke gaben ihr Sicherheit.

Benjamin streichelte und liebkoste jeden Körperteil, den sie entblößte, als wäre es eine Kostbarkeit. Schließlich zog er sich ebenfalls aus, hastiger und ebenfalls unsicher. Für einen Moment lagen sie Haut an Haut da, eng umschlungen, und genossen die Hitze und das Prickeln zwischen ihren Leibern. Lucia wünschte sich nichts mehr, als sich ihm zu öffnen. Zugleich wogte Furcht in ihr, und sie spürte, wie Tränen aus ihren Augen strömten. Würde sie schwanger werden? Würde sie auch sein Kind verlieren? Würde sie dabei gar ihr eigenes Leben verlieren – jetzt, wo sie zum ersten Mal wirklich glücklich war?

Benjamin bemerkte es sofort und betrachtete sie besorgt. »Geht es dir zu schnell? Mache ich etwas falsch?«

Sie schüttelte den Kopf. »Ich möchte es so sehr, glaub mir … Aber ich habe so eine Angst! Ich will nicht wieder ein Kind verlieren, selbst mein Leben riskieren … und gleichzeitig … Was bin ich nur für eine dumme Gans!« Hart wischte sie sich über das Gesicht, aber er hielt sie davon ab und umarmte sie, bis sie sich beruhigte.

Zärtlich küsste Benjamin ihr die Tränen von der Haut. »Wir müssen nicht … Ich meine … wir können auch keusch zusammenleben.«

Lucia schüttelte den Kopf. »Nein, das möchte ich nicht. Jede Faser meines Körpers ruft nach deinem.« Sie küsste ihn wieder, und ihre Lippen schmeckten nach Tränen und Lust. Ihre Berührungen wurden fordernder. Das Gefühl ließ ihren Atem stocken, und auch Benjamin stöhnte lustvoll. Es war ihr beinahe unmöglich, sich noch länger zu beherrschen.

Später umarmten sie sich erhitzt, als wollten sie einander nie wieder loslassen. Eine heftige Freude hatte sich ihrer bemächtigt, und Lucia lachte auf. »Ich habe noch nie so etwas Schönes erlebt.«

»Wirklich nicht?« Es klang bedauernd. Sie hatte nicht viel über ihre Ehe gesprochen, und vielleicht war das auch gut so.

Lucia biss ihn spielerisch ins Ohr, was seine Lust sogleich wieder entfachte. »Du etwa?«, fragte sie empört.

Benjamin schüttelte den Kopf. »Nein, noch nie. Es war wunderbar. Zu gerne würde ich … aber vielleicht wäre es besser … «

Da hatte sie ihm schon den Mund mit einem leidenschaftlichen Kuss verschlossen. »Jetzt, wo wir so gut angefangen haben, werde ich bestimmt nicht wieder damit aufhören … «

* * *

Ein wenig eingeschüchtert blickte sie an der Fassade des Hauses in der Prinsengracht empor.

»Bist du sicher, dass du das willst?« Benjamin suchte Lucias Hand, und ihre Finger umschlangen einander, so wie ihre Leiber es in der Nacht immer wieder getan hatten.

»Ich muss es versuchen.« Lucia klang entschlossen, und Benjamin bewunderte sie für ihren Mut.

Sie traten ein, und Benjamin bemerkte Lucias beinahe andächtiges Staunen, als sie die großzügigen, mit unzähligen Gemälden und Möbeln ausgestatteten Räumlichkeiten betrat. Trintje hieß ihn willkommen und begrüßte auch Lucia herzlich, wofür Benjamin dankbar war. Dann gingen sie ins Kontor seines Vaters. Michiel saß an seinem Schreibtisch, Daan und Joris standen daneben. Sie schienen einen Bauplan zu erörtern. Ärger zuckte über Michiels Züge. Daan hingegen blickte ihn kühl an.

»Vater, Bruder, ich möchte Euch meine Frau vorstellen. Das ist Lucia.«

»Ich freue mich, Euch kennenzulernen, Mijnheer Aard«, sagte Lucia auf Niederländisch.

Michiels Gesicht verschloss sich. »Du hast dich meinen Wünschen widersetzt.« Er begrüßte Lucia nicht einmal, was Benjamin ebenso erbitterte wie bekümmerte. »Du weißt, wie ich entschieden habe.« Er wandte sich ab und hob sich den Bauplan vors Gesicht, als müsse er ihn genau studieren.

Daan verzog den Mund. »Die Kinder haben den Eltern gegenüber gehorsam zu sein. Und dann noch eine Ungläubige!«

Benjamin spürte, wie Lucia neben ihm erzitterte, und drückte ihre Hand.

»Ich bedaure Eure Reaktion sehr«, sagte sie. »Ich hoffe jedoch, dass ich irgendwann Euer Wohlwollen finde. Ich liebe Benjamin und werde ihm eine gute Ehefrau sein.«

Daan wandte sich ab. Nur Joris starrte ihnen hilflos und hochrot vor Scham hinterher.

Sie gingen in sein Zimmer, um seine Sachen zusammenzusuchen. Dort konnte Benjamin nicht mehr an sich halten: »Ich schäme mich so sehr für meine Familie!« Er schloss Lucia in die Arme, die noch immer bebte. Seine Wut darüber, wie sein Vater und sein Bruder ihn und Lucia behandelt hatten, war groß. Michiel war alt und starrsinnig, und Daan schien der Bruch zwischen ihnen mehr als zupass zu kommen.

»Wenn ich euer Haus sehe, verstehe ich, dass sie mich nicht wollen«, murmelte Lucia.

Benjamin nahm ihr Gesicht in die Hände und küsste sie. »Das darfst du nicht einmal denken. Du bist wunderbar. Das wird meine Familie auch noch entdecken.«

Gemeinsam packten sie seine Sachen zusammen. Die wichtigsten Dinge und seine Kleidung würde er gleich mitnehmen, den Rest von einem Boten abholen lassen. Kurz fürchtete er, dass sein Bruder ihn aufhalten, die Herausgabe der Sachen verlangen würde, aber das tat er nicht.

Ehe sie gingen, hielt Benjamin noch einmal beim Kontor an. »Ich dachte, Ihr hättet etwas aus dem Streit mit Wilhelmtje und Kris gelernt«, sagte er zu seinem Vater. »Aber das scheint nicht der Fall zu sein.«

Nachdem sie den Ärger über Benjamins Familie weggeschoben hatten, stürzten sie sich mit Elan in ihr gemeinsames Leben. Alles war aufregend und neu. In s'Gravenhage suchten sie seinen Onkel auf. Zunächst hatte Samuel ebenfalls reserviert reagiert – vor allem als er von Michiels Ablehnung erfahren hatte, aber dann hatte er Lucia kennengelernt und war begeistert von ihrer Erfindung gewesen. Er hatte zugesagt, ihnen Geld zu geben, damit sie die Herstellung künstlichen Marmors in größerem Stil vorantreiben könnten. Auch sein Landhaus würde Benjamin weiterhin bauen dürfen ... wenn es denn irgendwann so weit war ...

Als Benjamin und Lucia in Hamburg ankamen, spürte er jedoch, wie sie nervös wurde. Elsa und Dierkje freuten sich für sie, zumal Elsa sich gerade mit Olrich verlobt hatte. Der Töpfer und sie hatten einander bei der Arbeit lieben gelernt. Doch Benjamin wusste, dass Lucia sich Gedanken über die Reaktion ihres Bruders machte. Sie wünschte sich so sehr, dass Tobias mit ihrer Entscheidung einverstanden sein würde.

Um es ihm zu sagen, lud Lucia Tobias zu einem Essen nach dem Sonntagsgottesdienst ein. Er hatte sich zu einem ernsthaften Jüngling entwickelt. Doch als Lucia ihm endlich von der Heirat berichtete, war er entsetzt. »Wie konntest du das nur tun? Hättest du nicht mit mir oder deinem Vormund über diese Entscheidung sprechen müssen? Hast du nur ein Mal an mich gedacht? Ein Calvinist! Wie stehe ich denn jetzt vor der Kirchengemeinde da?«

Lucia starrte ihren Bruder an. Sie mochte stark und mutig sein, aber Tobias lag ihr besonders am Herzen.

Benjamin fürchtete, dass auch der Junge sich von ihnen abwenden würde. Um dies zu verhindern, hatte er sich etwas überlegt. »Zum Dank für unser Glück werden wir der Gemeinde eine größere Summe für den Bau des Michel-Dachs spenden«, versprach er. »Außerdem werde ich meine Dienste der Gemeinde eine Zeit lang kostenlos zur Verfügung stellen, wenn dies erwünscht ist.«

* * *

Samuel van Sanders war entsetzt, als er im Dezember in Köln auf König Charles II. traf. Davor hatte er ihn zuletzt im September bei der Frankfurter Messe gesehen. Gemeinsam mit seiner Schwester hatte sich König Charles damals den Vergnügungen hingegeben. Angeblich waren – zumindest bei ihm und seinem engen Freundeskreis – Orgien an der Tagesordnung. Die Folgen dieses ungezügelten Lebens waren nicht zu übersehen, und Samuel hatte sich angewöhnt, sich zu notieren, welche der vielen Mätressen in hoher Gunst stand oder ein Kind von ihrem König ohne Reich bekam. Versorgt werden konnten diese Bastarde kaum.

Jetzt traf Samuel den König in einem Haus an, in dem es am Nötigsten zu fehlen schien. Charles war angetrunken und deprimiert. Es war eine Schande zu sehen, was die Umstände aus einem derart kraftstrotzenden, vielversprechenden Mann machen konnten. Samuels Agenten nach war König Charles so mittellos wie nie zuvor. Selbst die Jagdhunde, die er kürzlich geschenkt bekommen hatte, konnte er nicht versorgen. So lieh Samuel ihm erneut Geld und kümmerte sich dezent darum, dass für Wärme und angemessene Verpflegung gesorgt wurde. Glücklicherweise liefen seine Geschäfte gut, sonst hätte er auch seinen Lieblingsneffen Benjamin bei dessen neuen Geschäftsplänen kaum unterstützen können.

Als sie bei einem edlen Mahl saßen, das Samuel aus einem der besten Gasthäuser hatte kommen lassen, wurde Charles langsam munterer. Gleichzeitig sprach er erheblich dem Wein zu. Im Nebenraum lärmten und lachten die niederen Ränge seines Gefolges und der anwesenden Damen.

»Auf Freunde wie Euch angewiesen zu sein und die Verachtung gewisser adeliger Herren zu spüren ist quälend, wie Ihr Euch vielleicht vorstellen könnt«, sagte Charles und warf einem Jagdhund einen Fleischbrocken zu, der gierig danach schnappte.

»Es ist eine Schande, die nicht Ihr zu verantworten habt, sondern Eure Widersacher.«

»Diese Königsmörder um Cromwell!«, rief Charles. Er lachte bitter. »So verzweifelt ist meine Lage, dass ich bereits erwogen habe, eine der Töchter Cromwells zu ehelichen – angeblich sollen sie ja wenigstens recht hübsch sein.«

»Sind denn alle Eure Pläne gescheitert, Hoheit?«

»So sieht es aus, ja.« Charles schien nichts weiter dazu sagen zu wollen. »Aber auch in den Niederlanden hat sich jeder von mir abgewandt. Es ist absurd. Als meine Schwester den Prinzen von Oranien heiratete, erwies das Haus Stuart dem Hause Oranien eine Gunst. Heute hält Prinzessin Amalia mich nicht einmal mehr für würdig, um die Hand ihrer Tochter Henrietta-Catarina anzuhalten.«

»Immerhin tritt Eure Schwester an Eurer Seite für das Haus Stuart ein, wie die Princess Royal mir unlängst berichtete.«

»Mary bildet sich ein, König Ludwig würde sie zur Frau nehmen. Aber Ludwig hat andere Damen im Sinn, dafür sorgt schon Kardinal Mazarin.« Er schnaufte verächtlich.

Er sprach von einer der sogenannten Mazarinetten, einer der Nichten Mazarins, wie Samuel wusste. »Und wie steht der spanische König zu Euch, Majestät?« Samuel war klar, dass er bei seinen Fragen forsch vorging, aber er wollte so viel wie möglich erfahren, ehe die Gefährten des Königs oder die Damen sie unterbrachen.

König Charles ließ sich Wein nachschenken. »Wir stehen in Verhandlungen. Möglicherweise werde ich demnächst in die Spanischen Niederlande reisen. Dort werden wir über eine gemeinsame Strategie zum Sturz des Cromwell-Regimes und zur Wiedererlangung des mir von Gott vorgesehenen Standes sprechen. Ich werde eine Armee benötigen.«

Lärmend und feiernd kamen das Gefolge und die Damen hinzu. Charles hieß sie erfreut willkommen. Noch einmal prostete er Samuel zu. »Seid gewiss, dass ich mich sehr wohl an alle Wohltaten und alle Erniedrigungen erinnern werde.«

Samuel hatte keine Ahnung, wie oft er das schon gehört hatte. Jedes Mal war es ein falsches Versprechen gewesen. Ob es irgendwann wahr werden würde? Für den spanischen König war Charles auch nur ein politisches Unterpfand, das man auf dem Schachbrett der Machtpolitik hin- und herschieben konnte. Solange Oliver Cromwell, der Lordprotektor von England, Irland und Schottland, herrschte, würde sich seine Lage nicht ändern. Also musste eine Möglichkeit gefunden werden, Cromwells Leben zu beenden …

49

Benjamin wies die Maurer an, wie diese den Stuckmarmor in der Diele des neuen Bürgerhauses verstreichen sollten. Seit er mit Lucia in Hamburg wohnte, hatte er seinen Arbeitsbereich erweitert. Neben architektonischen Entwürfen aller Art und dem künstlichen Marmor, den sie inzwischen bis nach Amsterdam verkauften – sein alter Bildhauerfreund Quentin fungierte dort als ihr Mittelsmann –, fertigte er inzwischen auch Figurenschmuck. Als er sich kurz nach ihrer Rückkehr nach Hamburg um die Gestaltung des neuen Turmportals der Nikolaikirche beworben hatte, hatte er sich bereit erklärt, auch die Dekorationen anzufertigen. Er war froh darüber, dass sie mehrere Geschäftsfelder bearbeiteten und diese so gut ineinandergriffen, denn der andauernde Nordische Krieg wirkte sich gravierend auf Hamburg aus.

Benjamins Gedanken wanderten zum Portal der Nikolaikirche. Er empfand den Entwurf als besonders harmonisch. Die Rundbogenöffnung war von Pilastern flankiert und durch einen aufgesprengten Dreiecksgiebel überdacht. Für die Supraporte hatte er eine pyramidenförmig aufgebaute Dekoration vorgesehen.

Besonders aufregend war gewesen, dass er Peter Marquard über die Schulter hatte schauen können, der zu dieser Zeit den Neubau des Kirchturms verantwortet hatte. Benjamin war sich nicht zu fein gewesen, dessen Planungen zu unterstützen – Marquard hatte nun einmal ein außerordentliches Gespür für die Zuverlässigkeit von Tragwerken. Anschließend hatte der Baumeister gemeinsam mit seinem Bruder die Turmspitze von Sankt Katharinen neu errichtet. Auch am Michel ging es endlich voran – es hatte ja auch lange genug gedauert. Im letzten Jahr war Richtfest für den Dachstuhl gewesen. Lief der Dachbau gut, könnte die Kirche nächstes Jahr eingeweiht werden.

Benjamin ließ die Maurer in die Mittagspause gehen und machte sich selbst auf den Weg nach Hause. Er wollte unbedingt nach Lucia sehen, denn seine Frau war hochschwanger. Ihr Zustand versetzte sie beide in freudige Erregung, schließlich hatten sie mehr als drei Jahre darauf gehofft und schon daran gezweifelt, ob sie noch Kinder bekommen würden. Nicht dass wir es nicht oft genug versucht hätten, dachte Benjamin. Ihre Ehe war leidenschaftlich und das Zusammenleben mit Lucia inspirierend. Hoffentlich ging alles gut!

Auf dem Weg wich Benjamin den Bettlern aus. Der Nordische Krieg hatte eine Unzahl Flüchtlinge in die Stadt gespült, und er konnte nicht allen Almosen geben. Die Truppen waren auch Hamburg gefährlich nahe gekommen. Erst im Februar hatten polnisch-dänische Soldaten Eppendorf geplündert. Obgleich sie damals verschont geblieben war, setzten der Krieg und seine Folgen auch seiner Familie zu, da die Menschen ihr Geld zusammenhielten. Sein Cousin Theo hatte ihm geschrieben, dass er unter dem Kommando von Admiral de Ruyter gegen Schweden kämpfen würde, denn die Niederlande waren Verbündete von Polen und Dänemark. Seither hatte er nichts mehr von ihm gehört.

Sie hatten das alte Fachwerkhaus am Pflanzhof abgerissen und ein kleines Stadtpalais an die Stelle gebaut. Lucia hatte in den Räumen mit Stuck und Stuckmarmor experimentiert und verblüffende Effekte erzielt. Auch der Garten war vergrößert und aufs Schönste umgestaltet worden. Einen Teil des Grundstücks hatten sie für die Produktion von künstlichem Marmor abgetrennt, einen anderen zur Lagerung der gelben Ziegel, glasierten Bodenfliesen und Delfter Wandfliesen, die sie sich aus Amsterdam liefern ließen. Den Pflanzhof hatten sie an Olrich und Elsa verpachtet, die inzwischen geheiratet hatten.

Als Benjamin eintrat, entdeckte er in seinem Kontor sofort die zwei Briefe. Lucia war nicht zu sehen, hatte beide aber anscheinend bereits geöffnet. Benjamin ging zu Dierkje, die das Mittagessen bereitete, und fragte nach seiner Frau.

»Lucia ist zum Marmorhof geeilt, gleich nachdem sie den Brief gelesen hat. Ich konnte sie nicht aufhalten.«

Benjamin überflog den Brief aus Amsterdam. Sein Cousin Joris hatte geschrieben. Er setzte bei Michiel und Daan seine Lehre fort und war derzeit Benjamins einzige Verbindung zu seiner Familie. Dieser Brief konnte Lucia nicht aus dem Haus getrieben haben. Aber da war noch eine Nachricht. Sie kam von Senhor Teixeira. Schnell wanderten Benjamins Augen über die Zeilen. Es ging um den künstlichen Marmor. Beinahe riss es ihn von den Füßen, als er die Menge sah, die Teixeiras Mittelsmann bestellte. Und dann der Preis, der ausgehandelt worden war – der war ja beinahe höher als bei echtem Marmor! Kein Wunder, dass dieser Brief Lucia aufgeregt hatte. Vermutlich wollte sie sondieren, wie lange ihre Arbeiter brauchen würden, um diese Menge herzustellen. Hoffentlich übernahm sie sich nicht. Sofort eilte Benjamin los. Dierkje folgte ihm.

Wie er es sich gedacht hatte, war Lucia im Gespräch mit einem Arbeiter. Als sie Benjamin sah, kam sie ihm entgegen, ein wenig watschelnd, die Hand auf ihren vorgewölbten Bauch gelegt. »Ist das nicht großartig?«, rief sie. »Gerade jetzt, wo die Leute wegen des Krieges ihr Geld so zusammenhalten und so wenig neue Bauten in Auftrag geben!« Doch gleich umwölkte sich ihr Gesicht. »Ich bin nicht sicher, wie lange wir brauchen werden. Und außerdem … Ich komme mir ein wenig wie eine Hochstaplerin vor, wenn ich mir den Preis anschaue. Es ist ja nur künstlicher Stein. Nichts Echtes.«

Benjamin legte den Arm um sie. »Du brauchst keine Skrupel haben. Jeder weiß, dass es kein echter Marmor ist – sonst hätte man ja auch nicht diese Farbspiele.«

Lucia lächelte. Gleich darauf zuckte sie zusammen. Ihre Augen weiteten sich, und sie presste die Hände auf ihren Unterleib. »Ich glaube, es geht los!«, stieß sie hervor.

Furcht ergriff Benjamin. Ausgerechnet hier! Wäre Lucia doch zu Hause geblieben! Er schickte Dierkje los, um einen Arzt oder eine Hebamme zu holen. Olrich rief nach Elsa. Dann trug Benjamin Lucia in die Bauhütte, breitete seinen Mantel aus und bettete sie darauf. Angst und Schmerz zeichneten Lucias Gesicht, als die Wehen wiederkamen. Benjamin hielt ihre Hand und strich über ihre Stirn, weil er nicht wusste, was er sonst tun sollte. Wenig später stürzte Elsa herein, gefolgt von Olrich. Sie brachten Tücher, Wasser und ein Messer.

»Ich habe im Werk- und Zuchthaus öfter bei Geburten geholfen«, sagte sie auf seinen fragenden Blick.

Das ist doch Jahre her!

»Halte die Klinge ins Feuer, damit sie sauber wird«, wies Elsa ihren Mann an. Dann bat sie um Lucias Einverständnis, ihr unter den Rock schauen zu dürfen. Mit zusammengebissenen Zähnen nickte diese.

»Das Köpfchen ist schon zu sehen!«, rief Elsa.

Wenig später hielt sie das Kind in den Händen. Benjamin nahm ihr den kleinen Jungen ab, während sie die Nabelschnur durchtrennte. All dieser Schleim, dieses Blut – ihm wurde übel, aber er riss sich zusammen. Ob mit ihrem Sohn alles in Ordnung war? Würde er überleben? Als das Neugeborene ein kräftiges Krähen ausstieß, standen Benjamin und Lucia Tränen der Erleichterung in den Augen.

Unter dem hölzernen Sternenhimmel der Michel-Kapelle hielt ihr Taufpate Hans Hamelau den Säugling über das Taufbecken. Sie hatten beschlossen, ihren Sohn nach Lucias verstorbenem Vater zu benennen, aber nicht als Gerhard, sondern in der für Holland passenderen Variante Gerard. Benjamin bekam eine Gänsehaut, als Lucias

Bruder an der Orgel noch einmal alle Register zog. Ich werde gut für dieses kleine Wesen sorgen, dachte er, ich werde alles für meine geliebte Frau und meinen Sohn tun.

Im Anschluss an den Gottesdienst wurden Benjamin und sein Sohn umringt und beglückwünscht. Die Herzlichkeit der Gemeinde freute ihn sehr, denn noch immer hatte er nicht den lutherischen Glauben angenommen. Man duldete ihn in der Hoffnung, dass er sich noch besinnen werde. Nur die Meister Lebbenz und Pavel blickten ihn finster an. Wie Benjamin gehört hatte, litten ihre Geschäfte besonders unter dem Krieg. Lucia und er hatten hingegen Glück, weil ihr künstlicher Marmor so gefragt war.

Sie traten auf den Kirchhof hinaus. Die Maisonne leuchtete über dem Krayenkamp und auf die Michel-Baustelle. Über dem Ziegelbau spannten sich die dicken Balken des Dachs. Mit seinen Freunden schlenderte er, seinen quengelnden Sohn auf dem Arm, zu ihrem Haus. Elsa und Dierkje waren vorausgeeilt, um Speisen und Getränke für die Gäste bereit zu machen.

Benjamin freute sich, als er Lucias freudig neugieriges Gesicht sah. Als Wöchnerin musste sie noch das Bett hüten, weshalb sie nicht hatte mitkommen können. Er küsste sie und legte ihr dann den inzwischen weinenden Gerard auf den Arm.

»Du hast Hunger, was? Das war bestimmt ganz schön aufregend«, sagte Lucia voller Liebe und legte das Kind an die Brust.

Benjamin bewirtete die Gäste in der Diele. Es war ihm lieber, wenn sie noch mit dem Gratulieren warteten, bis Lucia sich wieder bedeckt hatte. Glücklich sah er in die Runde. Ob sein Vater und Daan wenigstens dieses Mal auf seinen Brief antworten und sich mit ihnen freuen würden? Er grämte sich, im Streit mit seinem Vater und seinem Bruder auseinandergegangen zu sein. Die beiden waren aber auch so stur!

Pastor Edzardi, Baumeister Peter Marquard und Hans hatten bereits Platz genommen und tranken Einbecker Bier. Greteke half Elsa und Dierkje. Durch die wegen des warmen Frühlingswetters offen stehenden Fenster und Türen sah man die Kinder vor dem Haus. Es ist so friedvoll und fröhlich hier, dachte Benjamin. Trotzdem vermisste er Amsterdam. Er wandte seine Aufmerksamkeit wieder seinen Gästen zu.

»Die Bauarbeiten am neuen Millerntor laufen weiter. Und dann muss ich erst einmal das Kornhaus an der Ecke Alter Wandrahm und Kleiner Bauhof fertigstellen. Wer weiß schon, ob die dänischen oder schwedischen Truppen doch noch Anstalten machen, Hamburg zu belagern? Da brauchen wir eine Kornkammer«, sagte Hans gerade. »Danach muss ich mich um das Baumhaus kümmern.«

»Das Neptunus, das Grönfeldt erst vor ein paar Jahren gebaut hat?«, fragte Marquard.

»Das Fundament ist schon rott«, sagte Hans und warf Benjamin einen vielsagenden Blick zu.

»Vielleicht solltest du dir mal die Baumhäuser in Amsterdam anschauen, die in IJ und Amstel stehen«, schlug dieser vor.

»Ich glaube kaum, dass die Bürgerschaft mich so weit reisen lässt.«

»Wenn das nächste Baumhaus länger hält, lohnt sich die Reise.«

Peter Marquard wandte sich Benjamin zu. »Hast du nicht mal erwähnt, dass dein Onkel mit Kupfer handelt?«

»Ja, das ist richtig. Wieso?«

»Durch den Krieg stockt die Lieferung mit schwedischem Kupfer – und die Preise sind unverschämt hoch. Allzu lange sollten wir den Dachstuhl des Michel aber nicht offen stehen lassen.«

»Warum fragt Ihr nicht die Senhores Teixeira, die ebenfalls mit Kupfer handeln?«

»Ich glaube kaum, dass die Gemeinde erfreut sein wird, wenn sich diese Juden am Kirchbau beteiligen«, wandte Pastor Edzardi ein.

»Warum nicht? Man könnte es doch gerade als Zeichen des

Zusammenhalts begreifen.« Benjamin sah die Skepsis im Gesicht des Geistlichen, daher setzte er hinzu: »Ich schreibe meinen Onkel gleich morgen an. Vielleicht kann er uns weiterhelfen.«

* * *

Aus dem Haus drangen lautstark Gespräche und Gelächter. »Hör nur, wie sie schnacken und gackern! Dat kann ik nich af«, schimpfte Pavel und drängte sich grob zwischen den Kindern hindurch, die auf dem Vorplatz Blinde Kuh spielten.

Sie ließen sich aus der Taverne einen Krug Bier bringen und mussten zusammenlegen, um ihn bezahlen zu können. Ganz in der Nähe, zwischen den Planken, standen die englischen Kaufleute zusammen, boßelten, tranken und plauderten. Pavel warf ihnen einen finsteren Blick zu.

»Die sind ja wohl auch obenauf! Während wir darben, feiern der eingebildete Niederländer und seine Hure die Geburt ihres ersten Balgs«, meinte Meister Lebbenz.

»Der Kerl nimmt unseren deutschen Baumeistern die Arbeit weg, und sie macht uns mit ihren Panschereien das Geschäft madig. Bald gibt es mehr Nachfrage nach künstlichem Marmor als nach echtem«, stimmte Pavel zu. »Ich weiß nicht einmal mehr, wie ich meine Kinder durchbringen soll. Das kann nich angehen!«

Lebbenz sah ihn finster an. »Genau! *Uns* stünde dieses Geschäft besser zu Gesicht. Wir sind anständige Meister. Dieser Aard hingegen …« Sein Fluch ging unter, als er einen großen Schluck Bier trank.

»Ich habe mir einen der Arbeiter zur Brust genommen. Das Rezept halten sie und ihr Macker geheim«, meinte Pavel und blickte in den leeren Krug.

Abwägend musterte Lebbenz ihn. Er wollte gerade aussprechen, was ihm durch den Kopf geschossen war, als auf einmal einer der

Engländer vor ihnen stand. Er sah abgerissen aus und musterte sie aus ausgewaschen wirkenden Augen.

»Was willst du?« Pavel umklammerte den Krug, als machte er sich für eine Keilerei bereit.

»Habt ihr gerade über Benjamin Aard geredet?«

»Was geht's dich an?«

»Mit dem habe ich auch noch eine Rechnung offen.«

* * *

Samuel beobachtete das sanfte Schwingen der Pendeluhr, das ihn in eine Art Traumzustand versetzte. Seine Erschöpfung war den vielen Reisen in den letzten Monaten, dem ungewöhnlich warmen Maitag und dem exquisiten Wein geschuldet. Jetzt, an einem ruhigen Nachmittag im Garten seines Freundes Johan, forderten die Strapazen ihren Tribut. An Politik wollte er heute nicht mehr denken. Er schmeckte dem Wein nach, lauschte dem Zwitschern der Vögel und den Stimmen der drei Töchter von Johan und Wendela. Dann versuchte er, sich wieder auf das – zugegebenermaßen interessante, aber auch komplexe – Gespräch der anderen zu konzentrieren.

» ... ist es mir inzwischen gelungen, die Zykloide als Kurve zu bestimmen, entlang welcher ein Pendel alle seine Schwingungen unabhängig von deren Größe in gleicher Zeit ausführt«, erklärte Christiaan Huygens gerade. Im Gegensatz zu seinem Vater Constantijn interessierte er sich nicht für die Welt der Politik und der Diplomatie. Was die Gelehrsamkeit anging, könnte Christiaan diesen jedoch möglicherweise noch überflügeln.

Samuel richtete sich auf. »Dadurch geht diese Pendeluhr doch schon deutlich genauer als alle bislang genutzten Uhren«, warf er ein.

»Das ist richtig. Aber noch nicht genau genug.« Christiaan Huygens erhob sich, um eine geringfügige Korrektur an der Konstruktion der Pendeluhr vorzunehmen, die auf dem Gartentisch stand. Dabei wurde er aufmerksam von seinem Vater Constantijn beobachtet. Es kam nicht oft vor, dass derart kluge Köpfe zusammenkamen. Und ich bin mittendrin, dachte Samuel zufrieden.

Christiaan Huygens wandte sich Johan zu. »Es ist wie mit den mathematischen Prinzipien, die unser Freund Johan gerade bei Elzevir zur Veröffentlichung gebracht hat. Du hast mit *Elementa Curvarum Linearum* bewiesen, dass selbst die Lehre der Geometrie noch verbesserungswürdig ist.«

»Du schmeichelst mir«, sagte Johan.

»Nicht doch. Wenn du deine Zeit nicht mit Politik verbringen würdest, wärst du unerreicht unter den Mathematikern dieser Zeit.«

Natürlich kannte Samuel die Schrift, wenn er auch nur die Hälfte verstanden hatte. Johan hatte die geometrische Theorie des Descartes vereinfacht und war zu Erkenntnissen gekommen, die Mathematiker beeindruckten, Samuel hingegen – das musste er sich eingestehen – verschlossen blieben.

Johans Tochter kam angelaufen. Er nahm sie auf den Schoß und hörte sich an, was sie zu sagen hatte. Er war ein liebevoller Vater und treusorgender Ehemann geworden. Gleichzeitig war das Familienleben sein Ruhepol, denn Johan rieb sich weiterhin in seinem Amt auf.

»Vor allem für die Bestimmung des Längengrads werden derartige Uhren unerlässlich sein. Leider gibt es genügend Neider, die mir die Erfindung streitig machen wollen, obgleich die Generalstaaten mir bereits ein Patent erteilten. Gerade die Engländer und Schotten wollen den Wettlauf darum mit allen Mitteln gewinnen«, klagte Christiaan.

Samuels Überlegungen wandten sich nun doch der politischen Lage zu. Bis ihn dringende Geschäfte in den Haag zurückgerufen hatten, war er in den Spanischen Niederlanden an der Seite von König Charles unterwegs gewesen. Seit vor eineinhalb Jahren Oliver Cromwell von einer kurzen, schweren Krankheit dahingerafft worden war, durfte Charles sich ernsthafte Hoffnungen machen, irgendwann den Thron als rechtmäßiger König Englands und Schottlands besteigen zu können. Trotz seines Einsatzes und der vielen großzügigen Geschenke und Leihgaben im vergangenen Jahrzehnt war es für Samuel schwierig gewesen, im Dunstkreis des Königs zu bleiben. Auf einmal wollten alle Charles' treueste Gefährten gewesen sein, um von der Restoration des Königtums zu profitieren. Gleichzeitig musste Charles dem englischen Adel seine Aufmerksamkeit schenken. Und natürlich hatte er eine neue Flamme: die wunderschöne Katholikin Barbara Villiers. Samuel fürchtete, um die Früchte seines Engagements gebracht zu werden, und hatte daher nur ungern Charles' Hofstaat verlassen. Sobald er seine drängenden Finanzgeschäfte in Ordnung gebracht hatte, würde er zurückreisen. Offenbar weilte König Charles derzeit in Breda, wo er eine Deklaration veröffentlicht hatte, die all jenen in England eine Generalamnestie für die während des Bürgerkriegs verübten Verbrechen versprach, die ihn als rechtmäßigen König anerkannten. Der Gnadenerweis musste ihn Überwindung gekostet haben, denn Charles hasste die Mörder seines Vaters abgrundtief.

In diesem Augenblick eilte Johans Privatsekretär mit einem Brief zu ihnen. Als Samuel das Siegel der Princess Royal erkannte, durchfuhr ihn Erregung. Welche Neuigkeiten gab es?

Johan überflog den Brief, hob seine Tochter von seinem Schoß und kam zum Stehen. »Seht mir nach, wenn ich diese Gesellschaft aufhebe. Diese Botschaft erfordert umgehend meine Aufmerksamkeit.« Er sah in die Runde. »Offenbar ist Charles Stuart in London von höchster Stelle zum König proklamiert worden. Das wird das Verhältnis der Generalstaaten zu England auf eine neue, eine bessere Grundlage stellen. Wir müssen jetzt lediglich verhindern, dass Spaniens Einfluss auf König Charles über unseren siegt.«

Euphorie durchflutete Samuel. Auch sein Leben würde diese Entscheidung auf eine neue Grundlage stellen. Wenn der König sich denn an seine Großzügigkeit erinnerte.

Am liebsten wäre Samuel dabei gewesen, als eine Deputation der Generalstaaten die königliche Gesellschaft an der Landesgrenze auf ihren Jachten willkommen hieß, doch Johan hatte Ludwig von Nassau, einen unehelichen Sohn Moritz von Oraniens, samt einer militärischen Garde entsandt. Immerhin gelang es Samuel, wenig später in Johans Gesandtschaft aufgenommen zu werden. In mit orangen Flaggen geschmückten prachtvollen Equipagen reisten sie nach Delft, huldigten dem König und begleiteten dann dessen feierlichen Zug nach s'Gravenhage. Es war ein Triumphzug, bei dem König Charles gefeiert, zugleich aber die Macht der Republik demonstriert wurde. Alle Anfeindungen gegen Charles Stuart und der Krieg mit England waren vergessen; es war beinahe, als wäre er einer der ihren. Im Haag loderten Freudenfeuer, und nicht nur die englischen Einwohner knieten nieder, um ihren König willkommen zu heißen.

König Charles schien jede einzelne der Huldigungen zu genießen und förmlich aufzusaugen; lange genug hatte er darauf warten müssen. Er nahm sich sogar die Zeit, Kranken seine heilenden Hände aufzulegen. Samuel staunte über die Wandlung, die Charles durchgemacht hatte. Auf einmal war er ganz König, ganz gereift, wirkte beinahe weise.

Auf Vorschlag der Princess Royal war das Stadtpalais des Fürsten Johann Moritz von Nassau-Siegen neben dem Binnenhof als Unterkunft für den neuen König ausgewählt worden. Überhaupt hatte Prinzessin Mary bei der Organisation der Feierlichkeiten sehr darauf geachtet, dass das Hofprotokoll eingehalten wurde. Jeder Lakai und jeder Adelige im Gefolge des Königs hatte Anweisungen erhalten, wie Charles fortan bei Tisch bedient werden musste. Samuel fühlte sich von diesem Machtzirkel ausgeschlossen und war enttäuscht, als es ihm nicht gelang, zu König Charles oder dessen Schwester vorgelassen zu werden.

Erst am nächsten Tag sah Samuel die königlichen Geschwister bei einem offiziellen Empfang, bei dem Johan de Witt eine Ansprache über die Bedeutung der Freundschaft der beiden Staaten hielt. Der König versicherte den Generalstaaten im Gegenzug seinen Wunsch nach einer engen Zusammenarbeit. »Ich wäre sogar eifersüchtig, wenn Ihr es vorziehen würdet, zu einem anderen Herrscher eine engere Allianz zu pflegen«, verkündete er.

»Eben deshalb streben wir mit Euch die engste und wichtigste Allianz für unsere Staaten an«, versicherte Johan.

Samuel versuchte, Blickkontakt zu König Charles und der Princess Royal aufzunehmen, doch diese blieben unter sich. Die Tage gingen mit Festessen und Empfängen dahin, denn auch die ausländischen Botschafter, vor allem Franzosen und Spanier, wollten sich der Gunst des Königs versichern. Um Rangstreitigkeiten zu verhindern, wurde penibel darauf geachtet, dass der neunjährige Neffe des Königs, Prinz Wilhelm von Oranien, nicht direkt mit den Brüdern des Königs zusammentraf. Gleichzeitig wurde das Prinzchen aufmerksam beäugt, schließlich könnte es irgendwann einmal eine Rolle in der englischen Thronfolge spielen. Prinzessin Amalia, die zuletzt ein wenig im Abseits gestanden hatte, betonte die Bedeutung ihres Enkels bei jeder Gelegenheit. Aber auch das Volk liebte ihn. Überall, wo der kleine Prinz hinkam, jubelten die Menschen.

Am letzten Abend seines Aufenthalts luden die Generalstaaten den König und sein Gefolge zu einem feierlichen Bankett. Samuel kam an einem der am weitesten entfernten Tische zu sitzen, was ihn grämte und die ständigen Kanonenschüsse bei jedem Toast auf den König noch unerträglicher machte. Hatte er seine Jahre an einen undankbaren Adeligen verschwendet, der seine Dienste nicht zu schätzen wusste?

Als die Tafel aufgehoben wurde, ließ Charles ihn endlich zu sich bitten. Samuel küsste die Hand des Königs und beglückwünschte ihn erneut. »Majestät, es ist eine Freude zu sehen, dass Euch endlich die allzu verdienten Würdigungen zuteilwerden und Ihr den Platz einnehmt könnt, den Gott Euch zugedacht hat.«

»Ich genieße jede einzelne Sekunde dieser Feierlichkeiten, denn ich musste mehrfach erleben, wie schnell die politischen Wechselfälle ein Schicksal verändern können«, sagte König Charles gravitätisch. »Wie Noahs Friedenstaube werde ich nach England zurückkehren. Versöhnen, nicht vergessen, das treibt mich um. Zugleich werde ich das Andenken meines unglücklichen Vaters in Ehren halten. Niemals mehr werde ich mich oder ein Mitglied meiner Familie derart herabwürdigen lassen.«

Ein wenig klingt es wie eine Drohung, dachte Samuel. Das Elend des Exils saß offenbar wie ein Stachel in Charles' Fleisch. Es schien eine Wunde zu sein, die auch der heutige Glanz nicht heilen konnte.

Ehe sie weiterreden konnten, lachte Barbara Villiers hell auf und ließ sich in ihr Gemach geleiten. König Charles war sofort abgelenkt, und Samuel fürchtete schon, dass der König die Audienz beenden würde, um seiner neuen Herzensdame zu folgen. Doch dann tat er endlich, worauf Samuel schon lange gehofft hatte: Er lud ihn an seinen zukünftigen Hof ein.

Man mochte beinahe glauben, es sei Tag, so hell leuchteten die Fackeln der zigtausend Schaulustigen, die an der Küste vor s'Gravenhage zusammengeströmt waren, um König Charles zu verabschieden. Die teuren Equipagen, die Lakaien und Truppen waren von Lampen bestrahlt. Das gleichmäßige Schlagen der Trommeln unterstrich den feierlichen Charakter der Angelegenheit. Auch die *Royal Charles* – bis vor Kurzem noch das Kriegsschiff *Naseby* – schimmerte auf See wie ein Edelstein. Das vergoldete und farbenprächtig bemalte Heck des Schiffes wirkte selbst aus der Ferne prächtig.

Samuel beobachtete, wie die Princess Royal weinte, als sie sich von ihrem Bruder verabschiedete, und auch Charles Tränen der Rührung vergoss. Für ihn selbst war es ebenfalls ein besonderer Moment, und er bedauerte, dass er niemanden hatte, der diesen mit ihm teilte.

Wenige Tage später ließ die Princess Royal Samuel zu sich bitten. Prinz Wilhelm, der sich dem Gefolge zeigte, eilte ihm entgegen und ahmte mit kindlichem Ernst das Verhalten des Königs nach. Hoheitsvoll nahm der kleine, etwas verwachsene Junge die Huldigungen entgegen und winkte in eine imaginäre Menge. Samuel überreichte ihm ein Geschenk: eine teure Kinderarmbrust.

Das Prinzchen war begeistert, doch ehe Samuel ihm zeigen konnte, wie sie funktionierte, hatte sich bereits Offizier Henri de Fleury de Coulan zwischen sie geschoben, der häufig bei der Prinzessin Dienst tat. »Hätte ich nur so eine gehabt, als ich im letzten Jahr unter Admiral de Ruyter im Nordischen Krieg auf Fünen anlandete!«, sagte der Offizier.

»Berichtet mir davon!«, bat der Prinz.

»Euer Wunsch ist mir Befehl, kleiner Herr.«

Damit war Samuel abgemeldet. Ohnehin wartete bereits die Prinzessin auf ihn. »Ich muss dem König schnellstmöglich nachreisen, um ihm in England zur Seite zu stehen«, sagte sie, sobald er sich genähert und ihr gehuldigt hatte. »Ihr könnt mir doch sicherlich behilflich sein, wenn ich in Amsterdam einen Teil meiner Juwelen verpfänden möchte?«

Samuel neigte das Haupt. »Selbstverständlich, Hoheit.«

50

Der Brief bebte in Michiels Hand, obgleich er den Blick abgewandt hatte und auf dem gepflegten Garten hinter seinem Haus ruhen ließ. Je älter ich werde, desto rührseliger werde ich, dachte er ärgerlich. Gleichzeitig spürte er wieder einmal deutlich sein Ende nahen. Vielleicht würde er nicht gleich morgen sterben, aber seit ihn der Schlag getroffen hatte, baute er immer weiter ab – und dieser Verfall hatte sich beschleunigt. Jeden Morgen fiel es ihm schwerer, aus dem Bett zu steigen, jeden Morgen lastete die Reue drückender auf seinen Schultern.

Sein Blick wanderte wieder auf das Papier zwischen seinen Fingern, auf die Zeichnung, die sein Sohn Benjamin ihm geschickt hatte. Ein Kindergesicht, ganz zerknautscht noch, und doch so lebendig. Michiel strich behutsam darüber, um den Graphit nicht zu verwischen. Gut erinnerte er sich noch an die Geburt seiner Söhne. An die unbedingte Liebe, die er gespürt hatte. Wann hatte er angefangen, seine Gefühle an Bedingungen zu knüpfen? Dieser Gerard war sein einziges Enkelkind, und er würde ihn vielleicht nie zu Gesicht bekommen, weil er in weiter Ferne aufwuchs.

Neben das Gesicht des Neugeborenen hatte Benjamin das Stadtpalais skizziert, das er gerade in Hamburg errichtete. Der Entwurf war kühn und schön zugleich; etwas, das nur sein Zweitgeborener vermochte. Michiel stiegen Tränen in die Augen. Er liebte Daan, natürlich. Aber Benjamin war seinem Herzen oft näher gewesen, vermutlich weil er leichtfüßiger und herzlicher war, weil er kompromisslos das lebte, was er wollte – und nicht das, was andere von ihm erwarteten. Es schnitt ihm ins Herz, schon so lange von seinem Sohn getrennt zu sein, und die Aussicht, ihn vielleicht nie wiederzusehen, sich vielleicht niemals mit ihm zu versöhnen, quälte ihn.

Daans Stimme riss ihn aus seiner Wehmut: »Vater, wie oft haben wir Euch schon gesagt, dass es nicht gut ist, wenn Ihr bei diesen Temperaturen im Garten sitzt? Ihr verkühlt Euch noch!«, sagte er streng.

»Ich habe nur einen Augenblick die Maisonne genossen«, meinte Michiel und faltete den Brief zusammen.

»Was habt Ihr denn da? Hat Benjamin etwa wieder geschrieben?« Daan nahm ihm den Brief ab und überflog diesen sichtlich missbilligend.

Auch das war etwas, woran Michiel sich noch nicht gewöhnt hatte – dass er im Alter derart bevormundet wurde. Dabei war er kein Greis! Er war noch immer Mitglied der Vroedschap! Er ließ sich den Brief zurückgeben, erhob sich aber trotzdem. »Was sagst du zu unserem Vorhaben? Hast du die Pläne geprüft?«, fragte er. Es war eine aufregende Angelegenheit, denn sie planten gemeinsam mit Meester Stalpaert, das Gesicht Amsterdams gravierend zu verändern.

Natürlich hatte Daan alles genau durchgerechnet. So korrekt, wie Daan im Bauamt arbeitete, so führten seine Gattin und er auch den Haushalt. Niemals gab es Überraschungen, was Michiel bedauerte. »Wichtig ist, dass die Fehler der letzten Stadterweiterung vermieden werden«, schloss Daan seine Ausführungen. »Wir müssen dieses Mal unbedingt Grundstücksspekulationen verhindern. Auch sollte es für die Verlängerung des Grachtengürtels klare Regeln geben. Diese Grundstücke werden sich nur die Reichsten leisten können – und die wollen keine Mälzerei mit ihrem Gestank in der Nachbarschaft haben. Ich habe einen Vorschlag für die Regelungen zusammengefasst und auf Euren Schreibtisch gelegt. Und nun kommt lieber hinein, Vater, Ihr holt Euch noch den Tod.«

Joris fertigte gerade das Holzmodell eines Hauses an, was ihm sehr gut gelang. Kaum saß Michiel am Schreibtisch, brachte seine Schwiegertochter ihm auch schon einen Klaudel; sie war trotz ihrer Vorliebe für das Maßhalten sehr fürsorglich. Und doch ...

***

Benjamin hatte sich gerade wieder an Lucia gekuschelt, nachdem diese Gerard die Brust gegeben hatte, als die Hunde auf ihrem Hof zu kläffen begannen. Er hob den Kopf, um besser lauschen zu können.

»Das sind bestimmt nur die Schlupfwächter«, murmelte Lucia.

Im selben Augenblick krachte es draußen, als ob etwas zerschlagen würde. Dann hörten sie Schreie. Benjamin sprang aus dem Bett, schlüpfte in die Hosen und Stiefel und rannte hinaus. Die Hütte auf ihrem Hof brannte! Was war mit Olrich? Um Hilfe rufend rannte er los. Schatten bewegten sich auf der Fläche. Er erkannte das charakteristische Humpeln des Töpfers. Die kleinen Hunde wuselten und sprangen an zwei Gestalten hoch, die sich am gegenüberliegenden Ende dem Zaun näherten. Dahinter lagen Gärten und wild bewachsene Flächen. Wenn die Eindringlinge erst dort wären, könnten sie entkommen.

»Bist du verletzt?«, rief er Olrich zu.

»Nein!«

Er sah, wie Olrich ungewohnt behände herumwirbelte. Hinter ihnen schrie jemand. Benjamin erkannte Elsas und Dierkjes Stimmen. Er lief jetzt, so schnell er konnte. Ein Jaulen. Einer der Unbekannten musste nach dem Hund getreten haben. Der Bretterzaun klapperte. Vorhin war er doch noch heil gewesen! Dann sirrte etwas an ihm vorbei. Der eine Schatten fiel in sich zusammen, wie von einer Axt gefällt, der andere verschwand zwischen den Brettern. Schnell jetzt!

Benjamin drängte sich zwischen den Brettern hindurch. Dunkelheit. Eine schnelle Bewegung. Er duckte sich. Etwas fauchte über ihn hinweg. Da war jemand! Benjamin packte blindlings zu. War das ein Arm? Es fühlte sich so an. Plötzlich stechender Schmerz, ein unangenehmes Knirschen. Etwas Hartes hatte seine Nase zerschmettert. Sofort schmeckte er Blut. Der Unbekannte wollte sich seinem Griff entwinden, aber Benjamin ließ nun erst recht nicht los. Stattdessen wirbelte er herum, versuchte, den Kerl von den Füßen zu reißen. Da hörte er wieder das Kläffen und Knurren. Mit einem Mut, als wären sie englische Bulldoggen, sprangen die Hunde den Unbekannten an. Er brüllte schmerzerfüllt. Ein dumpfes Poltern ertönte, dann wurde der Arm, den Benjamin noch immer festgehalten hatte, schlaff. Als sie den Unbekannten auf das Grundstück zerrten, erkannten sie im Schein der brennenden Hütte Pavel.

Den noch immer bewusstlosen Lebbenz hatte Olrich bereits gefesselt. »Man soll nie kleine Hunde oder die Kraft einer Steinschleuder unterschätzen«, brummte er. »Allerdings gab es einen dritten Einbrecher, der leider entkommen konnte.«

In dieser Nacht fanden sie keinen Schlaf mehr. Nachdem sie mit Hilfe der Nachbarn das Feuer gelöscht hatten, nahmen die Nachtwächter und die Büttel die beiden Männer fest. Ihnen gegenüber behaupteten Lebbenz und Pavel, dass sie von dem Engländer Mike unterstützt worden seien. Benjamin konnte sich kaum vorstellen, dass Olivers früherer Gehilfe noch immer auf Rache sann. Aber warum sollten die beiden sich das ausdenken? Beim Morgengrauen erkannten sie das Ausmaß des Schadens. Lucia weinte, als sie sah, dass die Einbrecher beinahe alle im Voraus angefertigten Stuckmarmorteile zerstört hatten, und Gerard, den sie auf dem Arm trug, schloss sich aufheulend ihrem Kummer an.

»Wie sollen wir denn nun die große Bestellung bedienen? Wie über die Runden kommen?«, fragte Lucia bekümmert.

»Wir müssen den Kunden vertrösten und von Neuem anfangen.

Außerdem werde ich mehr Bauaufträge an Land ziehen«, versuchte Benjamin, ihr Hoffnung zu spenden, obgleich er selbst wusste, dass das schwer würde.

Am Morgen suchte er Manoel Teixeira in dessen Stadtpalais auf dem Reesendamm auf. Benjamin war noch immer sehr zufrieden mit diesem Bau. Auch hatte sich ihr Riecher bewahrheitet: Der Damm war zu einer beliebten Promenade der reichen Hamburger geworden. Man überlegte sogar, ihn mit Bäumen zu einer Allee verschönern zu lassen.

»Es ist gut, dass Ihr die beiden Verbrecher gefasst habt«, meinte Teixeira, musterte Benjamin aber mit unverhohlenem Mitleid.

»Ja, ich bin auch sehr froh darüber. Die beiden haben meiner Gattin schon früher das Leben schwergemacht. Jetzt werden sie ihrer verdienten Strafe zugeführt werden. Wir werden allerdings einige Monate benötigen, bis wir Euch den Kunstmarmor liefern können.«

»Das wird sich nicht ändern lassen. Am wichtigsten ist, dass die Qualität stimmt.«

Als Benjamin gehen wollte, fiel ihm noch etwas ein. »Sagt, Senhor Teixeira, seid Ihr wohl im Besitz einer größeren Menge Kupfer? Es wird dringend für das Michel-Dach benötigt.«

»Warum fragt Ihr mich das? Und nicht die Kirchengemeinde oder der Baumeister?«

Benjamin zögerte.

»Es gibt Vorbehalte, das Kupfer von einem Juden zu kaufen?«, riet Teixeira.

»Das kann ich nicht beurteilen. Aber ich dachte, wo Euer Haus am Krayenkamp doch direkt in der Nachbarschaft ist … Es wäre eine schöne Geste, wenn Ihr in dieser Notlage aushelfen und der Gemeinde einen guten Preis machen könntet. Ein Zeichen der Verbundenheit, über Glaubensfragen hinweg.«

Nachdenklich blickte Teixeira ihn an.

In den nächsten Monaten wurde Benjamin immer öfter von Existenzsorgen geplagt. Die Auftragslage war schlecht, Baumaterial knapp. Immerhin waren Lebbenz und Pavel zu einer hohen Strafe verurteilt worden. Um Mike kümmerte sich die Gerichtsbarkeit der *Merchant Adventurers*. Obwohl sie nur gerade so über die Runden kamen, verbreitete Lucia gute Laune, und auch ihrem Sohn beim Wachsen zuzusehen, erfüllte sie mit Freude. Als Lucia im Winter feststellte, dass sie erneut guter Hoffnung war, kannte ihr Glück keine Grenzen.

Dann bekam er einen Brief aus Amsterdam.

***

Samuel war am Boden zerstört, als er zu Beginn des Jahres 1661 bei eisigem Wetter den Ärmelkanal gen Holland überquerte. Es waren nicht nur die Winterstürme, die ihn auslaugten. Es war auch nicht der erneute Streit, der zwischen ihm und seinen Londoner Verwandten aufgeflammt war. Voller Hoffnung war er im September im Gefolge der Princess Royal nach London aufgebrochen. Doch während der Reise hatte sich eine Katastrophe an die andere gereiht. Erst hatten sie bei der Ankunft erfahren müssen, dass ihr Bruder, der Herzog von Gloucester, an Pocken gestorben war. Dann musste Prinzessin Mary ihrem Bruder Charles ausreden, die letzte ledige Tochter Prinzessin Amalias zu heiraten. Schließlich stellte sich heraus, dass ihr anderer Bruder, der Herzog von York, eine Hofdame geschwängert und eine ehrliche Frau aus ihr gemacht hatte. Weitere Probleme gab es mit dem Handel und der Fischerei. König Charles zeigte sich zunehmend feindlich gegenüber den Niederländern. Ständige Querelen über die Zukunft Prinz Wilhelms hatten die Atmosphäre vergiftet – die Prinzessin wollte ihn als Engländer aufziehen, die Generalstaaten jedoch als Prinz von Oranien, der loyal zur Republik stand. Dass der französische König Ludwig ausgerechnet

Maria Theresia, die Infantin von Spanien, geheiratet hatte, machte die Lage nicht einfacher, denn die Allianz der früheren Erzfeinde war eine Bedrohung für alle anderen Staaten. Die flächenmäßig kleinen Niederlande waren angesichts der Macht dieser gewaltigen Länder auf jeden Verbündeten angewiesen, vor allem aber auf England.

Samuel hatte sich auf einen längeren Aufenthalt eingestellt und ein standesgemäßes Haus in London gemietet. Doch ehe eine abschließende Entscheidung getroffen werden konnte, war das Unfassbare geschehen: Prinzessin Mary Henrietta Stuart war am 24. Dezember von den Pocken dahingerafft worden, der Krankheit, die auch schon ihren Gatten und ihren Bruder das Leben gekostet hatte. In ihrem Testament hatte sie die Vormundschaft für ihren Sohn König Charles übertragen und ihrem Kind keinen Besitz hinterlassen, was nach niederländischem Recht unzulässig war. Als Samuel endlich mit den Botschaftern niederländischen Boden betrat, graute ihm vor der Reaktion auf die Nachricht, die er überbringen musste.

Sein Freund Johan de Witt und die Regierung waren entsetzt, aber auch empört. Sofort wurde diskutiert, wie verhindert werden könnte, dass der Prinz von Oranien, den das Volk so sehr liebte, ihnen entfremdet würde. Das Schreckgespenst einer Unterdrückung der Generalstaaten durch den englischen König und das Haus Oranien ging um. Drohte aus der Republik eine Monarchie nach englischem Vorbild zu werden?

»Wir müssen umgehend Maßnahmen ergreifen, um das zu verhindern! Wir müssen für die Erziehung von Prinz Wilhelm sorgen. Er muss ein Kind des Staates werden!«, formulierte Johan seine Überlegungen. Natürlich war Prinzessin Amalia dagegen, aber da sie sich derzeit in Kleve bei ihrer Tochter aufhielt, konnte sie ihren Standpunkt nur durch ihre Briefe vertreten.

Samuel hingegen fühlte mit dem Prinzen, schließlich war er selbst einst eine Waise gewesen. So sprach er Prinz Wilhelm persönlich sein Beileid aus. Der Junge wirkte vollkommen aus der Bahn geworfen. Körperlich zart, wie er war, hielt er Audienzen ab und bemühte sich, sich seinen Schmerz nicht anmerken zu lassen. Samuel konnte sich kaum vorstellen, was in ihm vorging. Mit der Wiederherstellung des englischen Königtums hatte sich der Hofstaat aufgelöst, mit dem er aufgewachsen war, da viele Royalisten nach Hause zurückgekehrt waren. Jetzt auch noch seine Mutter zu verlieren, die viele Fehler gehabt haben mochte, ihn aber immerhin geliebt zu haben schien, war ein Schlag, den ein Kind von zehn Jahren kaum verkraften konnte.

Samuel sah ihn an. Es musste ihm gelingen, diesen gebeutelten, aber auch vielversprechenden Jungen zu unterstützen.

51

Die Sonne ging gerade auf, als sich die Honoratioren der Stadt in der Michel-Kapelle versammelten, die man jetzt bisweilen den »Kleinen Michel« nannte. Selbst für Benjamin war es ein rührender Anblick, wie der greise Pastor Edzardi vor Rat, Geistlichkeit, Oberalten, Leichnams- und Kirchgeschworenen sowie Beamten der Stadt eine Andacht hielt. Zwölf Jahre nach seiner ersten Predigt konnte heute endlich die große Sankt Michaelis Kirche eingeweiht werden.

»Wenn Pastor Edzardi nicht gewesen wäre, gäbe es in der Neustadt noch immer keine anständige Kirche«, sagte Hans Hamelau leise, als sie anschließend zur Prozession aufbrachen. Als Leiter des Bauhofs ging er zwischen den Beamten.

Wegen seiner Beteiligung an der Fassade und seiner Hilfe bei der Beschaffung des Kupfers für das Dach war auch Benjamin Teil der illustren Runde. Unwillkürlich wanderte sein Blick zum Stadtpalais der Senhores Teixeira. Vater und Sohn hatten der Kirchengemeinde das teure Kupfer schließlich gespendet, was außerordentlich großzügig war. Benjamin hoffte, dass die Gemeinde es ihnen mit etwas mehr Respekt danken würde.

Nun schlossen sich auch ihre Frauen und Kinder dem Prozessionszug an. Verstohlen lächelte Benjamin Lucia zu, die Gerard auf ihrer Hüfte trug und neben Greteke und deren Kindern ging. Unter Lucias Kleid wölbte sich ein kleiner Bauch. Sie war wieder guter Hoffnung, und sie beteten darum, dass auch dieses Mal alles gutgehen würde.

Im neuen großen Michel wurden sie mit Orgelmusik empfangen, was Benjamin sogleich einen Schauer über den Rücken jagte. Tobias spielte die kleine Orgel, die auf Anweisung des Kantors Thomas Sellius beschafft worden war, außerordentlich harmonisch. Da ihre Geschäfte wieder besser liefen, unterstützten sie Lucias Bruder jetzt, wo er studierte. Tobias nahm ihr Geld gerne an, und auch sonst verstanden sie sich besser.

Staunend sahen sich alle um. Altar und Kanzel waren reich mit Schnitz- und Bildwerk ausgestattet. Leuchter aus Silber und Messing funkelten, das Taufbecken aus Bronzeguss und das Weihwasserbecken in Gestalt eines Delfins wirkten feierlich. Das Gestühl war mit Sitzkissen versehen und bequem. Unruhe gab es nur, als die Emporen besetzt wurden, denn die Zugänge waren zu eng, sodass es zu Gedränge kam. Es dauerte lange, bis auch der letzte Klappsitz vergeben war. Die etwa zweieinhalbtausend Kirchenbesucher blickten erwartungsvoll auf die Geistlichen und ließen ihren Blick immer wieder durch die neue Kirche schweifen. Der Gottesdienst rauschte nur so an ihnen vorbei. Edzardi hatte den 84. Psalm als Thema seiner Weihepredigt herausgesucht, in dem die Wohnungen des Herrn gerühmt wurden, die Kirchen und ihre Altäre, und die Stärke, die man aus dem Glauben gewinnen konnte. Nach der Kollekte, dem *Tedeum* und dem Choralgesang ging die Gemeinde unter dem Geläut der neuen Glocken auseinander.

Als sie nach dem Gottesdienst noch einmal um die neue Sankt-Michaelis-Kirche wanderten, um sie ausgiebig zu bewundern, nahm Benjamin den kleinen Gerard auf den Arm, und Lucia hakte sich bei ihm ein. »Der neue Turm wird jetzt ja auch nicht mehr lange auf sich warten lassen«, sagte Hans. »Die Gemeinde und Marquard sitzen schon an den Planungen, und in der ganzen Stadt wird gesammelt, um das Geld möglichst schnell zusammenzubekommen.«

»Hast du denn mit diesem Turm nichts zu tun?«, fragte Benjamin.

»Erst einmal nicht. Ich muss mich dringend um das neue Baumhaus im Hafen kümmern, aber das ist nicht so einfach. Vielleicht hätte ich doch auf deinen Rat hören und nach Amsterdam reisen sollen, um mich kundig zu machen.«

Lucia blickte ihn auffordernd an.

»Das kannst du immer noch«, sagte Benjamin. »Wir könnten gemeinsam gehen.«

»Ihr zieht weg?«

»Das nicht, auf jeden Fall nicht ganz«, druckste Lucia, als sie Gretekes entsetzten Blick sah.

»In Amsterdam ist eine große Stadterweiterung geplant. Der Grachtengürtel soll verlängert werden. Das bedeutet, dass auch viele prächtige Stadtpalais errichtet werden. Deshalb hat mein Vater mich zurückgebeten, also mich und meine Familie.« Benjamin lächelte bei dem Gedanken an die Briefe, die sein Vater ihm geschrieben hatte. Es klang so, als habe Michiel ihm verziehen.

»Ich dachte, dein Vater war gegen eure Heirat?«, wunderte sich Greteke.

»Anscheinend hat er es sich anders überlegt.« Lucia hörte sich so unsicher an, dass Benjamin den Arm um sie legte. Lange hatten sie das Für und Wider diskutiert. Benjamin drängte es, nach Amsterdam zurückzukehren. Er liebte Hamburg wirklich, aber Amsterdam war seine Heimat.

»Und was wird aus dem Pflanzhof und dem künstlichen Marmor?«

»Olrich und Elsa kümmern sich um den Pflanzhof. Möglicherweise beginnen wir in Amsterdam ebenfalls mit der Produktion des künstlichen Marmors. Das hängt davon ab, wie lange wir bleiben.« Lucia winkte Tobias zu, der nun auch aus der Kirche getreten war. Er kam sofort zu ihnen.

»Du hast wunderbar gespielt«, sagte Benjamin.

»Danke. Es ist eine wichtige Aufgabe, derartige Momente würdevoll zu gestalten.« Tobias kitzelte seinen Neffen, bis dieser gackerte. Dann plauderte er mit Dierkje, was Benjamin interessiert registrierte. Er hatte die beiden nur selten miteinander reden sehen. Sie schlenderten zu ihrem Haus, wo sie zur Feier des Tages ein bescheidenes Festmahl einnehmen würden.

»Du hast mir ja gesagt, dass Amsterdam groß ist – aber diesen Wald von Masten habe ich nicht erwartet! Diese unzähligen gewaltigen Schiffe! Die großen und schönen Häuser!«, brach Hans bei der Anfahrt auf Amsterdam in Begeisterungsstürme aus.

Benjamin versuchte, seine Heimatstadt durch die Augen seines Freundes zu sehen. Gleichzeitig entdeckte er sofort, wo die Stadt sich in den beinahe sechs Jahren seiner Abwesenheit verändert hatte, sah neue Giebelhäuser und Lagerhallen. Lucia war ungewohnt still, und Benjamin nahm ihre Hand. Auf seinem Arm bestaunte Gerard die unzähligen Schiffe im Hafen, wobei in seinem offenen Mund das erste Zähnchen blitzte.

Am Kai sorgte Benjamin dafür, dass ihr Gepäck in die Prinsengracht gebracht wurde. Auf dem Fußmarsch durch die Stadt überfiel ihn neben Wiedersehensfreude auch Nervosität. Wie würde sein Bruder auf seine Rückkehr reagieren? Nicht ein Wort hatte Daan ihm seit ihrem letzten Streit geschrieben.

Am Haus an der Prinsengracht nahm sie ein bärtiger Mann in Empfang und umarmte Benjamin stürmisch.

»Joris? Du bist ja ein richtiger Mann geworden!«

»Meine Ausbildung ist beinahe beendet. Ich kehre schon bald nach Nieuw Amsterdam zurück.«

»Und ich habe dir so gut wie nichts beigebracht!«

»Dafür waren dein Vater und dein Bruder mir gute Lehrer.«

Sie traten ein. Benjamin reichte Gerard an Lucia und eilte zum

Kontor. Plötzlich konnte er es kaum noch erwarten, seinen Vater wiederzusehen. Michiel saß an seinem Schreibtisch, als habe er sich in den vergangenen Jahren nicht von der Stelle bewegt. Und doch war das Bild ein anderes. Wie gebeugt, wie faltig und eingefallen sein Vater auf einmal war! Benjamins Brust wurde eng, und er bemerkte, dass seinem Vater Tränen in den Augen standen.

Mühsam stemmte Michiel sich hoch. Er drückte Benjamin an sich, als wollte er ihn gar nicht mehr loslassen. Dann wandte er sich Lucia zu, die ihrem Mann ins Kontor gefolgt war. »Willkommen in meinem Haus. Und das meine ich auch so.« Er räusperte sich. »Ich habe einen Fehler begangen. Leider kann ich ihn nicht ungeschehen machen. Ich kann nur versuchen, es von nun an besser zu machen, liebe Schwiegertochter.«

Gerade als Lucia etwas sagen wollte, brabbelte Gerard dazwischen. »Und du bist wohl mein Enkel? Darf ich?« Michiel streckte die Hände aus, aber Gerard verstummte und nuckelte angespannt an seinem Handrücken. »Wir müssen uns wohl auch erst einmal ein wenig beschnuppern«, sagte Michiel lachend.

In diesem Augenblick traten Daan und seine Gattin ein. Ein Schatten schob sich über Claesjes Gesicht, als sie das Kleinkind sah und bemerkte, dass Lucia erneut schwanger war. Nachdem sie einander recht kühl begrüßt hatten, wandte Lucia sich an Claesje. »Ich fürchte, ich muss Gerard trockenlegen und waschen. Würdest du mir zeigen, wo ich das tun kann, liebe Schwägerin?«

Die Männer blieben zurück. Benjamin berichtete, dass Hans im Auftrag des Hamburger Rats die hiesigen Blockhäuser in Augenschein nehmen sollte, und Daan erklärte sich bereit, seine Beziehungen im Bauamt spielen zu lassen, um ihm zu helfen. Er wirkte ungewohnt hilfsbereit, fand Benjamin.

Einige Stunden später spazierten die vier Baumeister mit Joris am Kanal entlang. Am Ende der Prinsengracht ergriff Michiel das Wort. »Es fehlt uns an Häusern für wohlhabende Amsterdamer. Deshalb sollen Herengracht, Keizersgracht und Prinsengracht verlängert werden, sodass sie einen Halbmond um die Stadt bilden.«

»Um die ganze Stadt?«, fragte Hans.

»Das nicht, nein. Erst einmal nur bis zur Amstel. Die Vervollständigung des Halbmonds bis zum IJ ist erst für eine weitere Stadterweiterung geplant. Damit es ein ansprechendes Wohnquartier wird, hat Daan mit Joris' Unterstützung für den Magistrat und Meester Stalpaert neue Regelungen verfasst.«

Sie spazierten weiter und redeten. Joris schien sich inzwischen nicht nur mit der Baukunst, sondern auch mit Verwaltung und Gesetzgebung gut auszukennen, was ganz sicher Daans Verdienst war. Mit der Zeit jedoch wurde Michiel immer langsamer und atemloser.

»Soll ich Euch nach Hause begleiten, Vater? Ich wollte ohnehin gerade nach Lucia und Gerard sehen«, meinte Benjamin, der seinen Vater nicht beschämen wollte.

»Das kann ich doch machen!«, wandte Daan ein.

Doch Michiel winkte ab. »Weder noch. Joris kann mich begleiten, während ihr Hans weiter die Stadt, das Rathaus und auch die Blockhäuser zeigt.« Er lächelte. »Und nach meinem Enkel wollte ich ohnehin sehen.«

Lucia hatte Claesje auf den Markt, in die Kirche und auch ins Gemeindehaus begleitet und versucht, mit ihr ins Gespräch zu kommen. Ihre Schwägerin mochte etwas spröde sein, hatte aber das Herz am rechten Fleck – und nur darauf kam es an. Lucia war die Letzte, die irgendeiner Frau vorschreiben würde, wie sie sich zu verhalten hatte, solange sie niemanden schädigte. Auf ihrem Arm nagte Gerard an einem Apfel.

»Daan und ich bringen uns sehr in der Gemeinde ein. Er gehört zu den Regenten des Waisenhauses und ich zu den Regentinnen des Spinnhauses. Möchtest du es mal sehen?«

»Nein, danke!« Lucia überlief es noch immer kalt, als sie an ihren eigenen Aufenthalt im Werk- und Zuchthaus dachte.

»Die Amsterdamer Wohltätigkeitsanstalten sind weithin berühmt. Viele Besucher Amsterdams lassen sich durch das Spinnhaus führen.«

»Vielleicht später, wenn ich mich etwas eingelebt habe.«

Claesje nickte und zeigte ihr stattdessen, wo die Lutherse Kerk war. Lucia berichtete im Gegenzug vom Bau des Michel und davon, wie sie beide dazu beigetragen hatten: Benjamin mit seiner Arbeit und sie, indem sie Spenden gesammelt hatte. Sie vermisste Hamburg schmerzlich. Gleichzeitig spürte sie, wie glücklich Benjamin hier war. Und Amsterdam war wirklich anregend. Sobald sie Zeit hatte, wollten sie gemeinsam Kunstkabinette besuchen und durch Kuriositätenläden stöbern. Aber nun taten ihr die Füße weh. »Können wir uns kurz setzen? Gerard wird mir schwer.«

»Soll ich ihn mal nehmen?«

»Gerne.« Sie setzten sich an der Gracht auf eine Bank. Claesje hielt Gerard auf dem Schoß, der den Apfel fallenließ und an den Bändern ihrer Haube spielte. »Ich finde es großartig, dass ihr euch so engagiert.«

»Da der Herr uns nicht mit Kindern gesegnet hat, sehen wir es als unsere Aufgabe an, uns anderweitig nützlich zu machen.«

Eine Woche später, als Hans wieder gen Hamburg abgereist war, saßen sie an einem Sonntagnachmittag im Garten zusammen. Benjamin hatte die Zeit genutzt, um einen ersten Auftrag an Land zu ziehen und seine alten Freunde aufzusuchen, von denen viele inzwischen Familie hatten. Einige hatte er in den Garten zu einem Imbiss geladen; sein Vater hatte nichts dagegen gehabt. Sogar Theo hatte er einladen dürfen. Offenbar hatte Michiel sich auch mit ihm versöhnt.

Als Daan und Claesje aus der Gemeinde kamen, wo sie nach dem Gottesdienst noch gewesen waren, erzählte Benjamin gerade seinem Freund Quentin, dass er und Lucia ein Grundstück pachten wollten, um dort künstlichen Marmor herzustellen. Später, als alle gegangen waren, kam Daan auf dieses Thema zurück.

»Ich begreife nicht, dass ihr nicht zufrieden seid mit dem, was ihr habt. Warum muss deine Gattin sich auch noch mit dieser Männerarbeit befassen, statt sich um euren Sohn zu kümmern?«, sagte er vorwurfsvoll.

»Aber das tut Lucia doch! Außerdem hat sie das Rezept entwickelt«, verteidigte Benjamin sie.

»Das glaube ich kaum!«

»Und doch ist es die Wahrheit.«

Michiel hatte bisher mit seinem Enkel gespielt. »Streitet nicht!«, ging er dazwischen. »Benjamin und Lucia werden schon wissen, was sie tun. Letztlich wäre es auch für dich gut, wenn du Stuckarbeiten und Stuckmarmor anbieten könntest, Daan. Und wenn ich – «

»Immer verteidigt Ihr Benjamin!«, brauste Daan auf. »Jetzt, wo er Euch einen Enkel beschert hat, kann er sich alles erlauben!«

»Das ist nicht wahr! Du weißt, dass ich dich hochschätze, dass du meinen Posten in der Vroedschap übernehmen sollst.« Michiel keuchte und presste sich die Hand auf die Brust, was Benjamin in Sorge versetzte. Schwer atmend ließ Michiel sich auf einen Stuhl sinken. Gerard streckte mit besorgtem Gesicht das Händchen nach seinem Großvater aus. Claesje reichte diesem ein Glas Dünnbier.

»Wenn Ihr was?«, hakte Benjamin nach, wo sein Vater abgebrochen hatte.

Michiel wechselte einen Blick mit Joris. »Ich muss mich darauf verlassen können, dass ihr zueinandersteht, wenn ich nach Nieuw Nederland reise. Und wenn ich … nicht mehr bin.«

»Nieuw Nederland?«, echote Daan fassungslos.

»Ich werde Joris begleiten. Wir kaufen auf Theos Schiff eine Passage. Ich habe viel falsch gemacht, viel versäumt. Ich will mich mit meiner Schwester versöhnen, ehe ich vor den Herrgott trete. Ich will nicht denselben Fehler noch einmal begehen.« Flehend sah Michiel seine Söhne an. »Ihr müsst es besser machen als Kris und ich.«

52

Michiel ließ sich von Joris vom Schiff helfen. Sie waren in Amsterdam wesentlich später losgekommen, als er eigentlich vorgehabt hatte. Zu wichtig waren die Entscheidungen in der Vroedschap gewesen, zu schwierig war es sicherzustellen, dass Daan seinen Posten übernehmen konnte. Als Daan endlich in die Vroedschap gewählt worden war, waren die Arbeiten an der Verlängerung des Grachtengürtels bereits in vollem Gange gewesen, und sein zweites Enkelkind war auf der Welt. Es war ein kleines Mädchen, das Benjamin und seine Gattin nach seiner verstorbenen Frau benannt hatten, was Michiel gerührt hatte. Lenora war ein süßes Ding. Ohnehin war ihm der Abschied von seinen Söhnen und seinen Enkeln schwergefallen – wer wusste schon, ob er sie noch einmal wiedersehen würde. Lucia und Benjamin hatten sich gut eingelebt, zumindest soweit er das beurteilen konnte. Sie hatten vor der Stadt bei Muiden einen Hof angemietet, auf dem sie nun unter der Leitung von Benjamins altem Freund Quentin ihren künstlichen Marmor herstellten. Daneben bauten seine Söhne am Grachtengürtel imposante Stadtpalais, trotz der Konkurrenz von Architekten wie Philips Vingboons.

Als er endlich alle Zwänge los war, hatte Michiel sich wie befreit gefühlt. Die Seereise war für ihn aufregend gewesen; noch nie war er so weit von seiner Heimat entfernt gewesen. Aber Joris, den er inzwischen wie einen Sohn liebte, Theo und Yorick hatten ihn umsorgt. Das war allerdings auch nötig gewesen, denn er hatte heftig an Seekrankheit gelitten, auch hatte ihm die feuchte Kälte auf See zu schaffen gemacht.

Die Fremdheit der neuen Welt irritierte und faszinierte ihn zugleich. Hätte er die Seefahrt früher nicht so verabscheut, hätte er als junger Mann vielleicht ebenfalls versucht, hier sein Glück zu machen.

Während Yorick das Abladen der Ladung beaufsichtigte, machte Michiel sich mit Joris und Theo auf den Weg. Joris glühte vor Aufregung. Auf dem Weg grüßte er immer wieder Menschen, die ihn jedoch nicht zu erkennen schienen.

»Ja, es war eine lange Zeit. Ich bin nicht mehr der pickelige Jüngling, als der ich abgereist bin. Und so viele neue Gesichter! Seht nur, wie groß die Stadt geworden ist!«, rief er. »Ich kann es kaum erwarten, wieder zu Hause zu sein. Mutter hat zwar regelmäßig geschrieben, aber bei den vielen Wochen, die ein Brief unterwegs ist, könnte inzwischen sonst was passiert sein! Außerdem hat sie mir so viel beschrieben, was ich unbedingt mit eigenen Augen sehen möchte!«

Sie nahmen die Fähre, anschließend organisierte ihnen Joris eine Mitfahrgelegenheit. Theo und Joris tauschten sich darüber aus, was sich alles verändert hatte. Michiel hingegen staunte nur über die Weite und die Landschaft. Er war erschöpft und zugleich hibbelig wie ein Jungspund. Über sechzig Jahre alt war er und krank – es war verrückt, sich auf so einen weiten Weg zu machen, nur um einen weiteren Streit zu riskieren.

Schließlich fuhren sie auf ein weitläufiges Farmgelände mit einem großen Steinhaus, Scheunen und Hütten, auf dem es geschäftig zuging. Plötzlich rannte jemand lachend und winkend neben der Kutsche her, ein Ruf verbreitete sich im Nu: »Joris ist zurück!«

Joris sprang von der Pritsche und ließ sich von seinen alten Freunden und Bekannten feiern.

Dann hielten sie vor dem massiven Steinhaus. Eine alte Frau eilte heraus, die zierlich und zugleich robust aussah. Trotz der Jahrzehnte, die zwischen ihnen standen, erkannte Michiel am Blitzen ihrer Augen sofort seine Schwester. Wilhelmtje!

In diesem Augenblick wusste er, dass sich die Strapazen der Reise gelohnt hatten.

Einige Stunden später saßen sie zusammen vor einem großen Lagerfeuer. Michiel war in eine Pelzdecke gehüllt und trug eine Biberfellmütze, die Wilhelmtje ihm geschenkt hatte, sodass ihm wohlig warm war. Die unterschiedlichsten Geräusche und Stimmen erfüllten die Nacht. Wenn er die Augen schloss und lauschte, fühlte er sich beinahe wie in einem Traum. Er war froh, dass er sich auf dieses Abenteuer eingelassen, dass er sich mit Wilhelmtje versöhnt hatte.

»Schläfst du etwa?«, fragte seine Schwester, und Michiel konnte das liebevolle Necken in ihrer Stimme hören, das er noch aus seiner Kindheit und Jugend kannte.

Er lächelte sie an. »Wie könnte ich! Ich will jeden Augenblick meines Aufenthalts genießen. Es ist beeindruckend, was du hier geschaffen hast.«

»Du siehst ja, ich habe viele Helfer. Unsere Biberhüte werden bis nach Amsterdam, Paris und London verkauft. Verrückt! Aber glaube nicht, dass es immer leicht war. Ohne Kris' Hilfe und deine Unterstützung hätten wir es nicht geschafft. Ein gutes Stück Amsterdam steckt in dieser Farm.«

Michiel zögerte. »War unser Bruder mal hier?«

»Ein paarmal kurz, ganz zu Anfang. Du weißt ja, wie unstet Kris war. Theo hat hier mehr Zeit verbracht, er und sein Freund Yorick. Gute Männer, alle beide.« Wilhelmtje legte ihre Hand auf seine. Wie faltig ihre Haut war. Wo waren die Jahre geblieben? »Du wirst doch nicht gleich wieder mit ihnen zurückreisen?«

»Nein, das nicht. Ich möchte gerne Zeit mit dir verbringen, dein Leben kennenlernen. Auch wenn ich meine Söhne und Enkel vermissen werde.«

»Erzähl mir von ihnen. Und von Amsterdam.«

Während Michiel sprach, wurde er wehmütig. Zugleich wusste er, dass er gar nicht die Kraft für eine schnelle Rückreise hatte.

* * *

»Noch einen Pannenkoek, Mijnheer?«, fragte Millie mit einem Lächeln, und Theo, der schon so viele verfaulte Zähne gesehen hatte, staunte einmal wieder über ihre makellose Zahnreihe. Die frühere Sklavin sah ohnehin wohl aus. In aller Seelenruhe hatte sie am offenen Herd für die Farmarbeiter Pfannkuchen bereitet und dabei gesungen.

»Gerne, Mevrouw Millie.« Theo hielt den Teller hin.

Sie lachte über die förmliche Anrede. »Ihr sollt mich doch Millie nennen.« Geschickt wendete sie die Pfannkuchen in der schweren Pfanne.

»Ich hoffe, dein Mann ist wohlauf, Millie. Ich habe ihn noch gar nicht gesehen. Aber wir sind ja auch gerade erst – «

»Er ist gestorben«, fiel sie ihm ins Wort und drehte die Pfannkuchen noch einmal, als erforderten sie ihre ganze Konzentration. »Im letzten Winter.«

»Das tut mir sehr leid.« Theo meinte es ernst. Millies Mann war nicht alt geworden.

»Wir kommen über die Runden. Mein Ältester kann nach dem Unterricht bei der Hutproduktion helfen.« Millie warf ihm den Pfannkuchen mit Schwung auf den Teller. Dann lächelte sie ihn scheu an. »Die Mevrouw sorgt gut für uns.«

Da trat Yorick zu ihnen. »Wollten wir heute nicht angeln gehen?«

Theo biss von dem heißen Pfannkuchen ab. »Die Fische laufen nicht weg. Der ist so gut, Millie!« Dann wandte er sich seinem Freund zu: »Du solltest Millie bitten, dir auch einen zu backen.«

Doch Yorick wandte sich ab. »Ich hole schon mal die Pferde und die Angeln.«

Wie stets mussten sie selbst über ihren unbeholfenen Reitstil lachen, als sie wenig später von der Farm ritten. Richtige Seeleute wie sie waren nicht für den Pferderücken geschaffen. Wilhelmtje hatte ihnen eine Warnung mit auf den Weg gegeben: Sie sollten nicht zu weit den Fluss hinaufreiten, da es einen Krieg mit den Esopus gebe, die überraschend angriffen und in den Wäldern verschwanden, ehe man ihrer habhaft werden konnte.

Eine Weile trotteten sie auf ihren Pferden dahin und ließen die gewaltige Natur auf sich wirken. »Hier kann wirklich jeder sein Glück machen«, sagte Yorick. »Wenn ich eines Tages nicht mehr zur See fahre, kaufe ich mir hier ebenfalls Land, weit weg von allen, die dir sagen wollen, was du zu tun und zu lassen hast. Das ist Freiheit.«

»Da könntest du recht haben.« Theo kannte Yorick zwar vermutlich besser als jeden anderen Menschen auf der Welt, aber über ihre Pläne nach dem Seemannsleben redeten sie kaum. »Mein Onkel hat auch gestaunt. Das Wiedersehen der beiden Geschwister war rührend. Stundenlang haben die beiden geredet.«

»Ich glaube, die haben gar nicht geschlafen«, sagte Yorick lachend.

»Was wohl mein Vater von dieser Reise gehalten hätte?«, fragte Theo mehr sich selbst als seinen Freund.

»Vermutlich wäre er froh über die Versöhnung gewesen. Niemand möchte in Zwietracht leben.«

»Wir schon. Auf See herrscht ja nur noch Zwietracht«, antwortete Theo. Eigentlich hatte er es scherzhaft gemeint, aber ihm blieb doch das Lachen im Hals stecken. »Offenbar haben wir uns die falschen Posten ausgesucht.« Er stieß hörbar die Luft aus. Sowohl in der Flotte als auch auf den übrigen Schiffen war es zuletzt turbulent zugegangen. Durch den Krieg waren zu viele Kapitäne angeheuert worden, die ihren Rang nicht verdienten und ihn nun, zu Friedenszeiten, durch schlechte Führung und Betrug entehrten, was sich auf die Besatzungen niederschlug. Dazu kam, dass es auch an Bord oft Streit über die Politik gab. Oranier und Republikaner standen sich nach wie vor unversöhnlich gegenüber.

Yorick sah ihn von der Seite an. »Reden wir nicht darüber. Genießen wir die Tage, bis wir wieder ablegen.«

In diesem Augenblick sahen sie Rauch aus dem nahe gelegenen Wald aufsteigen. Ein ekelerregender Geruch brannte in Theos Nase. Sie zogen sich die Halstücher über den Mund. Theo lenkte sein Pferd zum Waldrand.

»Was geht es uns an, was da los ist? Lass uns lieber –«

»Vielleicht braucht jemand Hilfe«, unterbrach Theo seinen Freund.

Sie fanden ein schwelendes Feuer auf einer kleinen Lichtung. Niemand war zu sehen. Theo entdeckte Blutflecken auf dem niedergetrampelten Gras und saß ab. Er sah sich um. Widerwillig folgte Yorick ihm. »Ob es hier einen Kampf gegeben hat?«

Theo nahm einen Ast und stocherte in den Resten des Lagerfeuers. Die Spitze des Stocks verfing sich. Er zog etwas aus der Glut, halb verkohlt und halb blaurot. »Sieht nach Eingeweiden aus.«

Yorick schluckte. »Von einem Tier oder einem … Menschen?«

»Schwer zu sagen. Wenn es ein Tier war, muss es ziemlich groß gewesen sein.«

Rascheln. Das Knacken von Ästen. Von den Sätteln wollten sie gerade die Musketen holen, die Joris ihnen mitgegeben hatte, als ein Bär durch das Buschwerk auf die Lichtung brach. Er war ein gewaltiges Tier, mit struppigem braunen Fell und langen Krallen, die sich in den Waldboden gruben.

Ohne nachzudenken, liefen sie zu den Pferden. Die Rösser scheuten. Hektisch versuchten die Männer, an ihre Waffen zu kommen. Schon hörte Theo das Schnauben hinter sich, meinte den heißen Atem des Ungeheuers zu spüren. Doch der Bär stürzte Yorick entgegen.

Nicht mein Freund! Nicht Yorick! Mit einem Brüllen zog Theo die Aufmerksamkeit des Bären auf sich, sodass Yorick zur Seite springen konnte. Einen Wimpernschlag später spürte er, wie die Krallen des Bären sein Hemd zerfetzten und ihm über Oberarm und Brust fuhren. Scharf durchströmte der Schmerz ihn, er taumelte. Der Bär setzte nach, riss das Maul weit auf. Ein Schuss löste sich. Getroffen wankte das Tier, fuhr herum zu Yorick, von dessen Muskete Rauch aufstieg. Yorick war totenbleich. Er wollte noch einmal schießen, doch nichts geschah. Mit dem kühlen Blick des Chirurgen sah Theo, dass er eine tiefe Fleischwunde hatte. Zumindest, soweit er es durch die Risse seines Hemds sehen konnte. Dessen ungeachtet ergriff er seine Waffe.

»Lauf! Auf einen Baum, schnell!«, rief er seinem Freund zu. »Hierher, du Biest!« Er schoss.

Der Bär hatte sich merklich verlangsamt, schüttelte sich jetzt irritiert. Theo sah aus dem Augenwinkel, dass Yorick einen Baum erklommen hatte. Wenn sie etwas als Seeleute konnten, dann klettern. Aber mit der Wunde? Er hatte den Baum erreicht, versuchte, sich hochzuziehen. Ein Stück nur noch … Der Bär folgte ihm, brüllte wütend, fletschte die Zähne. In diesem Moment riss Yorick ihn mit voller Kraft hoch, zerrte ihn auf einen dicken Ast und weiter, bis sie außer Reichweite des Tieres waren. Vor Schmerzen schwanden Theo die Sinne. Der Bär machte Anstalten, ihnen zu folgen, doch Yorick hatte inzwischen nachgeladen und schoss. Keuchend half er Theo einen Ast weiter in die Höhe, immer in der Angst, dass sie beide hinunterfallen würden.

Es schien Stunden zu dauern, bis der Bär sich endlich trollte. Theo saß mit nacktem Oberkörper da, denn sie hatten mit dem Hemd die Wunde notdürftig verbunden. Endlich konnte Yorick ihm hinunterhelfen.

»Du musst dich um deine Verletzung kümmern!«

Theo biss die Zähne zusammen. »Nicht hier.« Er blinzelte

durch das Geäst; die Sonne stand schon tief. »Wir müssen uns einen geschützten Platz für ein Nachtlager suchen.«

»Wollen wir nicht lieber zur Farm?«

»Zu spät.«

Da die Pferde verschwunden waren, schleppten sie sich in Richtung Fluss, wo sie ihre Reittiere glücklicherweise entdeckten. In einiger Entfernung fanden sie eine Bucht, die durch einen Abhang und Bäume geschützt war. Theo fiel beinahe vom Pferd, weil er sich nicht mehr am Sattel festhalten konnte. »Wir brauchen ein Lagerfeuer. Und Wasser. Aber erst einmal den Schnaps, den Wilhelmtje uns eingepackt hat.« Seine Tante hatte ihn mit Verpflegung für den ganzen Tag versorgt, außerdem mit Decken; man wisse ja nie, ob man es rechtzeitig nach Hause schaffe.

Er trank einen Schluck, dann band er mit zusammengebissenen Zähnen das Tuch ab und spülte die Wunde aus. Tiefe Risse hatten die Krallen des Bären in sein Fleisch gegraben. »Leg die Klinge meines Messers ins Feuer. Du musst die Wunde ausbrennen.«

Sein Freund wurde bleich. »Das kann ich nicht.«

»Du wirst es müssen. Oder willst du mich so weit von zu Hause elendig an Wundbrand verrecken lassen?«

Als alles vorbei war, lagen sie erschöpft auf den Decken und teilten sich den Rest des Genevers, der ihre Sinne angenehm betäubte. Über ihnen funkelten die Sterne. Das Wasser gluckste beruhigend.

»In meinem ganzen Leben habe ich noch nie eine solche Angst gehabt wie in dem Moment, als der Bär angriff«, sagte Yorick. Er stützte sich auf den Ellbogen und sah Theo in die Augen. »Ich habe um dich Angst gehabt.«

53

Mit der Kutsche ließen sie sich gemächlich nach Nieuw Amsterdam hineinschaukeln. Nachdem er sich halbwegs erholt hatte, hatte Michiel darauf bestanden, dem Gouverneur seine Aufwartung zu machen. Schließlich war er vor Kurzem noch ein offizieller Vertreter Amsterdams gewesen. Und da Theo und Yorick ohnehin aufbrechen mussten, bot es sich an, die beiden in die Stadt zu begleiten. Sein Neffe trug noch immer einen Verband. Unglaublich, was die jungen Männer im Wald erlebt hatten! Wie sie hinterher erfuhren, hatten Wilderer offenbar die Jungen der Bärin getötet und so das Tier zur Raserei getrieben. Glücklicherweise gab es einen zweiten Schiffschirurgen an Bord, der Theos Anweisungen ausführen könnte ...

Michiel hatte darauf bestanden, dass Joris ihn begleitete. Noch einmal ging er seinen Plan durch. Er hatte schon viel von Gouverneur Stuyvesant gehört. Als er jetzt vor ihm stand, begriff er sofort, warum der Mann derart gefürchtet wurde. Der Gouverneur war ein brummiger Kerl mit Holzbein, schroff und unverbindlich. Aber im Laufe seines Lebens hatte Michiel lernen müssen, mit Menschen wie ihm umzugehen. Schnell redeten sie über Land und Leute und darüber, dass König Charles den englischen Kolonisten in Connecticut ein Landpatent erteilt hatte, das die Gebiete Nieuw Nederlands einschloss – lachhaft, natürlich.

Am Ende ihres Gesprächs hatte Michiel eine ehrliche Freundlichkeit unter der rauen Fassade Stuyvesants entdeckt. Und, was ihm ein Anliegen gewesen war: Er hatte für Joris einen Posten in der Bauverwaltung herausgeleiert. Der Junge kannte sich mit dem Bau ebenso gut aus wie mit Gesetzen, und gerade in einer Stadt, die so wild zu wuchern schien wie Nieuw Amsterdam, war beides wichtig, das hatte er Stuyvesant klarmachen können.

* * *

Im Spätsommer 1664 lagen sie mit zwölf Schiffen vor Malaga, als eine Jacht mit einem Boten der Generalstaaten eintraf. Wenig später ließ Admiral de Ruyter seine Offiziere und wichtigen Untergebenen zusammenrufen. Als sie in der Kapitänskajüte zusammenkamen, erkannte Theo sofort, dass der Admiral, dessen Sohn Engel und Yorick über einer Seekarte der Goldküste brüteten. Umgehend ergriff ihn Widerwille. Wenn sie jetzt den Sklavenhandel unterstützen sollten, würde er sofort seine Posten aufgeben und an Land gehen!

Admiral de Ruyter ergriff das Wort. »Ein Brief der Generalstaaten hat mich erreicht. Unser Ratspensionär Johan de Witt hat einen Auftrag für uns, bei dem wir absolute Verschwiegenheit wahren müssen. Die Zukunft unseres Handels – und damit der Wohlstand unserer Nation – hängt davon ab.« De Ruyter sah in die Runde.

Theo wusste, dass der Admiral nur Männer um sich versammelt hatte, auf die man sich verlassen konnte. Dann sprach de Ruyter weiter. »Die Engländer haben unsere Besitzungen an der Goldküste überfallen und besetzt. Es heißt, König Charles habe gejubelt, als er die Nachricht erhielt. Wir müssen die Engländer schnellstmöglich vertreiben, damit nicht ihre gesamte Flotte auf uns einstürzt und kein Krieg angezettelt wird. Ein Überraschungsangriff ist das Mittel unserer Wahl …«

* * *

Den sechsten Tag in Folge wartete Samuel im Palast von Whitehall darauf, dass der König ihm eine Audienz gewährte. Die politische Lage zwischen England und den Generalstaaten war verfahren, die Botschafter berichteten nur unzuverlässig, weshalb Johan ihn um diesen – selbstredend inoffiziellen – Dienst gebeten hatte. Schon lange ging es im Streit der beiden Länder nicht mehr nur um den Prinzen und seine Erziehung, sondern vor allem um Macht und Reichtum. Als er schon aufgeben und den Palast verlassen wollte, suchte der Kammerdiener ihn auf und bat ihn zum Empfang.

Die Machtverhältnisse waren schon auf den ersten Blick klar: König Charles thronte auf einem Podest, weit unter ihm musste Samuel ihm huldigen. Was für ein Unterschied zu Charles' Elend im Exil! Aber daran wollte er ganz sicher nicht erinnert werden.

»Euch dürfte bekannt sein, dass Wir auf Eure Nation und vor allem Euren heimtückischen Anführer nicht gut zu sprechen sind.«

»Verzeiht, Majestät, aber ich –«

Der König unterbrach ihn mit einer unwirschen Handbewegung. »Wir meinen diesen de Witt, der unseren Botschafter belogen und betrogen hat.«

Samuels Gedanken rasten. Er hatte nicht gedacht, dass König Charles direkt darauf zu sprechen kommen würde. Tatsächlich hatte Johan de Witt, nachdem die königlichen Truppen die niederländischen Besitzungen an der Goldküste überfallen hatten, den erfahrenen Admiral de Ruyter in einer Geheimmission entsandt. Innerhalb kürzester Zeit hatte dieser mit seiner Flotte die afrikanischen Forts zurückerobert, ohne dass auch nur eine Nachricht davon nach England gedrungen war.

»Majestät, es muss sich um ein bedauernswertes Missverständnis –«

»Habt Ihr Uns auch verraten? Ihr und Eure französischen Verbündeten?«, donnerte der König. »Wir werden nicht länger dulden, dass ein Volk von Käsehändlern Unsere Rechte beschneidet. Und nun geht Uns aus den Augen!«

Ein Volk von Käsehändlern, das Euch oft genug aus der Patsche geholfen hat, wollte Samuel ihn zurechtweisen, wagte es jedoch nicht. Seine Verbitterung war groß, auch spürte er ein neues Gefühl in sich aufsteigen: Wut. Wut auf Johan. Hatte sein alter Freund richtig daran getan, sich mit diesem Monarchen anzulegen?

***

Joris stand neben Gouverneur Stuyvesant auf dem Turm des Forts. Für das Farbenspiel der Bäume, deren Laub sich in unzähligen Schattierungen von Rot und Orange färbte, hatte er keinen Blick. Stattdessen sahen sie auf den Hudson hinaus, auf dem vier englische Kriegsschiffe die Insel Manhattan blockierten. Mit Spießen und Musketen hatten sich die englischen Bewohner von Long Island am Strand von Breuckelen postiert. In der Stadt herrschten Aufruhr und Panik. Eigentlich waren sie nach Fort Orange den Fluss hinauf gesegelt, wo es noch immer Probleme mit den Esopus- und Mohawk-Indianern gab, doch dann hatte sie die Nachricht erreicht, dass ein englisches Geschwader auf dem Weg war, um die Verwaltung der Neu-England-Kolonien zu übernehmen – und auch die Nieuw Amsterdams.

Obgleich Joris anfangs skeptisch beäugt worden war, war es ihm mit Akribie und Sachverstand schnell gelungen, die Verwaltung der Kolonie auf Vordermann zu bringen und den Respekt des Gouverneurs zu erringen. Nebenbei betreute er einige Bauprojekte, was ihm ein erkleckliches Auskommen bescherte.

Stuyvesant suchte noch einmal mit dem Fernrohr die Schiffe ab. »Vierhundertfünfzig Mann und achtzig Kanonen, mindestens. Das ist eine Kriegserklärung.«

Die Aussicht ließ Joris schaudern. »Verzeiht die Frage, Gouverneur, aber könnten wir nicht einfach mit unseren Kanonen auf sie schießen?«

»Ihr mögt am Schreibtisch eine gute Ausbildung genossen haben, aber von der Kriegführung versteht Ihr nichts«, meinte Stuyvesant, dessen graues Haar im Wind flatterte. »Wenn wir nur einen Schuss abgeben, wird der Belagerer die Stadt strafen, indem er sie plündert und brandschatzt. Eine alte Kriegsregel. Wir verfügen über zweihundertfünfzig waffenfähige Männer. Die Engländer haben eine Verstärkung auf Long Island positioniert. Abgesehen davon besitzen wir zwar ein paar Kanonen, aber kaum Schießpulver.«

Die Lage war also hoffnungslos. Würden sie sich ergeben?

»Lest mir noch einmal den Brief der Engländer vor«, forderte Stuyvesant ihn auf.

Joris nickte. »Der Verfasser setzt uns in Kenntnis, dass er ›die Stadt, gelegen auf der Insel, die gemeinhin unter dem Namen Manhattan bekannt ist, mit allen Forts, die dazugehören, im Namen Seiner Majestät auffordere, Seiner Majestät Gehorsam zu geloben, sich unter Ihren Schutz zu stellen und sich zu ergeben‹. Kein Christenblut solle vergossen werden, doch wenn wir uns nicht ergeben, werden wir ›das Elend eines Krieges heraufbeschwören‹.«

»Unterschrift?«

Joris suchte das Papier ab. »Der Brief trägt keine Unterschrift.«

»Dann schicken wir ihn unkommentiert zurück.«

In der Amtsstube des Sekretärs rückte Joris noch einmal die neunundvierzig ledergebundenen Bände zurecht, in denen die Geschichte der Kolonie und ihre Gesetze festgehalten waren. Bangigkeit und Wut erfüllten ihn gleichermaßen. Nach langen Verhandlungen hatte sich herauskristallisiert, dass die tausendfünfhundert Einwohner Nieuw Amsterdams und die zehntausend Bewohner der Kolonie Nieuw Nederland keine kriegerischen Auseinandersetzungen mit England riskieren würden. Sie würden sich

König Charles und dem Herzog von York unterwerfen, dafür aber in Frieden weiterleben und -handeln können. Joris konnte es ihnen nicht verdenken, hatte er sich doch auch gerade selbst verlobt. Und dennoch …

Er hörte das Pochen des Holzbeins auf den Bohlen, an das er sich inzwischen gewöhnt hatte. Sorgfältig schloss er die Tür der Amtsstube hinter sich und folgte Gouverneur Stuyvesant unter einem Trommelwirbel aus dem Fort.

Wenig später beobachtete er mit den anderen Bewohnern, wie die Engländer die Flagge am Fahnenmast austauschten und öffentlich verkündeten, dass die Stadt zu Ehren ihres neuen Patrons umbenannt wurde. Eine Gänsehaut überlief ihn. Wie würde die Stadt sich verändern? Und wie würde er sich in diesem New York durchschlagen?

54

Amsterdam 1665

Lucia hatte sich bei ihrem Mann eingehakt. Sie schlenderten die Herengracht entlang, als gehörten sie zu den vielen Schaulustigen, die das neue Stadtviertel bewundern wollten. »Goldener Bogen« war die Verlängerung der Grachten wegen der Neigung des Kanals und wegen der prächtigen Stadthäuser getauft worden. Es war wirklich ein wunderbares Bild, kein Wunder, dass es unzählige Maler inspirierte.

Benjamin öffnete das Haus, das er im Auftrag eines Rentiers gebaut hatte, und führte Lucia durch die Räume. Sie war begeistert, begutachtete allerdings die mit künstlichem Marmor verputzten Säulen und die Stuckdecke kritisch.

»Ich könnte mich um ein Grundstück in Amsterdam bemühen«, sagte er beiläufig.

»Hier?« Lucia lachte. »Es geht uns zwar gut, aber so viel haben wir in den vergangenen Jahren auch nicht verdient. Außerdem«, sie schmiegte sich an ihn, »habe ich Sehnsucht nach Hamburg. Lenora und Orsel kennen meine Heimat noch nicht einmal.«

»Ich weiß.« Er küsste sie; zärtlich umfing sie ihn. Seit sie drei Kinder hatten, waren sie nur noch selten allein. Sie genossen ihr Familienleben vollauf, schätzten aber auch die Freiheiten, die es ihnen verschaffte, wenn sich ihre Schwägerin um die Kleinen kümmerte.

»Tobias hat sein Studium beendet und ist wieder in der Stadt. Ein weiterer Grund, nach Hamburg zurückzukehren.«

Benjamin stimmte ihr wenig enthusiastisch zu. Während seines

Studiums hatte sich Tobias nicht gerade so verhalten, wie es sich für einen angehenden Geistlichen geziemte. Oft hatte er sie um Geld bitten müssen, weil er über seine Verhältnisse lebte oder bei übermütigen Feiern etwas zu Bruch gegangen war. Benjamin wusste, dass viele Studenten über die Stränge schlugen, und vielleicht war es nur natürlich, dass auch Tobias mal Dampf ablassen wollte. Andererseits durfte auch er nicht gegen Gesetze verstoßen.

»In Hamburg sind wir auch sicherer, wenn es tatsächlich einen Krieg mit England gibt«, sagte Lucia nun. Das wichtigste Argument brachte sie zuletzt vor: »Außerdem habe ich dir noch gar nicht verraten, was Tobias geschrieben hat: Peter Marquard wird demnächst mit dem Turm des Michels beginnen.«

Benjamins Augen weiteten sich ein wenig. »Na, wenn das so ist – lass uns packen!«, rief er aus. Sie mussten lachen. »Du weißt schon, wie du mich ködern kannst. Aber ehrlich gesagt würde ich gerne warten, bis mein Vater aus Nieuw Nederland ... New *England* ... zurück ist.«

Lucia lächelte tapfer. Das hatte Benjamin schon zu oft gesagt. Michiel schrieb regelmäßig, aber die Briefe brauchten Wochen, bis sie ankamen. Er war bereits bei seiner Abreise gebrechlich gewesen. Wer wusste schon, ob er noch lebte. Das aber würde sie Benjamin gegenüber nie aussprechen.

Benjamin begleitete seine Frau in die Prinsengracht. Als er sich auf den Weg zu dem neuen Kaffeehaus machte, das erst vor Kurzem eingerichtet worden war, dachte er über Lucias Vorschlag nach. Er wusste, dass er ihre Geduld strapazierte. Als sie nach Amsterdam gekommen waren, hatten sie vereinbart, dass es ein befristeter Aufenthalt werden sollte. Daraus waren nun vier Jahre geworden. Inzwischen waren die Arbeiten an der Stadterweiterung im Großen und Ganzen abgeschlossen Sogar das Amsterdamer Rathaus war beinahe fertig, gerade waren die Schornsteinköpfe aufgesetzt worden.

Eigentlich könnten sie also nach Hamburg zurückreisen. Er hatte auch einige Anfragen aus der Stadt. Und trotzdem ...

Das Kaffeehaus war nicht nur zum Ort gelehrter Diskussionen geworden, sondern auch ein wichtiger Umschlagplatz für Neuigkeiten. Sicher wusste einer der Kaufleute, wann die nächsten Schiffe aus Westindien erwartet wurden. Als Benjamin gerade eingetreten war, hörte er einen Tonfall, der ihn an jemanden erinnerte, und er wandte sich um.

»Mijnheer Zesen, nicht wahr?«, sprach er den Mann an, der vor einer Keramikschale saß.

»Von Zesen. Ich wurde durch Kaiser Ferdinand III. in den Adelsstand erhoben.«

»Ich wusste gar nicht, dass es Euch wieder nach Amsterdam verschlagen hat.«

»Wo sonst könnte man auch in schwierigen Zeiten gut leben?« Mit einem zaghaften Lächeln berichtete der Dichter von seinen fruchtlosen Versuchen, einen Mäzen zu finden. »Die Konkurrenz ist groß, und viele Herrscherhäuser sind finanziell klamm. Da lobe ich mir die Handelsstädte – und allen voran Amsterdam.« Er holte ein Buch aus seiner Tasche, das noch nach Druckerfarbe roch. »Kennt Ihr schon meine *Beschreibung der Stadt Amsterdam*? Zufällig habe ich ein Exemplar dabei, das ich Euch verkaufen könnte.«

* * *

Wie so oft musizierte ihre Schwägerin mit den Kindern. Claesje war ungeheuer geduldig, wenn sie Gerard das Clavichord erklärte, Lenora einen Rhythmus auf der Trommel schlagen ließ oder mit Orsel sang. Es war ein Jammer, dass ihr und Daan Kinder versagt geblieben waren. Ohnehin bewunderte Lucia, wie Claesje im Spinnhaus für das Wohl der Insassinnen sorgte. Sie rieb sich richtiggehend auf. Auch Daan schien sich um seine Gattin zu sorgen, denn er hatte sie schon mehrfach gebeten, bei ihren wohltätigen Aufgaben kürzerzutreten. Doch Claesje lehnte das strikt ab.

Lucia lebte gerne in dieser Stadt. Gleichzeitig wünschte sie sich, Tobias wiederzusehen und ihre Freunde. Vielleicht sollte sie mit den Kindern vorausreisen? Aber nein, das konnte sie Benjamin nicht antun.

In diesem Augenblick regte sich etwas an der Haustür. Sie hatte es gar nicht klopfen gehört. Sofort rief sie nach der Magd. Doch dann hörte sie schon einen Freudenschrei. »Mijnheer!«

»*Good day, Trintje. How are you?*«

Claesje und sie wechselten Blicke. Eine Welle der Freude überrollte sie. Dann eilten sie los, um ihren Schwiegervater willkommen zu heißen.

Abends saßen sie bei einem Willkommensmahl zusammen. Michiel schien noch gebeugter zu sein als früher und doch von stählerner Willenskraft. Zuerst hatten sie alle durcheinandergeredet, dann hatte Daan ihn kurz über die Diskussionen in der Vroedschap und den drohenden Krieg informiert, und jetzt hingen sie an Michiels Lippen. Sein Reisebericht war lang, aber letztlich landeten sie wieder bei der Politik.

»Die Generalstaaten müssen in den Krieg gegen England ziehen. Überall versucht diese Nation, uns den Handel und unser Land streitig zu machen! Allein schon Nieuw Amsterdam zu besetzen und in New York umzubenennen – lächerlich!« Michiel schnappte sich einen der frischgebackenen Kekse, die zum Nachtisch gereicht wurden. »Weißt du, wie die hier heißen?«, fragte er Gerard.

»Koekje«, sagte der Vierjährige ernsthaft. Ihre Kinder sprachen besser niederländisch als deutsch, sosehr Lucia sich auch anstrengte, ihnen ihre Sprache beizubringen.

»Und weißt du, was die Banausen aus diesem schönen Wort

machen? *Cookie*!«, rief Michiel. »Aber den Geist der Stadt können auch die Engländer nicht zerstören. Glaubensfreiheit und Toleranz gelten noch immer, die sind ja schließlich in den Gesetzen der Stadt festgeschrieben.«

»Erzähl uns mehr von Tante Wilhelmtje und ihrer Farm. Die würde ich ja auch zu gerne mal sehen!«, forderte Benjamin seinen Vater auf.

***

Zwei Monate später kehrten sie nach Hamburg zurück. Mit dem Kriegsbeginn waren die Bauaufträge in Amsterdam abrupt eingebrochen. Nun hatte es für Benjamin kein Argument mehr gegeben, die Rückkehr hinauszuzögern. Als die Abreise feststand, freute er sich auch auf seine neuen Aufgaben in Hamburg. Michiel begleitete sie – im Alter schien ihn erstaunlicherweise auf einmal die Reiselust gepackt zu haben.

Auch in Hamburg hatte es einige Veränderungen gegeben. Der Reesendamm war mit Linden bepflanzt worden und nun tatsächlich eine beliebte Promenade geworden, auf der insbesondere die Jungfrauen aus gutem Hause gerne flanierten. Andere spielten dort Pell-Mell, weshalb man sie wie die Straße in Altona Palmaille nannte. Benjamin war gespannt, welchen Namen diese Allee letztlich erhalten würde.

In der Michel-Gemeinde wurden sie erfreut begrüßt. Auch seinen Posten bei der Niederländischen Armenkasse konnte Benjamin gleich wieder aufnehmen. Elsa und Dierkje hatten sich gemeinsam mit dem Töpfer Olrich gut um den Pflanzhof gekümmert. Es war schön, dass die stetig wachsende Familie bei ihnen ein Auskommen gefunden hatte. Allerdings stellte Benjamin besorgt fest, dass Elsa und Olrich weit über ihre Verhältnisse zu leben schienen – vor allem, was die Wahl ihrer Kleider anging. Mehr Probleme bereitete ihnen allerdings Tobias, der zwar sein Studium mit Ach und Krach beendet hatte, nun aber in Hamburg keine Anstellung fand, da es dort zu viele Geistliche gab.

55

Delfzijl, August 1665

Ihr Schiff lag in der Mündung der Ems vor Delfzijl, geschützt durch die grün beschilfte Landzunge. Im Gegensatz zu dem friedlichen Landschaftsbild war die Stimmung an Bord angespannt. Die Nachricht von der verheerenden Niederlage der niederländischen Flotte vor Lowestoft und die daraus resultierenden Folgen hatten die Besatzung aufgebracht. Sie waren gerade erst von einer Mission aus Westindien zurückgekehrt, als ein Bote ihnen die Neuigkeiten berichtet hatte.

Vizeadmiral de Ruyter fuhr mit dem Finger über eine Seekarte und diskutierte mit seinen Offizieren den Verlauf der Schlacht. Theo stand neben Yorick. Als dieser sich vorbeugte, um etwas auf der Karte zu erläutern, neigte Theo sich zurück. Seit jener Nacht am Fluss lag eine seltsame Distanz zwischen ihnen.

»Die englische Flotte unter dem Herzog von York bestand aus hundertneun Schiffen. Wir hatten sechs Schiffe weniger, aber mehr Kanonen«, berichtete der Bote.

»Aber unsere Schiffe sind kleiner, die Kanonen von kleinerem Kaliber«, präzisierte de Ruyter. Mit Holzschiffchen stellten sie die einzelnen Zusammenstöße nach. Entscheidend für die Niederlage waren anscheinend eine schlechte Führung sowie die Rangkämpfe zwischen Admiral Evertsen und Cornelis Tromp gewesen. Dazu kam Feigheit vor dem Feind.

»Tromp ist ein guter Seemann, aber ein Hitzkopf. Es ist unverantwortlich, wie er unsere Männer in Gefahr bringt!«, schimpfte de Ruyter.

»Wir haben wohl fünftausend Mann verloren«, fuhr der Bote erschüttert fort.

»Etwa ein Fünftel der gesamten Flottenbesatzung!«, rief Theo. Das sah nach Sabotage aus. Jedermann wusste, dass Cornelis Tromp Orangist war und an Bord seines Schiffes gegen die Regierung aufwiegelte. Er machte nach wie vor die Republik für den Tod seines Vaters verantwortlich und verurteilte die Abschaffung der Statthalterschaft.

»Acht Schiffe wurden zerstört, darunter die drei größten, neun weitere erbeutet.«

»Und die Engländer?«, wollte Yorick wissen.

»Höchstens dreihundert Tote, wenn überhaupt. Am schlimmsten ist, dass unser Admiral Obdam starb, als die Engländer sein Schiff versenkten.«

»Wer wurde zum neuen Flottenadmiral ernannt?«

»Vorläufig Cornelis Tromp. De Witt selbst hat erst einmal das Kommando über die Flotte übernommen«, berichtete der Bote. »Er hat hart durchgegriffen. Drei der Kapitäne, die mit ihren Schiffen vor dem Feind geflohen sind, wurden zum Tode verurteilt, drei weitere unehrenhaft entlassen und zwei ins Exil geschickt. Als der Mob Kapitän Evertsen lynchen wollte, weil er angeblich unsere Flotte verraten hat, um die Oranier wieder an die Macht zu bringen, hat de Witt auch den Mob zur Rechenschaft ziehen lassen. Die Leute dürften nicht einfach das Gesetz in die Hand nehmen, hat er gesagt. Derzeit ist de Witt am Spanjaardsgatt, um einen Weg zu finden, wie unsere Flotte auch bei widrigen Winden sicher auslaufen kann. Stundenlang lässt sich der Ratspensionär über die Untiefe rudern und das Lot auswerfen«, berichtete der Bote.

Grimmig sah de Ruyter auf die See hinaus. »Mit Tromp an der Spitze der Flotte haben wir in dieser verzweifelten Lage kaum eine Chance.«

»Wenn Ihr mich fragt: Viele haben nur darauf gewartet, dass Ihr zurückkehrt«, meinte der Bote.

Bereits wenige Tage später traf eine Nachricht aus s'Gravenhage ein. Johan de Witt hatte Tromp den Posten entzogen und Michiel de Ruyter zum Admiralleutnant und Befehlshaber der Flotte der Generalstaaten ernannt.

Die Flotte versammelte sich Mitte desselben Monats, um de Ruyter als neuen Anführer offiziell willkommen zu heißen. Es war ein seltsamer Anblick, als der Ratspensionär und zwei weitere Deputierte der Generalstaaten die *Delffland* betraten, denn sie trugen aufwändig mit Gold und Silber bestickte Kleidung und ein Schwert an der Seite. Cornelis Tromp, der ebenfalls zum Treueschwur auf ihr Schiff gekommen war, konnte ein spöttisches Grinsen kaum unterdrücken, schien sich ansonsten aber den Befehlen der Regierung unterzuordnen. Theo beäugte den Ratspensionär neugierig, der sie in den nächsten Wochen begleiten wollte. Sie sollten etwa fünfzig Handelsschiffe retten, unter anderem einige der Ostindienkompanie, die vor den plündernden Engländern im Hafen des norwegischen Bergen Schutz gesucht hatten.

»Ich bin gespannt, wie dieser geschniegelte Kerl auf See zurechtkommt«, flüsterte Yorick.

»Angeblich hat er sich von dem Gelehrten Christiaan Huygens eine besondere Hängematte anfertigen lassen, um der Seekrankheit zu entgehen«, berichtete Theo leise.

Als sie abends in der Kapitänskajüte zum Essen zusammenkamen, war Theo jedoch angenehm überrascht, als Johan de Witt berichtete, wie sie am Spanjaardsgatt achtundzwanzig Positionen gefunden hatten, bei denen mithilfe des Kompasses sicher navigiert werden konnte. »Erfahrung und Praxis haben bewiesen, was die Theorie vorher demonstriert hat!«, zeigte de Witt sich begeistert.

Auch in den nächsten Tagen ließ de Witt sich, soweit seine Seekrankheit es zuließ, an Deck alles erklären und packte sogar mit an, was Theo und der Rest der Besatzung anerkennend registrierten. Dabei wusste Theo, wie schlecht es dem Ratspensionär ging, denn dieser hatte sogar bei ihm nach einem Medikament gegen die Seekrankheit gefragt.

Bis Bergen verlief die Reise ohne besondere Vorkommnisse, und sie konnten die Handelsflotte sicher aus dem Hafen geleiten. Doch dann kam – es war inzwischen Anfang September – ein Sturm auf. Tagelang war die Flotte ein Spielball der Wellen. Etliche Seeleute verletzten sich oder gingen über Bord. Auch Theo fürchtete zeitweise um sein Leben. Als er eines Nachmittags aufs Achterdeck musste, um weitere Verbände aus ihrem Notvorrat zu holen, sah er nach Yorick, der mit de Ruyter und weiteren Offizieren das Schiff mühsam auf Kurs hielt. Hinter ihnen auf dem Poop, der höchsten Stelle des Achterdecks, von wo aus man eine gute Sicht hatte, klammerte sich Johan de Witt an die Reling, hielt Ausschau nach den anderen Schiffen und sprach den Seeleuten Mut zu. Theo beobachtete ihn voller Respekt. Diesem Mann konnte man das Schicksal der Republik wahrlich guten Gewissens anvertrauen!

Als nach drei Tagen der Sturm endlich abflaute, waren von den achtzig Schiffen, mit denen sie in Bergen aufgebrochen waren, nur noch achtundvierzig in Sicht. Nicht nur im Krieg schienen ihre Vorhaben unter einem schlechten Stern zu stehen.

Gegen Ende des Monats September hatte sich ihre Lage noch einmal verschlechtert. Zwischenzeitlich waren Theo und Yorick mit de Ruyters Mannschaft auf die *Hollandia* gewechselt. Hatte der erste Sturm etliche Schiffe auf den Grund des Meeres oder in die Hände der Feinde getrieben, schnitt ein erneuter Sturm vor der holländischen Küste sie von der Versorgung durch das Festland ab. Dabei war es unerlässlich, die Flotte den Winter über auf See zu halten, um die Handelsschiffe vor dem Feind zu schützen.

Theo und seine Untergebenen hatten alle Hände voll zu tun, die kranke Besatzung zu versorgen. Feuchtigkeit und kalte Winde sorgten für Husten, Schnupfen und hohes Fieber, das schon etliche dahingerafft hatte; noch immer waren sie nicht mit angemessener Kleidung versorgt worden. Während er auf dem Achterdeck auch Yorick ein fiebersenkendes Mittel verabreichte, hörte er, wie de Witt einen Boten instruierte und dabei über die Gnadenlosigkeit und Hartherzigkeit der Admiralität schimpfte. Theo wunderte sich, dass der Ratspensionär überhaupt noch an Bord war. Es hieß, er bekäme ständig Briefe aus s'Gravenhage, in denen betont wurde, wie dringend notwendig seine Anwesenheit in den politischen Gremien sei, um die Republik durch den Krieg zu steuern. Als sie nach zwei Tagen Flaute endlich Verpflegung für fünf weitere Wochen und wetterfeste Kleidung erhielten, war aber jeder an Bord froh, dass de Witt sich für sie eingesetzt hatte. Erst Anfang November verließ der Ratspensionär vor der Insel Texel das Schiff.

Der Krieg ging weiter. Doch Theo hatte das gute Gefühl, dass an der Spitze der Regierung jemand saß, der die Bedeutung einer starken Flotte erkannt hatte.

56

London, Juni 1666

Samuel van Sanders schmökerte in seinem bequemen Ohrensessel in der aktuellen Ausgabe der *Philosophical Transactions* der Royal Society, der Königlichen Gelehrtengesellschaft, der er selbst zu gerne angehört hätte, wenn er sich denn hätte überwinden können, sich intensiv etwaigen Forschungen zu widmen. Aber selbst jetzt, wo er wegen der grassierenden Pest und des Krieges das Haus kaum zu verlassen wagte und seit Monaten in London festsaß, war er wie in einer Starre gefangen. Sobald er auf die Straße trat, fürchtete er, sich die Seuche einzufangen oder von Niederlande-Hassern angegriffen zu werden. Nicht dass es ihm in seiner Wohnung an etwas fehlen würde. Sein Sekretär und seine Köchin sorgten für gutes Essen und noch besseren Wein. Allerdings mangelte es an Vergnügungen, und sich eine Dame aus einem der exklusiveren Etablissements herzubitten, wagte er aus Furcht vor Ansteckung nicht. Seit letztem Jahr waren mindestens tausend Londoner pro Woche von der Pest dahingerafft worden; er wollte nicht dazugehören. Zum Kampfe trieb es ihn ohnehin nicht. Eine seltsame Lethargie hatte ihn erfasst; er war des Kriechens, Bettelns und Taktierens müde. König Charles schien die Niederländer inzwischen nur noch zu verachten, Prinzessin Amalia war zuletzt selbst leidend gewesen, und Prinz Wilhelm III., zu dem er in den Jahren seit dem Tod der Princess Royal eine engere Beziehung aufgebaut hatte, indem er ihm die Künste näherbrachte, war an der Universität Leiden, wo er sich mit Gleichaltrigen, insbesondere seinem Freund Johann Wilhelm Bentinck, vergnügte. Samuels aus der Ferne geliebte Charlotte schüttete ihm per Post ihr Herz aus. Nicht einmal die Aussicht, sie im August in Kleve bei der geplanten Feier zu Prinzessin Amalias Geburtstag zu sehen, heiterte Samuel auf, denn sie würde in Begleitung ihres unerträglichen Gatten kommen.

Mein hitziges Verlangen scheint in jeglicher Hinsicht einem Dämmerzustand gewichen zu sein, dachte Samuel deprimiert. Vielleicht war es aber auch die reale Hitze, die ihm zusetzte; seit Wochen schien London wie unter einer Dunsthaube zu köcheln.

Er schmauchte grübelnd an seiner Pfeife. Er rauchte nicht zum Genuss, sondern um die schädlichen Miasmen zu vertreiben. Nicht umsonst brannten überall in London Feuer, um die Luft zu reinigen. Um sich abzulenken, las Samuel weiter. Ein Arzt namens Edmond King hatte versucht, mithilfe von Federn das Blut eines Schafs in das eines Kalbs zu überführen. Was für ein makabres Experiment. Und gleichzeitig faszinierend. Er überflog einen Artikel von Robert Hooke über die Vermessung des Planeten und studierte eine Abhandlung über die Beobachtungen am Sternenhimmel, genauer gesagt am Andromeda-Gürtel, als sein Sekretär einen Besucher meldete.

»Ich sagte doch, dass ich keinen Besuch wünsche!«

»Es ist Monsieur Henri de Fleury de Coulan.«

Samuel seufzte. Er richtete seinen japanischen Morgenmantel und setzte trotz der Hitze die Perücke auf. Eine Mode, die vom Hof von Versailles ausgegangen war und natürlich nachgeahmt werden musste. Wie König Ludwig XIV. gehen auch mir die Haare aus – wenigstens eine Gemeinsamkeit, dachte Samuel sarkastisch.

Im Unterschied zu ihm selbst wirkte Henri de Fleury de Coulan schneidig. Mit Energie und Ellbogen hatte der Rittmeister und Offizier sich nicht nur das Vertrauen Prinz Wilhelms, sondern auch das Johan de Witts erschlichen. Samuel trug es seinem Freund Johan nach, dass dieser sich bei den Geheimverhandlungen mit dem englischen König der Dienste des Rittmeisters bediente, weil dieser angeblich einen besseren Draht zu Charles hatte. Er ahnte, dass König Charles ihn mied, weil er ihn in seinen elendsten Stunden gesehen hatte. Genauso war Samuel sicher, dass Johan ihn insgeheim seiner Herkunft wegen verachtete. Aber genug davon.

»Sieur de Buat!«, begrüßte Samuel seinen Gast aufgeräumt. »Was verschafft mir die Ehre?« Er wies seinen Sekretär an, Wein einzuschenken.

»Die Verhandlungen mit König Charles schreiten voran. Die Niederlage bei der Schlacht der vier Tage macht Maßnahmen notwendiger denn je. Die Republik feiert Admiral de Ruyter und die Flotte, als sei damit der Sieg gegen die Engländer vollkommen. Diese Fehleinschätzung müssen wir nutzen. Die Republik wird aus Hybris ihren Schutz vernachlässigen. Und darum bin ich hier.« Henri de Fleury de Coulan beugte sich vor, als sei er auf dem Sprung, seine Knie wippten. »Ich weiß, dass Ihr ein Freund der Oranier seid, deshalb bitte ich um Eure Hilfe. Der König von England ist bereit, uns beim Sturz des Regimes in s'Gravenhage zu unterstützen.«

Samuel versuchte, sich sein Erstaunen nicht anmerken zu lassen. »Wer ist wir?«

»Einige Vertraute von Prinz Wilhelm und Prinzessin Amalia, die nicht dulden wollen, dass unser Adelshaus vollends den Republikanern zum Opfer fällt. Ihr liebt das Haus Oranien wie ich. Ihr dürftet über die Bestrebungen de Witts Bescheid wissen, die Statthalterschaft endgültig abzuschaffen. Das dürfen wir nicht zulassen.«

So ein Plan ist Hochverrat, dachte Samuel nervös. »Was habt Ihr vor?«, fragte er.

»Das kann ich Euch erst verraten, wenn ich weiß, dass Ihr unser Vorhaben unterstützt.«

Samuel überlegte. »Eine derart gravierende Entscheidung bedarf einer gewissen Bedenkzeit.« Er erhob sich. »Seht mir nach, dass ich Euch nicht sofort eine Zusage machen kann. Ich werde

Euch allerdings versprechen, kein Wort über Eure Pläne zu verlieren.«

Die Schwanenburg thronte im goldenen Augustlicht auf der Felsklippe, die der Stadt Kleve ihren Namen gegeben hatte. Gemächlich näherte Samuel sich in seiner Kutsche dem Hauptsitz des Herzogtums. Es gab einen guten Grund dafür, dass Prinzessin Amalia ausgerechnet in diesem Herzogtum, das zu Brandenburg-Preußen gehörte, die Hochzeiten ihrer Töchter und auch ihren eigenen Geburtstag feierte: Ihre älteste Tochter Louise-Henriette war mit Friedrich-Wilhelm, dem Kurfürsten von Brandenburg und zugleich Herzog von Kleve verheiratet. Dessen Statthalter war zudem ihr Verwandter Johan Moritz von Nassau-Siegen, der Kleve zur Residenzstadt umgestalten ließ.

Samuel war gespannt, wie die Arbeiten am Schloss und den Gärten vorangeschritten waren. Natürlich hatte auch der Brasilianer, wie man den hiesigen Statthalter nannte, Pieter Post engagiert, den Hausarchitekten der Oranier. Aber letztlich waren andere Dinge wichtiger – beispielsweise die Beteiligung des Hauses Oranien an der Verschwörung, der beizutreten Samuel sich aus Feigheit noch nicht hatte entschließen können. Und natürlich die Frage, wie Prinzessin Amalia und Prinz Wilhelm ihn aufnehmen würden. Sicherheitshalber hatte er sich für seine Geschenke einmal mehr in Unkosten gestürzt.

Der Saal in Schloss Schwanenburg war aufs Festlichste illuminiert. Prinzessin Amalia thronte im Kreise ihrer Familie und nahm die Huldigungen der Besucher entgegen. In ihrem neunundfünfzigsten Lebensjahr waren ihr die Kämpfe und Leiden trotz der prächtigen Kleidung und des Schmucks deutlich anzusehen. Gerade im letzten Jahr war sie ernsthaft krank gewesen, dennoch – oder vielleicht gerade deshalb – schien sie die Feier zu genießen. Sie hatte zuletzt immerhin einen wichtigen Teilsieg errungen und das Fürstentum Orange fürs Erste vor dem Zugriff des französischen Königs gerettet. Auch im Krieg gegen England schien es gut zu laufen, wenn auch die Viertageschlacht kein endgültiger Sieg gewesen war.

Wie die anderen niederen Höflinge und Gäste sah auch Samuel zu, mit welch kostbaren Geschenken Amalia überhäuft wurde. Der Kurfürst verehrte ihr einen Diamantring, von dem es hieß, er sei achttausend holländische Gulden wert, zwei Töchter schenkten goldene Schüsseln, es gab Silbergeschirr und mit Gold eingefasste Geschirre von Achat und Kristall. Neben einer – weitaus kleineren – Goldschale überreichte Samuel der Fürstenwitwe eine feine Porzellanschale; er wusste, dass sie derlei begeistert sammelte. Auch bei ihren Töchtern, mit denen sie diese Sammelleidenschaft teilte, weckte das Geschenk Aufmerksamkeit. Prinz Wilhelm hingegen, der auch mit knapp sechzehn Jahren noch nicht zu Kräften gekommen war, sah mit der gleichmütigen Miene zu, die er sich angewöhnt hatte. Was ist das nur für ein Leben, das diesem Jüngling jegliche Gefühlsregung ausgetrieben hat?, dachte Samuel mitfühlend.

Knapp, aber nicht unfreundlich nickte der Prinz Samuel zu. Prinzessin Amalia hatte seine Geschenke beiseitegestellt und sich bereits wieder dem nächsten Gast zugewandt, und auch die anderen hohen Adeligen waren in Gespräche vertieft. Würde er je das Gefühl haben, dazuzugehören?

In diesem Augenblick entdeckte er Madame Charlotte zwischen den Hofdamen. Sie trug ein schlichtes schwarzes Kleid, zu dem sich ihr Perlenschmuck außerordentlich elegant ausnahm. Mit ihren dreiunddreißig Jahren war sie noch immer eine Schönheit. Samuel spürte eine Ahnung der früheren Verliebtheit und zugleich eine Verbundenheit, als er sie ansah; so viel hatten sie sich in ihren Briefen anvertraut.

Als nach dem Festmahl zum Tanze gebeten wurde, wagte Samuel es, sie aufzufordern. »Verzeiht, Sieur, aber fröhliches Tanzen gehört sich in meiner Lage nicht.« Charlotte senkte die Stimme.

»Habt Ihr denn meinen Brief nicht erhalten, den ich Euch nach London schrieb?«

»Ein Brief? Nein. Er muss die Stadt erreicht haben, als ich bereits abgereist war.«

Madame Charlotte senkte den Blick. »Der Herrgott hat meinen Gatten völlig überraschend zu sich gerufen.«

»Das ist ja schrecklich«, sagte Samuel, meinte aber das Gegenteil.

»Ja, das ist es.« Was war sie nur für eine reine Seele! Sie fächelte schneller. »Die Luft ist drückend. Ich werde in den Arkaden ein wenig frische Luft schnappen.« Sie lächelte auffordernd, halb hinter ihrem Fächer verborgen.

Gespannte Erwartung ergriff ihn, als er sein Haupt neigte. »Euer Diener, Madame.«

Wenig später kamen sie in dem erleuchteten Arkadengang zusammen, der im Zuge der Umbauten entstanden war. Samuel fühlte sich auf einmal wieder jung und unerfahren, sein Herz schlug schnell. Zu seiner Freude hakte Charlotte sich bei ihm ein, und sie spazierten langsam unter den geschwungenen Bögen einher. »Ich wusste, dass ich mich auf Euch verlassen kann. So wie ich mich immer auf Euch verlassen konnte.«

Sie sah ihn beinahe liebevoll an, was ihm die Knie weich werden ließ. Sollte jetzt durch eine Fügung des Schicksals doch noch seine Stunde kommen? Impulsiv nahm er ihre Hände. »Ihr wisst, dass ich Euch liebe und alles für Euch tun würde. Werdet die Meine, nun wo Ihr frei seid!«

»Wie gerne würde ich der Leidenschaft unserer Herzen nachgeben. Aber ich weiß nicht, ob das möglich sein wird, bin ich doch nun in der Vormundschaft meines Onkels.«

Samuel blieb stehen und ergriff ihre Finger. Zart küsste er ihre Seidenhandschuhe. Sie schien zu erbeben. »Setzen wir uns kurz.«

Sie nahmen auf einer Bank unter einer duftenden Kletterrose Platz. Noch immer hielt Samuel ihre Hand. Leise berichtete sie über den Tod ihres Mannes und die folgenden Ereignisse. »Ihr mit Euren Verbindungen zu den Königshäusern seid heute eine so gute Partie, dass ich hoffe, dass mein Onkel Eurem Ansinnen ... wenn Ihr es denn wolltet ... « Sie biss sich sanft auf die Unterlippe.

Wie gerne würde er diese Lippen küssen, sanft hineinbeißen, und vielleicht könnte sie ... Samuel erzitterte. Ihn hatte eine ungeheure Erregung erfasst, verbunden mit dem Gefühl, ihrer Gunst unwürdig zu sein. »Natürlich will ich! Alles will ich tun, um Eure Liebe endlich zu erringen.«

Am nächsten Tag flanierte Samuel durch den von dem Architekten Jacob van Campen angelegten Klever Schlossgarten, immer in der Hoffnung, wieder auf Madame Charlotte zu treffen. Sie hatten ihr Stelldichein abbrechen müssen, als weitere Festgäste in die Arkaden gekommen waren. Samuel hatte sich später eine Dame aus dem Hurenhaus bestellt, um seiner Erregtheit Herr zu werden. Anschließend hatte er sich beschmutzt gefühlt, weil er in Gedanken bei der reinen Seele seiner Geliebten gewesen war. Als er deshalb nicht hatte schlafen können, hatte er Pläne für den standesgemäßen Ausbau seines Hauses geschmiedet.

Vor dem Amphitheater der Parkanlage erhob sich auf einer mit Kanonen umgebenen Feldschlange die Skulptur des Eisernen Mannes. Kurz sinnierte Samuel über die lateinische Inschrift auf dem Postament: »Die Natur hat alle Menschen zu Kritikern, nicht alle zu Künstlern gemacht.« Der Eiserne Mann war der Marmorfigur Minerva zugewandt, die ein Geschenk der Stadt Amsterdam gewesen war. Der Kriegsgott stand also den schönen Künsten, der Philosophie und den Wissenschaften gegenüber. So leben wir alle im Zwiespalt zwischen Krieg und Schönheit, dachte Samuel.

In der Nähe des Wasserbeckens traf er auf Prinz Wilhelm, der in Anwesenheit von Johan Moritz von Nassau-Siegen und seines Freundes Bentinck mit seinem Fechtmeister übte. Der Reichsfürst war ein erfahrener Feldherr und hatte zuletzt für die Niederlande gegen den Bischof von Münster gekämpft. Der Prinz schien über die Unterbrechung froh zu sein, denn sosehr er die sportliche Ertüchtigung liebte, so schwer fiel sie ihm wegen seiner körperlichen Verfasstheit doch. Manchmal schien es, als bewältigte er die Anforderungen seines Standes nur durch absolute Mäßigung: wenig essen und trinken, viel Schlaf. Auf seinen Wunsch hin beendete der Reichsfürst das Training. Der Prinz rief nach dem Diener, um ihm sein Schwert zu übergeben. Als es ihm zu lange dauerte, versetzte er dem Mann einen Tritt; derart unbeherrschte Gesten kamen zwar nur selten vor, bewiesen aber, welche starken Gefühle in dem Jüngling brodelten. Dann winkte er Samuel zu sich. »Ich hatte noch gar keine Gelegenheit, Euch für die Schriften und sonstigen Druckwerke zu danken, die Ihr mir zukommen ließet«, sagte er, noch immer schwer atmend.

»Ich freue mich, wenn sie Euer Interesse gefunden haben«, sagte Samuel und neigte das Haupt. Als Wilhelm die Hand an den Hals legte und nach Luft rang, fragte er: »Seid Ihr wohlauf, Hoheit?«

»Nur ein wenig Atemnot. Ich muss meinen Körper stählen für den Fall, dass es uns doch noch gelingt, dass ich meinen Platz als Heerführer und Statthalter einnehmen kann. Schließlich bin ich in zwei Jahren volljährig, zumindest nach englischem Recht. Fast glaube ich allerdings nicht mehr an eine glorreiche Zukunft.« Was er sagte, war ernüchternd, doch nur ein Zucken in seinem Gesicht verriet seine Gereiztheit.

»Das dürft Ihr nicht sagen, Hoheit. Niemand kann Euch Euer Recht auf Dauer verwehren.«

»Und doch wird es versucht. Oft genug wird mir zu verstehen gegeben, dass ich kaum mehr als ein einfacher Bürger bin. Dass ich die Schuld abtragen muss, die mein Vater durch seinen Angriff auf Amsterdam, auf die Republik, auf sich geladen hat. Und jetzt, wo man mir meine Erzieher und meinen Hofstaat genommen hat, stehe ich bald gänzlich schutzlos da.«

Samuel hatte mitbekommen, wie sehr sich Prinz Wilhelm für seine früheren Räte und Erzieher eingesetzt hatte. Diese Treue rührte ihn. Johan de Witt hatte allerdings durchgesetzt, dass er selbst dieses »Kind des Staates« erziehen würde, auf dass der Prinz ein anständiger Republikaner werde.

»Nicht doch! Ihr habt Verbündete, Freunde!«, versuchte Samuel, dem Prinzen Mut zu machen. Vielleicht hätte er längst die Verschwörer unterstützen sollen.

Als Prinzessin Amalia ihren Enkel erblickte, erhob sie sich und eilte zu ihm. Leise teilte sie ihm etwas mit. Abrupt wandte Prinz Wilhelm sich seinem Freund zu, aber gleich darauf hatte er wieder seine übliche, unbewegte Miene aufgesetzt. Ein wenig abseits stand Huygens und diskutierte mit ihrem Gastgeber. Als die beiden das Gespräch beendet hatten, wandte Samuel sich dem Gelehrten zu. »Was ist geschehen?«, fragte er, weil er die Ungewissheit kaum aushielt.

»Im Haag wurde Henri de Fleury de Coulan verhaftet. Es heißt, unser Rittmeister werde einer Verschwörung gegen die Generalstaaten bezichtigt, die er gemeinsam mit dem Juristen Kievit und dem früheren Seehelden Tromp betrieben haben soll. Wenn das stimmt, wäre das Hochverrat, der mit dem Tode bestraft wird.«

Samuels Mund war schlagartig trocken geworden. »Wie will man diese angebliche Verschwörung entdeckt haben?«

»Offenbar war unser Buat so unvorsichtig, de Witt einige Briefe zu übergeben. Darunter war einer, der an ihn privat adressiert war und sich mit der Verschwörung befasste. Obgleich es Stunden dauerte, bis der Rittmeister verhaftet wurde, nutzte er die Gelegenheit zur Flucht nicht. Im Gegensatz zu seinen Mitverschwörern.«

Natürlich hatte Johan die Verschwörung aufgedeckt – wer sonst! Alles musste er selbst in die Hand nehmen! Ratspensionär, Flottenkommandant, demnächst Erzieher für Prinz Wilhelm und jetzt auch noch Retter der Republik. Die Gedanken rasten durch Samuels Kopf. Würde Buat verraten, dass er mit ihm gesprochen hatte? Würde Johan ihm glauben, dass er nichts mit der Verschwörung zu tun hatte? Er musste dringend nach s'Gravenhage zurück, leider.

»Prinzessin Amalia und Prinz Wilhelm sind von dieser Verschwörung vollkommen überrascht. Sie haben nichts davon gewusst«, betonte Huygens. »Wie könnten sie auch, wo sie doch hier in Kleve sind?«

Samuel hoffte, dass dieses Argument auch zu seiner Entlastung genügen würde.

57

Es war ein wunderbar friedlicher Tag, weshalb Lucia und Benjamin ihre Arbeit in den Gartenpavillon verlegt hatten. Man konnte über das Hamburger Wetter viel schimpfen: über die Regentage im Frühjahr und Herbst, manchmal sogar im Sommer und Winter, die man hier verharmlosend Schmuddelwetter nannte. Über den Schnee, der sich meist ebenfalls in kürzester Zeit in Regen verwandelte. Darüber dass es viel zu selten gefrorene Flüsse zum Schlittschuhlaufen gab. Aber Benjamin konnte sich kaum etwas Schöneres vorstellen als einen Sonnentag in der Neustadt, wenn eine Brise über den Stadthügel strich und die Hitze erträglich machte. In dieser Atmosphäre ging ihnen die Arbeit leicht von der Hand. Während er ein Landhaus samt Garten für die Vorstadt Sankt Georg entwarf, formte Lucia aus Stuckmarmor Skulpturen, die sie für die Ausstattung des Michels spenden wollten.

Plötzlich donnerte etwas, als sei ein Gewitter im Anmarsch. Dann aber wiederholte sich das Geräusch, wieder und wieder. Das konnten nur Kanonen- und Musketenschüsse sein! Benjamin fuhr auf. »Was war das?«, fragte Lucia besorgt.

Ihre Kinder, die im Garten Verstecken gespielt hatten, kamen weinend angelaufen. Benjamin und Lucia nahmen sie in die Arme und versuchten, sie zu beruhigen. Wieder dröhnten Schüsse. Benjamin reichte seine jüngste Tochter zu seiner Frau hinüber. »Ich muss herausfinden, was da vor sich geht.«

Lucia küsste ihn und bat ihn, gut auf sich aufzupassen. Benjamin eilte los. Auch auf der Michel-Baustelle war die Arbeit niedergelegt

worden. Das obere Turmgeschoss aus Backstein war jüngst fertiggestellt und mit einem Sandsteingesims gekrönt worden. Zur Feier des
Tages war den Arbeitern eine Tonne Bier spendiert worden. Jetzt
sollte der Holzaufbau beginnen.

Am Hafen hatte sich bereits eine Menschenmenge versammelt.
Die Stimmung war aufgeheizt. In der Ferne waren etliche Wind-
jammer zu sehen, die sich anscheinend bekriegten. Rauch stieg auf,
Feuer züngelten in den Himmel. Benjamin entdeckte einige Patrizier, die er aus der niederländischen Gemeinde kannte, und begrüßte sie, so knapp es die Höflichkeit zuließ.

»Was ist da los?«, fragte er Paul Berenberg, den Jahresverwalter
der Niederländischen Armenkasse.

»Unsere Orlogschiffe wollen offenbar eine englische Handelsflotte aufbringen. Sie haben sich schon vor Glückstadt bekriegt, wo
unsere Landsleute unter dem Kommando von Brederode lagen. Anscheinend wollen die Engländer jetzt in die Sicherheit des Festungswalls fliehen. Es heißt, drei ihrer Handelsschiffe und ein Hamburger
Kauffahrer wurden bereits versenkt.«

Wieder eine Kanonensalve. Ein Mastbaum fing Feuer und brach.
Einige niederländische Seeleute an Land jubelten: »Das ist die Rache für Holmes' Bonfire!«

Benjamin verstand ihre Freude. Erst gestern hatte die Nachricht
Hamburg erreicht, dass die englische Kriegsflotte unter Robert
Holmes vor Terschelling einhundertfünfzig niederländische Han-
delsschiffe versenkt hatte. Die Engländer hatten ihre Untat, die die
Holländer angeblich fünfzig Tonnen Gold gekostet hatte, als Freu-
denfeuer bezeichnet.

Etliche Engländer am Hafen schrien die Jubelrufe nieder. Schon
brach eine Prügelei aus. Auch ehrenwerte Kaufleute gerieten mit
Vertretern der *Merchant Adventurers* aneinander. Benjamin versuchte zu schlichten und entdeckte unter den Engländern Oliver
Cooper, der auf seine Landsleute einredete.

»Der Hamburger Rat muss unsere Handelsflotte schützen! Wir sind hier zu Gast! Die Holländer sind die Angreifer!«, rief ein Mann, den Benjamin als Mike erkannte.

»Im Gegenteil: Ihr seid Verbrecher, die zur Strecke gebracht werden müssen!«, schrie ein Holländer.

Von Neuem ging die Keilerei los. Wieder warfen sich Benjamin und Oliver ins Getümmel. Es musste doch möglich sein, zivilisiert miteinander umzugehen!

Um die Streitigkeiten in der Stadt zu befrieden, hatte die Bürgerschaft Delegationen der englischen und der niederländischen Kaufleute ins Rathaus geladen. Da sie sich so besonnen gezeigt hatten, bat man Benjamin und Oliver Cooper hinzu. Sie sollten die Verhandlungen unterstützen. Bürgermeister Barthold Moeller führte den Vorsitz. Er war ein aufrechter Mann – im Gegensatz zu einigen anderen Politikern, die gerade wegen Korruption im Kreuzfeuer standen. Benjamin kannte Moeller vor allem aus der Kirche, da dieser den Grundstein zur Michaeliskirche gelegt hatte und der Gemeinde eng verbunden war. Auch hatte Benjamin für ihn einen Garten angelegt, der inzwischen weithin berühmt war. Heute allerdings schien der alte Herr mit der Lage überfordert zu sein. Er wirkte aufgeschwemmt und fahrig.

»Wir fordern Schadenersatz für unsere Verluste. Ihr Hamburger seid mit den Holländern verbündet und habt sie gewähren lassen!«, verlangte der englische Verhandlungsführer. »Vierhunderttausend Gulden müsst Ihr uns zahlen.«

»Das ist lächerlich!«, brauste einer der niederländischen Kaufleute auf. »So viel sind die Waren an Bord niemals wert gewesen!«

Wieder drohte der Streit zu eskalieren. Nur mit Mühe konnten Benjamin und Cooper die zerstrittenen Parteien bändigen. »Da die Waren bereits aus der Elbe geborgen werden, können wir den Schaden genau dokumentieren«, versuchte Benjamin, die Wogen zu

glätten. »Darüber hinaus schlage ich vor, dass eine Galiote stromab-
wärts segelt, um weitere Tätlichkeiten zu verhindern.«

»Das ist ein vorausschauender Vorschlag. Ich halte es ohnehin
für erforderlich, dass Hamburg eigene Kriegs- und Konvoischiffe
bekommt«, stimmte Moeller zu. »Zur Not müssen wir den Kaiser
um Vermittlung bitten. Und einen weiteren hochrangigen Vertreter
für die andere Partei.«

»Wie wäre es mit Königin Christina?«, schlug Benjamin vor.
Die ehemalige schwedische Königin hatte inzwischen das Haus der
Teixeiras am Krayenkamp gekauft und wohnte bis auf Weiteres dort.

»Warten wir erst einmal ab«, entschied Moeller. Er beendete
die Besprechung sichtlich erschöpft und ging auch nicht mehr auf
die Proteste der Engländer ein. Als auch Benjamin gehen wollte,
hielt Moeller ihn auf. »An Euch ist ein Politiker verlorengegangen.«

»Das scheint in der Familie zu liegen«, sagte Benjamin mit einem Lächeln. »Mein Vater war in der Amsterdamer Vroedschap,
und mein Bruder ist es noch.«

»Habt Ihr je überlegt, Euch um ein politisches Amt zu bemühen? Wir könnten frisches Blut brauchen. Einige Eurer Landsleute
haben sich in Hamburg bewährt. Allerdings müsstet Ihr gewisse …
Anforderungen erfüllen.«

Benjamin schüttelte den Kopf. »Die Politik ist nichts für mich.
Mein Metier ist die Baukunst. Damit habe ich auch genug zu tun.
Neulich dachte ich: Wie wäre es beispielsweise, wenn man an jedes
Haus – oder auch jedes zweite – eine Laterne anbringen würde?«

»Das kostet doch Unsummen!«

»Es würde die Sicherheit in der Stadt erhöhen und Verluste
durch Einbrüche und Raubzüge verhindern.«

»Und wer sollte die viele Lampen entzünden?«

»Entweder die Bewohner selbst oder ein Beauftragter der
Stadt.«

»Jeden Abend? Das funktioniert doch nie!« Moeller wischte

sich über das aufgedunsene Gesicht. »Außerdem haben wir wahrlich dringendere Angelegenheiten zu klären.«

Vor der Tür traf Benjamin auf Oliver Cooper. Der frühere Freund war fülliger geworden, aber noch immer jovial. »Ich bin gespannt, ob wir zu einer Einigung kommen«, sagte er. »Die Engländer sind fest entschlossen, möglichst hohen Schadenersatz herauszuholen. Schätze, die werden bis zum Kaiser gehen, um sich entschädigen zu lassen.«

»Klingt, als würdest du das Verhalten deiner Landsleute kritisch sehen.«

»In diesem Krieg gibt es nur Verlierer.« Ein Grinsen stahl sich auf Olivers Gesicht. »Außerdem werde ich demnächst eine Hamburgerin heiraten, wie du. Hättest du Zeit und Lust, uns ein Haus zu bauen?«

Während sich die offizielle Klärung der Ereignisse hinzog, sorgten die Seeschlacht und ihre Folgen für Unmut in der Bevölkerung. Nachts gab es Angriffe auf die Häuser englischer und niederländischer Kaufleute. Auch bei Benjamins Haus hatten Marodeure versucht, die Fensterläden aufzubrechen und die Scheiben einzuwerfen, ein Teil ihres Grundstücks war verwüstet worden.

War es hier für ihn und seine Familie noch sicher? Benjamin machte sich zunehmend Sorgen. Die vielgerühmte Hamburger Neutralität nützte nichts, wenn der Krieg hierhergetragen wurde.

***

Noch einmal ließ Theo Admiralleutnant de Ruyter zur Ader. Die Haut des Admirals war so heiß, dass er es spürte, ohne ihn zu berühren. Dann verabreichte er ihm einen fiebersenkenden Trunk und wandte sich zum nächsten Kranken. Die halbe Besatzung lag danieder – und das mitten im Krieg. Wie sehr hatten sie nach der Viertageschlacht gehofft, die Flotte der Engländer zerstört zu haben, doch das war nicht der Fall. Der verlustreiche Krieg ging weiter. Oder auch nicht. Dabei wäre es wichtig gewesen, die englische Flotte genau jetzt noch einmal anzugreifen.

Als Theo nach allen Kranken gesehen hatte, ging er an Deck. Er brauchte frische Luft, denn die im Krankenlager war mit Miasmen verseucht, da konnte er noch so viele Kräuter verbrennen lassen. Tief sog er die kühle Luft ein. Freier als auf See fühlte er sich nirgends. Nur an einem Ort hatte er eine ähnliche Freiheit verspürt.

»Wie geht es ihm?« Yorick war neben ihm aufgetaucht. Der Freund brauchte seine Besorgnis nicht auszusprechen, Theo wusste auch so, was er dachte. Sie kannten einander besser als jeden anderen. Bei seiner Familie hingegen fühlte er sich fremd, was kein Wunder war, da er so gut wie nie in Amsterdam weilte.

Wir sind beinahe wie ein altes Ehepaar, dachte Theo und spürte, wie seine Anspannung sich in eine tiefe Ruhe verwandelte. »De Ruyter fiebert noch immer heftig. Es ist das Wechselfieber, wenn du mich fragst. Dagegen kann ich als Chirurg wenig ausrichten«, sagte er.

»Er muss sich erholen! Du weißt, was passieren würde, wenn der Admiral stirbt«, antwortete Yorick eindringlich. »Viele würden den Mut verlieren, und diejenigen, die schon jetzt gegen de Witt und die anderen Republikaner wüten, werden die Oberhand gewinnen. Die Anhänger der Oranier werden den Engländern zum Sieg verhelfen. Unsere Republik wäre am Ende. Das darf nicht geschehen!«

***

Samuel verschloss die Papiere in seinem Sekretär. Soeben hatte er einen weiteren Brief an Charlottes Onkel abgesetzt. Zudem hatte er seinem Neffen Benjamin wegen des erneuten Ausbaus seines Hauses geschrieben. Und dann war da natürlich die geschäftliche Korrespondenz. Die Heiratsverhandlungen waren gut vorangeschritten, bis er einen unerwartet heftigen Verlust hatte hinnehmen müssen, als Mitte September ein gewaltiges Feuer London dem Erdboden gleichgemacht hatte. Viele glaubten, dass die verheerende Pestwelle und das Feuer eine Gottesstrafe gegen England waren. Wenn man den Berichten glauben konnte, hatte die Feuerwalze vier Fünftel aller Häuser der Stadt vernichtet. Das Textillager seiner Londoner Verwandtschaft war verbrannt, sein Cousin tot, was Samuel an die Spitze der Familie befördern könnte. Aber was nützte das, wenn der Besitz vernichtet und der Handel mit London zum Erliegen gekommen war? Andererseits gab es noch immer das Grundstück in bester Londoner Lage. Es hieß, dass der König die Gelehrten Christopher Wren und Robert Hooke von der Royal Society mit den Planungen für den Wiederaufbau der Stadt beauftragt hatte. Aber woher sollte er derzeit das Geld für einen standesgemäßen Bau nehmen? Als wäre das alles nicht schon schlimm genug, hatte auch Samuels Textilproduktion in Leiden angekündigt, weniger zu liefern – aber seinen dortigen Faktor würde er schon zur Eile antreiben, schließlich brauchte er das Geld aus den Verkäufen dringend.

Samuel setzte die Perücke auf und ließ sich von Frans beim Ankleiden helfen. Dennoch fröstelte er, als er das Haus verließ, da der Oktober sich von seiner feucht-kühlen Seite zeigte. Wenig später stand er am Rande einer aufgeheizten Menge. Immer mehr Menschen strömten herbei. Erwartungsvolle Erregung lag in der Luft. Makaber, wie Samuel fand. Denn gleich würde Henri de Fleury de Coulan auf das Schafott geführt.

Bewegung kam in die Zuschauer, und Samuel wurde zwischen den einfachen Leuten, Handwerkern und Bürgern eingekesselt. Die Menschen drängten sich aneinander, begierig, das Spektakel aus der Nähe zu sehen. Stinkender, schmutziger Pöbel, aber auch feine Leute. Samuel wollte sich aus dem Pulk befreien und war zugleich gefesselt von dem, was auf dem Podest geschah. Er wusste: Auch er könnte dort jetzt stehen, auch er als Verräter gelten, auch er könnte derjenige sein, dessen Blut gleich vergossen wurde. Glücklicherweise hatte Sieur de Buat anscheinend nie seinen Namen erwähnt. Trotzdem raste Samuels Puls.

Der Henker trat mit seinem Richtschwert auf, kurz darauf wurde der Delinquent zu Boden gebracht. Freudig erregt feuerten die Zuschauer den Henker an. Buat hatte die Hände zusammengelegt. »Ich bin unschuldig! Alles, was ich getan habe, habe ich aus Liebe zu unserem Prinzen getan!«, rief er.

Als der Henker ihm das Hemd herunterriss, um seinen Hals zu entblößen, drängelten die Menschen heftiger, schrien und tobten. Samuel wurde gegen eine Magd gepresst, die immer wieder »Kopf ab! Kopf ab!« brüllte.

In diesem Augenblick ging ein gespanntes Raunen durch die Menge. Der Henker hatte sein Schwert erhoben. Gleich würde er den Verschwörer im Namen des Gesetzes aus der Welt der Lebenden in die Welt der Toten befördern. Samuel biss die Zähne zusammen, um seine Anspannung nicht herauszuschreien. In einem Winkel seines Gewissens fürchtete er, dass Buat ihn zwischen den Schaulustigen entdecken und mit in den Tod reißen könnte. Noch war es nicht vorbei …

58

Noch nie war eine Flotte ruhiger einen Fluss entlanggesegelt. Theo, der am Achterdeck stand und seine Medizinkiste vor allem mit Brandsalben und Verbänden bestückt hatte, hielt beinahe den Atem an. Auch sonst sagte kein Besatzungsmitglied ihrer Flotte auch nur einen Pieps.

Auf dem Achterdeck stand neben Admiral de Ruyter der Marinekommandant und Politiker Cornelis de Witt. Nachdem er im letzten Herbst monatelang schwer krank gewesen war, wirkte de Ruyter heute entschlossener denn je. Bis zu ihrer Abfahrt war Johan de Witt noch an Bord gewesen und hatte mit de Ruyter den Schlachtplan für ihren Überraschungsangriff entwickelt, dann hatte er die Ausführung seinem Bruder und dem Admiral überlassen. Es war ein kühnes Unterfangen, das, wenn es gelang, diesen unseligen Krieg beenden und in die Geschichtsbücher eingehen könnte – das schien jedem an Deck bewusst zu sein. In einer Geheimaktion würden sie die englische Flotte vernichten. Oder selbst vernichtet werden.

***

Wieder einmal war Lucia lange vor Sonnenaufgang auf. Vorsichtig schälte sie sich aus dem Bett und schlich auf Zehenspitzen ins Kontor, um weder Benjamin noch ihre Kinder zu wecken. Wenn sie nicht so früh aufstand, fehlte ihr die Zeit für ihre Skulpturen. Natürlich müsste sie nicht arbeiten. Aber Lucia liebte es nach wie vor, mit ihrem Marmor zu experimentieren. Ihr gefiel es, wie mit Stuckmarmor Decken und Wände gestaltet werden konnten, wie ihr Werkstoff der Schwere des Steins eine Leichtigkeit gab. Und dann gab es ja auch noch die Möglichkeit, mit Stuckmarmor Reliefs zu gestalten. Ja, die Herstellung verantworteten inzwischen andere. Sie aber war dafür zuständig, dass ihre Kreationen selbst in Amsterdam, Paris, London und Venedig gefragt waren.

Sie merkte, wie ein Gähnen in ihr aufstieg, und gab dem Impuls nach. Vielleicht sollte sie doch wieder ins Bett zurückkehren. Trotz aller Liebe zu ihren Kindern spürte sie oft eine tiefe Erschöpfung. Auch Tobias machte ihnen nach wie vor Sorgen. Er arbeitete inzwischen zwar als Hilfsgeistlicher im Werk- und Zuchthaus, kam aber finanziell nicht über die Runden. Immer wieder schlug er mit seinen Freunden über die Stränge, poussierte herum, obgleich er doch gar keine Frau versorgen konnte. Sie hatte ihn überreden wollen, auf dem Pflanzhof oder bei der Herstellung des künstlichen Marmors zu helfen, aber das wollte er nicht. Da schleppte er lieber Balken für den Michel-Turm.

Leises Tapsen riss sie aus ihren Gedanken. Gleich darauf legten sich Arme um sie. Kratzige Liebkosungen an ihrem Hals, die ihr sofort einen wohligen Schauer über den Rücken jagten. Auch nach all den Jahren liebte und begehrte sie Benjamin noch.

»Was machst du denn schon hier?«, fragte er liebevoll. »Auch du brauchst deinen Schlaf.«

Sie legte ihre Hände auf seine. »Ich denke über die Stuckgestaltung für das Gewölbe des Michel nach.«

Benjamin strich ihr die Haare aus dem Nacken und ließ seine Lippen weiterwandern. Sie schloss ihre Augen vor Lust. Sie liebte es, sich mit ihm zu vereinigen. Gleichzeitig fürchtete sie es ein wenig. Nach der letzten Geburt hatte sie Wochen gebraucht, um wieder auf die Beine zu kommen. »Die Kinder schlafen noch. Wir hätten unsere Ruhe«, murmelte er und liebkoste sie weiter.

»Aber das Gewölbe … «

»Wird bestimmt perfekt. Genau wie du.«

Nun konnte sie nicht mehr widerstehen. Lucia nahm seine Hand und zog ihn zurück in ihr warmes Bett.

* * *

Erst mittags kam Benjamin dazu, seine Korrespondenz zu sichten. Sein Leben war mit der Arbeit und seiner Familie mehr als ausgefüllt, zumal er weiterhin in die Schlichtung des Streits über die Schlacht bei Neumühlen sowie in die Arbeit der Armenkasse eingebunden war. Nur kurz überflog er die Absender. Ein Brief von Theo! Den musste er natürlich lesen. Sein Cousin schaffte es leider nur selten zu schreiben.

Lieber Benjamin, werter Cousin,
da Du im fernen Hamburg wenig mitbekommst von den
großartigen Leistungen, die die Flotte unseres geliebten
Heimatlandes vollbracht hat, werde ich mich erbarmen und
Dich in Kenntnis setzen. Verzeih mir den Überschwang,
und stell Dir vor, wie ich an meinem Behandlungstisch sitze,
zwischen Skalpellen und Messern, und in mich hineinlache.
Ich – und mein Freund Yorick natürlich auch – war an der
entscheidenden Tat dieses Krieges beteiligt. Wir haben geholfen,
unzählige Leben zu retten und diesem Krieg ein Ende zu
machen. Wie das kam? Wir segelten im Geheimen bis ins Herz
Englands, bis kurz vor London. Zunächst nahmen wir das
Fort von Sheerness ein, das die Mündung des Flusses Medway
bewacht. Einige Tage später brachen wir mit zwei Schiffen die
Kette, die den Fluss bei Gillingham sperrt. Wir kaperten die
Royal Charles – Du erinnerst Dich vielleicht: das Schiff, das
den englischen König 1660 von Holland nach England brachte.
Weitere Schiffe setzten wir kurzerhand in Brand. Die englische

Flotte ist zerstört. König Charles wird in Zukunft kaum mehr
in der Lage sein, einen Seekrieg mit uns anzufangen. Die Meere
sind wieder frei! Die Royal Charles *haben wir übrigens als*
Beute mitgeführt, der kunstvolle Heckspiegel soll fortan den
Binnenhof schmücken.
Wie geht es Dir im langweiligen Hamburg? Auf bald in
Amsterdam! Grüß mir Deine reizende Gattin und die Kinder!
Wenn sie ein aufregenderes Leben wollen, sollen sie Seeleute und
keine Baumeister werden. Wer hätte gedacht, dass ich das je
schreiben würde!
Dein Theo

Während er las, stahl sich ein Lächeln auf Benjamins Gesicht. Diese
Teufelskerle! Nun würden die Engländer den Seekrieg nicht weiter anfachen können. Endlich konnte ein Friedensabkommen geschlossen werden. Damit würde sich der Handel normalisieren, und
die Leute hätten wieder Geld für Bauaufträge. Auch für Hamburg
wäre der Frieden entscheidend, denn der Streit in der Bürgerschaft
schwelte nach wie vor. Da der Londoner Stadtbrand auch den Stal-
hof, die Residenz der deutschen Kaufleute, zerstört hatte, hatte England seit einiger Zeit ein Druckmittel. Offenbar verweigerte König
Charles den Deutschen den Wiederaufbau, solange Hamburg keine
Wiedergutmachung leistete. Theos Nachricht würde ihre Verhand-
lungsposition verbessern. Er musste sofort zu Bürgermeister Moeller!

Einige Stunden später suchte Benjamin auch noch Königin
Christina in ihrem Haus am Krayenkamp auf. Sie hatte jedoch kein
Ohr für die Schlichtungsverhandlungen, sondern plauderte direkt
drauflos: »Ich plane ein großes Fest zu Ehren meines Freundes, des
neuen Papstes Clemens IX., der gerade in Rom berufen wurde. Sagt,
gestaltet Eure Gattin nicht auch Skulpturen? Ich möchte in meiner
Privatkapelle für die illustren Gäste ein Pontifikalamt abhalten.«

Die Feste der schwedischen Königin waren viel beachtet. Zuletzt hatte sie im Ballhaus an der Fuhlentwiete ein luxuriöses Karnevalsfest abgehalten, obgleich sie knapp bei Kasse war. »Ich werde meine Frau gerne darauf ansprechen, kann Euch aber nichts versprechen, Majestät«, sagte Benjamin vage.

»Ihr werdet doch einer Königin nichts abschlagen?«

Lucia war begeistert. Sie saß gerade mit ihren Kindern beisammen und unterrichtete sie im Lesen und Schreiben. »Ich kenne nur schlichte evangelisch-lutherische Kirchen, da macht es sicher Spaß, zur Abwechslung einmal ein paar Altarfiguren oder Putten zu entwerfen.«

Benjamin half seinem Sohn Gerard, der gerade mit dem Zirkel hantierte. »Es könnte in der Gemeinde auf Kritik stoßen, wenn du eine Katholikin unterstützt«, sagte er, ohne aufzusehen. »Königin Christina wird ohnehin argwöhnisch beobachtet.«

»Die meisten Künstler und Architekten achten nicht auf die Religion. Warum sollte mich diese Frage bekümmern? Es ist doch ein Auftrag wie jeder andere auch.«

Benjamin schwieg. Tobias würde es bestimmt nicht gefallen, und das Verhältnis zwischen ihnen war angespannt genug.

Auch auf dem Werkhof gab es wenig später Ärger. Die Ehe mit Elsa hatte Olrich gutgetan, aber seit er durch die zusätzlichen Stuckarbeiten zu mehr Geld gekommen war, gab das Paar es mit vollen Händen aus. Auch jetzt war seine Arbeitskleidung aus viel zu feinen Stoffen, und die schönen Lederschuhe waren staubbedeckt. Vor allem aber maßte er sich in letzter Zeit an, sich in die Geschäftsführung einzumischen.

Als Benjamin zu ihm trat, wies Olrich auf das Papier, auf dem er gerade eine Bestellung bearbeitete. »Wenn ich hochrechne, was Ihr mit dem Marmor verdient, müsstet Ihr mir mehr bezahlen.«

»Wir haben deinen Lohn gerade erhöht«, sagte Benjamin abweisend.

»Oder noch besser: Nehmt mich als Teilhaber auf.« Auch diesen Vorschlag hörten sie oft.

Als Benjamin schwieg, versuchte Olrich, sich geradezumachen. »Vertraut Ihr mir nicht? Oder gönnt Ihr mir keinen Anteil an Eurem Verdienst?«

»Du weißt, dass wir dir gerne aushelfen.«

»Ich will keine Almosen!«

Benjamin war geduldig, aber das wurde selbst ihm zu viel. Zuletzt hatte Olrich sogar gefordert, ihn endlich in die Rezeptur für den künstlichen Marmor einzuweihen. Er wandte sich ab. »Hat sich der Holzhändler gemeldet?«

***

Samuel war schon lange nicht mehr bei Johan gewesen. Jetzt aber musste er dringend etwas mit ihm besprechen, und so fuhr er zum Kneuterdijk im Haag, wo die de Witts seit einigen Jahren in einem von Philips Vingboons entworfenen Haus wohnten. Erfreut begrüßte Wendela Bicker ihn, und kurz fragte er sich, warum er sich nicht für eine derart fürsorgliche Ehefrau entschieden hatte. Aber noch war es nicht zu spät, um zu heiraten. Mit fünfzig war er zwar nicht mehr der Jüngste, aber noch immer eine gute Partie. Seine Hochzeitsverhandlungen gingen allerdings nur langsam voran, denn Charlottes Onkel stellte immer neue Ansprüche. Manchmal glaubte Samuel, dass sie nie heiraten würden.

Wendela geleitete ihn ins Kontor ihres Mannes. Das Haus war schön und standesgemäß, sie jedoch wirkte trotz ihres edlen Kleids angegriffen. Das musste damit zusammenhängen, dass sie drei ihrer acht Kinder bereits in jungen Jahren verloren hatte. Samuel hatte schnell gemerkt, dass er seinen Freund in diesem Kummer nicht trösten konnte. Wo waren die Jahre geblieben? War es wirklich schon so lange her, dass Johan und er Tennis oder Billard gespielt hatten? Dass sie um die reizende Madame Charlotte konkurriert hatten?

Mit seiner dunklen Perücke wirkte Johan wie stets sehr elegant, doch auch ihm hatten die Jahre zugesetzt. Samuel staunte, wie viele Schreiber Johan inzwischen beschäftigte, selbst bei sich zu Hause.

»Gehen wir ein kleines Stück?«, fragte Johan sofort, als sei es nur natürlich, diese alte Angewohnheit wiederaufzunehmen. Im Hinausgehen herzte er noch einmal seine Frau und seine Kinder und rief seinem greisen Vater einen Gruß zu.

Während sie über den Kneuterdijk flanierten und Johan zu allen Seiten grüßte, begann Samuel mit dem Thema, das ihm am unverfänglichsten erschien. »Aus meiner Tuchmanufaktur in Leiden wurden Arbeiter abgeworben. Sie sind nach Frankreich gegangen. Ich hörte, Sieur Colbert steckt dahinter«, berichtete er. »Er will unsere Webtechnik ausspionieren.«

»Das ist unerhört, aber nicht das erste Mal, dass mir so etwas zu Ohren kommt. Colbert ist es ein Dorn im Auge, dass Frankreich so viele Luxuswaren einführen muss und das Staatsdefizit so hoch ist. Es heißt, er habe sogar venezianische Spiegelmacher entführt, weil König Ludwig XIV. ganz versessen auf große Spiegel ist.«

»Was gedenkt die Regierung dagegen zu tun?«

»Sobald wir in Breda mit England Frieden schließen, werden wir uns Frankreich widmen müssen. Ludwig XIV. will, dass wir ihm helfen, die Spanischen Niederlande zurückzugewinnen. Er lässt bereits sein Heer aufrüsten.«

»Heißt es nicht, Frankreich habe man lieber zum Freund, denn zum Nachbarn?«

»Sicherlich ein wahres Sprichwort.«

»Was ist unser Interesse bei diesem Vorhaben?«

Mit einer plötzlichen Distanz im Blick sah Johan ihn an. »Als

Sieur de Buat im Gefangenenpoort des Binnenhofs befragt wurde, nannte er deinen Namen. Sieh mir also nach, wenn ich mich mit Informationen zurückhalte.«

Samuel erstarrte. *Also doch!* »Du verdächtigst mich, dass ich die Republik verrate – und fragst nicht einmal, ob Buats Aussage der Wahrheit entspricht?«

»Würdest du mir denn die Wahrheit sagen?«

»Ich habe dir immer vertraut.«

»Du hattest immer auch deine eigenen Interessen im Blick. Das ist wohl nur natürlich.«

»Was meinst du?«

»Wenn ich beispielsweise an die Schiffe aus deiner Werft denke. Cornelis hat die Abrechnungen überprüft. Du hast völlig überhöhte Preise berechnet. Damit hast du die Republik geschädigt, wo du ihr dienen solltest.«

»So wie du ihr dienst, indem du deine Verwandten und Freunde auf gut bezahlte Posten setzt?«, platzte Samuel heraus.

»Ich brauche Menschen um mich, denen ich vertrauen kann.« Johan wandte sich um.

»Und das Ewige Edikt?«, fragte Samuel. Er ahnte, dass seine Gesprächszeit gleich vorbei war.

»Was ist damit?«

»Es ist also wahr, dass ihr das Haus Oranien endgültig und für alle Zeiten seiner Macht berauben wollt.« Damit war es heraus. Samuel hatte auch diese Feststellung nicht aufhalten können.

Johan sah ihn kühl an. Auf einmal begriff Samuel, warum manche Menschen seinen Freund hassten. »Wir wollen der Republik endlich Frieden schenken. Das ist unser Ziel.«

***

Lucia war vom Auftrag der Königin begeistert, und auch im Rest der Stadt sorgten die Vorbereitungen des Fests für Aufregung. Im Juli, einen Tag vor der Feier, hatte Lucia die Putten endlich fertig und ging mit Gerard zum Krayenkamp, um sie auszuliefern. Der Zehnjährige trug die Kiste mit den Putten, als handelte es sich um rohe Eier. »Onkel Tobias sagt, dass es eine Sünde ist, dass du für eine Papistin arbeitest«, sagte er plötzlich.

»So, sagt er das?«

Unwillkürlich wanderte Lucias Blick zum Michel. Rotbraun schimmerte das Kupferdach in der Sonne. Auf dem gemauerten Turmschaft erhob sich der erste Teil des Holztragwerks. Die Arbeiten gingen sehr langsam voran, denn es dauerte ewig, die Balken mithilfe von Seilwinden und Eseln in die luftige Höhe zu schaffen.

»Und er sagt, dass du aufpassen solltest, weil ihr sonst nicht mehr für den Michel arbeiten könnt.«

»Wann hast du dich denn mit Tobias darüber unterhalten?«

»Gestern beim Michel. Onkel Tobias war sauer, als er darüber geredet hat. Ich habe dann lieber mit den anderen gespielt.«

Lucia unterdrückte ein Seufzen, küsste ihren Sohn dann aber auf die Stirn. »Danke, dass du mir das erzählt hast.« Ihr Bruder rieb sich zwischen der schlecht bezahlten Seelsorge im Werk- und Zuchthaus, gelegentlichem Orgelspiel und der Michel-Baustelle auf. Er brauchte endlich eine lukrative Stelle und Verantwortung, sonst würde er abrutschen. Erst recht, da sie von Dierkje wusste, dass Tobias und sie sich liebten und heiraten wollten.

Vor dem Stadtpalais am Krayenkamp waren Handwerker zugange. Kutschen und Frachtwagen stauten sich in der Straße, während Fleisch, Wein und sogar Waffen ins Haus gebracht wurden. Ein Lakai nahm Lucia und Gerard in Empfang. Mit Erstaunen sah sie, dass die Königin in der Diele in einem Gewimmel unterschiedlichster Menschen höchstselbst die Vorbereitungen dirigierte. Sie war stämmiger geworden, schien aber heute voller Energie zu sein und wechselte zwischen verschiedenen Sprachen, während sie Priestern, Musikern, Lakaien und Handwerkern Anweisungen gab. Lucia hatte sie auch schon anders erlebt. Bei den ersten Gesprächen über den Figurenschmuck war Königin Christina niedergeschlagen gewesen; das Wetter und der Mangel an Unterhaltung schlugen ihr aufs Gemüt.

»Meine Engel – endlich! Zeigt her!«

Gerard öffnete die Kiste, und Lucia holte vorsichtig eine Putte aus dem Stroh.

»Entzückend wirklich – stellt sie dorthin, auf den Reisealtar! Ich habe mich entschlossen, das Pontifikalamt zu Ehren meines Freundes, des neuen Papstes, in der Diele abzuhalten. Ihr werdet doch kommen? Zumindest zum Bankett? Endlich ist hier in Hamburg mal wieder etwas los!«

Lucia lächelte unverbindlich. Doch die Königin schien ohnehin keine Antwort zu erwarten. »Die Kanonen für die Salutschüsse natürlich direkt vors Haus!«, wies sie die gerade eintreffenden Träger an.

Die heilige Messe endete mit Kanonenschüssen, was zu Königin Christina passte, der alles Gewöhnliche zuwider war. Erst jetzt gingen Benjamin und Lucia in das Haus am Krayenkamp. Vor dem Stadtpalais plätscherte zur Feier des Tages Wein aus zwei künstlichen Brunnen, die große Mengen Schaulustiger anzogen. An der Fassade war ein Gerüst errichtet worden, auf dem Kerzen standen. Daneben hingen Bilder und das Wappen des Papstes, über das sich etliche Neugierige bereits ereiferten.

Im Haus selbst waren Heiligenbilder aufgereiht, die von Lucias Putten beschirmt wurden. Außer den Aards waren auch viele Geschäftsleute und Vertreter der Hamburger Regierung der Einladung gefolgt. Die meisten schienen neugierig zu sein, was sie erwartete.

»Die ganze Woche über haben die Pastoren gegen den Papismus von den Kanzeln gewettert. Ich weiß nicht, ob das Spektakel vor der Tür dazu beiträgt, die Gemüter zu beruhigen«, murmelte Benjamin.

»Was das angeht, hat die Königin ihre eigenen Ansichten. Ich bin schon froh, dass sie in Finanzfragen auf mich hört. Dezent ist dieses Fest auf jeden Fall nicht«, sagte Manoel Teixeira, der sich zu ihnen gesellt hatte. »Manchmal ist es besser, nicht aufzufallen, vor allem, wenn man in einer Minderheit ist.«

Das Bankett war exquisit, und die Darbietungen der Musiker und Schauspieler, die seit jeher zum Gefolge der Königin gehörten, waren es ebenfalls. Christina geruhte häufig, sich mit ihnen zu unterhalten, vor allem von Lucias Kunst schwärmte sie in den höchsten Tönen, und sie versprach, diese ihren adeligen Freunden zu empfehlen.

Als die Nacht hereinbrach, bat die Königin sie vor die Tür. Auf dem Platz vor dem Palais standen die Menschen inzwischen dicht gedrängt. Als Benjamin sich umsah und den Gesprächen lauschte, stellte er fest, dass viele englische, dänische und niederländische Bootsleute in der Menge waren. Die meisten waren betrunken. Eine brenzlige Mischung.

»Wir sollten lieber gehen«, sagte er.

»Einen Augenblick noch«, meinte Lucia, die gespannt zusah, wie die Diener Hunderte Kerzen auf dem Fassadengerüst anzündeten. Als sie fertig waren, erkannte man Symbole und eine Schrift: die päpstliche Mitra und der päpstliche Schlüssel sowie die Worte »Papst Clemens lebe hoch« auf Latein. Nachdem sich das Vivat auf den Papst herumgesprochen hatte, wallte in der Menge Empörung auf. Königin Christina hieß die Kanoniere jedoch, einen Salut zu schießen und weiteren Wein auszuschenken, was die Gemüter zu besänftigen schien. Dann bedeutete sie der Festgesellschaft, ihr wieder ins Haus zu folgen.

Kaum hatten sie sich dort wieder eingefunden, krachte ein Stein durch die Scheibe, weitere folgten. Ein Scherbenregen splitterte über die Festgesellschaft. Von draußen waren die empörten Schreie der Menge zu hören.

»Der Wein ist aus! Jetzt versuchen sie, das Haus zu stürmen!«, rief ein Lakai in Panik.

»Haltet sie mit allen Mitteln auf! Auch mit Waffengewalt!«, befahl die Königin.

Erschrocken sah Lucia Benjamin an. Was für eine Gleichgültigkeit Menschenleben gegenüber! Er nahm Lucias Hand.

»Wir sollten lieber gehen«, sagte auch Teixeira. »Es gibt einen Hinterausgang.«

Von draußen drang Kampflärm zu ihnen, immer wieder wurde geschossen. Offenbar rammte zudem jemand gegen die Haustür. Es krachte. Benjamin sah hinaus – und erstarrte. War das Tobias zwischen den Randalierern? So heftig war der Angriff, dass es auch die Königin mit der Angst zu tun bekam. Diener geleiteten sie zum Hinterhaus. Behände zog die Königin sich ihre Männerkleidung an.

»Zur schwedischen Botschaft am Speersort, dort bin ich in Sicherheit!«, rief sie. »Sollen meine Wachen mit dieser Canaille fertigwerden!«

Als Benjamin am nächsten Tag über den Krayenkamp lief, waren noch überall die Spuren des Exzesses und des Kampfes zu sehen. Besonders bedrückend waren die Blutspuren, die das Pflaster befleckten. Acht Menschen hatten in der Nacht ihr Leben verloren. Er wusste nicht, auf wen er wütender sein sollte: auf die Königin, die diesen Eklat provoziert hatte, oder auf die Randalierer. Die künstlichen Brunnen waren zerstört, die Fassade beschmiert, alle Fenster und Türen des Stadtpalais zerschlagen. Glücklicherweise hatten sie es unversehrt an den Speersort und dann nach Hause geschafft. Trotz allem würde sich der Rat heute bei der Königin für die Unannehmlichkeiten entschuldigen müssen.

Auch auf der Michel-Baustelle lag Unrat, einige Betrunkene hatten sich sogar an den Kirchenmauern erleichtert oder dort erbrochen; es war eine Schande. Er stieg die gemauerte Wendeltreppe im Turmschaft hoch und dann auf das Holzgerüst, das sich luftig und filigran in die Höhe schraubte. Je höher er kam, umso mehr trieb Wut seine Schritte an. Auf der ersten Arbeitsplattform traf er Peter Marquard. Flüchtig besprachen sie die Baufortschritte und die Probleme. Benjamin bewunderte den Baumeister nach wie vor. Wie Marquard im Turmschaft Anker gesetzt hatte, war bewundernswert, und auch das Holztragwerk schien so, als würde es allen Stürmen standhalten.

Beim Kran, der die nächsten Balken hochbeförderte, fand er endlich Tobias. Lucias Bruder wirkte verkatert, seine Hände waren zerkratzt. »Was willst du denn hier?«, fragte er mürrisch.

»Ich habe gestern gesehen, wie du das Haus der Königin angegriffen hast. Du wusstest schon, dass die Honoratioren der Stadt und viele andere unschuldige Menschen dort waren?«

»Sie hat dem verdammten Papst gehuldigt!«

»Ist das ein Grund, derart zu randalieren? Menschenleben zu riskieren? Wir waren auch im Haus, Lucia und ich.«

»Hätte ich mir denken können, dass ihr mit dieser Papistin gemeinsame Sache macht!«

Benjamin trat impulsiv einen Schritt vor, so wütend war er. Tobias stieß gegen die Streben. Schräg unter ihnen klaffte der Abgrund. »Wie redest du mit mir? Die Katholiken genießen Religionsfreiheit. In Amsterdam –«

Tobias stieß ihn zurück. »Warum bist du dann nicht längst wieder in Amsterdam, statt dich in unsere Hamburger Angelegenheiten einzumischen!«

***

Lucia hatte gerade am Entwurf eines Gartens gearbeitet, warf bei Benjamins Eintreten aber die Feder auf das Papier. Die Schreckensnachrichten der Nacht machten auch ihr zu schaffen. In gewisser Weise fühlte sie sich mitverantwortlich, schließlich hatte sie die schwedische Königin bei deren katholischem Fest durch ihre Dekorationen unterstützt. Dass Benjamin nun Tobias auf die Randale angesprochen hatte, gefiel ihr jedoch auch nicht. Obgleich er beinahe siebenundzwanzig Jahre alt war, fühlte sie sich noch immer für ihn verantwortlich.

»Vielleicht hättest du mir dieses Gespräch überlassen sollen!«, rief Lucia unwirsch.

»Ja, vielleicht«, gab Benjamin zu. »Es ist auf jeden Fall völlig aus dem Ruder gelaufen.« Er legte den Arm um sie und versuchte, sie zu beruhigen. »Trotzdem geht es so nicht weiter.«

Lucia nickte. Sie musste ihrem Mann recht geben. Tobias brauchte eine anständige Arbeit. Er brauchte Anerkennung. Konnte denn die Gemeinde gar nichts für ihn tun? Oder konnte vielleicht Dierkje auf ihn einwirken?

59

Samuel war nervös, als er mit seiner Kutsche das schmiedeeiserne Gartentor passierte, das den verwilderten Garten einfasste. Trotz aller seiner Vorzüge hatte Charlottes Onkel reserviert auf seinen Heiratsantrag reagiert. Egbert von Gerulfing hatte langwierige Erkundigungen über ihn, seine Familie und seine Finanzen eingeholt und ihn mehrfach zum Gespräch gebeten, aber immer wieder hatte er ihre Verabredungen abgesagt. Jetzt würden sie sich zum ersten Mal Auge in Auge über eine mögliche Heirat unterhalten.

Während er auf das Herrenhaus zufuhr, dachte Samuel über die unruhigen Zeiten nach, die hinter ihnen lagen. Die Verhandlungen über den Frieden von Breda und das Ewige Edikt hatten jedermann beschäftigt. Der Friedensvertrag war insgesamt vorteilhaft für die Niederlande, denn die Handelseinschränkungen durch die Navigationsakte waren vermindert worden. Auch erkannte England die niederländische Herrschaft in Surinam an. Dass der Gegner im Gegenzug Nieuw Amsterdam behalten durfte, hielt Samuel aber für eine gravierende Fehleinschätzung. Er war überzeugt, dass der Landstrich irgendwann Gold wert sein würde. Die größte Fehlentscheidung der Regierung lag Samuels Ansicht nach jedoch an anderer Stelle: Tatsächlich hatte Johan de Witt bei den Staaten von Holland das Ewige Edikt durchgesetzt und damit die Abschaffung der Statthalterschaft festgeschrieben. Daraufhin hatten die restlichen sechs Provinzen nachgezogen und erklärt, der Posten des Statthalters und der des Generalkapitäns seien miteinander unvereinbar, Prinz Wilhelm könne mit dreiundzwanzig Jahren zwar Generalkapitän werden, niemals aber Statthalter.

Natürlich liefen seither die Anhänger der Oranier Sturm, und auch Samuel war entschlossen, etwas zu tun, um diese Entscheidung rückgängig zu machen. In der Druckerei, an der er beteiligt war, hatte er erneut Flugschriften drucken lassen. Jetzt, wo er endlich sein Ziel erreichen und in die besten Kreise der Niederlande aufgenommen werden könnte, durften diese nicht dem Machtverlust anheimfallen. Der Ritterstand hatte in den letzten Jahren bereits erheblich gelitten – was auch hier auf den ersten Blick erkennbar war. Am Herrenhaus blätterte der Putz ab, und die Dachziegel wirkten brüchig. Auch die Kleidung des Dieners, der ihn in Empfang nahm, hatte schon bessere Zeiten gesehen. Lautes Hundekläffen durchbrach die Ruhe.

»Die Herrschaften sind im Garten«, sagte der Lakai, und führte Samuel um das Haus herum, dem Gebell entgegen. Dort standen Pferde auf einer Wiese, Herren mit Waffen und mehrere Diener, die Jagdhunde im Zaum hielten. Eine feine Gesellschaft saß um eine Tafel. Als Samuels Ankunft gemeldet wurde, löste sich ein Herr aus der Gesellschaft. Egbert von Gerulfing hielt eine Muskete im Arm, wie andere einen Säugling tragen würden. »Sieur van Sanders, Ihr kommt gerade recht. Wir sind im Aufbruch befindlich.«

Zur Jagd? Sosehr Samuel die Gepflogenheiten des Adels schätzte, so sehr hasste er die Jagd. Die Hatz, den Schmutz, das Töten, das Blut. »Es freut mich, Euch endlich kennenzulernen. Ich habe Euch ein kleines Gastgeschenk mitgebracht«, versuchte Samuel abzulenken und hielt nach Charlotte Ausschau. Sie kam von der Tischgesellschaft zu ihnen. In ihrer Reitkleidung wirkte sie wie eine elegante Amazone; kaum mochte er den Blick von ihr wenden.

Egbert von Gerulfing reichte das Geschenk beinahe achtlos an einen Diener weiter. »Waffen und ein Pferd stehen für Euch bereit.«

Charlotte lächelte Samuel an. »Sagte ich nicht, dass mein Onkel ein begeisterter Jäger ist?«

»Das muss mir entgangen sein.« Samuel küsste galant ihre Hand. Auch ihr hatte er eine Kleinigkeit mitgebracht. Sie strahlte ihn an, gab das Geschenk dann auch dem Diener. Die Jagd schien definitiv reizvoller zu sein.

Als sie am Abend zum Herrenhaus zurückkehrten, war Samuel ausgelaugt und hatte das Gefühl zu stinken. Seine Kleidung war befleckt, und als er einem Reh den Todesstoß hatte geben müssen, hatte er beinahe würgen müssen. Charlotte und ihr Onkel hatten hingegen mit einer Eleganz und Leichtigkeit getötet, die ihn verstört hatte.

»Ich liebe die Jagd! Temperamentvolle Rösser, ein Rudel Jagdhunde und ein abwechslungsreiches Jagdrevier – was will man mehr!«, rief Charlotte, als sie sich niederließ, um sich von den Dienern bewirten zu lassen.

»Bald werden die Kaufleute auch noch die Beizjagd für sich beanspruchen, bis es nichts mehr gibt, das dem Adel noch vorbehalten bleibt«, meinte Egbert von Gerulfing säuerlich.

Samuel sagte nichts dazu; etliche Regenten großer Handelsstädte liebten die Jagd schon jetzt.

Nachdem sie gegessen hatten, nahm Egbert von Gerulfing Samuel beiseite. »Ihr habt Euch wacker geschlagen, wenn Euch auch die Übung fehlt. Ich will ehrlich mit Euch sein. Ich habe Erkundigungen eingeholt. Wenn sich Charlotte nicht derartig für Euch ausgesprochen hätte, hätte ich mich gar nicht erst mit Euch befasst. Ich will sicher sein, dass es meiner Nichte an nichts mangeln und dass für einen standesgemäßen Haushalt gesorgt wird.«

»Darauf könnt Ihr Euch verlassen.«

»An Eurem guten Willen zweifle ich nicht. Wohl aber an – verzeiht – Euren Mitteln und Eurer Kenntnis.«

»Eure Bedenken ehren Euch, aber ich kann sie sicherlich zerstreuen«, sagte Samuel ein wenig pikiert. »Meine Mittel sind mehr als ausreichend. Zudem pflege ich mit vielen adeligen Häuptern Umgang und war am Hofe von König Charles und König Ludwig.«

»Das ist lange her. Soweit ich weiß, kümmert Ihr Euch inzwischen mehr um Schiffbau, Handel und Tuchherstellung. Und Eure Familie ist, nun ja –«

»Bereits mein Vater stand im Dienste des Hauses Oranien und wurde von den Herrschaften sehr geschätzt. Mein Cousin ist in der Amsterdamer Vroedschap.«

»Und arbeitet als Architekt, genau wie Euer Neffe in Hamburg.«

Charlottes Onkel hatte sich tatsächlich gut informiert. »Benjamin ist in der freien Reichsstadt ein gefragter Architekt und hat dort als Unterhändler mit Königin Christina von Schweden sowie dem kaiserlichen Emissär zu tun.« Samuel straffte sich. »Ihr könnt Euch darauf verlassen, dass ich mich Eurer Nichte würdig erweisen werde.«

Als die Herrschaften nachts auseinandergingen, ließ Samuel sich mit Erlaubnis des Onkels von Charlotte zu seiner Kutsche geleiten. Sie hatte sich bei ihm eingehakt, und während sie nebeneinander durch den fackelerleuchteten Garten gingen, berührte ihr Busen sacht seinen Arm, was ihm einen Schauer über den Rücken jagte. »Du hast dich wacker geschlagen«, sagte sie und lächelte ihn an.

»Liebst du die Jagd wirklich so sehr?«

»Ja, ich bin damit aufgewachsen. Auch mit meinem verstorbenen Gatten war ich regelmäßig auf der Beizjagd. Mein Onkel hat uns oft besucht.«

Samuel lächelte sie an. »Dann sollst du Jagdhunde und Beizvögel bekommen, wenn wir verheiratet sind. Du sollst in unserer Ehe nichts missen. Ich will dich glücklich sehen.«

»Wirklich?« Scheu lächelte sie ihn an. Zu gern hätte er sie geküsst, wagte es aber nicht. Da hob sie sich auf die Zehenspitzen und berührte mit ihren Lippen die seinen.

Samuel hieß seinen Sekretär noch einmal, die Feder anzuspitzen, obgleich sie in Ordnung war. Dann wog er sie in der Hand, strich mit der Federspitze nachdenklich über sein Kinn. Er hatte einen heiklen Brief zu schreiben. Einerseits musste er seine Familie von seiner bevorstehenden Heirat in Kenntnis setzen, andererseits wollte er sie auf keinen Fall einladen. Allzu deutlich ließ Egbert von Gerulfing ihn spüren, dass er Samuel für unwürdig hielt, in die Familie einzuheiraten. Sein Wohlwollen hatte Samuel sich allein mit Geschenken erkauft. Auch seine Verlobte hatte er üppig bedacht. Er hatte damit alle Forderungen erfüllt, ja, mehr als das. Er würde Charlotte einen angemessenen Lebensstandard bieten. Er würde eine neue Kutsche kaufen, sechsspännig natürlich. Die versprochenen Jagdhunde und Beizvögel mussten her. Er würde zu ihrer Vermählung ein Gemälde anfertigen lassen, aber weder von diesem Lievens noch von diesem Rembrandt, die abgewirtschaftete Schuldenmacher waren. Das Haus musste umgebaut und neu eingerichtet werden. Kurz hatte er überlegt, ob er Pieter Post oder Philips Vingboons anfragen sollte, aber das konnte er Benjamin nicht antun. Außerdem schätzte er den Stil und Innovationsgeist seines Neffen. Benjamin sollte nach s'Gravenhage kommen, aber erst wenn die Hochzeit vorbei war und seine bürgerliche Familie keinen Schaden mehr anrichten konnte. Michiel würde es vermutlich ohnehin nicht in den Haag schaffen, er schien sein Haus kaum mehr zu verlassen. Und Daan? Als Mitglied der Amsterdamer Vroedschap machte er natürlich was her. Auf der anderen Seite war er viel zu puritanisch für eine unterhaltsame Feier.

Immerhin liefen die Geschäfte gut, wodurch sich Samuel seinen kostspieligen Lebenswandel leisten konnte. Gerade hatte das französische Kriegsministerium bei ihm große Mengen Stoff zur Ausstattung seiner Soldaten bestellt. König Ludwig XIV. mobilisierte ein gewaltiges Heer, mit dessen Hilfe er die Spanischen Niederlande an sich bringen wollte. Natürlich versuchte die niederländische Regierung, ihn durch Verhandlungen aufzuhalten, aber solange Ludwig kämpfen ließ, war das gut für Samuels Geschäfte.

Stolz sah Samuel in die Runde. Alles war perfekt: der Festschmuck, die Livreen der Diener, die exquisiten Speisen und Weine, die dezente Musik. Selbst die Trauung war ein besonderes Erlebnis gewesen. Seine Gattin sah in ihrem edlen Kleid und dem Schmuck, den er ihr zur Hochzeit geschenkt hatte, wie eine Königin aus. Auch ihre Gäste waren erlesen. Selbst Prinzessin Amalia und Prinz Wilhelm hatten gratuliert. Nur einer war nicht gekommen: Johan de Witt. Die Absage seines Freundes kränkte Samuel, wenn er auch wusste, dass die politische Lage Johan forderte: Frankreichs Feldzug gegen die Spanischen Niederlande, die zerstrittenen Provinzen. Aber davon würde er sich die Laune nicht verderben lassen. Endlich war er dort, wo er so lange schon hingewollt hatte. Endlich war die Frau sein, die er so lange begehrt hatte. Die Aussicht auf ihr gemeinsames Ehelager ließ ihm die Knie weich werden.

***

Aufgekratzt neigte Benjamin sich aus dem Kutschfenster und hielt die Nase in den Wind. Gerade erst war er mit dem Schiff von Hamburg in Scheveningen angelandet. Viele Jahre war er nicht mehr in der Heimat gewesen. Schade war allein, dass seine Familie nicht bei ihm sein konnte. Die Kinder hätten sicher über den weitläufigen Dünengürtel gestaunt, und auch Lucia hätte Sonne und Wind genossen. Es war jedoch nur ein kurzer Besuch in der Republik. Schnellstmöglich wollte er zurück nach Hamburg. Ein großes Bauvorhaben erwartete ihn, und auch der Turmbau des Michels neigte sich dem Ende zu – bei seiner Vollendung wollte er unbedingt dabei sein.

Malerisch lag das Haus seines Onkels in der Nähe der Dünen. Benjamin war noch immer sehr zufrieden mit seinem Bauwerk und der Anlage des Grundstücks. Dass Samuel nun an- und umbauen wollte, wunderte ihn. Aber Samuel hatte geschrieben, dass das Haus zu einem standesgemäßen Palais werden solle. Für den Garten solle Benjamin eine Rotunde und eine Grotte planen, dazu ein Jagdhaus. Seine Gattin hatte offenbar gewisse Ansprüche.

Benjamin war gespannt darauf, sie kennenzulernen. Es war ein Jammer, dass die Hochzeit im kleinsten Kreis begangen worden war; auch Lucia, die Kinder und er hätten Freude an einem großen Fest gehabt. Außerdem hätte er bei dieser Gelegenheit seinen Vater und seinen Bruder wiedersehen können. So würde er anschließend einen Abstecher nach Amsterdam machen.

Es war erstaunlich, wie sehr sich Samuels Hausstand verändert hatte. Fein gewandete Damen und Herren saßen um eine sommerliche Festtafel, während ihre Kinder mit Schoßhündchen und Äffchen spielten. Lakaien in Livree bedienten von Silbertabletts. Es war wie auf einem Gemälde Willem Buytewechs.

Samuel nahm Benjamin freudig in Empfang und stellte ihn sogleich vor. Samuels Gattin war eine elegante Dame von etwa fünfunddreißig Jahren, die – ihrem Aussehen nach zu urteilen – vermutlich noch keinen Tag in ihrem Leben gearbeitet hatte.

»Ich hörte von Eurem Umgang mit Königin Christina von Schweden. Eine etwas exzentrische Dame, nicht wahr?«, fragte Charlotte mit einem reizenden Lispeln.

»So kann man es auch beschreiben«, sagte Benjamin kühl. Seine Begeisterung für die Königin war seit dem Papstfest mit seinen acht Todesopfern und dessen Folgen deutlich abgekühlt. Sie hatte an jenem Abend nicht nur mit dem Feuer gespielt, sondern nach dem Angriff auch noch einen Bericht veröffentlicht, die *Wahr-*

haftige Nachricht von dem Vorgehen des Pöbels an dem Palaste der Königin zu Hamburg, in dem sie sich als unschuldige Heldin darstellte. Sie tat gerade so, als habe sie sich beherzt wie Alexander der Große oder Cäsar verteidigt. Jetzt munkelte man, dass sie demnächst Hamburg verlassen und gen Rom abreisen würde. Die wenigsten würden sie vermissen.

»Dass Königin Christina ihr Königreich freiwillig aufgibt, ist allerdings unverständlich. Sie sollte ihren Stand zu schätzen wissen, wo in anderen Ländern, wie es bei uns der Fall ist, der Adel vom Thron gestoßen wird«, sagte Charlotte empört.

Nur dass unser Prinz Wilhelm keinen Thron innehatte, sondern lediglich Statthalter hätte werden können, dachte Benjamin, verkniff sich aber die Anmerkung.

***

Nach dem Friedensschluss hatten Theo und Yorick in stillem Einverständnis erneut bei der Westindischen Kompanie angeheuert. Sie hatten die Nase gestrichen voll vom Krieg, außerdem hatten sie ein gemeinsames Ziel. Sie wollten endlich wieder in die Neue Welt.

Als sie dort ankamen, waren sie erleichtert zu sehen, dass das neue New York noch das alte Nieuw Amsterdam zu sein schien. Auch wenn sich die Engländer jetzt als Herren aufspielten und die Stadt inzwischen deutlich gewachsen war, hatte sie ihre Vorzüge behalten. Joris schien sich als Baumeister einen guten Ruf erarbeitet zu haben, und seine Familie vergrößerte sich stetig.

»Warum bleibt ihr nicht einfach hier?«, fragte Wilhelmtje eines Abends, als sie bei Keksen und Milch zusammensaßen.

»Das habe ich mir auch schon … «

» … überlegt«, sagten Theo und Yorick beinahe gleichzeitig. Alle lachten, nur die beiden Männer warfen einander scheue Blicke zu.

»Ihr könnt morgen ein paar Pferde leihen und die Gegend erkunden«, schlug Joris vor. »Neues Land soll erschlossen werden. Das Angelrevier ist überall ausgezeichnet. Außerdem sollen die Grundstücke sowohl erschwinglich als auch fruchtbar sein.«

»Das hört sich gut an«, sagte Theo.

»Aber lasst euch nicht noch mal von einem Bären angreifen«, meinte Wilhelmtje. Wieder lachten sie.

Am nächsten Morgen veranstaltete Theo zunächst eine offene medizinische Sprechstunde. Sehr viele Farmmitarbeiter kamen mit kleinen oder größeren Wehwehchen. Neugierig beobachtete ein junger Schwarzer namens Joseph ihn und befragte ihn zu den verschiedenen Instrumenten. Bereitwillig gab Theo Auskunft.

»Woher stammst du?«, wollte Theo wissen.

»Aus dem Königreich Accra. Ich wurde freigekauft. Seitdem wünsche ich mir, mein Glück mit anderen zu teilen.«

»Gibt es keinen Arzt in Nieuw Amsterdam ... New *York*, bei dem du lernen kannst?«

»Nur Quacksalber, wie Mevrouw Wilhelmtje sagt.« Sie mussten beide lachen, wie es Menschen taten, die einander sofort mochten. Wieder einmal dachte Theo an den Schrecken seiner ersten Seereise. Immer noch wurden Sklaven wie Vieh behandelt. Nur an wenigen Orten schien man gleichberechtigt zusammenleben zu können.

Hier war so ein Ort.

* * *

Es war ein erhebender Moment, als der Turm der Michaelis-Kirche endlich fertiggestellt wurde. Im Januar hatte man die Kupferplatten für die Zifferblätter der Uhr angebracht und vergoldet und die über einen Meter großen Ziffern aufgemalt. Heute war die Helmspitze aufgesetzt worden, ein diffiziles Unterfangen, bei dem Benjamin schon vom Zusehen schwindelig wurde. Anschließend hatte sich die eingeschworene Gemeinschaft auf der Plattform des Holzgerüstes versammelt. Stünden sie auf der Spitze des Turmes, hätten sie sich in gewaltiger Höhe befunden, denn der Michel erhob sich über alle Hamburger Kirchen – wenn auch hauptsächlich deshalb, weil er ohnehin auf einem Hügel stand. Der Wind zerrte selbst heute stark an ihnen, was wieder einmal bewies, wie unterschiedlich sich Wind und Wetter je nach Höhe auswirken konnten.

»Das ist wahrlich Euer Meisterstück, Meister Marquard«, sagte Benjamin anerkennend.

»Das mag sein. Aber allein kann niemand einen Turm errichten.« Der Baumeister sah in die Runde. »Jeder hier hat seinen Teil dazu beigetragen.«

Die wichtigsten Verantwortlichen für den Michel waren anwesend: Marquard und dessen Bruder Joachim, Hans Hamelau als Leiter des Bauhofs – besorgt registrierte Benjamin die fahle Gesichtsfarbe seines Freundes –, aber auch die Zimmerleute. Pastor Surland hielt die zinnerne Büchse, die zum ewigen Angedenken in die Turmkugel, den Knopf der Kirchturmspitze, gelegt werden sollte. Eingehend würdigten sie jedes Stück, das in der Knopfbüchse verwahrt werden würde. Zuerst den Kupferstich mit dem Abbild des Turmes, den der Künstler Winterstein gestochen hatte, dann die Denkschrift, die Pastor Surland verfasst hatte. In ihr berichtete er, dass die Neustadt trotz des Krieges in den letzten dreißig Jahren an Menschen und Gebäuden um mehr als die Hälfte angewachsen war, und auch ein Gedicht hatte er eingefügt:

Dir, Großfürst Michael, gehört dieses Haus,
Du stehest für Dein Volk, steh auch für diesen Ort.
Beschirme Kirch und Spitz, erhalt bei reinem Worte
Die Lehrer, Rat und Volk, bis dass die Welt ist aus!

Auch Pastor von Oppenbusch hatte noch ein Gedicht auf den Turm verfasst:

Hier ist die höchste Spitz, davon man viel behender
Als sonst besehen kann die umgelegenen Länder!

Zuletzt wurden einige Münzen in der Zinnbüchse deponiert, ehe man sie in der Turmkugel verschloss. Nun erhielten die Zimmerleute eine besondere Gratifikation. Auch Marquard bekam eine Sonderzahlung, wenngleich seine Arbeit noch nicht beendet war. Als Nächstes würde das Kupferdach eingedeckt werden, die Glocken würden eingehängt und das Uhrwerk würde vollendet werden. Dann endlich könnte der Festgottesdienst stattfinden.

Als sie die Treppe hinuntergingen, meldete sich Benjamin zu Wort. »Für den Turmwächter wird es ein Zimmer geben«, berichtete er, weil er sich für die Gemeinde mit diesem Thema befasst hatte. »Wir hoffen, dass sich jemand findet, der einen Kachelofen spendet. Schließlich muss das Uhrwerk alle acht Stunden aufgezogen werden, sommers wie winters. Zur Sicherheit werden wir drei Sonnenuhren anbringen, sodass bei der Zeitbestimmung nichts schiefgeht.«

Wenig später standen sie auf dem Platz, den Kopf im Nacken, und spähten wie etliche Bewohner des Stadtviertels zum neuen Kirchturm hinauf. Benjamin wollte noch mit Hans sprechen, doch sein Freund eilte bereits zu seiner Arbeit zurück. So nutzte Benjamin die Gelegenheit, um Pastor Surland zu danken, der sich dafür eingesetzt hatte, dass Lucias Bruder endlich eine anständige Stelle bekam. Tobias tat diese Sicherheit gut, und er hatte sich gleich mit Dierkje verlobt.

Lucia und die Kinder gesellten sich zu ihnen. »Ich weiß noch, wie ich die Michel-Baustelle zum ersten Mal gesehen habe«, sagte Benjamin und musste bei der Erinnerung lachen. »Ich war in keinem guten Zustand.«

»Das kann man wohl sagen. Ehrlich gesagt habe ich im ersten Augenblick gedacht: ›Da hat dieser eingebildete Schnösel ja bekommen, was er verdient.‹« Lucia grinste frech.

»Du Scheusal!« Benjamin küsste sie. »Apropos: kein guter Zustand. Hans hat mir gar nicht gefallen.«

Lucias Gesicht verdüsterte sich. »Er scheint Schmerzen zu haben, auch wenn er nicht darüber spricht. Greteke sorgt sich sehr.«

Benjamin machte sich auf die Suche nach Hans und fand ihn auf dem Bauhof im Gespräch mit dessen Gehilfen Lorenz Dohmsen. »Wir berechnen gerade, ob man unter der Straße hindurch einen Kanal zum Bauhof graben kann. Dann wäre die Anlieferung des Bauholzes ungleich einfacher«, sagte Hans statt einer Begrüßung.

Benjamin begutachtete die Pläne. »Wenn du den Durchbruch fest abstützt und den Kanal mauerst, dürfte sich das machen lassen.«

»Kommst du wegen der Materialien für dein neues Bauvorhaben?«, fragte Hans, als sein Gehilfe sich entfernt hatte.

»Nicht direkt.« Wie sollte er sagen, dass er sich um den Freund sorgte, ohne diesen in Verlegenheit zu bringen? Benjamin sah ihn an. »Ist es nötig, diesen Kanal zu errichten? Du hast so viele Bauten für die Stadt fertiggestellt, weitere in Planung – willst du dir wirklich noch mehr Arbeit aufladen? Bisher hat die Anlieferung des Bauholzes doch auch immer funktioniert.«

Hans musterte ihn. »Hat Greteke dir gesagt, dass du mit mir sprechen sollst?«

»Nein, wie kommst du darauf?«

»Meine Frau meint, dass ich mich verausgabe.«

»Ganz unrecht hat sie nicht. Seit du dem Bauhof vorstehst, hast du ungleich mehr für die Stadt getan als dein Vorgänger. Das neue Millerntor mit seinem Figurenschmuck, das Kornhaus am Wandrahm, das Artilleriezeughaus, Spinnhaus, Stadtwaage sowie ein neues Zucht-, Werk- und Armenhaus …«

Hans marschierte über den Bauhof und gab den Arbeitern nebenbei Anweisungen. »Glaubst du, ich wüsste das nicht selbst?«

»Deine Bauten sind schön und werden noch in Jahrhunderten die Stadt zieren.«

»Ich hätte gerne mehr Figurenschmuck verwendet, aber das lässt die klamme Kasse nicht zu. Da hast du es mit deinen privaten Auftraggebern leichter. Immerhin darf ich die Entwürfe für das neue Drillhaus an der Binnenalster aufwändiger gestalten. Es soll einen Saal und eine Musikempore erhalten.« Hans stützte die Hand auf die Hüfte; ein wenig wirkte es, als schmerzte seine Seite. »Erstmal ist die Erweiterung der Börse dran, dann der neue Bauhof. Anschließend kann ich kürzertreten.« Er lachte schief. »Außerdem bist du gerade der Richtige, um mich zu mehr Müßiggang zu ermahnen. Baust in Hamburg und in Holland und strebst dann auch noch eine politische Laufbahn an.«

»Wer sagt das?«

Hans hob die Schultern. »Bei deinem Einsatz in der Armenkasse und bei den Verhandlungen über die Schlacht bei Neumühlen liegt das nahe. Wäre ja auch nicht verkehrt, wenn nicht nur Juristen und Pfeffersäcke in der Stadt die Geschicke bestimmten, sondern auch Leute, die das Wohl der Menschen im Sinn haben. Wie wir wohnen, bestimmt unser Leben ebenso wie die Arbeit – ist doch so. Und wenn ich mir die Gängeviertel anschaue – das geht nicht mehr lange gut. Was meinst du, warum ich versuche, breitere Straßen und Plätze anzulegen?«

»Was du sagst, ehrt mich, aber ich habe mit Politik nichts im Sinn«, widersprach Benjamin. »Ich erlebe bei meinem Vater und meinem Bruder zu Genüge, wie mühsam das ist.«

60

Das Kupferdach glänzte in der Sonne, die Glocken tönten wohlklingend über der Neustadt, die Uhr gab den Menschen die Zeit an, und sogar der Turmwärter konnte in schwindelnder Höhe gemütlich an seinem Kachelofen sitzen, als Pastor Surland zu seiner Turmweihpredigt ansetzte. Es war ein feierlicher Moment, bei dem keiner fehlen wollte, der im Schutz des Michels lebte. Entsprechend stellte der Pastor seine Predigt unter das Motto »Gott ist ein starker Turm und der beste Schirm«. »Vergesst nie, wie es in den Sprüchen Salomos heißt: ›Der Name des Herrn ist eine feste Burg; der Gerechte läuft dorthin und wird beschirmt‹!«, rief er der Gemeinde zu.

Allerdings: Ganz fertig ist die Kirche noch nicht, dachte Benjamin, als er in Begleitung seiner Familie das Bauwerk abschritt. Noch waren die Gewölbe im Inneren nicht errichtet, was die Kirche kahl wirken ließ. Als Benjamin Peter Marquard und den Kirchgeschworenen gegenüber eine entsprechende Bemerkung machte, verteidigte sich dieser: »Mein Plan sieht ein Kreuzgewölbe aus Stein vor, aber dafür fehlt das Geld. Es müssen weitere Sammlungen veranstaltet werden.«

Benjamin sah sich um. »Warum lasst Ihr nicht erst einmal ein Gewölbe aus Holz einziehen und es mit Stuckgips verputzen? Das ist günstiger, haltbar, und schön ist es auch. Natürlich würden meine Gattin und ich Euch bei diesem Vorhaben unterstützen.«

Lucia stimmte zu. »Man könnte den Stuck schlicht und klar halten oder auch figürlich gestalten, ganz wie Ihr wünscht.«

Später waren sie im Baumhaus am Hafen zu einem Festmahl

geladen. Das von Hans Hamelau errichtete Gebäude zwischen Baumwall und Steinhöft war nicht nur imposant, sondern erfreute sich auch großer Beliebtheit. Dem Bau war anzusehen, dass sein Baumeister sich in Amsterdam hatte inspirieren lassen, nur das pavillonartige Dach war fremdartigen Ursprungs. Hier fanden Bälle, Bankette und Hochzeitsfeiern statt, auch nahmen bedeutende Kapitäne hier Quartier. Benjamin gefiel vor allem die Fassade, die im niederländischen Stil mit Pilastern und einem Gurtgesims unterteilt war. Es war ein behaglicher Ort, mit Bänken vor der Tür, auf denen Lederkissen lagen, und einem Granitblock unter einer Linde, der Reitern das Absteigen erleichtern sollte.

Sie passierten den Weinkeller an der Uferböschung und betraten das Gebäude über eine Freitreppe. Im Festsaal auf der Hafenseite war schon einiges los. So gingen sie zunächst auf die Galerie und sahen auf den Hafen hinaus. Es war wirklich die schönste Aussicht Hamburgs. Am Abend schmausten die Baumeister mit ihren Familien und Gehilfen die leckeren Stockfischgerichte, für die der Wirt des Baumhauses bekannt war, tanzten und sangen. An der Wand prangte ein großes Seestück – das Gemälde zeigte Schiffe in einem Orkan –, daneben ausgestopfte Krokodile und gewaltige Meerkrebse. Es gab Portwein und Bier vom Fass. Um den Sonnenuntergang zu erleben, stiegen sie zu dem mit einem Geländer umgebenen Utkiek empor, einer Terrasse mit einem Fernrohr.

Lucia schmiegte sich an Benjamin, als sie den malerischen Ausblick und das Farbenspiel genossen. »Ich wünschte, so friedlich könnte es für immer bleiben!«

* * *

Der Mann erregte sofort Lucias Aufmerksamkeit. Wie er über den Werkhof schlich, den Stuckmarmor befühlte und in die Werkstatt spähte ... Es war lange her, seit sie selbst getrickst hatte, doch sie erkannte noch immer, wenn jemand etwas im Schilde führte. Seiner Kleidung nach zu urteilen, war der Mann Franzose – das war nicht ungewöhnlich. Auch in Amsterdam hatten sich viele ausländische Kaufleute, Handwerker und Baumeister bei ihnen umgesehen. Seit der französische König Ludwig XIV. das Schloss in Versailles umbauen ließ, reisten viele seiner Landsleute auf der Suche nach Informationen über neue Bautechniken und Werkstoffe durch Europa.

Lucia tat so, als betrachte sie eine besonders schöne Marmorplatte, und lauschte, als der Franzose Olrich befragte. Bereitwillig gab der frühere Töpfer Auskunft. Auf einmal blickte der Fremde sie überrascht an. Offenbar hatte Olrich noch etwas über sie gesagt. Lucia nickte freundlich, entfernte sich dann aber. Erst nachdem der Mann den Laden verlassen hatte, kam sie zu Olrich zurück. »Heure für die nächsten Tage einige zusätzliche Nachtwächter an«, beauftragte sie ihn. Sicher war sicher.

Als Benjamin sie abholte, erzählte sie ihm von der Beobachtung.

»Du meinst, dieser Kerl wollte uns bestehlen?«, fragte er.

»Wer weiß. Vielleicht hoffte er auch nur, hier irgendwo das Rezept zu finden. Als ob jemand so dumm wäre, es auf dem Werkhof aufzubewahren!« Lucia schüttelte den Kopf. Manchmal kam es ihr vor, als müsste sie sich kneifen, wenn sie an den Erfolg ihres Kunstmarmors dachte, der tatsächlich bis nach Paris verkauft wurde. Doch je gefragter der Marmor war, desto strenger hielten sie das Rezept geheim; selbst Olrichs Drängen, ihn in die Herstellung vollständig einzuweihen, hatten sie noch nicht nachgegeben. Und trotz der großen Nachfrage waren sie mit ihrer Produktion nicht reich geworden. Sie war so aufwändig, dass es schier unmöglich war, große Mengen herzustellen.

Einen Monat später erhielten sie die Absage für die Gestaltung des Michel-Gewölbes. Der Franzose Gustav de la Chapelle würde die Stuckarbeiten übernehmen, hieß es. Benjamin argumentierte dagegen, aber der Kirchspielvorstand erklärte ihm, man könne eine derartige Tätigkeit unmöglich einer Frau überlassen. Als Lucia den Franzosen wenig später sah, erkannte sie ihn sofort wieder. Das konnte kein Zufall sein!

»Olrich!«, sprach sie den Töpfer an. »Hast du dem Kerl etwa verraten, was du über unsere Rezeptur und die Auftragetechnik weißt?«

Sein trotziges Schweigen verriet mehr als alle Worte.

»Wie kannst du uns das antun? Du hast bei uns eine gute Anstellung gefunden«, sagte Lucia enttäuscht.

»Eine gute Anstellung? Pah!« Olrich spuckte aus, was der hinzugekommenen Elsa sichtlich unangenehm war. »Ihr verdient Euch an dem Stuckmarmor dumm und dämlich. Und mich speist Ihr mit einem Hungerlohn ab.«

»Das ist nicht wahr!«, widersprach Lucia erregt. »Du und deine Familie, ihr könnt gut von dem Lohn leben. Außerdem ist es meine Erfindung!«

Olrich grinste. »Jetzt nicht mehr.«

»Wie konntest du diesem Spion, diesem Dieb nur helfen! Ich muss dich entlassen, das weißt du«, sagte Lucia und warf Elsa einen mitfühlenden Blick zu. Sie hoffte, dass ihr Verhältnis zu ihrer langjährigen Wegbegleiterin und Freundin darunter nicht auf immer litt.

***

»Musst du denn wirklich gehen?« Charlotte blickte ihn flehend an. Sie hatte eine ihrer schrecklichen Kopfschmerzattacken, von deren Existenz Samuel erst in ihrer Ehe erfahren hatte.

Er küsste sie zart auf die Stirn. Es rührte ihn, dass seine Gattin ihn nicht missen mochte. »Ich lasse dich nur ungern allein, aber ich muss. Deine Zofe, die Magd und Frans sind bei dir. Du kannst dir auch ein paar Freunde einladen, um dich abzulenken. Ich muss dringend zum französischen Hof und um ein Gespräch mit Sieur Colbert bitten.«

»Wirst du mir etwas Schönes aus Frankreich mitbringen?«, fragte Charlotte und versank tiefer im Federbett.

»Natürlich, Liebes.«

Noch einmal küsste er sie, dann verließ er das Schlafzimmer. Frans hatte seine Papiere schon bereitgelegt. »Es soll meiner Gattin an nichts fehlen. Gleichzeitig behalte bitte im Auge, wer hier ein und aus geht. Ich möchte nicht, dass jemand ihre Notlage ausnutzt.«

Frans nickte. »Ihr könnt Euch auf mich verlassen.«

In der Kutsche sichtete Samuel seine Unterlagen, aber seine Gedanken wanderten immer wieder zu seiner Gemahlin zurück. Charlotte war wirklich wunderbar. Sie war trotz ihres Alters von vollkommener Schönheit und Unschuld. Doch genau das hemmte ihn. Sie kamen zwar ihren ehelichen Pflichten nach, aber für ihn war es, als würde er sich an einer Heiligen versündigen. Er war deshalb sogar dazu übergangen, ab und an wieder die Damen in den Spielhäusern aufzusuchen, auch wenn er dabei nur an seine geliebte Frau dachte.

Das kleine Örtchen Versailles und das Jagdschloss hatten sich sehr verändert, seit Samuel zum letzten Mal hier gewesen war. Die Ausbauten waren imponierend, doch bevor er sie näher betrachten konnte, musste Samuel einige Tage in einem Gasthof ausharren. Erst als er Colbert sein Geschenk und einen weiteren Brief per Boten schickte, erhielt er die ersehnte Einladung zu Hofe.

»Woher wusstet Ihr, dass diese Ausgabe der Schriften Machiavellis noch in meiner Bibliothek fehlt?«, begrüßte Jean-Baptiste Colbert ihn.

»Es war die Vermutung, dass jeder Buchliebhaber diese Prachtausgabe zu schätzen wissen würde«, sagte Samuel galant.

Sie plauderten eine Weile über die Büchersammlung des Königs, für die Colbert verantwortlich zeichnete. »Aber Ihr seid sicher nicht hierhergekommen, um mit mir über Bibliotheken zu fachsimpeln«, sagte Colbert schließlich.

»Das ist wahr«, gab Samuel zu. »Ich muss gestehen, dass ich lange überlegt habe, ob ich Euch weiterhin mit Stoffen für die Ausstattung Eurer Armee versorgen soll, wo Ihr doch meine Arbeiter abgeworben habt.«

»Das Gesetz des Marktes. Wir können es nicht zulassen, dass bestimmte Techniken einer großen Nation wie den Franzosen vorenthalten bleiben.«

»Deshalb habt Ihr den Spiegelherstellern aus Murano mit Gewalt ihre Geheimnisse entlockt?«

»So würde ich es nicht nennen. Wir bieten ihnen hier Möglichkeiten, die sie in Italien nicht haben. Der König hat ein ausgesprochenes Faible für große Spiegel, müsst Ihr wissen.«

»König Ludwig kann nicht einverstanden mit dem Frieden von Aachen sein«, wechselte Samuel das Thema. Der französische Herrscher hatte zwar einige Festungsstädte in den Spanischen Niederlanden behalten dürfen, sich davon abgesehen aber dem von den Generalstaaten unter Johan de Witt ausgehandelten Friedensvertrag unterwerfen müssen.

»Das mit Euch zu erörtern steht mir nicht zu.«

Samuel lächelte. »Vermutlich werbt Ihr ein derart großes Heer an, um diesen Fehler richtigzustellen.«

»Uns geht es nur um die Spanischen Niederlande.«

»Tatsächlich?«, fragte Samuel.

»Ich weiß nicht, worauf Ihr anspielen wollt.« Colbert wirkte, als würde er die Unterredung jeden Moment abbrechen.

Samuel straffte sich. »Ich bin ein Anhänger des Hauses Oranien, das wisst Ihr, und kann daher nicht einverstanden mit der Politik unserer Regierung sein. Der Adel sollte zusammenhalten.«

»Die Niederlande haben unserem guten König eine Schmach zugefügt, die für ihn nicht zu ertragen ist. Er wird nicht noch einmal zulassen, dass einfache … dass *Bürgerliche* über ihn verfügen«, korrigierte Colbert sich.

»Das dürfte jedem klar sein, der um die Großartigkeit Eures Königs weiß.« Jedermann wusste, wie sehr Ludwig XIV. den Pöbel hasste und Kaufleute verabscheute. »Aber ich verfüge über Informationen, die Euch nützlich sein könnten.« Samuel zögerte kurz. Was er gleich tun würde, wäre Hochverrat. Aber es ging nicht anders.

In den nächsten Monaten spitzte sich die Lage zu. Als bekannt wurde, dass Ludwig XIV. daran dachte, auch die Republik der Vereinigten Niederlande anzugreifen und sich zu diesem Zweck mit dem englischen König zu verbünden, brach in den Niederlanden Panik aus. Vor allem die Frage, wer einen möglichen Feldzug anführen sollte, spaltete die Gesellschaft. Samuel und die anderen Oranier taten alles, um Prinz Wilhelm ins Spiel zu bringen. Es waren aufwändige Geheimverhandlungen, in denen Samuel zur Hochform auflief.

Als er eines Abends in sein Haus zurückkehrte, hatte Frans seiner Gattin gerade ihre Korrespondenz abgenommen. Obgleich sie sich liebevoll um ihren kleinen Sohn kümmerte, vernachlässigte sie doch ihre gesellschaftlichen Pflichten nicht. Offenbar hatte die Amme das Kind bereits zu Bett gebracht, denn Charlotte ruhte mit einem Buch auf dem Sofa. Samuel spürte, wie durch die Anwesenheit seiner eleganten Frau alle Anspannung von ihm abfiel. Die Reisen der vergangenen Monate und die unzähligen Verhandlungen hatten ihn mehr Kraft gekostet, als er hatte wahrhaben wollen. Aber nun war es erreicht.

»Der erste Schritt ist vollbracht«, sagte Samuel, und sofort schossen Charlotte die Tränen in die Augen. Sie stürzte zu ihm und schloss ihn in die Arme. Lange hielten sie einander fest. »Prinz Wilhelm ist zum Generalkapitän ernannt worden. Nun werden wir die Truppen Englands und Frankreichs zurückschlagen können. Sobald

Wilhelm auch zum Statthalter ernannt wird, können wir sicher sein, dass weder uns noch unserem Sohn der Stand genommen wird.«

Charlotte ergriff seine Hand und setzte sich mit ihm aufs Sofa. Ihr Gesicht war erhitzt von Tränen. Im Detail ließ sie sich von den Verhandlungen erzählen.

»In einer Woche wird der Prinz seine Unterstützer zu einem Bankett einladen. Auch uns«, beendete Samuel seine Ausführungen.

Mit einem spitzenumsäumten Seidentaschentuch putzte sie sich geziert die Nase. »Und de Witt? Hat er sich dieser Entscheidung nicht entgegengestellt? Oder führt er etwas im Schilde? Es heißt, er plane einen Anschlag auf das Leben des Prinzen, um ihn endgültig loszuwerden.«

»Das würde Johan niemals tun«, sagte Samuel entschieden.

»So gut kennst du ihn nicht mehr«, widersprach Charlotte. »Er war nicht einmal bei unserer Hochzeit.«

»Johan weiß, dass er einen Heerführer braucht, dem die Menschen folgen. Die Leute auf der Straße sagen, sie fühlen sich jetzt, wo unser Prinz sie anführt, kraftvoll wie Löwen – als hätten sie Mut für sechs.«

Charlotte war mit den Gedanken schon woanders. »Welches Kleid ist wohl angemessen für dieses Bankett? Eher etwas Schlichtes? Auf jeden Fall eines mit orangenen Bändern. Ich werde mich mit den anderen Damen beraten müssen.«

61

Hamburg, Februar 1672

Benjamin hatte die Nachricht schon lange erwartet – und doch traf sie ihn ins Herz, als sie ihn aus Amsterdam erreichte. Lucia sah sofort, wie es um ihn stand. »Vater liegt im Sterben. Der Arzt ist sicher, dass er sein Bett nicht mehr verlassen wird. Es ist ein zehrendes Leiden.« Seine Stimme brach. Jahre hatte er seinen Vater nicht mehr gesehen, aber beinahe täglich an ihn gedacht.

»Dein Vater hat dem Tod schon mehr als einmal ein Schnippchen geschlagen. Er ist stärker, als du denkst.«

»Er ist über siebzig, das ist ein stolzes Alter, von dem nur die wenigsten zurückblicken können«, sagte Benjamin. »Michiel wünscht sich nichts sehnlicher, als uns noch einmal zu sehen. Dich, die Kinder und mich.«

»Es heißt, ein weiterer Krieg stehe bevor«, wandte Lucia ein.

Natürlich hatte sie recht. Ungeachtet aller Vereinbarungen und Friedensverträge hatten sich die Könige von England und Frankreich offenbar zusammengeschlossen, um die Niederlande mit ihrem Bürgerstolz in die Knie zu zwingen. »Mein Vater möchte mit Daan und mir seinen Nachlass regeln, das kann ich ihm nicht verweigern. Wir können im Konvoi fahren, das ist sicher.« Benjamin ließ sich auf einen Stuhl sinken und rieb sich über die Augen.

Es wäre nicht der erste Todesfall, der ihnen zu schaffen machte. Hans Hamelau war nur ein Jahr nach der Turmweihe gestorben, und Lucia und Benjamin hatten sich eine Weile fürsorglich um Greteke und die Kinder gekümmert. Inzwischen war Greteke mit Lorenz Dohmsen verheiratet, der die Leitung des Bauhofs übernommen hatte. Wenig später war Daans Ehefrau an einem schweren Fieber gestorben. Nicht einmal damals hatten sie nach Amsterdam reisen können. Das Stadtpalais an der Düsternstraße und ein Landhaus samt Prachtgarten hatten Benjamin zu sehr in Anspruch genommen. Dazu kamen der Handel mit Stuckmarmor und die diversen Ämter, die er inzwischen innehatte. Und natürlich seine Familie, mit der er gerne Zeit verbrachte. Trotzdem mussten sie vorsichtig sein.

»Du hast recht.« Er atmete resignierend aus. »Ich werde alleine reisen. Ich kann euch dieser Gefahr nicht aussetzen.«

Die Stadt war ein Fahnenmeer, als sie zehn Tage später in Amsterdam ankamen. Neben dem Andreaskreuz auf Rot, dem Wappen Amsterdams, waren zahllose orangene Flaggen zu sehen. Benjamin sprach den Gepäckträger darauf an und erfuhr, dass Prinz Wilhelm III. von Oranien gerade zum Generalkapitän der Truppen berufen worden war. »Und ich sage Euch: Statthalter wird er auch noch werden! Wir brauchen einen Anführer, auf den wir uns verlassen können – und nicht diese zerstrittenen Politiker. Wir brauchen Stabilität, auch für unseren Handel.«

Benjamin schwieg. In der Republik schien sich mehr verändert zu haben, als er gedacht hatte. Trotzdem war er froh, dass Lucia sich doch noch entschlossen hatte, ihn mitsamt der Kinder zu begleiten. Die Begeisterung seiner Kinder über die Größe und Schönheit der Stadt lenkte ihn ab. Während sie sich und ihr Gepäck mit einem Boot in die Prinsengracht bringen ließen, hielten sie gemeinsam Ausschau nach besonders schönen Skulpturen auf den Ziergiebeln – »Sieh nur, ein Delfin!« – und den sprechenden Haussteinen – »Da ist ein Haus, das heißt Arche Noah!«.

Im Stadtpalais der Aards war es still. Die Räumlichkeiten hatten sich verändert. Natürlich gab es noch den Stuckmarmor, für den sie gesorgt hatten, doch statt der vielen Gemälde hingen, der Mode der Zeit entsprechend, Goldledertapeten und Spiegel an den Wänden.

Daan kam ihnen aus dem Kontor entgegen. Auch mein Bruder ist alt geworden, dachte Benjamin. Ganz grau sieht er aus, und glücklich war er wohl auch nie. Aber was weiß ich schon?

Benjamin drückte ihn fest an sich und sprach ihm noch einmal persönlich sein Beileid aus.

Daan ging nicht darauf ein. »Der Arzt war gerade da. Vater schläft jetzt. Wir können also erst einmal eine Mahlzeit einnehmen. Anschließend muss ich noch in die Vroedschap. Eine dringende Sitzung.«

»Ich habe gehört, Prinz Wilhelm sei nun doch zum Generalkapitän ernannt worden. Ich dachte, die Männer um Johan de Witt wollten das verhindern«, sagte Benjamin.

»Was bleibt uns anderes übrig? Wir brauchen jemanden, der uns anführt. Uns droht ernste Gefahr. Ich wundere mich, dass ihr überhaupt hierhergekommen seid – und dann noch mit den Kindern.«

Lucia warf Benjamin einen vielsagenden Blick zu. Er nahm ihre Hand. »Ich möchte Vater erst sehen.« Daan schien das nicht zu gefallen, aber Benjamin ließ sich nicht beirren.

Sein Vater verschwand beinahe zwischen den dicken Kissen und Decken in seinem Bett. Auf dem Kopf trug er seltsamerweise die Biberfellmütze, die Wilhelmtje ihm geschenkt hatte. Zähne schien er keine mehr zu haben. Wie lange lag er schon so, allein in seiner Kammer? Kaum regten sich seine Züge, sodass Benjamin sein Gesicht ganz nah an Michiels hielt.

»Benjamin ... bist du das?« Eine tastende Hand auf der Decke.

Benjamin umfasste sie sofort. »Ja, Vater ...« Mehr brachte er nicht heraus. Seine Kehle war wie zugeschnürt.

Doch Michiel war schon wieder eingeschlafen.

»Lass uns hier in Vaters Zimmer bleiben«, bat Benjamin.

»Wir stören ihn doch nur«, widersprach Daan.

»Das glaube ich kaum.« Lucia setzte sich auf die andere Seite des großen Betts. Die jüngeren Kinder kuschelten sich an sie. Nur Gerard stand mit seinen zwölf Jahren etwas unbeholfen daneben.

Daan gab nach und bat die Magd, etwas zu essen und zu trinken zu bringen. Lange sprachen sie über die politische Lage und die Gefahr eines Krieges.

»Johan de Witt hat sich für das kleinere Übel entschieden, als er den Prinzen zum Generalkapitän machte. Die einfachen Leute lieben ihr Prinzchen noch immer. Jetzt aber ist der Löwe entfesselt. Vermutlich wird er auch das Statthalteramt wieder an sich reißen, sich dann mit seinem Onkel, dem englischen König, zusammentun – und das war's dann mit unserer Bürgerrepublik.« Daan seufzte. »Viel besorgniserregender ist allerdings, dass wir zwar auf See gut aufgestellt sind, aber über zu wenige Fußtruppen verfügen. Die Provinzen haben sich viel zu lange bei der Finanzierung quergestellt. Du weißt ja, die Amsterdamer Kaufleute lassen sich nicht gerne in die Tasche greifen. Und seit die Bickers und die de Graeffs abgetreten sind, hat de Witt in Valckenier einen echten Feind.«

»Vielleicht wird ja doch noch eine Verhandlungslösung gefunden. Oder der Krieg wird wieder auf See ausgetragen«, versuchte Benjamin, die Sorgen seines Bruders zu zerstreuen.

»Und wenn nicht?«, fragte Daan düster.

Erst am nächsten Morgen war Michiel wach und kräftig genug, um sie richtig zu begrüßen. Ganz aufrecht saß er, ein Kissen im Rücken und die Bibermütze in den Nacken geschoben. Wieder blieben sie in seiner Kammer, was sich für Benjamin richtig anfühlte. Als Michiel sie dazu einlud, machten die Kinder es sich am Fußende seines Bettes bequem, auch Gerard. Michiel strahlte vor Wiedersehensfreude und fragte die Kinder aus, wollte wissen, wie die Reise gewesen sei und wie es ihnen in Amsterdam gefiel. Dann widmete er sich ausführlich Lucia. Und schließlich forderte er die vier auf, die

Magd zu bitten, frische Waffeln zuzubereiten. »Aber nur ein paar. Oder will hier etwa noch jemand eine Waffel?«

Natürlich riefen die Kinder sofort, dass auch sie Waffeln mochten. Michiel lächelte, und Benjamin staunte darüber, welche Kraft sein kranker Vater noch aufbrachte.

Als die Kinder hinausgetobt waren und Lucia ihnen gefolgt war, sagte Michiel: »Seltsam, ich kann mich gar nicht daran erinnern, als Kind so unbeschwert gewesen zu sein. Da war immer die Sorge, zu meinem Vater zurückzumüssen. Nicht willkommen zu sein. Ich fürchtete immer, dass meine Eltern Kris mehr lieben würden. Unsere Konkurrenz hat zu endlosen Streits geführt, von denen meine Eltern nur einen Bruchteil mitbekommen haben.« Er sah seinen Söhnen in die Augen. »Ich werde euch alles zu gleichen Teilen vererben. Dieses Haus, die Anteile an den Schiffen, an den Handelsgeschäften.« Er zählte eine lange Liste auf, die Benjamin beeindruckte. »Daan füllt seit Langem meinen Posten in der Vroedschap aus. Wenn ich nicht mehr bin, wird er nur noch wenig Zeit für die Architektur haben. Deshalb würde ich mir wünschen, dass du nach Amsterdam zurückkehrst, Benjamin. Du vergeudest in Hamburg dein Talent.«

»Hamburg ist –«

Michiel gebot ihm mit einer Geste Einhalt. »Das ist kein Befehl, nicht einmal eine Anweisung. Es ist ein Wunsch. Ich wünsche mir, dass ihr Seite an Seite unser Familiengeschäft weiterbetreibt. Ihr wisst selbst, dass Benjamin der Erfindungsreichere von euch ist und Daan der Geordnete. Beides ist wichtig. Und nur wenn du nach Amsterdam zurückkehrst, Benjamin, können deine Kinder in die Vroedschap eintreten und den Einfluss unserer Linie fortführen.«

Daan starrte auf seine Fußspitzen. Ihm und seiner verstorbenen Frau waren keine Kinder vergönnt gewesen.

»Ich werde mit Lucia darüber sprechen«, sagte Benjamin schnell.

»Tu das, bitte.« Die lange Rede schien Michiel erschöpft zu haben, doch er war noch nicht fertig. »Vor allem wünsche ich mir von euch eines: dass ihr nicht streitet. Seid Brüder im Herzen. Denn ein Bruder oder eine Schwester ist nicht zu ersetzen. Ich habe zu lange gebraucht, bis ich das begriffen habe.«

Es war, als verleihe ihre Anwesenheit Michiel neue Kräfte. Er verließ zwar kaum noch das Bett, aber er hatte genügend Energie, um mit ihnen zu reden und ihre Gesellschaft zu genießen. Er bestand sogar darauf, mit seinen Söhnen die Geschäftspapiere durchzugehen. Gleichzeitig spannte sich die politische Lage immer mehr an. Auf den Straßen fand ein regelrechter Schmähschriften-Krieg statt. Lucia drängte darauf, die Stadt zu verlassen, aber Benjamin konnte sich weder dazu durchringen, seinen Vater zu verlassen, noch dazu, seine Frau allein zurückreisen zu lassen. Dann war es auf einmal zu spät. England und Frankreich erklärten den Niederlanden den Krieg. Kurz darauf, als wollte er nicht noch einen Krieg miterleben, starb Michiel. Benjamin war traurig und zugleich froh, dass er seinen Vater in dessen letzten Wochen begleitet hatte.

Am Abend, nachdem sie ihren Vater in der Nieuwe Kerk zur letzten Ruhe gebettet hatten, saßen Benjamin und Daan im Garten zusammen. Sie führten ein ruhiges Gespräch, beinahe freundschaftlich.

»Du solltest dich nach einer neuen Frau umsehen. Einer, mit der du vielleicht doch noch Kinder bekommen kannst«, sagte Benjamin nachdenklich.

»Ich will keine neue Frau. Und ich habe ein Kind, das weißt du genau.« Ein schmerzlicher Ausdruck schlich sich auf Daans Gesicht.

»Wann hast du es zuletzt gesehen?«

»Kurz nachdem du bei Antje warst.«

Auf einmal begriff Benjamin den Groll, den Daan gegen ihn gehegt haben musste. »Dann such sie! Finde heraus, ob sie frei für dich ist! Sie werden dich schon nicht aus der Vroedschap werfen, nur weil du unter Stand heiratest!«

»Ich weiß, dass sie frei ist. Ich habe Antje und unserer Tochter einen Hof bei Muiden geschenkt. Antjes Mann ist längst gestorben.«

Benjamin sah seinen Bruder an. Er respektierte, dass Daan für Antje und ihre Tochter gesorgt hatte, wenn er auch nicht begreifen konnte, dass sein Bruder darauf verzichtet hatte, sein Kind aufwachsen zu sehen. »Was hält dich also noch?«

Abends im Bett schmiegte sich Benjamin an Lucia. Es war seltsam, keine Eltern mehr zu haben. Jetzt erst ahnte er, wie es ihr damals gegangen sein musste.

»Ich möchte nach Hamburg zurück«, sagte Lucia leise. »Ganz egal, wie du dich entscheidest, jetzt ist nicht die richtige Zeit, mit den Kindern in Amsterdam zu bleiben. Auf See hält sich eure Flotte zwar wacker, aber es heißt, dass Ludwig XIV. mit einhundertdreißigtausend Mann auf die Niederlande zieht. Dieser Krieg könnte uns das Leben kosten.«

Benjamin küsste sie. »Wir erkundigen uns gleich morgen nach einem Schiff oder einer anderen Reisemöglichkeit. Das verspreche ich dir.«

Sie ließen die Kinder bei der Magd und gingen zum Hafen. Auf dem Dam prügelten sich Staatsgesinnte und Prinzgesinnte. Benjamin erkannte seinen alten Freund Fokke unter den Randalierern und wunderte sich nicht, denn er war schon immer radikal gewesen. Die Prinzgesinnten warfen den Republikanern vor, dass sie das Heer zugunsten der Flotte vernachlässigt und so Land und Leute riskiert hatten. Und die Republikaner, wie Fokke einer war, zögerten nicht, ihrerseits auf die Machtgelüste des Prinzen hinzuweisen.

Die Rufe der Flugschriftenverkäufer erregten Benjamins Aufmerksamkeit. Er konnte kaum glauben, was er hörte: Angeblich rückte die französische Armee in einem gefährlichen Tempo vor. Ort um Ort fiel. Jetzt hatte der Feind schon Utrecht erreicht, konnte also die Kirchturmspitzen Amsterdams schon sehen. Gleichzeitig versuchte die feindliche Flotte wohl, die niederländische Küste zu blockieren. Obgleich die Admiralität eine Blockade noch verhindern konnte, wurde der Handel stark behindert. Binnen Wochen war die Lage in Amsterdam brenzlig geworden. Bald würden auch die Waren ausgehen und Hunger herrschen. Eine sichere Fluchtmöglichkeit war nicht zu erkennen.

* * *

Sie waren so früh wie möglich im Jahr in See gestochen, um die englische und französische Kriegsflotte abzufangen, ehe diese sich vereinigen konnten. Auch hatten Ratspensionär Johan de Witt und Admiral de Ruyter gehofft, ihren Überraschungsangriff auf dem Medway wiederholen zu können. Ohne Erfolg, denn die Engländer hatten ihre Stellungen an dieser maritimen Lebensader des Landes verstärkt. Entgegen ihrer ursprünglichen Pläne waren Theo und Yorick noch einmal bei Admiral de Ruyter vorstellig geworden, der sie gerne aufgenommen hatte. Seitdem taten sie wieder auf dem Flaggschiff *Die Sieben Provinzen* Dienst.

Nun stand Theo neben dem Admiral, den Offizieren und Steuerleuten sowie Cornelis de Witt, dem Repräsentanten der Generalstaaten, auf dem Achterdeck. Ihr Flottenverband aus fünfundsiebzig Schiffen, über zwanzigtausend Mann Besatzung und beinahe viertausendfünfhundert Kanonen machte gute Fahrt. In der Nacht hatte sie die Nachricht erreicht, dass die Kriegsflotten in der Solebay an der englischen Ostküste Schutz gesucht hatten, und sie hofften, dass diese an diesem frühen Morgen noch vor Anker liegen würden. Soeben erteilte der Admiral Yorick das Wort, der gerade noch letzte Windmessungen vorgenommen hatte.

»Soweit der Wind nicht dreht, dürften wir im Vorteil sein«, erklärte Yorick. »Wir werden die Luvstellung haben, also den Windvorteil.«

»Wir greifen in breiter Formation an, sodass die feindlichen Schiffe keine Möglichkeit haben, aus der Bucht auszubrechen«, erläuterte Michiel de Ruyter ihre Strategie. »Wenn das Glück uns hold ist, können wir schon heute die Gefahr auf See bannen.«

Nachdem der Admiral die Besprechung beendet hatte, gesellte sich Cornelis de Witt mit seinen Hellebardieren in ihren opulenten Uniformen zum Unterstand des Steuermanns. Theo trat zu Yorick. Wie vor jeder Schlacht wünschten sie einander Glück.

Tatsächlich gelang es ihnen, wie ein Orkan über den Feind zu kommen. Kanonenschuss folgte auf Kanonenschuss. Die Kanonen rumpelten beim Abschuss über die Lafetten, nur von knirschenden Seilen gebändigt. Schon gingen die ersten Schiffe in Flammen auf, schon hatten auch Theo und seine beiden Wundärzte die ersten Verwundeten zu versorgen. Bald kamen sie mit der Arbeit nicht mehr nach, mussten frisch abgesägte Gliedmaßen aus den Stückpforten werfen, um Platz zu schaffen. Offenbar war es einem Teil der französischen Flotte gelungen, seitwärts auszubrechen, denn vor allem Niederländer und Engländer beschossen einander gnadenlos. Theo arbeitete konzentriert. Der Blutzoll war auch dieses Mal wieder hoch. Nur kurz sah er auf, als Jubel ertönte, weil das neue Flaggschiff der Engländer, die *HMS Royal James*, vom Feuer zerstört und gesunken war.

Kanonendonner und Schüsse dröhnten derart, dass Theo glaubte, taub zu werden. Er hatte gerade einen Fuß amputiert und die Wunde ausgebrannt, als ein Körper vor ihm abgelegt wurde, der ihm nur allzu bekannt war. Der Schreck traf ihn wie ein Schlag vor die Brust. *Yorick!* Sein Freund hatte unzählige Wunden und offenbar schon viel Blut verloren.

»Warum bringt ihr ihn erst jetzt? Er ist beinahe ausgeblutet!«, schimpfte Theo, doch seine Helfer, die die Schwerverletzten vom Deck holten, waren schon wieder verschwunden.

Yorick atmete unregelmäßig, packte Theos Hand, krallte sich fest. Seine Pupillen zuckten.

Theo beugte sich über ihn, eine Hand schon an seinen Instrumenten. »Bleib ruhig!«, redete er auf seinen Freund ein, um ihn zu beruhigen und seinem Entsetzen Herr zu werden. »Ich helfe dir. Du wirst wieder gesund. Denk an unsere Farm! Nicht mehr lange, und –«

Eine Blutblase platzte auf Yoricks Lippen, als dieser ein tapferes Lächeln versuchte. Dann war er tot.

Stundenlang war es Theo, als wäre er in einem Tunnel gefangen, als trüge er Scheuklappen. Sein Puls raste, sein Blut schien zu kochen. Nach Yoricks Tod hatte er einen Verzweiflungsschrei ausgestoßen, der sogar seine Helfer in Furcht versetzt hatte. Seitdem arbeitete er an Deck. Wie ein Besessener versorgte er die Verletzten, als könnte er damit seinen Verlust ungeschehen machen. Doch Yorick war tot. Und Theo fühlte sich, als habe man ihm ein Stück aus dem Herzen gerissen.

Rauch hing über dem Deck, immer wieder schlugen Kanonenkugeln ein und brachten Holz zum Splittern. Neben Yoricks Platz am Unterstand des Steuermanns saß Cornelis de Witt und versuchte, durch die Rauchwolken den Feind zu erspähen. Einige seiner Hellebardiere, die neben ihm gestanden hatten, waren bereits getötet worden.

Auf einmal bemerkte Theo, dass der Rauch in Schleifen um sie herumzuwehen schien, und er dachte an die unzähligen Male, an denen er mit Yorick den Wind gemessen hatte.

»Der Wind hat gedreht! Wir verlieren die Luvstellung! Der Feind ist im Vorteil!«, schrie er.

Einen Wimpernschlag später donnerte es erneut, und im gleichen Augenblick wurde er von einem Schlag von den Füßen gerissen, der von einem Riesen hätte stammen können.

So fühlt es sich also an, wenn einen eine Kanonenkugel trifft, dachte Theo. Dann wurde alles um ihn herum schwarz.

***

Der Krieg zog sich hin. Trotzdem nutzte Benjamin jede Gelegenheit, sich am Hafen nach einer sicheren Überfahrt nach Hamburg zu erkundigen.

War das da drüben nicht Theo? Ja, dachte Benjamin und ging näher. Sein Cousin wirkte schwer gezeichnet, er sah abgerissen aus und hatte offenbar einen Arm verloren.

»Theo?«, fragte er. »Du bist zurück?«

»Mit der Seefahrt ist es vorbei. Und mit der Chirurgie ebenfalls«, sagte Theo bitter und zuckte mit den Schultern. Er roch nach Alkohol.

»Was ist passiert?«

»Kanonenschuss in der Seeschlacht von Solebay. Dabei ist es mir noch gut ergangen.« Theo brach in Tränen aus. Benjamin wollte ihn trösten, und tatsächlich ließ sein Cousin sich gegen ihn sinken. »Yorick hat es erwischt. Beinahe zweiundzwanzig Jahre waren wir gemeinsam auf See.« Theo machte sich los und wischte sich grob die Tränen von den Wangen. »War ein guter Mann. Hatte Träume. Wir wollten zusammen eine Farm kaufen, bei Wilhelmtje.«

»In New York.«

»Nieuw Amsterdam. Wir wollten uns das Land von den Engländern zurückholen. Aber damit ist es jetzt vorbei. Genau wie mit der Farm. Ich wollte mir von meiner Stiefmutter mein Erbe auszahlen lassen. Ist aber nichts mehr da.«

Benjamin strich ihm unbeholfen über den Arm. »Warum gibst du auf? Du bist ein erfahrener Chirurg – wenn du einen geschickten Gehilfen hast, der für dich das Messer führt, kannst du noch immer viel bewirken. Ob hier oder in der Neuen Welt. Außerdem könnte ich deine Hilfe gebrauchen.« Knapp erzählte Benjamin ihm, dass er schon lange nach einer sicheren Reisemöglichkeit für Lucia und die Kinder suchte.

»Nach Hamburg? Einen vertrauenswürdigen Kapitän, der im Konvoi fährt? Ich werde mich umhören«, versprach Theo.

Ein paar Tage später tauchte er bei ihnen an der Prinsengracht auf. »Ich habe was für euch. Ich kann auf dem Schiff anheuern und auf deine Gattin und eure Kinder aufpassen.«

»Das ist ja großartig.« Benjamin fiel ein Stein vom Herzen. Dann bemerkte er Lucias ungläubigen Blick.

»Du willst hierbleiben?«, fragte sie beinahe tonlos.

»Ich muss helfen, meine Heimat zu verteidigen.«

»Du musst deine Familie sicher nach Hause bringen.«

»Auch, ja. Aber ich kann nicht beides zur selben Zeit. Dies ist ein gutes Land, das zu bewahren sich lohnt. Ich kann es nicht zwei machthungrigen Königen überlassen. Und Theo wird an eurer Seite sein.«

Lucia wandte sich um. Wenig später hörte Benjamin, dass sie anfing zu packen.

* * *

Schon am nächsten Tag brachte Benjamin die Kinder und Lucia zum Hafen, wo Theo sie in Empfang nahm. Jetzt, wo er einen Auftrag hatte, schien seine Entschlusskraft zurückgekehrt zu sein; ein wenig zumindest. Lucia roch jedoch den Genever in seinem Atem. »Ist hier irgendwo ein Verschlag, wo ich mal kurz … «, begann sie, nachdem Benjamin sich verabschiedet hatte.

»Dort hinten.« Theos Blick sprach Bände. Das fing ja gut an. Aber Lucia hatte sich etwas überlegt. Sie nahm ihre Kinder mit sich. Ein rascher Blick zeigte ihr, dass der Schuppen anscheinend gerade nicht genutzt wurde. Sie bat Gerard, an der Tür zu wachen. Dann zog sie sich schnell um. Mit einem aufmunternden Lächeln hockte sie sich neben ihre Kinder. »Wir spielen jetzt ein Spiel«, sagte sie. »Nur dass ihr mich nicht verraten dürft. Dieses Spiel ist unser Geheimnis. Und ihr müsst dieses Spiel mitspielen.«

»Dürfen wir uns auch verkleiden?«

»Leider haben wir keine Kostüme.« Ihr kam eine Idee. »Aber ihr könnt so tun, als wäret ihr Spione und in einem geheimen Auftrag unterwegs.«

Theo schien seinen Augen kaum zu trauen, als sie wenig später mit Benjamins altem Anzug, Hut und kohlegeschwärzten Wangen aus der Hütte kam. Ihr Kleid hatte Lucia in ihre Tasche gestopft. Ihre Kinder grinsten, für sie war das alles ein großer Spaß. Nur Gerard begriff offenbar den Ernst der Lage.

»Ich bin Lucian. Der Vater der Kinder«, sagte sie.

Theo nickte nachdenklich. »Das ist wohl tatsächlich besser so.«

Sie wurden zu einer einfachen Fleute gebracht, die mit einigen wenigen Kanonen bewaffnet war. Glücklicherweise war es bei den anderen Schiffen besser um die Bewaffnung bestellt. Lucia tröstete ihre Kinder, die immer wieder nach ihrem Vater fragten. Auch sie selbst sorgte sich schrecklich um Benjamin. Wie konnte dieser Starrkopf sie nur allein reisen lassen! Wie konnte er sein Leben nur derart in Gefahr bringen!

Auch sie mochte Amsterdam, aber die niederländische Großmannssucht hatte in den vergangenen Jahrzehnten ständig Kriege provoziert, und sie wollte nicht weiter in Furcht leben. Lucia zwang sich zur Ruhe. Nach langer Zeit war sie wieder in die Rolle eines Mannes geschlüpft; sie musste sich neu hineinfinden.

Theo sorgte dafür, dass sie eine ruhige Ecke zum Schlafen bekamen, und richtete sich mit seiner Medizinkiste neben ihnen ein. Lucia half ihm bei der Arbeit, so gut sie konnte. Vor allem hörte sie Theo zu. Es gab vieles, das er anscheinend noch nie jemandem erzählt hatte. Auch ihre Kinder hingen an seinen Lippen. Mitreißend erzählte er von den Wäldern und Tieren in Nieuw Nederland, und er zeigte ihnen auch die wulstigen Narben, die der Bär auf seiner Brust hinterlassen hatte. So gebannt waren sie alle, dass sie nicht einmal seekrank wurden.

Kanonendonner. Das Geräusch splitternden Holzes. Das Klirren von Metall auf Metall.

Lucia fuhr hoch. Panisch suchte sie den Degen, den Theo ihr gegeben hatte. Damit konnte sie doch gar nicht umgehen! Schlaftrunken und ängstlich fragten ihre Kinder, was los sei, woraufhin Lucia die Finger auf die Lippen legte.

»Ein Überfall«, bestätigte Theo tonlos, was Lucia befürchtet hatte. Das Herz schlug ihr bis in den Hals. Sie wollte nicht, dass ihren Kindern etwas geschah, dass sie in Gefangenschaft gerieten, über Bord gingen oder erschossen wurden.

Bitte, Herrgott!, schickte sie ein Stoßgebet gen Himmel. Gleichzeitig krängte das Schiff so heftig, dass sie sich kaum auf den Füßen halten konnte. Theo und die anderen Besatzungsmitglieder in ihrer Nähe machten ihre Waffen bereit. Stumm und konzentriert entwarfen sie einen Schlachtplan. Lucia leerte ein Fass, und Gerard half seinen Geschwistern, sich zu verstecken. Dann packte sie den Degen. Sie würde nicht kampflos aufgeben.

* * *

Benjamin und Daan hatten sich als Freiwillige gemeldet, um Festungen instand zu setzen oder aufzubauen. Anschließend hatte Daan Antje und seine Tochter aus Muiden geholt und in Amsterdam untergebracht. Überall auf dem Land herrschte blanke Panik, denn beinahe stündlich trafen Nachrichten über den erschreckend schnellen Vormarsch der französischen Armee ein. Schließlich hatte die Regierung eine verzweifelte Entscheidung getroffen: Die Wasserlinie sollte aktiviert werden. Das bedeutete nichts anderes, als dass durch das gezielte Öffnen von Schleusen oder Deichdurchbrüchen eine nasse Grenzlinie geschaffen werden sollte. Holland würde zu einer Insel werden.

Benjamin kostete es große Überwindung, das dem Wasser abgerungene Land wieder dem Wasserwolf zu opfern, zumal die Folgen dramatisch waren und viele Bauern protestierten. Ein Großteil der Ernte würde vernichtet, auch forderten die Überflutungen viele Menschenleben. Doch die Zeit lief ihnen davon. Er und Daan befanden sich jetzt bei Groningen, um die Stadt zu unterstützen, die von Truppen des Münsteraner Bischofs Bernhard belagert wurde. Sein Heer war vom Bourtanger Moor aus gegen Groningen vorgestoßen und war darauf erpicht, die reiche Provinz Friesland auszubeuten.

Die Zusammenarbeit mit Daan war unerwartet konstruktiv; mit ihrem Vater schien auch ihre Konkurrenz untereinander gestorben zu sein. Vielleicht machte aber auch das Wissen, dass er Antje bald würde heiraten können, Daan gelassener. Wenn sie denn diesen Krieg überlebten …

Benjamin hustete heftig; die ewige Feuchtigkeit war ihm auf die Brust geschlagen. Dazu kam die Sorge. Noch immer hatte er nichts von Lucia und den Kindern gehört. Obgleich er nicht sehr gläubig war, betete er täglich dafür, dass sie unversehrt in Hamburg angekommen waren.

Er sah über die regenverhangene Landschaft und diskutierte mit Daan und den Verantwortlichen ihre Optionen. Vor ihnen im Moor war die feindliche Armee nur zu erahnen. Doch sie wussten, dass die Soldaten da waren, denn wenn sie den Schutz ihrer Schanzen verließen, flogen ihnen Kugeln um die Ohren.

»Wenn wir diese Deiche durchstechen, könnte es Tausende Soldaten das Leben kosten«, merkte Benjamin an. Da durchschlug neben ihnen eine Kanonenkugel krachend eine Schanze.

Daan klappte den Kragen hoch, als würde er so die Schmerzensschreie nicht mehr hören. »Was sollen diese Skrupel? Es sind Münsteraner Soldaten, die keinen Augenblick zögern würden, uns umzubringen.«

Kurz lag Benjamin eine Erwiderung auf den Lippen, aber dann verkniff er sie sich. Vermutlich hatte sein Bruder recht, auch wenn es ihm schwerfiel, das anzuerkennen. Der Vormarsch des Feindes musste aufgehalten werden, sonst würde er seine Familie vielleicht nie wiedersehen.

62

S'Gravenhage, August 1672

Die Kutsche fuhr vor, aber Samuel nahm es kaum wahr. Er bebte unter den Schlägen, die er hatte einstecken müssen. Unsichtbare Schläge, und doch schmerzten sie in seinem Herzen, als wäre seine Seele getroffen. Seine Knie waren weich, als er ausstieg. Der Genever, den er auf der Fahrt getrunken hatte, hatte nicht gerade zu seiner Stabilität beigetragen. Er war betrunken, mitten am Nachmittag. Der Lärm aus der Stadt erschütterte ihn. Hier also auch. Aber war s'Gravenhage nicht immer schon der Kristallisationspunkt politischer Ereignisse gewesen? Saßen im Gevangenenpoort am Binnenhof nicht die Brüder de Witt ein, weil man ihnen die Schuld an der Misere des Landes zuschob? Folterte man Cornelis nicht, weil man glaubte, er habe einen Attentäter angeheuert, der Prinz Wilhelm töten sollte? Behauptete man nicht, die de Witts hätten die Republik verraten?

Das Gegenteil war der Fall.

Der Schauder, der Samuel überfiel, war so heftig, dass er sich an der Säule am Eingang seines Hauses abstützen musste. Der Duft seiner Orangenbäumchen drang zu ihm. Glücklicherweise waren seine Gattin und das Gesinde anscheinend seinen Anweisungen gefolgt und hatten alle Läden verschlossen. Wenn der Pöbel auf den Straßen derart tobte, war es nicht gut, auf sich aufmerksam zu machen.

Leise trat er ein. Er wollte niemanden erschrecken. Was Charlotte wohl tat? Er wünschte sich, sie ins Bett zu ziehen und bei ihr Trost zu suchen, Vergessen zu finden vor dem, was er getan hatte. Der Verrat des Königs von England schockierte ihn zutiefst. Wie konnte König Charles sich derart gegen seinen Neffen richten? Wie konnte er das Land zu vernichten suchen, das ihn einst so freigiebig aufgenommen hatte? König Ludwig XIV. hatte die Niederlande vermutlich schon immer gehasst, weil sie frei waren, tolerant und stark. Warum hatte Samuel sich nicht früher klargemacht, wie groß dieser Hass war? Und er hatte auch noch zum Triumph des Sonnenkönigs beigetragen ...

Jetzt wurden die Niederlande von allen Seiten bedrängt. Die Wasserlinie war ihre letzte Rettung gewesen – und zugleich ihr Fluch, weil so viel fruchtbares Weideland zerstört, so viel Vieh ersäuft wurde. Wenn der Feind sie nicht vollends überrannte, würde eine Hungersnot sie vernichten. Auch ihn, denn viele seiner Besitztümer waren in Feindeshand, und seine Schulden ... Er mochte gar nicht daran denken.

Samuel schlüpfte aus den Schuhen, der schmutzigen Jacke, ließ sie achtlos fallen. Wozu hatte er Diener? Außerdem war jetzt ohnehin alles egal. Aus seinem Rosenholzkabinett mit den Intarsien aus Elfenbein nahm er die Genever-Karaffe und trank sie in einem Zug halb leer. Der Schnaps lief über sein Kinn und nässte sein Hemd. Hoffentlich konnte er damit sein schlechtes Gewissen betäuben und tröstlichen Schlaf finden. So viel Unrecht war geschehen, auch seinem Freund Johan und dessen Bruder Cornelis. Es hieß, dass Cornelis de Witt unter der Folter Horaz zitiert habe, weil es nichts zu gestehen gab. Diese Grausamkeiten hatte er nicht gewollt.

Samuels Schritte beschleunigten sich, als er sich der Schlafzimmertür näherte. *Charlotte* ... Ihre Reinheit würde auch ihn reinwaschen. Geräusche drangen durch die Tür zu ihm. Der Gedanke, sich an ihrer Brust trösten zu lassen, trieb ihn an. Er stieß die Tür auf – und erstarrte. Charlotte und Frans im erhitzten Liebesspiel, in dieser Pose ... Ihm wurde übel, und er taumelte zurück.

»Samuel! Ich wollte nicht ... Es ist nicht so ...« Ihre Stimme war schrill. Sie tapste auf ihn zu, erhitzt, stinkend nach ihrem Liebhaber, verschloss noch im Laufen ihren Morgenmantel aus teurer japanischer Seide. Wider Willen war Samuel erregt. Er packte seine Frau und riss ihr den Morgenmantel vom Leib.

»Nicht! Was tust du denn?« Sie klang tatsächlich empört! Er griff grob an ihren milchweißen Busen. Sie schrie auf. Im selben Augenblick hatte Frans sie erreicht. Sein Sekretär hatte eilig eine Hose angezogen. Jetzt stieß er ihn weg. Ihn, seinen Herrn!

»Du bist entlassen! Gefeuert! Verschwinde, du nichtsnutziger –«

Ein Faustschlag machte Samuels Wutrede ein Ende. Er wankte, holte aus, verfehlte Frans. Nun schlug sein Sekretär auf ihn ein, hart und unbarmherzig. Hilflos riss Samuel die Hände über den Kopf, um sich zu schützen.

»Viel zu lange habt Ihr schon auf mir herumgetrampelt«, zischte Frans, während er zuschlug. Dann ließ er von ihm ab. Durch den Spalt zwischen seinen Fingern sah Samuel, wie sein Sekretär sich Charlotte zuwandte. »Vergiss ihn. Der ist besoffen und wird morgen alles vergessen haben.« Frans umfasste und küsste sie. Kurz sah es aus, als wollte Charlotte ihn wegstoßen, aber dann presste sie sich doch an ihn. Ihr Morgenmantel glitt von ihren Schultern.

Samuel krümmte sich, wollte wegschauen und konnte es doch nicht. Um Frans von seiner Frau zu zerren und ihn aus dem Haus zu treiben, fehlten ihm Kraft und Mut. Er weinte. Was war er nur für ein erbärmlicher Schlappschwanz! Als seine Gattin, der Inbegriff der Reinheit, spitze Lustschreie auszustoßen begann, hielt Samuel es nicht mehr aus und floh.

Samuel wusste nicht, wie er an den Hofvijver gekommen war. Die Spätnachmittagshitze hing über der Stadt. Schuhe trug er nicht, seine Seidenstrümpfe hingen in Fetzen, das Hemd klebte vom Genever an seiner Brust. Seine Lippen und Augen waren geschwollen, er schmeckte Blut. Der See und der Binnenhof schimmerten im Nachmittagslicht. Leute rannten durcheinander, schrien, brachen in

Geschäfte ein, plünderten. Was er sah, lenkte ihn ab, mischte sich in das, was er in seinem Palais erlebt hatte und um jeden Preis vergessen wollte. Eine Frau sprach ihn in der Menge an, wollte ihm helfen. Rote Lippen hatte sie und dunkle Augen. Jung und zugleich verlockend gefährlich.

Willenlos folgte Samuel ihr. Sie kamen auf einem Baumstamm zum Sitzen. Sie spülte seine Wunden mit Wein aus einer teuren Flasche, die sie wahrscheinlich beim Plündern ergattert hatte. Dann reichte sie ihm die Flasche; er nahm einen tiefen Zug.

»Was ist … hier los?«

»Aufrührer aus den umgebenden Dörfern sind nach dem Haag unterwegs. Wollen die de Witts zur Rechenschaft ziehen. Aber die betrügerischen Brüder wollen fliehen. Das müssen wir verhindern.« Sie fuhr mit der Hand über seine Brust, legte die Hand auf seine Hose. »Hast du Geld? Wollen wir uns ein wenig vergnügen, ehe wir uns wieder ins Getümmel werfen?«

So rot die Lippen … Er nickte schwach. Doch als er nach seinem Geldbeutel tastete, waren vom Vijverberg laute Rufe zu hören. Samuel rappelte sich hoch, hitzig und trunken. Immer mehr Leute strömten zum Binnenhof. Was wollten sie dort? Die Frau wollte ihn aufhalten, doch er ließ sie stehen und taumelte weiter.

Als er den Hof erreicht hatte, schwitzte er heftig und war außer Atem. Zwei Männer wurden durch die Menge getrieben, vor dem alten Gemäuer beschimpft, mit Dreck beworfen und geschlagen. Es war ein gespenstisches Bild. Und doch trat Samuel immer näher, als zöge ihn etwas magisch an. Nun erkannte er sie: Es waren Johan und Cornelis! Warum waren die Brüder hier? Was hatte die Frau eben über die beiden gesagt? Samuel wusste es nicht mehr. Cornelis wirkte geschunden, war nur halb bekleidet, jeder seiner Bewegungen sah man die erlittene Folter an. Und Johan … Er war seit dem Mordanschlag im Juni, bei dem er verletzt worden war, angeblich nicht mehr der Alte gewesen. Das Wundfieber hatte Johan ebenso geschwächt wie die andauernden Anfeindungen, das hatte Samuel von Freunden erfahren. Heute wirkte Johan erschrocken, aber noch immer kühl.

Von seinem Platz in der Menge sah Samuel zu, wie die Brüder durch die Menschen getrieben, geprügelt und beschimpft wurden. Warum kam ihnen niemand zu Hilfe? Vorhin waren doch überall Wachen gewesen. Er sah Cornelis' gequältes Gesicht, Johans ungläubige Züge, als er die Menschen zu beruhigen versuchte. Die Furcht der Brüder. Dann wurde Cornelis von einem Seemann niedergeschlagen. Als hätten sie nur darauf gewartet, stürzten etliche mit ihren Picken, Schwertern und Musketenkolben auf ihn ein.

Wenig später war Cornelis tot. Johans verzweifelter Aufschrei gellte über den Hof. Unter dem Hieb eines Breitschwerts ging er in die Knie. Als ob er beten wollte, sah er in die Höhe. »Gute Bürger, was tut ihr?« Panik machte seine Stimme schrill.

Kurz dachte Samuel an die Freundschaft, die sie verbunden hatte. Er musste ihm zu Hilfe kommen, musste Johan retten. Doch er regte sich nicht, aus Furcht, selbst angegriffen und getötet zu werden. Seelenqualen mischten sich in seine Angst.

Ein Pistolenschuss machte seinem Zwiespalt ein Ende. Aus der Ferne sah er, wie Johans Kopf zur Seite flog, dann fiel sein Freund um. Der Schütze setzte den Fuß auf seinen Rücken. »Hier liegt der Verräter!«, brüllte er.

Die Menschen jubelten. Samuel hingegen krümmte und übergab sich. Einer der brillantesten Geister seiner Zeit war nicht mehr, ein Mathematiker und Politiker, wie es keinen Zweiten gegeben hatte. Wie viel hatte er zu diesem Mord beigetragen? Auch die Druckerei, an der er beteiligt war, hatte Schmähschriften gedruckt, die gegen die Regierung gehetzt hatten. Er durfte nicht an ihre Freundschaft denken, diese Zeiten waren lange vorbei. Sie hatten sich auseinanderentwickelt. Er musste sein Ziel im Auge behalten, musste seine Geschäfte, sein Leben wieder aufbauen, seine Ehe retten …

Kurz fragte Samuel sich, ob es eine Verschwörung gegen die de Witts gegeben hatte. Ob ihre Feinde dahintersteckten. Cornelis Tromp vielleicht, der von Johan degradiert worden war. Johan Kievit. Die feindlichen Könige, die den Bürgerstolz so sehr hassten. Oder waren es sogar Prinzessin Amalia und Prinz Wilhelm gewesen? Nein, das konnte, das durfte nicht sein ... Obgleich der Prinz sich natürlich nach der Macht verzehrte; wer wollte es ihm verdenken? Wilhelm hatte ihm zugesagt, ihn für seine Unterstützung zu fördern, ihn vielleicht sogar in seinen Beraterstab aufzunehmen, wenn er Statthalter wurde.

Grauen erfüllte Samuel, als er sah, wie der Mob die Leichen der Brüder aufs Schafott zerrte. Man zog sie nackt aus, band sie fest, kopfüber wie Vieh, das man ausweiden wollte. Und doch konnte Samuel den Blick nicht abwenden. Der Mob öffnete die Leiber der Brüder, schnitt ihnen Finger und sogar die Genitalien ab. Protzend hielt ein Kerl Johans Herz in die Höhe. Es war eine Schande – und doch fühlte sich Samuel insgeheim erleichtert. Er lebte! Er hatte obsiegt! Im Gefolge des neuen Statthalters würde er einen geachteten Platz einnehmen, und niemand würde ihn mehr verächtlich behandeln dürfen. Halb von Sinnen ließ er sich von den Feiernden mitreißen.

Das Gesicht der jungen Frau mit den blutroten Lippen näherte sich ihm aus dem Dunkel, doch den Schlag, der ihm im nächsten Moment den Schädel spaltete, sah er nicht einmal kommen.

Epilog

1673

Theo ließ sich auf einem Ruderboot den Hudson hochschippern. Er war unterwegs zu dem Grundstück, auf dem seine Farm entstehen sollte. Joris war mit Joseph, den er als seinen Helfer angeheuert hatte, vorausgesegelt, um die Lieferung des Bauholzes entgegenzunehmen. Zum ersten Mal, seit Yorick gestorben war, verspürte Theo eine tiefe Ruhe. Der Krieg um die Niederlande dauerte an, aber es war nicht mehr sein Krieg. Er hatte seinen Teil getan. Seit dem Lynchmord an den Brüdern de Witt hatte er auch nicht mehr den Wunsch verspürt, sein Leben für sein Volk und seine Anführer zu riskieren. Wie hatten sie ein derartiges Unrecht nur zulassen können? Natürlich hatte Prinz Wilhelm abgestritten, etwas mit dem Mord an Johan und Cornelis de Witt zu tun gehabt zu haben. Praktischerweise war er ja auch gar nicht im Haag gewesen. Allerdings waren anscheinend einige seiner Verwandten an dem Angriff beteiligt gewesen. Auch hatte es Hinweise gegeben, dass die Oranier-Freunde Admiral Cornelis Tromp und Johan Kievit dieses Mal ihre Rachepläne umgesetzt hatten. Als Hauptanstifter war der Barbier und Tunichtgut Willem Tichelaar ausgemacht worden, der einen Hass gegen Cornelis de Witt hegte, seit dieser Tichelaars Verurteilung wegen einer versuchten Vergewaltigung durchgesetzt hatte. Keiner der Anstifter war jedoch zur Rechenschaft gezogen worden, etliche von ihnen hatte Prinz Wilhelm sogar belohnt. Ekel zwang Theo, die Erinnerung an die Ereignisse wegzuschieben. Nein, er konnte nicht weitermachen wie Admiral de Ruyter.

Als er erfahren hatte, dass Cornelis Evertsen der Jüngste mit seiner Freibeuterflotte aufbrechen würde, um England und Frankreich in Westindien zu schädigen und ihre Kolonien zurückzuerobern, hatte Theo bei ihm angeheuert. Immer wieder hatte er darauf gedrängt, auch New York aus der Hand der Engländer zu befreien. Nach einem Artilleriegefecht mit dem Fort der Stadt war das tatsächlich gelungen. New York war ganz offiziell wieder Nieuw Amsterdam.

Erstaunt hatte Theo festgestellt, wie sehr sich die Stadt verändert hatte. Und doch war Nieuw Amsterdam noch immer wild und bunt – und weiter gewachsen. Sein Cousin Joris war für etliche der schönsten Gebäude verantwortlich. Seine Tante Wilhelmtje war inzwischen gestorben – sie war friedlich in ihrem Bett eingeschlafen –, aber Joris' Schwester führte den Pelzhandel und die Hutfabrikation weiter. Sie alle hatten sich gefreut, als sie hörten, dass er nun endgültig hierbleiben würde. Benjamin hatte recht gehabt: Auch als Einarmiger war er als Arzt nicht wertlos. Vor allem nicht hier.

Ihm kam in den Sinn, wie mutig Lucia bei dem Schiffsangriff auf ihrer Reise nach Hamburg gekämpft hatte. Ihre Tapferkeit, als das Schiff manövrierunfähig auf dem Meer getrieben war. Ihre Furcht um das Leben ihrer Kinder. Welche Sorgen er sich gemacht hatte, als er sie und ihre Kinder einem Hamburger Walfangschiff übergeben hatte, das ihren Weg gekreuzt hatte. Seine Erleichterung, als sie ihm geschrieben hatte, dass sie wohlbehalten in Hamburg eingetroffen waren …

Ein Ruck riss Theo aus seinen Erinnerungen. Sein Helfer hatte das Ruderboot auf den weichen Ufersaum auffahren lassen. Theo sprang vom Boot. Inzwischen kam er trotz seiner Behinderung gut zurecht. Voller Besitzerstolz sah er sich um. Das hier war ein gesegnetes Stück Erde.

Eine Rohrdommel stieß ihren dumpfen Ruf aus. Ein Lachs sprang aus dem Wasser und hinterließ einen glitzernden Tröpfchenregen. Yorick hätte es hier gefallen, dachte er, und sein Herz wurde schwer. Da riss ein Ruf ihn aus seiner Trauer. Joris und Joseph standen neben dem bereits abgeladenen Holzhaufen, der sein neues Zuhause werden würde, und hießen ihn freudig willkommen.

**

Es war so kalt, dass der Atem der Gottesdienstbesucher beim Gesang in weißen Wölkchen aufstieg. Gleichzeitig verbreitete die freudige Stimmung in der Sankt-Michaelis-Kirche eine angenehme Wärme in Benjamins Herz. Lucia schien es ähnlich zu gehen, denn als die volltönende neue Orgel erklang, röteten sich ihre Wangen. Sie warf ihm einen beglückten Blick zu. Es war Tobias, der dort spielte. Ihr Bruder war ausgewählt worden, die Vollendungsweihe des Michels musikalisch zu begleiten.

Benjamin führte Lucias Hand, die er zärtlich gehalten hatte, zum Mund und küsste ihren Handrücken. Sie hatten viel, für das sie dankbar sein durften. Durch Theos Hilfe waren Lucia und die Kinder gesund in Hamburg angekommen. Er hatte seinem Cousin geschrieben und diesem gedankt, woraufhin Theo sie in die Neue Welt eingeladen hatte. Vielleicht würde irgendwann die Zeit sein, dieses Abenteuer zu wagen. Benjamin selbst hatte die Kämpfe an der Wasserlinie schwer erkältet, aber nur leicht verletzt überstanden. Sein Onkel Samuel war dagegen in s'Gravenhage zum Krüppel geschlagen worden. Charlotte hatte geschrieben, er vegetiere nur noch dahin. Glücklicherweise habe sie seinen treuen Sekretär Frans an ihrer Seite, der ihr helfe, einen Überblick über Samuels Geschäfte zu gewinnen.

Über ein Jahr waren die schrecklichen Vorfälle in s'Gravenhage nun her, und der Krieg tobte noch immer. Schon jetzt nannte man 1672 das Katastrophenjahr. *Het volk was redeloos, de regering radeloos en het land reddeloos*, sagte man konsterniert: Das Volk war töricht, die Regierung ratlos und das Land rettungslos verloren. Sämtliche

Bauvorhaben waren eingestellt worden – und würden ruhen, solange dieser Krieg währte. Daan und er hatten sich deshalb darauf geeinigt, dass Benjamin bis auf Weiteres in Hamburg bleiben würde. Lucia war glücklich über diese Entscheidung, und auch Benjamin hatte Heimatgefühle verspürt, als er endlich wieder Hamburger Boden betreten hatte. Auf Hamburg lag nun ihre Hoffnung, wieder einmal.

Die Glocken läuteten das Ende des Festgottesdienstes ein. Fünfundzwanzig Jahre nach Baubeginn war der Michel endlich fertig. Und wir haben unseren Teil dazu beigetragen, dachte Benjamin stolz, als sie im Hinausgehen noch einmal Lucias Stuckarbeiten begutachteten. Nachdem der betrügerische de la Chapelle sich als unfähig erwiesen hatte und weggeschickt worden war, hatte sie die Arbeiten fortführen dürfen. Und natürlich hatte sie Fantastisches geleistet. Auch Benjamin hatte gut zu tun gehabt. Das von ihm in der Düsternstraße gebaute Haus war so prachtvoll, dass die Hamburger es als Schloss bezeichneten.

Benjamin plauderte ein wenig mit den Bürgermeistern und Räten und auch mit Philipp von Zesen. Der Poet war ebenfalls vor dem Krieg von Amsterdam nach Hamburg geflüchtet und hatte inzwischen eine Leinwandhändlerin aus Stade geheiratet. Er war nicht der Einzige, der im Norden Schutz gesucht hatte. Auch die gelehrte Dame Anna Maria van Schurman, der Stern von Utrecht, lebte derzeit mit Jean de Labadie und weiteren Anhängern des pietistischen Predigers in Altona.

Lucia stand bei Tobias und Dierkje, die ihr erstes Kind erwarteten. Elsa und Olrich nickte sie lediglich freundlich zu. Ihre Freundin hatte ihren Mann zwar dazu gebracht, sich für den Verrat zu entschuldigen. Dennoch würden sie Olrich nicht wieder anstellen. Den Pflanzhof hatten sie dem Paar aber wieder verpachtet, Elsa zuliebe.

Als sich die Gemeinde zerstreute und die Kinder auf dem Kirchhof spielten, nahm Lucia Benjamins Hand und zog ihn mit sich zum

Turm. Bedächtig schritten sie Stufe um Stufe empor. Für Benjamin war dieser Aufstieg wie eine Reise durch die Zeit. Wie viele Menschen hatte er durch den Michel kennengelernt! Meister Corbinus, Peter Marquard und natürlich seinen lieben Freund Hans, den er noch immer schmerzlich vermisste.

Benjamin gab dem Turmwächter ein paar Münzen, damit er ihnen für einen Augenblick seine Butze überließ. Dann sahen Lucia und er Arm in Arm auf die Stadt hinaus, während das Uhrwerk ruhig und kraftvoll ihre Gedanken begleitete.

»Weißt du noch, in unserem ersten Jahr, als wir uns auf den kaputten Turm von Sankt Nikolai geschlichen haben?«, sagte Lucia wehmütig.

Benjamin sah über die Stadt, bis weit zu den Harburger Bergen und darüber hinaus. »Es ist viel geschehen seitdem. Denk nur daran, was die Gelehrten in diesen Jahren alles entdeckt haben. Welchen Fortschritt die Wissenschaften und die Baukunst gemacht haben! Denk nur an die neue Straßenbeleuchtung in Hamburg und Amsterdam, die schön ist und den Bürgern zugleich Sicherheit gibt. An die neuen Feuerschläuche, die mein Landsmann Jan van der Heyden erfunden hat und die einen verheerenden Brand wie in London in Zukunft verhindern können.« Benjamin legte sinnierend die Hand auf die Sparren. »Irgendwann werden wir hoffentlich auch eine Methode finden, um zu verhindern, dass so wunderbare Türme von Blitzen oder Stürmen zerstört werden.« Unvermittelt schienen sich seine Gedanken zu verdüstern. »Und zugleich diese Rückschritte! Der barbarische Lynchmord an den Brüdern de Witt. Das ehrlose Verhalten all jener, die es zugelassen haben. Und nun vertrauen alle auf den Prinzen von Oranien. Ich war sicher, dass wir als Volk allein regieren können, unabhängig, so wie ihr Hamburger. Aber die Menschen brauchen wohl etwas, an dem sie sich festhalten können. Bei den Niederländern ist es das Haus Oranien.«

»Ich glaube kaum, dass sich die Uhr zurückdrehen lässt. Die

Menschen haben an der Freiheit geschnuppert, das werden sie nie vergessen. Manchmal brauchen Veränderungen länger, bis sie sich durchsetzen. Sie schmuggeln sich in unsere Gedanken, unsere Verhaltensweisen.«

Benjamin stimmte Lucia zu. Er musste daran denken, dass Theo geschrieben hatte, dass die niederländischen Prinzipien von Freiheit und Toleranz auch unter englischer Herrschaft in Nieuw Amsterdam überlebt hatten. Aber diese Werte wollten mit Leben gefüllt werden. Man musste sie notfalls verteidigen. »Ich für meinen Teil brauche keinen Statthalter, keinen Prinzen und schon gar keinen König. Ich brauche keine Titel und keinen Palast. Was ich brauche, ist Frieden.« *Und ein sicheres Haus für meine Familie, mit einem schönen Garten und ...* Benjamin bremste sich. Er durfte nicht zu viel verlangen. Sie waren gesund, das war schon viel.

Er sah auf die Hamburger Neustadt, ein Gewimmel von Häusern, von Menschen, von Leben, deren Teil sie waren. Es war schon seltsam: Manchmal musste man die Welt durch die Vergrößerung eines Mikroskops betrachten, um die Wahrheit zu erkennen. In anderen Situationen war Abstand nötig, um klar sehen zu können. Um zu begreifen, was wichtig und was unwichtig war. War es nicht einerlei, ob Amsterdam oder Hamburg seine Heimat war? Zählte nicht allein, dass er mit seinen Liebsten zusammen sein konnte? Dass er seinen Platz in der Welt einnahm und für seine Werte eintrat?

Er küsste Lucia zärtlich. Mit seiner Familie an seiner Seite würde ihm diese Herausforderung, die man Leben nannte, auch weiterhin gelingen.

Glossar

Amboyna-Massaker – Folter und Hinrichtung von zwanzig Männern, u. a. von der englischen East India Company, durch Agenten der Niederländischen Ostindienkompanie, 1623 auf der indonesischen Insel Ambon

Barbaresken – nordafrikanische Korsaren

Barett – flache Kopfbedeckung

Beischlagwange – stelenartige Steinplatten, meist verziert, oft links und rechts neben der Haustür als Lehne von Sitzbänken genutzt, in Norddeutschland und dem Ostseeraum verbreitet

Bickerse Liga – ursprünglich Bezeichnung für sieben einflussreiche Mitglieder der Amsterdamer Patrizierfamilie Bicker, die aber später auf alle Verbündete der Bickers ausgeweitet wurde

Bilge – Kielraum eines Schiffes, in dem sich das Leckwasser – Bilgenwasser – sammelt

Bombaas – Sklavenwärter

Caffa – bunte Baumwollstoffe, oft Plüsche oder Samt

Cortile – italienisch »Hof«

Dam – Hauptplatz in Amsterdam, benannt nach dem ersten Damm der Stadt

Drost – adeliger Beamter, Verwalter

Esopus – Stamm der Lenni Lenape (Delaware-Indianer)

Equipage – elegante Kutsche

Faktor – Gehilfe im Kontor

Fleet – schiffbarer Kanal

Galiot – Frachtsegler, meist mit zwei Masten

Kaatsen – eine Art Tennis

Kandeel – eine Art Eierpunsch

Lakai – herrschaftlicher Diener

Lapdoos – Verbandsdose

Latwerg – eingedicktes, breiiges Gemisch, auch als Medikament

Mark Banco – eine auf Silber basierende Rechenwährung der Hamburger Bank

Meisje van plezier – Hure

Mijnheer – Anrede für »Herr«, niederländisch

Mundorgel – Musikinstrument mit Durchschlagzungen

Oberalte – Kollegium der Oberalten, Vereinigung von Gemeindeältesten der Hamburger Hauptkirchen

Oom – Onkel, niederländisch

Orlogschiff – Kriegsschiff

Pamphlet – Schmähschrift, Flugschrift

Pell-Mell – Frühform des Golfs

Poorter – Bürger

Rentier – jemand, der von seinen Zinsen oder sonstigen Einkünften leben kann

Risalit – horizontal vorspringender Gebäudeteil

Scharbock – Skorbut

Sieur – Anrede für »Herr«, von »Monsieur«

Singel – mittelalterlicher Festungsgraben in Amsterdam, später Gracht

Utlucht – niederdeutsch, befensterter Vorsprung aus der Gebäudefront

Vierschaar – Tribunal, Gerichtshof

Virtuose – Gelehrter, der die Wissenschaften als Hobby betreibt

Voetboogdoelen – Treffpunkt der bürgerliche Schützengarde der Armbrustschützen. Das Schützenhaus befand sich am Singel, Ecke Heiligeweg, Nähe Koningsplein.

Volute – Schneckenform in der Architektur

Weddeherren – Angesteller der Wedde, der Hamburger Behörde,
    die mit polizeilichen Angelegenheiten betraut war
Zinken – uraltes Blasinstrument

Anmerkung und Dank

Benjamins Vision wird sich erfüllen, auch wenn der Blitzableiter erst etwa achtzig Jahre nach dem Ende von *Gold und Ehre* erfunden wird. Für die erste Sankt-Michaelis-Kirche, die von 1647 bis 1669 erbaut worden war, kam diese Erfindung zu spät, denn sie brannte am 10. Mai 1750 nach einem Blitzschlag ab. Die Baumeister Johann Leonhard Prey und Ernst Georg Sonnin bauten den Michel wieder auf, und zwar wie den Vorgängerbau zunächst ohne Turm. Im Jahr 1906 wurde auch der neue Michel durch ein Feuer vernichtet. Im Zweiten Weltkrieg wurde die Kirche schwer von Bomben getroffen, nach und nach aber wieder aufgebaut. Zu dieser Zeit besuchte auch mein Vater die Hauptkirche Sankt Michaelis; er wurde im Michel konfirmiert und heiratete später dort meine Mutter. Ich wurde in Hamburg geboren, und auch wenn ich heute im erweiterten Speckgürtel der Stadt wohne, bin ich Hamburgerin durch und durch. Mir geht immer das Herz auf, wenn ich Alster, Elbe und den Michel sehe. Trotzdem war vieles von dem, was ich für *Gold und Ehre* recherchierte, für mich neu. Ein Stück weit werde auch ich nach diesem Roman meine Heimat mit anderen Augen sehen.

Ich bin dem Lübbe-Verlag sehr dankbar, dass ich in *Gold und Ehre* die Geschichten Hamburgs, Amsterdams und der Niederlande verbinden durfte. Während ich in *Krone der Welt* den Aufstieg Amsterdams zur Weltmetropole und den Bau des Grachtengürtels erzähle, konzentriert sich *Gold und Ehre* auf die Entwicklung, die zum verhängnisvollen Katastrophenjahr 1672 führte. Der wirtschaftliche Niedergang verhinderte, dass der Grachtengürtel nach dem

Goldenen Bogen noch weitergebaut und zum Halbmond vervollständigt wurde. Zum UNESCO-Weltkulturerbe wurde die Altstadt Amsterdams trotzdem, und ich kann nur empfehlen, auf den Spuren meiner Baumeister durch diese wunderbare Stadt zu wandern – es lohnt sich.

Üblicherweise wurden in den Städten frühere Paläste oder Schlösser in Rathäuser verwandelt. In Amsterdam war es umgekehrt: Das heutige Paleis op Dam war, wie man in *Gold und Ehre* nachlesen kann, als Stadhuis, also Rathaus errichtet worden. Eine Besichtigung dieses Sitzes der Königsfamilie ist absolut empfehlenswert, genauso wie des Huis ten Bosch in Den Haag.

Falls bei den Daten in *Gold und Ehre* Verwirrung aufkommen sollte: Zu jener Zeit galten der Gregorianische und der Julianische Kalender parallel, was zu unterschiedlichen Datumsangaben in den Niederlanden und England führt. Teilweise wurden selbst in s'Gravenhage zur selben Zeit die unterschiedlichen Kalender verwendet. Um das Chaos perfekt zu machen, noch ein Hinweis: Auch der altertümliche Name s'Gravenhage wurde parallel zu »im Haag« verwendet.

Wer die Familien Aard oder van Sanders in den Chroniken Amsterdams sucht, wird enttäuscht werden: Diese Familien habe ich basierend auf historischer Forschung erfunden und mit realen Persönlichkeiten umgeben. Der in *Gold und Ehre* geschilderte Zeitraum ist so voller beeindruckender Personen und Geschehnisse, dass ich mich – man mag es beim Umfang des Romans kaum glauben – stark beschränken musste. So bin ich fasziniert in die Lebenswege u. a. von Anna Maria van Schurman, Robert Hooke, Christiaan Huygens und Jan Lievens eingestiegen, nur um sie in einer Gastrolle enden zu lassen oder ganz zu streichen, weil es den Rahmen eines Romans gesprengt hätte.

Für die Politik der Zeit war für mich *John de Witt – Grand Pensionary of Holland* von Herbert H. Rowen unverzichtbar. Zu weiteren empfehlenswerten Werken über diesen beeindruckenden Staatsmann, der ein derart grausames Schicksal erleiden musste, gehört *Johann de Witt – der Hüter des freien Meeres* von Nicolaas Japikse. Die Autorin Simone van der Vlugt zeichnet in *Wij zijn de Bickers!* auch die Lebensgeschichte von Wendela Bicker-de Witt nach.

Was die Geschichte des Hauses Oranien angeht, habe ich mich u. a. auf *Orange and Stuart* von Pieter Geyl sowie *William III.* von Stephen B. Baxter gestützt. Prinz Wilhelm III. von Oranien wurde übrigens tatsächlich nach der Glorious Revolution 1688 zum König von England. Das bewegte Leben seines Onkels König Charles II. wurde beispielsweise von Antonia Fraser in Buchform nachgezeichnet. Die Konkurrenz der Stuarts und der Oranier lässt sich sehr schön in *Courtly Rivals in The Hague* von Nadine Akkerman nachlesen. Wie sich die Kleine Eiszeit in dieser Zeit auswirkte, beschreibt Dagomar Degroot in *The frigid Golden Age*. Die Englisch-Niederländischen Seekriege fasst Robert Rebitsch anschaulich zusammen. Weitere lesenswerte Titel sind Benjamin Roberts *Sex and Drugs before Rock'n'Roll* sowie *1650: Hard-Won Unity* von Willem Frijhoff und Marijke Spies. Das Lied der Schiffsjungen zur Einberufung der Schiffssprechstunde des Schiffsarztes habe ich zitiert nach Horst Lademachers Buch *Phoenix aus der Asche?*. Wer sich über den niederländischen Sklavenhandel informieren möchte, ist mit *The Dutch in the Atlantic Slave Trade 1600–1815* von Johannes Menne Postma bestens bedient. Aufschlussreich für die Geschichte Nieuw Amsterdams ist *New York – Insel in der Mitte der Welt* von Russell Shorto.

Kommen wir zurück zu Hamburg. Von den Meisterwerken der niederländischen Architekten finden sich in der Stadt kaum noch Überreste. Was nicht dem großen Brand von 1842 zum Opfer fiel, wurde durch den Krieg oder den Übereifer in der »Freien und Abriss-Stadt Hamburg«, wie Alfred Lichtwark sie nannte, zerstört. Vor allem in den Zeichnungen der Künstlerin Ebba Tesdorpf (1851–1920) kann man dieses alte Hamburg noch gut erkennen.

Die Entstehung des Ur-Michel, der alten Kleinen Michaeliskirche, die im Prolog erwähnt wird, lässt sich beispielsweise in *Der Kleine und der Große Hamburger Michel* von Reinhold Pabel oder *Der Turm. Hamburgs Michel. Gestalt und Geschichte* von Diether Haas nachlesen. Jürgen vom Holte war nur einer der Verantwortlichen für den Bau der Kapelle.

Über die Geschichte Hamburgs sind die Werke von Werner Jochmann, Hans-Dieter Loose und Eckart Kleßmann grundlegend. Mit *Barock und Rokoko in Hamburg* hat sich Hermann Heckmann beschäftigt. Das Leben und Wirken der Familie Teixeira findet sich u. a. in *Handel, Nation und Religion* von Jorun Poettering. Dem Friedensfest in Hamburg 1651 widmete sich die Historikerin Dorothea Schröder. Renate Hauschild-Thiessen untersuchte die *Niederländische Armen-Casse, »Hamburgs stille Wohlthäterin«.*

Das Zitat aus Johann Huswedels Lobgedicht auf Hamburg stammt aus *Stadt Gottes und »Städte Königin«* von Maja Kolze, die auch nachweist, dass es nicht, wie oft fälschlicherweise angenommen, von Georg Greflinger stammt, der es nur übersetzte.

Mein Dank gilt dem Architekten Bernhard Brüggemann, der u. a. die Sanierung des Turms von Sankt Nikolai in Hamburg verantwortete und mir wertvolle Informationen über den Baumeister Peter Marquard und seine Technik gab. Dr. Elke Först aus der Abteilung für Denkmalpflege des Archäologischen Museums Hamburg und des Stadtmuseums Hamburg half mir in Fragen der Werkstoffe weiter – herzlichen Dank dafür. Was die Namensgebung in meiner Familie Aard angeht, bin ich Prof. Dr. Ann Marynissen vom Institut für Niederlandistik an der Universität zu Köln zu Dank verpflichtet. Etwaige Fehler gehen allein auf meine Kappe.

Ohne Inspiration und Unterstützung wäre es unmöglich, einen Roman wie *Gold und Ehre* zu verfassen. Ich danke dem Lübbe-Verlag für sein Vertrauen, insbesondere Stefan Bauer und meiner Lektorin Dr. Stefanie Heinen. Ein herzliches Dankeschön geht auch an meine Agentin Petra Hermanns. Ich danke meiner Familie, die mich auf meinen Reisen in der Realität und in die Geschichte begleitet. Und natürlich möchte ich Ihnen danken, liebe Leserinnen und Leser. Ihre zahlreichen Rückmeldungen freuen mich enorm und spornen mich an.

Zuletzt möchte ich Ihnen meine Homepage www.sabineweiss. com und dort insbesondere meinen Blog ans Herz legen, in dem ich die Veröffentlichung von *Gold und Ehre* mit vielen Fotos von Schauplätzen und Hintergrundberichten begleite. Dort finden Sie auch eine ausführliche Literaturliste. Schauen Sie mal vorbei!

Ein großer Historischer Roman über den Ausbau Amsterdams zur Weltmetropole

Sabine Weiß
KRONE DER WELT
Historischer Roman

688 Seiten
ISBN 978-3-404-18307-4

Vincent will als Architekt prächtige Stadthäuser bauen. Ruben sehnt sich nach Abenteuern auf hoher See. Betje ist eine begnadete Köchin. Zusammen sind die Geschwister in Amsterdam gestrandet, einem Ort der märchenhaften Möglichkeiten. Doch es ist auch die Zeit der großen Auseinandersetzungen. Katholiken und Calvinisten streiten um den rechten Glauben, Engländer und Spanier um den Einfluss auf das Land am Meer, Kaufleute um die wirtschaftliche Macht. Können sich die Geschwister in dieser schwierigen Situation behaupten?

Folgen Sie Sabine Weiß' Helden ins spannende 16. Jahrhundert, und erleben Sie Amsterdam, wie Sie es noch nie gesehen haben!

Lübbe

Der Tempelritter und die Thronerbin –
Abenteuer, Kampf und Liebe im Heiligen
Land

Ulf Schiewe
DIE MISSION DES
KREUZRITTERS
Historischer Roman

528 Seiten
ISBN 978-3-7857-2759-1

Jerusalem, 1129. Als älteste Tochter des Königs soll Melisende einst die Krone erben und über das Heilige Land herrschen. Den von ihrem Vater ausgesuchten Bräutigam lehnt die eigenwillige junge Frau jedoch vehement ab. Heimlich verlässt sie mit einer Eskorte die Stadt. Doch sie kommt nicht weit. Ihre Reisegruppe wird überfallen, ihre Wache getötet, sie selbst als Geisel verschleppt. Um sie zu retten, schickt König Baudouin den Tempelritter Raol de Montalban aus. Bald merkt er: Gefahr droht von mehr als einer Seite ...

Ein packender Roman über einen mutigen Tempelritter und eine
ungewöhnliche Frau des 12. Jahrhunderts: Melisende von Jerusalem

Lübbe